MANESSE BIBLIOTHEK DER WELTLITERATUR

Rainer Maria Rilke

ERZÄHLUNGEN

—

DIE AUFZEICHNUNGEN DES MALTE LAURIDS BRIGGE

Herausgegeben und mit einem
Nachwort versehen von
Rüdiger Görner

MANESSE VERLAG
ZÜRICH

EWALD TRAGY

I

Ewald Tragy geht neben seinem Vater am Graben. Man muß wissen, daß es Sonntagmittag ist und Korso. Die Kleider verraten die Jahreszeit: so Anfang September, abgetragener, mühseliger Sommer. Für manche Toiletten war es nicht einmal der erste. Zum Beispiel für die modegrüne der Frau von Ronay und dann für die von Frau Wanka, blau Foulard; wenn die ein wenig überarbeitet und aufgefrischt wird, denkt der junge Tragy, hält sie gewiß noch ein Jahr aus. Dann kommt ein junges Mädchen und lächelt. Sie trägt blaßrosa Crêpe de Chine, – aber geputzte Handschuhe. Die Herren hinter ihr schwimmen alle durch lauter Benzin. Und Tragy verachtet sie. Er verachtet überhaupt alle diese Leute. Aber er grüßt sehr höflich und mit etwas altmodisch betonter Artigkeit.

Nur wenn sein Vater dankt oder grüßt – allerdings. Er hat keine Bekannten für sich. Um so öfter muß er den Hut mit abnehmen; denn sein

Vater ist vornehm, geachtet, eine sogenannte Persönlichkeit. Er sieht sehr aristokratisch aus, und junge Offiziere und Beamte sind fast stolz, wenn sie ihn begrüßen dürfen. Der alte Herr sagt dann mitten aus einer langen Schweigsamkeit heraus: «Ja» und dankt großmütig. Dieses laute Ja hat den Irrtum verbreiten helfen, daß der Herr Inspektor mit seinem Sohn mitten im Durcheinander des Sonntagskorso tiefe und bedeutsame Gespräche hätte und daß eine seltene Übereinstimmung zwischen den beiden bestünde. Mit den Gesprächen aber ist es so:

«Ja», sagt Herr von Tragy und belohnt damit gleichsam die ideale Frage, welche in einem ergebenen Gruß sich ausprägt und etwa lautet: Bin ich nicht artig? «Ja», sagt der Herr Inspektor, und das ist wie eine Absolution.

Manchmal nimmt Tragy, der Sohn, dieses Ja wirklich fest und hängt rasch die Frage daran: «Wer war das, Papa?» Und dann steht das arme Ja mit der Frage dahinter, wie eine Lokomotive mit vier Waggons auf falschem Geleise, und kann nicht vor und nicht zurück.

Herr von Tragy, der Ältere, sieht sich um nach dem letzten Gruß, hat gar keine Ahnung, wer das gewesen sein könnte, denkt aber doch drei Schritte lang nach und sagt dann zum Erbarmen hilflos: «Jaaa?»

Gelegentlich fügt er hinzu: «Dein Hut ist wirklich ganz staubig.»

«So», meint der junge Mensch gottergeben. Und sie sind beide einen Augenblick traurig. Nach zehn Schritten ist die Vorstellung des staubigen Hutes in den Gedanken von Vater und Sohn abnorm gewachsen.

Alle Leute schauen her, es ist ein Skandal, denkt der Ältere, und der junge Mensch strengt sich an, sich zu erinnern, wie denn der unglückselige Hut etwa aussieht und wo der Staub sitzen mag. An der Krempe, fällt ihm ein, und er denkt: Man kann ja nie dazu. Es müßte eine Bürste erfunden werden...

Da sieht er seinen Hut körperhaft vor sich. Er ist entsetzt: Herr von Tragy hat ihm den Hut einfach vom Kopf gehoben und knipst aufmerksam mit den rotbehandschuhten Fingern drüber hin. Ewald sieht eine Weile barhaupt zu. Dann reißt er mit einem empörten Griff das schmachvolle Ding aus den behutsamen Händen des alten Herrn und stülpt den Filz wild und ungestüm über, als ob seine Haare in Flammen stünden: «Aber Papa» – und er will noch sagen: Ich bin achtzehn Jahre alt geworden, – dazu also. Daß du mir hier den Hut vom Kopf nimmst, – am Sonntag, Mittag unter allen Leuten.

Aber er bringt nicht ein Wort heraus und würgt etwas. Gedemütigt ist er, klein, wie in ausgewachsenen Kleidern.

Und der Herr Inspektor geht auf einmal fern drüben am anderen Rande des Bürgersteigs, steif und feierlich. Er kennt keinen Sohn. Und der ganze Sonntag flutet zwischen ihnen. Allein es ist nicht einer in der Menge, der nicht wüßte, daß die beiden zusammengehören, und jeder bedauert den rücksichtslosen und brutalen Zufall, der sie so weit voneinanderschob. Man weicht einander voll Teilnahme und Verständnis aus und ist erst befriedigt, als man den Vater und den Sohn wieder nebeneinander sieht. Man konstatiert gelegentlich eine gewisse zunehmende Ähnlichkeit im Gang und in den Gesten der beiden und freut sich darüber. Früher war der junge Mensch nämlich außerhalb des Hauses, man sagt, in der Militärerziehung. Von dort kam er eines Tages – wer weiß, weshalb – sehr entfremdet zurück.

Jetzt aber: «Bitte, sehen Sie», sagt ein gutmütiger alter Herr, der von dem Inspektor eben ein Ja geschenkt bekommen hat, «er trägt schon den Kopf ein wenig nach links – wie der Vater –», und der alte Herr strahlt vor Vergnügen über diese Entdeckung.

Auch ältere Damen nehmen Interesse an dem jungen Herrn. Sie legen ihn im Vorübergehn eine Weile auf ihre breiten Blicke, wägen ihn ab; sie urteilen: sein Vater war ein schöner Mann. Er ist es noch. Das wird Ewald nicht. Nein. Weiß Gott, wem er ähnlich sieht. Vielleicht seiner Mutter (wo die übrigens stecken mag). Aber er hat Gestalt, wenn er ein guter Tänzer wird... und die ältere Dame sagt zu der Tochter in Rosa:

«Hast du Herrn Tragy auch freundlich gedankt, Elly?»

Aber eigentlich ist das alles überflüssig, – die Freude des alten Herrn und die kluge Fürsorge von Ellys Mutter. Denn als die Männer von dem Korso in die leere enge Herrengasse einbiegen, atmet der junge auf: «Der letzte Sonntag.»

Er hat ziemlich laut Atem geholt. Trotzdem hat der alte Herr nicht vor, etwas zu antworten. Diese Schweigsamkeit, denkt Ewald. Wie eine Zelle für Tobsüchtige ist sie, taub und so unerbittlich gepolstert auf allen Seiten.

So gehen sie bis zum Deutschen Theater.

Dort fragt Tragy, der Vater, unvermittelt: «Was?»

Und Tragy, der Sohn, wiederholt geduldig: «Der letzte Sonntag.»

«Ja», entgegnet der Inspektor kurz, «wem nicht zu raten ist...» Pause. Dann fügt er an: «Geh dir nur die Flügel verbrennen, du wirst schon sehn, was das heißt, sich auf die eigenen Füße stellen. Gut, mach deine Erfahrungen. Ich hab nichts dagegen.»

«Aber Papa», sagt der junge Mensch etwas heftig, «ich glaube, wir haben doch das alles schon oft genug besprochen.»

«Aber ich weiß immer noch nicht, was du eigentlich willst. Man geht doch nicht so fort, ins Blaue hinein. Sag mir nur einmal, was wirst du denn in München tun?»

«Arbeiten –», hat Ewald rasch bereit.

«Sooo – als ob du hier nicht arbeiten könntest!»

«Hier», und der junge Herr lächelt überlegen.

Herr von Tragy bleibt ganz ruhig: «Was fehlt dir denn hier? Du hast dein Zimmer, dein Essen, alle wollen dir wohl. Und schließlich, man ist bekannt hier, und wenn du die Leute richtig behandelst, stehen dir die ersten Häuser offen –»

«Immer die Leute, die Leute», fährt der Sohn in demselben spöttischen Ton fort, «als ob das alles wäre. Ich kümmer mich den Teufel um die Leute –» (bei dieser stolzen Phrase fällt ihm die Geschichte mit dem Hut ein, und er fühlt, daß er lügt), deshalb betont er nochmals: «Sollen mich gern haben – die Leute. Was sind sie denn, bitte? Menschen – vielleicht?»

Jetzt ist es an dem alten Herrn zu lächeln, so ganz eigentümlich lächelt er irgendwo in seinem feinen Gesicht, man kann nicht sagen, ob es um seine Lippen unter dem weißen Schnurrbart oder bei den Augen war.

Es ist auch gleich wieder vorbei. Aber der Achtzehnjährige kann es nicht vergessen; er schämt sich und stellt lauter große Worte vor seine Scham. «Überhaupt», sagt er endlich und macht einen ungeduldigen Schnörkel mit der Hand durch die Luft, «du scheinst nur zwei Dinge zu kennen, die Leute und das Geld. Um die dreht sich alles bei dir. Man liegt vor den

Leuten auf dem Bauch, das ist der Weg. Und man kriecht auf dem Bauch zum Geld, das ist das Ziel. Nicht?»

«Du wirst beides noch brauchen, mein Kind», sagt der alte Herr geduldig, «und man muß nicht zum Geld kriechen, wenn man's nur immer hat.»

«Und wenn man's auch nicht hat, dann –» Der junge Tragy zögert ein wenig.

«Dann?» fragt der Vater und wartet.

«Ooh», macht der andere sorglos und winkt ab. Es scheint ihm gut, einen neuen Satz zu beginnen. Aber der alte Herr beharrt: «Dann» – beendet er rücksichtslos – «wird man ein Lump und macht dem guten, ehrlichen Namen Schande.»

«Oh, ihr habt Begriffe –» Der junge Herr tut ganz entrüstet.

«Wir sind eben nicht von heute», sagt der alte Herr, «basta.»

«Das ist es ja gerade –», triumphiert Tragy, der Sohn, «von irgendwann, von *anno olim* seid ihr, verstaubt, vertrocknet, überhaupt –»

«Schrei nicht», kommandiert der Inspektor, und man merkt ihm den alten Offizier an.

«Ich habe doch wohl das Recht.»

«Ruhig!»

«Ich darf reden –»

«Red du –», wirft Herr von Tragy verächtlich hin. Wie ein Schlag ins Gesicht ist dieses kurze: «Red du!» Und dann geht der Vater Tragy steif und feierlich hinüber auf die andere Seite der Straße. Weil die Straße ganz leer ist, kommen die beiden nicht so bald wieder zusammen, und es ist, als würde die heiße, sonnige Fahrbahn immer breiter zwischen ihnen. Sie sehen einander gar nicht mehr ähnlich. Der alte Herr wird immer tadelloser in Gang und Haltung, und seine Stiefel schleudern Glanzlichter vor sich her. Der drüben verändert sich auch. Alles an ihm kräuselt und sträubt sich wie verkohlendes Papier. Sein Anzug hat auf einmal eine Menge Falten, seine Krawatte schwillt an, und seinem Hut scheint die Krempe zu wachsen. Den knappen Modeüberzieher hat er wie einen Wettermantel gepackt und trägt ihn gegen irgendeinen Sturm. Seine Schritte kämpfen. Er ist wie ein altes Bild mit der lithographierten Unterschrift: «1848» oder: «Der Revolutionär».

Gleichwohl sieht er vorsichtig von Zeit zu Zeit hinüber. Es hat etwas Beunruhigendes für ihn, den alten Mann so ganz verlassen auf dem endlos öden Bürgersteig zu sehen. Wie allein er ist, denkt er, und: Wenn ihm etwas geschieht...

Seine Augen lassen den Vater nicht mehr los, begleiten ihn und werden fast wund vor Anstrengung.

Endlich stehen die beiden Menschen vor demselben Haus. Als sie in den Flur treten, bittet Ewald: «Papa!» Er ist eine Weile verwirrt und überstürzt sich dann: «Den Kragen mußt du aufschlagen, Papa – es ist immer so kalt jetzt im Treppenhaus.»

Seine Stimme ist zaghaft und fragt zum Schluß, obwohl das doch gar keine Frage ist.

Und der Vater antwortet auch nicht, er befiehlt: «Richt dir deine Krawatte.»

«Ja», bestätigt Ewald pedantisch und richtet die Krawatte.

Dann steigen sie hinauf, bedächtig, wie es sich gehört vom hygienischen Standpunkt aus.

Eine Treppe rechts wohnt Frau von Wallbach, genannt Tante Karoline, und bei ihr speist an jedem Sonntag die Familie – Stunde halb zwei.

Die Herren Tragy, Vater und Sohn, sind pünktlich. Trotzdem ist alles schon da. Denn das Wort «pünktlich» läßt sich steigern, wie man weiß.

Ewald zögert einen Augenblick im Vorzimmer vor dem Spiegel. Er setzt das Gesicht «der letzte Sonntag» auf und tritt so hinter dem Vater in den gelben Salon.

«Ah –»

Die Gesellschaft ist maßlos erstaunt, einer immer über das Erstaunen des anderen. Der Eintritt der beiden Tragys wird so auf billige Weise Ereignis. Man muß eben verstehen, sich das Leben reich zu machen – irgendwie. Große Begrüßung. Die Übung eines Setzers gehört dazu, aus diesen verschiedenen Schoßen die richtigen Hände zu holen und sie ohne Druckfehler loszulassen. Ewald leistet heute mit dem

Gesicht «der letzte Sonntag» Großartiges. Während der alte Herr erst bei seiner Schwester Johanna angekommen ist, hat der Jüngling drei Tanten, vier Kusinen, den kleinen Egon und «das Fräulein» überwältigt, ohne daß man die geringste Müdigkeit an ihm bemerkt.

Endlich ist auch Herr von Tragy, der Ältere, am Ziel, und nun sitzt man einander gegenüber und hungert sich an. Die vier Kusinen finden allerdings, man müsse etwas reden. Sie versuchen auch da und dort an ein Ding – zum Beispiel an das Barometer, an die Azaleen, die im Fenster stehen, an die Kupferdruckprämie über dem Kanapee – ein Wort zu heften. Aber alle diese Gegenstände sind von unglaublicher Glätte, und die Worte fallen von ihnen wie satte Blutegel. Ein Schweigen bricht herein. Es legt sich um alle wie lange, lange Fäden gebleichten Garnes. Und die Älteste der Familie, die verwitwete Majorin Eleonore Richter, regt ihre harten Finger sachte im Schoße, als wickelte sie die endlose Langeweile sorgsam zu einem Knäuel auf. Man sieht: sie stammt noch aus jener trefflichen Zeit, da die Frauen nicht müßig sein konnten.

Doch auch das Geschlecht, welches die verwitwete Majorin «jung» nennt, erweist sich in diesem Augenblick nicht als träge. Die vier Fräulein sagen fast gleichzeitig: «Lora?»

Hinter diesem Wohlklang lächeln alle wie beschenkt.

Und Tante Karoline, die Hausfrau, eröffnet die Diskussion: «Was macht der Hund?»

«Wau, wau», bellen die vier Fräulein.

Und der kleine Egon kommt aus irgendeinem Winkel gekrochen und beteiligt sich lebhaft an dem Gespräche.

Aber die Hausfrau glaubt dieses Thema erschöpft und schlägt vor: «Und die Katze?»

Und nun ist man allgemein beschäftigt zu miauen, zu krähen, zu meckern und zu brüllen, je nach Verdienst und Neigung. Es ist schwer zu sagen, wer das tiefste Talent bewies, denn über diesem Gewühle von rollenden und kreischenden und gleitenden Lauten bleibt nur das gakkernde Organ der verwitweten Majorin, und sie wird ordentlich jung dabei.

«Die Tante gackert», sagt jemand ehrfurchtsvoll.

Doch man hält sich nicht lange dabei auf. Man ist hingerissen von der Fülle der Möglichkeiten, macht immer kühnere Versuche, gibt immer mehr Eigenes in den seltsam stilisierten Klangsilben. Und es ist rührend, zu erwähnen, daß bei allem Individualisieren doch eine feine Familienähnlichkeit in den Stimmen blieb, der gemeinsame Grundton der Herzen, auf dem allein echte, sorglose Fröhlichkeit entstehen kann.

Plötzlich beginnt ein graugrüner Sittich hinter seinen gelben Gitterstäben sich zu rühren, und man kann sagen, es ist eine gewisse vornehme Anerkennung in dem stummen, bedächtigen Neigen seines Kopfes. Alle empfinden es so, werden leiser und lächeln dankbar.

Und der Papagei hat die Miene eines jüdischen Musiklehrers und verneigt sich noch ein paarmal gegen seine Schüler; Tatsache ist: seit Lora Hausgenosse wurde, haben alle in der Familie eine Anzahl klangvoller Worte, von denen sie sich früher nie träumen ließen, zugelernt und so ihren Sprachschatz bedeutend vermehrt. Bei dem schweigsamen Lob des Vogels kommt dieser Umstand einem jeden zum Bewußtsein und macht ihn stolz und froh. Man geht also in bester Stimmung zu Tisch.

Jeden Sonntag wartet Ewald, bis die dritte der Tanten, Fräulein Auguste, lächelt: «Das Essen ist doch kein leerer Wahn» – worauf jemand in guter Gewohnheit bestätigen muß: «Nein, es ist nicht ohne.»

Das kommt gewöhnlich nach dem zweiten Gang. Und Ewald weiß ganz genau, was nach dem dritten kommt, und so fort. Während aufgetragen wird, spricht man wenig, einmal der Dienstleute wegen, dann weil das Zwiegespräch mit dem eigenen Teller einen jeden genügend beansprucht. Man verhindert höchstens den kleinen Egon, der nur reden darf, wenn er gefragt wurde, durch eine zärtliche Teilnahme daran, satt zu werden oder auch nur seine Bissen fertigzukauen. So kommt es, daß der Kleine immer zuerst das unbehagliche Gefühl des Übervollseins bekommt und «das Fräulein», das langsam rot wird, zur Vertrauten seiner intimsten Empfindungen macht. Die andern sind lange nicht so diskret. Niemand füllt seinen Teller, ohne leise zu stöhnen, und als das Mädchen mit einer süßen Crème eintritt, seufzen alle laut und schmerzlich auf. Die eisgekühlte Sünde drängt sich an jeden heran, und wer kann widerstehen? Der Herr Inspektor denkt: Wenn ich nachher Soda nehme…, und Fräulein Auguste wendet sich an die Hausfrau: «Ist Magenbitter zu Haus, Karoline?» Mit schelmischem Lächeln zieht Frau von Wallbach ein kleines Tischchen heran, darauf viele Schachteln und Büchsen neben seltsam geformten Flaschen bereitstehen. Man lächelt, es beginnt nach Apotheke zu riechen, und die Crème kann noch einmal herumgehen.

Plötzlich geschieht eine unerwartete Störung. Die Älteste steht wie eine Ahnfrau und ruft warnend: «Und du, Ewald?»

Ewalds Teller ist rein.

Und du? fragen alle Augen, und die Hausfrau denkt: Wie immer, dieses Absondern von der Familie. Wir sind morgen alle elend und – er? Schickt sich das?

«Danke –», sagt der junge Mensch kurz und stößt den Teller ein wenig fort. Das will heißen: damit ist diese Sache abgetan – bitte.

Allein niemand versteht das. Man ist froh, ein Thema zu haben, und bemüht sich um weitere Aufklärung.

«Du weißt nicht, was gut ist –», sagt jemand.

«Danke.»

Dann strecken die vier Kusinen, alle zugleich, ihre Löffelchen her: «Kost mal.»

«Danke –», wiederholt Ewald und bringt es zustande, vier junge Mädchen zugleich unglücklich zu machen.

Die Stimmung wird bang. Bis Tante Auguste zitiert: «Die Großmutter hat immer gesagt: ‹Was man essen… nein – wie man leiden…›»

«Nein», bessert Tante Karoline aus: «Leiden, was man –»

Aber auch so stimmt es nicht.

Die vier Kusinen sind ratlos.

Herr von Tragy nickt seinem Sohn zu: Zeig dich jetzt, imponier ihnen – vorwärts.

Tragy, der Jüngere, schweigt. Er weiß: alle erwarten Hilfe von ihm, und weil der letzte Sonntag ist, entschließt er sich endlich: «Essen, was man mag, und leiden, was man kann», wirft er voll Verachtung vor sich hin.

Da sind alle Bewunderung. Man reicht sich das Wort weiter, betrachtet, erwägt es – nimmt es in den Mund wie zu besserer Verdauung und nützt es so ab, daß es schon wieder ganz dunkel ist, als es zu Ewald, die Tischrunde entlang, zurückkehrt.

Er läßt es im Munde «des Fräuleins», einer bleichsüchtigen Französin, die es als Sprachübung betrachtet und zu dem kleinen Egon geneigt wiederholt: «Was man mack essen...»

Eine Weile bleibt Ewald der geistige Mittelpunkt der Familie. Man staunt sein bereites Gedächtnis an, bis Tanto Karoline geringschätzig die Lippen kräuselt: «Hm – wenn man so jung ist...»

Freilich, denken die vier Kusinen: Wenn man so jung ist...

Und sogar auf dem blassen Gesichtchen des kleinen Egon ist diese verächtliche Ahnung: Wenn man so jung ist, – so daß der Achtzehnjährige fühlt: Was ist denn nun wieder los? Sie erwarten hier demnächst meine Geburt, wahrscheinlich.

Er ist ohnehin gereizt, und es scheint ihm gelegen, daß Tante Auguste zwischen zwei Bissen die Geschichte ihrer Zähne – Glück und Ende – erzählt; er sagt an der spannendsten Stelle in den weitoffenen Mund der Tante hinein: «Ich denke, bei Tisch...» und hofft, man wird ihm erwidern: Du mußts ja nicht lange mehr mitmachen, du kannst ja gehen, wenn es dir nicht recht ist. Aber alle bleiben gekränkt und stumm. –

Später, als man mit «Cantenac» verschiedene Hoch ausbringt, denkt der junge Mensch: Jetzt wird doch jemand sein Glas heben: Also Ewald... Doch man trinkt einander zu, der

Reihe nach, ohne daß irgendwem einfällt zu beginnen: Also Ewald...

Dann entsteht eine lange Pause, und Ewald hat Zeit zu bangen Gedanken; er empfindet plötzlich, wie die Blicke aller in Gleichgültigkeit oder Bosheit an ihm haften, und müht sich mit scheuen Gesten, sie abzustreifen. Aber mit jeder Bewegung verwirrt er nur noch mehr diese unsichtbaren Netze, wird erst heftig, dann hilflos und denkt beständig im Kreise; denn durch Unmut und Ungeduld kommt er immer wieder bei diesem an: Man müßte euch etwas Ungeheures, Unerhörtes sagen, mit einem breiten Wort euch die Augen totschlagen, damit sie loslassen, das müßte man. Aber das bleibt Wunsch; denn er liebt selbst vieles aus dieser bequemen, armseligen Alltäglichkeit, in der sie ihn haben aufwachsen lassen, und ist wie das Kind von Dieben, das das Handwerk seiner Eltern verachtet und doch langsam stehlen lernt.

Mitten in seine Sorgen hinein sagt Tante Auguste harmlos: «Wenn dem jungen Herrn da drüben keines von unseren Gesprächen paßt, sollte er doch wenigstens für eine Unterhaltung nach seinem Geschmack aufkommen. Da würde man ja gleich sehen... nun, Ewald, du kommst ja wohl viel herum?»

Ewald, der kaum hingehört hat, sieht auf und lächelt traurig: Oh, ich...

Er vernimmt auch nur wie von fern, daß die

vier Kusinen ihn erinnern: «Du hast vor vier oder fünf Wochen einmal eine Geschichte zu erzählen begonnen –», und er will sich schnell besinnen, was für eine Geschichte das gewesen sein mag. Aufmerksam erkundigt er sich: «Was war das doch, bitte?»

Die vier Kusinen denken nach.

Indessen wendet sich die Hausfrau an ihn: «Dichtest du noch...?»

Ewald wird blaß und sagt zu den Kusinen: «Also wißt ihr nicht...?» Und er hört, wie die verwitwete Majorin staunt: «Waaas, er dichtet?», und sie schüttelt den Kopf: «Zu meiner Zeit...»

Aber trotz alledem will er sich seiner Geschichte, die er vor fünf oder sechs Wochen begonnen hat, entsinnen. Er hofft: es wird sich irgendwo anbringen lassen, daß heute der letzte Sonntag ist, und dann kann man aufatmen.

Allein plötzlich unterbricht ihn Frau von Wallbach: «Dichter sind immer zerstreut. Ich denke, wir sind alle fertig, in den Salon zu gehen», und zu Ewald: «Das mit der Geschichte hat ja wohl Zeit am nächsten Sonntag, nicht wahr?»

Sie lächelt geistreich und erhebt sich. Der junge Mann ist wie ein Verurteilter. Er fühlt: es wird also immer wieder ein «nächster Sonntag» sein, und alles ist umsonst. «Umsonst» stöhnt etwas aus ihm.

Allein das hört schon niemand mehr. Man

rückt die Stühle, streckt sich, sagt sich mit fetter, zufriedener Stimme, die über vieles Schlucken wie über schlechtes Pflaster rollt, «Mahlzeit» – und zieht sich an den schweißigen Händen in den Salon. Dort ist es wie vorher. Nur sitzt man jetzt weiter voneinander, und das Gefühl der Zusammengehörigkeit ist nicht mehr so lebhaft wie vor Tisch.

Die verwitwete Majorin wandert vor dem Klavier auf und ab und knackt sich die Gichtfinger gerade. Die Hausfrau sagt: «Die Tante spielt alles nach dem Gehör – es ist staunenswert.»

«Wirklich», staunt Tante Auguste, «auswendig?»

«Auswendig», beteuern die vier Kusinen und wenden sich an die Majorin: «Bitte, spiel.»

Lange läßt sich die verwitwete Richter bitten, ehe sie großmütig fragt: «Was wollt ihr denn?»

«Mascagni», träumen die vier Kusinen – denn das ist gerade modern.

«Ja», sagt Frau Richter und probt die Tasten. «‹Cavalleria›?»

«Ja», sagen einige.

«Ja», nickt die alte Dame und denkt nach.

«Die Tante spielt alles nach dem Gehör –», sagt Tante Auguste, die leise eingeschlafen war, und jemand fügt mit tiefem Atemholen an: «Ja, es ist staunenswert –»

«Ja –», zögert die Majorin und probt die Tasten: «Es muß mir's einer pfeifen.»

Der Herr Inspektor pfeift: «‹So such ich den Humor – Mikado.›»

«Richtig –», lächelt die Tante: «‹Cavalleria›» und lächelt, als ob das ihre «Jugend» wäre.

Sie beginnt also mit «Mikado» und spielt dann, wundersam versöhnt: «Der Bettelstudent» und «Die Glocken von Corneville».

Die andern schlafen darüber dankbar ein, und die Majorin selbst kommt ihnen nach.

Da hält es Ewald nicht länger aus, er muß es aussprechen um jeden Preis, und als ob das die selbstverständlichste Folge der «Glocken von Corneville» wäre, sagt er: «Der letzte Sonntag.»

Niemand hat das gehört als Fräulein Jeanne. Sie geht lautlos über den tiefen Teppich und setzt sich dem jungen Mann gegenüber ans Fenster.

Eine Weile betrachten sich die beiden.

Dann fragt die Französin leise: *«Est-ce que vous partirez, Monsieur?»*

«Ja», gibt ihr Ewald deutsch, «ich reise fort, Fräulein. Ich reise – fort», wiederholt er gedehnt und freut sich an der Breite seiner Worte. Er spricht eigentlich zum erstenmal mit Jeanne und ist erstaunt. Er fühlt unvermittelt, daß sie nicht einfach «das Fräulein» ist, wie die andern meinen, und denkt: Merkwürdig, daß ich das nie erkannt habe. Sie ist eine, vor der man sich neigen muß – eine Fremde. Und obwohl er still und beobachtend bleibt, verneigt sich etwas in ihm vor der Fremden – tief, so übertrieben tief –, daß sie lächeln muß. Das ist ein graziöses Lächeln, welches sich mit Barockschnörkel um die feinen Lippen schreibt und nicht bis an die Traurigkeit ihrer schattigen Augen reicht, die immer wie nach einem Weinen sind. Also irgendwo lächelt man so – erfährt Tragy, der Jüngere.

Und gleich danach hat er das Bedürfnis, ihr etwas Dankbares zu sagen, das ihr Freude machen muß. Ihm ist, als sollte er sie an etwas erinnern, was ihnen gemeinsam war, zum Beispiel sagen: Gestern, und verständig aussehen dabei. Aber es gibt ja in aller Welt nichts Gemeinschaftliches für sie. Da fragt sie ihn mitten in diese Verwirrung hinein in ihrem filigranen Deutsch: «Warum? Warum reisen Sie fort?»

Ewald stemmt die Ellbogen auf die Knie und legt das Kinn in die hohlen Hände.

«Sie sind ja auch fortgegangen von Hause», antwortet er.

Und Jeanne warnt schnell: «Sie werden Heimweh haben.»

«Ich habe Sehnsucht», gesteht Ewald, und so reden sie eine Weile aneinander vorbei.

Dann kehren beide um und kommen sich entgegen; denn Jeanne beichtet leise: «Ich habe weg müssen, wir sind acht Geschwister zu Haus, da können Sie sich vorstellen – aber mir ist sehr bang. Freilich, – alle sind ja gut hier –», fügt sie ängstlich an – und dann bittet das Mädchen: «Und Sie?»

«Ich?» Der junge Mensch ist zerstreut. «Ich? – Nein, ich muß nicht fort, weiß Gott, im Gegenteil. Sie sehen ja: ein jeder weiß hier, daß ich den letzten Sonntag hier bin, und tut jemand was dergleichen? Aber trotzdem ... Warum lächeln Sie?» unterbricht er sich.

Sie zögert, und dann: «Sind Sie ein Dichter, bitte?» Ganz rot ist sie und erschrocken wie ein Kind.

«Das ist es eben, Fräulein», erklärt er, «ich weiß nicht. Und einmal muß man es doch wissen, nicht? So oder so. *Hier* kommt man zu keiner Klarheit darüber. Man kann nichts forttreten von sich, es fehlt die Ruhe, der Raum fehlt, die Perspektive. Verstehen Sie das, Fräulein?»

«Vielleicht», nickt die Französin, «aber ... ich meine – Ihr Herr Vater muß doch Freude haben und dann ihre ...»

«Meine Mutter, wollen Sie sagen. Hm. Ja, das hat schon so mancher behauptet. Wissen Sie, meine Mutter ist krank. Sie werden ja wohl gehört haben – obwohl man vermeidet, hier ihren Namen zu brauchen. Sie hat meinen Vater verlassen. Sie reist. Sie hat immer nur so viel mit, als sie unterwegs braucht, auch von Liebe ... Ich weiß lange nichts von ihr, denn wir schreiben uns seit einem Jahr nicht mehr. Aber gewiß erzählt sie zwischen zwei Stationen im Coupé: ‹Mein Sohn ist ein Dichter –›»

Pause.

«Ja, und dann mein Vater. Er ist ein trefflicher Mensch. Ich hab ihn lieb. Er ist so vornehm und hat ein goldechtes Herz. Aber die Leute fragen ihn: ‹Was ist Ihr Sohn?› Und da schämt er sich und wird verlegen. Was soll man sagen? ‹*Nur* Dichter?› Das ist einfach lächerlich. Selbst wenn es möglich wäre – das ist ja kein Stand. Er trägt nichts, man gehört in keine Rangsklasse, hat keine Pensionsberechtigung, kurz: man steht in keinem Zusammenhang mit dem Leben. Deshalb darf man das nicht unterstützen und zu nichts ‹Gut› und ‹Amen› sagen. Begreifen Sie jetzt, daß ich meinem Vater nie etwas zeige – überhaupt niemandem hier; denn man beurteilt meine Versuche nicht, man haßt sie von vornherein, und man haßt mich in ihnen. Und ich habe selbst soviel Zweifel. Wirklich: ganze Nächte liege ich mit gefalteten Händen wach und quäle mich: ‹Bin ich würdig?›»

Ewald bleibt traurig und still.

Die anderen sind indessen wach geworden und gehen zwei und zwei in die Nebenzimmer, wo die Whisttische bereitstehen.

Der Inspektor ist guter Laune. Er klopft seinem Sohn auf die Schulter: «Na, Alter?»

Und Ewald versucht zu lächeln und küßt ihm die Hand.

Er wird *doch* bleiben, denkt der Inspektor: Das ist vernünftig. Und so geht er den anderen nach.

Der junge Tragy vergißt sofort sein Lächeln und klagt: «Sehen Sie, so hält er mich. So leise, nicht mit Gewalt oder Einfluß, fast nur mit einer Erinnerung, als ob er sagte: ‹Du warst einmal klein, und ich habe dir einen Christbaum angezündet jedes Jahr – bedenke –› Er macht mich ganz schwach damit. Aus seiner Güte ist kein Ausgang, und hinter seinem Zorn ist ein Abgrund. Zu diesem Sprung hab ich nicht Mut genug. Ich bin wahrscheinlich überhaupt feige, Sie können mir glauben, feige und unbedeutend. Es wäre mir ganz gut, hier zu bleiben, so wie alle es sich denken, brav und bescheiden zu sein und einen und denselben armseligen Tag so hinzuleben immer und immer wieder...»

«Nein», sagt Jeanne entschieden, «jetzt lügen Sie...»

«O ja, vielleicht. Sie müssen nämlich wissen: ich lüge sehr oft. Je nach Bedürfnis, einmal nach oben, einmal nach unten; in der Mitte sollte *ich* sein, aber manchmal mein' ich, es ist gar nichts dazwischen. Ich komme zum Beispiel zu Besuch zu Tante Auguste. Es ist licht, und die urväterliche Wohnstube ist gerade so recht heimlich. Und ich setze mich ohneweiters in den besten Stuhl, lege die Beine übereinander und sage: ‹Liebe Tante›, sag ich ungefähr, ‹ich bin müde, und deshalb werde ich meine staubigen Füße auf dein Kanapee, gerade auf die netten Schutzdecken legen – erlaube.› Und damit die gute Tante durch ihre Freude über diesen Scherz mich nicht unnötig aufhält, tue ich also ohneweiters; denn ich habe noch viel zu erzählen, zum Beispiel dieses: ‹Das ist ja alles recht schön und gut; ich weiß, es gibt Gesetze und Sitten, und die Menschen pflegen sich mehr oder minder daran zu halten. Aber mich darfst du nicht zu diesen ehrsamen Staatsbürgern zählen, beste Tante. Ich bin mein eigener Gesetzgeber und König, über mir ist niemand, nicht einmal Gott –› Ja, Fräulein, so ungefähr sag ich zu meiner Tante, und sie ist rot vor Entrüstung. Sie zittert: ‹Es haben schon andere sich fügen gelernt...› – ‹Mag sein›, antworte ich gleichgültig. ‹Du bist nicht der erste, und für Leute von diesen Ansichten gibt es Narrenhäuser und Zuchthäuser, Gott sei Dank›, meine Tante weint schon, ‹von der Art gibt es Hunderte.› Aber da bin ich empört: ‹Nein›, schrei ich sie an, ‹es gibt keinen wie ich, hat nie einen solchen gegeben...› Schrei und schrei, denn ich muß mich selbst überschreien mit dieser Phrase. Bis ich plötzlich bemerke, daß ich in einer fremden Stube vor einer hilflosen alten Dame stehe und irgendeine Rolle spiele. Dann schleiche ich scheu davon, laufe die Gasse entlang und tret in meine Stube im letzten Augenblick, eh mir die Tränen aus den Augen brechen. Und dann –» Ewald Tragy schüttelt heftig mit dem Kopf, als wollte er die Gedanken, die sich immer weiter bauen, zum Einsturz bringen. Er weiß: Ich weine dann, freilich, weil ich mich verraten habe. Aber wie soll ich das erklären und wozu? Das ist ja wieder ein Verrat.

Und er versichert hastig: «Unsinn, Fräulein – Sie dürfen nicht glauben, daß ich wirklich weine –»

Und schon tut ihm die Lüge weh.

Es hat so wohlgetan, sich anzuvertrauen, und nun ist wieder alles verdorben. Man muß nicht immer wieder anfangen, denkt Tragy und bleibt verstimmt und stumm.

Das Fräulein schweigt auch.

Sie horchen: die Karten fallen auf die Spieltische wie Tropfen von Bäumen, die jemand schüttelt. Und von Zeit zu Zeit mit großer Wichtigkeit:

«Die Tante gibt»

oder: «Wer meliert?»

oder: «Treff ist *atout*»,

und: das Kichern der vier Kusinen.

Jeanne denkt nach. Sie will etwas Liebes sagen, also für ihn: etwas Deutsches. Aber sie weiß nicht, wie sie die fremden Worte erwärmen soll, darum bittet sie endlich: «Sei nicht traurig.» Und schämt sich.

Der junge Mensch blickt auf und sieht ihr ernst und sinnend ins Gesicht, so lange, bis sie aufgehört hat zu glauben: Ich habe sicher Unsinn gesagt. Dann nickt er ein wenig und nimmt ganz ernst ihre Hand, die er vorsichtig zwischen seine beiden legt. Es ist wie ein Versuch, und er weiß nicht, was tun mit dieser Mädchenhand, denn er gibt sie frei, läßt sie einfach fallen, der junge Mensch.

Indessen hat Jeanne einen zweiten deutschen Satz gefunden, auf den sie sehr stolz ist: «Sie haben doch noch nichts verloren?»

Da faltet Ewald die Hände im Schoß und sieht zum Fenster hinaus.

Pause.

«Sie sind so jung –», tröstet ihn das Mädchen zaghaft.

«Oh», macht er. Er ist wirklich überzeugt, daß das Leben für ihn eigentlich abgetan ist; nicht, daß er mittendurch gegangen wäre, aber ein für allemal vorbei. Er lügt also jetzt nicht und ist wahrhaft traurig: «Jung? Ist es *das,* bitte? Ich habe alles verloren…»

Pause.

«…auch Gott», und er bemüht sich, jedes Pathos zu vermeiden. Da lächelt sie; sie ist fromm.

Er versteht dieses Lächeln nicht, gerade jetzt stört es ihn, und er ist ein wenig verletzt.

Allein sie kommt um Verzeihung bitten, steht auf und sagt: «Ewald», sie spricht es aus mit falscher Betonung auf dem *a* und mit einem dunkeln stummen *e* am Ende, das geheimnisvoll und wie eine Verheißung klingt, «ich glaube, Sie werden alles erst finden –»

Und dabei steht sie so hoch und feierlich vor ihm.

Er senkt die Stirne tiefer und will prahlen: Kind – so recht wehmütig überlegen und ist doch so leise dankbar gleich darauf und möchte jubeln dürfen: Ich weiß. Und er tut weder das eine noch das andere.

Da bemerkt jemand im Spielzimmer, daß es so schweigsam geworden sei nebenan. Frau von Wallbach runzelt die Stirn und befiehlt gleich: «Jeanne!»

Jeanne zögert.

Die Hausfrau ist wirklich besorgt, und die vier Kusinen helfen ihr: «Fräulein!»

Da neigt sich die Französin, und man weiß nicht, ist das Frage oder Befehl: «Und – Sie reisen?!»

«Ja», flüstert Ewald rasch. Er fühlt dabei eine Sekunde lang ihre Hand im Haar und verspricht einem fremden jungen Mädchen, in die Welt zu gehen, und weiß gar nicht, wie seltsam das alles ist.

II

Man wird es kaum glauben: Ewald Tragy schläft volle vierzehn Stunden. Und das ist ein fremdes elendes Hotelbett, und auf dem Bahnhofplatz gibt es Lärm und Sonne seit fünf Uhr früh. Er hat sogar vergessen zu träumen, trotzdem er weiß, daß «erste» Träume besondere Bedeutung haben. Er tröstet sich damit, daß sich jetzt alles erfüllen könne, gleichviel, ob man es träume oder nicht, und zieht diesen leeren Schlaf hinter allem Gestrigen aus wie einen langen, langen Gedankenstrich. Fertig. So, und jetzt? Und jetzt kann es beginnen – das Leben oder das, was eben zu beginnen hat der Reihe nach.

Der junge Mensch streckt sich behaglich in den Kissen aus. Vielleicht will er so, in dieser wohligen Wärme, die Ereignisse empfangen? Er wartet noch eine halbe Stunde, aber das Leben kommt nicht. Da steht er denn auf und beschließt, ihm entgegenzugehen. Und daß man dies müsse, ist die Erkenntnis des ersten Morgens.

Sie befriedigt ihn, gibt ihm Bewegung und Zweck und treibt ihn hinaus in die neue lichte Stadt. Er weiß zunächst nur, daß die Gassen unendlich lang und die Trambahnen lächerlich klein sind, und ist ohneweiters geneigt, jede dieser beiden Erscheinungen durch die andere zu erklären, was ihn ungemein beruhigt. Alle Dinge interessieren ihn, die großen und bedeutenden nicht zuletzt. Aber je tiefer in den Tag hinein, desto mehr verliert alles an Wert den Regenrinnen gegenüber, vor welchen Tragy immer nachdenklicher stehenbleibt. Er lächelt nicht mehr über die darangeklebten kleinen Zettel und ihre Versprechungen und hat keine Zeit mehr, sich über die seltsame Sprache zu wundern, in der sie abgefaßt sind. Er übersetzt sie mit krampfhafter Geschäftigkeit und schreibt viele Namen und Nummern in sein Taschenbuch.

Endlich macht er den ersten Versuch. Im Flur schiebt er seine Krawatte zurecht und nimmt sich vor: Ich werde sehr höflich sagen: Verzeihen Sie, hier ist wohl ein Zimmer für einen Herrn, nicht wahr? Er läutet, wartet und sagt es höflich, hochdeutsch und mit bescheidener Betonung. Eine große breite Frau drängt ihn gleich links in eine Tür, ehe er mit seiner Frage zu Ende ist.

«Wissen S', ich sags gleich, wie es is. Sauber is's. Und wenn S' sonst noch was brauchen...» Und damit erwartet sie, die Hände in die Hüften gestemmt, seine Entscheidung.

Das ist eine kleine Stube, zweifensterig mit alten umständlichen Möbeln und schon ganz voll Dämmerung, so daß man das Gefühl hat, eine Menge Dinge mit zu mieten, von denen man sich nicht träumen läßt.

Und wie nun der junge Mann so gar nichts sagt und sich kaum umsieht in dem dunklen Zimmer, fügt die Frau zögernd an: «Und 's macht halt zwanzig Mark im Monat samt Frühstück, soviel haben wir halt immer bekommen –» Tragy nickt ein paarmal. Dann tritt er näher an den alten Sekretär heran, der in einer Ecke steht, prüft die breite aufgeklappte Schreibplatte und lächelt, zieht zwei oder drei von den kleinen Schubladen im Hintergrund auf und lächelt wieder: «Der bleibt doch hier stehn, der Schreibtisch?» erkundigt er sich und ist ganz entschlossen: Ich bleibe auch. Aber dann fällt ihm die lange Reihe von Nummern in seinem Taschenbuch ein, wie eine Pflicht, und er meint schnell: «Das heißt, bis morgen darf ich mir's wohl überlegen?»

«Ja, wegen meiner –»

Und Tragy merkt sich gut das Haus und schreibt in sein Taschenbuch: «Frau Schuster, Finkenstraße 17 Hinterhaus, parterre, Schreibtisch.» Hinter «Schreibtisch» drei Rufzeichen. Dann ist er sehr zufrieden mit sich und versucht nichts mehr an diesem Tage.

Aber am nächsten Morgen beginnt er ganz früh seinem Taschenbuch nachzugehen. Und das ist keine Kleinigkeit. Vormittags, solang die Leute noch ausgeschlafen und die Stuben gut gelüftet sind, freut ihn seine Wanderung noch einigermaßen. Er notiert pünktlich alle Vorzüge – dort einen Erker mit Aussicht, gegenüber ein Kanapee, und ein Badezimmer in Nummer 23, zwei Treppen, nirgends mehr ein Schreibtisch, allerdings. Dafür bringt er da und dort kleine Warnungen an, zum Beispiel: «kleine Kinder» oder: «Klavier» oder: «Wirtshaus». Dann werden die Notizen immer karger und hastiger; seine Eindrücke verändern sich ganz seltsam. In gleichem Maße mit der Unfähigkeit seiner Augen wächst die Empfindlichkeit seiner Geruchsnerven, und um Mittag hat er diesen vernachlässigten Sinn so weit ausgebildet, daß ihm die Außenwelt einzig durch ihn mehr zum Bewußtsein kommt. Er denkt: Aha, Linsen, oder: Sauerkohl, und wendet sich schon auf der Schwelle um, wenn ihm irgendwo ein Wäschetag entgegenqualmt. Er vergißt ganz den Zweck seiner Besuche und beschränkt sich, einfach die Eigenart der einzelnen Atmosphären festzustellen, welche ihm aus den lächerlich kleinen Küchen, gleich losgelassenen Hunden, entgegenstürzen. Dabei rennt er heulende kleine Kinder um, lächelt den erzürnten Müttern dankbar ins Gesicht und versichert stumme Greise, die er irgendwo in einem Stubenwinkel aufstört, seiner besonderen Hochachtung.

Schließlich dunkeln alle Flure, und da kommt ihm in jeder Tür, wo immer er läuten mag, immer dieselbe breite Frau entgegen, dieselben Kinder heulen ihn überall an, und im Hintergrund ist immer wieder dieser gestörte alte Herr mit den erschreckten verständnislosen Augen.

Da flieht Ewald Tragy, atemlos. Als er sich erholt, findet er sich vor dem uralten Schreibtisch mit den vielen Schubladen und hat just begonnen zu schreiben: «Lieber Papa, meine Wohnung ist also: Finkenstraße 17 bei Frau Schuster.» Dann denkt er lange nach und beschließt endlich, den Brief erst morgen weiterzuschreiben.

Und später braucht er den Sekretär selten. Er

lebt die ersten Wochen so hin, den ganzen Tag außer Haus, ohne rechten Plan, stets in dem Gefühl: Ja, was wollt ich denn eigentlich? Er geht in die Galerien, und die Bilder enttäuschen ihn. Er kauft sich einen «Führer durch München» und wird müde dabei. Endlich sucht er sich so zu benehmen, als ob er jahrelang hier leben würde, und das ist nicht leicht. Er sitzt am Sonntag mitten unter den Philistern in einem Brauhausgarten und wandert hinaus auf die Oktoberwiese, wo die Buden und Ringelspiele aufgeschlagen sind, und fährt nachmittags in einer Droschke in den Englischen Garten. Da gibt es manchmal eine Stunde, die er nicht vergessen möchte. So zwischen fünf und sechs, wenn die Wolken auf dem hohen Himmel so phantastisch werden in Form und Farbe und sich plötzlich wie Berge hinter den flachen Wiesen des Englischen Gartens aufbauen, so daß man denken muß: Morgen will ich auf diese Gipfel steigen. Und morgen ist dann ein Regentag, und der Nebel liegt dicht und schwer über den endlosen Gassen. Immer wieder kommt so ein Morgen, das einem die Dinge aus den Händen nimmt, und der junge Mensch wartet, bis es anders wird. Er hat niemanden, den er fragen könnte, was man tut in seinem Fall. Mit der Hausfrau spricht er, wenn sie ihm das Frühstück bringt, zehn Worte, und an jedem Abend begegnet er ihrem Mann, dem gräflichen Herrschaftskutscher, und grüßt ihn sehr höflich. Er weiß, daß die beiden eine Tochter haben, und hört oft, wenn das Haus ganz stille geworden ist, durch die Wand: «Mama –» und eine feine Mädchenstimme. Sie liest etwas vor, und man kann manchmal meinen, daß es Verse sind.

Das macht, daß Ewald jetzt früher nach Hause kommt, seinen Tee trinkt und über einer Arbeit oder einem Buch wach bleibt weit in die Nacht hinein. Jedesmal, wenn die Stimme nebenan beginnt, lächelt er, und so wird ihm seine Stube langsam lieb. Er beschäftigt sich mehr mit ihr, bringt Blumen nach Hause und spricht tagsüber oft laut, als hätte er kein Geheimnis mehr vor diesen vier Wänden.

Aber sosehr er sich darum bemüht, es bleibt etwas Kaltes, Ablehnendes an den Dingen, und er hat oft am Abend das Gefühl, als wohnte jemand hier neben ihm, der alle Gegenstände, unbeschadet seiner Anwesenheit, gebraucht und dem sie auch willig zu Gebote sind. Das wird noch verstärkt in ihm durch folgenden Vorfall.

«Merkwürdig», sagt Ewald eines Morgens, gerade als Frau Schuster den Kaffee hinstellt, «sehen Sie mal, bitte, diese beiden Schubladen des Schreibtisches wollen nicht aufgehen. Haben Sie vielleicht einen Schlüssel? Sonst könnte man ja einen machen lassen?» Und er rüttelt an den beiden heimlichsten Laden des Schrankes.

«Sie müssen schon verzeihen –», zögert Frau Schuster, und sie spricht hochdeutsch in ihrer Verlegenheit, «aber ich darf diese beiden Laden nicht aufmachen, nämlich –»

Tragy blickt erstaunt auf.

«Sie müssen nämlich wissen, Herr, das is so: mal haben wir ein' Herrn ghabt, dem's sehr schlecht gangen is. Und weil er uns nicht hat zahlen können, hat er uns die Kommode dagelassen und hat gsagt: ‹Da in den zwei Laden laß ich Ihnen wichtige Papiere zum Pfand›, – hat er gsagt und hat den Schlüssel mitg'nommen…»

«So, so», macht Tragy und sieht gleichgültig aus. «Das ist schon lang?»

«Mna», überlegt die Frau, «so sieben Jahr oder Jahr acht könntens schon sein, wohl, wohl – daß wir nichts mehr von ihm ghört haben; aber leicht kommt er doch mal und holts. Nicht? Man kann nicht wissen…»

«Freilich, freilich –», sagt Tragy obenhin, nimmt den Hut und geht fort. Er hat ganz vergessen zu frühstücken.

Seither arbeitet Tragy an dem ovalen Sofatisch, den er quer vor das andere Fenster geschoben hat; denn der Oktober macht Fortschritte, und der Sekretär steht viel zu nah an den Scheiben. So erklärt sich diese Veränderung auf die allernatürlichste Weise.

Und der junge Mensch findet noch manches zugunsten des neuen Platzes, zum Beispiel: daß man so geradezu ins Fenster sieht. Wie ein Bild ist es. Dieser Hof, in dem so langsam die Kastanien welk werden. (Es sind doch Kastanien?) Ein alter Steinbrunnen, ganz im Hintergrund, rinnt und rinnt wie ein Lied, wie eine Begleitung zu allem. Und es ist sogar etwas wie ein Relief auf dem Sockel. Ja, wenn man nur sehen könnte, was es darstellt. Ach, wie bald es doch dunkel wird, man wird gleich die Lampe anzünden müssen. Übrigens: wenn draußen gar kein Wind ist wie jetzt, wie dann die Blätter langsam fallen, lächerlich langsam. Da bleibt eines fast stehen in der dicken feuchten Luft und schaut herein und schaut herein – wie Gesichter, wie Gesichter, wie Gesichter... denkt Tragy und sitzt ruhig und reglos und läßt es geschehen, daß jemand sich ans Fenster lehnt und hereinstiert, so nah, daß die Nase sich an den Scheiben eindrückt und die Züge etwas Breites, Vampirhaftes, Gieriges bekommen. Ewalds Blicke folgen, ganz verloren, den Linien dieses Gesichtes, bis sie plötzlich in die lauernden fremden Augen stürzen wie in Abgründe. Das bringt ihn zum Bewußtsein. Er springt auf und ist schon am Fenster. Die Riegel geben seinen zitternden Händen nicht gleich nach, und der draußen ist schon weit, als Tragy sich in den Nebel hinauslehnt.

Offenbar hat die kühle Luft ihn beruhigt; denn er tut gar nichts Außergewöhnliches weiter. Er zündet die Lampe an, bereitet seinen Tee wie an jedem anderen Tage, und man kann meinen, daß das Buch vor ihm ihn interessiere.

Nur das eine ist seltsam: er geht nicht schlafen. Er wartet, bis die Lampe verlischt; das ist etwa um halb zwei. Da brennt er die Kerze an und sieht geduldig zu, bis sie, ganz im Leuchter, schmilzt. Und da ist auch schon ein scheues Licht hinter den Scheiben. Eine kurze Nacht, nicht? Ewald denkt nicht etwa darüber nach, ob er ausziehen soll. Das ist natürlich. Er überlegt nur, wie er das sagen wird: Es tut mir leid, Frau Schuster, oder: Ich bin wirklich zufrieden gewesen bei Ihnen, aber... Und er baut und baut an diesem armseligen Satz.

Und mit Morgen ist er überzeugt, daß man nicht daran denken kann zu kündigen, weil sich das überhaupt in keiner Art ausdrücken läßt. Man bleibt also. Man muß sich eben einrichten. Es ist eben so mit diesen Stuben; die, welche vorher hier gewohnt haben, sind noch nicht ganz draußen, und die, welche nach Ewald Tragy kommen, warten schon. Was bleibt da übrig als verträglich sein. Und an diesem Sonntag beschließt Ewald, sich so klein wie möglich zu machen, um keinen von seinen unbekannten Zimmergenossen zu stören, und einfach so mitzuleben als der Geringste in diesem Massenquartier in der Finkenstraße.

Und sieh: das geht. Es gibt ein paar ganz erträgliche Wochen, und man kommt so sachte in den November hinein und erhält für den kurzen, traurigen Tag eine lange Nacht geschenkt, in der alles mögliche Raum hat.

Gleich mal zunächst: «Das Luitpold». Das ist doch etwas. Man setzt sich zu einem der kleinen Marmortischchen und legt einen Stoß Zeitungen neben sich und sieht gleich furchtbar beschäftigt aus. Dann kommt das Fräulein in Schwarz und gießt so im Vorübergehen die Tasse mit dem dünnen Kaffee voll, o Gott, so voll, daß man sich gar nicht traut, auch noch den Zucker hineinzuwerfen. Dabei sagt man: «Mittel» oder «Schwarz», und es wird ganz nach Wunsch und Wink: mittel oder schwarz. Zum Überfluß sagt man doch noch etwas Scherzhaftes, wenn man es gerade bei der Hand hat, und dann lächelt die Minna oder Bertha etwas müde ins Unbestimmte hinein und schwenkt die Nickelkanne in der Rechten her und hin.

Tragy sieht das nur an anderen Tischen. Er beschränkt sich auf ein Danke, denn ihm sind diese schwarzen Damen, die am Tage so welk aussehen, sehr unsympathisch; nur die kleine Betty, die ihm das Wasser bringt, bedauert er. Weiß der Himmel, warum er ihr etwas Liebes tun möchte, aber es ist Tatsache, er drückt ihr einmal außer dem Trinkgeld ein klein zusammengefaltetes Papier in die Hand und freut sich, daß ihr die Augen glänzen. Das ist ein Los irgendeiner Wohltätigkeitslotterie, und man kann fünfzigtausend Mark gewinnen damit. Aber die kleine Betty sieht sehr enttäuscht aus, als sie nach einer Weile hinter der Säule hervorkommt, und sagt gar nicht: Danke.

Das sind so kleine Zufälle, die den jungen Menschen tiefer berühren, als er selber meint. Sie geben ihm das Gefühl, ausgeschlossen zu sein, gleichsam die Sitten eines fernen Landes fortzuleben unter allen diesen Menschen, die sich mit einem Lächeln und im Vorübergehen verstehen. Er möchte so gern einer von ihnen sein, irgendeiner im Strome, und dann und wann glaubt er es fast. Bis eine Kleinigkeit geschieht, welche beweist, daß sich nichts an dem Verhältnis geändert hat: er auf der einen Seite und alle Welt drüben. Und da lebe nun einer.

Gerade zu dieser Zeit, da Tragy das Bedürfnis hat, jemanden kennenzulernen, empfängt er einen Brief. Der lautet:

«Ich höre durch Zufall, daß Sie in München sind. Ich habe manches von Ihnen gelesen und stelle es mir schön vor, wenn wir uns sehen würden, bei Ihnen, bei mir oder an einem dritten Ort, wie Sie wollen und – *wenn* Sie wollen.»

Und Tragy will nicht. Er kennt den Namen, welcher unter dem Brief steht, längst aus Zeitschriften und Gedichtanthologien und hat gar nichts gegen Wilhelm von Kranz, durchaus nicht. Aber im Augenblick, da dieser Herr ihn anrührt, kriecht er wie eine Schnecke in sich zusammen. Was er noch gestern gewünscht hat, wird eine Gefahr im Moment, da es sich erfüllen kann, und es scheint ihm unerhört, daß da jemand ist, der so ohneweiters, mit den staubigen Schuhen sozusagen, in seine Einsamkeit will, darin er selber nur ganz leise aufzutreten wagt. So gibt er nicht nur keine Antwort, sondern meidet sogar vorsichtig jeden «dritten Ort», ist oft zu Hause und bekommt so gelegentlich auch die Haustochter zu Gesicht, von der er bislang nur die Stimme kannte.

Er sagt ihr einmal, als sie ihm den Kaffee bringt: «Und was lesen Sie immer abends, Fräulein Sophie?»

«Oh, was wir gerade haben. Viel Bücher haben wir nicht – aber, hört man es denn hier?»

«Wort für Wort», übertreibt Ewald.

«Stört es Sie sehr?»

Und Tragy sagt nur: «Nein, es stört mich nicht. Aber wenn Sie gern lesen, will ich Ihnen geben, was ich mithabe. Es ist nicht vieles, aber viel.» Und er reicht ihr einen Band Goethe.

Das ist ein ganz kleiner Verkehr zwischen ihnen, aber er füllt bei Tragy etwas aus, wird ein steter Gedanke mitten in dem vielen, das durch seine Seele strömt, und er ruht gerne aus darin. Jemandem solche Bücher leihen ist schließlich dasselbe wie ihm ein Los schenken. Aber diesmal erhält Tragy einen sympathischen Dank dafür. Das macht ihn froh.

Er war guter Laune auch an dem Nachmittag, da er so unerwartet nach Hause kommt und in seiner Stube Stimmen hört. Er zögert und horcht. Rasche, halblaute Worte, die vor seinen Schritten zu flüchten scheinen, und dann steht ein junger Mensch mit einem breiten dicken Gesicht vor der Tür und pfeift, pfeift so in den Tag hinein, mir nichts und dir nichts. Und eben da Ewald ihn zu Rede stellen will, tritt Sophie aus seiner Tür, sehr blaß, und tut, als ob das alles selbstverständlich wäre. Dann sagt sie unsicher: «Es ist der Herr hier, – der... er wollte das Zimmer sehen, Herr Tragy.»

Die beiden jungen Leute sehen sich ins Gesicht. Der Fremde hört auf zu pfeifen und grüßt. Und da er höflich lächelt dabei, wird das Gesicht breit und verschwommen, und Tragy muß an etwas Häßliches denken. Trotzdem dankt er flüchtig, so mit der Hand an der Krempe, und tritt in seine Stube.

Er bemerkt erst nach einer Weile, daß Sophie hinten an der Tür steht, hat plötzlich fürchterlich viel zu tun, trägt Dinge ganz überflüssigerweise von einem Tisch zum andern und bückt sich gelegentlich, um etwas aufzuheben. Aber endlich ist er doch fertig mit diesem unseligen Aufräumen, und er muß nun wahrscheinlich das Mädchen fragen: Was wollen Sie? Denn so kann sie doch nicht stehenbleiben wollen ohne Grund.

Plötzlich fällt ihm etwas ein, und er spricht nach der andern Seite hin, irgendwohin in eine Ecke: «Sie können beruhigt sein, ich werde nichts sagen. Das wollen Sie ja doch hören, nicht wahr? Also gut. Aber ich ziehe aus im nächsten Monat; ich habe ohnehin die Absicht gehabt –»

Und da sitzt er schon am Tisch und schreibt, tief, als ob er seit zwei Stunden schriebe. Es wird aber nur ein ganz kurzer Brief an Herrn von Kranz, darin er ihn bittet, morgen um vier im «Luitpold» zu sein, wenn es ihm passe. Erst nachdem er die Adresse beendet hat, sieht er sich vorsichtig um. Es ist niemand mehr da, und Ewald wechselt Schuhe und Anzug, denn er hat vor, auswärts zur Nacht zu essen.

Herrn von Kranz paßt die Stunde, wie ihm eine jede Stunde gepaßt haben würde. Er ist nicht übermäßig beschäftigt, nämlich. Er schreibt etwas Großes, ein Epos oder etwas über das Epos hinaus, jedenfalls etwas ganz Neues, etwas in «Höhepunkten», so hat er dem neuen Bekannten versichert in der ersten halben Stunde. Eine solche Arbeit hängt aber, wie man weiß, einzig von der Inspiration ab, von der tiefen Begeisterung, welche (nach Herrn von Kranz) «den Traum des dunklen Mittelalters erfüllt und es versteht, aus allen Dingen Gold zu machen». So etwas geschieht freilich mitten in der Nacht oder sonst unglaublich wann, nicht um vier Uhr nachmittags, zu einer Zeit, da sich bekanntlich die allergewöhnlichsten Dinge ereignen können. Und deshalb ist Herr von Kranz frei und sitzt im «Luitpold», Tragy gegenüber. Er ist sehr beredt, denn Ewald schweigt viel, und Kranz liebt das Schweigen nicht, scheint es. Er hält das für das Vorrecht der Einsamen, wo aber zwei oder drei beisammen sind, da hat es tatsächlich keinen Sinn, wenigstens keinen, den man auf den ersten Blick begreift. Und nur nichts Dunkles und Unverständliches, im Leben wenigstens. In der Kunst? Ah, das ist etwas anderes, da hat man ja das Symbol, nicht wahr? Dunkle Umrisse vor lichtem Hintergrund, nicht wahr? Verschleierte Bilder – nicht? Aber im Leben – Symbole, oh, lächerlich.

Manchmal sagt Ewald: «Ja» und wundert sich, woher in aller Welt er diese Unmenge unverbrauchter Ja in sich hat. Und wundert sich über die großen Worte und über das kleine Leben irgendwo tief unten. Denn er lernt in diesem Nachmittag die ganze Weltanschauung des Herrn von Kranz, diese Weltanschauung aus der Vogelperspektive, kennen und – wundert sich eben. Er ist jung, nimmt die Dinge wie Tatsachen und die Sensationen für Schicksale hin und hat dann und wann das Bedürfnis, etwas von diesen glänzenden Konfessionen aufzuschreiben, weil ihr ganzer Zusammenhang, weithin, ihm unübersehbar scheint. Was ihn aber am meisten überrascht, das ist das Fertige aller dieser Überzeugungen, die sorglose Leichtigkeit, womit Kranz eine Erkenntnis neben die andere setzt, lauter Eier des Kolumbus: wenn eines nicht gleich aufrecht bleiben will, ein Schlag auf die Tischplatte und – es steht.

Ob das Geschicklichkeit ist oder Kraft – wer mag das entscheiden? Herr von Kranz ist aufrichtig bei der Sache. Er spricht sehr laut und hat offenbar den Ort der Handlung ganz vergessen. Wie ein Sturm, der fremden Stuben die Fenster aufreißt, bricht seine Rede in alle Gespräche, so daß man endlich nachgibt und allenthalben die Fenster offenläßt. Und da ist eben der Sturm obenauf. Sogar die schöne Minna vergißt einzuschenken, bleibt an einer Säule lehnen und hört zu. Nur leider mit ganz impertinenten Augen. Und plötzlich fängt sie mit diesen großen, grünen Augen die blitzenden Blicke des Dichters auf und bändigt sie, macht sie klein, unbedeutend, nichtswürdig und läßt sie mit einem infamen Lächeln einfach fallen.

Herr von Kranz verliert einen Moment die Fassung. Er wankt im Sattel, tut aber gleich, als sei das eine beabsichtigte Schwenkung gewesen, und wirft der Schönen ein Wort zu, so ein klebriges, mehr Frosch als Blume. Dann ist er gleich wieder bei der Sache und ist sogar an einem Höhepunkt, an der Stelle nämlich: «Wie ich Nietzsche überwand.»

Aber Ewald Tragy hört auf einmal nicht mehr zu. Er entdeckt das erst viel später, als Kranz an irgendeinem Ende ist und wartet. Dieses Warten bedeutet: Und Sie? Sie haben doch auch so etwas wie eine Meinung von alledem, hoffentlich. Weltanschauung um Weltanschauung, bitte?

Tragy begreift das nicht gleich, und als er es schließlich versteht, gerät er in unbeschreibliche Verwirrung. Er steht so mitten in allem, wie tief im Wald, und sieht nichts als Stämme, Stämme, Stämme und weiß kaum, ob Tag oder Nacht ist über ihnen. Und doch soll er genau die Stunde nennen, auf die Minute genau, so daß gar kein Zweifel möglich ist. Er fürchtet durch sein Schweigen Herrn von Kranz zu verletzen; aber der wird immer milder, teilnahmsvoller, väterlich fast. Und er befiehlt rasch: «Zahlen!» So feinfühlig ist er.

In den nächsten Tagen aber empfindet Tragy immer deutlicher, daß er dem neuen Bekannten etwas geben müsse von sich, nicht aus Sympathie, sondern weil er doch nach jenem freimütigen Nachmittag sein Schuldner geworden ist im Vertrauen. Und als die beiden einmal im Englischen Garten gehen – es ist wieder so eine Dämmerung mit Wolkenbergen am Horizont –, sagt er unvermittelt: «Immer war ich so ganz allein. Mit zehn Jahren kam ich aus dem Haus in die Militärerziehung unter fünfhundert Kameraden und – trotzdem... Ich war sehr unglücklich dort

– fünf Jahre. Und dann steckten sie mich wieder in eine Schule, und dann wieder in eine, und so fort. Ich war immer allein, wissen Sie...»

Wenn es weiter nichts ist, denkt Herr von Kranz, dem läßt sich abhelfen. Und seither ist er jeden Augenblick bei Ewald, früh, Vormittag, oft bis weit in die Nacht. Und er tut das selbstverständlich, daß Tragy nicht mehr wagt, seine Einsamkeit zu verriegeln; er lebt bei offenen Türen, sozusagen. Und Herr von Kranz kommt und geht und kommt und geht. Er hat ein Recht dazu, denn: «Wir haben ganz das gleiche Los, lieber Freund Tragy –», behauptet er. «Auch mich verstehn sie nicht zu Haus, natürlich. Sie nennen mich überspannt, verrückt, als ob –»; er vergißt bei diesem Anlaß nie anzufügen, daß sein Vater Hofmarschall ist an einem kleinen deutschen Hofe und daß man in diesen Kreisen – er schätzt sie offenbar sehr gering – die bekannten konservativ vornehmen Ansichten habe. Ebendiesen Ansichten hat er es ja auch zu danken, daß er Lieutenant, man bedenke, Lieutenant bei der Garde werden mußte, und er versichert, daß es arge Mühe kostete, nach einem Jahr in die Reserve zurückzutreten, gleichsam über die Sympathien der Vorgesetzten und der Untergebenen weg. Und vollends, daß man zu Hause auf Schloß Seewies-Kranz mit seiner neuen Berufswahl nicht, aber ganz und gar nicht einverstanden sei und ihm die Prügel nur so vor die Füße werfe, das brauche er wohl kaum noch zu versichern. Aber trotz alledem gebe er den Kampf nicht auf. Im Gegenteil. Er habe sich verlobt, ja, ganz regelrecht verlobt, mit gedruckten Anzeigen verlobt. Sie ist aus den besten Familien, natürlich, vornehm, gut erzogen, nicht reich, aber beinahe adelig. (Ihre Mutter ist eine Gräfin Soundso.) Nun und dieser Schritt, den er ohneweiters unternahm, ist doch ein Beweis seiner Freiheit, gewissermaßen. Auch soll es nicht zu lange dauern bis zur Hochzeit, und dahinter kommt erst der Haupterfolg, nämlich: «Mein Austritt aus der Kirche –» Kranz zwirbelt seinen blonden Schnurrbart auf und lächelt.

«Ja –», sagt er, ungemein zufrieden mit sich und mit Tragys Erstaunen, «das ist ein Schlag, was? Ich entsage dabei meiner Offizierscharge, natürlich – ich opfere sie auf für meine Überzeugung. Einer Gemeinschaft anzugehören, deren Gesetze man nicht erfüllt, ist eine Untreue gegen sich selbst...»

«Untreue gegen sich selbst», fällt Tragy einmal mitten in der Nacht ein, wie fertig das wieder ist, wie klar, wie überwunden. Und er erinnert sich seither fast jede Nacht an irgendeine Stelle aus seinen Gesprächen mit Kranz, und sie scheinen ihm alle gleich trefflich und bezeichnend. Die Folgen bleiben nicht aus.

Eines Morgens, im November noch, erwacht Tragy und hat eine Weltanschauung. Wirklich.

Sie läßt sich gar nicht leugnen, sie ist da, alle Anzeichen sprechen dafür. Er weiß nicht recht, wem sie gehört, aber da er sie doch nun mal bei sich gefunden hat, nimmt er an, daß es die seine sei. Selbstverständlich bringt er sie nächstens mit ins «Luitpold». Und kaum hat er sie gezeigt, besitzt er schon eine Menge Bekannte, die fast wie Freunde sind, ihm von seinen Gedichten erzählen, die sie alle kennen, und ihm alle fünf Minuten Zigaretten anbieten: «Aber nehmen Sie doch.» Fehlt nur noch, daß sie ihn auf die Schulter klopfen und du sagen. Aber Tragy raucht nicht, obwohl er fühlt, daß dies zu seiner Weltanschauung gehört, so gut wie der Sherry, den er vor sich stehen hat, und die Absicht, den Abend in den Blumensälen zuzubringen, wo die berühmte Branicka singt.

Und da behauptet gerade jemand, Kranz kenne sie wohl sehr genau, die Branicka. «Wie?»

Kranz hebt die Achseln hoch und dreht den Schnurrbart; er ist auf einmal ganz Lieutenant, ist «von» Kranz. Und es witzelt einer: «Ja nach den Stunden, die er bei seiner Braut verbringt, braucht er doch – eine Ableitung.» Und großes Gelächter; denn das finden alle treffend, «fein», wie der technische Ausdruck lautet, und Kranz selber nennt es so.

Er fühlt sich überhaupt herzlich wohl unter diesen jungen Leuten, die zum Überfluß auch Namen haben, obgleich es genügt hätte, sie zur

Unterscheidung zu numerieren. Eine hohe Meinung hat Kranz allerdings nicht von seinen täglichen Genossen, sie sind ihm so eine Art Hintergrund für die eigene Persönlichkeit, und wenn Tragy mal nach einem von ihnen fragt, gibt er obenhin: «Der? Na man kann noch nicht wissen, ob er Talent hat, vielleicht –» und wählt das zum Anlaß eines längeren Gespräches über die «Aufgaben der Kunst», über die «technischen Forderungen des Dramas» oder das «Epos der Zukunft».

Auch hier fühlt sich Tragy ganz unerfahren, und es kann zu keiner gerechten Erörterung kommen, weil er nur selten etwas zu entgegnen weiß. Aber wenn ihn seine Unwissenheit in den anderen Fällen beunruhigt, diesen Dingen gegenüber empfindet er sie wie einen Schild, hinter dem er irgendwas Liebes, Tiefes – er vermag nicht zu denken, was – bergen kann, vor irgendeiner fremden Gefahr, und er weiß nicht zu sagen – vor welcher. Er scheut sich auch, manches, was ihm in einer leisen Stunde gelingt, dem Genossen zu zeigen, und liest ihm nur ganz selten mit halber, unbewußt klagender Stimme ein paar blasse Verse vor und bereut es gleich darauf und schämt sich vor dem bereiten Beifall des anderen, der so laut und rücksichtslos ist. Seine Verse sind eben krank, und man soll nicht laut sprechen in ihrer Gegenwart.

Im übrigen bleibt Tragy nicht viel Zeit für solche Heimlichkeiten. Es stehen mit einem Male soviel Dinge in seinen Tagen, und trotzdem kommt er jetzt leichter durch als früher, da sie leer waren und man sich nirgends halten konnte. Es gibt eine Menge kleiner Pflichten, tägliche Verabredungen mit Kranz und seinem Kreis, ein stets Beschäftigtsein ohne eigentlichen Sinn und Gespräche, die man überall enden konnte, an jeder beliebigen Stelle. Dafür fehlt jede Erregung und Unruhe; es ist ein immerwährendes Mitgehen, und der eigene Wille hat nichts zu tun. Eine einzige wirkliche Gefahr besteht noch: das Alleinsein – und davor weiß jeder den andern zu behüten.

So ist alles bis zu jenem Nachmittag, da Herr von Kranz, bedeutender als je, im «Luitpold» sitzt und Tragy erklärt: «Solange wir das nicht erreichen, – ist nichts. Wir brauchen eine Höhenkunst, lieber Freund, so etwas über Tausende hin. Zeichen, die auf allen Bergen flammen von Land zu Land – eine Kunst wie ein Aufruf, eine Signalkunst –»

«Quatsch», sagt jemand hinter ihm, und das fällt wie nasser Mörtel auf die glänzende Beredsamkeit des Dichters und deckt sie zu.

Dieses «Quatsch» gehört einem kleinen schwarzen Mann, der einen langen Zug tut aus einem unglaublich verbrauchten Zigarettenrest, und zugleich mit der Asche glimmen seine großen schwarzen Augen auf und verlöschen mit ihr. Dann geht er ruhig weiter, und Herr von Kranz ruft geärgert hinter ihm her: «Natürlich, Thalmann –»

Und fügt für Ewald hinzu: «Er ist ein Flegel. Man müßte ihn einmal zu Rede stellen. Aber er hat ja keine Art. Er zählt überhaupt nicht mit. Ihn nicht beachten, das ist das beste –», und er hat gute Lust, seine Erörterungen über die Höhenkunst wieder aufzunehmen. Allein Tragy wehrt sich mit ungewohnter Energie dagegen und fragt unbeirrt: «Wer ist das?»

«Ein Jude aus irgendeinem kleinen Nest, schreibt Romane, glaub ich. Eine von den zweifelhaften Existenzen, wie es hier Dutzende gibt, Dutzende. Das kommt heute, man weiß nicht, woher, und geht übermorgen, und man weiß nicht, wohin, und es bleibt nichts zurück als ein wenig Schmutz. Sie dürfen sich nicht täuschen lassen durch diese Gesten, lieber Tragy...»

Seine Stimme wird ungeduldig, und das heißt: ein für allemal und genug davon. Und Tragy ist auch ganz einverstanden und bereit, sich nicht täuschen zu lassen.

Aber es ist doch ein Abschnitt, dieser Nachmittag. Er kann dieses lächerliche «Quatsch» nicht vergessen, das so schwer und breit auf die Begeisterung des Propheten fiel, und, was das Schlimmere ist, er hört es noch immer fallen – hinter jedem großen Geständnis des Herrn von Kranz klatscht es herunter, und er sieht irgendwo in der Erinnerung den kleinen schwarzen Mann mit den breiten Schultern und dem schäbigen Rock stehen und lächeln.

Und ganz so findet er ihn eine Woche später abends in den Blumensälen. Es ist ihm natürlich, auf ihn zuzugehen und ihn zu begrüßen. Gott weiß, warum. Der andere ist auch nicht erstaunt darüber, er fragt nur: «Sind Sie mit Kranz hier?»

«Kranz wollte nachkommen.»

Pause, und dann: «Ist Ihnen Kranz nicht sympathisch?»

Thalmann nickt jemandem im Parterre zu und antwortet nebenbei: «Sympathisch, machen Sie doch nicht solche Worte. Er langweilt mich.»

«Und sonst langweilen Sie sich nie?» Tragy ist gereizt durch die geringschätzige Art des andern.

«Nein, ich habe nicht Zeit dazu.»

«Merkwürdig, daß man Sie dann hier findet.»

«Wieso?»

«Hier geht man doch nur aus Langweile her?»

«Vielleicht andere, ich nicht.»

Tragy staunt über seine eigene Hartnäckigkeit. Er gibt nicht nach: «Dann haben Sie also Interesse...?»

«Nein», macht der Schwarze und geht weiter. Tragy hinter ihm: «Sondern?»

Thalmann wendet sich kurz: «Mitleid.»

«Mit wem?»

«Mit Ihnen zunächst.» So läßt er Tragy zurück und geht, wie damals im «Luitpold», ruhig weiter. Und Ewald ist schon um elf zu Haus und schläft schlecht in dieser Nacht.

Am nächsten Tag ist Schnee gefallen. Alle Welt ist froh über das Ereignis, und die einander in den weißen Straßen begegnen, lächeln sich zu: «Er bleibt liegen» und freuen sich. Ewald findet Thalmann an der Ecke der Theresienstraße, und sie gehen ein Stück weit zusammen.

Lange still, bis Ewald beginnt: «Sie schreiben, nicht wahr?»

«Ja, auch das, gelegentlich.»

«Auch? So ist das nicht Ihre eigentliche Beschäftigung?»

«Nein –»

Pause. «Was tun Sie denn also, bitte?»

«Schauen.»

«Wie?»

«Schauen und das andere – Essen, Trinken, Schlafen, dann und wann, nichts Besonderes.»

«Man sollte meinen, daß Sie sich in einem fort lustig machen.»

«Worüber?»

«Über alles, über Gott und die Welt.»

Da antwortet Thalmann nicht, sondern lächelt so: «Und Sie, Sie machen wohl viele Gedichte?»

Tragy wird ganz rot und schweigt. Er kann kein Wort hervorbringen.

Und Thalmann lächelt nur.

«Halten Sie das für eine Schande?» zwingt Tragy endlich heraus und friert.

«Nein. Ich halte überhaupt nichts für – etwas. Es ist nur – überflüssig. Doch, ich muß da hinauf.» Und im Tor: «Adieu, und Sie können recht haben mit dem Lustigmachen.»

Und nun ist Tragy wieder allein. Er muß an die Zeit denken, da er zehnjährig und verzärtelt aus dem Haus kam, unter lauter Roheit und Gleichgültigkeit, und er fühlt sich ganz so wie damals, erschrocken, hilflos, unfähig. Es ist immer dasselbe. Als ob ihm etwas fehlte zum Leben, irgendein wichtiges Organ, ohne welches man eben nicht vorwärts kommt. Wozu immer wieder diese Versuche?

Er kommt müde nach Hause wie von einem weiten Weg und weiß nicht, was er mit sich beginnen soll. Er stöbert in alten Briefen und Erinnerungen und liest auch die Gedichte durch, jene letzten, leisesten, welche selbst Herr von Kranz nicht kennt. Und da findet er sich und erkennt sich wieder, langsam Zug für Zug, als ob er lange fern gewesen wäre. Und in der ersten Freude schreibt er einen Brief an Thalmann und strömt über von Dankbarkeit:

«Sie haben ganz recht», heißt es darin, «ich war ja so falsch und phrasenhaft geworden. Jetzt sehe ich alles ein und begreife alles. Sie haben mich geweckt aus einem bösen Traum. Wie soll ich Ihnen danken dafür? Ich kann nicht anders, als indem ich Ihnen diese Lieder, das Teuerste und Heimlichste, was ich besitze, übersende –»

Und dann trägt Tragy Brief und Gedichte selber an die Adresse, weil die Post ihm plötzlich unsicher scheint. Es ist spät, und er muß im Dunkel vier Treppen aufwärts tasten bis zu dem Atelier in der Giselastraße, welches Thalmann bewohnt. Er trifft ihn in dem lächerlich kleinen Loch, das eigentlich nur wie ein Rahmen ist um das schräge ungeheure Nordfenster, schreibend. Eine alte verbogene Lampe brennt hier, hoch in der Nacht, und hat nicht die Kraft, die vielen Dinge, die ohne Sinn durcheinander liegen, zu unterscheiden.

Thalmann hält sie dem Eintretenden vors Gesicht: «Ach, Sie sinds?» Und er schiebt ihm den eigenen Sessel hin. «Rauchen Sie?»

«Nein, danke.»

«Kaffee kann ich Ihnen keinen mehr machen. Ich hab keinen Spiritus mehr. Aber wenn Sie wollen, können Sie mittrinken.» Und er stellt einen alten henkellosen Topf zwischen sie beide.

Er steht mit verschränkten Armen da, rauchend, ruhig beobachtend, vollkommen gleichgültig.

Tragy kann sich nicht entschließen.

«Sie wollen mir etwas sagen?» Thalmann trinkt einen Schluck Kaffee und wischt sich mit dem Handrücken den Mund.

«Ich habe Ihnen etwas gebracht –», traut sich Ewald.

Der andere rührt sich nicht: «So? Legen Sie's

nur daher. Ich werds gelegentlich mal durchsehn. Was ist es denn?»

«Ein Brief –», zögert Tragy, «und – aber vielleicht lesen Sie ihn gleich, bitte.»

Thalmann hat das Kuvert schon aufgerissen, so, nachlässig mit einem Griff. Er behält die Zigarette zwischen den Zähnen und liest flüchtig, blinzelnd durch den Rauch durch. Ewald ist aufgestanden vor Erregung und wartet. Aber nichts verändert sich in dem blassen Gesicht des Schwarzen, nur der Rauch scheint ihn heftig zu stören. Am Ende nickt er: «Na ja, und so weiter.» Und zu Tragy: «Ich will Ihnen mal gelegentlich schreiben, was ich von den Dingen halte, reden mag ich nicht über so was.» Und er trinkt den Kaffee aus auf einen Zug.

Tragy fällt auf den Sessel zurück und sitzt und will den Tränen nicht nachgeben. Er fühlt auf seiner Stirne den Sturm, der sich breit durch die Riesenscheiben hereinpreßt aus der Nacht.

Schweigen. Dann fragt Thalmann: «Ist Ihnen kalt, Sie frösteln so?»

Ewald schüttelt den Kopf.

Und wieder Schweigen.

Dann und wann krachen die Scheiben leise, heimlich, wenn der Wind sich anlehnt wie Schollen vor dem Eisgang. Und endlich sagt Tragy: «Warum behandeln Sie mich so?» Er sieht ungewöhnlich krank und traurig aus.

Thalmann raucht eifrig: «Behandeln? Nennen

Sie das behandeln? Sie sind wirklich bescheiden. Ich zeige Ihnen doch deutlich, daß ich gar nicht vorhabe, Sie irgendwie zu behandeln. Wenn Sie wollen, daß ich mich zu Ihnen stelle, so oder so, müssen Sie sich erst mal die Worte abgewöhnen, die großen Worte; die will ich nicht.»

«Aber wer sind Sie denn?» schreit Tragy und springt an den Schwarzen heran, nah, als ob er ihm ins Gesicht schlagen wollte. Er zittert vor Wut. «Wer gibt Ihnen denn das Recht, mir alles zu zertreten?»

Aber da rütteln schon die Tränen an seiner Stimme und überwältigen sie und machen ihn blind, schwach, lösen ihm die Fäuste.

Der andere drängt ihn sanft zu dem Stuhl zurück und wartet. In einer Weile sieht er auf die Uhr und sagt: «Lassen Sie das jetzt. Sie müssen nach Hause, und ich muß schreiben; es ist Mitternacht. Sie fragen, wer ich bin: ein Arbeiter bin ich, sehen Sie, einer mit wunden Händen, ein Eindringling, einer, der die Schönheit liebt und viel zu arm ist dazu. Einer, der fühlen muß, daß man ihn haßt, um zu wissen, daß man ihn nicht bemitleidet... Unsinn übrigens.»

Und Tragy hebt die Augen, die heiß und trokken sind, und starrt in die Lampe. Sie wird gleich auslöschen, denkt er und steht auf und geht.

Thalmann leuchtet ihm die enge Treppe hinunter. Und es will Tragy scheinen, daß sie kein Ende nimmt.

Tragy ist krank. Er kann nicht ausziehen deshalb und behält bis zum 1. Januar seine Stube in der Finkenstraße. Er liegt auf dem unbequemen Sofa und denkt an diesen Garten mit den weiten blassen Wiesen und den Hügeln, zu denen still und schlicht die Birken hinansteigen. Wohin? In den Himmel. Und plötzlich kommt es ihm unerhört komisch vor, sich eine Birke, eine junge, dünne Birke anderswo zu denken als im Himmel. Gewiß, es gibt nur im Himmel Birken, gewiß. Was sollten die denn unten? Man denke nur neben diesen breiten braunen Stämmen – ebensogut könnte es Sterne geben an der Zimmerdecke. Aber plötzlich fragt er: «Was pflücken Sie, Jeanne?» – «Sterne.» Er überlegt einen Augenblick und sagt dann: «Das ist gut, Jeanne, das ist sehr gut.» Und er fühlt ein Wohlbehagen im ganzen Körper, bis ein heftiger Schmerz im Kreuz es zerstört. Ich hab mich zu sehr angestrengt, ich habe ja den ganzen Vormittag Blumen gepflückt. Wie kann man auch? Vormittag? Lächerlich: zwei Tage, vierzehn Tage, oh, überhaupt. Aber da kommt ja Jeanne durch die Allee, durch diese lange Allee von Pappeln. Endlich ist sie nahe. «Mohn!» sagt Ewald enttäuscht. Mohn! Wer wird denn Mohn holen? Ein Sturm, und alles ist fort. Sie werden sehen. Und was dann? Ja, was dann …?

Auf einmal setzt sich Tragy auf, hat ein dunkles Gefühl von einem Garten und will sich besinnen: Wann war das doch, gestern? Und er quält sich: Vor einem Jahr? Und allmählich fällt ihm ein, daß es ein Traum war, bloß ein Traum, also überhaupt nicht. Das gibt ihm keine Ruhe: «Wann sind Träume?» fragt er sich ganz laut. Und er erzählt Herrn von Kranz, der ihn in der Dämmerung besucht, dieses: «Das Leben ist so weit, und es stehen doch nur ganz wenig Dinge drin, alle Ewigkeit eines. Das macht bang und müd, diese Übergänge. Als Kind war ich einmal in Italien. Ich weiß nicht viel davon. Aber wenn man dort auf dem Lande einen Bauer fragt unterwegs: ‹Wie weit ist es bis ins Dorf?› – *‹Un' mezz' ora›*, sagt er. Und der nächste dasselbe und der dritte auch, wie auf Verabredung. Und man geht den ganzen Tag und ist immer noch nicht im Dorf. So ist es im Leben. Aber im Traum ist alles ganz nah. Da hat man gar keine Angst. Wir sind eigentlich für den Traum gemacht, wir haben gar nicht die Organe für das Leben, aber wir sind eben Fische, die durchaus fliegen wollen. Was ist da zu machen?»

Herr von Kranz sieht das ganz genau ein und stimmt zu: «Famos», lacht er, «wirklich ganz famos. Das müssen Sie in Versen sagen, es verlohnt sich. Das ist ganz Ihre Eigenart –.» Dann geht er bald; er fühlt sich nicht behaglich bei solchen Gesprächen und kommt immer seltener. Tragy ist ihm dankbar dafür. Er lebt jetzt wirklich im Traum und wird nicht gerne gestört; denn dann muß er den traurigen grauen Tag draußen anschauen und die fremde, feuchte Stube, die nicht warm werden will, und ist doch so verwöhnt jetzt durch Farben und Feste. Nur die Nächte sind schlecht und schrecklich. Da kommen ganz alte Qualen, die aus den vielen Fiebernächten der Kindheit stammen, über ihn und machen ihn matt: Stein ist unter seinen Gliedern, und in seine tastenden Hände drängt sich grauer Granit, kalt, hart, rücksichtslos. Sein armer heißer Körper bohrt sich in diesen Felsen, und seine Füße sind Wurzeln und saugen den Frost auf, der langsam durch die erstarrenden Adern steigt... Oder: das mit dem Fenster. Ein kleines Fenster hoch hinter dem Ofen. Hoch hinter dem Ofen ein kleines Fenster. Oh, wie man es auch sagt, es kann keiner begreifen, wie furchtbar dieses Fenster ist. Hinter dem Ofen ein Fenster, ich bitte. Ist es nicht entsetzlich zu denken, daß dahinter noch etwas ist. Eine Kammer? Ein Saal? Ein Garten? Wer weiß das?

«Wenn *das* nur nicht wiederkommt, Herr Doktor.»

«Wir sind nervös –», lächelt der Arzt und ist im allgemeinen ganz zufrieden. «Wir dürfen uns nicht unnütz aufregen. Es ist ein kleines Fieber, mit dem werden wir schon fertig werden; und dann kräftig essen –»

Ewald lächelt hinter dem alten Herrn her. Er fühlt sich so krank, so von ganzem Herzen krank, und es paßt alles so gut dazu. Diese trüben Traumtage, die sich so schwer an die Scheiben lehnen, und diese Stube, in der die Dämmerung wie alter Staub auf allen Dingen bleibt, und dieser feine welke Duft, der aus den Möbeln und aus den Dielen strömt, immer und wieder.

Und manchmal läuten große Glocken irgendwo, die er früher nie gehört hat, und dann faltet er die Hände über der Brust und schließt die Augen und träumt, daß Kerzen brennen zu seinen Häupten, sieben hohe Kerzen mit ruhigen, roten Flammen, die wie Blüten stehn in dieser festlichen Traurigkeit.

Aber der alte Herr hat recht: das Fieber vergeht, und Tragy trifft auf einmal das Träumen nicht mehr. Die ausgeruhte neue Kraft rührt sich ungeduldig in seinen Gliedern und treibt ihn aus dem Bett, fast gegen seinen Willen. Er spielt noch eine Weile Kranksein, aber gelegentlich findet er sich lächelnd, und aus keinem andern Grund, als weil ein Zufall den Wintertag einen Augenblick in die Sonne hält, so daß er glitzert und flimmert auf allen Seiten. Und das ist ein Symptom, dieses Lächeln.

Er soll noch nicht an die Luft, und so sitzt er denn in der Stube und wartet. Jetzt ist alles geeignet, ihm Freude zu machen; jeder Laut, der von draußen kommt, wird wie ein fahrender Sänger empfangen und muß erzählen. Und einen Brief erhofft Tragy, irgendeinen Brief. Und daß Herr von Kranz einmal anpocht. Aber Tage gehen hin. Es schneit draußen ein, und der Lärm verliert sich im tiefen Schnee. Kein Brief, kein Besuch. Und die Abende sind ohne Ende. Tragy kommt sich vor wie einer, den man vergessen hat, und er beginnt unwillkürlich sich zu rühren, zu rufen, sich bemerkbar zu machen. Er schreibt: nach Hause, an Herrn von Kranz, an alle, die ihm zufällig bekannt sind, ja er sendet sogar ein paar aus der Heimat mitgebrachte Anempfehlungsbriefe aus, die er bislang nicht benutzt hat, und erwartet, man werde mit Einladungen erwidern. Umsonst. Er bleibt vergessen. Er mag rufen und Zeichen geben. Seine Stimme reicht nirgends hin.

Und gerade in diesen Tagen ist sein Bedürfnis nach Teilnahme so groß; es wächst in ihm fort und wird ein ungestümer trockener Durst, der ihn nicht demütigt, sondern ihn bitter und trotzig macht. Er überlegt plötzlich, ob er nicht das, was er umsonst erbittet von aller Welt, fordern kann von irgendwem, wie ein Recht, wie eine alte Schuld, die man einzieht mit allen Mitteln, rücksichtslos. Und er verlangt von seiner Mutter: «Komm, gib mir, was mir gehört.»

Das wird ein langer, langer Brief, und Ewald schreibt weit in die Nacht hinein, immer rascher und mit immer heißeren Wangen. Er hat damit begonnen, eine Pflicht zu fordern, und ehe er es weiß, bittet er um eine Gnade, um ein Geschenk, um Wärme und Zärtlichkeit. «Noch ist es Zeit –», schreibt er, «noch bin ich weich und kann wie Wachs sein in Deinen Händen. Nimm mich, gib mir eine Form, mach mich fertig...»

Es ist ein Schrei nach Mütterlichkeit, der weit über ein Weib hinausreicht, bis zu jener ersten Liebe hin, in welcher der Frühling froh und sorglos wird. Diese Worte gehen niemandem mehr entgegen, mit ausgebreiteten Armen stürmen sie in die Sonne hinein. – Und so ist es gar nicht erstaunlich, wenn Tragy zum Schluß erkennt, daß es niemanden gibt, dem er diesen Brief schicken kann, und daß niemand ihn verstünde, am wenigsten diese schlanke nervöse Dame. Sie ist ja stolz, daß man sie «Fräulein» nennt in der Fremde, denkt Ewald und weiß: Man muß den Brief rasch verbrennen.

Er wartet.

Aber der Brief verbrennt ganz langsam in lauter kleinen zitternden Flammen.

1898

KÖNIG BOHUSCH

Als der große Mime Norinski um drei Uhr nachmittags in das National-Café, welches vor dem Prager Tschechischen Theater liegt, eintrat, erschrak er ein wenig, lächelte aber gleich darauf sein verächtlichstes Lächeln: in dem Spiegel, schräg gegenüber der Tür, hatte sich irgendeine entfernte Ecke des Saales gefangen, und er hatte drinnen eine schiefe Marmorsäule und unter dieser Säule einen kleinen, buckligen Mann erkannt, dessen seltsame Augen dem Eintretenden wie lauernd aus einem unförmigen Kopfe entgegenstarrten. Das Fremde dieses Blickes, in dessen Tiefen irgendein unerhörtes Geschehen sich dunkel zu spiegeln schien, hatte ihn einen Augenblick in Schrecken versetzt. Nicht etwa, weil er besonders furchtsamer Natur gewesen wäre, sondern infolge des profunden und versonnenen Wesens, welches so großen Künstlern meistens eignet und durch dessen Wall sich jedes Ereignis gleichsam durchbohren muß. Dem Original gegenüber empfand Norinski nichts Ähnliches. Er übersah den Verwachsenen sogar eine ganze Weile, während er mit unnötiger Wichtigkeit den andern am Stammtisch die Hand reichte. Die Händedrücke nahmen eine ziemliche Zeit in Anspruch, denn jeder hatte gleichsam drei Akte. Erster Akt: Zögernd folgt die Hand des Schauspielers dem Flehen der entgegengestreckten Hände. Zweiter Akt: Seine Hand spricht nachdrücklich zu der, welche sie umfaßt: Merkst du auch die Bedeutung dieses Moments? Dritter Akt und Katastrophe, wobei Norinski jede Hand verächtlich losließ, fortwarf: O du Erbärmlicher, das kannst du ja gar nicht merken... Diese Erbärmlichen waren diesmal: Karás, der lange blasse Kritiker des «Tschas», ausgezeichnet durch einen überaus langen Hals und – wie ein boshafter jüdischer Kollege mal behauptet hatte – einen überaus höflichen Adamsapfel, welcher jeden Tropfen durch die Einsamkeit der Kehle bis an den Kragenrand, wo er sich nicht mehr verirren konnte, begleitete und von dort diensteifrig auf seinen Posten zurückschnellte, Schileder, der schöne Maler, der so traurige Dinge malte, der Novellist Pátek, der Lyriker Machal, der Student Rezek, der etwas abseits saß, aus einem großen Stammglas heißen Tschaj mit viel Kognak trank und schwieg. Endlich schien Norinski auch den Buckligen zu bemerken. Er lachte: «König

Bohusch!» und streckte mit ironischem «Majestät» die Hand über den Marmortisch. Der Kleine fuhr auf und schickte ihm, um die Mimenhand nicht warten zu lassen, überhastig seine gelben unreifen Finger entgegen, so daß sich die beiden Hände wie Vögel in der Luft haschten. Dem Bohusch kam das ziemlich drollig vor, und er ließ ein zitterndes, zerbrochenes Lachen hören, das er ängstlich unterbrach, als er bemerkte, wie die Blatternarben auf Norinskis Stirne sich unter ärgerlichen Falten versteckten. Der Mime murmelte etwas, gab die Jagd auf und sagte in schlechter Laune zu Karás: «Ihr schreibt auch einen Kohl, mein Lieber. Aber das sag ich dir, ich spiele meinen Hamlet das nächstemal just so wie gestern. Ich spiele eben *meinen.* Verstehst du, Liebster?»

Karás schluckte irgendwas hinunter und sagte etwas von der Auffassung, die andere bekundet hätten, Bedeutende; er möchte nur Kainz nennen oder... Der Student Rezek trank heftig sein Glas aus, und Norinski sagte erregt: «Liebster, was geht mich ein deutscher Hamlet an. Du wirst doch nicht etwa behaupten wollen, wir dürften nicht auch unsere Meinung haben? Ist der Shakespeare ein Deutscher? Nun, was gehn uns also die Deutschen dabei an? Ich nehme meine Auffassung sozusagen direkt aus dem Englischen.»

«Das einzig Richtige», sanktionierte Pátek und

strich den spitzen Modebart mit gepflegten Fingern.

«Dein Kostüm übrigens, ich meine vom malerischen Standpunkt –», besänftigte der schöne Maler, und rasch wandte sich ihm Norinski zu. «Ja», gähnte er so ganz obenhin, und dann mit herablassender Gönnerstimme: «Was macht denn Ihr Schauspiel, Machal?»

Der Lyriker schaute eine Weile schweigend in sein Absinthglas und erwiderte leise und kummervoll: «Es ist Frühling.»

Alle erwarteten noch etwas, aber der Dichter schien schon wieder unterwegs nach dem blassen Garten seiner Träume. Er sah sein Absinthglas wachsen und wachsen, bis er selbst sich mittendrin fühlte in dem opalnen Licht, ganz leicht, ganz gelöst in dieser seltsamen Atmosphäre. Nur Schileder hatte das gewaltige Wort ernst hingenommen. Es lag über ihm, so dicht, daß er auch nicht mit den Wimpern hätte zukken mögen. In seinem Tiefsten dachte er: Gott, das trifft jeder. Hat er denn etwas Besonderes gesagt? Das kann ich auch: es ist... Er kam nicht zu Ende damit. Alle lachten, und Schileder atmete auf, als er an den Mienen der anderen sah, daß der Ausspruch doch nicht so gewichtig gewesen sein mochte. Karás wandte sich an den Lyriker: «Das heißt, es blüht dein Stück. Hm?»

Da sagte Machal seiner Muse mit einer Verbeugung: «Entschuldigen Sie –» und kam ungern zurück aus der opalnen Welt; aber das Mißverständnis war auch zu arg: «Nein», betonte er, «das heißt, ich bin zu traurig jetzt. Das heißt, es ist jetzt die Zeit, wo die Natur alles Werden mißversteht, das heißt, daß ich müde bin – müde dieses wunden Keimens.»

«Aber verzeih», der Novellist tippte ihn mit dem modegelben Handschuh auf die Schulter, «das mag ja sein, aber das ist doch nicht Frühling.»

Und der Maler dachte: Nein, das ist nicht Frühling.

«Im wunderschönen Monat Mai»,[1] deklamierte der Mime.

«Einst», hauchte der Dichter und machte eine Bewegung mit der Hand, mit welcher er dieses Einst noch weiter zurückdrängte, «einst war das vielleicht so, wie es in alten Gedichten steht – der Frühling: ‹Licht und Liebe und Leben›. Wer das noch glaubt, belügt sich.» Er seufzte tief.

Wie schade, dachte der Maler, also kein Frühling mehr.

Machal aber erhob sein Gesicht, das durch große Sommerflecken entstellt war, hoch in das klare Nachmittagslicht und konnte durch das Fenster gerade die Rampe des Nationaltheaters sehen, längs welcher ein Schutzmann auf und nieder ging. Das wollte er nun gerade niemandem zeigen, allein er sagte gleichwohl: «Schaut nur hinaus. Dieser Kampf mit den blöden brachen Schollen, den jeder der feinen schwachen Keime kämpfen muß, um zu seinem Sommer zu kommen. Hier», und er schraubte sich noch ein wenig höher, «steht die hilflose Blüte und will blühen; das ist das einzige, was sie kann, sie kann nur blühen, und sie will wirklich niemanden stören damit, und doch sind alle gegen sie: die schwarzen Krumen, die sie nur nach langem Bitten durchlassen, die Tage, die wahllos Wärme und Regen und Wind auf sie herabstreuen, und die Nächte, die sich langsam an sie heranschleichen, um sie zu würgen mit ihren eisigen Fingern. Dieser feige traurige Kampf, das ist der Frühling.» Machal fröstelte; seine Augen starben. «König Bohusch» sah ihn ganz starr an. Das war etwas sehr Ungerechtes, was der Dichter sagte, schien ihm, und er hatte vieles dagegen im Sinn. Es drängte ihn, aufzustehen und hochragend und heiter den Frühling zu verteidigen, der dennoch voll Sieg und Sonne war. Ihm stiegen so viele schöne Gedanken in den Kopf, daß ihm die Wangen ganz warm wurden und er eine Sekunde das Atmen vergaß. Aber ach, was hätte es genützt, aufzustehen; sie hätten es kaum bemerkt, denn Bohusch sah, auf der hohen Samtbank sitzend, fast größer aus, als wenn er stand. Auch seine Stimme hätte kaum bis zu Norinski hinüberfliegen können; bei solchen Entfernungen wurde sie schon ungewiß und flatterte wie ein angeschossener Vogel. Das wußte Bohusch. Und so schwieg er, preßte die Lippen, die wie aus Holz geschnitzt waren, eng aneinander und begann, wie oft als Kind, still für sich mit den vielen goldenen Gedanken zu spielen, ganze Berge und Burgen zu bauen, aus deren schlanken Säulenfenstern seine Träume ihn grüßten. Und er war so reich, daß er jedesmal neue Paläste errichten konnte, von denen keiner einem alten ähnlich sah, und das will etwas bedeuten, da der Kleine über dreißig Jahre diese Beschäftigung trieb, seit seinem fünften Lebensjahre etwa – und sich doch nicht wiederholen mußte. Die anderen sprachen jetzt, während Machal sich gewiß wieder im Absinthglas sitzen fühlte, von lauten Dingen und Alltäglichkeiten in wirrem Durcheinander, und über allem schwebte die Baßstimme des Schauspielers mit ausgebreiteten Flügeln. Bohusch aber dichtete in seiner Ecke an seiner Apologie des Frühlings. Er kannte ihn ja eigentlich nur so, wie er im finstern und feuchten Hirschgraben oder auf dem Kirchhof Malvasinka aussah; einmal als Kind hatte er ihn in der wilden Schárka gesehen, und heute hörte er noch in seiner Brust ein feines, altes Echo jenes Sonnentages. Wie selig mußte der erst draußen zu schauen sein, wo er seine Heimat hat, weit von der Stadt und ihrer Unrast, und es ärgerte und kränkte ihn, daß die Menschen um ihn, die doch weit herumgekommen sind, zugaben, daß man den Frühling verleugne. Das mußte er ihnen doch sagen. Aber ein zager Versuch seiner Lippen ging in dem allgemeinen Hin und Wider schnell und spurlos unter, und der arme Bohusch hätte auch nichts mehr zu sagen gewußt. Als fürchteten sie, verraten zu werden, flüchteten seine Gedanken in ängstlichem Ungestüm aus der schönen Versammlung, und statt ihrer füllte eine einzige Vorstellung sein Gehirn, und die sprach er willenlos und unbemerkt aus: Ja, mein Vater. Es bedurfte eines Augenblicks, ehe der Bucklige sich klarmachte, warum er gerade an ihn dachte. Er sah ihn: in seinem riesigen dunkelblauen Tressenpelz, dessen Kragen mit dem mächtigen Vollbart zu verschmelzen schien, ging er mit breiten, selbstbewußten Schritten in dem lichtgetünchten hohen Flur des alten Fürstenpalastes in der Spornergasse her und hin. Der goldene Knopf seines Stabes rührte fast an die goldenen Fransen, die von der Krempe des dreispitzigen Hutes hingen, unter welchem seine Augen ernst und wachsam waren. Dann stand der kleine kränkliche Bohusch oft hinter der Türe der Portierswohnung und schaute scheu durch eine Spalte dem gewaltigen Schreiten des Vaters nach, dessen Gestalt höher war als die aller anderen Menschen, um so vieles ragender auch als die des alten Fürsten, vor dem der Vater den Tressenhut ganz tief abnahm, ohne sich indessen sonderlich zu verneigen. An einen Kuß oder ein

Lächeln dieses Mannes konnte sich Bohusch, soweit er zurücksann, nicht erinnern, wohl aber gehörte seine Gestalt und seine Stimme zu den deutlichsten Eindrücken seiner armen Kindheit. Und darum fiel ihm der Vater auch immer dann ein, wenn er den längst Toten um diese beiden Eigenschaften beneidete und sich sagte: Beides ist doch eigentlich jetzt so gut wie unbenutzt; er braucht weder Stimme noch Gestalt mehr, warum hat er das alles dann mitgenommen? Und wenn der Bucklige das dachte, kam es immer so: auf einmal fühlte er etwas, das ihn mitnahm, fortriß. Seine Gedanken waren nicht mehr in ihm, sie liefen vor ihm her, und er mußte sie verfolgen, um sie wieder zu fangen. Man konnte sie doch nicht so ohneweiters laufen lassen. Atemlos holte er sie immer an derselben Stelle ein. Das war eine helle Herbstnacht mit hastigen Wolken. Das flüchtige Licht war gerade geduldig genug, um Bohusch eine Marmortafel erkennen zu lassen, auf welcher, halb von wildem Gezweig verdeckt, stand: «Vitězlav Bohusch, fürstlicher Portier». Und sooft der Kleine das las, begann er immer mit gierigen Nägeln in Gras und Schollen zu graben, bis er immer matter und der Atem der feuchten Erde immer schwerer und dunstiger wurde und seine blutigen Nägel endlich kreischten auf dem glatten Holz eines großen gelben Sarges. Und dann sah er sich auf dem Kasten in der schwarzen

Grube knien und eine Sekunde oder zwei ratlos sein. Bis immer dieselbe Lösung ihm kam: Man muß dieses Brett mit dem Kopf durchdrücken können wie eine Fensterscheibe. Hatten sie ihn nicht immer gehöhnt um seines schweren Schädels willen? Also zu etwas muß er doch gut sein, nicht? Krach! Das Brett weicht – natürlich – wie eine Fensterscheibe, und der Bohusch holt sich mit heißer Hand aus dem dumpfen Dunkel die Brust des Vaters und schnallt sich dieselbe wie einen Harnisch um die schüchternen Schultern, und er langt wieder hinein und sucht und sucht mit krampfigen Fingern und schickt auch die andere Hand zu Hilfe und kann es gar nicht begreifen, daß er mit beiden wunden Händen die Stimme des Vaters nicht finden kann.

An den Abenden des frühen Frühlings ist die Luft von feuchter Kühle, die sich leise über alle Farben legt und sie lichter und einander ähnlicher macht. Die hellen Häuser am Quai haben fast alle den blassen Ton des Himmels angenommen, und nur ihre Fenster zucken dann und wann in heißem Leuchten und verlöschen versöhnt in dem Dämmer, sobald erst die Sonne sie nicht mehr aufstört. Dann steht nur noch der Turm von Sankt Veit in seinem ewigen greisen Grau aufrecht da. «Er ist wirklich ein Wahrzeichen», sagte Bohusch zu dem schweigsamen Studenten. «Er überdauert jedes Dämmern und ist immer ganz gleich. Ich meine in der Farbe. Nicht?»

Rezek hatte nichts gehört. Er sah hinüber nach dem Kleinseitner Brückenturm, wo man eben die Lichter anzündete.

Bohusch fuhr fort: «Ich kenne mein Mütterchen Prag bis ins Herz – bis ins Herz», wiederholte er, als wenn jemand seine Behauptung bezweifelt hätte, «denn das ist doch wohl sein Herz, die Kleinseite mit dem Hradschin. Im Herzen ist immer das Heimlichste, und, sehen Sie, es ist soviel Heimliches in diesen alten Häusern. Ich muß es Ihnen sagen, Rezek, denn Sie sind vom Lande und wissen es vielleicht noch nicht. Aber es gibt da alte Kapellen, Jesus, und was da für seltsame Dinge sind. Bilder und Ampeln und ganze Kästen, Rezek, ich lüg nicht, ganze Kästen voller Gold. Und aus diesen alten Kapellen führen Gänge weit, weit unter der ganzen Stadt durch, vielleicht bis nach Wien.»

Rezek sah den Verwachsenen von der Seite an.

«Bei meiner Seele», beschwor der und legte die Hand auf die schiefe, gedrungene Brust. «Ich hätts ja auch nicht geglaubt. Nie, mein Leben nicht. Aber ich habs einmal gesehen, nicht in einer Kapelle, aber –»

«Wo?» forschte der Student plötzlich mit so entschiedenem Interesse, daß der Kleine zusammenschrak.

«Sehen Sie», sagte er, «Sie möchtens nicht

glauben. Aber in unserem Keller da ist ganz am Ende eine Vertiefung, so etwa zwei Stufen abwärts, und dann ein Loch in der Mauer, gerade so groß, daß einer durchkrauchen kann – so – natürlich auf allen vieren.» Bohusch lachte sein zerbrochenes Lachen.

«Na und –», drängte Rezek, fügte aber ruhiger hinzu, während er zwischen seinen lebendigen Fingern eine Zigarette formte, «was dann?»

«Ich wär niemals hineingekrochen. Bewahre. Aber mir fiel mal die Kerze, mit der ich hinuntergestiegen war, brennend zwischen alte Holzscheite. Mein Schrecken! Na, Sie können sich vorstellen, Rezek, eine brennende Kerze in altem, trockenem Holz. Ich finde sie endlich wieder; sie war verlöscht natürlich, aber in lauter Angst grabe ich weiter. Es hätte doch ein Funke irgendwo darunter sein können. Da gleite ich auf einmal mit dem Holz tiefer und sitze vor dem Loch. Schau hinein. Nicht möglich. Noch ein Keller, denk ich. Ich leuchte. Aber es ist nur ein Gang, und der führt weiß Gott wie weit, weiß Gott.»

Sie schritten jetzt ganz langsam den Quai abwärts, der steinernen Brücke zu. Rezek tat einen langen Zug aus seiner kleinen, ganz durchfeuchteten Zigarette und sagte, ohne zu Bohusch herabzusehen: «Das ist selbstverständlich längst vermauert, das Loch?»

«Vermauert», kicherte Bohusch, «vermauert?» und konnte sich kaum fassen vor Heiterkeit. «Wer so was vermauern soll?»

«Nun, Sie habens doch jedenfalls angezeigt?» Der Student sah ärgerlich aus. Seine dunklen Augen lauerten in dem blassen Gesicht, als wollten sie sich auf die Antwort des Kleinen stürzen.

Der war eben erst wieder vernünftig: «Sie wissen ja, meine Mutter, – der hab ich's erzählt. Und sie hat gesagt: ‹Ein Loch? Was geht uns das an, Bohusch. Leg das Holz wieder davor, wie es war.› Und da hab ich also das Holz davorgelegt, so wie es war. Sie hat ja recht, was geht uns das Loch an.» Der Student nickte zerstreut und sagte dann rasch: «Es ist doch noch kalt im April.» Er schob die eckigen Schultern höher und nahm den schäbigen gelben Sommerüberzieher, den er den ganzen Winter getragen hatte, vorn fest zusammen; «wollen wir da hinüber ins Café? Ein Tschaj wird wohltun. Kommen Sie.» Er schob seine Hand unter den Arm des Buckligen und wollte ihn mitziehen. Bohusch sträubte sich: «Aber, was glauben Sie, Rezek; wir waren lang genug im Café.» – «Ja so, mit *denen.*» Der Student legte den Ton der Verachtung auf das letzte Wort. «Ich will mit *Ihnen* plaudern, Bohusch; nicht mit diesen großen Herren, mit diesen Künstlern.» – «Was reden Sie denn», staunte Bohusch, «das Volk muß stolz sein auf sie.» Rezek blieb stehen und war ganz blaß: «Wenn diese Menschen lieber stolz sein wollten auf das

Volk. Aber glauben Sie mir, sie wissen nichts voneinander – das Volk nicht von ihnen und sie nicht vom Volk. Ich bitte Sie, was sind sie denn, sind das Tschechen, ja? Schauen Sie nur irgendeinen an. Der Karás schreibt in deutsche Zeitungen über unsere Kunst. Und unsere Kunst, was ist das? Lieder vielleicht, wie sie das ganz junge, gesunde, kaum erwachte Volk singen könnte? Erzählungen von seiner Kraft und von seinem Mut und von seiner Freiheit? Bilder von seiner Heimat? Ja? Keine Spur. Davon wissen ja diese Herren gar nichts. Sie sind ja nicht von heute wie das Volk, das noch ganz kindisch ist, voller Wünsche und ohne eine einzige Erfüllung. Sie sind ja über Nacht fertig geworden. Überreif. Das ist ja soviel bequemer als der lange, eigene Weg durch Bedrückung hindurch, wie das Volk ihn gehen muß, das arme! Fast mühelos ist das. Man importiert alles aus Paris: die Kleider und die Gesinnung, die Gedanken und die Inspiration. Man war gestern Kind und ist heute ein junger Greis, ein Übersättigter. Man weiß auf einmal alles. Und man macht danach seine Kunst. Man malt Greuelszenen und Orgien. Man sucht im Weib die Dirne und verherrlicht sie in Romanen; dann verurteilt man in frivolen Liedern diese Dirne und feiert die Manneslieb in schweren Strophen, und endlich ist man am Ziel: man verherrlicht nicht mehr und verurteilt auch nicht mehr. Man ist dessen müde. Man ist ja so über alles hinaus. Man ist Mystiker. Man ist überhaupt gar nicht mehr hier, in Böhmen, zu Haus; i wo, man hat seine Heimat irgendwo – was weiß ich – an dem Urquell des Lebens. Das ist doch lustig. Nicht? Während das Volk sich rührt und zum erstenmal fühlt, wie jung und gesund es ist und die neue zage Kraft des Anfangs in seinen Adern quillt, schänden die Künstler seine Sprache dadurch, daß sie ihren Frühling für die kranke Kunst eines Endes mißbrauchen.» Der Student hatte sich heiß und heiser gesprochen. Sie standen immer noch an derselben Stelle. Vorübergehende begannen aufmerksam zu werden, und auch ein Schutzmann sandte von Zeit zu Zeit einen mißtrauischen Blick herüber. Bohusch schaute schweigend zu dem Studenten auf, und er schien ihm jetzt ebenso hoch und stolz in die Nacht zu ragen wie drüben der alte Turm des Doms. –

Jetzt sagte Rezek mit veränderter Stimme, geärgert durch die Neugier der Menschen: «So kommen Sie doch ins Café.»

Und Bohusch, ganz unter dem Bann dieses Befehles, ging mit. Er konnte sich gar nicht vorstellen, daß er hätte nein sagen können. Als sie aber an der Tür des kleinen Cafés stillestanden, sagte er zaghaft: «Ich kann doch wirklich nicht, Herr Rezek, verzeihen Sie, aber nun kann ich doch wirklich nicht. Meine Mutter, Sie wissen ja. Sie erwartet mich am Abend. Und sie hätte

Angst, wenn ich nicht komme. Sie ist so. Entschuldigen Sie…»

Der Student unterbrach ihn kurz: «Dann begleit ich Sie.» Er schien jetzt gar nicht mehr zu frieren. Und sie gingen nach der Kleinseite. Schweigend. Als sie an dem Schutzmann vorüberkamen, fühlte der Verwachsene, wie Rezek einen dunklen, mißtrauischen Blick von dort auffing. Er schaute auf; aber der Student hatte den Kopf schon abgewendet und spuckte gleichgültig nach der anderen Seite, wobei er bemüht schien, den Eckstein zu treffen. Bohusch dachte nach; er fühlte eine Verwandtschaft zwischen den schönen Gedanken, die ihm heute nachmittag im «National» gekommen waren, und dem, was Rezek gesagt hatte und was er nun noch sagen würde. Es war zum erstenmal, daß ihn diese Empfindung überfiel, obwohl er oft mit dem Studenten zusammentraf; er hatte ihn stets für dumm gehalten. Warum? Vielleicht weil er sonst so viel schwieg? Deswegen hielt man ja wahrscheinlich ihn, Bohusch, für beschränkt. Andererseits aber, wie schön war das an sich magere und häßliche Gesicht des Studenten während seiner begeisterten Worte geworden. Alles, was eckig und hölzern aussah in seinem Gesicht und in seinen Gesten, erhielt eine Betonung ins Erhabene: es wurde streng, herrisch, rücksichtslos. Dieser ganze, hoch aufgeschossene junge Mensch, der zu schnell gewachsen, zu schlecht genährt und zu erbärmlich gekleidet war, hatte für Bohusch ganz unversehens etwas Elementares, Ewiges bekommen, und wie er so neben ihm hinging, wurde er die Empfindung nicht los, daß er sich diesen Tag besonders merken müsse: Samstag, den 17. April. Die Vorstellung wuchs in ihm ganz bestimmt und deutlich, aber gleichsam im Hintergrund seiner Seele, während vorn sein eigenes Ich stand, sich verneigte und zu Bohusch sprach: Das muß ich mir entschieden verbeten haben, ganz entschieden! Du hast gar nicht das Recht, mein Lieber, alle Schätze, welche ich dir, dem Bohusch, gebe, zu verschweigen. Heraus damit. Sprich. Die Leute sollen wissen, daß ich reich bin. Ich weiß, was du sagen willst. Du bist häßlich. Aber rede nur erst. Reden macht schön. Da hast du es gerade sehen können. Versprich mir's. – Und der arme Bohusch gab seinem Ich das Ehrenwort: Gewiß, von jetzt an werde ich reden. Und Bohusch wollte gerade beginnen, als der Student neben ihm stehenblieb und über die Moldau hinwies, auf deren hohen dunklen Wogen verlorene Lichter trieben: «Schauen Sie dort den Vyschehrad, die alte Stammburg der Libuscha, und da den Hradschin, und hinter uns die Teynkirche, lauter Heiligtümer. Wenn die Herren zur Vergangenheit flüchten, wie sie immer wieder behaupten, warum nicht zu *dieser* Vergangenheit? Warum erzählen sie uns vom Orient und von den Kreuzzügen und vom schwarzen Mittelalter? Das ist eine künstlerische Frage, sagen sie. Nein, sage ich: das ist eine Herzensfrage. Das ist nicht Zufall, daß ihnen jene entfernten Dinge ‹liegen› und das Nahe, Vertraute ihnen nichts zu sagen hat. Sie sind einfach Fremde. Und das Volk pflegt ängstlich seine alte, unbeholfene Tradition, die trotz aller Sorgfalt blasser und blasser wird von Enkel zu Enkel, so daß es kaum mehr weiß von den lebendigen Reichtümern seiner Heimat. Freilich! Es wäre doch auch zu erniedrigend für diese großen Herren, das Volk vor seine heiligen Erbstücke zu begleiten und ihm in neuen, klaren Worten zu sagen von ihrem alten Wert und ihrer geweihten Würde.»

Bohusch sah starren Auges die Steine des Gangsteiges an und sagte, wie sich zwingend, leise, immer wieder von Hüsteln unterbrochen: «Sie haben recht, Rezek, Sie haben ganz gewiß recht. Ich kann das alles ja nicht so gut verstehen; denn es ist gewiß nicht so ganz einfach, was Sie da sagen. Aber recht haben Sie. Ich hab mir das ja manchmal gedacht. Warum malt man das und nicht das. Warum schreibt man so und nicht so... aber doch, wenn Sie mir gestatten wollen zu bemerken, daß die Dichter nichts vom Hradschin und vom Teyn erzählen, das macht nichts, das macht nichts. Ich meine, – sehen Sie, ich kenne mein Mütterchen Prag bis ins Herz, ja, und mir hat nie ein Dichter davon was gesagt.

Man muß nur groß werden mitten unter diesen Kirchen und Palästen. Die brauchen, weiß Gott, keinen, der für sie spricht, die sprechen selbst, mein' ich. Wenn man nur hören mag. Oh, was die für Geschichten wissen. Lieber, ich will Ihnen einmal einige erzählen, ja? Oder noch besser: Sie sollen meine Mutter davon reden hören.»

Rezek machte eine Bewegung der Ungeduld. Bohusch bemerkte es sogleich und stockte einen Augenblick, dann: «Verzeihen Sie. Ich hab eigentlich nur noch sagen wollen... ja, also das mit dem Hradschin ist nicht schade, aber das andere. Das, was nicht Vergangenheit ist. Die Gassen da und diese Menschen und dann besonders die Felder hinter der Stadt und die Menschen dort. Das haben Sie doch sicher auch schon gesehen: ein Feld, wissen Sie, so ein Feld ohne Ende, traurig und grau. Und der Abend dahinter. Und nichts, nur ein paar Bäume und ein paar Menschen; und die Bäume gebückt und die Menschen auch. Oder so ein Steinbruch, wie sie da draußen hinter Smichov sind. Von dem grauen, kahlen Berg rollen die kleinen Kiesel herunter in die Schuttmulde. Wie das klingt. Ja, das ist auch ein Lied; und unten sitzen Männer und behauen den ganzen Tag die grauen Steine und machen kleine, brave, glatte Würfelchen aus ihnen und sehen die Sonne trüb durch die Hornglässer, die sie vor den Augen haben. Und die jüngeren von ihnen vergessen manches Mal und heben leise zu singen an, kein ausgelassenes Lied, bewahre, irgendeins, das zum Takt paßt, *‹Kde domov muj›*[2] oder so was. Und dann horchen alle. Es dauert aber nicht lang. Dem Jungen fällt bald ein, daß der Kieselstaub zu scharf ist, schlecht für die Lunge, na, und da ist er halt wieder still... Aber – Sie müssen verzeihen –» Der Kleine sah hilflos umher, faßte sich aber wieder, als er sah, daß das Auge des Studenten ernst und aufmerksam auf ihm ruhte. Er empfand dies als Sieg, und mit mehr Sicherheit als bisher fuhr er in seiner Rede fort: «Ich hab nur noch sagen wollen: Warum malen sie das nicht, warum? Warum dichten sie nicht so was. Das ist doch tschechisch – es ist ja so traurig.»

Rezek nickte nur und sagte: «Glauben Sie, daß das Volk sehr traurig ist?»

Bohusch sann nach: «Freilich», meinte er dann zögernd, «eigentlich kenn ich ja so wenig; ich komm ja nie weit hinaus. Aber ich glaub es doch.»

«Warum?»

«Warum, fragen Sie? Gott, weiß ich's? Die Eltern sind traurig, und die Kinder sind es auch und bleiben es. Sie sehen, kaum daß sie laufen können, den traurigen Nepomuk vor der Tür, der den Gekreuzigten im Arm hält, und die alte Weide am Dorfteich und die Sonnenblumen im kleinen Garten, die so früh müde werden in der stillen Sonne. Macht das froh? Und dann lernen sie so zeitig den Haß. Die Deutschen sind überall, und man muß die Deutschen hassen. Ich bitte Sie, wozu das? Der Haß macht so traurig. Sollen die Deutschen tun, was sie wollen. Sie verstehen unser Land doch nicht, und deshalb können sie uns es niemals fortnehmen. An den Grenzen, da gibt es ja wohl große Wälder und Gebirge, wo die Deutschen ganz fest sitzen, nicht wahr? Aber die umrahmen doch eigentlich nur das Land. Was dazwischenliegt, die vielen Felder und Wiesen und Flüsse, das ist unsere Heimat, das gehört uns, wie wir dazugehören mit allem in uns.»

«Als Sklaven», warf Rezek verächtlich ein.

«Sagen Sie das nicht. Bitte. Nicht als Sklaven. Als Kinder. Vielleicht als nicht ganz anerkannte, nicht ganz erbberechtigte Kinder – augenblicklich. Aber doch als echte, natürliche Kinder. Sie müssens doch fühlen. Sie sagen selbst: das Volk ist ganz jung und gesund, dann wird es ja wohl auch stark sein und sich nicht ergeben. Möglich, daß einer oder der andere Ketten trägt – heute. Das geht vorüber. Ich weiß, da hat einer ‹Sklavenlieder› geschrieben, einer von den Älteren. Der hat nicht recht. Kein Redlicher in unserem Volk macht Lärm mit den Ketten. Sicher nicht. Er hebt sie sogar beim Gehen vorsichtig in die Höhe, damit die liebe Erde nichts merkt von seinem Elend… So sind die Aufrichtigen von uns.»

Jetzt waren sie gerade am Anfang der Brükkengasse angelangt, drängten sich durch die dichteren Mengen der Fußgänger und bogen eilig in die erste, enge Seitengasse ein. Beim Schein der nächsten Laterne betrachtete der Student seinen Begleiter mit unverhehltem Erstaunen; er schüttelte den Kopf, schien irgend etwas auf den Lippen zu zerdrücken und sagte: «Sie sind ein Redner, Bohusch.»

«Oh», machte der Kleine und sah ganz beschenkt aus.

«Nein, im Ernst. Nur müssen Sie sich sagen lassen. Das mit den Deutschen ... Wenn Sie vernünftig sind, vielleicht braucht Sie das Volk noch einmal.»

«Waaas?» machte Bohusch und wollte lachen aus Schrecken und Verlegenheit. Aber Rezek hatte die Lippen fest zusammengepreßt, sah sehr ernst aus und schwieg. Da wurde dem Buckligen sehr bange. Er drängte sich näher an den Studenten heran und flüsterte: «Das denk ich mir ja nur alles so. Wirklich. Ich weiß ja nicht. Vielleicht ist es ja auch anders. Ich kanns ja auch nicht so sagen. Sie müssen nicht schlecht denken von mir, Herr Rezek.» Und auf einmal wurde er ganz verzagt. «Sehen Sie, ich bin ja so ein armer Kerl. Wenn Sie wüßten, wie arm ich bin; am Vormittag, da schreib ich ab in der Redaktion, und am Abend, da bin ich bei der Mutter, sie ist so alt und sieht fast nichts mehr. So ist es jeden Tag. Und am Sonntag, wenn ich meine Frantischka sehe, wissen Sie, wo wir dann bleiben? Auf der Malvasinka. Dort, wo die grünen Kreuze stehen, eins wie das andere. Lauter Kinder liegen dort, und auf den schmalen Blechtafeln steht immer nur irgendein Vorname, ‹der kleine Karel› oder ‹die kleine Marie›, und ein Gebet dabei. So ist das dort. Und dort bleiben wir am Sonntag. ‹Hier sind wir allein, *Milatschku*›, sagt meine Frantischka. ‹Ja, sag ich, Frantischka, hier sind wir allein.› Und dabei weiß ich, daß wir bei lauter Toten sind. Macht das was? Es ist ja immer noch was dazwischen, manchmal Frühling, manchmal Schnee. – Ach, ich bin ja so ein armer Kerl.»

«Nun, nun», beschwichtigte Rezek, und sie standen schon vor dem Hause, in welchem der Bohusch unter dem Dach zwei Stuben mit seiner alten Mutter teilte. Der Student schien es eilig zu haben. «Sie sind mir also nicht bös, Herr Rezek», bat der Bucklige. «Dazu ist doch kein Grund», meinte jener hastig, «und gute Nacht. Ich seh Sie ja wohl, morgen im Café!»

«Ja, morgen vielleicht – obzwar es ist Sonntag, da muß ich mit meiner Frantischka – ja – gute Nacht.»

Rezek, der schon ein paar Schritte gemacht hatte, kehrte plötzlich zurück. Er legte die unruhige Hand auf die Schulter des Kleinen und fügte ohne besondere Betonung sehr hastig an: «Wirklich, Sie haben mich neugierig gemacht, Bohusch, das haben Sie. Möchten Sie mich nicht mal in den Keller führen?»

«Keller?»
«Ach, Sie wissen doch, zu jenem Loch.»
«O ja, wenn Sie wollen, gewiß.»
«Gut, also bald, wann...?»
«Wann Sie wollen.»
«Morgen früh?»
«Morgen früh.»
Und sie bestimmten die Stunde. –

Es hatte niemand bemerkt, daß Bohusch am Sonntag früh einen Gast in den Keller des alten finsteren Hauses in der Hieronymusgasse geleitete. Die beiden waren ja auch so behutsam hinabgestiegen, als gelte es, einen Schlafenden nicht zu wecken, hatten unten das Holz fortgeräumt, und dann war der Fremde, der sehr schweigsam war, mit der Laterne in den geheimen Gang gekrochen. Der Bucklige stand und starrte ihm nach. Noch eine Weile blieb das Loch hell, dann erloschen dort an den Kanten die Lichtstreifen, und dann flatterten ein paar Reflexe in dem schwarzen Rahmen hin und her, schlugen sich an den Mauern die Flügel wund und fielen tot in das grenzenlose Dunkel. Bohusch lauschte. Schritte hallten fern und immer ferner. Da wurde ihm mit einem Male angst. Er dachte: Wozu tut er das? Endlich hörte er keine Schritte mehr, und jetzt begann er zu rufen. Seine Worte hatten einen seltsamen Klang; sie trugen das Schlagen seines Herzens mit, welches er in der Kehle spürte und welches immer wilder und ungestümer wurde: «Geben Sie acht, Rezek! – Rezek, gehn Sie nicht weiter. Was machen Sie denn? Aber, aber! Sie dürfen nicht weitergehn. Hier, hier. Hören Sie? Jesus Maria, wo sind Sie denn? Keine Dummheiten; man kann nicht wissen ...» Plötzlich fiel das volle Licht der Laterne auf ihn; das kam so überraschend, daß der Kleine noch eine Weile alle Zeichen des Schreckens und der Furcht behielt und in seiner atemlosen Verwirrung drollig genug aussah. Rezek war mit einem Sprung neben ihm, schien ihn aber gar nicht zu bemerken. Eine gewisse Befriedigung leuchtete in seinen dunklen Augen auf, erlosch schnell, und es kam jene strenge Verschlossenheit über sein Gesicht, welche jede Linie versteinerte. «Nun?» brachte Bohusch endlich heraus und nahm dem anderen die Laterne aus der Hand, um das Licht recht nahe und recht sicher zu haben. Der Student kam ihm auf einmal recht einfältig, fast ein wenig komisch vor, und als er gar bemerkte, daß er in seiner Furcht die ganze Zeit nach der entgegengesetzten Seite, wo gar kein Loch war, gerufen hatte, schmolz seine Beklemmung, sie floß gleichsam von seiner Gestalt herunter in einem unbändigen, blechernen Gelächter. Er war jetzt in der Stimmung, alles heiter zu finden, und ihm erschien es ein köstlicher Spaß, daß der hagere Student das Holz wieder vor die geheime

Tür schichtete und sich dabei so wichtig und weihevoll benahm. Im Hinaufsteigen bat er Rezek, er möchte jetzt doch zu ihm hinaufkommen. Seine Mutter sei gewiß auch noch zu Hause, und er würde es nicht bereuen, schöne Geschichten zu vernehmen und vielleicht auch ein Gläschen Gilka (ja, solche Köstlichkeiten besäße er, der arme Bohusch) zu trinken. Der Student entschuldigte sich kurz. Er hätte dringende Verpflichtungen und würde ein anderes Mal kommen. Übrigens sei das recht interessant gewesen da unten – und er danke auch vielmals. Bohusch war sehr enttäuscht; er hätte jetzt so gerne erzählen mögen. Aber Rezek ließ sich nicht erbitten. Er grüßte flüchtig, ging und vernahm noch, wie der Bucklige, der übereifrig die Treppen hinaufwatete, im ersten Stock irgendwem einen sehr lauten «Guten Morgen» zurief. Der Student schritt hastig die Brückengasse aufwärts. Er fiel auf, wie eben ein arg Beschäftigter unter Müßigen auffällt, und seine schwarze, schlanke Gestalt schien sich an diesen lichten und langsamen Sonntäglern, die der Niklaskirche zuströmten, fortzuhelfen.

Unter der feierlichen Menge tauchte nicht viel später die arme Gestalt des «König Bohusch» auf. In dieser Gegend kannten ihn die meisten, wußten den Spottnamen, den er, weiß Gott, weshalb, seit seiner Schulzeit trug, und übermütige Jungen riefen ihm wohl auch kichernd ein

«König Bohusch» in den Rücken, der unter dem schwarzen Sonntagsrock noch viel runder und häßlicher war. Der Verwachsene ließ sich dadurch nicht stören, trieb eine Weile mit der Menge, kehrte aber dann um und ging, immer lächelnd, der Altstadt zu. Er wollte jemandem begegnen; er fühlte sich aufgelegt, irgendwem zu erklären, daß das Leben, mochte es seine Kanten haben, im allgemeinen doch etwas ganz Treffliches ist, daß die Tschechen ein patriotisches und prächtiges Volk seien und Prag eine Stadt («bitte, sehen Sie nur mal dieses Rudolfinum an», hätte er jetzt gesagt), eine Stadt, die ihresgleichen nicht nebenan hatte. Die Möglichkeit, jemanden zu finden, war am größten in der Ferdinandstraße und am Graben, auf deren breiten Gangsteigen das ganze moderne Prag den Sonntagmittag verbringt, und er lenkte dorthin ein, in der Hoffnung, den oder jenen zu sehen – mochte es selbst Machal oder Pátek sein. Kaum dachte er so, erkannte er Pátek. Der mondäne Novellist schritt knapp vor ihm her. Er trug einen ganz neuen lichtgrauen Anzug, durch welchen er gewissermaßen den etwas zaghaften Frühling protegierte, und die scharfe Bügelfalte blieb bei seinem Schreiten ungebrochen und reichte tadellos bis zu den leuchtenden Lackschuhen hinab, die er mit Grazie zur Geltung zu bringen wußte. Als Bohusch, der ihn überholte, ihn anredete, legte er die Hand mit dem Handschuh (*Café au lait*, 6¾) nachlässig an die Krempe des niedrigen Zylinders und machte nicht viel Miene, sich in ein Gespräch einzulassen. Aber Bohusch war so froh, wen gefunden zu haben, daß er seine Schüchternheit vergaß, keine Aufforderung abwartete und einfach mitging. Pátek warf auch dann und wann irgendein Wort herunter, das heißt, er ließ es fallen, und achtete wenig dessen, ob der Kleine diese kostbaren Fragmente auffing oder nicht. Dieser dagegen sprach unaufhörlich und ruhte sich dann und wann in seinem lauten Lachen aus. Alles bot ihm Stoff. Seine Witze, die nicht immer ganz glücklich waren, erregten rechts und links Aufmerksamkeit oder Unwillen, und der vornehme junge Mann, der nach allen Seiten hin Grüße erteilte, fühlte sich recht unangenehm in Gesellschaft dieses «verunglückten Proletars», wie er Bohusch zu nennen pflegte. An der nächsten Ecke tat er so, als bemerkte er einen guten Bekannten auf der anderen Seite der Straße; er blinzelte eine Weile hinüber, murmelte etwas Unverständliches und hüpfte, ehe Bohusch begriff, worum es sich handle, davon. Der Bucklige ging weiter, stand nach zehn Schritten aufs neue still, suchte die Gestalt des Flüchtlings in dem Strome drüben und erkannte, daß Pátek allein ging. Da verlosch das Lachen auf seinem breiten Gesicht; er warf jemandem, der ihn im Vorbeigehen gar nicht heftig gestreift hatte, ein Schimpfwort zu, wandte sich um und bohrte sich mit rücksichtslosen Schultern in eine Seitengasse durch, wo keine Sonne und kein Mensch war. Tränen hatte er in den Augen. – Eine Weile dachte er daran, Schileder in seinem Atelier aufzusuchen. Dort war er immer geduldet. Wenn der Maler auch gerade beschäftigt war, er durfte sich mit irgendeiner Mappe in eine weiche Ecke des großen Raumes verkriechen und konnte stundenlang Bilder betrachten und seine Blicke die hohen Wandsimse entlang schicken, auf welchen die unvereinbarsten Dinge, die abenteuerlichsten Geräte standen und sich vertrugen hinter den dichten Schleiern eines jahrealten Staubes. Er hatte oft Stunde um Stunde unbeachtet dort gesessen, und wenn er irgendwo ein Stück Samt oder eine bunte, faltenleuchtende Seide entdecken konnte, hatte er das Laken nicht mehr aus dem Auge gelassen, und der Maler hatte es ihm gerne geschenkt. Dann war er immer hastig seine vier Treppen hinaufgestürmt, wild vor Ungeduld, mit dem Stück Zeug angetan, vor den Spiegel zu treten. Ja, der arme Bohusch empfand seinen schwarzen Rock, der ja übrigens auch zu alt war, als ein recht schlechtes, unwertes Sonntagskleid und träumte schon als Kind davon, in außergewöhnlichen und prächtigen Kleidern unter die Menschen gehen zu können. Er hatte ja auch, nur damit er das rote Chorhemde bekäme, in der Schulzeit bei dem

Hochamt ministriert, und nur um der glänzenden Uniform willen wäre er später am liebsten Soldat geworden. Das war alles lang vorbei, und er konnte nun nicht mehr hoffen, jemals etwas anderes, selbst bei der größten Festlichkeit, anzuziehen als diesen schwarzen, schäbigen Rock, es sei denn, daß die Frantischka sich doch noch entschlösse, ihn zu heiraten; zu dieser Feier würde er sich ohne Zögern einen neuen machen lassen, und der müßte dann einen breiten Samtkragen haben. Auf diesen Tag wartete auch noch des Vaters gestickte Weste, welche Bohusch sich dann zurechtschneidern lassen wollte, – erst bis es an der Zeit war. Nur nicht umsonst das Geld ausgeben. Und ob es jemals an der Zeit sein würde...? Den letzten Sonntag hatte Bohusch vergeblich auf die Geliebte gewartet. Wie, wenn sie heute wieder ausbliebe?

Auf den ärmeren Friedhöfen, wo keine mächtigen Marmordenkmäler von Gärtnerhand mit berechnender Kunst verziert werden, ist es so: der Frühling, in seiner Unschuld, tritt ein, und das Klirren der rostigen Gittertür ist der letzte Lärm, den er vernimmt. Er ahnt nicht, wo er ist. Aber es gefällt ihm wohl in diesen stillen Mauern, hinter denen weit das Leben wogt, und bei diesen kleinen Engelchen aus glänzendem Ton, die die Hände gefaltet haben und zu ihm beten. Zu wem denn sonst? Auch gibt es für die jungen, ängstlichen Winden keine bessere Stütze als so ein Kreuz, darauf sie, wenn sie mal so hoch sind, wie zum Lohn nach rechts oder links sich ausstrecken dürfen, soweit es ihnen gefällt. Und weil es ihm doch so gut geht, wird der Frühling an einem solchen Orte früher groß als anderswo. Die kleine dunkle Gestalt des Bohusch wenigstens ging geradezu verloren in dem Getümmel von Primeln und Anemonen, und über ihm lauerte der Wind in einem Baum, der Blüten hatte, ehe ihm Blätter kamen, und schickte ihm dann und wann eine Blüte in den Schoß und schaukelte so schalkhaft mit den zieren Zweigen, als wollte er den Einsamen in der nächsten Sekunde doch über und über verschütten. Der Bucklige aber war nicht gelaunt, ihn zu verstehen. Er stäubte die Blüten mürrisch von seinen schwarzen Ärmeln und schaute an dem sonnigen Sonntag vorbei in einen anderen – ganz anderen Tag. Das war auch auf einem Kirchhof. Vor drei Jahren ungefähr. Ein paar schwarzgekleidete Leute standen um das offene Grab. Die Männer in einer gewissen kavaliermäßigen Vornehmheit mit großen Bärten oder ganz glatt rasierten Gesichtern, jene Falten um die Lippen, welche nach allgemeiner Übereinkunft Zeichen der Trauer und Ergriffenheit sind, die Frauen, viel unbedeutender, mit Taschentüchern in den Händen und, im Mittelpunkt dieser ernsten Gruppe, eine kleine, hilflose, weißhaarige Frau. Sie war ganz überwältigt von ihrem Schmerz, er hatte sie ganz in Besitz genommen. Jedes Zucken ihrer armen Gestalt, jedes Flehen ihrer erstickten Stimme gehörte ihm. Deshalb hatte sie auf alles um sich her vergessen, auch auf ihren Sohn, den armen Bohusch. Der war arg erstaunt. So hatte er die Mutter nie gesehen. Ihm selbst war gar nicht außergewöhnlich zumute. Er dachte einfach darüber nach, wie denn der Vater in dem Sarge hatte Raum finden können. Die Truhe hatte nicht übermäßig groß ausgesehen, und wahrscheinlich mußte er *so* liegen. Dabei stellte er sich den Vater vor, wie er die Knie ein wenig emporgezogen hatte, und überlegte, daß, wenn dem Toten irgendwann der allerdings ganz unerhörte Einfall käme, die Beine zu strecken, die gelbe Kiste ganz gewiß nachgeben würde, unten oder oben. Von solchem Sinnen erfüllt, wartete er ruhig ab, bis die Gesellschaft den Rückweg antreten würde. Als aber auch jetzt seine unaufhörlich schluchzende Mutter ihn gar nicht kennen wollte vor Schmerz, wurde ihm sehr bang. Er konnte ja nicht begreifen, daß die arme kleine Frau alle vierzig Jahre ihrer Ehe, die ersten zwei vielleicht ausgenommen, aus Furcht vor ihrem Mann, der keine Szene ertrug, niemals zu weinen gewagt hatte und nun unbewußt, im erlösenden Genuß einer gewissen Befreiung, alles Versäumte, ein Jahr nach dem andern herunterweinte. Und vierzig Jahre weinen sich nicht so im Handumdrehen. Ratlos sah Bohusch von einem zum andern. Sie gingen alle an ihm vorbei, die Freunde und Genossen des Verstorbenen, und die Taktvollsten unter ihnen drückten ihm schweigend die Hand, wobei der dazugehörigen Frau jedesmal die Augen übergingen, und der fürstliche Kammerdiener sagte in ausländisch korrektem Hochdeutsch: «Er war noch gar nicht alt, Ihr Vater.» Damit wollte er betonen, daß der verstorbene Portier um zwei Jahre älter war als er selbst, der englische Kammerdiener Seiner Durchlaucht. Bohusch wurde unter jedem Händedruck immer ängstlicher, es kam ihm jetzt erst in den Sinn, daß sich da ja doch etwas Außergewöhnliches begeben haben müsse, und bange von der steifen Feierlichkeit dieser Menschen, blieb er mehrere Schritte hinter dem Zuge zurück. Da fühlte er plötzlich, wie zwei Arme sich zu ihm senkten, und als er aufsah, hatte ihn ein junges Frauenzimmer gerade auf die Stirne geküßt. Sie hatte kühle Lippen, das fühlte er, und was ihm noch lieber war: sie weinte nicht. Sie hatte nur sehr, sehr traurige Augen. Aber als der Bucklige ihren Blick fand, mußte er an einen dunklen Wald denken. An nichts Schreckliches, nur an einen dunklen Wald, und drin läßt sich's ja wohl wohnen. So waren ihm die traurigen Augen gleich lieb, die traurigen Augen seiner Frantischka. – Übrigens: es kannte niemand das Frauenzimmer damals, keiner in der ganzen Trauergesellschaft wußte ihren

Namen; sie war eben mitgekommen. Am Tor des Kirchhofs standen zwei alte Bettelweiber, Rosenkränze zwischen den welken Fingern. Sie waren beim siebzehnten «Gegrüßet seist du ...»; als Bohusch mit seiner neuen Freundin, Hand in Hand, vorüberkam, unterbrachen sie ihr Gebet, und die eine sagte grinsend: «Die da mit dem Buckligen, das war die Liebste von dem Seligen.» Und ihr zischendes Kichern wurde nach und nach das achtzehnte «Gegrüßet seist du». Bohusch aber hatte das nicht gehört. – Er sah das blonde Mädchen wieder, und als sie ihm einmal mit der Hand über die Stirne strich und sagte: «Du bist ein so guter, guter Kerl», da küßte er ihr diese Hand, und das Herz schlug ihm hastig dabei. Er hatte gefühlt, wie es ihm eiskalt über den Rücken lief und wie ihm im Kopfe alles polternd zusammenfiel, hatte seine Hände ineinandergepreßt, daß er hätte schreien mögen vor Schmerz, und hatte, statt zu schreien, geflüstert: «Du bist meine Liebste, nicht wahr?» Und da hatte sie gelacht, laut gelacht und genickt, und ihre Augen waren voll der lieben Traurigkeit. Das war aber doch schon lang, und der Bohusch, der jetzt unter dem Blütenbaum auf der Malvasinka saß, hätte die Frantischka so gerne wieder darum gefragt. Statt dessen sah er starr dem Abend in das rote Gesicht und wußte: nun kommt sie nicht mehr. Es war auch nicht die kleinste Hoffnung in ihm, aber gleichwohl blieb er zwischen den Hügeln und Kreuzen sitzen, gebannt durch den dunklen Wunsch, hier wohnen zu dürfen ganz mit dem gleichen Recht wie die vielen Nachbarn. Was müßte er denn dazu tun? Gott, seine Augen müßten diese Türme dort, diese Dächer, diesen leise zerfließenden Hang einfach loslassen, Abschied nehmen müßten sie von dem Himmel, von dem ersten Abendstern, und etwas, was tief in ihm ist, müßte noch einmal Atem holen und «Frantischka» sagen und dann nicht mehr. Das wäre alles, und ist das so schwer? – Es mußte doch schwer sein, denn Bohusch erhob sich und ging den rinnigen Fahrweg abwärts durch die breite Hauptstraße hin. Ein grauer, flimmernder Nebel sickerte dort nieder und hielt die Gasflammen gleichsam in der Luft gefangen, so daß sie nichts von ihrem Licht herunterstreuen konnten auf die dichten Scharen müder Ausflügler, die gespenstisch sich erst zwei Schritte vor dem Einsamen aus der Unermeßlichkeit formten und hart hinter ihm in das Nichts zurücksanken. Und wenn der Bohusch seinem innersten Instinkt nach immerzu gegangen wäre, ohne aufzusehen, er wäre gewiß in die Moldau gekommen, die vom Eisgang her noch heftig war, so, wie ein matter Gaul den Weg in den stillen Stall findet – ohne aufzusehen. Aber Bohusch *sah auf.* Die Nebel um ihn begannen zu ihm zu reden in mächtigen, wachsenden Klängen, und alle Türme, von denen er früher hatte Abschied nehmen wollen, erhoben ihre feierlichen Ave-Stimmen. Es war, als würde oben über den Dächern, hinter den undurchdringlichen feuchten Falten, irgendein großes Fest begangen, und die Seele des Verwachsenen war plötzlich oben, und ehe er es hindern konnte, ging sie auf in dem mystischen Jubel der Lüfte. Und da stand der arme Bohusch und sah ihr nach. – Er mußte daran denken, daß über acht Tage Ostersonntag war, und das erfüllte ihn mit so viel Freude, daß er lächelnd bei seiner alten Mutter eintrat und den ganzen Abend so drollige Dinge zu berichten wußte, daß der alten Frau vor lauter Lachen schwach und schwindlich wurde. Was tat es, daß Bohusch später träumte, Frantischka und er sollten heiraten. Er sah das alles genau bis zu den allerkleinsten Einzelheiten, bis zu den Granatohrringen, welche wie Blutstropfen an den Ohrläppchen seiner Braut hingen. Und alles ging ordentlich. Die Trauung war in der großen Kuppelkirche von Sankt Niklas, und auch den Pfarrer erkannte Bohusch gleich wieder. Bis dahin war es vernünftig und so wie am lichten Tage. Aber mit einem Male wurde es ganz seltsam. Ein junges, oh, ein so junges Mädchen umfaßte die Braut, die vor dem Altare neben ihm kniete, und schrie: «Ich laß ihn dir nicht, ich lieb ihn so!» Das schrie sie ganz laut, ganz wild – obwohl es, ich bitte, in der großen und ernsten Kirche von Sankt Niklas war. Es war nur natürlich, daß der Bräutigam (er trug übrigens richtig einen neuen Rock mit dunkelrotem Samtkragen) sich dieses ganz junge Mädchen, welches ihn so liebte, genauer ansehen wollte. Er erkannte die Carla, das war Frantischkas jüngere Schwester, welche er nur flüchtig kannte, und war sehr erzürnt über diese Störung. Als er aber doch besser zusah, gewahrte er, daß dies blonde Kind ein Nonnenkleid trug und – erschrak vor Freude so jäh, daß er auffuhr und erwachte. Es dauerte eine Weile, ehe er, im Bette sitzend, sich zurechtfand. Dann rechnete er, wie weit es war bis zum Grünen Donnerstag; und als sich nur drei Tage dazwischen fanden, lächelte Bohusch und schlief mit diesem Lächeln, traumlos, in den Morgen hinein.

Der Platz vor der Königlichen Burg in Prag sieht trotz der ärmlichen Allee, welche ihn überquert, sehr vornehm aus. Das macht: er ist ganz von Palästen umrahmt. Am mächtigsten wirkt die breite Stirne der alten Königsburg mit dem großen, weißen Vorplatz, hinter dessen barocken Gittern der unermüdliche Wachposten auf und ab pendelt. Das Stammhaus des Fürsten von Schwarzenberg und ein anderes, etwas langweiliges Gebäude schauen wie in steter Verbeugung begriffen herüber, und zur Rechten des Schlosses wacht in etwas protziger Pose der neugestrichene Palast des Erzbischofs über die kleinen

Wohnhäuser der Prälaten und Domherren, die sich nahe an ihren mächtigen Patron heranschmeicheln. An einer Ecke nur, zu seiten der Burg, wo die Schloßstiege und die steile Spornergasse münden, ist eine Lücke geblieben, und tief drinnen liegt in herrlichen Panoramen, zwischen den Laurenziberg und das Belvedere gedrängt, Prag – dieses reiche, riesige Epos der Baukunst. Voll Licht und Leben spannt es sich aus vor den Augen des Hradschin, und zu seinen alten fügen sich immer würdig neue, glänzende Strophen. Am anderen Ende der Häuserreihe, die einerseits durch diesen lichten Lugaus begrenzt erscheint, liegt ein armes, einstöckiges altes Gebäude, das tagaus, tagein dasteht mit den Händen vor den Augen und nichts schauen will von der nahen Pracht. Die Kinder der ganzen Umgebung gehen mit scheuem Schauern an seinem ernsten Schweigen vorbei, und lassen sie sich mal von diesem Hause erzählen, so schlafen sie wohl die ganze Nacht nicht, oder sie haben heiße Träume, in denen blasse Nonnen seltsame Dinge tun. Freilich, das mußte der jungen Phantasie aber auch Flügel geben, zu hören, daß die Barnabiterinnen, welche für immer in diesen grausamen Mauern ihr stummes Sterben leben, auch untereinander nie ein Wort tauschen und sich nicht einmal so viel Sonne schenken dürfen, als eine in dem Auge der anderen finden kann; daß sie ihre von bangen Gebeten zerrissene Nacht in den

Brettersärgen überstehen mußten, in denen man sie endlich – wohl nicht in zu langer Zeit – in das Stück Erde legte, das im Innersten der dunklen Wände sein sollte und zu dem gewiß niemals der Frühling fand. Der Bruderorden dieser Barnabas-Büßer ist längst ausgestorben. Die halbzerfallenen Schädel der beiden letzten Genossen liegen auf einem Steinaltar in den vergessenen Gruftkatakomben von Santa Maria della Victoria und genießen die gebetlose Ruhe des Vermoderns. Aber die Schwestern sind viel zäher im Leiden. Als vor etwa fünfzehn Jahren zum letztenmal die rostige Rast der Türangeln gestört wurde, da wollten weißhaarige Leute aus der Nähe – Betschwestern mit nicht ganz zuverlässigem Gedächtnis –, wollten wissen, daß zu den sieben noch lebenden Schwestern eine achte hinzugekommen sei – aber das waren doch nur ziemlich haltlose Vermutungen. Wohl aber hatten auch jüngere und scharfsichtigere Menschen in den Wagen geschaut, welcher das neue Opfer brachte, und diese beschworen, daß dies ein ganz junges Mädchen von unbeschreiblicher Schönheit und Vornehmheit gewesen sei, und sagten, es sei sündhaft, diese Fülle seltener Anmut in dem schrecklichsten aller Klöster verwelken zu lassen. Und sie sagten noch manches; das manche aber war Geschwätz, das sich auf die Gründe bezog, welche diesen frühen Lebensabschied hervorgerufen haben mochten; da baute man große romantische Geschichten auf, die verschiedensten Dolche blitzten in den unterschiedlichsten bengalischen Feuern, und die dämonischsten Prinzen aller Ammenmärchen sogen Lebensmöglichkeit aus diesen Vermutungen. Man wußte natürlich, gewiß, daß irgendein lautes und fürchterliches Ereignis hinter diesem Entsagen stünde, und vergaß wie immer, daß es vielleicht ein ganz leises Erleiden, eine jener tiefen, lautlosen Enttäuschungen gewesen sein konnte, welche den zartesten Seelen die dunkel gewußte Gewißheit geben, daß Gipfel und Abgründe des Erlebens vorüber sind und daß nun die weite, weite Ebene mit den kleinen Gräben und lächerlichen Hügeln beginnen würde, durch die zu wandern so müde macht. Das schöne müde Kind kam aus dem hohen finstern Fürstenhaus in der Spornergasse, in dem auch Bohusch seine scheuen Knabenspiele spielte, und der Tag, an welchem der geschlossene Wagen die Prinzessin Aglaja ihrer neuen einsamen Heimat zuführte, war auch für ihn, den damals Halbreifen, ein Abschnitt. Eigentlich konnte er sich gar nicht vorstellen, wie die Prinzessin zu jener Zeit aussah; er trug in seinem Innern ihr Bild aus den Tagen, da ihr goldenes Lachen wie eine verirrte Schwalbe durch die ernsten Hallen flatterte und sich endlich, der steifen und entsetzten Engländerin zum Trotz, in den freien Weiten des rauschenden Parkes verlor. Dort begegneten die beiden Kinder einander ziemlich oft und schwatzten und scherzten und haschten einander, wie es eben Kinder tun, die einen Zwang losgeworden sind: Aglaja ihre Gouvernante und Bohusch seine stille, treue Traurigkeit. Es folgten dann Jahre, in welchen der Portierssohn die inzwischen Dame gewordene Gespielin nicht sah, und so kam es, daß er in seinem Erinnern den Tag ihres Entsagens hart an jene Stunden jubelnden Kindseins schob und den Effekt empfand, als würde einmal der glänzendste Tag in die allertiefste Nacht, der reichste Sommer in den trostlosesten Wintertag verändert – ohne Übergang. Er stand vor einem Geschehen, dessen Rücksichtslosigkeit ihn schreckte und dessen Bedeutung geeignet war, ihm für immer die Meinung zu nehmen, daß Reiche und Bevorzugte gleichsam die Verbündeten des Schicksals sind, das nur dem armen Teufel feindlich und gehässig begegnet. Ein ganzes Bündel Vorurteile fiel ihm damals mit einem Male aus den Händen, etwas von einer Weltanschauung, von einer Religion wurde ihm geschenkt, Keime, welche in ihm hätten reifen können und vielleicht auch aus ihm heraus, wenn er mutiger gewesen wäre. Aber was Taten hätten werden können, die aus einem starken Körper frei und festlich herauswachsen, wurden bunte, seltsame Träume in dem armen Buckligen, scheue Schwärmereien, welche eine immer kleinere Welt betrafen und endlich nur eine schmale Gloriole waren um das Bild der Prinzessin. Seine hilflose Dankbarkeit schmückte dieses Bild so lange, bis aus dem lachenden, lieben Kinde eine bleiche, heimliche Geliebte und aus der Geliebten eine verehrte Heilige wurde, welche der Jungfrau Maria sehr ähnlich sah und ganz darin aufging, die seltenen Wünsche des Bohusch anzuhören und alle mächtigen Eigenschaften, welche seine unermüdliche Phantasie ihr zuschrieb, geduldig anzunehmen. Und wie viel hatte der Bohusch dadurch vor allen übrigen Gläubigen voraus, daß seine Heilige, wenngleich aller Welt unerreichbar, dennoch lebte und von ihm wußte als von einem Mitwisser ihrer Kindheit, welche sie als einziges Juwel in die ewigen Mauern doch mitgenommen haben mußte. Dieses Verhältnis erfuhr nicht die geringste Störung, als der Bucklige die Frantischka seine Geliebte nannte, denn damals war das Gottwerden Aglajas schon so weit vorgeschritten, daß ihre verklärte Gestalt hoch über allen kleinen Trieben und schwülen Träumen stand. Ihr widmete sich Bohusch nur einmal im Jahre, und zwar am Grünen Donnerstage, an welchem die Kirche des Klosters der Barnabiterinnen jedem Besuche offensteht. Diese kleine, dunkle und ziemlich schmucklose Kirche ist hinter dem Hauptaltar durch eine Wand ganz abgeschlossen, jenseits welcher die Ordensschwestern an dem öffentlichen Meßamte teilnehmen. An dem Tage vor dem christlichen Leidensfreitag – und nur an diesem Tage – sickern die Stimmen der Nonnen ganz leise durch die Altarmauer und senken sich wie ein fernes Wehklagen auf die wenigen Beter. Dann geht ein Lauschen, ein banges Atemeinhalten, ein Erschauern durch die kleine Gemeinde, der Priester am Altar unterbricht seine Gebete, die Ministrantenbuben schauen ängstlich in die schwarzen Ecken des Raumes, und die dunklen Bilder an den Wänden erwachen. Da zerreißt die scharfe Ministrantenglocke den Bann. Die Bilder an den Wänden sind wieder tot, der Priester neigt sich über den Kelch, und die Frommen rücken in den Bänken, schneuzen heftig und flüstern: «Es war so schwach, sind es denn noch acht?», und dann zuckt man die Achseln und seufzt und schneuzt sich.

So war es auch an diesem Grünen Donnerstag. Der Bohusch kniete ganz vorn und harrte, bis seine Heilige rufen würde. Er hatte den Ton ihrer Stimme nicht vergessen und glaubte immer ganz bestimmt, ihren Gesang in dem fernen Chorlied zu erkennen. Er fing ihn auf und löste ihn aus dem Ganzen los wie einen Seidenfaden aus verblaßten Geweben. Er nahm ihn gleichsam vorweg und ließ nur den Rest zu den anderen Lauschern gelangen. Aber heute wußte er beim ersten Ton: sie fehlte. Und wie seine Furcht es leugnen mochte, er wußte: sie fehlte. Und er lehnte sich weit vor, und seine Angst spähte und erwürgte jedes kleinste Geräusch – aber immer sicherer war ihm: sie fehlte, und endlich in grenzenloser Bangigkeit streckte er die Hände aus, weit, weit – und lauschte mit allen Fingerspitzen… sie fehlte. Und da schrie es auf in ihm, zugleich mit der Ministrantenglocke, nur einmal schrie es auf, und dann brach er zusammen in der harten Bank wie einer, den sein Gott verläßt.

Der Maler Schileder war der erste, welcher eine große Veränderung an Bohusch bemerkte. Er dachte flüchtig über deren mögliche Ursachen nach, blieb aber ganz im unklaren. Auch seine Frau Mathilde wußte keinen Rat. So vergaßen sie das Erstaunliche, bis eines Vormittags, kurz nach dem Ostersonntag, Pátek im Atelier eintrat und sagte: «Unverschämtheit.» Schileder legte Pinsel und Palette aus der Hand, betrachtete den Erregten, der, ohne den Hut abzunehmen, auf und nieder lief: «Guten Morgen, was ist dir denn?» Der Novellist aber sagte nur noch einigemal «Unverschämtheit», blieb dann stehen und wollte mit großer Behutsamkeit den tadellosen Zylinder auf einen Stoß staubiger Matten niedersetzen. Vorerst tippte er mit dem behandschuhten Zeigefinger an und zog ihn ein, als hätte er einen glühenden Ofen berührt. Er balancierte mit rührender Hilflosigkeit den Hut zwischen beiden Handflächen her und hin und sah den Maler mit einem Blicke des Vorwurfs an: «Bei dir ist ja alles voll Staub», zögerte er, «man kann ja gar nichts ablegen.» Endlich sah er sich geborgen, setzte sich und erzählte nun in ziemlicher Unordnung, er käme aus dem «National», dort sei man beisammen gewesen und allerlei hätte man besprochen. «Hast du keine Zigarette?» unterbrach er sich und fuhr erst, nachdem Schileder ihn befriedigt hatte, fort. Man hätte also allerlei besprochen. Und der – nun der «verunglückte Proletar» hätte sich in so auffälliger und vordringlicher Art an den Erörterungen beteiligt, daß er, Pátek, sich endlich doch verpflichtet fühlte, diesem vorlauten Menschen ein für allemal eine Lehre zu geben. «Hast du keinen Kognak?» fragte er in diesem spannenden Augenblick. Er stürzte den Kognak hinunter und sagte mit einer Grimasse, während er sich mit den Armen emporstemmte und ans Fenster trat: «Und weißt du, was der Mensch wagt? Er widerspricht. Hast du das schon gehört, er widerspricht. Nicht allein das, er beleidigt mich. Er hat die Stirne, mich zu beleidigen.» – «Was hat er denn gesagt?» forschte der Maler. «Das weiß ich nicht.» Schileder sah ihn erstaunt an, so daß er schnell, nicht ohne Verlegenheit, hinzufügte: «Ja, glaubst du, ich hab Zeit, mir solchen Unsinn zu merken; daß ich mich seiner schämte oder so was. Tatsache ist – stell dir vor: er beleidigt mich. Wie sollte man sich dieses Menschen nicht schämen!» Der vornehme Novellist schien noch einen Augenblick heftig entrüstet, fand aber schon Interesse an Schileders Arbeit, betrachtete das und dies und hob vorsichtig zwischen Daumen und Zeigefinger verschiedene Blendrahmen, die zur Wand gekehrt dastanden, in die Höhe. Schileder duldete das gutmütig und war auch nicht erstaunt, als der junge Mann sich bald in der allerheitersten Laune verabschiedete. Pátek tat es immer so. In einer kurzen, mehr oder minder effektvollen Szene setzte er sich mit einem ärgerlichen Ungefähr auseinander, wurde damit ganz und gar fertig, «überwand es», wie er sich auszudrücken pflegte. Das hinderte den großen Überwinder nicht, die Bohusch-Geschichte an demselben Vormittag noch fünfmal, und zwar in immer vorteilhafterer Beleuchtung, zu erzählen, so daß die fünfte Version, welche in dem Boudoir einer modernen Operettensängerin blieb, die graziöse Darstellung einer dualistischen Weltphilosophie enthielt, deren gutes Prinzip sich sieghaft in der mondänen Gestalt des Erzählers verkörperte. – Und was schließlich, zum Teil durch eigene Erfahrung, zum Teil durch die Verbreitungen Páteks, alle wußten, hatte einen wahren Kern: Bohusch war ein anderer geworden. Seine Geliebte und seine Heilige hatten ihn verlassen. Da wurde er gewahr, daß er diesen beiden Gestalten so viel aus sich gegeben hatte, daß nun nur ein kleiner Rest sein eigen blieb. Er kämpfte noch ein paar Stunden, ob er dieses letzte Gut unangetastet in die Moldau werfen sollte oder ob sein Kapital doch noch groß genug war, um es in der großen Bank des Lebens nützlich anzulegen. Während dieser Erwägung fiel ihm plötzlich ein Wort ein, welches den Ausschlag gab. Rezek hatte an jenem denkwürdigen Abend zu ihm gesagt: «Vielleicht braucht Sie das Volk noch einmal.» Rezek hatte freilich auch gesagt: «Wenn Sie vernünftig sind.» Und daß er jetzt vernünftiger war als je zuvor, dafür wollte Bohusch einen Eid ablegen. Auch mutiger war er. Er dachte vieles und sprach, was er dachte, wo es nur anging, in etwas altmodischen, langgedrechselten Sätzen aus und war bei solchen Gelegenheiten sein eigener aufmerksamster Zuhörer. Nur ganz selten, wie aus Vergeßlichkeit, wurde er scheu und schweigsam; er fürchtete sich selbst vor diesen Augenblicken, in welchen der alte Bohusch mit seinen leisen goldenen Gedanken wie ein Gespenst vor ihm stand und ihn bat, in die stille Traurigkeit der früheren Tage zurückzukehren. Aber der Bohusch blieb standhaft. Er war den ganzen Tag im Café und auf der Straße, sang, pfiff und lachte, daß die Leute sich nach ihm umsahen, stand vor den Schaufenstern, ohne etwas anderes zu betrachten als das unruhige Spiegelbild seiner eigenen Häßlichkeit, und war wie einer, der etwas erwartete, was nicht alle Tage geschieht. Fast instinktiv suchte er vor allem Rezek zu begegnen. Ihm war, als müßte er von *seinem* Munde das vernehmen, was *das* Ereignis für ihn werden sollte. Allein nirgends konnte er des Studenten habhaft werden. Aus seiner Wohnung war dieser fortgezogen, ohne irgendeine Adresse anzugeben, und im «National» wollte ihn keiner gesehen haben. «Er ist ein eigentümlicher Mensch», meinte Norinski einmal. Schileder nickte, aber der neue Bohusch höhnte: «Er ist dumm» und lachte sein altes, armseliges Lachen, in das keiner einstimmte.

Am Abend dieses Tages geschah das Seltsame. Bohusch, welcher auch seine alte Mutter mehr und mehr vernachlässigte, kam später als sonst nach Hause. Er ging, ein brennendes Zündholz in die Höhe haltend, ein paar Stufen aufwärts. Sein Blick durchforschte das dicke Dunkel des engen, winkeligen Flurs. Da war ihm, als ob die Kellertüre nicht ganz verschlossen wäre; er tastete hinzu, versuchte, öffnete sie behutsam und glitt mit seltener Entschlossenheit die bekannten Kellerstufen abwärts. Seine Gestalt löste sich ganz auf in der feuchten Finsternis, aus der ferne, fremde Laute ihm entgegenschlugen. Erst als er, immer lautlos längs der kalten Wand hintastend, das Holz zur Seite geschoben fand und bemerkte, daß aus dem geheimen Gang ein scheuer Lichtschimmer ihm entgegenkam, empfand er Furcht. Aber ein anderes, mächtigeres

Gefühl zwang ihn näher heran. Erst lauschte er den Stimmen nebenan, und als er nichts verstehen konnte, schob er sich mit einer unwillkürlichen Bewegung, deren Geschicklichkeit ihn überraschte, in die Öffnung nur so weit, daß er den Rahmen füllte, ohne in den Raum jenseits hineinzuragen. Was er zunächst erkannte, war nicht weit vor ihm auf dem Boden eine große Laterne, welche ein sattes Licht ausgoß, das auf den Fliesen schwamm wie eine dünne, verschüttete Flüssigkeit. Rings an den Grenzen dieser Lichtlache junge Männerfüße und mitten im Kreis die Füße eines jungen Mädchens. An diese klammerte sich sein Blick an, kroch langsam an einem Kleide von unbestimmter Farbe aufwärts und fand in der Dämmerung zwei lichte lebendige Mädchenhände, die in heftigen Gesten den Worten zu Hilfe kamen, die Bohusch immer noch nicht verstehen konnte. Aber die Hände verstand er. Er begriff plötzlich, daß diese wilden Hände an irgend etwas rüttelten, daß sie irgendein Unrecht stürzen wollten mit ihrem jungen, heiligen Ungestüm. Und er begann diese Hände zu lieben. Sachte hob er den Kopf und suchte das Gesicht zu diesen geliebten Händen. Sein Auge kämpfte einen hastigen, hartnäckigen Kampf mit den neidischen Schatten, welche die kaum entdeckten Züge immer wieder verwischten, bis es endlich siegte. Er erkannte die Carla. Und nun verharrte er, und sein staunender und bewundernder Blick ließ, dem Dunkel zum Trotz, nicht mehr von dem schönen, begeisterten Antlitz des jungen Mädchens; er saugte die Worte von ihren Lippen, so lange, bis sie für ihn einen eigenen Klang bekamen, und das war der aus dem Traume: «Ich lieb ihn so… ich lieb ihn so…» Das alles geschah in einem Augenblick. Und die nächsten Minuten brachten das: Das junge Mädchen sprach immer leiser und leiser, wie jemand, der immer weiter zurückweicht; die Worte, die noch eben so bunt und stolz von ihren Lippen strömten, schlichen nackt und ziellos in das Dunkel, schämten sich, und ihre Augen blieben leer an irgend etwas unten haften und löschten langsam aus. Eine Bewegung entstand. Die Blicke der Hörer folgten dem ihren, und eine Sekunde lang hielt das große, starre Auge des Bohusch alle gefangen. Nur eine Sekunde, dann kam ein Entsetzen über sie, sie empörten sich wie rebellische Sklaven, die Menge flüchtete mit verstörtem Flüstern und wilden Flüchen in die Tiefe des Ganges, und das Licht sprang dem Bohusch ins Gesicht wie eine gelbe Katze. Da erwachte er und bebte.

«Rezek!» schrie er.

Der neigte sich über ihn.

«Bohusch, Hund! Spionierst du?» kreischte er.

Bohusch verdrehte die Augen. Er fürchtete sich vor dem Studenten.

«Spionierst du?» brüllte der.

«Rezek!» brüllte der Krüppel noch lauter aus der Tiefe seiner Angst heraus. Ihm fiel nichts anderes ein als dieser Name. Dabei schmerzte ihn seine Lage in dem engen Loch, und er fühlte, wie ihm das Weinen der Verzweiflung kam. Da half ihm der Student in die Höhe, und sofort bereute er seinen Kleinmut, dachte an seine Pläne und sagte mit arg mißglückter Überlegenheit: «Ich weiß alles.» (Er meinte damit die beiden zornigen Mädchenhände.) «Du hast also gehorcht?» drohte der Student aufs neue. Da wagte Bohusch nicht ohne Bangigkeit: «Rezek, aber Rezek, seien Sie doch nicht so – bitte, seien Sie doch nicht so. Bin ich denn nicht auch einer, was? Ich versteh das doch, nicht? Ich bin ja doch auch mit euch – von Herzen mit euch.» Der Student betrachtete ihn mit rücksichtsloser Spannung, und der Bucklige wurde ganz hilflos unter diesem durchdringenden, erratenden Blick. Er sagte noch einigemal dasselbe, ehe ihm die Rettung einfiel: «Ohne mich hätten Sie das ja überhaupt nicht gefunden.» Er meinte den Keller. «Ich hab ja gewußt, daß Sie's brauchen können – und wozu», betonte er mit verlogener Schlauheit. Und der Student ließ sich täuschen. Er sagte mit kurzem Entschluß: «Hand!» und «Schweigen». Mit einem gewissen Selbstbewußtsein legte der Verwachsene seine kurzen Finger in die Hand des Fanatikers; ohne Zustimmung, ohne Betonung war sein Händedruck. Er wußte sich

Sieger und hub an, Bedingungen zu stellen. Weit holte er aus, er würde hier unten, unter ihnen, auch reden für Volk und Freiheit. Oh, er hätte gar bedeutende Pläne. Nur müsse Rezek ihm zusichern, daß er hier reden dürfe. «Ja», sagte der Student und betonte nochmals: «Schweigen!» – Bohusch nickte gleichgültig drüber weg und forderte: «Also gewiß – ich werde hier reden?» Der andere gab ihm die Vertröstung und schob ihn zur Tür. Er fürchtete diesen Krüppel wohl nicht sehr und erhoffte noch weniger etwas von ihm; er war ihm einfach lästig. Von der Treppe rief er ihn nochmals zurück. Er sagte zum drittenmal: «Schweigen» und hielt dem Grinsenden etwas hin. Erst wollte Bohusch greifen danach, – dann erkannte er: die harte, grausame Hand des Studenten und, aus der drohenden Faust ragend, ein dünnes, langes, spitzes Messer, an dessen Klinge das Licht der Laterne hinfloß wie welkes Blut. Und sosehr Bohusch sich anstrengte, – er konnte nicht mehr sein Lächeln finden. Er erzwang eine verzweifelte Grimasse und stieg frierend die Treppen aufwärts zu seiner Wohnung. Und der Morgen war nah. –

Seither schlief der Bohusch keine Nacht mehr. Er wartete Tag und Nacht, bis Rezek ihn rufen würde, und sann, was er dann alles zu sagen hätte. Viel, viel! Das Feinste mischte sich in seinen Phantasien mit dem Gröbsten, und wenn es ihm *jetzt* schien, er müsse davon reden, wie man armen Waisen ins Leben helfen könnte, war er in der nächsten Sekunde überzeugt, daß er denen da unten raten, daß er ihnen befehlen würde, Kirchen und Paläste zu stürmen. Ja, vor allem die Kirchen! Aber immer, was auch seine Rede war, sah er sich als Mittelpunkt dieser Gruppe, als der Herr, dem die schöne Carla und viele starke junge Männer ehrfurchtsvoll und blind gehorchten. Er fühlte sich als der längst Mißkannte, der nun endlich zu Wort und Würde kam, und ging durch die Uferlosigkeit seiner Zeit, in welcher Nacht und Tag in ein gleichmäßiges graues Hindämmern zusammengeschmolzen waren, erfüllt von dem Wunsch, alle zu dieser Betrachtung seiner Persönlichkeit hinzulenken. Seine treulose Heilige hatte sich, feige, durch ewige Mauern vor seiner Liebe geschützt und vor seiner Rache; aber der Frantischka, die seinen Ruhm wohl auch bald von dem Munde Carlas vernehmen würde, wollte er die Möglichkeit geben, seine Vergebung zu erlangen. Er überlegte, ob er sie aufsuchen sollte, und schrieb endlich stückweis im Verlaufe von zwei Nächten und drei Tagen einen Brief an die unwürdige Geliebte. Seine schmeichelnde und geleckte Kanzleischrift war in diesen Blättern gleichsam wild geworden. Die meisten Buchstaben sahen aus wie übermütige Karikaturen des Schreibers, welche zum Überfluß noch durch Kleider und Kappen seltsamster Art ihr Narrentum bezeugen und sich gegenseitig, jedes hinter dem Rücken des nächsten, verhöhnen und auslachen.

Im ersten Teile dieses weitläufigen Schreibens versicherte er sie, ganz im Geiste der mittelalterlichen Souveräne, seiner guten und gnädigen Gesinnung, im zweiten erzählte er in seltsam endlosen und vielverschnörkelten Satzbildern von der Bedeutung seiner geheimen Mission, und im dritten verhieß er: «Da hingegen das große Geheimnis und die unbeschreibliche Wichtigkeit meiner Aufgaben mir zu meinem tiefsten Bedauern ganz unmöglich und unerreichbar macht, Dich an der Versammlung, welche die Freiheit meines Volkes und meinen eigenen Ruhm begründen helfen soll, teilnehmen zu lassen, lade ich Dich ein, am – (da war ein nahes Datum genannt) um sechs oder sieben Uhr abends bei mir zu sein. Vor Dir und der Mutter will ich dann reden, soviel ich reden darf, ohne Verräter zu sein, nicht an Personen, denn die fürchte ich nicht, aber an der herrlichen, hohen und gerechten Sache ...», und unterzeichnet war diese langwierige Einladung – das kam so von ungefähr aus der überangestrengten Feder: «König Bohusch. Gegeben zu Prag.» – Als der Bucklige das noch einmal durchlas, mußte er lächeln, und er war fast im Begriff, die Bogen wieder zu vernichten. Dann dachte er: Nein, wenigstens ein guter Spaß ist es, das ist es gewiß, versiegelte das Schreiben und trug es selbst auf die Post. Als er es in den Kasten fallen hörte, atmete er tief auf...

Die Frantischka hatte nichts geantwortet; aber eigentlich hatte Bohusch das auch gar nicht erwartet. Er war überzeugt davon, daß sie kommen würde und, fast gedemütigt, den neuen Bohusch finden sollte, dessen Freundschaft ihr nun gewiß wie ein großes und unverdientes Geschenk erschien. Langsam und zögernd wollte er ihr vergeben, und dann würden sie am Sonntag wohl nicht mehr auf die Malvasinka gehen, sondern irgendwohin, wo sie sich zeigen könnten, unter viele Menschen in den «Baumgarten» oder in den «Stern». – Das alles dachte Bohusch nur ganz flüchtig in den wenigen Pausen, in welchen ihn das Große nicht beschäftigte, das nunmehr seine Pflicht, sein Leben geworden war. Es war eine aufreibende Pflicht, diese vielen, wichtigen Dinge, die er so nach und nach in den armen Jahren gedacht hatte, nun alle auf einmal zu denken, alle auf einmal zu überschauen und dann der Reihe nach auszusprechen. Es war ein solches Gedränge von Meinungen, Erinnerungen und Plänen in ihm, daß immer ein ganzer Schwarm von seinen Lippen wollte, wild und rücksichtslos wie Leute aus einem brennenden Theater. Dann machte der Bohusch ein strenges Gesicht und befahl überlegen: «Ruhig, eins nach dem anderen. Es kommt ein jeder daran.» Und gerade bei solchen Gelegenheiten geschahs, daß die ganze Menge plötzlich verschwand, einfach zerfloß, und der Bohusch ganz öde im Kopfe und außerstande war, etwas zu denken oder gar zu sagen. Erst wenn er ein paar Gläser heißen Tschaj getrunken hatte, war das bunte Gesindel wieder da, und der Bucklige freute sich und lachte, bis ihm die Augen voll Tränen standen. Die Unrast seines Wesens war dabei immer größer geworden. Er las viel Zeitungen und alte Bücher, schrieb ganze Hefte voll mit seinen lächerlichen Lettern und schlief mitten zwischen diesen Beschäftigungen, gleichviel ob tags oder nachts, in einem Café oder in einer Kirche, selten zu Hause, ein paar Augenblicke scheuen Schlafes, aus welchem er bald wie erschreckt emporfuhr.

So kam der Morgen jenes Tages heran, an dem Bohusch der Mutter und der Frantischka, welche beide an seinem eigentlichen Triumph nicht teilnehmen durften, die abendliche Rede versprochen hatte. Die Nacht war ihm in verschiedenen Gasthäusern und Spelunken vergangen, und jetzt schlich er matt, übernächtig an den Häusern hin und starrte blöde und teilnahmslos in den dichten rosigen Frühnebel des Frühlingstags. Wenige Menschen begegneten ihm. Beim Pulverturm kamen ihm zwei Dienstmädchen entgegen, mit großen Einkaufskörben, lachend und plaudernd, und ihre Augen waren so frisch und erwacht, ihre Kleider und Schürzen noch steif vor lauter

Neusein. Ein wenig weiter überholten ihn zwei Infanteriesoldaten. Sie schritten stramm aus, ihr Schritt klappte in heiteren Takten auf dem Pflaster, und die Knöpfe ihrer Waffenröcke stahlen der Sonne frühe Strahlen und warfen sie dem Bohusch keck in die schläfrigen Augen. Dann pfiff irgendein übermütiger Bäckerbursche dem Buckligen ins Gesicht und lachte laut hinter ihm her, und ein Schutzmann sang sich irgend etwas, während die Federn seines Hutes ein wenig wehten. Rolläden rauschten auf, und die Spiegelscheiben gaben sich ganz der Sonne und brannten in weißen Flammen. Durch dieses frische, fröhliche Aufleben kroch der Verwachsene, bleich, verkommen, mit ganz verdrücktem Hemde und schmutzigen Kleidern, und er war wie eine giftige, gräßliche Kröte, die man mitten in süß duftenden Beeten entdeckt. Er merkte auch nichts von allem Glanz, als daß er ihn störte, ja er wußte vielleicht kaum, daß es Frühling und Morgen war. Je reifer indessen dieser Morgen wurde, desto mehr fiel eine gewisse Unruhe auf, die alle Menschen zeigten. Leute, die sich täglich zu dieser Stunde grüßten, ohne miteinander zu sprechen, blieben stehen, machten besorgte oder erstaunte Gesichter, zuckten die Achseln und drückten sich endlich mit einer bestimmten konventionellen Dankbarkeit die Hände, um zehn Schritte weiter wieder angehalten zu werden. Man hatte offenbar das Bedürfnis, sich etwas mitzuteilen, was alle anging und interessierte. An der Ecke der Ferdinandstraße las ein Dienstmann in einem Kreise von Männern und Dienstmädchen eine Stelle des *«Tschesky curir»*, und ein Stück weiter trat ein älterer Herr aus einem Kaffeehause und sagte zu seinem Begleiter in deutscher Sprache: «Ganz gefährliche Leute sind das. Man sollte ...» Was man sollte, war nicht mehr zu verstehen. Der Herr ging ziemlich selbstbewußt auf sehr glänzenden Schuhen weiter, und der Jüngere neben ihm nickte bei jedem Wort, bestätigte es ergebenst; er schien ganz der gleichen Meinung zu sein. Als Bohusch in die Nähe des «National» kam, erkannte er hinter einem Fenster Norinski, der den anderen, die man nicht sehen konnte, etwas in seiner heldenhaften Art zu erklären schien. Eine Weile zögerte der Bucklige. Dann trat er nicht ein, sondern ging den Quai hinunter nach seiner Wohnung. Er war müde.

Norinski war indessen zu Ende gekommen. Er trank mit einer verschwenderischen Pose seinen Kaffee aus – es hätte ein Giftbecher sein dürfen – und sagte groß: «Niemand von euch wird sagen, daß ich kein guter Tscheche bin. Und ich werde keine Gelegenheit unbenützt lassen, auch die elenden Deutschen vom Gegenteil zu überzeugen. Soll mir nur einmal einer kommen. Ich will dem Herrn den Kopf schon zurechtsetzen. Aber diese Geschichten dürft ihr nicht so aufbauschen. Das ist nichts. Das sind Kindereien, ihr könnt mir das glauben.» Damit erhob er sich, blieb sein Frühstück schuldig, verschenkte die großmütigen, dreiaktigen Händedrücke und begab sich hocherhobenen Hauptes hinüber in seine Garderobe. Die Zurückgebliebenen rückten intim zusammen, und Karás begann die verschiedenen ganz kurzen Zeitungsnotizen vorzulesen, welche sich auf den Vorfall bezogen. Alle sagten ungefähr das gleiche: die Polizei war durch die Anzeige eines Frauenzimmers einem Bunde junger Leute, Studenten und Handwerksgesellen, auf die Spur gekommen, welche in den Kellerräumlichkeiten eines Hauses der Hieronymusgasse geheime Zusammenkünfte abhielten, bei denen hochverräterische Reden die Tagesordnung bildeten. Interessant sei es, zu betonen, daß auch Mädchen an diesen Versammlungen teilgenommen haben sollen. Und deutsche Blätter freuten sich noch über die Zerstörung dieser schändlichen Verbrecherbrut und bedauerten nur, daß durch das trotzige Schweigen der in Gewahrsam gebrachten Genossen das geistige Oberhaupt dieser Verschwörung bis jetzt noch nicht in den Händen der öffentlichen Sicherheit sei, was aber, dank der trefflichen Übung und Scharfsichtigkeit der Schutzmannschaft, gewiß nicht allzulang ausbleiben würde. Und endlich, fügten die deutschesten Zeitungen noch hinzu, erhofften sie, daß man an diesen jungen Verbrechern und Hochverrätern endlich das lang erwartete Exempel statuieren und mit rücksichtsloser Schärfe vorgehen würde. Das alles las man im «National». Schileder war ehrlich entrüstet: er sprach etwas von dem Mut der jungen Leute und davon, daß sie nicht nur Worte machten, schöne Worte, sondern auch handeln wollten. Er konnte es nicht gut ausdrücken und schwieg verschüchtert, als er keine allzu lebhafte Beistimmung fand. Einen Augenblick nickten sie ja alle, die Freunde, und legten irgendein kleines Wörtchen, wie ein verschämtes Almosen, in die Hand der Gerechtigkeit. Aber schließlich, sie sahen sich alle um – man war so verlockend allein, und da konnte man ja so ein paar Geständnisse tun. Pátek verurteilte kurzweg diese Höhlenromantik, welche doch nicht mal mehr in den Romanen Berechtigung hätte, und der Lyriker Machal, der nur eine ganz unbestimmte Ahnung von dem Vorgefallenen hatte, gähnte und warf zwischen je zwei Gähnversuchen ein, daß die ganze Sache ihm brutal erscheine, furchtbar brutal. Karás, der mit jedem Tage sich kosmopolitischer fühlte, hielt eine längere Rede, während welcher sein Adamsapfel wie ein zweifelgequälter Laubfrosch auf und nieder stieg. Sein Ende war, daß man nach außen hin, von wegen der Lage der Dinge, die Ansicht, daß diese jungen Leute nicht allein Märtyrer ihrer Idee, sondern die gefallenen Helden einer nationalen Sache seien, mit allen Mitteln aufrechterhalten müßte, daß er selbst aber – hier – nicht umhinkönne, derartige Unreifheiten, er sagte geradezu «Unreifheiten», halbwüchsiger Burschen zu verdammen. Man sei doch zu gebildet dazu, man wüßte doch schließlich, daß man seine Rechte durch große nationale Betätigungen im Leben und auf dem politischen Theater (ein Wort, welches Karás auch in seinen Feuilletons beständig gebrauchte) eher bewahren könne als durch solche Ungehörigkeiten. Er hatte wohl noch ein paar geläufige Phrasen im Vorrat, aber er hörte plötzlich auf. Er wußte selbst nicht, warum. Die anderen schauten auf, und da stand Rezek vor ihnen. Der Student, in dessen blassem Gesicht die dunklen Augen brannten, übersah die Hände, die man ihm entgegenstreckte. Er hatte vielleicht die letzten Worte des Kritikers vernommen, aber er erwiderte nichts, setzte sich ruhig an seinen gewöhnlichen Platz und trank seinen Tschaj. Seine harten Hände zitterten leise. Man wagte nicht zu sprechen. Endlich hub Pátek an, von einem neuen Buch zu reden, und die Künstler verloren sich ganz in diesen Erörterungen. Es handelte sich um Novellen im Stile Maupassant, welche ein junger Kollege erscheinen lassen wollte. Da waren noch einige Schwierigkeiten in der Geldfrage und in anderen Verlagssachen, und man beriet, ob man dem Autor zu Hilfe kommen sollte. Der mächtige Karás war nicht sehr geneigt dazu.

Da rief Pátek entrüstet: «Aber ich bitte Sie, das ist eine nationale Sache!»

Rezek erhob sich mit einem eisigen Lächeln: «Seid ihr Tschechen?» fragte er.

Alle schwiegen und sahen sich verlegen an. Schileder war aufgestanden.

«Seid ihr Tschechen?» wiederholte der Student.

Karás beschwichtigte: «Was fällt Ihnen ein, Rezek? Provozieren Sie nicht.»

«Aber reif seid ihr? Was?» fuhr der fort. «Reif und fertig.»

«Er ist betrunken», flüsterte Machal verächtlich.

Rezek ballte die Fäuste. Aber er hielt sich zurück: «Ich weiß ja, daß ihr gewohnt seid, gerechten Zorn für gemeine Trunkenheit zu halten. Ich weiß. Aber sagen will ich euch nur, das Volk ist *nicht* reif, und wenn ihr euch so fertig fühlt, so seid ihr seine Feinde, seid Verräter.»

«Ich bin Offizier», sagte Pátek mit banger Stimme und trat vor. Rezek hielt ihm die Faust vors Gesicht und ging, ohne ein Wort, an ihm vorüber aus dem Saal. –

Bohusch konnte die Frantischka nicht vor sechs oder sieben Uhr, wie er es in seinem Briefe bestimmt hatte, erwarten; gleichwohl fragte er seit drei Uhr, warum die Geliebte immer noch nicht käme, war gegen vier im Begriffe, sie abzuholen, und unterließ es ungern und zögernd aus Stolz oder sonst aus einem Grunde. Unruhig lief er, die Hände auf dem Rücken, in den kleinen Stuben umher, in welchen dichtgedrängter Urväterhausrat, wie man ihn allzu reichlich aus der Portierswohnung mitgenommen hatte, dieses Her und Hin ziemlich erschwerte, und blieb nur dann und wann bei dem Fenster stehen, an welchem eine kleine alte Frau saß und nähte.

«Mutter», stieß er endlich gequält heraus, «du mußt sie holen gehen!»

Die Alte nickte, hob die große runde Brille von den Augen und nickte. Sie dachte keinen Augenblick nach: natürlich, sie mußte die Frantischka holen gehen. Und sie vertauschte die Haube mit dem Hut und zog einen gelben, guten Schal um die schiefen Schultern. «Du kannst ja sagen, du gingst gerade vorüber, du... ach Gott – na, du gingst eben gerade vorüber. Nicht? Warum könntest du nicht zufällig dort vorübergehen? Es gehen sicher viele Menschen dort vorüber.» Bohusch lachte abgebrochen. «Na, so sag doch», fuhr er in ungeduldigem Zorne auf, «ist das möglich?» Frau Bohusch nickte ganz verschüchtert: «Weißt du, ich will erst in die Kirche gehen, nebenan. Ich kann dann sagen, ich war in der Kirche...» Sie zögerte noch. Der Bohusch dachte längst an andere Dinge. Er sah die alte Frau kaum mehr und erstaunte fast, als er bei seinem Auf- und Niederwandern vor ihr stand. Das gelbe Tuch war unerträglich grell in der Nachmittagssonne. Sie schauten sich eine

Weile schweigend an, diese beiden kleinen, verkümmerten Menschen. Dann trippelte die Alte zur Tür und nickte und nickte. Plötzlich war der Bohusch bei ihr. «Maminko», sagte er, und seine Stimme war wie die eines kranken Kindes. Und die alte, verängstigte Frau verstand. Sie wuchs, sie wurde reich, sie wurde Mutter. Durch dieses eine leise Wort wurde sie so. Alle Bangigkeit in ihr war Güte mit einem Mal, und die noch eben so unbeschützt und hilflos aussah, war mächtig, wie sie nun sachte die Arme ausbreitete, und dem Bohusch war es wie eine Heimkehr. Er schmiegte den großen schweren, wirren Kopf an ihre Brust, er schloß die heißen Augen, er ging unter in dieser unendlichen, tiefen Liebe. Er schwieg. Und da begann etwas in ihm zu weinen. Er hörte ganz genau, wie es anhub. Es mußte ganz tief in ihm sein, so leise war es. Es tat auch nicht weh. Und da öffnete er neugierig die Augen; er mußte sehen, wo das weinte. Und sieh: es weinte gar nicht in ihm; die Mutter war das. Da konnte der Bohusch die Lider nicht mehr schließen: Tränen warteten dahinter; viele Tränen. – Es war auf einmal so festlich in der Stube. Die Dinge um die beiden armen Menschen herum bekamen ein Glänzen, wie sie es nie besessen hatten, auch in ihren fürstlichen Tagen nicht. Jedes Kännchen, jedes Gläschen in der steifen Etagère hatte mit einem Mal sein Licht und prahlte damit und wollte Sterne spielen. Da kann man sich denken, daß es sehr hell wurde in der Stube.

Dann schlug die Uhr, vorsichtig, als bedauerte sie, es tun zu müssen. Aber sie schlug doch fünfmal, und die Mutter ging.

«Wohin denn?» bangte der Bucklige.

«Ich muß die Frantischka holen.» Da fiel dem Bohusch alles wieder ein. Er zögerte und sagte dann fast traurig: «Ja so, du mußt die Frantischka holen.» Das war der Abschied.

Als der Bohusch allein war, begann er wieder das nervöse und rastlose Schreiten. Da und dort, wie im Vorübergehen, stellte er etwas zurecht, fegte den Staub von der Tischplatte und verlor sich unversehens darin, seine Schriften und Bücher zu ordnen. Dabei war ihm ganz warm geworden. Und als er sein heißes Gesicht irgendwo in einem Spiegel fand, erstaunte er. Er trug, um die Schultern geschmiegt, das grelle gelbe Seidentuch der Mutter. Das war doch drollig. Er wollte lachen, vergaß aber darauf, und mit unwillkürlichen Bewegungen des Behagens vergrub er seinen Rücken noch mehr in die sanften Falten. Er fühlte sich müde und ließ sich in der guten Stube, schwer und breit, in die geblumten Kissen des steifen Kanapees fallen, welches mit dem ovalen Tisch gerade die Mitte des Raumes erfüllte. Er sann und sann. Das arme festliche Kanapee klagte unter ihm. Da sprang er auf, strich mit einer gewissen Zärtlichkeit die gehäkelten Schutzdeckchen glatt und blieb in einem der Stühle, welche zu seiten standen. Sein Gesicht, welches manchmal knabenhaft sein konnte, alterte jetzt von Minute zu Minute unter dem Einflusse seines angestrengten Nachdenkens, es wurde geradezu zerfressen von den Falten, welche darüber hinkrochen und sich einbohrten wie Raupen in eine kranke Frucht. Wußte er denn auch alles, was er sagen würde? Eine unbestimmte Angst hing über ihm. Er fühlte sich so verlassen, schwindlig, wie einer, den man auf einem hohen Turm vergessen hat. Er tastete nach einem Halt. Und in der nächsten Weile bildete er sich ein, er störe auch die Ordnung, die festliche Ordnung des Zimmers dadurch, daß er auf *diesem* Platze wartete. Er erschrak über seine Vermessenheit. Er schlich immer weiter zurück und kauerte endlich auf einem hochbeinigen Stühlchen in der Ecke der Stube, nahe bei der Türe. Da kam Ruhe über ihn. Er dachte: So, nun ist es vorüber; ich habe ja alles schon gesagt, und er wußte doch, daß er nur geweint hatte, und das ist etwas anderes wie eine Rede, so ein Weinen. Dennoch beharrte er trotzig: Ich habe alles gesagt, die Mutter weiß alles – «und du auch», ergänzte er laut und suchte die Augen der gelben Katze, welche ihm langsam und listig aus der anderen Ecke entgegenkam. Keine Kralle kreischte auf der braunen, glänzenden Diele. Lautlos kam das Tier näher, wurde groß, es wurde größer, und als es so war, daß der Bohusch darüber hinfort gar nicht mehr in die stille, feierliche Stube schauen konnte, da schlief er. Und er hatte wohl Träume. Denn er sagte mit einer Stimme, die ferneher klang: «Das ist es, Rezek, bitte – das ist das Geheimnis: der Maler muß das Volk malen und ihm sagen: ‹Du bist schön.›» Da fiel ihm der Kopf vornüber, und er zwang ihn nur mühsam wieder empor. «Der Dichter muß das Volk dichten und ihm sagen: ‹Du bist schön.›» Er seufzte im Traume: «Schön sein ist es.» Dann begann ein Lächeln in seinen Mundwinkeln, ein gutes, frommes Lächeln, das wuchs über das Gesicht des Schlafenden und machte es wieder jung. Er hauchte noch: «Ich werde es nie verraten», und dann wurde sein Traum so tief, daß kein Wort daraus mehr bis auf seine Lippen kam.

Die Türe ging. Der Bucklige schlug aber die Augen erst auf, als Rezek ihn rauh am Halse packte und nahe kreischte: «Hast du geschwiegen?» Der Bohusch fühlte dieses Wort auf seiner Wange ganz heiß. Seine Hände wehrten krampfhaft ab, aber in seinen Augen war noch immer kein Verstehen. Sie lächelten noch. Sie lächelten den schrecklichen Rächer an, bis sie starben. Und dann glitt das gelbe Tuch über den armen Körper und deckte den Bohusch und sein Geheimnis zu …

1899

EIN MORGEN

Zwischen dem Kastellfelsen von Arco und dem Dosso di Romarzolo, einem Bergrücken, der sich wie ein erwachender, durstiger Drache nach dem Gardasee schiebt, gibt es drei Ortschaften. Sie führen einen gemeinsamen Namen; so arm sind sie, daß keine von ihnen stark genug war, sich von der nachbarlichen dauernd zu unterscheiden. Am Rand der ersten Ortschaft ist eine Kirche, weiß und neu, aber doch schon im ersten Drittel ihrer Mauern schmutzig wie ein nachgeschleiftes Kleid. Sie ist allen drei Ortschaften zulieb gebaut, obwohl die Einwohner des entferntesten Dorfes lieber zu den Bettelbrüdern in das sehr alte Kloster Santa Maria delle Grazie beten und beichten gehen. Am Saume des zweiten Ortes ist ein Gasthaus, von den Gästen Arcos nachmittags gerne besucht und deshalb auch schon von den Fremden beeinflußt: ein helles Haus mit Aufschriften, Terrassen und kleinen Kübeloleandern, manchmal sogar mit einer

Fahne bezeichnet. Und daneben ragt eine übergroße, vielfenstrige Dampfmühle und verdeckt die Häuschen und ihren Himmel. Sie gehört dem Wirte und ist nichts als das häßliche Geld der Arceser Kurgäste, mit welchem sie ihm den sauern *vino santo* teuer bezahlen. Und jeder, der da kommt, trinkt, einen Witz in das fettige Fremdenbuch schreibt und die Kellnerin um ihren Namen fragt, legt, ohne daß er es weiß, einen Stein zu dieser ungeheueren Mühle hinzu, die überdies noch jedes Jahr ein junges Häuschen kriegt.

Ich weiß zufällig, daß die erste Ortschaft Chiarano heißt, die mit dem gemeinsamen Kirchlein am Rand. Ich glaubte ihre paar armseligen Häuser genau zu kennen; denn es führt eine steile Steinrinne mitten durch in den Olivenwald, der, gebückt und silbern, die Hänge im Hintergrund verhüllt. Diesen Weg meinte ich auch an einem frühen Morgen im März zu gehen. Durch den feinen schwingenden Nebel, der schon die ganze Sonne enthielt, so daß sie viel näher schien, als wenn sie irgendwo am Himmel sichtbar wird, hatte ich eine Sekunde lang schon die ersten Oliven erkannt, hell, und Stamm und Blätter von derselben, fast farblosen Blässe. Aber plötzlich blieb eine Mauer, die von irgendwoher über die ganze Breite der Straße lief, vor mir stehen. Also bog ich links ab: ich war dem Morgen so willig. Aber ich hatte doch das Gefühl, so lange in dieser neuen Gasse zu gehen, daß der Ort schon hätte enden müssen. Statt dessen stellte sich mir wieder diese rohe, alte steinerne Mauer entgegen, schwankend im Nebel, gleichsam atemlos, als hätte sie sich bemüht, mir auf einem anderen Wege zuvorzukommen. Und ich ging wieder nach links. Das führte mich zu einem dunkeln breiten Torbogen, darüber noch der Kranz, das Zeichen einer *vendita di vino,* hing. Aber er war welk. Im Hofe lagen Stühle, Tür- und Fensterrahmen, von Stürmen oder Knaben herausgerissen, und durch die hohlen Türen sah man in lauter dunkles Verlassensein. Jenseits des Hofes war ein zweites Tor am Ende eines ziemlich langen, finsteren Flurs. Und vor diesem Tor ging jetzt ein Mädchen vorbei oder eine Frau. Schlank und in dem schwarzen Kleid, das diese Bäuerinnen fast täglich tragen. Als ich selbst rasch aus dem Hause trat, verlor ich sie links im Nebel. Ich folgte in dieser Richtung. Und jetzt öffneten sich beständig, bald rechts, bald links, kleine enge Seitengassen, als ob die Häuser zur Seite rückten, und es kamen viele Mädchen und Frauen, jener ersten ähnlich, und schritten, ohne miteinander zu sprechen, alle der einen nach. Ich sah nur einen Augenblick ein junges klares Gesicht oder erwachte, tief innen glänzende Augen oder eine schmale braune Stirn, über der das schwarze Haar sich leicht und ohne Zwang bewegte, – dann fiel der Nebel schnell, wie ein Vorhang, davor, und nur die vielen hölzernen Schuhe klapperten irgendwo vorn.

Plötzlich blieb ich stehen und löste aus dem feinen Nebel wie aus weichen, verwirrten Haaren: einen Brunnen mit Steinrand, ja mit einem Relief sogar, eine kleine Mariensäule aus verwittertem Stein, mit einem schweren runden Dach über sich, – aber diese Säule war nur der Anfang. Sie bildete das Eck einer ganz kleinen Kirche. Auf den Wänden außen zeigten sich Reste von alter Freskomalerei, vielleicht ein Abendmahl darstellend, und auf der Seite der Eingangstür waren Kopf und Arme und ein Stück von den tüchtigen watenden Beinen Sankt Christophors zu erkennen, in großen Maßen, so daß die Gestalt des Heiligen ein wenig gebückt schien, nicht nur durch die Last des Jesukindes, sondern auch aus Angst vor dem nahen Dach. Dieses Dach war nur sehr notdürftig zusammengefügt. Es mußte viele Fugen und Risse haben, denn über den Mädchen und Frauen, die jetzt drin in den Bänken saßen, war Glanz ausgestreut von oben, viel kleine Lichter, die vom Haar auf die Schultern fielen und dort hafteten wie lauter Blätter einer großen Rose, die langsam zerflattert. Der Altar war fast dunkel; die schlechten, überschlanken Kerzen hatten ein krankes Licht und zuckten unruhig vor den schwarzgewordenen Bildern. Ein kleiner Greis in einem Meßgewand aus blaßblauem Taft las das Evangelium. Er stand ganz ruhig, mit seinem runden, lichtblauen Rücken zu den Frauen gekehrt, als ob er schliefe, und nur sein weißhaariger Kopf zitterte von den Worten des Evangeliums. Vielleicht schien es auch nur im Scheine der Kerzen so. –

Als ich mich zurückwandte, war der Platz klar, und der Nebel lag als flüchtiger Glanz naß auf den Steinen. Ich ging durch zwei oder drei Gassen. In den Häusern regten sich jetzt erst die Männer, man vernahm Flüche, und da und dort begann ein heiseres Lied. Aber die Stimmen waren noch schwer vom Schlaf. Ein Bursche mit rotem Gesicht stieß einen Esel aus dem Stall. Ein Alter rief beständig, ärgerlich: «Gita! Gita!» Aber niemand antwortete.

Ich aber wußte, wo Gita war. Ich habe ja gesehen, wo die Frauen sind, ehe die Männer wach werden. –

Gleich darauf war ich unter Oliven. Vom Wald her blickte ich zurück. Wieder die armen Hütten mit schlechten Dächern, verwitterten Mauern, hohlen Fenstern und roten Schürzen, die auf Geländern trocknen und ein wenig winken im Morgenwind. Am Rand die häßliche, neue, weiße Kirche, darin am Sonntag, vormittags um neun Uhr, Hochamt ist. Vielleicht würde das kleine Kirchlein finster und hinfällig werden, wenn es von diesem Rivalen erführe. Aber es gibt eine Stunde vor Tag, da ist es wie die einzige Kirche auf der Welt. Und keine von den Frauen wird darin zu ihrer Nachbarin etwas von der neuen Kirche sagen. Sie sind ja überhaupt ganz still, als ob keine von der anderen wüßte. Und auch der alte Priester weiß nicht, ob Leute da sind oder nicht. Er liest das Evangelium und denkt nur manchmal dazwischen, wenn er die Steinkälte in den Füßen fühlt: «Gestern war doch ein Teppich da...» Aber das sind an fünfzig Jahre her, daß ein Teppich über den Stufen lag.

Ich bin nicht mehr nach Chiarano gegangen aus Furcht, diese kleine Kirche nicht wiederzufinden.

1899

DER KARDINAL

Eine Biographie

Er ist der Sohn der schönen Fürstin von Ascoli. Sein Vater war irgendein Abenteurer, er nannte sich damals Marquis Pemba. Aber die Fürstin liebt gerade *diesen* Sohn. Er erinnert sie an einen Garten, an Venedig und an einen Tag, da sie schöner war als sonst. Darum soll dieser Sohn das Leben haben und einen Namen: Marchese von Villavenetia. Der Marchese ist ein schlechter Schüler. Er liebt, den Falken auf der Hand zu fühlen. Sein Lehrer sagt ihm einmal (und der Lehrer weiß nicht viel von der Jagd): «Wie, wenn der Falke einmal nicht wiederkehrt?» – «Dann, dann –», sagt der Zögling sehr erregt, «dann werd ich selbst Flügel spüren.» Und er wird ganz rot, als ob er sich verraten hätte. Später, um sein fünfzehntes Jahr, wird er eine Weile still und fleißig. Er liebt die schöne Herzogin Julia von Este. Ein Jahr lang liebt er sie so, – dann geht er und befriedigt sich bei einer blonden Magd – und hat die Liebe vergessen. Jetzt beginnen rasche, rauschende Tage. Sein Degen hat selten Nacht. Er kommt nach Venedig und muß an einen Garten denken. Ein Jahr lang sucht er diesen Garten, dann findet er Valenzia. Sie ist groß, golden und stolz. Er kann sie nicht zugleich mit den anderen denken. Er denkt sie überhaupt nicht, er küßt sie. Aber sie hat einen Geliebten. Man sagt sogar, daß sie einen Gatten hat, aber der Geliebte ist gefährlicher. Der Marchese kennt ihn längst. Es gibt seit einem Jahrhundert überall Bilder von ihm. Sie hängen in den dunkelsten Sälen, gewöhnlich über einer Tür, damit die Kinder sie nicht sehen sollen. Sie haben den bösen Blick. Und der Marchese fühlt sich verfolgt davon. Er sieht in jedem Weinglas gespiegelt: diese dunkle, geheimnisvolle, gedrängte Stirn und die geraden schwarzen Brauen an ihrem Saum. Er wird schreckhaft. Er zuckt bei tausend Gelegenheiten zusammen und lacht dann sehr laut. Eines Nachts, da der Vorhang des breiten Bettes sich gerührt hat, springt er aus dem Fenster des Palazzo der Signora in den Kanal. Er hört Schüsse, kommt aber bis zur Piazzetta, wo Fischer ihm helfen.

Zehn Jahre später fährt er nach Venedig, nur um sich jenes Fenster anzusehen. Es ist von feinstem Stil, ein Spitzbogen mit Zierat, nicht überladen. Das befriedigt ihn. Er ist noch jung, Sekretär des Kardinals Borromeo, und erkennt Venedig wieder. Bei einem Feste sieht er auch

Valenzia. Sie ist ganz wie damals, sie kommt auf ihn zu: aber er ist ein anderer, er verneigt sich sehr tief und zieht sich mit dem Senator Gritti zu einem ernsten Gespräch zurück. Gerade vor Ostern wird er Kardinal. Am Auferstehungstag fühlt er die schwere violette Seide von seinen gesunden Schultern rauschen. Er freut sich an den schönen Knaben, die ihm die Schleppe tragen, er freut sich an dem Licht, an dem Glanz, und der Gesang steigt ihm zu Kopf wie Duft von Weinbergen. Über ein Jahr bei den Osterfesten fehlt der Kardinal. Er lebt auf einem seiner Güter und schmückt seine Gärten. Am großen Sonntag sitzt er über den Plänen eines neuen Schlosses. Vielleicht läßt Sansovino sich noch erbitten, es zu bauen. Am Abend fällt einem Günstling ein, daß Ostern ist. Der Kardinal lacht. Man rüstet rasch ein Fest, und die Mädchen aus Carmagnola kommen, zweimal fünfzig Mädchen.

Der Kardinal hat große Gastlichkeit. Überall erzählt man von ihm. Das Volk hält ihn für einen Zauberer. Zwanzig Maler sind um ihn, zehn Bildhauer arbeiten in seinen Parken, und jeder Dichter vergleicht ihn mit irgendeinem Gott. Eines Tages empfängt er Valenzia. Die Signora ist strahlender als je. Er gibt ihr täglich Feste. Mitten im schönsten wird dem Kardinal durch einen reitenden Boten ein Brief gebracht. Er liest, wird blaß und reicht ihn Valenzia. Am Abend reist die Signora ab nach Rom. Sie hat Freunde dort unter den Kardinälen. – In der Nacht erwacht der Kardinal. Er liest noch einmal den Brief, und sein liebster Knabe hält ihm die Fackel dazu. Die letzten Worte sind: Der Papst ist tot.

Drei Tage später erhält der Kardinal einen Brief von der alten Herzogin von Ascoli, seiner Mutter, aus Rom. Es ist der erste Brief von ihr. Sie beglückwünscht ihn zu irgend etwas. Er versteht es nicht ganz. Aber am Abend beruft man ihn dringend nach Rom. Da begreift er und nimmt sich vor, seiner Mutter einen Giorgione zu schenken.

1899

FRAU BLAHA'S MAGD

In jedem Sommer fuhr Frau Blaha, welche an den kleinen Beamten der Turnauer Bahn, Wenzel Blaha, verheiratet war, für einige Wochen in ihren Heimatort. Dieser Ort ist im flachen und sumpfigen Böhmen in der Gegend von Nimburg gelegen und recht arm und unbedeutend. Als Frau Blaha, die sich doch schon gewissermaßen Städterin fühlte, all die kleinen elenden Häuser wiedersah, glaubte sie sich imstande, eine Wohltat zu versuchen. Sie trat bei einer bekannten Bäuerin ein, von der sie wußte, daß sie eine Tochter besäße, und schlug ihr vor, diese Tochter zu sich in die Stadt in Dienst zu nehmen. Sie würde ihr einen kleinen, bescheidenen Lohn zahlen, und überdies hätte das Mädchen den Vorteil, in der Stadt zu sein und da manches zu lernen. (Was sie da lernen sollte, war Frau Blaha selbst nicht klar.) Die Bäuerin besprach die Angelegenheit mit ihrem Mann, der beständig die Augen zusammenkniff und zunächst nur ausspuckte. Nach einer halben Stunde aber kam er wieder in die Stube und fragte: «Na, und weiß die Frau, daß die Anna soso ist?» Dabei schwankte seine braune, faltige Hand wie ein welkes Kastanienblatt vor seiner Stirn hin und her. «Dummkopf» – machte die Bäuerin –, «wir werden doch nicht...!»

So kam die Anna zu Blahas. Sie war da meistens den ganzen Tag allein. Der Herr, Wenzel Blaha, war in der Kanzlei, die Frau ging in die Häuser nähen, und Kinder gab es keine. Anna saß in der kleinen finstern Küche, welche ein Fenster in den Lichthof hatte, und wartete, bis der Leierkastenmann kam. Das war jeden Tag vor der Dämmerung. Dann lehnte sie in dem kleinen Fenster, weit vorgebeugt, so daß ihr blasses Haar im Winde hing, und tanzte innerlich, bis daß sie schwindlich wurde und die hohen schmutzigen Mauern unsicher und schwankend sich gegeneinander bewegten. Wenn ihr dann ängstlich wurde, begann sie durch das ganze Haus zu gehen über die finsteren und schmutzigen Treppen bis hinunter in die qualmige Gassenschenke, wo dann und wann irgendeiner sang in der ersten Trunkenheit. Unterwegs geriet sie immer unter die Kinder, die sich, ohne daß eines zu Hause vermißt wurde, tagelang im Hofe herumtrieben, und die Kinder wollten seltsamerweise immer, sie solle ihnen Geschichten erzählen. Sie kamen ihr manchmal sogar bis in die

Küche nach. Aber dann setzte die Anna sich an den Herd, deckte das leere blasse Gesicht mit den Händen zu und sagte: «Nachdenken.» Und die Kinder geduldeten sich eine Weile. Als aber Annuschka immer noch nachdachte, so daß es ganz still und bange wurde in der finsteren Küche, liefen die Kinder davon und sahen nicht mehr, daß das Mädchen sanft und klagend zu weinen begann und vor lauter Heimweh ganz klein und hilflos war. Wonach sie sich sehnte, ist ungewiß. Nach den Schlägen vielleicht auch ein wenig. Meistens aber nach so etwas Unbestimmtem, das irgendwann einmal war, oder vielleicht hat sie es auch nur geträumt. Bei dem vielen Nachdenken, das die Kinder von ihr verlangten, fiel es ihr langsam ein. Erst rot, rot, und dann viele Leute. Und dann eine Glocke, eine laute Glocke, und dann: ein König – und ein Bauer und ein Turm. Und sie sprechen. «Lieber König», sagt der Bauer... «Ja», sagt der König darauf mit sehr stolzer Stimme: «Ich weiß.» Und in der Tat, wie sollte ein König nicht alles wissen, was ein Bauer ihm zu sagen hat. –

Kurz darauf nahm die Frau das Mädchen einmal zum Einkaufen mit. Da es um Weihnachten war und Abend, waren die Schaufenster sehr hell und mit vielem Überfluß angefüllt. In einem Spielwarenladen sah Anna plötzlich ihre Erinnerung. Den König, den Bauer, den Turm... Oh und das Herz schlug ihr lauter, als ihre Schritte waren. Aber sie sah rasch fort, und ohne stehenzubleiben, ging sie neben Frau Blaha her. Sie hatte das Gefühl, als ob sie nichts verraten dürfte. Und das Puppentheater blieb also, gleichsam unbeachtet, hinter ihnen zurück; Frau Blaha, die keine Kinder hatte, hatte es gar nicht bemerkt. – Kurz darauf hatte Anna ihren Ausgehsonntag. Sie kam nicht am Abend zurück. Ein Mann, den sie schon unten in der Schenke gesehen hatte, schloß sich ihr an, und sie konnte sich nicht genau erinnern, wohin er sie geführt hatte. Ihr war, als wäre sie ein Jahr fortgewesen. Als sie müde, Montag früh, in die Küche kam, war alles noch kälter und grauer als sonst. Sie zerschlug an diesem Tag eine Suppenterrine und wurde deshalb arg gescholten. Daß sie die Nacht ausgeblieben war, hatte die Frau gar nicht bemerkt. Später, bis gegen Neujahr, blieb sie noch drei Nächte aus. Dann hörte sie mit einem Male auf, im Hause herumzugehen, verschloß ängstlich die Wohnung und kam, auch wenn der Leiermann spielte, nicht immer ans Fenster.

So verging der Winter, und ein blasses, zaghaftes Frühjahr begann. Das ist eine eigene Jahreszeit in den Hinterhöfen. Die Häuser sind schwarz und feucht, und die Luft ist licht wie oft gewaschenes Linnen. Die schlechtgeputzten Fenster zucken von Glanz, und verschiedene leichte Abfälle tanzen im Wind an den Stockwerken vorüber. Die Geräusche des ganzen

Hauses sind vernehmlicher, und die Schüsseln klirren anders, heller, höher, und die Messer und Löffel haben ein anderes Rasseln.

Zu dieser Zeit bekam Annuschka ein Kind. Es kam ihr vollkommen unerwartet. Nachdem sie sich wochenlang dick und schwer gefühlt hatte, drängte es sich eines Morgens aus ihr heraus und war in der Welt, weiß Gott woher. Es war Sonntag, und man schlief noch im Hause. Sie betrachtete es eine Weile, ohne daß ihr Gesicht sich irgendwie veränderte. Das Kind bewegte sich kaum, aber plötzlich begann eine ganz spitze Stimme in der kleinen Brust, und zugleich rief Frau Blaha, und ein Bett krachte in der Stube drin. Da packte Annuschka ihre blaue Schürze, welche nah am Bette hing, zog die Gürtelbänder derselben über dem kleinen Halse zusammen und legte das ganze blaue Bündel zuunterst in ihren Koffer. Dann ging sie in die Stuben, zog die Vorhänge auf und begann den Kaffee zu kochen. An einem der nächsten Tage zählte Annuschka ihren bisher erhaltenen Lohn. Es waren fünfzehn Gulden. Dann versperrte sie die Tür, machte den Koffer auf und legte die blaue Schürze, die schwer und reglos war, auf den Küchentisch. Sie band sie langsam auf, besah das Kind und maß mit einem Zentimeterstreifen seine Länge, vom Kopf bis zu den Füßen. Dann brachte sie alles in die frühere Ordnung und ging aus dem Haus. Aber, schade, der König, der

Bauer und der Turm waren um vieles kleiner. Sie brachte sie dennoch mit und noch andere Puppen dazu. Nämlich: eine Prinzessin mit roten runden Punkten auf den Wangen, einen alten Mann, einen anderen alten Mann, der ein Kreuz auf der Brust hatte und schon wegen seines großen Bartes wie der heilige Nikolaus aussah, und noch zwei oder drei, die nicht so schön und bedeutend waren. Dazu ein Theater, dessen Vorhang auf und nieder ging, wobei der Garten dahinter abwechselnd auftauchte und wieder verschwand.

Jetzt hatte Annuschka etwas für das Alleinsein. Wo war das Heimweh hin? Sie baute das große schöne Theater auf (es hatte zwölf Gulden gekostet) und stellte sich, wie es sich gehört, dahinter auf. Aber manchmal, wenn der Vorhang gerade aufgerollt war, lief sie rasch nach vorn, und nun schaute sie in Gärten hinein, und die ganze graue Küche war verschwunden hinter den hohen, prächtigen Bäumen. Dann trat sie wieder zurück und holte zwei oder drei Figuren hervor und ließ sie reden nach ihrer Meinung. Es wurde nie ein eigentliches Stück daraus; aber es gab Rede und Gegenrede, auch geschah es, daß sich zwei Puppen plötzlich, wie erschrocken, voreinander verneigten. Oder auch es verneigten sich beide vor dem alten Mann, der das nicht konnte, weil er ganz von Holz war. Deshalb fiel er jedesmal aus Dankbarkeit um.

Unter den Kindern ging das Gerücht von diesen Spielen Annuschkas. Und seither fanden sich, erst mißtrauisch, dann immer argloser, die Kinder der Nachbarschaft in der Küche bei Blahas ein und standen, wenn es dämmerte, in den Ecken und ließen die schönen Puppen, die immer dasselbe sprachen, nicht aus den Augen. Einmal hatte Annuschka ganz heiße Wangen und sagte: «Ich habe noch eine ganz große Puppe.» Die Kinder zitterten vor Ungeduld. Aber Annuschka schien es wieder vergessen zu haben. Sie stellte alle Personen in ihren Garten hinein, und diejenigen, die nicht aufrecht bleiben mochten, lehnte sie an die seitlichen Kulissen. Dabei kam auch eine Art Harlekin mit großem, rundem Gesicht zum Vorschein, dessen sich die Kinder gar nicht erinnern konnten. Aber durch alle Pracht immer noch mehr gereizt, baten die Kinder um die «ganz große». Nur einmal, die «ganz große». Nur einen Augenblick: die «ganz große».

Annuschka ging nach hinten zu ihrem Koffer. Es dunkelte schon. Die Kinder und die Puppen standen einander gegenüber, ganz still und ähnlich. Aber aus den weitaufgerissenen Augen des Harlekins, welche waren, als ob sie etwas Entsetzliches erwarteten, kam ganz unvermutet eine solche Angst über die Kinder, daß sie mit einem Male aufschreiend davonliefen, ohne Ausnahme.

Mit dem großen Blauen in den Händen kam Annuschka zurück. Auf einmal zitterten ihre Hände. Die Küche war hinter den Kindern so still geworden und so leer. Annuschka hatte keine Angst. Sie lachte leise und stieß das Theater mit den Füßen um und trat die einzelnen dünnen Brettchen, welche doch den Garten bedeuteten, entzwei. Und dann, als die Küche schon ganz dunkel war, ging sie herum und spaltete allen Puppen die Köpfe, auch der großen blauen.

1899

AUGUSTE RODIN

«Die Schriftsteller wirken durch Worte...
die Bildhauer aber durch Taten.»
(Pomponius Gauricus, in seiner Schrift «De sculptura», um 1504.)

The hero is he who is immovably centred.
(Emerson)

Rodin war einsam vor seinem Ruhme. Und der Ruhm, der kam, hat ihn vielleicht noch einsamer gemacht. Denn Ruhm ist schließlich nur der Inbegriff aller Mißverständnisse, die sich um einen neuen Namen sammeln.

Es sind ihrer sehr viele um Rodin, und es wäre eine lange und mühsame Aufgabe, sie aufzuklären. Es ist auch nicht nötig; sie stehen um den Namen, nicht um das Werk, das weit über dieses Namens Klang und Rand hinausgewachsen und namenlos geworden ist, wie eine Ebene namenlos ist oder ein Meer, das nur auf der Karte einen Namen hat, in den Büchern und bei den Menschen, in Wirklichkeit aber nur Weite ist, Bewegung und Tiefe.

Dieses Werk, von dem hier zu reden ist, ist gewachsen seit Jahren und wächst an jedem Tage wie ein Wald und verliert keine Stunde. Man geht unter seinen tausend Dingen umher, überwältigt von der Fülle der Funde und Erfindungen, die es umfaßt, und man sieht sich unwillkürlich nach den zwei Händen um, aus denen diese Welt erwachsen ist. Man erinnert sich, wie klein Menschenhände sind, wie bald sie müde werden und wie wenig Zeit ihnen gegeben ist, sich zu regen. Und man verlangt die Hände zu sehen, die gelebt haben wie hundert Hände, wie ein Volk von Händen, das vor Sonnenaufgang sich erhob zum weiten Wege dieses Werkes. Man fragt nach dem, der diese Hände beherrscht. Wer ist dieser Mann?

Es ist ein Greis. Und sein Leben ist eines von denen, die sich nicht erzählen lassen. Dieses Leben hat begonnen, und es geht, es geht tief in ein großes Alter hinein, und es ist für uns, als ob es vor vielen hundert Jahren vergangen wäre. Wir wissen nichts davon. Es wird eine Kindheit gehabt haben, irgendeine, eine Kindheit in Armut, dunkel, suchend und ungewiß. Und es hat diese Kindheit vielleicht noch, denn, sagt der heilige Augustinus einmal, wohin sollte sie gegangen sein?[1] Es hat vielleicht alle seine vergangenen Stunden, die Stunden der Erwartung und der Verlassenheit, die Stunden des Zweifels und die langen Stunden der Not, es ist ein Leben, das nichts verloren und vergessen hat, ein Leben, das sich versammelte, da es verging. Vielleicht, wir wissen nichts davon. Aber nur aus einem solchen Leben, glauben wir, kann eines solchen Wirkens Fülle und Überfluß entstanden sein, nur ein solches Leben, in dem alles gleichzeitig ist und wach und nichts vergangen, kann jung und stark bleiben und sich immer wieder zu hohen Werken erheben. Es wird vielleicht eine Zeit kommen, da man diesem Leben seine Geschichte erfinden wird, seine Verwicklungen, seine Episoden und Einzelheiten. Sie werden erfunden sein. Man wird von einem Kinde erzählen, das oft zu essen vergaß, weil es ihm wichtiger schien, mit einem schlechten Messer Dinge in geringes Holz zu schneiden, und man wird in die Tage des jungen Menschen irgendeine Begegnung setzen, die eine Verheißung zukünftiger Größe, eine von jenen nachträglichen Prophezeiungen enthält, die so volkstümlich und rührend sind. Es könnten ganz gut die Worte sein, die irgendein Mönch vor fast fünfhundert Jahren dem jungen Michel Colombe[2] gesagt haben soll, diese Worte: «Travaille, petit, regarde tout ton saoul et le clocher à jour de Saint-Pol, et les belles œuvres des compaignons, regarde, aime le bon Dieu, et tu auras la grâce des grandes choses.» – «Und du wirst die Gnade der großen Dinge haben.» Vielleicht hat ein inneres Gefühl so, nur unendlich viel leiser als der Mund des Mönches, zu dem jungen Menschen gesprochen an einem der Kreuzwege seines Anbeginns. Denn gerade das suchte er: die Gnade der großen Dinge. Da war das Louvre mit den vielen lichten Dingen der Antike, die an südliche Himmel erinnerten und an die Nähe des Meeres, und dahinter erhoben sich andere, schwere steinerne Dinge, aus undenklichen Kulturen hinüberdauernd in noch nicht gekommene Zeiten. Da waren Steine, die schliefen, und man fühlte, daß sie erwachen würden bei irgendeinem Jüngsten Gericht, Steine, an denen nichts Sterbliches war, und andere, die eine Bewegung trugen, eine Gebärde, die so frisch geblieben war, als sollte sie hier nur aufbewahrt und eines Tages irgendeinem Kinde gegeben werden, das vorüberkam. Und nicht allein in den berühmten Werken und den weithin sichtbaren war dieses Lebendigsein; das Unbeachtete, Kleine, das Namenlose und Überzählige war nicht weniger erfüllt von dieser tiefen, innerlichen Erregtheit, von dieser reichen und überraschenden Unruhe des Lebendigen. Auch die Stille, wo Stille war, bestand aus hundert und hundert Bewegungsmomenten, die sich im Gleichgewicht hielten. Es gab kleine Figuren da, Tiere besonders, die sich bewegten, streckten oder zusammenzogen, und wenn ein Vogel saß, so wußte man doch, daß es ein Vogel war, ein Himmel wuchs aus ihm heraus und blieb um ihn stehen, eine Weite war zusammengefaltet auf jede seiner Federn gelegt, und man konnte sie aufspannen und ganz groß machen. Und ganz ähnlich war es mit den Tieren, die auf den Kathedralen standen und saßen oder unter den Konsolen kauerten, verkümmert und gekrümmt und zu träge zum Tragen. Da waren Hunde und Eichhörnchen, Spechte und Eidechsen, Schildkröten, Ratten und Schlangen. Wenigstens eines von jeder Art. Diese Tiere schienen draußen eingefangen worden zu sein in den Wäldern und auf den Wegen, und der Zwang, unter steinernen Ranken, Blumen und Blättern zu leben, mußte sie selbst langsam verwandelt haben zu dem, was sie nun waren und immer bleiben sollten. Aber es fanden sich auch Tiere, die schon in dieser versteinten Umgebung geboren waren, ohne Erinnerung an ein anderes Dasein. Sie waren schon ganz die Bewohner dieser aufrechten, ragenden, steil steigenden Welt. Unter ihrer fanatischen Magerkeit standen spitzbogige Skelette. Ihre Münder waren weit und schreiend wie bei Tauben, denn die Nähe der Glocken hatte ihr Gehör zerstört. Sie trugen nicht, sie streckten sich und halfen so den Steinen steigen. Die Vogelhaften hockten oben auf den Balustraden, als wären sie eigentlich unterwegs und wollten nur ein paar Jahrhunderte lang ausruhen und hinunterstarren auf die wachsende Stadt. Andere, die von Hunden abstammten, stemmten sich waagrecht vom Rand der Traufen in die Luft, bereit, das Wasser der Regen aus ihren vom Speien angeschwollenen Rachen zu werfen. Alle hatten sich umgebildet und angepaßt, aber sie hatten nichts an Leben verloren, im Gegenteil, sie lebten stärker und heftiger, lebten für ewig das inbrünstige und ungestüme Leben jener Zeit, die sie hatte erstehen lassen.

Und wer diese Gebilde sah, der empfand, daß sie nicht aus einer Laune geboren waren, nicht aus einem spielerischen Versuch, neue, unerhörte Formen zu finden. Die Not hatte sie geschaffen. Aus der Angst vor den unsichtbaren Gerichten eines schweren Glaubens hatte man sich zu diesem Sichtbaren gerettet, vor dem Ungewissen flüchtete man zu dieser Verwirklichung. Noch suchte man sie in Gott, nicht mehr, indem man ihm Bilder erfand und versuchte, sich den Vielzufernen vorzustellen: indem man alle Angst und Armut, alles Bangsein und die Gebärden der Geringen in sein Haus trug, in seine Hand legte, auf sein Herz stellte, war man fromm. Das war besser als malen; denn die Malerei war auch eine Täuschung, ein schöner und geschickter Betrug; man sehnte sich nach Wirklicherem und Einfachem. So entstand die seltsame Skulptur der Kathedralen, dieser Kreuzzug der Beladenen und der Tiere.

Und wenn man von der Plastik des Mittelalters zurücksah zur Antike und wieder über die Antike hinaus in den Anfang unsagbarer Vergangenheiten, schien es da nicht, als verlangte die menschliche Seele immer wieder an lichten oder bangen Wendepunkten nach dieser Kunst, die mehr gibt als Wort und Bild, mehr als Gleichnis und Schein: nach dieser schlichten Dingwerdung ihrer Sehnsüchte oder Ängste? Zuletzt in der Renaissance gab es eine große plastische Kunst; damals, als das Leben sich erneut hatte, als man das Geheimnis der Gesichter fand und die große Gebärde, die im Wachsen war.

Und jetzt? War nicht wieder eine Zeit gekommen, die nach diesem Ausdruck drängte, nach dieser starken und eindringlichen Auslegung dessen, was in ihr unsagbar war, wirr und rätselhaft? Die Künste hatten sich irgendwie erneut, Eifer und Erwartung erfüllte und belebte sie; aber vielleicht sollte gerade diese Kunst, die Plastik, die noch in der Furcht einer großen Vergangenheit zögerte, berufen sein zu finden, wonach die andern tastend und sehnsüchtig suchten? Sie mußte einer Zeit helfen können, deren Qual es war, daß fast alle ihre Konflikte im Unsichtbaren lagen. Ihre Sprache war der Körper. Und diesen Körper, wann hatte man ihn zuletzt gesehen? Schichte um Schichte hatten sich die Trachten darübergelegt wie ein immer erneuter Anstrich, aber unter dem Schutz dieser Krusten hatte die wachsende Seele ihn verändert, während sie atemlos an den Gesichtern arbeitete. Er war ein anderer geworden. Wenn man ihn jetzt aufdeckte, vielleicht enthielt er tausend Ausdrücke für alles Namenlose und Neue, das inzwischen entstanden war, und für jene alten Geheimnisse, die, aufgestiegen aus dem Unbewußten, wie fremde Flußgötter ihre triefenden Gesichter aus dem Rauschen des Blutes hoben. Und dieser Körper konnte nicht weniger schön sein als der der Antike, er mußte von noch größerer Schönheit sein. Zwei Jahrtausende länger hatte das Leben ihn in den Händen behalten und hatte an ihm gearbeitet, gehorcht und gehämmert Tag und Nacht. Die Malerei träumte von diesem Körper, sie schmückte ihn mit Licht und durchdrang ihn mit Dämmerung, sie umgab ihn mit aller Zärtlichkeit und allem Entzücken, sie befühlte ihn wie ein Blumenblatt und ließ sich tragen von ihm wie von einer Welle, – aber die Plastik, der er gehörte, kannte ihn noch nicht.

Hier war eine Aufgabe, groß wie die Welt. Und der vor ihr stand und sie sah, war ein Unbekannter, dessen Hände nach Brot gingen, in Dunkelheit. Er war ganz allein, und wenn er ein richtiger Träumer gewesen wäre, so hätte er einen schönen und tiefen Traum träumen dürfen, einen Traum, den niemand verstanden hätte, einen von jenen langen, langen Träumen, über denen ein Leben hingehen kann wie ein Tag. Aber dieser junge Mensch, der in der Manufaktur von Sèvres seinen Verdienst hatte, war ein Träumer, dem der Traum in die Hände stieg, und er begann gleich mit seiner Verwirklichung. Er fühlte, wo man anfangen mußte; eine Ruhe, die in ihm war, zeigte ihm den weisen Weg. An dieser Stelle offenbart sich schon Rodins tiefe Übereinstimmung mit der Natur, von der der Dichter Georges Rodenbach[3], der ihn geradezu eine Naturkraft nennt, so schöne Worte zu sagen wußte. Und in der Tat, es ist eine dunkle Geduld in Rodin, die ihn beinahe namenlos macht, eine stille, überlegene Langmut, etwas von der großen Geduld und Güte der Natur, die mit einem Nichts beginnt, um still und ernst den weiten Weg zum Überfluß zu gehen. Auch Rodin vermaß sich nicht, Bäume machen zu wollen. Er fing mit dem Keim an, unter der Erde gleichsam. Und dieser Keim wuchs nach unten, senkte Wurzel um Wurzel abwärts, verankerte sich, ehe er anfing, einen kleinen Trieb nach oben zu tun. Das brauchte Zeit und Zeit. «Man muß sich nicht eilen», sagte Rodin den wenigen Freunden, die um ihn waren, wenn sie ihn drängten.

Damals kam der Krieg, und Rodin ging nach Brüssel und arbeitete, wie der Tag es befahl. Er führte einige Figuren an Privathäusern aus und mehrere von den Gruppen auf dem Börsengebäude und schuf die vier großen Eckfiguren bei dem Denkmal des Bürgermeisters Loos im Parc d'Anvers. Das waren Aufträge, die er gewissenhaft ausführte, ohne seine wachsende Persönlichkeit zu Worte kommen zu lassen. Seine eigentliche Entwicklung ging nebenher, zusammengedrängt in die Pausen, in die Abendstunden, ausgebreitet in der einsamen Stille der Nächte, vor sich, und er mußte diese Teilung seiner Energie jahrelang ertragen. Er besaß die Kraft derjenigen, auf die ein großes Werk wartet, die schweigsame Ausdauer derer, die notwendig sind.

Während er an der Börse von Brüssel beschäftigt war, mochte er fühlen, daß es keine Gebäude mehr gab, die die Werke der Skulptur um sich versammelten, wie es die Kathedralen getan hatten, diese großen Magnete der Plastik einer vergangenen Zeit. Das Bildwerk war allein, wie das Bild allein war, das Staffelei-Bild, aber es bedurfte ja auch keiner Wand wie dieses. Es brauchte nicht einmal ein Dach. Es war ein Ding, das für sich allein bestehen konnte, und es war gut, ihm ganz das Wesen eines Dinges zu geben, um das man herumgehen und das man von allen Seiten betrachten konnte. Und doch mußte es sich irgendwie von den anderen Dingen unterscheiden, den gewöhnlichen Dingen, denen jeder ins Gesicht greifen konnte. Es mußte irgendwie unantastbar werden, sakrosankt, getrennt vom Zufall und von der Zeit, in der es einsam und wunderbar wie das Gesicht eines Hellsehers aufstand. Es mußte seinen eigenen, sicheren Platz erhalten, an den nicht Willkür es gestellt hatte, und es mußte eingeschaltet werden in die stille Dauer des Raumes und in seine großen Gesetze. In die Luft, die es umgab, mußte man es wie in eine Nische hineinpassen und ihm so eine Sicherheit geben, einen Halt und eine

Hoheit, die aus seinem einfachen Dasein, nicht aus seiner Bedeutung kam.

Rodin wußte, daß es zunächst auf eine unfehlbare Kenntnis des menschlichen Körpers ankam. Langsam, forschend war er bis zu seiner Oberfläche vorgeschritten, und nun streckte sich von außen eine Hand entgegen, welche diese Oberfläche von der anderen Seite ebenso genau bestimmte und begrenzte, wie sie es von innen war. Je weiter er ging auf seinem entlegenen Wege, desto mehr blieb der Zufall zurück, und ein Gesetz führte ihn dem anderen zu. Und schließlich war es diese Oberfläche, auf die seine Forschung sich wandte. Sie bestand aus unendlich vielen Begegnungen des Lichtes mit dem Dinge, und es zeigte sich, daß jede dieser Begegnungen anders war und jede merkwürdig. An dieser Stelle schienen sie einander aufzunehmen, an jener sich zögernd zu begrüßen, an einer dritten fremd aneinander vorbeizugehen; und es gab Stellen ohne Ende und keine, auf der nicht etwas geschah. Es gab keine Leere.

In diesem Augenblick hatte Rodin das Grundelement seiner Kunst entdeckt, gleichsam die Zelle seiner Welt. Das war die Fläche, diese verschieden große, verschieden betonte, genau bestimmte Fläche, aus der alles gemacht werden mußte. Von da ab war sie der Stoff seiner Kunst, das, worum er sich mühte, wofür er wachte und litt. Seine Kunst baute sich nicht auf eine große

Idee auf, sondern auf eine kleine gewissenhafte Verwirklichung, auf das Erreichbare, auf ein Können. Es war kein Hochmut in ihm. Er schloß sich an diese unscheinbare und schwere Schönheit an, an die, die er noch überschauen, rufen und richten konnte. Die andere, die große, mußte kommen, wenn alles fertig war, so wie die Tiere zur Tränke kommen, wenn die Nacht sich vollendet hat und nichts Fremdes mehr an dem Walde haftet.

Mit dieser Entdeckung begann Rodins eigenste Arbeit. Nun erst waren alle die herkömmlichen Begriffe der Plastik für ihn wertlos geworden. Es gab weder Pose noch Gruppe, noch Komposition. Es gab nur unzählbar viele lebendige Flächen, es gab nur Leben, und das Ausdrucksmittel, das er sich gefunden hatte, ging gerade auf dieses Leben zu. Nun hieß es seiner und seiner Fülle mächtig zu werden. Rodin erfaßte das Leben, das überall war, wohin er sah. Er erfaßte es an den kleinsten Stellen, er beobachtete es, er ging ihm nach. Er erwartete es an den Übergängen, wo es zögerte, er holte es ein, wo es lief, und er fand es an allen Orten gleich groß, gleich mächtig und hinreißend. Da war kein Teil des Körpers unbedeutend oder gering: er lebte. Das Leben, das in den Gesichtern wie auf Zifferblättern stand, leicht ablesbar und voll Bezug auf die Zeit, – in den Körpern war es zerstreuter, größer, geheimnisvoller und ewiger.

Hier verstellte es sich nicht, hier ging es nachlässig, wo es nachlässig war, und stolz bei den Stolzen; zurücktretend von der Bühne des Angesichtes, hatte es die Maske abgenommen und stand, wie es war, hinter den Kulissen der Kleider. Hier fand er die Welt seiner Zeit, wie er jene des Mittelalters an den Kathedralen erkannt hatte: versammelt um ein geheimnisvolles Dunkel, zusammengehalten von einem Organismus, an ihn angepaßt und ihm dienstbar gemacht. Der Mensch war zur Kirche geworden, und es gab tausend und tausend Kirchen, keine der anderen gleich und jede lebendig. Aber es galt zu zeigen, daß sie alle eines Gottes waren.

Jahre und Jahre ging Rodin auf den Wegen dieses Lebens als ein Lernender und Demütiger, der sich als Anfänger fühlte. Niemand wußte von seinen Versuchen, er hatte keinen Vertrauten und wenig Freunde. Hinter der Arbeit, die ihn nährte, verbarg sich sein werdendes Werk und erwartete seine Zeit. Er las viel. Man war gewohnt, ihn in Brüssels Straßen immer mit einem Buche in der Hand zu sehen, aber vielleicht war dieses Buch oft nur ein Vorwand für das Vertieftsein in sich selbst, in die ungeheuere Aufgabe, die ihm bevorstand. Wie allen Tätigen war auch ihm das Gefühl, eine unabsehbare Arbeit vor sich zu haben, ein Antrieb, etwas, was seine Kräfte vermehrte und versammelte. Und kamen Zweifel, kamen Ungewißheiten, kam die große Ungeduld der Werdenden zu ihm, die Furcht eines frühen Todes oder die Drohung der täglichen Not, so fand das alles in ihm schon einen stillen, aufrechten Widerstand, einen Trotz, eine Stärke und Zuversicht, alle die noch nicht entfalteten Fahnen eines großen Sieges. Vielleicht war es die Vergangenheit, die in solchen Momenten auf seine Seite trat, die Stimme der Kathedralen, die er immer wieder hören ging. Auch aus den Büchern kam vieles, was ihm zustimmte. Er las zum ersten Male Dantes «Divina Comedia». Es war eine Offenbarung. Er sah die leidenden Leiber eines anderen Geschlechtes vor sich, sah, über alle Tage fort, ein Jahrhundert, dem die Kleider abgerissen waren, sah das große und unvergeßliche Gericht eines Dichters über seine Zeit. Da waren Bilder, die ihm recht gaben, und wenn er von den weinenden Füßen Nikolaus des Dritten[4] las, so wußte er schon, daß es weinende Füße gab, daß es ein Weinen gab, das überall war, über einem ganzen Menschen, und Tränen, die aus allen Poren traten. Und von Dante kam er zu Baudelaire. Hier war kein Gericht, kein Dichter, der an der Hand eines Schattens zu den Himmeln stieg, ein Mensch, einer von den Leidenden hatte seine Stimme erhoben und hielt sie hoch über die Häupter der anderen empor, wie um sie zu retten vor einem Untergang. Und in diesen Versen gab es Stellen, die heraustraten aus der Schrift, die nicht geschrieben, sondern geformt schienen, Worte und Gruppen von Worten, die geschmolzen waren in den heißen Händen des Dichters, Zeilen, die sich wie Reliefs anfühlten, und Sonette, die wie Säulen mit verworrenen Kapitälen die Last eines bangen Gedankens trugen. Er fühlte dunkel, daß diese Kunst, wo sie jäh aufhörte, an den Anfang einer anderen stieß und daß sie sich nach dieser anderen gesehnt hatte; er fühlte in Baudelaire einen, der ihm vorangegangen war, einen, der sich nicht von den Gesichtern hatte beirren lassen und der nach den Leibern suchte, in denen das Leben größer war, grausamer und ruheloser.

Seit jenen Tagen blieben diese beiden Dichter ihm immer nah, er dachte über sie hinaus und kehrte zu ihnen zurück. In jener Zeit, wo seine Kunst sich formte und vorbereitete, wo alles Leben, das sie lernte, namenlos war und nichts bedeutete, gingen Rodins Gedanken in den Büchern der Dichter umher und holten sich dort eine Vergangenheit. Später, als er als Schaffender diese Stoffkreise wieder berührte, da stiegen ihre Gestalten wie Erinnerungen aus seinem eigenen Leben, weh und wirklich, in ihm auf und gingen in sein Werk wie in eine Heimat ein.

Endlich, nach Jahren einsamer Arbeit machte er den Versuch, mit einem Werke hervorzutreten. Es war eine Frage an die Öffentlichkeit. Die

Öffentlichkeit antwortete verneinend. Und Rodin verschloß sich abermals für dreizehn Jahre. Es waren die Jahre, in denen er, immer noch als Unbekannter, zum Meister ausreifte, zum unumschränkten Beherrscher seiner eigenen Mittel, immerfort arbeitend, denkend, versuchend, unbeeinflußt von der Zeit, die an ihm nicht teilnahm. Vielleicht gab ihm der Umstand, daß seine ganze Entwicklung in dieser ungestörten Stille vor sich gegangen war, später, als man um ihn stritt, als man seinem Werk widersprach, jene gewaltige Sicherheit. Da, als man anfing, an ihm zu zweifeln, hatte er keinen Zweifel mehr an sich selbst. Das alles lag hinter ihm. Nicht mehr von dem Zuruf und dem Urteil der Menge hing sein Schicksal ab, es war schon entschieden, als man meinte, es mit Spott und Feindseligkeit vernichten zu können. In der Zeit, als er wurde, klang keine fremde Stimme zu ihm, kein Lob, das ihn hätte irremachen, kein Tadel, der ihn hätte verwirren können. Wie Parzifal heranwächst, so wuchs sein Werk in Reinheit heran, allein mit sich und mit einer großen ewigen Natur. Nur seine Arbeit sprach zu ihm. Sie sprach zu ihm des Morgens beim Erwachen, und des Abends klang sie lange in seinen Händen nach wie in einem fortgelegten Instrumente. Darum war sein Werk so unüberwindlich: weil es erwachsen zur Welt kam; nicht mehr als werdendes erschien es, das um seine Berechtigung bat, sondern als Wirklichkeit, die sich durchgesetzt hat, die da ist, mit der man rechnen muß. Wie ein König, der hört, daß in seinem Reiche eine Stadt gebaut werden soll, überlegt, ob es gut sei, das Privileg zu gewähren, zögert und endlich aufbricht, die Stelle zu besehen; er kommt hin und findet eine große gewaltige Stadt, die fertig ist, steht, steht wie von Ewigkeit her mit Mauern, Türmen und Toren: so kam die Menge, als man sie schließlich rief, zu dem Werke Rodins, das fertig war.

Diese Periode des Reifwerdens ist begrenzt durch zwei Werke. An ihrem Anfang steht der Kopf des «Mannes mit der gebrochenen Nase», an ihrem Ende die Gestalt des jungen Mannes, des «Mannes der ersten Zeiten», wie Rodin ihn genannt hat. Der «Homme au nez cassé» wurde im Jahre 1864 vom «Salon» zurückgewiesen. Man begreift das sehr gut, denn man fühlt, daß in diesem Werke Rodins Art schon ganz ausgereift war, ganz vollendet und sicher; mit der Rücksichtslosigkeit eines großen Bekenntnisses widersprach es den Anforderungen der akademischen Schönheit, die noch immer die allein herrschende war. Umsonst hatte Rude[5] seiner Göttin des Aufruhrs auf dem Triumphtor der Place de l'Étoile die wilde Gebärde gegeben und den weiten Schrei, umsonst hatte Barye[6] seine geschmeidigen Tiere geschaffen, und den «Tanz» Carpeaux'[7] hatte man nur verhöhnt, um sich schließlich so weit an ihn zu gewöhnen, daß man ihn nicht mehr sah. Es war alles beim alten geblieben. Die Plastik, die betrieben wurde, war immer noch die der Modelle, der Posen und der Allegorien, das leichte, billige und gemächliche Metier, das mit der mehr oder weniger geschickten Wiederholung von einigen sanktionierten Gebärden auskam. In dieser Umgebung hätte schon der Kopf des «Mannes mit der gebrochenen Nase» jenen Sturm erregen müssen, der erst bei späteren Werken Rodins losbrach. Aber wahrscheinlich hat man ihn, als die Arbeit eines Unbekannten, fast unbesehen wieder zurückgeschickt.

Man fühlt, was Rodin anregte, diesen Kopf zu formen, den Kopf eines alternden, häßlichen Mannes, dessen gebrochene Nase den gequälten Ausdruck des Gesichtes noch verstärken half; es war die Fülle von Leben, die in diesen Zügen versammelt war; es war der Umstand, daß es auf diesem Gesichte gar keine symmetrischen Flächen gab, daß nichts sich wiederholte, daß keine Stelle leer geblieben war, stumm oder gleichgültig. Dieses Gesicht war nicht vom Leben berührt worden, es war um und um davon angetan, als hätte eine unerbittliche Hand es in das Schicksal hineingehalten wie in die Wirbel eines waschenden, nagenden Wassers. Wenn man diese Maske in Händen hält und dreht, ist man überrascht über den fortwährenden Wechsel der Profile, von denen keines zufällig ist, ratend oder unbestimmt. Es gibt an diesem Kopf keine Linie, keine Überschneidung, keinen Kontur, den Rodin nicht gesehen und gewollt hat. Man glaubt zu fühlen, wie einige von diesen Furchen früher kamen, andere später, wie zwischen dem und jenem Riß, der durch die Züge geht, Jahre liegen, bange Jahre, man weiß, daß von den Zeichen dieses Gesichtes einige langsam eingeschrieben wurden, gleichsam zögernd, daß andere erst leise vorgezeichnet waren und von einer Gewohnheit oder einem Gedanken, der immer wiederkam, nachgezogen wurden, und man erkennt jene scharfen Scharten, die in einer Nacht entstanden sein mußten, wie vom Schnabel eines Vogels hineingehackt in die überwache Stirne eines Schlaflosen. Man muß sich mühsam erinnern, daß alles das auf dem Raume eines Gesichtes steht, so viel schweres, namenloses Leben erhebt sich aus diesem Werke. Legt man die Maske vor sich nieder, so meint man auf der Höhe eines Turmes zu stehen und auf ein unebenes Land herabzusehen, über dessen wirre Wege viele Völker gezogen sind. Und hebt man sie wieder auf, so hält man ein Ding, das man schön nennen muß um seiner Vollendung willen. Aber nicht aus der unvergleichlichen Durchbildung allein ergibt sich diese Schönheit. Sie entsteht aus der Empfindung des Gleichgewichts, des Ausgleichs aller dieser bewegten Flächen untereinander

ander, aus der Erkenntnis dessen, daß alle diese Erregungsmomente in dem Dinge selbst ausschwingen und zu Ende gehen. War man eben noch ergriffen von der vielstimmigen Qual dieses Angesichtes, so fühlt man gleich darauf, daß keine Anklage davon ausgeht. Es wendet sich nicht an die Welt; es scheint seine Gerechtigkeit in sich zu tragen, die Aussöhnung aller seiner Widersprüche und eine Geduld, groß genug für alle seine Schwere.

Als Rodin diese Maske schuf, hatte er einen ruhig sitzenden Menschen vor sich und ein ruhiges Gesicht. Aber es war das Gesicht eines Lebendigen, und als er es durchforschte, da zeigte sich, daß es voll von Bewegung war, voll von Unruhe und Wellenschlag. In dem Verlauf der Linien war Bewegung, Bewegung war in der Neigung der Flächen, die Schatten rührten sich wie im Schlafe, und leise schien das Licht an der Stirne vorbeizugehen. Es gab also keine Ruhe, nicht einmal im Tode; denn mit dem Verfall, der auch Bewegung ist, war selbst das Tote dem Leben noch untergeordnet. Es gab nur Bewegung in der Natur; und eine Kunst, die eine gewissenhafte und gläubige Auslegung des Lebens geben wollte, durfte nicht jene Ruhe, die es nirgends gab, zu ihrem Ideale machen. In Wirklichkeit hat auch die Antike nichts von einem solchen Ideal gewußt. Man mußte nur an die «Nike» denken. Diese Skulptur hat uns nicht nur die Bewegung eines schönen Mädchens überliefert, das seinem Geliebten entgegengeht, sie ist zugleich ein ewiges Bildnis griechischen Windes, seiner Weite und Herrlichkeit. Und sogar die Steine älterer Kulturen waren nicht ruhig. In die hieratisch verhaltene Gebärde uralter Kulte war die Unruhe lebendiger Flächen eingeschlossen wie Wasser in die Wände des Gefäßes. Es waren Strömungen in den verschlossenen Göttern, welche saßen, und in den stehenden war eine Gebärde, die wie eine Fontäne aus dem Steine stieg und wieder in denselben zurückfiel, ihn mit vielen Wellen erfüllend. Nicht die Bewegung war es, die dem Sinne der Skulptur (und das heißt einfach dem Wesen des Dinges) widerstrebte; es war nur die Bewegung, die nicht zu Ende geht, die nicht von anderen im Gleichgewicht gehalten wird, die hinausweist über die Grenzen des Dinges. Das plastische Ding gleicht jenen Städten der alten Zeit, die ganz in ihren Mauern lebten: die Bewohner hielten deshalb nicht ihren Atem an, und die Gebärden ihres Lebens brachen nicht ab. Aber nichts drang über die Grenzen des Kreises, der sie umgab, nichts war jenseits davon, nichts zeigte aus den Toren hinaus, und keine Erwartung war offen nach außen. Wie groß auch die Bewegung eines Bildwerkes sein mag, sie muß, und sei es aus unendlichen Weiten, sei es aus der Tiefe des Himmels, sie muß zu ihm zurückkehren, der große Kreis muß sich schließen, der Kreis der Einsamkeit, in der ein Kunst-Ding seine Tage verbringt. Das war das Gesetz, welches, ungeschrieben, lebte in den Skulpturen vergangener Zeiten. Rodin erkannte es. Was die Dinge auszeichnet, dieses Ganz-mit-sich-beschäftigt-Sein, das war es, was einer Plastik ihre Ruhe gab; sie durfte nichts von außen verlangen oder erwarten, sich auf nichts beziehen, was draußen lag, nichts sehen, was nicht in ihr war. Ihre Umgebung mußte *in* ihr liegen. Es war der *Bildhauer* Lionardo, der der «Gioconda» die Unnahbarkeit gegeben hat, diese Bewegung, die nach innen geht, dieses Schauen, dem man nicht begegnen kann. Wahrscheinlich wird sein «Francesco Sforza»[8] ebenso gewesen sein, von einer Gebärde bewegt, die, gleich einem stolzen Gesandten seines Staates nach vollbrachtem Auftrag, zu ihm zurückkehrte.

In den langen Jahren, die zwischen der Maske des «Homme au nez cassé» und jener Figur des «Mannes der ersten Zeiten» vergingen, vollzogen sich viele stille Entwicklungen in Rodin. Neue Beziehungen verbanden ihn fester mit der Vergangenheit seiner Kunst. Diese Vergangenheit und ihre Größe, an der so viele wie an einer Last getragen hatten, ihm wurde sie der Flügel, der ihn trug. Denn wenn er in jener Zeit je eine Zustimmung empfangen hat, eine Bestärkung dessen, was er wollte und suchte, so kam sie von den Dingen der Antike und aus dem faltigen Dunkel der Kathedralen. Menschen redeten nicht zu ihm. Steine sprachen.

Der «Homme au nez cassé» hatte geoffenbart, wie Rodin den Weg durch ein Gesicht zu gehen wußte, der «Mann der ersten Zeiten» bewies seine unumschränkte Herrschaft über den Körper. *«Souverain tailleur d'ymaiges»,* dieser Titel, den die Meister des Mittelalters einander in neidloser ernster Wertung gaben, kam ihm zu. Hier war ein lebensgroßer Akt, auf dessen allen Stellen das Leben nicht nur gleich mächtig war, es schien auch überall zur Höhe desselben Ausdrucks erhoben zu sein. Was im Gesichte stand, dieselbe Schmerzhaftigkeit eines schweren Erwachens und zugleich diese Sehnsucht nach dem Schweren, war auf dem kleinsten Teil dieses Körpers geschrieben; jede Stelle war ein Mund, der es sagte, in seiner Art. Das strengste Auge konnte an dieser Figur keinen Platz entdecken, der weniger lebendig, weniger bestimmt und klar gewesen wäre. Es war, als stiege in die Adern dieses Mannes Kraft aus den Tiefen der Erde. Das war die Silhouette eines Baumes, der die Märzstürme noch vor sich hat und bange ist, weil die Frucht und Fülle seines Sommers nicht mehr in den Wurzeln wohnt, sondern schon, langsam steigend, im Stamme steht, um den die großen Winde jagen werden.

Diese Gestalt ist auch noch in anderem Sinne bedeutsam. Sie bezeichnet im Werke Rodins die Geburt der Gebärde. Jene Gebärde, die wuchs und sich allmählich zu solcher Größe und Gewalt entwickelte, hier entsprang sie wie eine Quelle, welche leise an diesem Leibe niederrann. Sie erwachte im Dunkel der ersten Zeiten, und sie scheint, in ihrem Wachsen, durch die Weite dieses Werkes wie durch alle Jahrtausende zu gehen, weit über uns hinaus zu denen, die kommen werden. Zögernd entfaltet sie sich in den erhobenen Armen; und diese Arme sind noch so schwer, daß die Hand des einen schon wieder ausruht auf der Höhe des Hauptes. Aber sie schläft nicht mehr, sie sammelt sich; ganz hoch oben auf dem Gipfel des Gehirnes, wo es einsam ist, bereitet sie sich vor auf die Arbeit, auf die Arbeit der Jahrhunderte, die nicht Absehn noch Ende hat. Und in dem rechten Fuße steht wartend ein erster Schritt.

Man könnte von dieser Gebärde sagen, daß sie wie in einer harten Knospe eingeschlossen ruht. Eines Gedankens Glut und ein Sturm im Willen: sie öffnet sich, und es entsteht jener «Johannes» mit den redenden, erregten Armen, mit dem großen Gehen dessen, der einen anderen hinter sich kommen fühlt. Der Körper dieses Mannes ist nicht mehr unerprobt: die Wüsten haben ihn durchglüht, der Hunger hat ihm weh getan, und alle Dürste haben ihn geprüft. Er hat bestanden und ist hart geworden. Sein hagerer Asketenleib ist wie ein Holzgriff, in dem die weite Gabel seines Schrittes steckt. Er geht. Er geht, als wären alle Weiten der Welt in ihm und als teilte er sie aus mit seinem Gehen. Er geht. Seine Arme sagen von diesem Gang, und seine Finger spreizen sich und scheinen in der Luft das Zeichen des Schreitens zu machen.

Dieser «Johannes» ist der erste Gehende im Werke Rodins. Es kommen viele nach. Es kommen die «Bürger von Calais», die ihren schweren Gang beginnen, und alles Gehen scheint vorzubereiten auf den großen herausfordernden Schritt des «Balzac».

Aber auch die Gebärde des Stehenden entwikkelt sich weiter, sie schließt sich, sie rollt sich zusammen wie brennendes Papier, sie wird stärker, geschlossener, erregter. So ist jene Figur der «Eva», die ursprünglich bestimmt war, über dem «Höllentor» zu stehen. Der Kopf senkt sich tief in das Dunkel der Arme, die sich über der Brust zusammenziehen wie bei einer Frierenden. Der Rücken ist gerundet, der Nacken fast horizontal, die Haltung vorgebogen wie zu einem Lauschen über dem eigenen Leibe, in dem eine fremde Zukunft sich zu rühren beginnt. Und es ist, als wirkte die Schwerkraft dieser Zukunft auf die Sinne des Weibes und zöge sie herab aus dem zerstreuten Leben in den tiefen demütigen Knechtdienst der Mutterschaft.

Immer und immer wieder kam Rodin bei seinen Akten auf dieses Sich-nach-innen-Biegen zurück, auf dieses angestrengte Horchen in die eigene Tiefe; so ist die wundervolle Gestalt, die er «La Méditation» genannt hat, so ist jene unvergeßliche «Voix intérieure», die leiseste Stimme Victor Hugoscher Gesänge, die auf dem Denkmal des Dichters fast verborgen unter der Stimme des Zornes steht. Niemals ist ein menschlicher Körper so um sein Inneres versammelt gewesen, so gebogen von seiner eigenen Seele und wieder zurückgehalten von seines Blutes elastischer Kraft. Und wie auf dem tief seitwärts gesenkten Leibe der Hals sich ein wenig aufrichtet und streckt und den horchenden Kopf über das ferne Rauschen des Lebens hält, das ist so eindringlich und groß empfunden, daß man sich keiner ergreifenderen und verinnerlichteren Gebärde zu erinnern weiß. Es fällt auf, daß die Arme fehlen. Rodin empfand sie in diesem Fall als eine zu leichte Lösung seiner Aufgabe, als etwas, was nicht zu dem Körper gehört, der sich in sich selber hüllen wollte, ohne fremde Hilfe. Man kann an die Duse denken, wie sie in einem Drama d'Annunzios[9], schmerzhaft verlassen, ohne Arme zu umarmen versucht und zu halten ohne Hände. Diese Szene, in der ihr Körper eine Liebkosung lernte, die weit über ihn hinausging, gehört zu den Unvergeßlichkeiten ihres Spieles. Es vermittelte den Eindruck, daß die Arme ein Überfluß waren, ein Schmuck, eine Sache der Reichen und der Unmäßigen, die man von sich werfen konnte, um ganz arm zu sein. Nicht als hätte sie Wichtiges eingebüßt, wirkte sie in diesem Augenblick; eher wie einer, der seinen Becher verschenkt, um aus dem Bache zu trinken, wie ein Mensch, der nackt ist und noch ein wenig hilflos in seiner tiefen Blöße. So ist es auch bei den armlosen Bildsäulen Rodins; es fehlt nichts Notwendiges. Man steht vor ihnen als vor etwas Ganzem, Vollendetem, das keine Ergänzung zuläßt. Nicht aus dem einfachen Schauen kommt das Gefühl des Unfertigen, sondern aus der umständlichen Überlegung, aus der kleinlichen Pedanterie, welche sagt, daß zu einem Körper Arme gehören und daß ein Körper ohne Arme nicht ganz sein könne, auf keinen Fall. Es ist nicht lange her, da lehnte man sich in derselben Weise gegen die vom Bildrande abgeschnittenen Bäume der Impressionisten auf; man hat sich sehr rasch an diesen Eindruck gewöhnt, man hat, für den Maler wenigstens, einsehen und glauben gelernt, daß ein künstlerisches Ganzes nicht notwendig mit dem gewöhnlichen Ding-Ganzen zusammenfallen muß, daß, unabhängig davon, innerhalb des Bildes neue Einheiten entstehen, neue Zusammenschlüsse, Verhältnisse und Gleichgewichte. Es ist in der Skulptur nicht anders. Dem Künstler steht es zu, aus vielen Dingen eines zu machen und aus dem kleinsten Teil eines Dinges eine Welt. Es gibt im Werke Rodins Hände, selbständige, kleine Hände, die, ohne zu irgendeinem Körper zu gehören, lebendig sind. Hände, die sich aufrichten, gereizt und böse, Hände, deren fünf gesträubte Finger zu bellen scheinen wie die fünf Hälse eines Höllenhundes. Hände, die gehen, schlafende Hände und Hände, welche erwachen; verbrecherische, erblich belastete Hände und solche, die müde sind, die nichts mehr wollen, die sich niedergelegt haben in irgendeinen Winkel wie kranke Tiere, welche wissen, daß ihnen niemand helfen kann. Aber Hände sind schon ein komplizierter Organismus, ein Delta, in dem viel fernherkommendes Leben zusammenfließt, um sich in den großen Strom der Tat zu ergießen. Es gibt eine Geschichte der Hände, sie haben tatsächlich ihre eigene Kultur, ihre besondere Schönheit; man gesteht ihnen das Recht zu, eine eigene Entwicklung zu haben, eigene Wünsche, Gefühle, Launen und Liebhabereien. Rodin aber, der durch die Erziehung, die er sich gegeben hat, weiß, daß der Körper aus lauter Schauplätzen des Lebens besteht, eines Lebens, das auf jeder Stelle individuell und groß werden kann, hat die Macht, irgendeinem Teil dieser weiten schwingenden Fläche die Selbständigkeit und Fülle eines Ganzen zu geben. Wie der menschliche Körper für Rodin nur so lange ein Ganzes ist, als eine gemeinsame (innere oder äußere) Aktion alle seine Glieder und Kräfte im Aufgebot hält, so ordnen sich ihm andererseits auch Teile verschiedener Leiber, die aus innerer Notwendigkeit aneinander haften, zu einem Organismus ein. Eine Hand, die sich auf eines anderen Schulter oder Schenkel legt, gehört nicht mehr ganz zu dem Körper, von dem sie kam: aus ihr und dem Gegenstand, den sie berührt oder packt, entsteht ein neues Ding, ein Ding mehr, das keinen Namen hat und niemandem gehört; und um dieses Ding, das seine bestimmten Grenzen hat, handelt es sich nun. Diese Erkenntnis ist die Grundlage für die Gruppierung der Gestalten bei Rodin; aus ihr kommt jenes unerhörte Aneinander-gebunden-Sein der Figuren, jenes Zusammenhalten der Formen, jenes Sich-nicht-Loslassen, um keinen Preis. Er geht nicht von den Figuren aus, die sich umfassen, er hat keine Modelle, die er anordnet und zusammenstellt. Er fängt bei den Stellen der stärksten Berührung als bei den Höhepunkten des Werkes an; dort, wo etwas Neues entsteht, setzt er ein und widmet alles Wissen seines Werkzeugs den geheimnisvollen Erscheinungen, die das Werden eines neuen Dinges begleiten. Er arbeitet gleichsam beim Schein der Blitze, die an diesen Punkten entstehen, und sieht nur diejenigen Teile der ganzen Körper, die beschienen sind. Der Zauber der großen Gruppe des Mädchens und des Mannes, die «Der Kuß» genannt wird, liegt in dieser weisen und gerechten Verteilung des Lebens; man hat das Gefühl, als gingen hier von allen Berührungsflächen Wellen in die Körper hinein, Schauer von Schönheit, Ahnung und Kraft. Daher kommt es, daß man die Seligkeit dieses Kusses überall auf diesen Leibern zu schauen glaubt; er ist wie eine Sonne, die aufgeht, und sein Licht liegt überall. Aber noch wunderbarer ist jener andere Kuß, um den sich, wie die Mauer um einen Garten, jenes Werk erhebt, welches «Eternelle Idole» heißt. Eine der Wiederholungen dieses Marmors ist im Besitze Eugène Carrières[10], und in der stillen Dämmerung seines Hauses lebt dieser klare Stein wie ein Quell, in dem immer dieselbe Bewegung ist, derselbe Aufstieg und Niederfall verzauberter Kraft. Ein Mädchen kniet. Ihr schöner Leib hat sich sanft zurückgelehnt. Ihr rechter Arm hat sich nach hinten gestreckt, und ihre Hand hat tastend ihren Fuß gefunden. In diese drei Linien, aus denen kein Weg hinausführt in die Welt, schließt sich ihr Leben mit seinem Geheimnis ein. Der Stein unter ihr hebt sie empor, wie sie so kniet. Und man glaubt plötzlich in der Haltung, in die dieses junge Mädchen aus Trägheit, aus Träumerei oder aus Einsamkeit verfiel, eine uralte heilige Gebärde zu erkennen, in welche die Göttin ferner, grausamer Kulte versunken war. Der Kopf dieses Weibes neigt sich ein wenig vor; mit einem

Ausdruck von Nachsicht, Hoheit und Geduld sieht sie, wie aus der Höhe einer stillen Nacht, auf den Mann hinab, der sein Gesicht in ihre Brust versenkt wie in viele Blüten. Auch er kniet, aber tiefer, tief im Stein. Seine Hände liegen hinter ihm wie wertlose und leere Dinge. Die Rechte ist offen; man sieht hinein. Von dieser Gruppe geht eine geheimnisvolle Größe aus. Man wagt (wie so oft bei Rodin) nicht, ihr eine Bedeutung zu geben. Sie hat tausende. Wie Schatten gehn die Gedanken über sie, und hinter jedem steigt sie neu und rätselhaft auf in ihrer Klarheit und Namenlosigkeit.

Etwas von der Stimmung eines Purgatorio lebt in diesem Werke. Ein Himmel ist nah, aber er ist noch nicht erreicht; eine Hölle ist nah, aber sie ist noch nicht vergessen. Auch hier strahlt aller Glanz von der Berührung aus; von der Berührung der beiden Körper und von der Berührung des Weibes mit sich selbst.

Und nichts anderes als eine immer neue Ausgestaltung des Themas von der Berührung lebendiger und bewegter Flächen ist jene gewaltige «Porte de l'Enfer», an der Rodin seit zwanzig Jahren einsam gearbeitet hat und deren Guß nun bevorsteht. Gleichzeitig im Erforschen der Bewegung von Flächen und ihrer Vereinigung fortschreitend, kam Rodin dazu, Körper zu suchen, die sich mit vielen Stellen berührten, Körper, deren Berührungen heftiger waren, stärker, ungestümer. Je mehr Berührungspunkte zwei Körper einander boten, je ungeduldiger sie aufeinander zustürzten, gleich chemischen Stoffen von großer Verwandtschaft, desto fester und organischer hielt das neue Ganze, das sie bildeten, zusammen. Erinnerungen aus Dante tauchten auf. Ugolino[11] und die Wandernden selbst, Dante und Virgil aneinandergedrängt, das Gewühl der Wollüstigen, aus dem, wie ein verdorrter Baum, die greifende Gebärde des Geizigen ragte. Die Zentauren, die Riesen und Ungeheuer, Sirenen, Faune und Weiber von Faunen, alle die wilden und reißenden Gott-Tiere des vorchristlichen Waldes kamen auf ihn zu. Und er schuf. Er verwirklichte alle die Gestalten und Formen des Dantischen Traumes, hob sie empor wie aus der bewegten Tiefe eigener Erinnerungen und gab ihnen, einem nach dem anderen, des Dingseins leise Erlösung. Hunderte von Figuren und Gruppen entstanden auf diese Art. Aber die Bewegungen, die er in den Worten des Dichters fand, gehörten einer anderen Zeit; sie erweckten in dem Schaffenden, der sie auferstehen ließ, das Wissen von tausend anderen Gebärden, Gebärden des Greifens, Verlierens, Leidens und Lassens, die inzwischen entstanden waren, und seine Hände, die keine Ermüdung kannten, gingen weiter und weiter, über die Welt des Florentiners hinaus zu immer neuen Gesten und Gestalten.

Dieser ernste, gesammelte Arbeiter, der nie nach Stoffen gesucht hatte und keine andere Erfüllung wollte als die, welche seinem immer reiferen Werkzeug erreichbar war, kam auf diesem Wege durch alle Dramen des Lebens: jetzt tat sich ihm die Tiefe der Liebesnächte auf, die dunkle lust- und kummervolle Weite, in der es, wie in einer noch immer heroischen Welt, keine Kleider gab, in der die Gesichter verlöscht waren und die Leiber galten. Er kam mit weißglühenden Sinnen, als ein Suchender des Lebens, in die große Wirrnis dieses Ringens, und was er sah, war: Leben. Es wurde nicht eng um ihn, klein und schwül. Es wurde weit. Die Atmosphäre der Alkoven war fern. Hier war das Leben, war tausendmal in jeder Minute, war in Sehnsucht und Weh, in Wahnsinn und Angst, in Verlust und Gewinn. Hier war ein Verlangen, das unermeßlich war, ein Durst so groß, daß alle Wasser der Welt in ihm wie ein Tropfen vertrockneten, hier war kein Lügen und Verleugnen, und die Gebärden von Geben und Nehmen, hier waren sie echt und groß. Hier waren die Laster und die Lästerungen, die Verdammnisse und die Seligkeiten, und man begriff auf einmal, daß eine Welt arm sein mußte, die das alles verbarg und vergrub und tat, als ob es nicht wäre. Es war. Neben der ganzen Geschichte der Menschheit ging diese andere Historie her, die keine Verkleidungen kannte, keine Konventionen, keine

Unterschiede und Stände, – nur Kampf. Auch sie hatte ihre Entwicklung gehabt. Sie war aus einem Trieb eine Sehnsucht geworden, aus einer Begierde zwischen Mann und Weib ein Begehren von Mensch zu Mensch. Und so erscheint sie im Werke Rodins. Noch ist es die ewige Schlacht der Geschlechter, aber das Weib ist nicht mehr das überwältigte oder das willige Tier. Sie ist sehnsüchtig und wach wie der Mann, und es ist, als hätten sie sich zusammengetan, um beide nach ihrer Seele zu suchen. Der Mensch, der nachts aufsteht und leise zu einem anderen geht, ist wie ein Schatzgräber, der das große Glück, das so notwendig ist, ergraben will am Kreuzweg des Geschlechts. Und in allen Lastern, in allen Lüsten wider die Natur, in allen diesen verzweifelten und verlorenen Versuchen, dem Dasein einen unendlichen Sinn zu finden, ist etwas von jener Sehnsucht, die die großen Dichter macht. Hier hungert die Menschheit über sich hinaus. Hier strecken sich Hände aus nach der Ewigkeit. Hier öffnen sich Augen, schauen den Tod und fürchten ihn nicht; hier entfaltet sich ein hoffnungsloses Heldentum, dessen Ruhm wie ein Lächeln kommt und geht und wie eine Rose blüht und bricht. Hier sind die Stürme des Wunsches und die Windstillen der Erwartung; hier sind Träume, die zu Taten werden, und Taten, die in Träumen vergehen. Hier wird, wie in einer Riesenspielbank, ein Vermögen von

Kraft gewonnen oder verloren. Das alles steht in dem Werke Rodins. Er, der schon durch soviel Leben gegangen war, hier fand er des Lebens Fülle und Überfluß. Die Körper, an denen jede Stelle Wille war, die Munde, die die Form von Schreien hatten, welche aus den Tiefen der Erde zu steigen schienen. Er fand die Gebärden der Urgötter, die Schönheit und Geschmeidigkeit der Tiere, den Taumel alter Tänze und die Bewegungen vergessener Gottesdienste seltsam verbunden mit den neuen Gebärden, die entstanden waren in der langen Zeit, während welcher die Kunst abgewendet war und allen diesen Offenbarungen blind. Diese neuen Gebärden waren ihm besonders interessant. Sie waren ungeduldig. Wie einer, der lange nach einem Gegenstand sucht, immer ratloser wird, zerstreuter und eiliger und um sich herum eine Zerstörung schafft, eine Anhäufung von Dingen, die er aus ihrer Ordnung zieht, als wollte er sie zwingen mitzusuchen, so sind die Gebärden der Menschheit, die ihren Sinn nicht finden kann, ungeduldiger geworden, nervöser, rascher und hastiger. Und alle die durchwühlten Fragen des Daseins liegen um sie her. Aber ihre Bewegungen sind zugleich auch wieder zögernder geworden. Sie haben nicht mehr die gymnastische und entschlossene Gradheit, mit der frühere Menschen nach allem gegriffen haben. Sie gleichen nicht jenen Bewegungen, die in den alten Bildwerken aufbewahrt sind, den Gesten, bei denen nur der Ausgangspunkt und der Endpunkt wichtig war. Zwischen diese beiden einfachen Momente haben sich unzählige Übergänge eingeschoben, und es zeigte sich, daß gerade in diesen Zwischen-Zuständen das Leben des heutigen Menschen verging, sein Handeln und sein Nicht-handeln-Können. Das Ergreifen war anders geworden, das Winken, das Loslassen und das Halten. In allem war viel mehr Erfahrung und zugleich auch wieder mehr Unwissenheit; viel mehr Mutlosigkeit und ein fortwährendes Angehen gegen Widerstände; viel mehr Trauer um Verlorenes, viel mehr Abschätzung, Urteil, Erwägung und weniger Willkür. Rodin schuf diese Gebärden. Er machte sie aus einer oder aus mehreren Gestalten, formte sie zu Dingen in seiner Art. Er gab Hunderten und Hunderten von Figuren, die nur ein wenig größer waren als seine Hände, das Leben aller Leidenschaften zu tragen, das Blühen aller Lüste und aller Laster Last. Er schuf Körper, die sich überall berührten und zusammenhielten wie ineinander verbissene Tiere, die als ein Ding in die Tiefe fallen; Leiber, die horchten wie Gesichter und ausholten wie Arme; Ketten von Leibern, Gewinde und Ranken und schwere Trauben von Gestalten, in welche der Sünde Süße stieg aus den Wurzeln des Schmerzes. Gleich machtvoll und überlegen hat nur Lionardo Menschen zusammengefügt in seiner grandiosen Beschreibung des Weltuntergangs. Wie dort gab es auch hier solche, die sich in den Abgrund warfen, um das große Weh vergessen zu können, und solche, die ihren Kindern die Köpfe zerschlugen, damit sie nicht hineinwüchsen in das große Weh. – Das Heer dieser Figuren war viel zu zahlreich geworden, um in den Rahmen und die Türflügel des «Höllentores» hineinzupassen. Rodin wählte und wählte. Er schied alles aus, was zu einsam war, um sich der großen Gesamtheit zu unterwerfen, alles, was nicht ganz notwendig war in diesem Zusammenhang. Er ließ die Gestalten und Gruppen selbst sich ihren Platz finden; er beobachtete das Leben des Volkes, das er geschaffen hatte, belauschte es und tat jedem seinen Willen. So erwuchs allmählich die Welt dieses Tores. Seine Fläche, an welche die plastischen Formen angefügt wurden, begann sich zu beleben; mit immer leiser werdenden Reliefs verhallte die Erregung der Figuren in die Fläche hinein. Im Rahmen ist von beiden Seiten ein Aufsteigen, ein Sich-empor-Ziehen und Hoch-Heben, in den Flügeln des Tores ein Fallen, Gleiten und Stürzen die herrschende Bewegung. Die Flügel treten ein wenig zurück, und ihr oberer Rand ist von dem vorspringenden Rand des Querrahmens noch durch eine ziemlich große Fläche getrennt. Vor diese, in den still geschlossenen Raum, ist die Gestalt des «Denkers» gesetzt, des Mannes, der die ganze Größe und alle Schrecken dieses Schauspieles sieht, weil er es denkt. Er sitzt versunken und stumm, schwer von Bildern und Gedanken, und alle seine Kraft (die die Kraft eines Handelnden ist) denkt. Sein ganzer Leib ist Schädel geworden und alles Blut in seinen Adern Gehirn. Er ist der Mittelpunkt des Tores, obwohl noch über ihm auf der Höhe des Rahmens drei Männer stehen. Die Tiefe wirkt auf sie und formt sie aus der Ferne. Sie haben ihre Köpfe zusammengebogen, ihre drei Arme sind vorgestreckt, laufen zusammen und zeigen hinunter auf dieselbe Stelle, in denselben Abgrund, welcher sie niederzieht mit seiner Schwere. Der Denker aber muß sie in sich tragen.

Unter den Gruppen und Bildwerken, die aus Anlaß dieses Tores entstanden sind, gibt es viele von großer Schönheit. Es ist unmöglich, sie alle aufzuzählen, wie es unmöglich ist, sie zu beschreiben. Rodin selbst hat einmal gesagt, er müßte ein Jahr reden, um eines seiner Werke mit Worten zu wiederholen. Man kann nur sagen, daß diese kleinen Bildwerke, welche in Gips, Bronze und Stein erhalten sind, ähnlich wie manche von den kleinen Tierfiguren der Antike den Eindruck ganz großer Dinge machen. Es gibt in Rodins Atelier den Abguß eines kaum handgroßen Panthers griechischer Arbeit (das Original befindet sich im Medaillen-Kabinett der Pariser National-Bibliothek); wenn man unter seinem Leibe durch von vorn in den Raum blickt, der von den vier geschmeidig-starken Tatzen gebildet wird, kann man glauben, in die Tiefe eines indischen Felsentempels zu sehen; so wächst dieses Werk und weitet sich zur Größe seiner Maße. Ähnlich ist es bei den kleinen Plastiken Rodins. Indem er ihnen viele Stellen gibt, unzählbar viele, vollkommene und bestimmte Flächen, macht er sie groß. Die Luft ist um sie wie um Felsen. Wenn in ihnen ein Aufstehn ist, dann scheint es, als hüben sie die Himmel empor, und die Flucht ihres Falles reißt die Sterne mit.

Vielleicht ist damals auch die «Danaïde» entstanden, die sich aus dem Knien niedergeworfen hat in ihr fließendes Haar. Es ist wunderbar, um diesen Marmor langsam herumzugehen: den langen, langen Weg um die reichentfaltete Rundung dieses Rückens, zu dem sich im Stein wie in einem großen Weinen verlierenden Gesicht, zu der Hand, die, wie eine letzte Blume, noch einmal leise vom Leben spricht, tief im ewigen Eise des Blockes. Und die «Illusion, die Tochter des Ikarus», diese blendende Dingwerdung eines langen hilflosen Falles. Und die schöne Gruppe, die «L'homme et sa pensée» genannt worden ist. Die Darstellung eines Mannes, der kniet und, mit seiner Stirne Berührung, aus dem Stein vor ihm die leisen Formen eines Weibes weckt, die an den Stein gebunden bleiben; wenn man hier auslegen will, so mag man sich freuen über den Ausdruck dieser Untrennbarkeit, mit der der Gedanke an des Mannes Stirne haftet: denn es ist immer nur sein Gedanke, der lebt und vor ihm steht; gleich dahinter ist Stein. Verwandt damit ist auch der Kopf, der sich sinnend und still bis zum Kinn aus einem großen Steine löst, der «Gedanke», dieses Stück Klarheit, Sein und Gesicht, das sich langsam aus dem schweren Schlafe des dumpf Dauernden erhebt. Und dann die «Karyatide». Nicht mehr die aufrechte Figur, die leicht oder schwer das Tragen eines Steines erträgt, unter den sie sich doch nur gestellt hat, als er schon hielt; ein weiblicher Akt, kniend, gebeugt, in sich hineingedrückt und ganz geformt von der Hand der Last, deren Schwere wie ein fortwährender Fall in alle Glieder sinkt. Auf jedem kleinsten Teile dieses Leibes liegt der ganze Stein wie ein Wille, der größer war, älter und mächtiger, und doch hat seines Tragens Schicksal nicht aufgehört. Er trägt, wie man im Traum das Unmögliche trägt, und findet keinen Ausweg. Und sein Zusammengesunkensein und Versagen ist immer noch Tragen geblieben, und wenn die nächste Müdigkeit kommt und den Körper ganz niederzwingt ins Liegen, so wird auch das Liegen noch Tragen sein, Tragen ohne Ende. So ist die «Karyatide».

Man kann, wenn man will, die meisten Werke Rodins mit Gedanken begleiten, erklären und umgeben. Für alle, denen das einfache Schauen ein zu ungewohnter und schwerer Weg zur Schönheit ist, gibt es andere Wege, Umwege über Bedeutungen, die edel sind, groß und voll Gestalt. Es ist, als ob das unendliche Gut- und Richtigsein dieser Akte, das vollkommene Gleichgewicht aller ihrer Bewegungen, die wunderbare innere Gerechtigkeit ihrer Verhältnisse, ihr Vom-Leben-durchdrungen-Sein, als ob alles das, was sie zu schönen Dingen macht, ihnen auch die Kraft verliehe, unübertreffliche Verwirklichungen der Stoffe zu sein, die der Meister in die Nähe rief, da er sie benannte. Nie ist ein Stoff bei Rodin an ein Kunst-Ding gebunden wie ein Tier an einen Baum. Er lebt irgendwo in der Nähe des Dinges und lebt von ihm, etwa wie der Kustos einer Sammlung. Man erfährt manches, wenn man ihn ruft; wenn man es aber versteht, ohne ihn auszukommen, ist man mehr allein und ungestört und erfährt noch mehr.

Wo die erste Anregung vom Stofflichen ausging, wo eine antike Sage, die Stelle eines Gedichtes, eine historische Szene oder eine wirkliche Person Schaffens-Anlaß war, da übersetzt sich, wenn Rodin beginnt, während der Arbeit das Stoffliche immer mehr in Sachliches und Namenloses: in die Sprache der Hände übertragen, haben die

Anforderungen, die sich ergeben, alle einen neuen, ganz auf die plastische Erfüllung bezüglichen Sinn.

In den Zeichnungen Rodins geht, vorbereitend, dieses Vergessen und Verwandeln der stofflichen Anregung vor sich. Er hat auch in dieser Kunst seine eigenen Ausdrucksmittel sich erzogen, und das macht diese Blätter (es sind viele Hunderte) zu einer selbständigen und originellen Offenbarung seiner Persönlichkeit.

Da sind zunächst, aus früherer Zeit, Tuschzeichnungen mit überraschend starken Licht- und Schattenwirkungen, wie der berühmte «Homme au Taureau», bei dem man an Rembrandt denken möchte, wie der Kopf des jungen Saint Jean-Baptiste oder die schreiende Maske für den Genius des Krieges[12], lauter Notizen und Studien, welche dem Künstler das Leben der Flächen erkennen halfen und ihr Verhältnis zur Atmosphäre. Dann kommen Akte, die mit jagender Sicherheit gezeichnet sind, Formen, ausgefüllt von allen ihren Konturen, modelliert mit vielen schnellen Federstrichen, und andere, eingeschlossen in die Melodie eines einzigen vibrierenden Umrisses, aus dem sich mit unvergeßlicher Reinheit eine Gebärde erhebt. So sind die Zeichnungen, mit denen Rodin, auf den Wunsch eines feinsinnigen Sammlers hin, ein Exemplar der «Fleurs du Mal» begleitet hat. Man sagt nichts, wenn man da von einem sehr tiefen Verständnis Baudelairescher Verse spricht; man versucht mehr zu sagen, wenn man sich erinnert, wie diese Gedichte in ihrem Mit-sich-gesättigt-Sein keine Ergänzung zulassen und keine Steigerung über sich hinaus: und daß man doch beides empfindet, Ergänzung und Steigerung, wo Rodinsche Linien sich diesem Werke anschmiegen, das ist ein Maßstab für die hinreißende Schönheit dieser Blätter. Die Federzeichnung, die neben das Gedicht «La mort des pauvres»[13] gestellt ist, reicht mit einer Gebärde von so einfacher, fortwährend wachsender Großheit über diese großen Verse hinaus, daß man meint, sie erfülle die Welt von Aufgang nach Untergang.

Und so sind auch die Radierungen mit der kalten Nadel, in denen der Lauf unendlich zarter Linien wie der äußerste Umriß eines schönen gläsernen Dinges erscheint, der, in jedem Augenblick genau bestimmt, hinfließt über das Wesen einer Wirklichkeit.

Endlich aber entstanden auch jene seltsamen Dokumente des Momentanen, des unmerklich Vorübergehenden. Rodin vermutete, daß unscheinbare Bewegungen, die das Modell tut, wenn es sich unbeobachtet glaubt, rasch zusammengefaßt, eine Stärke des Ausdrucks enthalten könnten, die wir nicht ahnen, weil wir nicht gewohnt sind, sie mit gespannter und tätiger Aufmerksamkeit zu begleiten. Indem er das Modell nicht aus dem Auge verlor und seiner erfahrenen und raschen Hand ganz das Papier überließ, zeichnete er eine Unmenge nie gesehener, immer versäumter Gebärden auf, und es ergab sich, daß die Kraft des Ausdrucks, die von ihnen ausging, ungeheuer war. Bewegungszusammenhänge, die noch nie als Ganzes überschaut und erkannt worden waren, stellten sich dar, und sie enthielten alle Unmittelbarkeit, Wucht und Wärme eines geradezu animalischen Lebens. Ein Pinsel voll Ocker, schnell, mit wechselnder Betonung durch diesen Kontur geführt, modellierte so unglaublich stark die eingeschlossene Fläche, daß man meinte, plastische Figuren aus gebrannter Erde zu sehen. Und wieder war eine ganz neue Weite entdeckt, namenlosen Lebens voll; eine Tiefe, über die alle hallenden Schrittes gegangen waren, gab ihre Wasser dem, in dessen Händen die Weidenrute gewahrsagt hatte.

Auch wo es galt, Porträts zu geben, gehörte der zeichnerische Ausdruck des Themas zu den Vorbereitungen, über welche Rodin, langsam und sich sammelnd, zu dem fernen Werke geht. Denn, so unrecht man hat, in seiner plastischen Kunst eine Art von Impressionismus zu sehen, so ist doch die Menge präzis und kühn erfaßter Impressionen immer der große Reichtum, aus welchem er schließlich das Wichtige und Notwendige auswählt, um es in reifer Synthese zusammenzufassen. Wenn er von den Körpern, die er erforscht und bildet, zu den Gesichtern kommt, muß es ihm manchmal sein, als träte er aus einer windigen, bewegten Weite in eine Stube, in welcher viele beisammen sind: hier ist alles gedrängt und dunkel, und die Stimmung eines Interieurs herrscht unter den Bogen der Brauen und im Schatten des Mundes. Während über den Leibern immer Wechsel und Wellenschlag ist, Ebbe und Flut, steht in den Gesichtern die Luft. Es ist wie in Zimmern, in denen sich viel ereignet hat, Freudiges und Banges, Schweres und Erwartungsvolles. Und kein Ereignis ist ganz vergangen, keins hat das andere ersetzt; eines ist neben das andere gestellt worden und stehngeblieben und welk geworden wie eine Blume im Glase. Wer aber von draußen kommt, aus dem großen Wind, der bringt Weite herein in die Stuben.

Die Maske des «Mannes mit der gebrochenen Nase» war das erste Porträt, das Rodin geschaffen hat. In diesem Werke ist seine Art, durch ein Gesicht zu gehen, schon ganz ausgebildet, man fühlt seine unbegrenzte Hingabe an das Vorhandene, seine Ehrfurcht vor jeder Linie, die das Schicksal gezogen hat, sein Vertrauen zu dem Leben, das schafft, auch wo es entstellt. In einer Art von blindem Glauben hatte er den «Homme au nez cassé» geschaffen, ohne zu fragen, wer der Mann war, dessen Leben in seinen Händen noch einmal verging. Er hatte ihn gemacht, wie Gott den ersten Menschen gemacht hat, ohne die Absicht, etwas anderes zu wirken als das Leben selbst, namenloses Leben. Aber immer wissender, immer erfahrener und größer kam er zu den Gesichtern der Menschen zurück. Er konnte ihre Züge nicht mehr sehen, ohne an die Tage zu denken, die daran gearbeitet hatten, an dieses ganze Heer von Handwerkern, die fortwährend um ein Gesicht herumgehen, als könnte es niemals fertig werden. Aus einer stillen und gewissenhaften Wiederholung des Lebens wurde so in dem reifen Manne eine erst tastende und versuchende, immer sicherer und kühner werdende Auslegung der Schrift, mit der die Gesichter über und über bedeckt waren. Er gab seiner Phantasie nicht Raum; er erfand nicht. Er verachtete nicht einen Augenblick den schweren Gang seines Werkzeugs. Es wäre ja so leicht gewesen, es auf irgendwelchen Flügeln zu überholen. Wie früher ging er neben ihm einher, ging die ganzen weiten Strecken, die gegangen sein mußten, ging wie der Pflüger hinter seinem Pflug. Aber während er seine Furchen zog, dachte er über sein Land nach und über die Tiefe seines Landes, über den Himmel, der darüber war, über den Gang der Winde und über der Regen Fall, über alles das, was war und wehe tat und verging und wiederkam und nicht aufhörte zu sein. Und er glaubte in alledem jetzt, besser und weniger verwirrt von dem vielen, das Ewige zu erkennen, das, um dessentwillen auch das Leid gut und die Schwere Mutterschaft war und der Schmerz schön.

Diese Auslegung, die bei den Porträts begann, wuchs von da immer weiter in sein Werk hinein. Sie ist die letzte Stufe, der äußerste Kreis seiner weiten Entwicklung. Sie fing langsam an. Mit unendlicher Vorsicht betrat Rodin diesen neuen Weg. Wieder drang er von Fläche zu Fläche vor, ging der Natur nach und hörte auf sie. Sie selbst bezeichnete ihm gleichsam die Stellen, von denen er mehr wußte, als zu sehen war. Wenn er dort einsetzte und aus kleinen Verworrenheiten eine große Vereinfachung schuf, so tat er, was Christus den Leuten tat, wenn er die unklar Fragenden mit einem erhabenen Gleichnis reinigte von ihrer Schuld. Er erfüllte eine Intention der Natur. Er vollendete etwas, was im Werden hilflos war, er deckte die Zusammenhänge auf, wie der Abend eines Nebeltages die Berge aufdeckt, die in großen Wellen sich fortpflanzen in die Ferne.

Voll von seines ganzen Wissens lebendiger Last, sah er wie ein Zukünftiger in die Gesichter derer hinein, die um ihn lebten. Das gibt seinen Porträts die ungemein klare Bestimmtheit, aber auch jene prophetische Größe, die in den Bildern des «Victor Hugo» oder des «Balzac» sich zu einer unbeschreiblichen Vollendung erhob. Ein

Bildnis schaffen hieß für ihn in einem gegebenen Gesichte Ewigkeit suchen, jenes Stück Ewigkeit, mit dem es teilnahm an dem großen Gange ewiger Dinge. Er hat keinen gebildet, den er nicht ein wenig aus den Angeln gehoben hätte in die Zukunft hinein; wie man ein Ding vor den Himmel hält, um seine Formen reiner und einfacher zu verstehen. Das ist nicht, was man verschönern heißt, und auch charakteristisch machen ist kein passender Ausdruck dafür. Es ist mehr; es ist: das Dauernde vom Vergänglichen scheiden, Gericht halten, gerecht sein.

Sein Porträtwerk umfaßt, auch wenn man von den Radierungen absieht, eine sehr große Zahl vollendeter und meisterhafter Bildnisse. Es gibt da Büsten in Gips, in Bronze, in Marmor und Sandstein, Köpfe in gebranntem Ton und Masken, die man einfach hat eintrocknen lassen. Frauenbildnisse kehren immer wieder zu allen Zeiten seines Werkes. Die berühmte Büste[14] des Luxembourg-Museums ist eines der frühesten. Sie ist voll eigentümlichen Lebens, schön, von einem gewissen frauenhaften Zauber, aber sie wird von vielen späteren Werken an Einfachheit und Zusammenfassung der Flächen übertroffen. Sie ist vielleicht das einzige unter Rodins Werken, dem nicht nur die diesem Bildhauer eigentümlichen Tugenden seine Schönheit gegeben haben; dieses Porträt lebt zum Teil auch durch die Gnade jener Grazie, die in der französischen

Plastik seit Jahrhunderten erblich ist. Es glänzt ein wenig mit der Eleganz, die auch die schlechte Skulptur französischer Tradition immer noch aufweist; es ist nicht ganz frei von jener galanten Auffassung der *belle femme,* über welche der Ernst und die tief einsetzende Arbeit Rodins so rasch hinauswuchs. Aber man tut gut, sich an dieser Stelle zu erinnern, daß er auch dieses angestammte Gefühl zu überwinden hatte; er mußte ein angeborenes Können unterdrücken, um ganz arm zu beginnen. Er mußte deshalb nicht aufhören, Franzose zu sein: auch die Meister der Kathedralen waren es.

Die späteren Frauenbildnisse haben eine andere, tiefer begründete und weniger geläufige Schönheit. Dabei ist vielleicht zu sagen, daß es meistens Ausländerinnen waren, Amerikanerinnen, deren Porträts Rodin ausgeführt hat. Es gibt darunter solche von wunderbarer Arbeit, Steine, die wie antike Kameen rein und unberührbar sind. Gesichter, deren Lächeln nirgends befestigt ist und so schleierleise über den Zügen spielt, daß es sich zu heben scheint bei jedem Atemholen. Rätselhaft verschlossene Lippen und Augen, die, über alles fort, in eine ewige Mondnacht schauen, traumhaft weit aufgetan. Und doch ist es, als empfände Rodin das Angesicht des Weibes am liebsten als einen Teil seines schönen Körpers, als wollte er, daß seine Augen Augen des Leibes seien und der Mund seines Leibes Mund.

Wo er es so im Ganzen erschafft und schaut, da erhält auch das Gesicht einen so starken und ergreifenden Ausdruck nie verkündeten Lebens, daß die Porträts von Frauen (obwohl sie scheinbar «ausgeführter» sind) weit übertroffen werden.

Anders ist es bei den Männerbildnissen. Das Wesen eines Mannes kann man sich leichter im Raume seines Gesichtes versammelt denken. Man kann sich sogar vorstellen, daß es Augenblicke gibt (solche der Ruhe und solche der inneren Erregung), in welchen alles Leben in sein Gesicht eingetreten ist. Solche Augenblicke wählt Rodin, wo er ein männliches Porträt geben will; oder besser: er schafft sie. Er holt weit aus. Er gibt nicht dem ersten Eindruck recht und nicht dem zweiten und von allen nächsten keinem. Er beobachtet und notiert. Er notiert Bewegungen, die keines Wortes wert sind, Wendungen und Halb-Wendungen, vierzig Verkürzungen und achtzig Profile. Er überrascht sein Modell in seinen Gewohnheiten und Zufälligkeiten, bei Ausdrücken, die erst im Entstehen sind, bei Müdigkeiten und Anstrengungen. Er kennt alle Übergänge in seinen Zügen, weiß, woher das Lächeln kommt und wohin es zurückfällt. Er erlebt das Gesicht des Menschen wie eine Szene, an der er selbst teilnimmt, er steht mittendrin, und nichts, was passiert, ist ihm gleichgültig oder entgeht ihm. Er läßt sich nichts von dem Betreffenden erzählen, er will nichts wissen, als was er sieht. Aber er sieht alles.

So vergeht über jeder Büste viel Zeit. Das Material wächst, zum Teil in Zeichnungen, in ein paar Federstrichen und Tuschflecken festgehalten, zum Teil im Gedächtnisse angesammelt; denn dieses hat Rodin sich zu einem ebenso verläßlichen als bereiten Hilfsmittel ausgebildet. Sein Auge sieht während der Sitzungsstunden viel mehr, als er in dieser Zeit ausführen kann. Er vergißt nichts davon, und oft, wenn das Modell ihn verlassen hat, beginnt für ihn das eigentliche Arbeiten aus der Fülle seiner Erinnerung. Seine Erinnerung ist weit und geräumig; die Eindrücke verändern sich nicht in ihr, aber sie gewöhnen sich an ihre Wohnung, und wenn sie von da in seine Hände steigen, so ist es, als wären sie natürliche Gebärden dieser Hände.

Diese Arbeitsweise führt zu gewaltigen Zusammenfassungen von hundert und hundert Lebensmomenten: und so ist auch der Eindruck, den diese Büsten machen. Die vielen fernen Kontraste und die unerwarteten Übergänge, die einen Menschen bilden und eines Menschen fortwährende Entwicklung, treffen einander hier in glücklichen Begegnungen und halten aneinander mit einer inneren Adhäsionskraft fest. Aus allen Weiten ihres Wesens sind diese Menschen zusammengeholt, alle Klimaten ihres Temperamentes entfalten sich auf den Hemisphären ihres Hauptes. Da ist der Bildhauer Dalou, in dem neben einer ausdauernden und geizigen Energie eine nervöse Müdigkeit vibriert, da ist Henri Rocheforts abenteuernde Maske, da ist Octave Mirbeau, bei dem hinter einem Tatmenschen eines Dichters Traum und Sehnsucht dämmert, und Puvis de Chavannes und Victor Hugo, den Rodin so genau kennt, und da ist vor allem die unbeschreiblich schöne Bronze, das Bildnis des Malers Jean-Paul Laurens. Diese Büste ist vielleicht die schönste Sache im Luxembourg-Museum. Sie ist von einer so tiefen und zugleich so groß empfundenen Durchbildung der Oberfläche, so geschlossen in der Haltung, so stark im Ausdruck, so bewegt und wach, daß man das Gefühl nicht verliert, die Natur selbst habe dieses Werk aus den Händen des Bildhauers genommen, um es zu halten wie eines ihrer liebsten Dinge. Die prachtvolle Patina, deren rauchschwarzen Belag das Metall wie Feuer, flammend und sprühend, durchbricht, trägt viel dazu bei, die unheimliche Schönheit dieses Bildwerkes zu vollenden.

Auch eine Büste von Bastien-Lepage existiert, schön und melancholisch, mit dem Ausdruck des Leidenden, dessen Arbeit ein fortwährender Abschied von seinem Werke ist. Sie ist für Damvillers, das kleine Heimatdorf des Malers, gemacht worden und ist dort auf dem Kirchhofe aufgestellt. Sie ist also eigentlich ein Denkmal.

Und die Büsten Rodins in ihrer Vollständigkeit und ihrer ins Große gehenden Zusammenfassung haben alle etwas vom Denkmal an sich. Es kommt bei diesem nur eine weitere Vereinfachung der Flächen, eine noch strengere Auswahl des Notwendigen und die Bedingung des Weithinsichtbaren dazu. Die Denkmäler, die Rodin geschaffen hat, näherten sich immer mehr diesen Ansprüchen. Er begann mit dem Denkmal des Claude Gelée[15] für Nancy; und es ist ein steiler Aufstieg von diesem ersten, interessanten Versuch bis zu dem grandiosen Gelingen des Balzac.

Mehrere von den Denkmälern Rodins sind nach Amerika gegangen, und das reifste von diesen ist bei den Unruhen in Chile zerstört worden, noch ehe es an seinen Platz gebracht worden war. Es war das Reiter-Standbild des Generals Lynch[16]. Gleich dem verlorenen Meisterwerke Lionardos, dem es sich vielleicht durch die Macht des Ausdrucks und durch die wundervoll beseelte Einheit von Mann und Roß näherte, sollte auch diese Statue nicht erhalten bleiben. Nach einem kleinen Gipsmodell im Musée Rodin in Meudon muß man schließen, daß sie das plastische Bild eines mageren Mannes war, der sich gebietend im Sattel aufrichtete, nicht in der brutalen Herrenart eines Condottiere, sondern nervöser und erregter, mehr wie einer, der die Macht zu befehlen nur ausübt als Amt und sie nicht als Leben lebt. Hier schon erhob sich übrigens die vorwärtsweisende Hand des Generals aus der ganzen Masse des Standbildes, aus Mensch und Tier; und dieser Umstand ist es auch, welcher der Gebärde Victor Hugos ihre unvergeßliche Hoheit, dieses Weit-Herkommende gibt, diese Macht, an die man glaubt auf den ersten Blick. Die große, lebendige Greisenhand, die mit dem Meere redet, kommt nicht aus dem Dichter allein; sie steigt herab von dem Gipfel der ganzen Gruppe wie von einem Berge, auf dem sie betete, ehe sie sprach. Victor Hugo ist hier der Verbannte, der Einsame von Guernesey, und es ist eines von den Wundern dieses Denkmals, daß die Musen, die ihn umgeben, nicht wie Gestalten wirken, die den Verlassenen heimsuchen: sie sind, im Gegenteil, seine sichtbar gewordene Einsamkeit. Durch die Verinnerlichung der einzelnen Figuren und ihre Konzentration, man möchte sagen: um das Innere des Dichters, hat Rodin diesen Eindruck erreicht; indem er auch hier wieder von einer Individualisierung der Berührungsstellen ausging, ist es ihm gelungen, die wundervoll bewegten Akte gleichsam zu Organen des sitzenden Mannes zu machen. Sie sind um ihn wie große Gebärden, die er einmal getan hat, Gebärden, die so schön und jung waren, daß ihnen eine Göttin die Gnade verlieh, nicht zu vergehen und in der Gestalt schöner Frauen immer zu dauern.

Für die Figur des Dichters selbst hat Rodin viele Studien gemacht. Während der Empfänge im Hôtel Lusignan beobachtete und notierte er, von einer Fensternische aus, hundert und hundert Bewegungen des Greises und alle Ausdrücke seines belebten Gesichtes. Aus diesen Vorbereitungen entstanden die Porträts Hugos, die Rodin geschaffen hat. Für das Denkmal bedurfte es einer noch weiteren Vertiefung. Er drängte alle die Einzeleindrücke zurück, faßte sie in der Ferne zusammen, und wie man vielleicht aus einer Reihe von Rhapsoden eine Gestalt gebildet hat: Homer, so schuf er aus allen Bildern seiner Erinnerung dieses eine. Und diesem einen, letzten Bilde gab er die Größe des Sagenhaften; als könnte das alles am Ende nur ein Mythos gewesen sein und zurückgehen auf einen phantastisch ragenden Felsen am Meer, in dessen seltsamen Formen entfernte Völker eine Gebärde schlafen sahen.

Diese Macht, Vergangenes zum Unvergänglichen zu erheben, offenbarte Rodin immer, wenn historische Stoffe oder Gestalten in seiner Kunst aufzuleben verlangten; am überlegensten vielleicht in den «Bürgern von Calais». Was hier Stoff war, beschränkte sich auf einige Spalten in der Chronik des Froissart[17]. Es war die Geschichte, wie die Stadt Calais von Eduard III., dem englischen Könige, belagert wird; wie der

König der in der Furcht des Hungers verzagenden Stadt nicht Gnade geben will; wie derselbe König endlich einwilligt, von der Stadt abzulassen, wenn sechs ihrer vornehmsten Bürger sich in seine Hände geben, «damit er mit ihnen tue nach seinem Willen». Und er verlangt, daß sie die Stadt verlassen sollen, barhaupt, nur mit dem Hemde bekleidet, einen Strick um den Hals und die Schlüssel von Stadt und Kastell in der Hand. Der Chronist erzählt nun die Szene in der Stadt; er berichtet, wie der Bürgermeister, Messire Jean de Vienne, die Glocken läuten läßt und wie die Bürger sich auf dem Marktplatze versammeln. Sie haben die bange Botschaft gehört und warten und schweigen. Aber schon stehen unter ihnen die Helden auf, die Auserwählten, die den Beruf in sich fühlen zu sterben. Hier drängt sich durch die Worte des Chronisten das Schreien und Weinen der Menge. Er selbst scheint eine Weile ergriffen zu sein und mit zitternder Feder zu schreiben. Aber er sammelt sich wieder. Er nennt vier von den Helden beim Namen, zwei vergißt er. Er sagt von dem einen, daß er der reichste Bürger der Stadt war, von dem zweiten, daß er Ansehen und Vermögen besaß und «zwei schöne Fräulein zu Töchtern hatte», von dem dritten weiß er nur, daß er reich an Besitz und Erbschaft war, und von dem vierten, daß er des dritten Bruder gewesen ist. Er berichtet, daß sie sich bis auf das Hemde entkleideten, daß sie

Stricke um ihren Hals banden und daß sie so aufbrachen, mit den Schlüsseln von Stadt und Kastell. Er erzählt, wie sie in das Lager des Königs kamen; er schildert, wie hart sie der König empfing und wie der Henker schon neben ihnen stand, als der Fürst, auf die Bitten der Königin hin, ihnen das Leben schenkte. «Er hörte auf seine Gemahlin», sagt Froissart, «weil sie sehr schwanger war.» Mehr enthält die Chronik nicht.

Für Rodin aber war das Stoff genug. Er fühlte sofort, daß es in dieser Geschichte einen Augenblick gab, wo etwas Großes geschah, etwas, was von Zeit und Namen nicht wußte, etwas Unabhängiges und Einfaches. Er wandte alle Aufmerksamkeit dem Moment des Aufbruchs zu. Er sah, wie diese Männer ihren Gang begannen; er fühlte, wie in jedem noch einmal das ganze Leben war, das er gehabt hatte, wie jeder, beladen mit seiner Vergangenheit, dastand, bereit, sie hinauszutragen aus der alten Stadt. Sechs Männer tauchten vor ihm auf, von denen keiner dem anderen glich; nur zwei Brüder waren unter ihnen, zwischen denen vielleicht eine gewisse Ähnlichkeit bestand. Aber jeder einzelne hatte auf seine Art den Entschluß gefaßt und lebte diese letzte Stunde auf seine Weise, feierte sie mit seiner Seele und litt sie an seinem Leibe, der am Leben hing. Und dann sah er auch die Gestalten nicht mehr. In seiner Erinnerung stiegen

Gebärden auf, Gebärden der Absage, des Abschiedes, des Verzichts. Gebärden über Gebärden. Er sammelte sie. Er bildete sie alle. Sie flossen ihm aus der Fülle seines Wissens zu. Es war, als stünden in seinem Gedächtnis hundert Helden auf und drängten sich zu dem Opfer. Und er nahm alle hundert an und machte aus ihnen sechs. Er bildete sie nackt, jeden für sich, in der ganzen Gesprächigkeit ihrer fröstelnden Leiber. Überlebensgroß: in der natürlichen Größe ihres Entschlusses.

Er schuf den alten Mann mit den hängenden Armen, die in den Gelenken gelockert sind; und er gab ihm den schweren, schleppenden Schritt, den abgenützten Gang der Greise und einen Ausdruck von Müdigkeit, der über sein Gesicht fließt bis in den Bart.

Er schuf den Mann, welcher den Schlüssel trägt. In ihm ist Leben noch für viele Jahre und alles in die plötzliche letzte Stunde gedrängt. Er erträgt es kaum. Seine Lippen sind zusammengepreßt, seine Hände beißen in den Schlüssel. Er hat Feuer an seine Kraft gelegt, und sie verbrennt in ihm, in seinem Trotze.

Er schuf den Mann, der den gesenkten Kopf mit beiden Händen hält, wie um sich zu sammeln, um noch einen Augenblick allein zu sein.

Er schuf die beiden Brüder, von denen der eine noch zurückschaut, während der andere mit einer Bewegung der Entschlossenheit und Ergebung das Haupt neigt, als hielte er's schon dem Henker hin.

Und er schuf die vage Gebärde jenes Mannes, der «durch das Leben geht». *Le passant* hat Gustave Geffroy[18] ihn genannt. Er geht schon, aber er wendet sich noch einmal zurück, nicht zu der Stadt, nicht zu den Weinenden und nicht zu denen, die mit ihm gehen. Er wendet sich zurück zu sich selbst. Sein rechter Arm hebt sich, biegt sich, schwankt; seine Hand tut sich auf in der Luft und läßt etwas los, etwa so, wie man einem Vogel die Freiheit gibt. Es ist ein Abschied von allem Ungewissen, von einem Glück, das noch nicht war, von einem Leid, das nun umsonst warten wird, von Menschen, die irgendwo leben und denen man vielleicht einmal begegnet wäre, von allen Möglichkeiten aus Morgen und Übermorgen und auch von jenem Tod, den man sich fern dachte, milde und still und am Ende einer langen, langen Zeit.

Diese Gestalt, allein in einen alten, dunklen Garten gestellt, könnte ein Denkmal sein für alle Jungverstorbenen.

Und so hat Rodin jedem dieser Männer ein Leben gegeben in dieses Lebens letzter Gebärde.

Die einzelnen Figuren wirken erhaben in ihrer einfachen Größe. Man denkt an Donatello und vielleicht noch mehr an Claux Sluter[19] und seine Propheten in der Chartreuse von Dijon.

Es scheint zunächst, als hätte Rodin nichts weiter getan, sie zusammenzufassen. Er hat ihnen die gemeinsame Tracht gegeben, das Hemd und den Strick, und hat sie nebeneinandergestellt in zwei Reihen; die drei, welche schon im Schreiten begriffen sind, in die erste Reihe, die anderen, mit einer Wendung nach rechts, dahinter, als ob sie sich anschlössen. Der Platz, für den das Denkmal bestimmt war, war der Markt von Calais, dieselbe Stelle, auf der einst der schwere Gang begonnen hatte. Dort sollten jetzt die stillen Bilder stehen, von einer niedrigen Stufe nur wenig emporgehoben über den Alltag, so als stünde der bange Aufbruch immer bevor, mitten in jeder Zeit.

Man weigerte sich aber in Calais, einen niedrigen Sockel zu nehmen, weil es der Gewohnheit widersprach. Und Rodin schlug eine andere Aufstellungsart vor. Man sollte, verlangte er, hart am Meer einen Turm bauen, viereckig, im Umfange der Basis, mit schlichten, behauenen Wänden und zwei Stockwerke hoch, und dort oben sollte man die sechs Bürger aufstellen in der Einsamkeit des Windes und des Himmels. Es war vorauszusehen, daß auch dieser Vorschlag abgelehnt wurde. Und doch lag er im Wesen des Werkes. Hätte man den Versuch gemacht, man hätte eine unvergleichliche Gelegenheit gehabt, die Geschlossenheit dieser Gruppe zu bewundern, die aus sechs Einzelfiguren bestand und doch so fest zusammenhielt, als wäre sie nur ein einziges Ding. Und dabei berührten die einzelnen Gestalten einander nicht, sie standen nebeneinander wie die letzten Bäume eines gefällten Waldes, und was sie vereinte, war nur die Luft, die an ihnen teilnahm in einer besonderen Art. Ging man um diese Gruppe herum, so war man überrascht zu sehen, wie aus dem Wellenschlag der Konturen rein und groß die Gebärden stiegen, sich erhoben, standen und zurückfielen in die Masse, wie Fahnen, die man einzieht. Da war alles klar und bestimmt. Für einen Zufall schien nirgends Raum zu sein. Wie alle Gruppen des Rodinschen Werkes war auch diese in sich selbst verschlossen, eine eigene Welt, ein Ganzes, erfüllt von einem Leben, das kreiste und sich nirgends ausströmend verlor. Anstelle der Berührungen waren hier die Überschneidungen getreten, die ja auch eine Art von Berührung waren, unendlich abgeschwächt durch das Medium der Luft, die dazwischenlag, beeinflußt von ihr und verändert. Berührungen aus der Ferne waren entstanden, Begegnungen, ein Übereinander-Hinziehen der Formen, wie man es manchmal bei Wolkenmassen sieht oder bei Bergen, wo auch die dazwischengelagerte Luft kein Abgrund ist, der trennt, vielmehr eine Leitung, ein leise abgestufter Übergang.

Für Rodin war immer schon die Teilnahme der Luft von großer Bedeutung. Er hatte alle seine Dinge, Fläche für Fläche, in den Raum gepaßt, und das gab ihnen diese Größe und Selbständigkeit, dieses unbeschreibliche Erwachsensein, das sie von allen Dingen unterschied. Nun aber, da er, die Natur auslegend, allmählich dazu gekommen war, einen Ausdruck zu verstärken, zeigte es sich, daß er damit auch das Verhältnis der Atmosphäre zu seinem Werke steigerte, daß sie die zusammengefaßten Flächen bewegter, gleichsam leidenschaftlicher umgab. Hatten seine Dinge früher im Raume gestanden, so war es jetzt, als risse er sie zu sich her. Nur bei einzelnen Tieren auf den Kathedralen konnte man ähnliches beobachten. Auch an ihnen nahm die Luft in eigentümlicher Weise teil: es schien, als würde sie Stille oder Wind, je nachdem sie über betonte oder über leise Stellen ging. Und in der Tat, wenn Rodin die Oberfläche seiner Werke in Höhepunkten zusammenfaßte, wenn er Erhabenes erhöhte und einer Höhlung größere Tiefe gab, verfuhr er ähnlich mit seinem Werke, wie die Atmosphäre mit jenen Dingen verfahren war, die ihr preisgegeben waren seit Jahrhunderten. Auch sie hatte zusammengefaßt, vertieft und Staub abgesetzt, hatte mit Regen und Frost, mit Sonne und Sturm diese Dinge erzogen für ein Leben, das langsamer verging in Ragen, Dunkeln und Dauern.

Schon bei den «Bürgern von Calais» war Rodin auf seinem eigenen Wege zu dieser Wirkung gekommen; in ihr lag das monumentale Prinzip seiner Kunst. Mit solchen Mitteln konnte er weithin sichtbare Dinge schaffen, Dinge, die nicht nur von der allernächsten Luft umgeben waren, sondern von dem ganzen Himmel. Er konnte mit einer lebendigen Fläche, wie mit einem Spiegel, die Fernen fangen und bewegen, formen und den Raum zwingen, daran teilzunehmen.

So ist jener schmale Jüngling, der kniet und seine Arme emporwirft und zurück in einer Geste der Anrufung ohne Grenzen. Rodin hat diese Figur «Der verlorene Sohn» genannt, aber sie hat, man weiß nicht, woher, auf einmal den Namen: «Prière». Und sie wächst auch über diesen hinaus. Das ist nicht ein Sohn, der vor dem Vater kniet. Diese Gebärde macht einen Gott notwendig, und in dem, der sie tut, sind alle, die ihn brauchen. Diesem Stein gehören alle Weiten; er ist allein auf der Welt.

Und so ist auch der «Balzac». Rodin hat ihm eine Größe gegeben, die vielleicht die Gestalt dieses Schriftstellers überragt. Er hat ihn im Grunde seines Wesens erfaßt, aber er hat an den Grenzen dieses Wesens nicht haltgemacht; um seine äußersten und fernsten Möglichkeiten, um sein Unerreichtes hat er diesen mächtigen Kontur gezogen, der in den Grabsteinen fernvergangener Völker vorgebildet scheint. Jahre und Jahre hat er ganz in dieser Gestalt gelebt. Er hat

Balzacs Heimat besucht, die Landschaften der Touraine, die in seinen Büchern immer wieder aufsteigen, er hat Briefe von ihm gelesen, er hat die Bilder studiert, die von Balzac existieren, und er ist durch sein Werk gegangen, wieder und wieder; auf allen den verzweigten und verschlungenen Wegen dieses Werkes begegneten ihm die Balzacschen Menschen, ganze Familien und Generationen, eine Welt, die immer noch an das Dasein ihres Schöpfers zu glauben, aus ihm zu leben und ihn zu schauen schien. Er sah, daß alle diese tausend Figuren, mochten sie tun, was sie wollten, doch ganz mit dem *einen* beschäftigt waren, der sie gemacht hatte. Und wie man vielleicht aus den vielen Mienen eines Zuschauerraumes das Drama erraten kann, das sich auf der Bühne vollzieht, so suchte er in allen diesen Gesichtern nach dem, der für sie noch nicht vergangen war. Er glaubte, wie Balzac, an die Wirklichkeit dieser Welt, und es gelang ihm eine Weile, sich ihr einzuordnen. Er lebte, als ob Balzac auch ihn geschaffen hätte, unauffällig gemischt unter die Menge seiner Existenzen. So kam er zu den besten Erfahrungen. Was sonst da war, schien bei weitem weniger beredt. Die Daguerreotypien boten nur ganz allgemeine Anhaltspunkte und nichts Neues. Man kannte dieses Gesicht, das sie darstellten, schon von der Schulzeit her. Nur die eine, die im Besitze Stephan Mallarmés gewesen war und Balzac ohne

Rock mit Hosenträgern zeigte, war charakteristischer. Und dann mußten die Aufzeichnungen der Zeitgenossen helfen. Théophile Gautiers Worte, die Notizen der Goncourts und das schöne Porträt Balzacs, das Lamartine geschrieben hatte.[20] Außerdem war nur noch die Büste von David da in der Comédie-Française und ein kleines Bildnis von Louis Boulanger. – Ganz vom Geiste Balzacs erfüllt, ging Rodin mit diesen Hilfsmitteln nun daran, seine äußere Erscheinung aufzurichten. Er benutzte lebende Modelle von ähnlichen Körperverhältnissen und bildete in verschiedenen Stellungen sieben vollkommen ausgeführte Akte. Es waren dicke, gedrungene Männer mit schwerfälligen Gliedern und kurzen Armen, deren er sich bediente, und er schuf nach diesen Vorarbeiten einen Balzac, ungefähr in der Auffassung, wie die Nadarsche Daguerreotypie ihn überlieferte. Aber er fühlte, daß damit noch nichts Endgültiges gegeben war. Er kehrte zu der Beschreibung Lamartines zurück. Dort stand: «Er hatte das Gesicht eines Elementes» und: «Er besaß soviel Seele, daß sie seinen schweren Körper trug wie nichts.» Rodin fühlte, daß in diesen Sätzen ein großer Teil der Aufgabe lag. Er kam ihrer Lösung näher, indem er allen den sieben Akten Mönchskutten anzulegen versuchte, von der Art, wie Balzac sie bei der Arbeit zu tragen pflegte. Es entstand hierauf ein Balzac in Kapuze, viel zu intim, zu sehr zurückgezogen in die Stille seiner Verkleidung.

Aber langsam wuchs Rodins Vision von Form zu Form. Und endlich sah er ihn. Er sah eine breite, ausschreitende Gestalt, die an des Mantels Fall alle ihre Schwere verlor. Auf den starken Nacken stemmte sich das Haar, und in das Haar zurückgelehnt lag ein Gesicht, schauend, im Rausche des Schauens, schäumend von Schaffen: das Gesicht eines Elementes. Das war Balzac in der Fruchtbarkeit seines Überflusses, der Gründer von Generationen, der Verschwender von Schicksalen. Das war der Mann, dessen Augen keiner Dinge bedurften; wäre die Welt leer gewesen: seine Blicke hätten sie eingerichtet. Das war der, der durch sagenhafte Silberminen reich werden wollte und glücklich durch eine Fremde. Das war das Schaffen selbst, das sich der Form Balzacs bediente, um zu erscheinen; des Schaffens Überhebung, Hochmut, Taumel und Trunkenheit. Der Kopf, der zurückgeworfen war, lebte auf dem Gipfel dieser Gestalt wie jene Kugeln, die auf den Strahlen von Fontänen tanzen. Alle Schwere war leicht geworden, stieg und fiel.

So hatte Rodin in einem Augenblick ungeheuerer Zusammenfassung und tragischer Übertreibung seinen Balzac gesehen, und so machte er ihn. Die Vision verging nicht; sie verwandelte sich.

Diese Entwicklung Rodins, welche die großen und monumentalen Dinge seines Werkes mit Weite umgab, beschenkte auch die anderen mit einer neuen Schönheit. Sie gab ihnen eine eigene Nähe. Es gibt unter den neueren Werken kleine Gruppen, die durch ihre Geschlossenheit wirken und durch die wunderbar sanfte Behandlung des Marmors. Diese Steine behalten auch mitten im Tage jenes geheimnisvolle Schimmern, das weiße Dinge ausströmen, wenn es dämmert. Das kommt nicht allein von der Belebtheit der Berührungsstellen her; es zeigt sich, daß auch sonst zwischen den Figuren und zwischen ihren einzelnen Teilen hier und da flache Steinbänder stehengeblieben sind, Stege gleichsam, die in der Tiefe eine Form mit der anderen verbinden. Das ist kein Zufall. Diese Füllungen verhüten das Entstehen wertloser Durchblicke, die aus dem Dinge hinausführen in leere Luft; sie bewirken, daß die Ränder der Formen, die vor solchen Lücken immer scharf und abgeschliffen scheinen, ihre Rundung behalten, sie sammeln das Licht wie Schalen und fließen fortwährend leise über. Wenn Rodin das Bestreben hatte, die Luft so nahe als möglich an die Oberfläche seiner Dinge heranzuziehen, so ist es, als hätte er hier den Stein geradezu in ihr aufgelöst: der Marmor scheint nur der feste, fruchtbare Kern zu sein und sein letzter leisester Kontur schwingende Luft. Das Licht, welches zu diesem Steine kommt, verliert seinen Willen; es geht nicht über ihn hin zu anderen Dingen; es schmiegt sich ihm an, es zögert, es verweilt, es wohnt in ihm.

Dieses Verschlossenlassen unwesentlicher Durchblicke war eine Art von Annäherung an das Relief. Und in der Tat plant Rodin ein großes Reliefwerk, bei dem alle die Wirkungen des Lichtes, die er mit den kleinen Gruppen erreichte, zusammengefaßt werden sollen. Er denkt daran, eine hohe Säule zu schaffen, um die ein breites Reliefband sich aufwärtswindet. Neben diesen Windungen wird eine gedeckte Treppe hergehen, die nach außen durch Arkaden abgeschlossen ist. In diesem Gange werden die Gestalten an den Wänden, wie in ihrer eigenen Atmosphäre, leben; eine Plastik wird entstehen, die das Geheimnis des Helldunkels kennt, eine Skulptur der Dämmerung, verwandt jenen Bildwerken, die in den Vorhallen alter Kathedralen stehen.

So wird das «Denkmal der Arbeit» sein. Auf diesen langsam aufsteigenden Reliefs wird eine Geschichte der Arbeit sich entwickeln. In einer Krypta wird das lange Band beginnen, mit den Bildern derer, die in den Bergwerken altern, und es wird sich in seinem weiten Weg durch alle Gewerbe ziehen, von den lärmenden und bewegten zu den immer leiseren Werken, von den Hochöfen zu den Herzen, von den Hämmern zu den Gehirnen. Am Eingang sollen zwei Gestalten aufragen: Tag und Nacht, und auf dem Gipfel werden zwei geflügelte Genien stehen, die Segnungen, die sich aus hellen Höhen zu diesem Turme niederließen. Denn dieses Denkmal der Arbeit wird ein Turm sein. Nicht in einer großen Gestalt oder Gebärde versuchte Rodin die Arbeit darzustellen; sie ist nicht das Weithinsichtbare. Sie geht in den Werkstätten vor sich, in den Stuben, in den Köpfen; im Dunkel.

Er weiß es, denn auch seine Arbeit ist so; und er arbeitet unaufhörlich. Sein Leben geht wie ein einziger Arbeitstag.

Er hat mehrere Ateliers; bekanntere, in denen ihn Besuche und Briefe finden, und andere, entlegene, von denen niemand weiß. Das sind Zellen, kahle, ärmliche Räume voll Staub und Grau. Aber ihre Armut ist wie jene große graue Armut Gottes, in der im März die Bäume aufwachen. Etwas von einem Frühlingsanfang ist darin: eine leise Verheißung und ein tiefer Ernst.

Vielleicht wächst in einer dieser Werkstätten schon der Turm der Arbeit auf. Jetzt, da seine Verwirklichung noch bevorsteht, mußte man von seiner Bedeutung reden; und sie schien im Stofflichen zu liegen. Wenn dieses Denkmal aber einmal erstanden sein wird, wird man fühlen, daß Rodin auch mit diesem Werke nichts gewollt hat über seine Kunst hinaus. Der arbeitende Körper hat sich ihm gezeigt wie früher der liebende. Es war eine neue Offenbarung des Lebens. Aber dieser Schaffende lebt so sehr unter seinen Dingen, ganz in der Tiefe seines Werkes, daß er Offenbarungen gar nicht anders empfangen kann als nur mit den schlichten Mitteln seiner Kunst. Neues Leben heißt für ihn letzten Sinnes nur: neue Oberflächen, neue Gebärden. So ist es einfach um ihn geworden. Er kann nicht mehr irren.

Mit dieser Entwicklung hat Rodin allen Künsten ein Zeichen gegeben in dieser ratlosen Zeit.

Man wird einmal erkennen, was diesen großen Künstler so groß gemacht hat: daß er ein Arbeiter war, der nichts ersehnte als ganz, mit allen seinen Kräften, in das niedrige und harte Dasein seines Werkzeugs einzugehen. Darin lag eine Art von Verzicht auf das Leben; aber gerade mit dieser Geduld gewann er es: denn zu seinem Werkzeug kam die Welt.

1902

FRAGMENT VON DEN EINSAMEN

Eingang.
Ist es eine Frage?
Ja, eine Frage.

Ich liebe diese Stunde, die anders ist, kommt und geht. Nein, nicht die Stunde, diesen Augenblick liebe ich, der so still ist. Diesen Anfangs-Augenblick, diese Initiale der Stille, diesen ersten Stern, diesen Anfang. Dieses Etwas in mir, das aufsteht, wie junge Mädchen aufstehn in ihrer weißen Mansarde. In der weißen Mansarde, in der sie wohnen, seit sie erwachsen sind. (Oh, das kam eines Tages, und da verwandelte sich das ganze Haus.) Nun aber ist die weiße Mansarde das Leben, und wenn man am Morgen an das immer offene Fenster tritt, so sieht man die Welt. Große Bäume sieht man, die immer noch wachsen, Vögel sieht man, und große Zweige schwanken von ihrem Abflug, und es ist, als wäre der Wind in einem Tier und in den Stämmen die Stille.

Ich liebe diesen Wind, diesen weiten verwandelnden Wind, der dem Frühling vorangeht, ich liebe das Geräusch dieses Windes und seine ferne Gebärde, die mitten durch alle Dinge geht, als wären sie nicht.

Diese Nacht liebe ich. Nein, nicht diese Nacht, diesen Nachtanfang, diese eine lange Anfangszeile der Nacht, die ich nicht lesen werde, weil sie kein Buch für Anfänger ist. Diesen Augenblick liebe ich, der nun vorüber ist und von dem ich, da er verging, fühlte, daß er erst sein wird. – Völker, ihr seid vorbei, Könige, ihr seid Grabsteine, Berge und bronzene Bilder, und wer weiß noch von euch, Frauen, wenn ihr gestorben seid. Wie lange wird es noch dauern, und man vergißt die Geschichte; denn einmal kommt das große Ausräumen der Gedächtnisse, und dann wird, wie aus alten Schubladen, alles ins Feuer geworfen werden, Briefe, Bilder, Bänder und Blumen. Ihr großen Ereignisse, ihr Schlachten und Friedensschlüsse, ihr Fügungen und Zufälle und ihr, Begegnungen, Gesten und entfernte Gestalten, ihr seid vergangen wie die Gastmähler, die vor Geladenen vergehn, wie die Feste, zu denen Unfestliche sich zusammenfinden, wie die Abendandachten der Gottgewohnten. Vor vielen habt ihr euch vollzogen, wie das Spiel auf der Schaubühne, das zu einer gewissen Stunde enden muß und nichts sein. Vor ihnen allen, vor Hunderten von Neugierigen, habt ihr getanzt, den nackten Bauchtanz und die Schleiertänze des Schicksals, und wie die Zauberer, die man auf den Märkten sieht, so wart ihr voll heimlicher Taschen und Überraschungen. Hättet ihr wenigstens Schlangen gehabt, Giftschlangen, in der Furcht eurer Flöten; Schlangen mit einem großen Gift, davon ein Tropfen genug ist, um Geschlechter zu töten bis ins siebente Glied, – aber es hüpfte soviel harmloses Getier zu euerem Takte. Kartenschläger wart ihr, die das bißchen Gestern, das sie unredlich erschlichen hatten, umdrehten, es von hinten lasen wie ein armseliges, einsilbiges Wort und beteuerten: so hieße die Zukunft. Man möchte euch, ihr gewesenen Schatten und Schicksale, unter die Dirnen zählen, und nicht einmal unter die größten; denn ihr seid alt geworden wie die Lustmädchen, denen ihr Leib ein geringes Gewerbe ist und ein billiges Trinkglas; ihr hattet ein langes Leben unter der Schminke, und da schon alle euch genossen hatten, ihr Abgestandenen, und ihr immer noch lebtet, so wartetet ihr, daß die Knaben heranwüchsen, und begegnetet ihnen in der Dämmerung, bis sie Lust zu euch hatten, die Hilflosen. Wie eine Seuche wurdet ihr, ihr großen öffentlichen Ereignisse, weitergegeben von Blut zu Blut, und verdorben habt ihr die Säfte der Männer, und das Dunkel der Gebärmutter habt ihr mit bangen Bildern erfüllt. Ihr, die ihr schon vergangen wart, da ihr geschaht, ihr über und über vergangenen Vorgänge, ihr Historienbilder des Herzens, hängt euch nicht mehr an jene, die leben; denn ihr seid Lügen und Leblose, Leichname seid ihr voll Gift, Schwere und Fäulnis. Ihr Gemeinsamkeiten aus gestern und vorgestern, es war nicht *mehr* Wirklichkeit in euch als in allen den Gemeinsamkeiten von heute, die Mißverständnisse sind, Ermattungen und Meineide. Welcher Knabe, der sich vor seinen Eltern zurückzog und zuschloß, welches Mädchen, das auf den Gartenwegen lachend seine Freundinnen kommen hörte, hat nicht einen Herzschlag lang gewußt, daß es keine gemeinsamen Erlebnisse gibt und daß man nur Trennungen teilen kann und Abschiede. Aber mehr als alle Umgebung, mehr als des Alltags leise geneigte Fläche hat das Zureden jener festlichen und fernen Einstimmigkeiten, mit welchen alle Überlieferungen angefüllt sind, die klar Erwachenden irregemacht und beschlagen. Wie wund muß die harte, fortwährende Erfahrung diese weichen Werdenden gerieben haben, wenn sie bewies, daß die Einsamen nichts sind und daß man sich, wenn sie nicht rechtzeitig, mit der Weisheit ihrer Wüsten angetan, unter die Leute zurückkommen, über sie fort verständigt, wie über Gräber hin. Schon wagt man kaum mehr, darüber zu weinen, daß sie fast alle zurückgekehrt sind, ihr jahrelanges Schweigen wegschenkend in den Worten eines Abends, mit einer Gebärde ihrer heilenden Hand ihre gesammelte Seele ausstreuend, die unsagbar war. Im Klang ihrer Stimme, in einem Heben und Senken des Kinns, in einem unscheinbaren Lächeln, das keiner bemerkt hat, rinnen sie hin in das Nichts, während Worte, welche sie selber nicht meinen, in die Menschen eingehen und Staaten stiften. Und sie, die Einsamen, die fortgegangen sind, weil auf der ganzen Welt keiner war, der sie begriff, sie sind jetzt die Verständlichsten, der Gemeinplatz, auf dem alle zusammenkommen. Eine Bewegung entsteht, eine Welle wächst an, die ihren Namen (*ihren* Namen, ach, irgendeinen sinnlosen, abgefallenen Namen) trägt, hoch trägt, tief trägt, ländet. Und von dieser Welle reden sie alle. Und von dieser Welle steht in den Büchern geschrieben. Und dieser Welle leerer schmetternder Lärm lebt in den Herzen der Menschen.

Aber auch von jenen anderen Einsamen, die nicht zurückgekommen sind, wissen wir nichts. Man hat sie in ihren vergessenen Gräbern gesucht; die Talismane hat man aus ihren zerfallenen Fingern genommen, die Blumenblätter aus ihrem offenen Munde geholt, und die Balsambüchsen, die bei ihrem Herzen standen, hat man erbrochen. Und das Geräusch dieses Diebstahls ist weitergegeben worden, als ob es die Legende vom Leben jener Toten wäre; denn dieses Leben, das in Wirklichkeit einsam vergangen war, sollte mit einer Zeit verknüpft werden, sollte ein Leben unter vielen scheinen, ein kleines Glied in einer wirren Kette. Denn so will es die Menge.

Sie will nicht, daß es Einsame gibt; schließ dich ein, und sie wird sich sammeln vor deiner Tür wie vor der Tür eines Selbstmörders. Geh in den öffentlichen Gärten die kleinen Seitenalleen auf und nieder, und sie wird auf dich mit den Fingern weisen. Sprich nicht zu deinem Nachbar, wenn er vor seiner Tür sitzt, geh gesenkten Hauptes an ihm vorbei, weil der Abend dich still macht, und er wird dir nachsehen und wird seine Frau oder seine Mutter rufen, damit sie käme, dich mit ihm zu hassen. Und es kann sein, daß seine Kinder dir Steine nachwerfen und dich verwunden.

Schwer haben es die Einsamen.

Die Eltern erschrecken, wenn sie an ihren Kindern die leise Neigung entdecken, allein zu sein; unheimlich scheinen ihnen jene scheuen Knaben, die schon frühe ihre eigenen Freuden haben und ihr eigenes Leid; Fremde sind sie in der Familie, Eindringlinge und feindliche Beobachter, und der Haß gegen sie wächst von Tag zu Tag und ist schon ganz groß, wenn sie noch klein sind. So fangen Leben an, Schicksale beginnen so in der Tiefe der Tränen, jene Schicksale, welche uns nicht überliefert sind, weil das Gespräch einer Dienstmagd oder das Knattern eines Wagens sie übertönt. Stellt euch nur vor jenes

Fenster; ich fühle doch, daß dahinter in unendlicher Bangnis ein Leben aufschluchzt, das zur Einsamkeit steigt wie ein steiler Weg. Lacht nur in jenem Haus, und schlagt mit den Türen; ich höre doch das Herz eines Mädchens, das Angst hat, wie eine große Glocke schlägt es in mir. Ich kann nicht hinaustreten in die Nacht, ohne von allen den jungen Menschen zu wissen, die wachen; der Klang, mit dem ihre Fenster aufgehen, zittert in mir, die vorsichtigen und bangen Gebärden ihrer Hände rühren sich in den meinen. Ich wünsche mich nicht zu ihnen hin, denn was könnte ich ihnen sagen, das mehr wäre als ihr Schmerz oder erhabener als ihr Schweigen. Ich störe sie nicht. Aber ich bin ganz davon erfüllt, daß das Leben jener Einsamen eine von den großen Kräften ist, die auf mich wirken aus der Tiefe der Nacht. Sie erreichen mich, sie verwandeln mich, und es gibt Stellen in mir, die ganz hell sind und still in dem Lichte liegen, das von ihnen ausgeht.

Ich glaube nicht, daß es noch eine andere Gemeinsamkeit gibt oder eine Berührung, die näher ist. Aber ich denke, wenn diese jungen Menschen, die einsam sind, so auf mich einstrahlen und einströmen aus den fremden Fernen der Nacht, obwohl sie nichts tun als traurig am Fenster stehn, welche Gewalt müssen gewisse Einsame über mein Leben haben, die froh sind und voll innerer Handlung? Und es ist mir, als wäre es für diese Einflüsse gleichgültig, ob die Einsamen, welche sie wirken, im Leben sind oder Namen unter den Toten. Weiß man es nicht, daß des Einsamen Schicksal in anderer Richtung vergeht als die von der Zeit ergriffenen Schicksale der Menge? Es fällt nicht schwer zurück ins Vergangene, sein Geschehen ist kein Ende, und keine Ermüdung folgt ihm nach; des Einsamen Tat, ja sein Lächeln sogar, sein Traum und seine geringste Gebärde stehen auf, wie Ausgeruhtes aufsteht, und gehn in die Zukunft hinein, gehn ohne Ende. Sollte man es wirklich vergessen haben, daß der Atem der Einsamen uns umgibt, daß das Rauschen ihres Blutes wie ein nahes Meer unsere Stille erfüllt, daß ihre schweren Stunden Gestirne und Sternbilder sind in unseren dunkelsten Nächten.

Wenn es einmal irgendwo einen Schaffenden gegeben hat (und ich rede von den Schaffenden, weil sie zu den Einsamsten gehören), der in Tagen unsäglicher Sammlung die Welt eines Werkes schuf, kann es sein, daß dieses Lebens Fortschritt und Ferne uns verlorengegangen ist, weil die Zeit seines Werkes Gestalt zerschlagen hat, weil wir es nicht besitzen? Spricht nicht vielmehr die sicherste Stimme in uns davon, daß der Wind, der in dem werdenden Werke war, über seine Ränder hinaus gewirkt hat auf Blumen und Tiere, auf Niederschläge und Neigungen und auf die Geburten der Frauen? Wer weiß, ob nicht dieses Bild, diese Statue oder jenes vergangene Gedicht nur die erste und nächste unter vielen Verwandlungen war, die des Handelnden Kraft im Augenblicke ihrer Verklärung vollzog? Die Zellen entlegener Dinge haben sich vielleicht nach den entstehenden Rhythmen geordnet, der Anlaß zu neuen Arten war da, und es ist nicht unmöglich, daß wir anders geworden sind durch die Macht eines einsamen Dichters, der vor Hunderten von Jahren gelebt hat und von dem wir nichts wissen. Oder gibt es jemanden, der im Ernste meint, eines Heiligen Gebet, der unsäglich verlassene Sterbetag eines Kindes oder die Einzelhaft eines großen Verbrechers könnten so zergangen sein wie ein Ja und ein Nein oder wie der Lärm einer Türe, die zufällt?

Ich glaube, daß alles, was wirklich geschieht, ohne Todesfurcht ist; ich glaube, daß die Willen langvergangener Menschen, daß die Bewegung, mit der sie ihre Hand in einem gewissen bedeutungsvollen Augenblick öffneten, daß das Lächeln, mit welchem sie an irgendeinem fernen Fenster standen, – ich glaube, daß alle diese Erlebnisse von Einsamen in fortwährenden Verwandlungen unter uns leben. Sie sind da, vielleicht etwas abgerückt von uns nach der Seite der Dinge hin, aber sie sind da, gleich wie die Dinge da sind, und wie sie ein Teil unseres Lebens.

1903

DIE AUFZEICHNUNGEN DES MALTE LAURIDS BRIGGE

11. September, Rue Toullier[1]

So, also hierher kommen die Leute, um zu leben, ich würde eher meinen, es stürbe sich hier. Ich bin ausgewesen. Ich habe gesehen: Hospitäler. Ich habe einen Menschen gesehen, welcher schwankte und umsank. Die Leute versammelten sich um ihn, das ersparte mir den Rest. Ich habe eine schwangere Frau gesehen. Sie schob sich schwer an einer hohen, warmen Mauer entlang, nach der sie manchmal tastete, wie um sich zu überzeugen, ob sie noch da sei. Ja, sie war noch da. Dahinter? Ich suchte auf meinem Plan: Maison d'Accouchement. Gut. Man wird sie entbinden – man kann das. Weiter, Rue Saint-Jacques, ein großes Gebäude mit einer Kuppel. Der Plan gab an Val-de-grâce, Hôpital militaire. Das brauchte ich eigentlich nicht zu wissen, aber es schadet nicht. Die Gasse begann von allen Seiten zu riechen. Es roch, soviel sich unterscheiden ließ, nach Jodoform, nach dem Fett von Pommes frites, nach Angst. Alle Städte riechen im Sommer. Dann habe ich ein eigentümlich starblindes Haus gesehen, es war im Plan nicht zu finden, aber über der Tür stand noch ziemlich leserlich: «Asyle de nuit». Neben dem Eingang waren die Preise. Ich habe sie gelesen. Es war nicht teuer.

Und sonst? Ein Kind in einem stehenden Kinderwagen: es war dick, grünlich und hatte einen deutlichen Ausschlag auf der Stirn. Er heilte offenbar ab und tat nicht weh. Das Kind schlief, der Mund war offen, atmete Jodoform, Pommes frites, Angst. Das war nun mal so. Die Hauptsache war, daß man lebte. Das war die Hauptsache.

Daß ich es nicht lassen kann, bei offenem Fenster zu schlafen. Elektrische Bahnen rasen läutend durch meine Stube. Automobile gehen über mich hin. Eine Tür fällt zu. Irgendwo klirrt eine Scheibe herunter, ich höre ihre großen Scherben lachen, die kleinen Splitter kichern. Dann plötzlich dumpfer, eingeschlossener Lärm von der anderen Seite, innen im Hause. Jemand steigt die Treppe. Kommt, kommt unaufhörlich. Ist da, ist lange da, geht vorbei. Und wieder die Straße. Ein Mädchen kreischt: *«Ah tais-toi, je ne veux plus.»* Die Elektrische rennt ganz erregt heran, darüber fort, fort über alles. Jemand ruft. Leute laufen, überholen sich. Ein Hund bellt. Was für eine Erleichterung: ein Hund. Gegen Morgen kräht sogar ein Hahn, und das ist Wohltun ohne Grenzen. Dann schlafe ich plötzlich ein.

Das sind die Geräusche. Aber es gibt hier etwas, was furchtbarer ist: die Stille. Ich glaube, bei großen Bränden tritt manchmal so ein Augenblick äußerster Spannung ein, die Wasserstrahlen fallen ab, die Feuerwehrleute klettern nicht mehr, niemand rührt sich. Lautlos schiebt sich ein schwarzes Gesimse vor oben, und eine hohe Mauer, hinter welcher das Feuer auffährt, neigt sich, lautlos. Alles steht und wartet mit hochgeschobenen Schultern, die Gesichter über die Augen zusammengezogen, auf den schrecklichen Schlag. So ist hier die Stille.

Ich lerne sehen. Ich weiß nicht, woran es liegt, es geht alles tiefer in mich ein und bleibt nicht an der Stelle stehen, wo es sonst immer zu Ende war. Ich habe ein Inneres, von dem ich nicht wußte. Alles geht jetzt dorthin. Ich weiß nicht, was dort geschieht.

Ich habe heute einen Brief geschrieben, dabei ist es mir aufgefallen, daß ich erst drei Wochen hier bin. Drei Wochen anderswo, auf dem Lande zum Beispiel, das konnte sein wie ein Tag, hier sind es Jahre. Ich will auch keinen Brief mehr schreiben. Wozu soll ich jemandem sagen, daß ich mich verändere? Wenn ich mich verändere, bleibe ich ja doch nicht der, der ich war, und bin ich etwas anderes als bisher, so ist klar, daß ich keine Bekannten habe. Und an fremde Leute, an Leute, die mich nicht kennen, kann ich unmöglich schreiben.

Habe ich es schon gesagt? Ich lerne sehen. Ja, ich fange an. Es geht noch schlecht. Aber ich will meine Zeit ausnutzen.

Daß es mir zum Beispiel niemals zum Bewußtsein gekommen ist, wieviel Gesichter es gibt. Es gibt eine Menge Menschen, aber noch viel mehr Gesichter, denn jeder hat mehrere. Da sind Leute, die tragen ein Gesicht jahrelang, natürlich nutzt es sich ab, es wird schmutzig, es bricht in den Falten, es weitet sich aus wie Handschuhe, die man auf der Reise getragen hat. Das sind sparsame, einfache Leute; sie wechseln es nicht, sie lassen es nicht einmal reinigen. Es sei gut genug, behaupten sie, und wer kann ihnen das Gegenteil nachweisen? Nun fragt es sich freilich, da sie mehrere Gesichter haben, was tun sie mit den andern? Sie heben sie auf. Ihre Kinder sollen sie tragen. Aber es kommt auch vor, daß ihre Hunde damit ausgehen. Weshalb auch nicht? Gesicht ist Gesicht.

Andere Leute setzen unheimlich schnell ihre Gesichter auf, eins nach dem andern, und tragen sie ab. Es scheint ihnen zuerst, sie hätten für immer, aber sie sind kaum vierzig; da ist schon das letzte. Das hat natürlich seine Tragik. Sie sind nicht gewohnt, Gesichter zu schonen, ihr letztes ist in acht Tagen durch, hat Löcher, ist an vielen Stellen dünn wie Papier, und da kommt dann nach und nach die Unterlage heraus, das Nichtgesicht, und sie gehen damit herum.

Aber die Frau, die Frau: sie war ganz in sich hineingefallen, vornüber in ihre Hände. Es war an der Ecke Rue Notre-Dame-des-Champs. Ich fing an, leise zu gehen, sowie ich sie gesehen hatte. Wenn arme Leute nachdenken, soll man sie nicht stören. Vielleicht fällt es ihnen doch ein.

Die Straße war zu leer, ihre Leere langweilte sich und zog mir den Schritt unter den Füßen weg und klappte mit ihm herum, drüben und da, wie mit einem Holzschuh. Die Frau erschrak und hob sich aus sich ab, zu schnell, zu heftig, so daß das Gesicht in den zwei Händen blieb. Ich konnte es darin liegen sehen, seine hohle Form. Es kostete mich unbeschreibliche Anstrengung, bei diesen Händen zu bleiben und nicht zu schauen, was sich aus ihnen abgerissen hatte. Mir graute, ein Gesicht von innen zu sehen, aber ich fürchtete mich doch noch viel mehr vor dem bloßen wunden Kopf ohne Gesicht.

Ich fürchte mich. Gegen die Furcht muß man etwas tun, wenn man sie einmal hat. Es wäre sehr häßlich, hier krank zu werden, und fiele es jemandem ein, mich ins Hôtel-Dieu zu schaffen, so würde ich dort gewiß sterben. Dieses Hôtel ist ein angenehmes Hôtel, ungeheuer besucht. Man kann kaum die Fassade der Kathedrale von Paris betrachten ohne Gefahr, von einem der vielen Wagen, die so schnell wie möglich über den freien Plan dort hinein müssen, überfahren zu werden. Das sind kleine Omnibusse, die fortwährend läuten, und selbst der Herzog von Sagan müßte sein Gespann halten lassen, wenn so ein kleiner Sterbender es sich in den Kopf gesetzt hat, geradenwegs in Gottes Hôtel zu wollen. Sterbende sind starrköpfig, und ganz Paris stockt, wenn Madame Legrand, *brocanteuse* aus der Rue des Martyrs, nach einem gewissen Platz der Cité gefahren kommt. Es ist zu bemerken, daß diese verteufelten kleinen Wagen ungemein anregende Milchglasfenster haben, hinter denen man sich die herrlichsten Agonien vorstellen kann; dafür genügt die Phantasie einer Concierge. Hat man noch mehr Einbildungskraft und schlägt sie nach anderen Richtungen hin, so sind die Vermutungen geradezu unbegrenzt. Aber ich habe auch offene Droschken ankommen sehen, Zeitdroschken mit aufgeklapptem Verdeck, die nach der üblichen Taxe fuhren: zwei Francs für die Sterbestunde.

Dieses ausgezeichnete Hôtel ist sehr alt, schon zu König Chlodwigs Zeiten starb man darin in einigen Betten. Jetzt wird in 559 Betten gestorben. Natürlich fabrikmäßig. Bei so enormer Produktion ist der einzelne Tod nicht so gut ausgeführt, aber darauf kommt es auch nicht an. Die Masse macht es. Wer gibt heute noch etwas für einen gut ausgearbeiteten Tod? Niemand. Sogar die Reichen, die es sich doch leisten könnten, ausführlich zu sterben, fangen an, nachlässig und gleichgültig zu werden; der Wunsch, einen eigenen Tod zu haben, wird immer seltener. Eine Weile noch, und er wird ebenso selten sein wie ein eigenes Leben. Gott, das ist alles da. Man kommt, man findet ein Leben, fertig, man hat es nur anzuziehen. Man will gehen, oder man ist dazu gezwungen: nun, keine Anstrengung: *Voilà votre mort, Monsieur.* Man stirbt, wie es gerade kommt; man stirbt den Tod, der zu der Krankheit gehört, die man hat (denn seit man alle Krankheiten kennt, weiß man auch, daß die verschiedenen letalen Abschlüsse zu den Krankheiten gehören und nicht zu den Menschen; und der Kranke hat sozusagen nichts zu tun).

In den Sanatorien, wo ja so gern und mit so viel Dankbarkeit gegen Ärzte und Schwestern gestorben wird, stirbt man einen von den an der Anstalt angestellten Toden; das wird gerne gesehen. Wenn man aber zu Hause stirbt, ist es natürlich, jenen höflichen Tod der guten Kreise zu wählen, mit dem gleichsam das Begräbnis erster Klasse schon anfängt und die ganze Folge seiner wunderschönen Gebräuche. Da stehen dann die Armen vor so einem Haus und sehen sich satt. Ihr Tod ist natürlich banal, ohne alle Umstände. Sie sind froh, wenn sie einen finden, der ungefähr paßt. Zu weit darf er sein: man wächst immer noch ein bißchen. Nur wenn er nicht zugeht über der Brust oder würgt, dann hat es seine Not.

Wenn ich nach Hause denke, wo nun niemand mehr ist, dann glaube ich, das muß früher anders gewesen sein. Früher wußte man (oder vielleicht man ahnte es), daß man den Tod *in* sich hatte wie die Frucht den Kern. Die Kinder hatten einen kleinen in sich und die Erwachsenen einen großen. Die Frauen hatten ihn im Schoß und die Männer in der Brust. Den *hatte* man, und das gab einem eine eigentümliche Würde und einen stillen Stolz.

Meinem Großvater noch, dem alten Kammerherrn Brigge, sah man es an, daß er einen Tod in sich trug. Und was war das für einer: zwei Monate lang und so laut, daß man ihn hörte bis aufs Vorwerk hinaus.

Das lange, alte Herrenhaus war zu klein für diesen Tod, es schien, als müßte man Flügel anbauen, denn der Körper des Kammerherrn wurde immer größer, und er wollte fortwährend aus einem Raum in den anderen getragen sein und geriet in fürchterlichen Zorn, wenn der Tag noch nicht zu Ende war, und es gab kein Zimmer mehr, in dem er nicht schon gelegen hatte. Dann ging es mit dem ganzen Zuge von Dienern, Jungfern und Hunden, die er immer um sich hatte, die Treppe hinauf und, unter Vorantritt des Haushofmeisters, in seiner hochseligen Mutter Sterbezimmer, das ganz in dem Zustande, in dem sie es vor dreiundzwanzig Jahren verlassen hatte, erhalten worden war und das sonst nie jemand betreten durfte. Jetzt brach die ganze Meute dort ein. Die Vorhänge wurden zurückgezogen, und das robuste Licht eines Sommernachmittags untersuchte alle die scheuen, erschrockenen Gegenstände und drehte sich ungeschickt um in den aufgerissenen Spiegeln. Und die Leute machten es ebenso. Es gab da Zofen, die vor Neugierde nicht wußten, wo ihre Hände sich gerade aufhielten, junge Bediente, die alles anglotzten, und ältere Dienstleute, die herumgingen und sich zu erinnern suchten, was man ihnen von diesem verschlossenen Zimmer, in dem sie sich nun glücklich befanden, alles erzählt hatte.

Vor allem aber schien den Hunden der Aufenthalt in einem Raum, wo alle Dinge rochen, ungemein anregend. Die großen, schmalen russischen Windhunde liefen beschäftigt hinter den Lehnstühlen hin und her, durchquerten in langem Tanzschritt mit wiegender Bewegung das Gemach, hoben sich wie Wappenhunde auf und schauten, die schmalen Pfoten auf das weißgoldene Fensterbrett gestützt, mit spitzem, gespanntem Gesicht und zurückgezogener Stirn nach rechts und nach links in den Hof. Kleine, handschuhgelbe Dachshunde saßen, mit Gesichtern, als wäre alles ganz in der Ordnung, in dem breiten, seidenen Polstersessel am Fenster, und ein stichelhaariger, mürrisch aussehender Hühnerhund rieb seinen Rücken an der Kante eines goldbeinigen Tisches, auf dessen gemalter Platte die Sèvres-Tassen zitterten.

Ja, es war für diese geistesabwesenden, verschlafenen Dinge eine schreckliche Zeit. Es passierte, daß aus Büchern, die irgendeine hastige Hand ungeschickt geöffnet hatte, Rosenblätter heraustaumelten, die zertreten wurden; kleine, schwächliche Gegenstände wurden ergriffen und, nachdem sie sofort zerbrochen waren, schnell wieder hingelegt, manches Verbogene auch unter Vorhänge gesteckt oder gar hinter das goldene Netz des Kamingitters geworfen. Und von Zeit zu Zeit fiel etwas, fiel verhüllt auf den Teppich, fiel hell auf das harte Parkett, aber es zerschlug da und dort, zersprang scharf oder brach fast lautlos auf, denn diese Dinge, verwöhnt, wie sie waren, vertrugen keinerlei Fall.

Und wäre es jemandem eingefallen zu fragen, was die Ursache von alledem sei, was über dieses ängstlich gehütete Zimmer alles Untergangs Fülle herabgerufen habe, – so hätte es nur *eine* Antwort gegeben: der Tod.

Der Tod des Kammerherrn Christoph Detlev Brigge auf Ulsgaard. Denn dieser lag, groß über seine dunkelblaue Uniform hinausquellend, mitten auf dem Fußboden und rührte sich nicht. In seinem großen, fremden, niemandem mehr bekannten Gesicht waren die Augen zugefallen: er sah nicht, was geschah. Man hatte zuerst versucht, ihn auf das Bett zu legen, aber er hatte sich dagegen gewehrt, denn er haßte Betten seit jenen ersten Nächten, in denen seine Krankheit gewachsen war. Auch hatte sich das Bett da oben als zu klein erwiesen, und da war nichts anderes übriggeblieben, als ihn so auf den Teppich zu legen; denn hinunter hatte er nicht gewollt.

Da lag er nun, und man konnte denken, daß er gestorben sei. Die Hunde hatten sich, da es langsam zu dämmern begann, einer nach dem anderen durch die Türspalte gezogen, nur der Harthaarige mit dem mürrischen Gesicht saß bei seinem Herrn, und eine von seinen breiten, zottigen Vorderpfoten lag auf Christoph Detlevs großer, grauer Hand. Auch von der Dienerschaft standen jetzt die meisten draußen in dem weißen Gang, der heller war als das Zimmer; die aber, welche noch drinnen geblieben waren, sahen manchmal heimlich nach dem großen, dunkelnden Haufen in der Mitte, und sie wünschten, daß das nichts mehr wäre als ein großer Anzug über einem verdorbenen Ding.

Aber es war noch etwas. Es war eine Stimme,

die Stimme, die noch vor sieben Wochen niemand gekannt hatte: denn es war nicht die Stimme des Kammerherrn. Nicht Christoph Detlev war es, welchem diese Stimme gehörte, es war Christoph Detlevs Tod.

Christoph Detlevs Tod lebte nun schon seit vielen, vielen Tagen auf Ulsgaard und redete mit allen und verlangte. Verlangte, getragen zu werden, verlangte das blaue Zimmer, verlangte den kleinen Salon, verlangte den Saal. Verlangte die Hunde, verlangte, daß man lache, spreche, spiele und still sei und alles zugleich. Verlangte, Freunde zu sehen, Frauen und Verstorbene, und verlangte, selber zu sterben: verlangte. Verlangte und schrie.

Denn wenn die Nacht gekommen war und die von den übermüden Dienstleuten, welche nicht Wache hatten, einzuschlafen versuchten, dann schrie Christoph Detlevs Tod, schrie und stöhnte, brüllte so lange und anhaltend, daß die Hunde, die zuerst mitheulten, verstummten und nicht wagten, sich hinzulegen, und, auf ihren langen, schlanken, zitternden Beinen stehend, sich fürchteten. Und wenn sie es durch die weite, silberne dänische Sommernacht im Dorfe hörten, daß er brüllte, so standen sie auf wie beim Gewitter, kleideten sich an und blieben ohne ein Wort um die Lampe sitzen, bis es vorüber war. Und die Frauen, welche nahe vor dem Niederkommen waren, wurden in die entlegensten Stuben gelegt und in die dichtesten Bettverschläge; aber sie hörten es, sie hörten es, als ob es in ihrem eigenen Leibe wäre, und sie flehten, auch aufstehen zu dürfen, und kamen, weiß und weit, und setzten sich zu den andern mit ihren verwischten Gesichtern. Und die Kühe, welche kalbten in dieser Zeit, waren hilflos und verschlossen, und einer riß man die tote Frucht mit allen Eingeweiden aus dem Leibe, als sie gar nicht kommen wollte. Und alle taten ihr Tagwerk schlecht und vergaßen das Heu hereinzubringen, weil sie sich bei Tage ängstigten vor der Nacht und weil sie vom vielen Wachsein und vom erschreckten Aufstehen so ermattet waren, daß sie sich auf nichts besinnen konnten. Und wenn sie am Sonntag in die weiße, friedliche Kirche gingen, so beteten sie, es möge keinen Herrn mehr auf Ulsgaard geben: denn dieser war ein schrecklicher Herr. Und was sie alle dachten und beteten, das sagte der Pfarrer laut von der Kanzel herab, denn auch er hatte keine Nächte mehr und konnte Gott nicht begreifen. Und die Glocke sagte es, die einen furchtbaren Rivalen bekommen hatte, der die ganze Nacht dröhnte und gegen den sie, selbst wenn sie aus allem Metall zu läuten begann, nichts vermochte. Ja, alle sagten es, und es gab einen unter den jungen Leuten, der geträumt hatte, er wäre ins Schloß gegangen und hätte den gnädigen Herrn erschlagen mit seiner Mistforke, und so aufgebracht war man, so zu Ende, so überreizt, daß alle zuhörten, als er seinen Traum erzählte, und ihn, ganz ohne es zu wissen, daraufhin ansahen, ob er solcher Tat wohl gewachsen sei. So fühlte und sprach man in der ganzen Gegend, in der man den Kammerherrn noch vor einigen Wochen geliebt und bedauert hatte. Aber obwohl man so sprach, veränderte sich nichts. Christoph Detlevs Tod, der auf Ulsgaard wohnte, ließ sich nicht drängen. Er war für zehn Wochen gekommen, und die blieb er. Und während dieser Zeit war er mehr Herr, als Christoph Detlev Brigge es je gewesen war, er war wie ein König, den man den Schrecklichen[2] nennt, später und immer.

Das war nicht der Tod irgendeines Wassersüchtigen, das war der böse, fürstliche Tod, den der Kammerherr sein ganzes Leben lang in sich getragen und aus sich genährt hatte. Alles Übermaß an Stolz, Willen und Herrenkraft, das er selbst in seinen ruhigen Tagen nicht hatte verbrauchen können, war in seinen Tod eingegangen, in den Tod, der nun auf Ulsgaard saß und vergeudete.

Wie hätte der Kammerherr Brigge den angesehen, der von ihm verlangt hätte, er solle einen anderen Tod sterben als diesen. Er starb seinen schweren Tod.

Und wenn ich an die andern denke, die ich gesehen oder von denen ich gehört habe: es ist immer dasselbe. Sie alle haben einen eigenen Tod gehabt. Diese Männer, die ihn in der Rüstung trugen, innen, wie einen Gefangenen, diese Frauen, die sehr alt und klein wurden und dann auf einem ungeheueren Bett, wie auf einer Schaubühne, vor der ganzen Familie, dem Gesinde und den Hunden diskret und herrschaftlich hinübergingen. Ja die Kinder, sogar die ganz kleinen, hatten nicht irgendeinen Kindertod, sie nahmen sich zusammen und starben das, was sie schon waren, und das, was sie geworden wären.

Und was gab das den Frauen für eine wehmütige Schönheit, wenn sie schwanger waren und standen, und in ihrem großen Leib, auf welchem die schmalen Hände unwillkürlich liegenblieben, waren *zwei* Früchte: ein Kind und ein Tod. Kam das dichte, beinah nahrhafte Lächeln in ihrem ganz ausgeräumten Gesicht nicht davon her, daß sie manchmal meinten, es wüchsen beide?

Ich habe etwas getan gegen die Furcht. Ich habe die ganze Nacht gesessen und geschrieben, und jetzt bin ich so gut müde wie nach einem weiten Weg über die Felder von Ulsgaard. Es ist doch schwer zu denken, daß alles das nicht mehr ist, daß fremde Leute wohnen in dem alten langen Herrenhaus. Es kann sein, daß in dem weißen Zimmer oben im Giebel jetzt die Mägde schlafen, ihren schweren, feuchten Schlaf schlafen von Abend bis Morgen.

Und man hat niemand und nichts und fährt in der Welt herum mit einem Koffer und mit einer Bücherkiste und eigentlich ohne Neugierde. Was für ein Leben ist das eigentlich: ohne Haus, ohne ererbte Dinge, ohne Hunde. Hätte man doch wenigstens seine Erinnerungen. Aber wer hat die? Wäre die Kindheit da, sie ist wie vergraben. Vielleicht muß man alt sein, um an das alles heranreichen zu können. Ich denke es mir gut, alt zu sein.

Heute war ein schöner, herbstlicher Morgen. Ich ging durch die Tuilerien. Alles, was gegen Osten lag, vor der Sonne, blendete. Das Angeschienene war vom Nebel verhangen wie von einem lichtgrauen Vorhang. Grau im Grauen sonnten sich die Statuen in den noch nicht enthüllten Gärten. Einzelne Blumen in den langen Beeten standen auf und sagten: Rot, mit einer erschrockenen Stimme. Dann kam ein sehr großer, schlanker Mann um die Ecke, von den Champs-Elysées her; er trug eine Krücke, aber nicht mehr unter die Schulter geschoben, – er hielt sie vor sich her, leicht, und von Zeit zu Zeit stellte er sie fest und laut auf wie einen Heroldstab. Er konnte ein Lächeln der Freude nicht unterdrücken und lächelte, an allem vorbei, der Sonne, den Bäumen zu. Sein Schritt war schüchtern wie der eines Kindes, aber ungewöhnlich leicht, voll von Erinnerung an früheres Gehen.

Was so ein kleiner Mond alles vermag. Da sind Tage, wo alles um einen licht ist, leicht, kaum angegeben in der hellen Luft und doch deutlich. Das Nächste schon hat Töne der Ferne, ist weggenommen und nur gezeigt, nicht hergereicht; und was Beziehung zur Weite hat: der Fluß, die Brücken, die langen Straßen und die Plätze, die sich verschwenden, das hat diese Weite eingenommen hinter sich, ist auf ihr gemalt wie auf Seide. Es ist nicht zu sagen, was dann ein lichtgrüner Wagen sein kann auf dem Pont-Neuf oder irgendein Rot, das nicht zu halten ist, oder auch nur ein Plakat an der Feuermauer einer perlgrauen Häusergruppe. Alles ist vereinfacht, auf einige richtige, helle *plans* gebracht wie das Gesicht in einem Manetschen Bildnis. Und nichts ist gering und überflüssig. Die Bouquinisten am Quai tun ihre Kästen auf, und das frische oder vernutzte Gelb der Bücher, das violette Braun der Bände, das größere Grün einer Mappe: alles stimmt, gilt, nimmt teil und bildet eine Vollzähligkeit, in der nichts fehlt.

Unten ist folgende Zusammenstellung: ein kleiner Handwagen, von einer Frau geschoben; vorn darauf ein Leierkasten, der Länge nach. Dahinter quer ein Kinderkorb, in dem ein ganz Kleines auf festen Beinen steht, vergnügt in seiner Haube, und sich nicht mag setzen lassen. Von Zeit zu Zeit dreht die Frau am Orgelkasten. Das ganz Kleine stellt sich dann sofort stampfend in seinem Korbe wieder auf, und ein kleines Mädchen in einem grünen Sonntagskleid tanzt und schlägt Tamburin zu den Fenstern hinauf.

Ich glaube, ich müßte anfangen, etwas zu arbeiten, jetzt, da ich sehen lerne. Ich bin achtundzwanzig, und es ist so gut wie nichts geschehen. Wiederholen wir: ich habe eine Studie über Carpaccio geschrieben, die schlecht ist, ein Drama, das «Ehe» heißt und etwas Falsches mit zweideutigen Mitteln beweisen will, und Verse. Ach, aber mit Versen ist so wenig getan, wenn man sie früh schreibt. Man sollte warten damit und Sinn und Süßigkeit sammeln ein ganzes Leben lang und ein langes womöglich, und dann, ganz zum Schluß, vielleicht könnte man dann zehn Zeilen schreiben, die gut sind. Denn Verse sind nicht, wie die Leute meinen, Gefühle (die hat man früh genug), – es sind Erfahrungen. Um eines Verses willen muß man viele Städte sehen, Menschen und Dinge, man muß die Tiere kennen, man muß fühlen, wie die Vögel fliegen, und die Gebärde wissen, mit welcher die kleinen Blumen sich auftun am Morgen. Man muß zurückdenken können an Wege in unbekannten Gegenden, an unerwartete Begegnungen und an

Abschiede, die man lange kommen sah, – an Kindheitstage, die noch unaufgeklärt sind, an die Eltern, die man kränken mußte, wenn sie einem eine Freude brachten, und man begriff sie nicht (es war eine Freude für einen anderen), an Kinderkrankheiten, die so seltsam anheben mit so vielen tiefen und schweren Verwandlungen, an Tage in stillen, verhaltenen Stuben und an Morgen am Meer, an das Meer überhaupt, an Meere, an Reisenächte, die hoch dahinrauschten und mit allen Sternen flogen, – und es ist noch nicht genug, wenn man an alles das denken darf. Man muß Erinnerungen haben an viele Liebesnächte, von denen keine der andern glich, an Schreie von Kreißenden und an leichte, weiße, schlafende Wöchnerinnen, die sich schließen. Aber auch bei Sterbenden muß man gewesen sein, muß bei Toten gesessen haben in der Stube mit dem offenen Fenster und den stoßweisen Geräuschen. Und es genügt auch noch nicht, daß man Erinnerungen hat. Man muß sie vergessen können, wenn es viele sind, und man muß die große Geduld haben zu warten, daß sie wiederkommen. Denn die Erinnerungen selbst *sind* es noch nicht. Erst wenn sie Blut werden in uns, Blick und Gebärde, namenlos und nicht mehr zu unterscheiden von uns selbst, erst dann kann es geschehen, daß in einer sehr seltenen Stunde das erste Wort eines Verses aufsteht in ihrer Mitte und aus ihnen ausgeht.

Alle meine Verse aber sind anders entstanden, also sind es keine. – Und als ich mein Drama schrieb, wie irrte ich da. War ich ein Nachahmer und Narr, daß ich eines Dritten bedurfte, um von dem Schicksal zweier Menschen zu erzählen, die es einander schwermachten? Wie leicht ich in die Falle fiel. Und ich hätte doch wissen müssen, daß dieser Dritte, der durch alle Leben und Literaturen geht, dieses Gespenst eines Dritten, der nie gewesen ist, keine Bedeutung hat, daß man ihn leugnen muß. Er gehört zu den Vorwänden der Natur, welche immer bemüht ist, von ihren tiefsten Geheimnissen die Aufmerksamkeit der Menschen abzulenken. Er ist der Wandschirm, hinter dem ein Drama sich abspielt. Er ist der Lärm am Eingang zu der stimmlosen Stille eines wirklichen Konfliktes. Man möchte meinen, es wäre allen bisher zu schwer gewesen, von den zweien zu reden, um die es sich handelt; der Dritte, gerade weil er so unwirklich ist, ist das Leichte der Aufgabe, ihn konnten sie alle. Gleich am Anfang ihrer Dramen merkt man die Ungeduld, zu dem Dritten zu kommen, sie können ihn kaum erwarten. Sowie er da ist, ist alles gut. Aber wie langweilig, wenn er sich verspätet, es kann rein nichts geschehen ohne ihn, alles steht, stockt, wartet. Ja und wie, wenn es bei diesem Stauen und Anstehn bliebe? Wie, Herr Dramatiker, und du, Publikum, welches das Leben kennt, wie, wenn er verschollen wäre, dieser beliebte Lebemann oder dieser anmaßende junge Mensch, der in allen Ehen schließt wie ein Nachschlüssel? Wie, wenn ihn, zum Beispiel, der Teufel geholt hätte? Nehmen wir's an. Man merkt auf einmal die künstliche Leere der Theater, sie werden vermauert wie gefährliche Löcher, nur die Motten aus den Logenrändern taumeln durch den haltlosen Hohlraum. Die Dramatiker genießen nicht mehr ihre Villenviertel. Alle öffentlichen Aufpassereien suchen für sie in entlegenen Weltteilen nach dem Unersetzlichen, der die Handlung selbst war.

Und dabei leben sie unter den Menschen, nicht diese «Dritten», aber die zwei, von denen so unglaublich viel zu sagen wäre, von denen noch nie etwas gesagt worden ist, obwohl sie leiden und handeln und sich nicht zu helfen wissen.

Es ist lächerlich. Ich sitze hier in meiner kleinen Stube, ich, Brigge, der achtundzwanzig Jahre alt geworden ist und von dem niemand weiß. Ich sitze hier und bin nichts. Und dennoch, dieses Nichts fängt an zu denken und denkt, fünf Treppen hoch, an einem grauen Pariser Nachmittag diesen Gedanken: Ist es möglich, denkt es, daß man noch nichts Wirkliches und Wichtiges gesehen, erkannt und gesagt hat? Ist es möglich, daß man Jahrtausende Zeit gehabt hat, zu schauen, nachzudenken und aufzuzeichnen, und daß man die Jahrtausende hat vergehen lassen wie eine Schulpause, in der man sein Butterbrot ißt und einen Apfel?

Ja, es ist möglich.

Ist es möglich, daß man trotz Erfindungen und Fortschritten, trotz Kultur, Religion und Weltweisheit an der Oberfläche des Lebens geblieben ist? Ist es möglich, daß man sogar diese Oberfläche, die doch immerhin etwas gewesen wäre, mit einem unglaublich langweiligen Stoff überzogen hat, so daß sie aussieht wie die Salonmöbel in den Sommerferien?

Ja, es ist möglich.

Ist es möglich, daß die ganze Weltgeschichte mißverstanden worden ist? Ist es möglich, daß die Vergangenheit falsch ist, weil man immer von ihren Massen gesprochen hat, gerade als ob man von einem Zusammenlauf vieler Menschen erzählte, statt von dem *einen* zu sagen, um den sie herumstanden, weil er fremd war und starb?

Ja, es ist möglich.

Ist es möglich, daß man glaubte, nachholen zu müssen, was sich ereignet hat, ehe man geboren war? Ist es möglich, daß man jeden erinnern müßte, er sei ja aus allen Früheren entstanden, wüßte es also und sollte sich nichts einreden lassen von den anderen, die anderes wüßten?

Ja, es ist möglich.

Ist es möglich, daß alle diese Menschen eine Vergangenheit, die nie gewesen ist, ganz genau kennen? Ist es möglich, daß alle Wirklichkeiten nichts sind für sie; daß ihr Leben abläuft, mit nichts verknüpft, wie eine Uhr in einem leeren Zimmer –?

Ja, es ist möglich.

Ist es möglich, daß man von den Mädchen nichts weiß, die doch leben? Ist es möglich, daß man «die Frauen» sagt, «die Kinder», «die Knaben» und nicht ahnt (bei aller Bildung nicht ahnt), daß diese Worte längst keine Mehrzahl mehr haben, sondern nur unzählige Einzahlen?

Ja, es ist möglich.

Ist es möglich, daß es Leute gibt, welche «Gott» sagen und meinen, das wäre etwas Gemeinsames? – Und sieh nur zwei Schulkinder: es kauft sich der eine ein Messer, und sein Nachbar kauft sich ein ganz gleiches am selben Tag. Und sie zeigen einander nach einer Woche die beiden Messer, und es ergibt sich, daß sie sich nur noch ganz entfernt ähnlich sehen, – so verschieden haben sie sich in verschiedenen Händen entwickelt. («Ja», sagt des einen Mutter dazu, «wenn ihr auch gleich immer alles abnutzen müßt.») Ach so: ist es möglich, zu glauben, man könne einen Gott haben, ohne ihn zu gebrauchen?

Ja, es ist möglich.

Wenn aber dieses alles möglich ist, auch nur einen Schein von Möglichkeit hat, – dann muß ja, um alles in der Welt, etwas geschehen. Der Nächstbeste, der, welcher diesen beunruhigenden Gedanken gehabt hat, muß anfangen, etwas von dem Versäumten zu tun; wenn es auch nur irgendeiner ist, durchaus nicht der Geeignetste: es ist eben kein anderer da. Dieser junge, belanglose Ausländer, Brigge, wird sich fünf Treppen hoch hinsetzen müssen und schreiben, Tag und Nacht. Ja, er wird schreiben müssen, das wird das Ende sein.

Zwölf Jahre oder höchstens dreizehn muß ich damals gewesen sein. Mein Vater hatte mich nach Urnekloster mitgenommen. Ich weiß nicht, was ihn veranlaßte, seinen Schwiegervater aufzusuchen. Die beiden Männer hatten sich jahrelang, seit dem Tode meiner Mutter, nicht gesehen, und mein Vater selbst war noch nie in dem alten Schlosse gewesen, in welches der Graf Brahe sich erst spät zurückgezogen hatte. Ich habe das merkwürdige Haus später nie wiedergesehen, das, als mein Großvater starb, in fremde Hände kam. So wie ich es in meiner kindlich gearbeiteten Erinnerung wiederfinde, ist es kein Gebäude; es ist ganz aufgeteilt in mir; da ein Raum, dort ein Raum und hier ein Stück Gang, das diese beiden Räume nicht verbindet, sondern für sich, als Fragment, aufbewahrt ist. In dieser Weise ist alles in mir verstreut, – die Zimmer, die Treppen, die mit so großer Umständlichkeit sich niederließen, und andere enge, rundgebaute Stiegen, in deren Dunkel man ging wie das Blut in den Adern; die Turmzimmer, die hoch aufgehängten Balkone, die unerwarteten Altane, auf die man von einer kleinen Tür hinausgedrängt wurde: alles das ist noch in mir und wird nie aufhören, in mir zu sein. Es ist, als wäre das Bild dieses Hauses aus unendlicher Höhe in mich hineingestürzt und auf einem Grunde zerschlagen.

Ganz erhalten ist in meinem Herzen, so scheint es mir, nur jener Saal, in dem wir uns zum Mittagessen zu versammeln pflegten, jeden Abend um sieben Uhr. Ich habe diesen Raum niemals bei Tage gesehen, ich erinnere mich nicht einmal, ob er Fenster hatte und wohin sie aussahen; jedesmal, sooft die Familie eintrat, brannten die Kerzen in den schweren Armleuchtern, und man vergaß in einigen Minuten die Tageszeit und alles, was man draußen gesehen hatte. Dieser hohe, wie ich vermute, gewölbte Raum war stärker als alles; er saugte mit seiner dunkelnden Höhe, mit seinen niemals ganz aufgeklärten Ecken alle Bilder aus einem heraus, ohne einem einen bestimmten Ersatz dafür zu geben. Man saß da wie aufgelöst; völlig ohne Willen, ohne Besinnung, ohne Lust, ohne Abwehr. Man war wie eine leere Stelle. Ich erinnere mich, daß dieser vernichtende Zustand mir zuerst fast Übelkeit verursachte, eine Art Seekrankheit, die ich nur dadurch überwand, daß ich mein Bein ausstreckte, bis ich mit dem Fuß das Knie meines Vaters berührte, der mir gegenübersaß. Erst später fiel es mir auf, daß er dieses merkwürdige Benehmen zu begreifen oder doch zu dulden schien, obwohl zwischen uns ein fast kühles Verhältnis bestand, aus dem ein solches Gebaren nicht erklärlich war. Es war indessen jene leise Berührung, welche mir die Kraft gab, die langen Mahlzeiten auszuhalten. Und nach einigen Wochen krampfhaften Ertragens hatte ich, mit der fast unbegrenzten Anpassung des Kindes, mich so sehr an das Unheimliche jener Zusammenkünfte gewöhnt, daß es mich keine Anstrengung mehr kostete, zwei Stunden bei Tische zu sitzen; jetzt vergingen sie sogar verhältnismäßig schnell, weil ich mich damit beschäftigte, die Anwesenden zu beobachten.

Mein Großvater nannte es die Familie, und ich hörte auch die andern diese Bezeichnung gebrauchen, die ganz willkürlich war. Denn obwohl diese vier Menschen miteinander in entfernten verwandtschaftlichen Beziehungen standen, so gehörten sie doch in keiner Weise zusammen. Der Oheim, welcher neben mir saß, war ein alter Mann, dessen hartes und verbranntes Gesicht einige schwarze Flecke zeigte, wie ich erfuhr, die Folgen einer explodierten Pulverladung; mürrisch und malkontent, wie er war, hatte er als Major seinen Abschied genommen, und nun machte er in einem mir unbekannten Raum des Schlosses alchimistische Versuche, war auch, wie ich die Diener sagen hörte, mit einem Stockhause in Verbindung, von wo man ihm ein- oder zweimal jährlich Leichen zusandte, mit denen er sich Tage und Nächte einschloß und die er zerschnitt und auf eine geheimnisvolle Art zubereitete, so daß sie der Verwesung widerstanden. Ihm gegenüber war der Platz des Fräuleins Mathilde Brahe. Es war das eine Person von unbestimmtem Alter, eine entfernte Cousine meiner Mutter, von der nichts bekannt war, als daß sie eine sehr rege Korrespondenz mit einem österreichischen Spiritisten unterhielt, der sich Baron Nolde nannte und dem sie vollkommen ergeben war, so daß sie nicht das geringste unternahm, ohne vorher seine Zustimmung oder vielmehr etwas wie seinen Segen einzuholen. Sie war zu jener Zeit außerordentlich stark, von einer weichen, trägen Fülle, die gleichsam achtlos in ihre losen, hellen Kleider hineingegossen war; ihre Bewegungen waren müde und unbestimmt, und ihre Augen flossen beständig über. Und trotzdem war etwas in ihr, das mich an meine zarte und schlanke Mutter erinnerte. Ich fand, je länger ich sie betrachtete, alle die feinen und leisen Züge in ihrem Gesichte, an die ich mich seit meiner Mutter Tode nie mehr recht hatte erinnern können; nun erst, seit ich Mathilde Brahe täglich sah, wußte ich wieder, wie die Verstorbene ausgesehen hatte; ja, ich wußte es vielleicht zum erstenmal. Nun erst setzte sich aus hundert und hundert Einzelheiten ein Bild der Toten in mir zusammen, jenes Bild, das mich überall begleitet. Später ist es mir klargeworden, daß in dem Gesicht des Fräuleins Brahe wirklich alle Einzelheiten vorhanden waren, die die Züge meiner Mutter bestimmten, – sie waren nur, als ob ein fremdes Gesicht sich dazwischengeschoben hätte, auseinandergedrängt, verbogen und nicht mehr in Verbindung miteinander.

Neben dieser Dame saß der kleine Sohn einer Cousine, ein Knabe, etwa gleichaltrig mit mir, aber kleiner und schwächlicher. Aus einer gefältelten Krause stieg sein dünner, blasser Hals und verschwand unter einem langen Kinn. Seine Lippen waren schmal und fest geschlossen, seine Nasenflügel zitterten leise, und von seinen schönen dunkelbraunen Augen war nur das eine beweglich. Es blickte manchmal ruhig und traurig zu mir herüber, während das andere immer in dieselbe Ecke gerichtet blieb, als wäre es verkauft und käme nicht mehr in Betracht.

Am oberen Ende der Tafel stand der ungeheure Lehnsessel meines Großvaters, den ein Diener, der nichts anderes zu tun hatte, ihm unterschob und in dem der Greis nur einen geringen Raum einnahm. Es gab Leute, die diesen schwerhörigen und herrischen alten Herrn Exzellenz und Hofmarschall nannten, andere gaben ihm den Titel General. Und er besaß gewiß auch alle diese Würden, aber es war so lange her, seit er Ämter bekleidet hatte, daß diese Benennungen kaum mehr verständlich waren. Mir schien es überhaupt, als ob an seiner in gewissen Momenten so scharfen und doch immer wieder aufgelösten Persönlichkeit kein bestimmter Name haften könne. Ich konnte mich nie entschließen, ihn Großvater zu nennen, obwohl er bisweilen freundlich zu mir war, ja mich sogar zu sich rief, wobei er meinem Namen eine scherzhafte Betonung zu geben versuchte. Übrigens zeigte die ganze Familie ein aus Ehrfurcht und Scheu gemischtes Benehmen dem Grafen gegenüber, nur der kleine Erik lebte in einer gewissen Vertraulichkeit mit dem greisen Hausherrn; sein bewegliches Auge hatte zuzeiten rasche Blicke des Einverständnisses mit ihm, die ebenso rasch von dem Großvater erwidert wurden; auch konnte man sie zuweilen in den langen Nachmittagen am Ende der tiefen Galerie auftauchen sehen und beobachten, wie sie, Hand in Hand, die dunklen alten Bildnisse entlang gingen, ohne zu sprechen, offenbar auf eine andere Weise sich verständigend.

Ich befand mich fast den ganzen Tag im Parke und draußen in den Buchenwäldern oder auf der Heide; und es gab zum Glück Hunde auf Urnekloster, die mich begleiteten; es gab da und dort ein Pächterhaus oder einen Maierhof, wo ich Milch und Brot und Früchte bekommen konnte, und ich glaube, daß ich meine Freiheit ziemlich sorglos genoß, ohne mich, wenigstens in den folgenden Wochen, von dem Gedanken an die abendlichen Zusammenkünfte ängstigen zu lassen. Ich sprach fast mit niemandem, denn es war meine Freude, einsam zu sein; nur mit den Hunden hatte ich kurze Gespräche dann und wann: mit ihnen verstand ich mich ausgezeichnet. Schweigsamkeit war übrigens eine Art Familieneigenschaft; ich kannte sie von meinem Vater her, und es wunderte mich nicht, daß während der Abendtafel fast nichts gesprochen wurde.

In den ersten Tagen nach unserer Ankunft allerdings benahm sich Mathilde Brahe äußerst gesprächig. Sie fragte den Vater nach früheren Bekannten in ausländischen Städten, sie erinnerte sich entlegener Eindrücke, sie rührte sich selbst bis zu Tränen, indem sie verstorbener Freundinnen und eines gewissen jungen Mannes gedachte, von dem sie andeutete, daß er sie geliebt habe, ohne daß sie seine inständige und hoffnungslose Neigung hätte erwidern mögen. Mein Vater hörte höflich zu, neigte dann und wann zustimmend sein Haupt und antwortete nur das Nötigste. Der Graf, oben am Tisch, lächelte beständig mit herabgezogenen Lippen, sein Gesicht erschien größer als sonst, es war, als trüge er eine Maske. Er ergriff übrigens selbst manchmal das Wort, wobei seine Stimme sich auf niemanden bezog, aber, obwohl sie sehr leise war, doch im ganzen Saal gehört werden konnte;

sie hatte etwas von dem gleichmäßigen unbeteiligten Gang einer Uhr; die Stille um sie schien eine eigene leere Resonanz zu haben, für jede Silbe die gleiche.

Graf Brahe hielt es für eine besondere Artigkeit meinem Vater gegenüber, von dessen verstorbener Gemahlin, meiner Mutter, zu sprechen. Er nannte sie Gräfin Sibylle, und alle seine Sätze schlossen, als fragte er nach ihr. Ja, es kam mir, ich weiß nicht, weshalb, vor, als handle es sich um ein ganz junges Mädchen in Weiß, das jeden Augenblick bei uns eintreten könne. In demselben Tone hörte ich ihn auch von «unserer kleinen Anna Sophie» reden. Und als ich eines Tages nach diesem Fräulein fragte, das dem Großvater besonders lieb zu sein schien, erfuhr ich, daß er des Großkanzlers Conrad Reventlow Tochter meinte, weiland Friedrichs des Vierten Gemahlin zur linken Hand, die seit nahezu anderthalbhundert Jahren zu Roskilde ruhte.[3] Die Zeitfolgen spielten durchaus keine Rolle für ihn, der Tod war ein kleiner Zwischenfall, den er vollkommen ignorierte, Personen, die er einmal in seine Erinnerung aufgenommen hatte, existierten, und daran konnte ihr Absterben nicht das geringste ändern. Mehrere Jahre später, nach dem Tode des alten Herrn, erzählte man sich, wie er auch das Zukünftige mit demselben Eigensinn als gegenwärtig empfand. Er soll einmal einer gewissen jungen Frau von ihren Söhnen gesprochen haben, von den Reisen eines dieser Söhne insbesondere, während die junge Dame, eben im dritten Monate ihrer ersten Schwangerschaft, fast besinnungslos vor Entsetzen und Furcht neben dem unablässig redenden Alten saß.

Aber es begann damit, daß ich lachte. Ja, ich lachte laut, und ich konnte mich nicht beruhigen. Eines Abends fehlte nämlich Mathilde Brahe. Der alte, fast ganz erblindete Bediente hielt, als er zu ihrem Platze kam, dennoch die Schüssel anbietend hin. Eine Weile verharrte er so; dann ging er, befriedigt und würdig und als ob alles in Ordnung wäre, weiter. Ich hatte diese Szene beobachtet, und sie kam mir, im Augenblick, da ich sie sah, durchaus nicht komisch vor. Aber eine Weile später, als ich eben einen Bissen in den Mund steckte, stieg mir das Gelächter mit solcher Schnelligkeit in den Kopf, daß ich mich verschluckte und großen Lärm verursachte. Und trotzdem diese Situation mir selber lästig war, trotzdem ich mich auf alle mögliche Weise anstrengte, ernst zu sein, kam das Lachen stoßweise immer wieder und behielt völlig die Herrschaft über mich.

Mein Vater, gleichsam um mein Benehmen zu verdecken, fragte mit seiner breiten gedämpften Stimme: «Ist Mathilde krank?» Der Großvater lächelte in seiner Art und antwortete dann mit einem Satze, auf den ich, mit mir selber beschäftigt, nicht achtgab und der etwa lautete: Nein, sie wünscht nur, Christinen nicht zu begegnen. Ich sah es also auch nicht als die Wirkung dieser Worte an, daß mein Nachbar, der braune Major, sich erhob und, mit einer undeutlich gemurmelten Entschuldigung und einer Verbeugung gegen den Grafen hin, den Saal verließ. Es fiel mir nur auf, daß er sich hinter dem Rücken des Hausherrn in der Tür nochmals umdrehte und dem kleinen Erik und zu meinem größten Erstaunen plötzlich auch mir winkende und nickende Zeichen machte, als forderte er uns auf, ihm zu folgen. Ich war so überrascht, daß mein Lachen aufhörte, mich zu bedrängen. Im übrigen schenkte ich dem Major weiter keine Aufmerksamkeit; er war mir unangenehm, und ich bemerkte auch, daß der kleine Erik ihn nicht beachtete.

Die Mahlzeit schleppte sich weiter wie immer, und man war gerade beim Nachtisch angelangt, als meine Blicke von einer Bewegung ergriffen und mitgenommen wurden, die im Hintergrund des Saales, im Halbdunkel, vor sich ging. Dort war nach und nach eine, wie ich meinte, stets verschlossene Türe, von welcher man mir gesagt hatte, daß sie in das Zwischengeschoß führe, aufgegangen, und jetzt, während ich mit einem mir ganz neuen Gefühl von Neugier und Bestürzung hinsah, trat in das Dunkel der Türöffnung eine schlanke, hellgekleidete Dame und kam langsam auf uns zu. Ich weiß nicht, ob ich eine Bewegung machte oder einen Laut von mir gab, der Lärm eines umstürzenden Stuhles zwang mich, meine Blicke von der merkwürdigen Gestalt abzureißen, und ich sah meinen Vater, der aufgesprungen war und nun, totenbleich im Gesicht, mit herabhängenden geballten Händen auf die Dame zuging. Sie bewegte sich indessen, von dieser Szene ganz unberührt, auf uns zu, Schritt für Schritt, und sie war schon nicht mehr weit von dem Platze des Grafen, als dieser sich mit einem Ruck erhob, meinen Vater beim Arme faßte, ihn an den Tisch zurückzog und festhielt, während die fremde Dame, langsam und teilnahmslos, durch den nun frei gewordenen Raum vorüberging, Schritt für Schritt, durch unbeschreibliche Stille, in der nur irgendwo ein Glas zitternd klirrte, und in einer Tür der gegenüberliegenden Wand des Saales verschwand.

In diesem Augenblick bemerkte ich, daß es der kleine Erik war, der mit einer tiefen Verbeugung diese Türe hinter der Fremden schloß.

Ich war der einzige, der am Tische sitzengeblieben war; ich hatte mich so schwer gemacht in meinem Sessel, mir schien, ich könnte allein nie wieder auf. Eine Weile sah ich, ohne zu sehen. Dann fiel mir mein Vater ein, und ich gewahrte, daß der Alte ihn noch immer am Arme festhielt. Das Gesicht meines Vaters war jetzt zornig, voller Blut, aber der Großvater, dessen Finger wie eine weiße Kralle meines Vaters Arm umklammerten, lächelte sein maskenhaftes Lächeln. Ich hörte dann, wie er etwas sagte, Silbe für Silbe, ohne daß ich den Sinn seiner Worte verstehen konnte. Dennoch fielen sie mir tief ins Gehör, denn vor etwa zwei Jahren fand ich sie eines Tages unten in meiner Erinnerung, und seither weiß ich sie. Er sagte: «Du bist heftig, Kammerherr, und unhöflich. Was läßt du die Leute nicht an ihre Beschäftigungen gehn?» – «Wer ist das?» schrie mein Vater dazwischen. «Jemand, der wohl das Recht hat, hier zu sein. Keine Fremde. Christine Brahe.» – Da entstand wieder jene merkwürdig dünne Stille, und wieder fing das Glas an zu zittern. Dann aber riß sich mein Vater mit einer Bewegung los und stürzte aus dem Saale.

Ich hörte ihn die ganze Nacht in seinem Zimmer auf und ab gehen; denn auch ich konnte nicht schlafen. Aber plötzlich gegen Morgen erwachte ich doch aus irgend etwas Schlafähnlichem und sah mit einem Entsetzen, das mich bis ins Herz hinein lähmte, etwas Weißes, das an meinem Bette saß. Meine Verzweiflung gab mir schließlich die Kraft, den Kopf unter die Decke zu stecken, und dort begann ich aus Angst und Hilflosigkeit zu weinen. Plötzlich wurde es kühl und hell über meinen weinenden Augen; ich drückte sie, um nichts sehen zu müssen, über den Tränen zu. Aber die Stimme, die nun von ganz nahe auf mich einsprach, kam lau und süßlich an mein Gesicht, und ich erkannte sie: es war Fräulein Mathildes Stimme. Ich beruhigte mich sofort und ließ mich trotzdem, auch als ich schon ganz ruhig war, immer noch weiter trösten; ich fühlte zwar, daß diese Güte zu weichlich sei, aber ich genoß sie dennoch und meinte sie irgendwie verdient zu haben. «Tante», sagte ich schließlich und versuchte in ihrem zerflossenen Gesicht die Züge meiner Mutter zusammenzufassen: «Tante, wer war die Dame?»

«Ach», antwortete das Fräulein Brahe mit einem Seufzer, der mir komisch vorkam, «eine Unglückliche, mein Kind, eine Unglückliche.»

Am Morgen dieses Tages bemerkte ich in einem Zimmer einige Bediente, die mit Packen beschäftigt waren. Ich dachte, daß wir reisen würden, ich fand es ganz natürlich, daß wir nun reisten. Vielleicht war das auch meines Vaters Absicht. Ich habe nie erfahren, was ihn bewog, nach jenem Abend noch auf Urnekloster zu bleiben. Aber wir reisten nicht. Wir hielten uns noch acht Wochen oder neun in diesem Hause auf, wir ertrugen den Druck seiner Seltsamkeiten, und wir sahen noch dreimal Christine Brahe.

Ich wußte damals nichts von ihrer Geschichte. Ich wußte nicht, daß sie vor langer, langer Zeit in ihrem zweiten Kindbett gestorben war, einen Knaben gebärend, der zu einem bangen und grausamen Schicksal heranwuchs, – ich wußte nicht, daß sie eine Gestorbene war. Aber mein Vater wußte es. Hatte er, der leidenschaftlich war und auf Konsequenz und Klarheit angelegt, sich zwingen wollen, in Fassung und ohne zu fragen, dieses Abenteuer auszuhalten? Ich sah, ohne zu begreifen, wie er mit sich kämpfte, ich erlebte es, ohne zu verstehen, wie er sich endlich bezwang.

Das war, als wir Christine Brahe zum letztenmal sahen. Dieses Mal war auch Fräulein Mathilde zu Tische erschienen; aber sie war anders als sonst. Wie in den ersten Tagen nach unserer Ankunft sprach sie unaufhörlich ohne bestimmten Zusammenhang und fortwährend sich verwirrend, und dabei war eine körperliche Unruhe in ihr, die sie nötigte, sich beständig etwas am Haar oder am Kleide zu richten, – bis sie unvermutet mit einem hohen klagenden Schrei aufsprang und verschwand.

In demselben Augenblick wandten sich meine Blicke unwillkürlich nach der gewissen Türe, und wirklich: Christine Brahe trat ein. Mein Nachbar, der Major, machte eine heftige, kurze Bewegung, die sich in meinen Körper fortpflanzte, aber er hatte offenbar keine Kraft mehr, sich zu erheben. Sein braunes, altes, fleckiges Gesicht wendete sich von einem zum andern, sein Mund stand offen, und die Zunge wand sich hinter den verdorbenen Zähnen; dann auf einmal war dieses Gesicht fort, und sein grauer Kopf lag auf dem Tische, und seine Arme lagen wie in Stücken darüber und darunter, und irgendwo kam eine welke, fleckige Hand hervor und bebte.

Und nun ging Christine Brahe vorbei, Schritt für Schritt, langsam wie eine Kranke, durch unbeschreibliche Stille, in die nur ein einziger wimmernder Laut hineinklang wie der eines alten Hundes. Aber da schob sich links von dem großen silbernen Schwan, der mit Narzissen gefüllt war, die große Maske des Alten hervor mit ihrem grauen Lächeln. Er hob sein Weinglas meinem Vater zu. Und nun sah ich, wie mein Vater, gerade als Christine Brahe hinter seinem Sessel vorüberkam, nach seinem Glase griff und es wie etwas sehr Schweres eine Handbreit über den Tisch hob.

Und noch in dieser Nacht reisten wir.

Bibliothèque Nationale

Ich sitze und lese einen Dichter. Es sind viele Leute im Saal, aber man spürt sie nicht. Sie sind in den Büchern. Manchmal bewegen sie sich in den Blättern wie Menschen, die schlafen und sich umwenden zwischen zwei Träumen. Ach, wie gut ist es doch, unter lesenden Menschen zu sein. Warum sind sie nicht immer so? Du kannst hingehen zu einem und ihn leise anrühren: er fühlt nichts. Und stößt du einen Nachbar beim Aufstehen ein wenig an und entschuldigst dich, so nickt er nach der Seite, auf der er deine

Stimme hört, sein Gesicht wendet sich dir zu und sieht dich nicht, und sein Haar ist wie das Haar eines Schlafenden. Wie wohl das tut. Und ich sitze und habe einen Dichter. Was für ein Schicksal. Es sind jetzt vielleicht dreihundert Leute im Saale, die lesen; aber es ist unmöglich, daß sie jeder einzelne einen Dichter haben. (Weiß Gott, was sie haben.) Dreihundert Dichter gibt es nicht. Aber sieh nur, was für ein Schicksal, ich, vielleicht der armseligste von diesen Lesenden, ein Ausländer: ich habe einen Dichter. Obwohl ich arm bin. Obwohl mein Anzug, den ich täglich trage, anfängt, gewisse Stellen zu bekommen, obwohl gegen meine Schuhe sich das und jenes einwenden ließe. Zwar mein Kragen ist rein, meine Wäsche auch, und ich könnte, wie ich bin, in eine beliebige Konditorei gehen, womöglich auf den großen Boulevards, und könnte mit meiner Hand getrost in einen Kuchenteller greifen und etwas nehmen. Man würde nichts Auffälliges darin finden und mich nicht schelten und hinausweisen, denn es ist immerhin eine Hand aus den guten Kreisen, eine Hand, die vier- bis fünfmal täglich gewaschen wird. Ja, es ist nichts hinter den Nägeln, der Schreibfinger ist ohne Tinte, und besonders die Gelenke sind tadellos. Bis dorthin waschen arme Leute sich nicht, das ist eine bekannte Tatsache. Man kann also aus ihrer Reinlichkeit gewisse Schlüsse ziehen. Man zieht sie auch. In den

Geschäften zieht man sie. Aber es gibt doch ein paar Existenzen, auf dem Boulevard Saint-Michel zum Beispiel und in der Rue Racine, die lassen sich nicht irremachen, die pfeifen auf die Gelenke. Die sehen mich an und wissen es. Die wissen, daß ich eigentlich zu ihnen gehöre, daß ich nur ein bißchen Komödie spiele. Es ist ja Fasching. Und sie wollen mir den Spaß nicht verderben; sie grinsen nur so ein bißchen und zwinkern mit den Augen. Kein Mensch hats gesehen. Im übrigen behandeln sie mich wie einen Herrn. Es muß nur jemand in der Nähe sein, dann tun sie sogar untertänig. Tun, als ob ich einen Pelz anhätte und mein Wagen hinter mir herführe. Manchmal gebe ich ihnen zwei Sous und zittere, sie könnten sie abweisen; aber sie nehmen sie an. Und es wäre alles in Ordnung, wenn sie nicht wieder ein wenig gegrinst und gezwinkert hätten. Wer sind diese Leute? Was wollen sie von mir? Warten sie auf mich? Woran erkennen sie mich? Es ist wahr, mein Bart sieht etwas vernachlässigt aus, und ein ganz, ganz klein wenig erinnert er an ihre kranken, alten, verblichenen Bärte, die mir immer Eindruck gemacht haben. Aber habe ich nicht das Recht, meinen Bart zu vernachlässigen? Viele beschäftigte Menschen tun das, und es fällt doch niemandem ein, sie deshalb gleich zu den Fortgeworfenen zu zählen. Denn das ist mir klar, daß das die Fortgeworfenen sind, nicht nur Bettler; nein, es sind eigentlich keine Bettler, man muß Unterschiede machen. Es sind Abfälle, Schalen von Menschen, die das Schicksal ausgespien hat. Feucht vom Speichel des Schicksals kleben sie an einer Mauer, an einer Laterne, an einer Plakatsäule, oder sie rinnen langsam die Gasse herunter mit einer dunklen, schmutzigen Spur hinter sich her. Was in aller Welt wollte diese Alte von mir, die, mit einer Nachttischschublade, in der einige Knöpfe und Nadeln herumrollten, aus irgendeinem Loch herausgekrochen war? Weshalb ging sie immer neben mir und beobachtete mich? Als ob sie versuchte, mich zu erkennen mit ihren Triefaugen, die aussahen, als hätte ihr ein Kranker grünen Schleim in die blutigen Lider gespuckt. Und wie kam damals jene graue, kleine Frau dazu, eine Viertelstunde lang vor einem Schaufenster an meiner Seite zu stehen, während sie mir einen alten, langen Bleistift zeigte, der unendlich langsam aus ihren schlechten, geschlossenen Händen sich herausschob? Ich tat, als betrachtete ich die ausgelegten Sachen und merkte nichts. Sie aber wußte, daß ich sie gesehen hatte, sie wußte, daß ich stand und nachdachte, was sie eigentlich täte. Denn daß es sich nicht um den Bleistift handeln konnte, begriff ich wohl: ich fühlte, daß das ein Zeichen war, ein Zeichen für Eingeweihte, ein Zeichen, das die Fortgeworfenen kennen; ich ahnte, sie bedeutete mir, ich müßte irgendwohin kommen oder etwas tun. Und das Seltsamste war, daß ich immerfort das Gefühl nicht los wurde, es bestünde tatsächlich eine gewisse Verabredung, zu der dieses Zeichen gehörte, und diese Szene wäre im Grunde etwas, was ich hätte erwarten müssen.

Das war vor zwei Wochen. Aber nun vergeht fast kein Tag ohne eine solche Begegnung. Nicht nur in der Dämmerung, am Mittag in den dichtesten Straßen geschieht es, daß plötzlich ein kleiner Mann oder eine alte Frau da ist, nickt, mir etwas zeigt und wieder verschwindet, als wäre nun alles Nötige getan. Es ist möglich, daß es ihnen eines Tages einfällt, bis in meine Stube zu kommen, sie wissen bestimmt, wo ich wohne, und sie werden es schon einrichten, daß der Concierge sie nicht aufhält. Aber hier, meine Lieben, hier bin ich sicher vor euch. Man muß eine besondere Karte haben, um in diesen Saal eintreten zu können. Diese Karte habe ich vor euch voraus. Ich gehe ein wenig scheu, wie man sich denken kann, durch die Straßen, aber schließlich stehe ich vor einer Glastür, öffne sie, als ob ich zu Hause wäre, weise an der nächsten Tür meine Karte vor (ganz genau wie ihr mir eure Dinge zeigt, nur mit dem Unterschiede, daß man mich versteht und begreift, was ich meine), und dann bin ich zwischen diesen Büchern, bin euch weggenommen, als ob ich gestorben wäre, und sitze und lese einen Dichter.

Ihr wißt nicht, was das ist, ein Dichter? – Verlaine... Nichts? Keine Erinnerung? Nein. Ihr habt ihn nicht unterschieden unter denen, die ihr kanntet? Unterschiede macht ihr keine, ich weiß. Aber es ist ein anderer Dichter, den ich lese, einer, der nicht in Paris wohnt, ein ganz anderer. Einer, der ein stilles Haus hat im Gebirge. Der klingt wie eine Glocke in reiner Luft. Ein glücklicher Dichter[4], der von seinem Fenster erzählt und von den Glastüren seines Bücherschrankes, die eine liebe, einsame Weite nachdenklich spiegeln. Gerade der Dichter ist es, der ich hätte werden wollen; denn er weiß von den Mädchen so viel, und ich hätte auch viel von ihnen gewußt. Er weiß von Mädchen, die vor hundert Jahren gelebt haben; es tut nichts mehr, daß sie tot sind, denn er weiß alles. Und das ist die Hauptsache. Er spricht ihre Namen aus, diese leisen, schlankgeschriebenen Namen mit den altmodischen Schleifen in den langen Buchstaben und die erwachsenen Namen ihrer älteren Freundinnen, in denen schon ein klein wenig Schicksal mitklingt, ein klein wenig Enttäuschung und Tod. Vielleicht liegen in einem Fach seines Mahagonischreibtisches ihre verblichenen Briefe und die gelösten Blätter ihrer Tagebücher, in denen Geburtstage stehen, Sommerpartien, Geburtstage. Oder es kann sein, daß es in der bauchigen Kommode im Hintergrunde seines Schlafzimmers eine Schublade gibt, in der ihre

Frühjahrskleider aufgehoben sind; weiße Kleider, die um Ostern zum erstenmal angezogen wurden, Kleider aus getupftem Tüll, die eigentlich in den Sommer gehören, den man nicht erwarten konnte. Oh, was für ein glückliches Schicksal, in der stillen Stube eines ererbten Hauses zu sitzen unter lauter ruhigen, seßhaften Dingen und draußen im leichten, lichtgrünen Garten die ersten Meisen zu hören, die sich versuchen, und in der Ferne die Dorfuhr. Zu sitzen und auf einen warmen Streifen Nachmittagssonne zu sehen und vieles von vergangenen Mädchen zu wissen und ein Dichter zu sein. Und zu denken, daß ich auch so ein Dichter geworden wäre, wenn ich irgendwo hätte wohnen dürfen, irgendwo auf der Welt, in einem von den vielen verschlossenen Landhäusern, um die sich niemand bekümmert. Ich hätte ein einziges Zimmer gebraucht (das lichte Zimmer im Giebel). Da hätte ich drinnen gelebt mit meinen alten Dingen, den Familienbildern, den Büchern. Und einen Lehnstuhl hätte ich gehabt und Blumen und Hunde und einen starken Stock für die steinigen Wege. Und nichts sonst. Nur ein Buch in gelbliches, elfenbeinfarbiges Leder gebunden mit einem alten blumigen Muster als Vorsatz: dahinein hätte ich geschrieben. Ich hätte viel geschrieben, denn ich hätte viele Gedanken gehabt und Erinnerungen von vielen.

Aber es ist anders gekommen, Gott wird wissen, warum. Meine alten Möbel faulen in einer Scheune, in die ich sie habe stellen dürfen, und ich selbst, ja, mein Gott, ich habe kein Dach über mir, und es regnet mir in die Augen.

Manchmal gehe ich an kleinen Läden vorbei in der Rue de Seine etwa. Händler mit Altsachen oder kleine Buchantiquare oder Kupferstichverkäufer mit überfüllten Schaufenstern. Nie tritt jemand bei ihnen ein, sie machen offenbar keine Geschäfte. Sieht man aber hinein, so sitzen sie, sitzen und lesen, unbesorgt; sorgen nicht um morgen, ängstigen sich nicht um ein Gelingen, haben einen Hund, der vor ihnen sitzt, gut aufgelegt, oder eine Katze, die die Stille noch größer macht, indem sie die Bücherreihen entlang streicht, als wischte sie die Namen von den Rücken.

Ach, wenn das genügte: ich wünschte manchmal, mir so ein volles Schaufenster zu kaufen und mich mit einem Hund dahinterzusetzen für zwanzig Jahre.

Es ist gut, es laut zu sagen: «Es ist nichts geschehen.» Noch einmal: «Es ist nichts geschehen.» Hilft es?

Daß mein Ofen wieder einmal geraucht hat und ich ausgehen mußte, das ist doch wirklich kein Unglück. Daß ich mich matt und erkältet fühle, hat nichts zu bedeuten. Daß ich den ganzen Tag in den Gassen umhergelaufen bin, ist meine eigene Schuld. Ich hätte ebensogut im Louvre sitzen können. Oder nein, das hätte ich nicht. Dort sind gewisse Leute, die sich wärmen wollen. Sie sitzen auf den Samtbänken, und ihre Füße stehen wie große leere Stiefel nebeneinander auf den Gittern der Heizungen. Es sind äußerst bescheidene Männer, die dankbar sind, wenn die Diener in den dunklen Uniformen mit den vielen Orden sie dulden. Aber wenn ich eintrete, so grinsen sie. Grinsen und nicken ein wenig. Und dann, wenn ich vor den Bildern hin und her gehe, behalten sie mich im Auge, immer im Auge, immer in diesem ungerührten, zusammengeflossenen Auge. Es war also gut, daß ich nicht ins Louvre gegangen bin. Ich bin immer unterwegs gewesen. Weiß der Himmel in wie vielen Städten, Stadtteilen, Friedhöfen, Brücken und Durchgängen. Irgendwo habe ich einen Mann gesehen, der einen Gemüsewagen vor sich herschob. Er schrie: *«Chou-fleur, chou-fleur»*, das *fleur* mit eigentümlich trübem *eu*. Neben ihm ging eine eckige, häßliche Frau, die ihn von Zeit zu Zeit anstieß. Und wenn sie ihn anstieß, so schrie er. Manchmal schrie er auch von selbst, aber dann war es umsonst gewesen, und er mußte gleich darauf wieder schreien, weil man vor einem Hause war, welches kaufte. Habe ich schon gesagt, daß er blind war? Nein? Also er war blind. Er war blind und schrie. Ich fälsche, wenn ich das sage, ich unterschlage den Wagen, den er schob, ich tue, als hätte ich nicht bemerkt, daß er Blumenkohl ausrief. Aber ist das wesentlich? Und wenn es auch wesentlich wäre, kommt es nicht darauf an, was die ganze Sache für mich gewesen ist? Ich habe einen alten Mann gesehen, der blind war und schrie. Das habe ich gesehen. Gesehen.

Wird man es glauben, daß es solche Häuser gibt? Nein, man wird sagen, ich fälsche. Diesmal ist es Wahrheit, nichts weggelassen, natürlich auch nichts hinzugetan. Woher sollte ich es nehmen? Man weiß, daß ich arm bin. Man weiß es. Häuser? Aber, um genau zu sein, es waren Häuser, die nicht mehr da waren. Häuser, die man abgebrochen hatte von oben bis unten. Was da war, das waren die anderen Häuser, die danebengestanden hatten, hohe Nachbarhäuser. Offenbar waren sie in Gefahr umzufallen, seit man nebenan alles weggenommen hatte; denn ein ganzes Gerüst von langen, geteerten Mastbäumen war schräg zwischen den Grund des Schuttplatzes und die bloßgelegte Mauer gerammt. Ich weiß nicht, ob ich schon gesagt habe, daß ich diese Mauer meine. Aber es war sozusagen nicht die erste Mauer der vorhandenen Häuser (was man doch hätte annehmen müssen), sondern die letzte der früheren. Man sah ihre Innenseite. Man sah in den verschiedenen Stockwerken Zimmerwände, an denen noch die Tapeten klebten, da und dort den Ansatz des Fußbodens oder

der Decke. Neben den Zimmerwänden blieb die ganze Mauer entlang noch ein schmutzig-weißer Raum, und durch diesen kroch in unsäglich widerlichen, wurmweichen, gleichsam verdauenden Bewegungen die offene, rostfleckige Rinne der Aborttröhre. Von den Wegen, die das Leuchtgas gegangen war, waren graue, staubige Spuren am Rande der Decken geblieben, und sie bogen da und dort, ganz unerwartet, rund um und kamen in die farbige Wand hineingelaufen und in ein Loch hinein, das schwarz und rücksichtslos ausgerissen war. Am unvergeßlichsten aber waren die Wände selbst. Das zähe Leben dieser Zimmer hatte sich nicht zertreten lassen. Es war noch da, es hielt sich an den Nägeln, die geblieben waren, es stand auf dem handbreiten Rest der Fußböden, es war unter den Ansätzen der Ecken, wo es noch ein klein wenig Innenraum gab, zusammengekrochen. Man konnte sehen, daß es in der Farbe war, die es langsam, Jahr um Jahr, verwandelt hatte: Blau in schimmliches Grün, Grün in Grau und Gelb in ein altes, abgestandenes Weiß, das fault. Aber es war auch in den frischeren Stellen, die sich hinter Spiegeln, Bildern und Schränken erhalten hatten; denn es hatte ihre Umrisse gezogen und nachgezogen und war mit Spinnen und Staub auch auf diesen versteckten Plätzen gewesen, die jetzt bloßlagen. Es war in jedem Streifen, der abgeschunden war, es war in den feuchten Blasen am unteren Rande der Tapeten, es schwankte in den abgerissenen Fetzen, und aus den garstigen Flecken, die vor langer Zeit entstanden waren, schwitzte es aus. Und aus diesen blau, grün und gelb gewesenen Wänden, die eingerahmt waren von den Bruchbahnen der zerstörten Zwischenmauern, stand die Luft dieser Leben heraus, die zähe, träge, stockige Luft, die kein Wind noch zerstreut hatte. Da standen die Mittage und die Krankheiten und das Ausgeatmete und der jahrealte Rauch und der Schweiß, der unter den Schultern ausbricht und die Kleider schwer macht, und das Fade aus den Munden und der Fuselgeruch gärender Füße. Da stand das Scharfe vom Urin und das Brennen vom Ruß und grauer Kartoffeldunst und der schwere, glatte Gestank von alterndem Schmalze. Der süße, lange Geruch von vernachlässigten Säuglingen war da und der Angstgeruch der Kinder, die in die Schule gehen, und das Schwüle aus den Betten mannbarer Knaben. Und vieles hatte sich dazugesellt, was von unten gekommen war, aus dem Abgrund der Gasse, die verdunstete, und anderes war von oben herabgesickert mit dem Regen, der über den Städten nicht rein ist. Und manches hatten die schwachen, zahm gewordenen Hauswinde, die immer in derselben Straße bleiben, zugetragen, und es war noch vieles da, wovon man den Ursprung nicht wußte. Ich habe doch gesagt, daß man alle Mauern abgebrochen hatte bis auf die letzte –? Nun, von dieser Mauer spreche ich fortwährend. Man wird sagen, ich hätte lange davorgestanden; aber ich will einen Eid geben dafür, daß ich zu laufen begann, sobald ich die Mauer erkannt hatte. Denn das ist das Schreckliche, daß ich sie erkannt habe. Ich erkenne das alles hier, und darum geht es so ohne weiteres in mich ein: es ist zu Hause in mir.

Ich war etwas erschöpft nach alledem, man kann wohl sagen angegriffen, und darum war es zuviel für mich, daß auch er noch auf mich warten mußte. Er wartete in der kleinen Crémerie, wo ich zwei Spiegeleier essen wollte; ich war hungrig, ich war den ganzen Tag nicht dazu gekommen zu essen. Aber ich konnte auch jetzt nichts zu mir nehmen; ehe die Eier noch fertig waren, trieb es mich wieder hinaus in die Straßen, die ganz dickflüssig von Menschen mir entgegenrannen. Denn es war Fasching und Abend, und die Leute hatten alle Zeit und trieben umher und rieben sich einer am andern. Und ihre Gesichter waren voll von dem Licht, das aus den Schaubuden kam, und das Lachen quoll aus ihren Munden wie Eiter aus offenen Stellen. Sie lachten immer mehr und drängten sich immer enger zusammen, je ungeduldiger ich versuchte, vorwärts zu kommen. Das Tuch eines Frauenzimmers hakte sich irgendwie an mir fest, ich zog sie hinter mir her, und die Leute hielten mich auf und lachten, und ich fühlte, daß ich auch lachen sollte, aber ich konnte es nicht. Jemand warf mir eine Hand Confetti in die Augen, und es brannte wie eine Peitsche. An den Ecken waren die Menschen festgekeilt, einer in den andern geschoben, und es war keine Weiterbewegung in ihnen, nur ein leises, weiches Auf und Ab, als ob sie sich stehend paarten. Aber obwohl sie standen und ich am Rande der Fahrbahn, wo es Risse im Gedränge gab, hinlief wie ein Rasender, war es in Wahrheit doch so, daß sie sich bewegten und ich mich nicht rührte. Denn es veränderte sich nichts; wenn ich aufsah, gewahrte ich immer noch dieselben Häuser auf der einen Seite und auf der anderen die Schaubuden. Vielleicht auch stand alles fest, und es war nur ein Schwindel in mir und ihnen, der alles zu drehen schien. Ich hatte keine Zeit, darüber nachzudenken, ich war schwer von Schweiß, und es kreiste ein betäubender Schmerz in mir, als ob in meinem Blute etwas zu Großes mittriebe, das die Adern ausdehnte, wohin es kam. Und dabei fühlte ich, daß die Luft längst zu Ende war und daß ich nur mehr Ausgeatmetes einzog, das meine Lungen stehenließen.

Aber nun ist es vorbei; ich habe es überstanden. Ich sitze in meinem Zimmer bei der Lampe; es ist ein wenig kalt, denn ich wage es nicht, den Ofen zu versuchen; was, wenn er rauchte und ich müßte wieder hinaus? Ich sitze und denke: Wenn ich nicht arm wäre, würde ich mir ein anderes Zimmer mieten, ein Zimmer mit Möbeln, die nicht so aufgebraucht sind, nicht so voll von früheren Mietern wie diese hier. Zuerst war es mir wirklich schwer, den Kopf in diesen Lehnstuhl zu legen; es ist da nämlich eine gewisse schmierig-graue Mulde in seinem grünen Bezug, in die alle Köpfe zu passen scheinen. Längere Zeit gebrauchte ich die Vorsicht, ein Taschentuch unter meine Haare zu legen, aber jetzt bin ich zu müde dazu; ich habe gefunden, daß es auch so geht und daß die kleine Vertiefung genau für meinen Hinterkopf gemacht ist wie nach Maß. Aber ich würde mir, wenn ich nicht arm wäre, vor allem einen guten Ofen kaufen, und ich würde das reine, starke Holz heizen, welches aus dem Gebirge kommt, und nicht diese trostlosen *têtes-de-moineau*, deren Dunst das Atmen so bang macht und den Kopf so wirr. Und dann müßte jemand dasein, der ohne grobes Geräusch aufräumt und der das Feuer besorgt, wie ich es brauche; denn oft, wenn ich eine Viertelstunde vor dem Ofen knien muß und rütteln, die Stirnhaut gespannt von der nahen Glut und mit Hitze in den offenen Augen, gebe ich alles aus, was ich für den Tag an Kraft habe, und wenn ich dann unter die Leute komme, haben sie es natürlich leicht. Ich würde manchmal, wenn großes Gedränge ist, einen Wagen nehmen, vorbeifahren, ich würde täglich in einem «Duval» essen … und nicht mehr in die Crémerien kriechen... Ob er wohl auch in einem «Duval» gewesen wäre? Nein. Dort hätte er nicht auf mich warten dürfen. Sterbende läßt man nicht hinein. Sterbende? Ich sitze ja jetzt in meiner Stube; ich kann ja versuchen, ruhig über das nachzudenken, was mir begegnet ist. Es ist gut, nichts im ungewissen zu lassen. Also ich trat ein und sah zuerst nur, daß der Tisch, an dem ich öfters zu sitzen pflegte, von jemandem anderen eingenommen war. Ich grüßte nach dem kleinen Buffet hin, bestellte und setzte mich nebenan. Aber da fühlte ich ihn, obwohl er sich nicht rührte. Gerade seine Regungslosigkeit fühlte ich und begriff sie mit einem Schlage. Die Verbindung zwischen uns war hergestellt, und ich wußte, daß er erstarrt war vor Entsetzen. Ich wußte, daß das Entsetzen ihn gelähmt hatte, Entsetzen über etwas, was in ihm geschah. Vielleicht brach ein Gefäß in ihm, vielleicht trat ein Gift, das er lange gefürchtet hatte, gerade jetzt in seine Herzkammer ein, vielleicht ging ein großes Geschwür auf in seinem Gehirn wie eine Sonne, die ihm die Welt verwandelte. Mit unbeschreiblicher Anstrengung zwang ich mich, nach ihm hinzusehen, denn ich hoffte noch, daß alles Einbildung sei. Aber es geschah, daß ich aufsprang und hinausstürzte; denn ich hatte mich nicht geirrt. Er saß da in einem dicken, schwarzen Wintermantel, und sein graues, gespanntes Gesicht hing tief in ein wollenes Halstuch. Sein

Mund war geschlossen, als wäre er mit großer Wucht zugefallen, aber es war nicht möglich zu sagen, ob seine Augen noch schauten: beschlagene, rauchgraue Brillengläser lagen davor und zitterten ein wenig. Seine Nasenflügel waren aufgerissen, und das lange Haar über seinen Schläfen, aus denen alles weggenommen war, welkte wie in zu großer Hitze. Seine Ohren waren lang, gelb, mit großen Schatten hinter sich. Ja, er wußte, daß er sich jetzt von allem entfernte, nicht nur von den Menschen. Ein Augenblick noch, und alles wird seinen Sinn verloren haben, und dieser Tisch und die Tasse und der Stuhl, an den er sich klammert, alles Tägliche und Nächste wird unverständlich geworden sein, fremd und schwer. So saß er da und wartete, bis es geschehen sein würde. Und wehrte sich nicht mehr.

Und ich wehre mich noch. Ich wehre mich, obwohl ich weiß, daß mir das Herz schon heraushängt und daß ich doch nicht mehr leben kann, auch wenn meine Quäler jetzt von mir abließen. Ich sage mir: Es ist nichts geschehen, und doch habe ich jenen Mann nur begreifen können, weil auch in mir etwas vor sich geht, das anfängt, mich von allem zu entfernen und abzutrennen. Wie graute mir immer, wenn ich von einem Sterbenden sagen hörte: «Er konnte schon niemanden mehr erkennen.» Dann stellte ich mir ein einsames Gesicht vor, das sich aufhob aus

Kissen und suchte, nach etwas Bekanntem suchte, nach etwas schon einmal Gesehenem suchte, aber es war nichts da. Wenn meine Furcht nicht so groß wäre, so würde ich mich damit trösten, daß es nicht unmöglich ist, alles anders zu sehen und doch zu leben. Aber ich fürchte mich, ich fürchte mich namenlos vor dieser Veränderung. Ich bin ja noch gar nicht in dieser Welt eingewöhnt gewesen, die mir gut scheint. Was soll ich in einer anderen? Ich würde so gerne unter den Bedeutungen bleiben, die mir lieb geworden sind, und wenn schon etwas sich verändern muß, so möchte ich doch wenigstens unter den Hunden leben dürfen, die eine verwandte Welt haben und dieselben Dinge.

Noch eine Weile kann ich das alles aufschreiben und sagen. Aber es wird ein Tag kommen, da meine Hand weit von mir sein wird, und wenn ich sie schreiben heißen werde, wird sie Worte schreiben, die ich nicht meine. Die Zeit der anderen Auslegung wird anbrechen, und es wird kein Wort auf dem anderen bleiben, und jeder Sinn wird wie Wolken sich auflösen und wie Wasser niedergehen. Bei aller Furcht bin ich schließlich doch wie einer, der vor etwas Großem steht, und ich erinnere mich, daß es früher oft ähnlich in mir war, eh ich zu schreiben begann. Aber diesmal werde ich geschrieben werden. Ich bin der Eindruck, der sich verwandeln wird. Oh, es fehlt nur ein kleines, und ich könnte das alles begreifen und gutheißen. Nur ein Schritt, und mein tiefes Elend würde Seligkeit sein. Aber ich kann diesen Schritt nicht tun, ich bin gefallen und kann mich nicht mehr aufheben, weil ich zerbrochen bin. Ich habe ja immer noch geglaubt, es könnte eine Hilfe kommen. Da liegt es vor mir in meiner eigenen Schrift, was ich gebetet habe, Abend für Abend. Ich habe es mir aus den Büchern, in denen ich es fand, abgeschrieben, damit es mir ganz nahe wäre und aus meiner Hand entsprungen wie Eigenes. Und ich will es jetzt noch einmal schreiben, hier vor meinem Tisch kniend will ich es schreiben; denn so habe ich es länger, als wenn ich es lese, und jedes Wort dauert an und hat Zeit zu verhallen.

Mécontent de tous et mécontent de moi, je voudrais bien me racheter et m'enorgueillir un peu dans le silence et la solitude de la nuit. Âmes de ceux que j'ai aimés, âmes de ceux que j'ai chantés, fortifiez-moi, soutenez-moi, éloignez de moi le mensonge et les vapeurs corruptrices du monde; et vous, Seigneur mon Dieu! accordez-moi la grâce de produire quelques beaux vers qui me prouvent à moi-même que je ne suis pas le dernier des hommes, que je ne suis pas inférieur à ceux que je méprise.[5]

‹Die Kinder loser und verachteter Leute, die die Geringsten im Lande waren. Nun bin ich ihr Saitenspiel worden und muß ihr Märlein sein.

…sie haben über mich einen Weg gemacht…

…es war ihnen so leicht, mich zu beschädigen, daß sie keiner Hilfe dazu durften.

…nun aber geußet sich aus meine Seele über mich, und mich hat ergriffen die elende Zeit.

Des Nachts wird mein Gebein durchbohret allenthalben; und die mich jagen, legen sich nicht schlafen.

Durch die Menge der Kraft werde ich anders und anders gekleidet; und man gürtet mich damit wie mit dem Loch meines Rocks…

Meine Eingeweide sieden und hören nicht auf; mich hat überfallen die elende Zeit…

Meine Harfe ist eine Klage worden und meine Pfeife ein Weinen.› [6]

Der Arzt hat mich nicht verstanden. Nichts. Es war ja auch schwer zu erzählen. Man wollte einen Versuch machen mit dem Elektrisieren. Gut. Ich bekam einen Zettel: ich sollte um ein Uhr in der Salpêtrière sein. Ich war dort. Ich mußte lange an verschiedenen Baracken vorüber, durch mehrere Höfe gehen, in denen da und dort Leute mit weißen Hauben wie Sträflinge unter den leeren Bäumen standen. Endlich kam ich in einen langen, dunklen, gangartigen Raum, der auf der einen Seite vier Fenster aus mattem, grünlichem Glase hatte, eines vom anderen durch eine breite, schwarze Zwischenwand getrennt. Davor lief eine Holzbank hin, an allem vorbei, und auf dieser Bank saßen sie, die mich kannten, und warteten. Ja, sie waren alle da. Als ich mich an die Dämmerung des Raumes gewöhnt hatte, merkte ich, daß unter denen, welche Schulter an Schulter in endloser Reihe dasaßen, auch einige andere Leute sein konnten, kleine Leute, Handwerker, Bedienerinnen und Lastkutscher. Unten an der Schmalseite des Ganges auf besonderen Stühlen hatten sich zwei dicke Frauen ausgebreitet, die sich unterhielten, vermutlich Conciergen. Ich sah nach der Uhr; es war fünf Minuten vor eins. Nun in fünf, sagen wir in zehn Minuten mußte ich drankommen; es war also nicht so schlimm. Die Luft war schlecht, schwer, voll Kleider und Atem. An einer gewissen Stelle schlug die starke, steigernde Kühle von Äther aus einer Türspalte. Ich begann auf und ab zu gehen. Es kam mir in den Sinn, daß man mich hierher gewiesen hatte, unter diese Leute, in diese überfüllte, allgemeine Sprechstunde. Es war sozusagen die erste öffentliche Bestätigung, daß ich zu den Fortgeworfenen gehörte; hatte der Arzt es mir angesehen? Aber ich hatte meinen Besuch in einem leidlich guten Anzuge gemacht, ich hatte meine Karte hineingeschickt. Trotzdem, er mußte es irgendwie erfahren haben, vielleicht hatte ich mich selbst verraten. Nun, da es einmal Tatsache war, fand ich es auch gar nicht so arg; die Leute saßen still und achteten nicht auf mich. Einige hatten Schmerzen und schwenkten ein wenig das eine Bein, um sie leichter auszuhalten. Verschiedene Männer hatten den Kopf in die flachen Hände gelegt, andere schliefen tief mit schweren, verschütteten Gesichtern. Ein dicker Mann mit rotem, angeschwollenem Halse saß vorübergebeugt da, stierte auf den Fußboden und spie von Zeit zu Zeit klatschend auf einen Fleck, der ihm dazu passend schien. Ein Kind schluchzte in einer Ecke; die langen magern Beine hatte es zu sich auf die Bank gezogen, und nun hielt es sie umfaßt und an sich gepreßt, als müßte es von ihnen Abschied nehmen. Eine kleine, blasse Frau, der ein mit runden, schwarzen Blumen geputzter Krepphut schief auf den Haaren saß, hatte die Grimasse eines Lächelns um die dürftigen Lippen, aber ihre wunden Lider gingen beständig über. Nicht weit von ihr hatte man ein Mädchen hingesetzt mit rundem glattem Gesicht und herausgedrängten Augen, die ohne Ausdruck waren; sein Mund stand offen, so daß man das weiße, schleimige Zahnfleisch sah mit den alten, verkümmerten Zähnen. Und viele Verbände gab es. Verbände, die den ganzen Kopf Schichte um Schichte umzogen, bis nur noch ein einziges Auge da war, das niemandem mehr gehörte. Verbände, die verbargen, und Verbände, die zeigten, was darunter war. Verbände, die man geöffnet hatte und in denen nun, wie in einem schmutzigen Bett, eine Hand lag, die keine mehr war; und ein eingebundenes Bein, das aus der

Reihe herausstand, groß wie ein ganzer Mensch. Ich ging auf und ab und gab mir Mühe, ruhig zu sein. Ich beschäftigte mich viel mit der gegenüberliegenden Wand. Ich bemerkte, daß sie eine Anzahl einflügeliger Türen enthielt und nicht bis an die Decke reichte, so daß dieser Gang von den Räumen, die daneben liegen mußten, nicht ganz abgetrennt war. Ich sah nach der Uhr; ich war eine Stunde auf und ab gegangen. Eine Weile später kamen die Ärzte. Zuerst ein paar junge Leute, die mit gleichgültigen Gesichtern vorbeigingen, schließlich der, bei dem ich gewesen war, in lichten Handschuhen, *chapeau à huit reflets,* tadellosem Überzieher. Als er mich sah, hob er ein wenig den Hut und lächelte zerstreut. Ich hatte nun Hoffnung, gleich gerufen zu werden, aber es verging wieder eine Stunde. Ich kann mich nicht erinnern, womit ich sie verbrachte. Sie verging. Ein alter Mann kam in einer fleckigen Schürze, eine Art Wärter, und berührte mich an der Schulter. Ich trat in eines der Nebenzimmer. Der Arzt und die jungen Leute saßen um einen Tisch und sahen mich an, man gab mir einen Stuhl. So. Und nun sollte ich erzählen, wie das eigentlich mit mir wäre. Möglichst kurz, *s'il vous plaît.* Denn viel Zeit hätten die Herren nicht. Mir war seltsam zumut. Die jungen Leute saßen und sahen mich an mit jener überlegenen, fachlichen Neugier, die sie gelernt hatten. Der Arzt, den ich kannte, strich seinen schwarzen Spitzbart und lächelte zerstreut. Ich dachte, daß ich in Weinen ausbrechen würde, aber ich hörte mich französisch sagen: «Ich hatte bereits die Ehre, Ihnen, mein Herr, alle Auskünfte zu geben, die ich geben kann. Halten Sie es für nötig, daß diese Herren eingeweiht werden, so sind Sie nach unserer Unterredung gewiß imstande, dies mit einigen Worten zu tun, während es mir sehr schwer fällt.» Der Arzt erhob sich mit höflichem Lächeln, trat mit den Assistenten ans Fenster und sagte ein paar Worte, die er mit einer waagerechten, schwankenden Handbewegung begleitete. Nach drei Minuten kam einer von den jungen Leuten, kurzsichtig und fahrig, an den Tisch zurück und sagte, indem er versuchte, mich strenge anzusehen: «Sie schlafen gut, mein Herr?» – «Nein, schlecht.» Worauf er wieder zu der Gruppe zurücksprang. Dort verhandelte man noch eine Weile, dann wandte sich der Arzt an mich und teilte mir mit, daß man mich rufen lassen würde. Ich erinnerte ihn, daß ich auf ein Uhr bestellt worden sei. Er lächelte und machte ein paar schnelle, sprunghafte Bewegungen mit seinen kleinen weißen Händen, die bedeuten wollten, daß er ungemein beschäftigt sei. Ich kehrte also in meinen Gang zurück, in dem die Luft viel lastender geworden war, und fing wieder an, hin und her zu gehen, obwohl ich mich todmüde fühlte. Schließlich machte der feuchte, angehäufte Geruch mich schwindlig; ich blieb an der Eingangstür stehen und öffnete sie ein wenig. Ich sah, daß draußen noch Nachmittag und etwas Sonne war, und das tat mir unsagbar wohl. Aber ich hatte kaum eine Minute so gestanden, da hörte ich, daß man mich rief. Eine Frauenperson, die zwei Schritte entfernt bei einem kleinen Tische saß, zischte mir etwas zu. Wer mich geheißen hätte die Türe öffnen. Ich sagte, ich könnte die Luft nicht vertragen. Gut, das sei meine Sache, aber die Türe müsse geschlossen bleiben. Ob es denn nicht anginge, ein Fenster aufzumachen. Nein, das sei verboten. Ich beschloß, das Aufundabgehen wieder aufzunehmen, weil es schließlich eine Art Betäubung war und niemanden kränkte. Aber der Frau an dem kleinen Tische mißfiel jetzt auch das. Ob ich denn keinen Platz hätte. Nein, den hätte ich nicht. Das Herumgehen sei aber nicht gestattet; ich müßte mir einen Platz suchen. Es würde schon noch einer dasein. Die Frau hatte recht. Es fand sich wirklich sogleich ein Platz neben dem Mädchen mit den herausdrängenden Augen. Da saß ich nun in dem Gefühle, daß dieser Zustand unbedingt auf etwas Fürchterliches vorbereiten müsse. Links war also das Mädchen mit dem faulenden Zahnfleisch; was rechts von mir war, konnte ich erst nach einer Weile erkennen. Es war eine ungeheuere, unbewegliche Masse, die ein Gesicht hatte und eine große, schwere, reglose Hand. Die Seite des

Gesichtes, die ich sah, war leer, ganz ohne Züge und ohne Erinnerungen, und es war unheimlich, daß der Anzug wie der einer Leiche war, die man für den Sarg angekleidet hatte. Die schmale, schwarze Halsbinde war in derselben losen unpersönlichen Weise um den Kragen geschnallt, und dem Rock sah man es an, daß er von anderen über diesen willenlosen Körper gezogen worden war. Die Hand hatte man auf diese Hose gelegt, dorthin, wo sie lag, und sogar das Haar war wie von Leichenwäscherinnen gekämmt und war, wie das Haar ausgestopfter Tiere, steif geordnet. Ich betrachtete das alles mit Aufmerksamkeit, und es fiel mir ein, daß dies also der Platz sei, der für mich bestimmt gewesen war, denn ich glaubte nun endlich an diejenige Stelle meines Lebens gekommen zu sein, an der ich bleiben würde. Ja, das Schicksal geht wunderbare Wege.

Plötzlich erhoben sich ganz in der Nähe rasch hintereinander die erschreckten, abwehrenden Schreie eines Kindes, denen ein leises, zugehaltenes Weinen folgte. Während ich mich anstrengte, herauszufinden, wo das könnte gewesen sein, verzitterte wieder ein kleiner, unterdrückter Schrei, und ich hörte Stimmen, die fragten, eine Stimme, die halblaut befahl, und dann schnurrte irgendeine gleichgültige Maschine los und kümmerte sich um nichts. Jetzt erinnerte ich mich jener halben Wand, und es war mir klar, daß das alles von jenseits der Türen kam und daß man dort an der Arbeit war. Wirklich erschien von Zeit zu Zeit der Wärter mit der fleckigen Schürze und winkte. Ich dachte gar nicht mehr daran, daß er mich meinen könnte. Galt es mir? Nein. Zwei Männer waren da mit einem Rollstuhl; sie hoben die Masse hinein, und ich sah jetzt, daß es ein alter, lahmer Mann war, der noch eine andere, kleinere, vom Leben abgenutzte Seite hatte mit einem offenen, trüben, traurigen Auge. Sie fuhren ihn hinein, und neben mir entstand eine Menge Platz. Und ich saß und dachte, was sie wohl dem blöden Mädchen tun wollten und ob es auch schreien würde. Die Maschinen dahinten schnurrten so angenehm fabrikmäßig, es hatte gar nichts Beunruhigendes.

Plötzlich aber war alles still, und in die Stille sagte eine überlegene, selbstgefällige Stimme, die ich zu kennen glaubte: *«Riez!»* Pause. *«Riez. Mais riez, riez.»* Ich lachte schon. Es war unerklärlich, weshalb der Mann da drüben nicht lachen wollte. Eine Maschine ratterte los, verstummte aber sofort wieder, Worte wurden gewechselt, dann erhob sich wieder dieselbe energische Stimme und befahl: *«Dites-nous le mot: avant.»* Buchstabierend: *«a-v-a-n-t»*... Stille. *«On n'entend rien. Encore une fois:...»*

Und da, als es drüben so warm und schwammig lallte: da zum erstenmal seit vielen, vielen

Jahren war es wieder da. Das, was mir das erste, tiefe Entsetzen eingejagt hatte, wenn ich als Kind im Fieber lag: das Große. Ja, so hatte ich immer gesagt, wenn sie alle um mein Bett standen und mir den Puls fühlten und mich fragten, was mich erschreckt habe: das Große. Und wenn sie den Doktor holten, und er war da und redete mir zu, so bat ich ihn, er möchte nur machen, daß das Große wegging, alles andere wäre nichts. Aber er war wie die andern. Er konnte es nicht fortnehmen, obwohl ich damals doch klein war und mir leicht zu helfen gewesen wäre. Und jetzt war es wieder da. Es war später einfach ausgeblieben, auch in Fiebernächten war es nicht wiedergekommen, aber jetzt war es da, obwohl ich kein Fieber hatte. Jetzt war es da. Jetzt wuchs es aus mir heraus wie eine Geschwulst, wie ein zweiter Kopf, und war ein Teil von mir, obwohl es doch gar nicht zu mir gehören konnte, weil es so groß war. Es war da, wie ein großes totes Tier, das einmal, als es noch lebte, meine Hand gewesen war oder mein Arm. Und mein Blut ging durch mich und durch es wie durch einen und denselben Körper. Und mein Herz mußte sich sehr anstrengen, um das Blut in das Große zu treiben: es war fast nicht genug Blut da. Und das Blut trat ungern ein in das Große und kam krank und schlecht zurück. Aber das Große schwoll an und wuchs mir vor das Gesicht wie eine warme bläuliche Beule und wuchs mir vor den Mund, und über meinem letzten Auge war schon der Schatten von seinem Rande.

Ich kann mich nicht erinnern, wie ich durch die vielen Höfe hinausgekommen war. Es war Abend, und ich verirrte mich in der fremden Gegend und ging Boulevards mit endlosen Mauern in einer Richtung hinauf und, wenn dann kein Ende da war, in der entgegengesetzten Richtung zurück bis an irgendeinen Platz. Dort begann ich eine Straße zu gehen, und es kamen andere Straßen, die ich nie gesehen hatte, und wieder andere. Elektrische Bahnen rasten manchmal überhell und mit hartem, klopfendem Geläute heran und vorbei. Aber auf ihren Tafeln standen Namen, die ich nicht kannte. Ich wußte nicht, in welcher Stadt ich war und ob ich hier irgendwo eine Wohnung hatte und was ich tun mußte, um nicht mehr gehen zu müssen.

Und jetzt auch noch diese Krankheit, die mich immer schon so eigentümlich berührt hat. Ich bin sicher, daß man sie unterschätzt. Genau wie man die Bedeutung anderer Krankheiten übertreibt. Diese Krankheit hat keine bestimmten Eigenheiten, sie nimmt die Eigenheiten dessen an, den sie ergreift. Mit einer somnambulen Sicherheit holt sie aus einem jeden seine tiefste Gefahr heraus, die vergangen schien, und stellt sie wieder vor ihn hin, ganz nah, in die nächste Stunde. Männer, die einmal in der Schulzeit das hilflose Laster versucht haben, dessen betrogene Vertraute die armen, harten Knabenhände sind, finden sich wieder darüber, oder es fängt eine Krankheit, die sie als Kinder überwunden haben, wieder in ihnen an; oder eine verlorene Gewohnheit ist wieder da, ein gewisses zögerndes Wenden des Kopfes, das ihnen vor Jahren eigen war. Und mit dem, was kommt, hebt sich ein ganzes Gewirr irrer Erinnerungen, das daranhängt wie nasser Tang an einer versunkenen Sache. Leben, von denen man nie erfahren hätte, tauchen empor und mischen sich unter das, was wirklich gewesen ist, und verdrängen Vergangenes, das man zu kennen glaubte: denn in dem, was aufsteigt, ist eine ausgeruhte, neue Kraft, das aber, was immer da war, ist müde von zu oftem Erinnern.

Ich liege in meinem Bett, fünf Treppen hoch, und mein Tag, den nichts unterbricht, ist wie ein Zifferblatt ohne Zeiger. Wie ein Ding, das lange verloren war, eines Morgens auf seiner Stelle liegt, geschont und gut, neuer fast als zur Zeit des Verlustes, ganz als ob es bei irgend jemandem in Pflege gewesen wäre: so liegt da und da auf meiner Bettdecke Verlorenes aus der Kindheit und ist wie neu. Alle verlorenen Ängste sind wieder da.

Die Angst, daß ein kleiner Wollfaden, der aus dem Saum der Decke heraussteht, hart sei, hart und scharf wie eine stählerne Nadel; die Angst, daß dieser kleine Knopf meines Nachthemdes größer sei als mein Kopf, groß und schwer; die Angst, daß dieses Krümchen Brot, das jetzt von meinem Bette fällt, gläsern und zerschlagen unten ankommen würde, und die drückende Sorge, daß damit eigentlich alles zerbrochen sei, alles für immer; die Angst, daß der Streifen Rand eines aufgerissenen Briefes etwas Verbotenes sei, das niemand sehen dürfe, etwas unbeschreiblich Kostbares, für das keine Stelle in der Stube sicher genug sei; die Angst, daß ich, wenn ich einschliefe, das Stück Kohle verschlucken würde, das vor dem Ofen liegt; die Angst, daß irgendeine Zahl in meinem Gehirn zu wachsen beginnt, bis sie nicht mehr Raum hat in mir; die Angst, daß das Granit sei, worauf ich liege, grauer Granit; die Angst, daß ich schreien könnte und daß man vor meiner Türe zusammenliefe und sie schließlich aufbräche, die Angst, daß ich mich verraten könnte und alles das sagen, wovor ich mich fürchte, und die Angst, daß ich nichts sagen könnte, weil alles unsagbar ist, – und die anderen Ängste ... die Ängste.

Ich habe um meine Kindheit gebeten, und sie ist wiedergekommen, und ich fühle, daß sie immer noch so schwer ist wie damals und daß es nichts genützt hat, älter zu werden.

Gestern war mein Fieber besser, und heute fängt der Tag wie Frühling an, wie Frühling in Bildern.

Ich will versuchen, auszugehen in die Bibliothèque Nationale zu meinem Dichter, den ich so lange nicht gelesen habe, und vielleicht kann ich später langsam durch die Gärten gehen. Vielleicht ist Wind über dem großen Teich, der so wirkliches Wasser hat, und es kommen Kinder, die ihre Schiffe mit den roten Segeln hineinlassen und zuschauen.

Heute habe ich es nicht erwartet, ich bin so mutig ausgegangen, als wäre das das Natürlichste und Einfachste. Und doch, es war wieder etwas da, das mich nahm wie Papier, mich zusammenknüllte und fortwarf, es war etwas Unerhörtes da.

Der Boulevard Saint-Michel war leer und weit, und es ging sich leicht auf seiner leisen Neigung. Fensterflügel oben öffneten sich mit gläsernem Aufklang, und ihr Glänzen flog wie ein weißer Vogel über die Straße. Ein Wagen mit hellroten Rädern kam vorüber, und weiter unten trug jemand etwas Lichtgrünes. Pferde liefen in blinkernden Geschirren auf dem dunkel gespritzten Fahrdamm, der rein war. Der Wind war erregt, neu, mild, und alles stieg auf: Gerüche, Rufe, Glocken.

Ich kam an einem der Caféhäuser vorbei, in denen am Abend die falschen roten Zigeuner spielen. Aus den offenen Fenstern kroch mit schlechtem Gewissen die übernächtige Luft. Glattgekämmte Kellner waren dabei, vor der

Türe zu scheuern. Der eine stand gebückt und warf, Handvoll nach Handvoll, gelblichen Sand unter die Tische. Da stieß ihn einer von den Vorübergehenden an und zeigte die Straße hinunter. Der Kellner, der ganz rot im Gesicht war, schaute eine Weile scharf hin, dann verbreitete sich ein Lachen auf seinen bartlosen Wangen, als wäre es darauf verschüttet worden. Er winkte den andern Kellnern, drehte das lachende Gesicht ein paarmal schnell von rechts nach links, um alle herbeizurufen und selbst nichts zu versäumen. Nun standen alle und blickten hinuntersehend oder -suchend, lächelnd oder ärgerlich, daß sie noch nicht entdeckt hatten, was Lächerliches es gäbe.

Ich fühlte, daß ein wenig Angst in mir anfing. Etwas drängte mich auf die andere Seite hinüber; aber ich begann nur schneller zu gehen und überblickte unwillkürlich die wenigen Leute vor mir, an denen ich nichts Besonderes bemerkte. Doch ich sah, daß der eine, ein Laufbursche mit einer blauen Schürze und einem leeren Henkelkorb über der einen Schulter, jemandem nachschaute. Als er genug hatte, drehte er sich auf derselben Stelle nach den Häusern um und machte zu einem lachenden Kommis hinüber die schwankende Bewegung vor der Stirne, die allen geläufig ist. Dann blitzte er mit den schwarzen Augen und kam mir befriedigt und sich wiegend entgegen.

Ich erwartete, sobald mein Auge Raum hatte, irgendeine ungewöhnliche und auffallende Figur zu sehen, aber es zeigte sich, daß vor mir niemand ging als ein großer hagerer Mann in einem dunklen Überzieher und mit einem weichen, schwarzen Hut auf dem kurzen, fahlblonden Haar. Ich vergewisserte mich, daß weder an der Kleidung noch in dem Benehmen dieses Mannes etwas Lächerliches sei, und versuchte schon, an ihm vorüber den Boulevard hinunter zu schauen, als er über irgend etwas stolperte. Da ich nahe hinter ihm folgte, nahm ich mich in acht, aber als die Stelle kam, war da nichts, rein nichts. Wir gingen beide weiter, er und ich, der Abstand zwischen uns blieb derselbe. Jetzt kam ein Straßenübergang, und da geschah es, daß der Mann vor mir mit ungleichen Beinen die Stufen des Gangsteigs hinunterhüpfte in der Art etwa, wie Kinder manchmal während des Gehens aufhüpfen oder springen, wenn sie sich freuen. Auf den jenseitigen Gangsteig kam er einfach mit einem langen Schritt hinauf. Aber kaum war er oben, zog er das eine Bein ein wenig an und hüpfte auf dem anderen einmal hoch und gleich darauf wieder und wieder. Jetzt konnte man diese plötzliche Bewegung wieder ganz gut für ein Stolpern halten, wenn man sich einredete, es wäre da eine Kleinigkeit gewesen, ein Kern, die glitschige Schale einer Frucht, irgend etwas; und das Seltsame war, daß der Mann selbst an das

Vorhandensein eines Hindernisses zu glauben schien, denn er sah sich jedesmal mit jenem halb ärgerlichen, halb vorwurfsvollen Blick, den die Leute in solchen Augenblicken haben, nach der lästigen Stelle um. Noch einmal rief mich etwas Warnendes auf die andere Seite der Straße, aber ich folgte nicht und blieb immerfort hinter diesem Manne, indem ich meine ganze Aufmerksamkeit auf seine Beine richtete. Ich muß gestehen, daß ich mich merkwürdig erleichtert fühlte, als etwa zwanzig Schritte lang jenes Hüpfen nicht wiederkam, aber da ich nun meine Augen aufhob, bemerkte ich, daß dem Manne ein anderes Ärgernis entstanden war. Der Kragen seines Überziehers hatte sich aufgestellt; und wie er sich auch, bald mit einer Hand, bald mit beiden, umständlich bemühte, ihn niederzulegen, es wollte nicht gelingen. Das kam vor. Es beunruhigte mich nicht. Aber gleich darauf gewahrte ich mit grenzenloser Verwunderung, daß in den beschäftigten Händen dieses Menschen zwei Bewegungen waren: eine heimliche, rasche, mit welcher er den Kragen unmerklich hochklappte, und jene andere ausführliche, anhaltende, gleichsam übertrieben buchstabierte Bewegung, die das Umlegen des Kragens bewerkstelligen sollte. Diese Beobachtung verwirrte mich so sehr, daß zwei Minuten vergingen, ehe ich erkannte, daß im Halse des Mannes, hinter dem hochgeschobenen Überzieher und den nervös agierenden Händen dasselbe schreckliche, zweisilbige Hüpfen war, das seine Beine eben verlassen hatte. Von diesem Augenblick an war ich an ihn gebunden. Ich begriff, daß dieses Hüpfen in seinem Körper herumirrte, daß es versuchte, hier und da auszubrechen. Ich verstand seine Angst vor den Leuten, und ich begann selber vorsichtig zu prüfen, ob die Vorübergehenden etwas merkten. Ein kalter Stich fuhr mir durch den Rücken, als seine Beine plötzlich einen kleinen, zuckenden Sprung machten, aber niemand hatte es gesehen, und ich dachte mir aus, daß auch ich ein wenig stolpern wollte, im Falle jemand aufmerksam wurde. Das wäre gewiß ein Mittel, Neugierige glauben zu machen, es hätte da doch ein kleines, unscheinbares Hindernis im Wege gelegen, auf das wir zufällig beide getreten hätten. Aber während ich so auf Hilfe sann, hatte er selbst einen neuen, ausgezeichneten Ausweg gefunden. Ich habe vergessen zu sagen, daß er einen Stock trug; nun, es war ein einfacher Stock, aus dunklem Holze mit einem schlichten, rund gebogenen Handgriff. Und es war ihm in seiner suchenden Angst in den Sinn gekommen, diesen Stock zunächst mit einer Hand (denn wer weiß, wozu die zweite noch nötig sein würde) auf den Rücken zu halten, gerade über die Wirbelsäule, ihn fest ins Kreuz zu drücken und das Ende der runden Krücke in den Kragen zu schieben, so daß man es hart und wie einen Halt hinter dem

Halswirbel und dem ersten Rückenwirbel spürte. Das war eine Haltung, die nicht auffällig, höchstens ein wenig übermütig war; der unerwartete Frühlingstag konnte das entschuldigen. Niemandem fiel es ein, sich umzusehen, und nun ging es. Es ging vortrefflich. Freilich beim nächsten Straßenübergange kamen zwei Hüpfer aus, zwei kleine, halbunterdrückte Hüpfer, die vollkommen belanglos waren; und der eine, wirklich sichtbare Sprung war so geschickt angebracht (es lag gerade ein Spritzschlauch quer über dem Weg), daß nichts zu befürchten war. Ja, noch ging alles gut; von Zeit zu Zeit griff auch die zweite Hand an den Stock und preßte ihn fester an, und die Gefahr war gleich wieder überstanden. Ich konnte nichts dagegen tun, daß meine Angst dennoch wuchs. Ich wußte, daß, während er ging und mit unendlicher Anstrengung versuchte, gleichgültig und zerstreut auszusehen, das furchtbare Zucken in seinem Körper sich anhäufte; auch in mir war die Angst, mit der er es wachsen und wachsen fühlte, und ich sah, wie er sich an den Stock klammerte, wenn es innen in ihm zu rütteln begann. Dann war der Ausdruck dieser Hände so unerbittlich und streng, daß ich alle Hoffnung in seinen Willen setzte, der groß sein mußte. Aber was war da ein Wille. Der Augenblick mußte kommen, da seine Kraft zu Ende war, er konnte nicht weit sein. Und ich, der ich hinter ihm herging mit stark schlagendem Herzen, ich legte mein bißchen Kraft zusammen wie Geld, und indem ich auf seine Hände sah, bat ich ihn, er möchte nehmen, wenn er es brauchte.

Ich glaube, daß er es genommen hat; was konnte ich dafür, daß es nicht mehr war.

Auf der Place Saint-Michel waren viele Fahrzeuge und hin und her eilende Leute, wir waren oft zwischen zwei Wagen, und dann holte er Atem und ließ sich ein wenig gehen, wie um auszuruhen, und ein wenig hüpfte es und nickte ein wenig. Vielleicht war das die List, mit der die gefangene Krankheit ihn überwinden wollte. Der Wille war an zwei Stellen durchbrochen, und das Nachgeben hatte in den besessenen Muskeln einen leisen, lockenden Reiz zurückgelassen und den zwingenden Zweitakt. Aber der Stock war noch an seinem Platz, und die Hände sahen böse und zornig aus; so betraten wir die Brücke, und es ging. Es ging. Nun kam etwas Unsicheres in den Gang, nun lief er zwei Schritte, und nun stand er. Stand. Die linke Hand löste sich leise vom Stock ab und hob sich so langsam empor, daß ich sie vor der Luft zittern sah; er schob den Hut ein wenig zurück und strich sich über die Stirn. Er wandte ein wenig den Kopf, und sein Blick schwankte über Himmel, Häuser und Wasser hin, ohne zu fassen, und dann gab er nach. Der Stock war fort, er spannte die Arme aus, als ob er auffliegen wollte, und es brach aus ihm aus wie eine Naturkraft und bog ihn vor und riß ihn zurück und ließ ihn nicken und neigen und schleuderte Tanzkraft aus ihm heraus unter die Menge. Denn schon waren viele Leute um ihn, und ich sah ihn nicht mehr.

Was hätte es für einen Sinn gehabt, noch irgendwohin zu gehen, ich war leer. Wie ein leeres Papier trieb ich an den Häusern entlang, den Boulevard wieder hinauf.

*Ich versuche es, Dir zu schreiben, obwohl es eigentlich nichts gibt nach einem notwendigen Abschied. Ich versuche es dennoch, ich glaube, ich muß es tun, weil ich die Heilige gesehen habe im Pantheon, die einsame, heilige Frau und das Dach und die Tür und drin die Lampe mit dem bescheidnen Lichtkreis und drüben die schlafende Stadt und den Fluß und die Ferne im Mondschein. Die Heilige wacht über der schlafenden Stadt.[7] Ich habe geweint. Ich habe geweint, weil das alles auf einmal so unerwartet da war. Ich habe davor geweint, ich wußte mir nicht zu helfen.

Ich bin in Paris, die es hören, freuen sich, die meisten beneiden mich. Sie haben recht. Es ist eine große Stadt, groß, voll merkwürdiger Versuchungen. Was mich betrifft, ich muß zugeben, daß ich ihnen in gewisser Beziehung erlegen bin.

---

* Ein Briefentwurf.

Ich glaube, es läßt sich nicht anders sagen. Ich bin diesen Versuchungen erlegen, und das hat gewisse Veränderungen zur Folge gehabt, wenn nicht in meinem Charakter, so doch in meiner Weltanschauung, jedenfalls in meinem Leben. Eine vollkommen andere Auffassung aller Dinge hat sich unter diesen Einflüssen in mir herausgebildet, es sind gewisse Unterschiede da, die mich von den Menschen mehr als alles Bisherige abtrennen. Eine veränderte Welt. Ein neues Leben voll neuer Bedeutungen. Ich habe es augenblicklich etwas schwer, weil alles zu neu ist. Ich bin ein Anfänger in meinen eigenen Verhältnissen.

Ob es nicht möglich wäre, einmal das Meer zu sehen?

Ja, aber denke nur, ich bildete mir ein, Du könntest kommen. Hättest Du mir vielleicht sagen können, ob es einen Arzt gibt? Ich habe vergessen, mich danach zu erkundigen. Übrigens brauche ich es jetzt nicht mehr.

Erinnerst Du Dich an Baudelaires unglaubliches Gedicht «Une Charogne»? Es kann sein, daß ich es jetzt verstehe. Abgesehen von der letzten Strophe war er im Recht. Was sollte er tun, da ihm das widerfuhr? Es war seine Aufgabe, in diesem Schrecklichen, scheinbar nur Widerwärtigen das Seiende zu sehen, das unter allem Seienden gilt. Auswahl und Ablehnung gibt es nicht. Hältst Du es für einen Zufall, daß Flaubert seinen «Saint-Julien-l'Hospitalier» geschrieben hat? Es kommt mir vor, als wäre das das Entscheidende: ob einer es über sich bringt, sich zu dem Aussätzigen zu legen und ihn zu erwärmen mit der Herzwärme der Liebesnächte, das kann nicht anders als gut ausgehen.

Glaube nur nicht, daß ich hier an Enttäuschungen leide, im Gegenteil. Es wundert mich manchmal, wie bereit ich alles Erwartete aufgebe für das Wirkliche, selbst wenn es arg ist.

Mein Gott, wenn etwas davon sich teilen ließe. Aber *wäre* es dann, *wäre* es dann? Nein, es *ist* nur um den Preis des Alleinseins.

Die Existenz des Entsetzlichen in jedem Bestandteil der Luft. Du atmest es ein mit Durchsichtigem; in dir aber schlägt es sich nieder, wird hart, nimmt spitze, geometrische Formen an zwischen den Organen; denn alles, was sich an Qual und Grauen begeben hat auf den Richtplätzen, in den Folterstuben, den Tollhäusern, den Operationssälen, unter den Brückenbögen im Nachherbst: alles das ist von einer zähen Unvergänglichkeit, alles das besteht auf sich und hängt, eifersüchtig auf alles Seiende, an seiner schrecklichen Wirklichkeit. Die Menschen möchten vieles davon vergessen dürfen; ihr Schlaf feilt sanft über solche Furchen im Gehirn, aber Träume drängen ihn ab und ziehen die Zeichnungen nach. Und sie wachen auf und keuchen und lassen einer Kerze Schein sich auflösen in der Finsternis und trinken, wie gezukkertes Wasser, die halbhelle Beruhigung. Aber, ach, auf welcher Kante hält sich diese Sicherheit. Nur eine geringste Wendung, und schon wieder steht der Blick über Bekanntes und Freundliches hinaus, und der eben noch so tröstliche Kontur wird deutlicher als ein Rand von Grauen. Hüte dich vor dem Licht, das den Raum hohler macht; sieh dich nicht um, ob nicht vielleicht ein Schatten hinter deinem Aufsitzen aufsteht wie dein Herr. Besser vielleicht, du wärest in der Dunkelheit geblieben und dein unabgegrenztes Herz hätte versucht, all des Ununterscheidbaren schweres Herz zu sein. Nun hast du dich zusammengenommen in dich, siehst dich vor dir aufhören in deinen Händen, ziehst von Zeit zu Zeit mit einer ungenauen Bewegung dein Gesicht nach. Und in dir ist beinah kein Raum; und fast stillt es dich, daß in dieser Engheit in dir unmöglich sehr Großes sich aufhalten kann; daß auch das Unerhörte binnen werden muß und sich beschränken den Verhältnissen nach. Aber draußen, draußen ist es ohne Absehen; und wenn es da draußen steigt, so füllt es sich auch in dir, nicht in den Gefäßen, die teilweise in deiner Macht sind, oder im Phlegma deiner gleichmütigeren Organe: im Kapillaren nimmt es zu, röhrig aufwärts gesaugt in die äußersten Verästelungen deines zahllos zweigigen Daseins. Dort hebt es sich, dort übersteigt es dich, kommt höher als dein Atem, auf den du dich hinaufflüchtest wie auf deine letzte Stelle. Ach, und wohin dann, wohin dann? Dein Herz treibt dich aus dir hinaus, dein Herz ist hinter dir her, und du stehst fast schon außer dir und kannst nicht mehr zurück. Wie ein Käfer, auf den man tritt, so quillst du aus dir hinaus, und dein bißchen obere Härte und Anpassung ist ohne Sinn.

O Nacht ohne Gegenstände. O stumpfes Fenster hinaus, o sorgsam verschlossene Türen; Einrichtungen von alters her, übernommen, beglaubigt, nie ganz verstanden. O Stille im Stiegenhaus, Stille aus den Nebenzimmern, Stille hoch oben an der Decke. O Mutter: o du Einzige, die alle diese Stille verstellt hat, einst in der Kindheit. Die sie auf sich nimmt, sagt: «Erschrick nicht, ich bin es.» Die den Mut hat, ganz in der Nacht diese Stille zu sein für das, was sich fürchtet, was verkommt vor Furcht. Du zündest ein Licht an, und schon das Geräusch bist du. Und du hältst es vor dich und sagst: «Ich bin es, erschrick nicht.» Und du stellst es hin, langsam, und es ist kein Zweifel: du bist es, du bist das Licht um die gewohnten herzlichen Dinge, die ohne Hintersinn da sind, gut, einfältig, eindeutig. Und wenn es unruhigt in der Wand irgendwo oder einen Schritt macht in den Dielen: so lächelst du nur, lächelst, lächelst durchsichtig auf hellem Grund in das bangsame Gesicht, das an dir forscht, als wärst du eins und unterm Geheimnis mit jedem Halblaut, abgeredet mit ihm und einverstanden. Gleicht eine Macht deiner Macht in der irdischen Herrschaft? Sieh, Könige liegen und starren, und der Geschichtenerzähler kann sie nicht ablenken. An den seligen Brüsten ihrer Lieblingin überkriecht sie das Grauen und macht sie schlottrig und lustlos. Du aber kommst und hältst das Ungeheuere hinter dir und bist ganz und gar vor ihm; nicht wie ein Vorhang, den es da oder da aufschlagen kann. Nein, als hättest du es überholt auf den Ruf hin, der dich bedurfte. Als wärest du weit allem zuvorgekommen, was kommen kann, und hättest im Rücken nur dein Hereilen, deinen ewigen Weg, den Flug deiner Liebe.

Der *mouleur,* an dem ich jeden Tag vorüberkomme, hat zwei Masken neben seiner Tür ausgehängt. Das Gesicht der jungen Ertränkten, das man in der Morgue abnahm, weil es schön war, weil es lächelte, weil es so täuschend lächelte, als wüßte es.[8] Und darunter sein wissendes Gesicht. Diesen harten Knoten aus fest zusammengezogenen Sinnen. Diese unerbittliche Selbstverdichtung fortwährend ausdampfen wollender Musik. Das Antlitz dessen, dem ein Gott das Gehör verschlossen hat, damit es keine Klänge gäbe außer seinen. Damit er nicht beirrt würde durch das Trübe und Hinfällige der Geräusche. Er, in dem ihre Klarheit und Dauer war; damit nur die tonlosen Sinne ihm Welt eintrügen, lautlos, eine gespannte, wartende Welt, unfertig, vor der Erschaffung des Klanges.

Weltvollendender: wie, was als Regen fällt über die Erde und an die Gewässer, nachlässig niederfällt, zufällig fallend, – unsichtbarer und froh von Gesetz wieder aufsteht aus allem und steigt und schwebt und die Himmel bildet: so erhob sich aus dir der Aufstieg unserer Niederschläge und umwölbte die Welt mit Musik.

Deine Musik: daß sie hätte um die Welt sein dürfen; nicht um uns. Daß man dir ein Hammerklavier erbaut hätte in der Thebais; und ein Engel hätte dich hingeführt vor das einsame Instrument, durch die Reihen der Wüstengebirge, in denen Könige ruhen und Hetären und Anachoreten. Und er hätte sich hoch geworfen und fort, ängstlich, daß du begännest.

Und dann hättest du ausgeströmt, Strömender, ungehört; an das All zurückgebend, was nur das All erträgt. Die Beduinen wären in der Ferne vorbeigejagt, abergläubisch; die Kaufleute aber hätten sich hingeworfen am Rand deiner Musik, als wärst du der Sturm. Einzelne Löwen nur hätten dich weit bei Nacht umkreist, erschrocken vor sich selbst, von ihrem bewegten Blute bedroht.

Denn wer holt dich jetzt aus den Ohren zurück, die lüstern sind? Wer treibt sie aus den Musiksälen, die Käuflichen mit dem unfruchtbaren Gehör, das hurt und niemals empfängt? Da strahlt Samen aus, und sie halten sich unter wie Dirnen und spielen damit, oder er fällt, während sie daliegen in ihren ungetanen Befriedigungen, wie Samen Onans zwischen sie alle.

Wo aber, Herr, ein Jungfräulicher unbeschlafenen Ohrs läge bei deinem Klang: er stürbe an Seligkeit, oder er trüge Unendliches aus, und sein befruchtetes Hirn müßte bersten an lauter Geburt.

Ich unterschätze es nicht. Ich weiß, es gehört Mut dazu. Aber nehmen wir für einen Augenblick an, es hätte ihn einer, diesen *courage de luxe,* ihnen nachzugehen, um dann für immer (denn wer könnte das wieder vergessen oder verwechseln?) zu wissen, wo sie hernach hineinkriechen und was sie den vielen übrigen Tag beginnen und ob sie schlafen bei Nacht. Dies ganz besonders wäre festzustellen: ob sie schlafen. Aber mit dem Mut ist es noch nicht getan. Denn sie kommen und gehen nicht wie die übrigen Leute, denen zu folgen eine Kleinigkeit wäre. Sie sind da und wieder fort, hingestellt und weggenommen wie Bleisoldaten. Es sind ein wenig abgelegene Stellen, wo man sie findet, aber durchaus nicht versteckte. Die Büsche treten zurück, der Weg wendet sich ein wenig um den Rasenplatz herum: da stehen sie und haben eine Menge durchsichtigen Raumes um sich, als ob sie unter einem Glassturz stünden. Du könntest sie für nachdenkliche Spaziergänger halten, diese unscheinbaren Männer von kleiner, in jeder Beziehung bescheidener Gestalt. Aber du irrst. Siehst du die linke Hand, wie sie nach etwas greift in der schiefen Tasche des alten Überziehers; wie sie es findet und herausholt und den kleinen Gegenstand linkisch und auffällig in der Luft hält? Es dauert keine Minute, so sind zwei, drei Vögel da, Spatzen, die neugierig heranhüpfen. Und wenn es dem Manne gelingt, ihrer sehr genauen Auffassung von Unbeweglichkeit zu entsprechen, so ist kein Grund, warum sie nicht noch näher kommen sollen. Und schließlich steigt der erste und schwirrt eine Weile nervös in der Höhe jener Hand, die (weiß Gott) ein kleines Stück abgenutzten süßen Brotes mit anspruchslosen, ausdrücklich verzichtenden Fingern hinbietet. Und je mehr Menschen sich um ihn sammeln, in entsprechendem Abstand natürlich, desto weniger hat er mit ihnen gemein. Wie ein Leuchter steht er da, der ausbrennt, und leuchtet mit dem Rest von Docht und ist ganz warm davon und hat sich nie gerührt. Und wie er lockt, wie er anlockt, das können die vielen, kleinen, dummen Vögel gar nicht beurteilen. Wenn die Zuschauer nicht wären und man ließe ihn lange genug dastehn, ich bin sicher, daß auf einmal ein Engel käme und überwände sich und äße den alten, süßlichen Bissen aus der verkümmerten Hand. Dem sind nun, wie immer, die Leute im

Wege. Sie sorgen dafür, daß nur Vögel kommen; sie finden das reichlich, und sie behaupten, er erwarte sich nichts anderes. Was sollte sie auch erwarten, diese alte, verregnete Puppe, die ein wenig schräg in der Erde steckt wie die Schiffsfiguren in den kleinen Gärten zu Hause; kommt auch bei ihr diese Haltung davon her, daß sie einmal irgendwo vorne gestanden hat auf ihrem Leben, wo die Bewegung am größten ist? Ist sie nun so verwaschen, weil sie einmal bunt war? Willst du sie fragen?

Nur die Frauen frag nichts, wenn du eine füttern siehst. Denen könnte man sogar folgen; sie tun es so im Vorbeigehen; es wäre ein leichtes. Aber laß sie. Sie wissen nicht, wie es kam. Sie haben auf einmal eine Menge Brot in ihrem Handsack, und sie halten große Stücke hinaus aus ihrer dünnen Mantille, Stücke, die ein bißchen gekaut sind und feucht. Das tut ihnen wohl, daß ihr Speichel ein wenig in die Welt kommt, daß die kleinen Vögel mit diesem Beigeschmack herumfliegen, wenn sie ihn natürlich auch gleich wieder vergessen.

Da saß ich an deinen Büchern, Eigensinniger, und versuchte sie zu meinen wie die andern, die dich nicht beisammen lassen und sich ihren Anteil genommen haben, befriedigt. Denn da begriff ich noch nicht den Ruhm, diesen öffentlichen Abbruch eines Werdenden, in dessen

Bauplatz die Menge einbricht, ihm die Steine verschiebend.

Junger Mensch irgendwo, in dem etwas aufsteigt, was ihn erschauern macht, nütz es, daß dich keiner kennt. Und wenn sie dir widersprechen, die dich für nichts nehmen, und wenn sie dich ganz aufgeben, die, mit denen du umgehst, und wenn sie dich ausrotten wollen, um deiner lieben Gedanken willen, was ist diese deutliche Gefahr, die dich zusammenhält in dir, gegen die listige Feindschaft später des Ruhms, die dich unschädlich macht, indem sie dich ausstreut.

Bitte keinen, daß er von dir spräche, nicht einmal verächtlich. Und wenn die Zeit geht und du merkst, wie dein Name herumkommt unter den Leuten, nimm ihn nicht ernster als alles, was du in ihrem Munde findest. Denk: er ist schlecht geworden, und tu ihn ab. Nimm einen andern an, irgendeinen, damit Gott dich rufen kann in der Nacht. Und verbirg ihn vor allen.

Du Einsamster, Abseitiger, wie haben sie dich eingeholt auf deinem Ruhm. Wie lang ist es her, da waren sie wider dich von Grund aus, und jetzt gehen sie mit dir um wie mit ihresgleichen. Und deine Worte führen sie mit sich in den Käfigen ihres Dünkels und zeigen sie auf den Plätzen und reizen sie ein wenig von ihrer Sicherheit aus. Alle deine schrecklichen Raubtiere.

Da las ich dich erst, da sie mir ausbrachen und mich anfielen in meiner Wüste, die Verzweifelten. Verzweifelt, wie du selber warst am Schluß, du, dessen Bahn falsch eingezeichnet steht in allen Karten. Wie ein Sprung geht sie durch die Himmel, diese hoffnungslose Hyperbel deines Weges, die sich nur einmal heranbiegt an uns und sich entfernt voll Entsetzen. Was lag dir daran, ob eine Frau bleibt oder fortgeht und ob einen der Schwindel ergreift und einen der Wahnsinn und ob Tote lebendig sind und Lebendige scheintot: was lag dir daran? Dies alles war so natürlich für dich; da gingst du durch, wie man durch einen Vorraum geht, und hieltst dich nicht auf. Aber dort weiltest du und warst gebückt, wo unser Geschehen kocht und sich niederschlägt und die Farbe verändert, innen. Innerer als dort, wo je einer war; eine Tür war dir aufgesprungen, und nun warst du bei den Kolben im Feuerschein. Dort, wohin du nie einen mitnahmst, Mißtrauischer, dort saßest du und unterschiedest Übergänge. Und dort, weil das Aufzeigen dir im Blute war und nicht das Bilden oder das Sagen, dort faßtest du den ungeheuren Entschluß, dieses Winzige, das du selber zuerst nur durch Gläser gewahrtest, ganz allein gleich so zu vergrößern, daß es vor Tausenden sei, riesig, vor allen. Dein Theater entstand. Du konntest nicht warten, daß dieses fast raumlose von den Jahrhunderten zu Tropfen zusammengepreßte Leben von den anderen Künsten gefunden und allmählich versichtbart werde für einzelne, die sich nach und nach zusammenfinden zur Einsicht und die endlich verlangen, gemeinsam die erlauchten Gerüchte bestätigt zu sehen im Gleichnis der vor ihnen aufgeschlagenen Szene. Dies konntest du nicht abwarten, du warst da, du mußtest das kaum Meßbare: ein Gefühl, das um einen halben Grad stieg, den Ausschlagswinkel eines von fast nichts beschwerten Willens, den du ablasest von ganz nah, die leichte Trübung in einem Tropfen Sehnsucht und dieses Nichts von Farbenwechsel in einem Atom von Zutrauen: dieses mußtest du feststellen und aufbehalten; denn in solchen Vorgängen war jetzt das Leben, unser Leben, das in uns hineingeglitten war, das sich nach innen zurückgezogen hatte, so tief, daß es kaum noch Vermutungen darüber gab.

So wie du warst, auf das Zeigen angelegt, ein zeitlos tragischer Dichter, mußtest du dieses Kapillare mit einem Schlag umsetzen in die überzeugendsten Gebärden, in die vorhandensten Dinge. Da gingst du an die beispiellose Gewalttat deines Werkes, das immer ungeduldiger, immer verzweifelter unter dem Sichtbaren nach den Äquivalenten suchte für das innen Gesehene. Da war ein Kaninchen, ein Bodenraum, ein Saal, in dem einer auf und nieder geht: da war ein Glasklirren im Nebenzimmer, ein Brand vor den Fenstern, da war die Sonne. Da war eine Kirche und ein Felsental, das einer Kirche glich. Aber das reichte nicht aus; schließlich mußten die Türme herein und die ganzen Gebirge; und die Lawinen, die die Landschaften begraben, verschütteten die mit Greifbarem überladene Bühne um des Unfaßlichen willen. Da konntst du nicht mehr. Die beiden Enden, die du zusammengebogen hattest, schnellten auseinander; deine wahnsinnige Kraft entsprang aus dem elastischen Stab, und dein Werk war wie nicht.

Wer begriffe es sonst, daß du zum Schluß nicht vom Fenster fortwolltest, eigensinnig, wie du immer warst. Die Vorübergehenden wolltest du sehen; denn es war dir der Gedanke gekommen, ob man nicht eines Tages etwas machen könnte aus ihnen, wenn man sich entschlösse anzufangen.

Damals zuerst fiel es mir auf, daß man von einer Frau nichts sagen könne; ich merkte, wenn sie von ihr erzählten, wie sie sie aussparten, wie sie die anderen nannten und beschrieben, die Umgebungen, die Örtlichkeiten, die Gegenstände bis an eine bestimmte Stelle heran, wo das alles aufhörte, sanft und gleichsam vorsichtig aufhörte mit dem leichten, niemals nachgezogenen Kontur, der sie einschloß. «Wie war sie?» fragte ich dann. «Blond, ungefähr wie du», sagten sie und zählten allerhand auf, was sie sonst noch wußten; aber darüber wurde sie wieder ganz ungenau, und ich konnte mir nichts mehr vorstellen. *Sehen* eigentlich konnte ich sie nur, wenn Maman mir die Geschichte erzählte, die ich immer wieder verlangte. –

Dann pflegte sie jedesmal, wenn sie zu der Szene mit dem Hunde kam, die Augen zu schließen und das ganz verschlossene, aber überall durchscheinende Gesicht irgendwie inständig zwischen ihre beiden Hände zu halten, die es kalt an den Schläfen berührten. «Ich hab es gesehen, Malte», beschwor sie: «Ich hab es gesehen.» Das war schon in ihren letzten Jahren, da ich dies von ihr gehört habe. In der Zeit, wo sie niemanden mehr sehen wollte und wo sie immer, auch auf Reisen, das kleine, dichte, silberne Sieb bei sich hatte, durch das sie alle Getränke seihte. Speisen von fester Form nahm sie nie mehr zu sich, es sei denn etwas Biskuit oder Brot, das sie, wenn sie allein war, zerbröckelte und Krümel für Krümel aß, wie Kinder Krümel essen. Ihre Angst vor Nadeln beherrschte sie damals schon völlig. Zu den anderen sagte sie nur, um sich zu entschuldigen: «Ich vertrage rein nichts mehr, aber es muß euch nicht stören, ich befinde mich ausgezeichnet dabei.» Zu mir aber konnte sie sich plötzlich hinwenden (denn ich war schon ein bißchen erwachsen) und mit einem Lächeln, das sie sehr anstrengte, sagen: «Was es doch für viele Nadeln gibt, Malte, und wo sie überall herumliegen, und wenn man bedenkt, wie leicht sie herausfallen...» Sie hielt darauf, es recht scherzend zu sagen; aber das Entsetzen schüttelte sie bei dem Gedanken an alle die schlecht befestigten Nadeln, die jeden Augenblick irgendwo hineinfallen konnten.

Wenn sie aber von Ingeborg erzählte, dann konnte ihr nichts geschehen; dann schonte sie sich nicht; dann sprach sie lauter, dann lachte sie in der Erinnerung an Ingeborgs Lachen, dann sollte man sehen, wie schön Ingeborg gewesen war. «Sie machte uns alle froh», sagte sie, «deinen Vater auch, Malte, buchstäblich froh. Aber dann, als es hieß, daß sie sterben würde, obwohl sie doch nur ein wenig krank schien, und wir gingen alle herum und verbargen es, da setzte sich sich einmal im Bette auf und sagte so vor sich hin, wie einer, der hören will, wie etwas klingt: ‹Ihr müßt euch nicht so zusammennehmen; wir wissen es alle, und ich kann euch beruhigen, es ist gut so, wie es kommt, ich mag nicht mehr.› Stell dir vor, sie sagte: ‹Ich mag nicht mehr›; sie, die uns alle froh machte. Ob du das einmal verstehen wirst, wenn du groß bist, Malte? Denk daran später, vielleicht fällt es dir ein. Es wäre ganz gut, wenn es jemanden gäbe, der solche Sachen versteht.»

«Solche Sachen» beschäftigten Maman, wenn sie allein war, und sie war immer allein diese letzten Jahre.

«Ich werde ja nie darauf kommen, Malte»,

sagte sie manchmal mit ihrem eigentümlich kühnen Lächeln, das von niemandem gesehen sein wollte und seinen Zweck ganz erfüllte, indem es gelächelt ward. «Aber daß es keinen reizt, das herauszufinden; wenn ich ein Mann wäre, ja gerade, wenn ich ein Mann wäre, würde ich darüber nachdenken, richtig der Reihe und Ordnung nach und von Anfang an. Denn einen Anfang muß es doch geben, und wenn man ihn zu fassen bekäme, das wäre immer schon etwas. Ach Malte, wir gehen so hin, und mir kommt vor, daß alle zerstreut sind und beschäftigt und nicht recht achtgeben, wenn wir hingehen. Als ob eine Sternschnuppe fiele, und es sieht sie keiner, und keiner hat sich etwas gewünscht. Vergiß nie, dir etwas zu wünschen, Malte. Wünschen, das soll man nicht aufgeben. Ich glaube, es gibt keine Erfüllung, aber es gibt Wünsche, die lange vorhalten, das ganze Leben lang, so daß man die Erfüllung doch gar nicht abwarten könnte.»

Maman hatte Ingeborgs kleinen Sekretär hinauf in ihr Zimmer stellen lassen, davor fand ich sie oft, denn ich durfte ohne weiteres bei ihr eintreten. Mein Schritt verging völlig in dem Teppich, aber sie fühlte mich und hielt mir eine ihrer Hände über die andere Schulter hin. Diese Hand war ganz ohne Gewicht, und sie küßte sich fast wie das elfenbeinerne Kruzifix, das man mir abends vor dem Einschlafen reichte. An diesem niederen Schreibschrank, der mit einer Platte sich vor ihr aufschlug, saß sie wie an einem Instrument. «Es ist so viel Sonne drin», sagte sie, und wirklich, das Innere war merkwürdig hell, von altem, gelbem Lack, auf dem Blumen gemalt waren, immer eine rote und eine blaue. Und wo drei nebeneinanderstanden, gab es eine violette zwischen ihnen, die die beiden anderen trennte. Diese Farben und das Grün des schmalen, waagerechten Rankenwerks waren ebenso verdunkelt in sich, wie der Grund strahlend war, ohne eigentlich klar zu sein. Das ergab ein seltsam gedämpftes Verhältnis von Tönen, die in innerlichen gegenseitigen Beziehungen standen, ohne sich über sie auszusprechen.

Maman zog die kleinen Laden heraus, die alle leer waren.

«Ach, Rosen», sagte sie und hielt sich ein wenig vor in den trüben Geruch hinein, der nicht alle wurde. Sie hatte dabei immer die Vorstellung, es könnte sich plötzlich noch etwas finden in einem geheimen Fach, an das niemand gedacht hatte und das nur dem Druck irgendeiner versteckten Feder nachgab. «Auf einmal springt es vor, du sollst sehen», sagte sie ernst und ängstlich und zog eilig an allen Laden. Was aber wirklich an Papieren in den Fächern zurückgeblieben war, das hatte sie sorgfältig zusammengelegt und eingeschlossen, ohne es zu lesen. «Ich verstünde es doch nicht, Malte, es wäre sicher zu schwer für mich.» Sie hatte die

Überzeugung, daß alles zu kompliziert für sie sei. «Es gibt keine Klassen im Leben für Anfänger, es ist immer gleich das Schwierigste, was von einem verlangt wird.» Man versicherte mir, daß sie erst seit dem schrecklichen Tode ihrer Schwester so geworden sei, der Gräfin Öllegaard Skeel, die verbrannte, da sie sich vor einem Balle am Leuchterspiegel die Blumen im Haar anders anstecken wollte. Aber in letzter Zeit schien ihr doch Ingeborg das, was am schwersten zu begreifen war.

Und nun will ich die Geschichte aufschreiben, so wie Maman sie erzählte, wenn ich darum bat.

Es war mitten im Sommer, am Donnerstag nach Ingeborgs Beisetzung. Von dem Platze auf der Terrasse, wo der Tee genommen wurde, konnte man den Giebel des Erbbegräbnisses sehen zwischen den riesigen Ulmen hin. Es war so gedeckt worden, als ob nie eine Person mehr an diesem Tisch gesessen hätte, und wir saßen auch alle recht ausgebreitet herum. Und jeder hatte etwas mitgebracht, ein Buch oder einen Arbeitskorb, so daß wir sogar ein wenig beengt waren. Abelone (Mamans jüngste Schwester) verteilte den Tee, und alle waren beschäftigt, etwas herumzureichen, nur dein Großvater sah von seinem Sessel aus nach dem Hause hin. Es war die Stunde, da man die Post erwartete, und es fügte sich meistens so, daß Ingeborg sie brachte, die mit den Anordnungen für das Essen länger drin zurückgehalten war. In den Wochen ihrer Krankheit hatten wir nun reichlich Zeit gehabt, uns ihres Kommens zu entwöhnen; denn wir wußten ja, daß sie nicht kommen könne. Aber an diesem Nachmittag, Malte, da sie wirklich nicht mehr kommen konnte: da kam sie. Vielleicht war es unsere Schuld; vielleicht haben wir sie gerufen. Denn ich erinnere mich, daß ich auf einmal dasaß und angestrengt war, mich zu besinnen, was denn eigentlich nun anders sei. Es war mir plötzlich nicht möglich zu sagen, *was;* ich hatte es völlig vergessen. Ich blickte auf und sah alle andern dem Hause zugewendet, nicht etwa auf eine besondere, auffällige Weise, sondern so recht ruhig und alltäglich in ihrer Erwartung. Und da war ich daran (mir wird ganz kalt, Malte, wenn ich es denke), aber, Gott behüt mich, ich war daran zu sagen: «Wo bleibt nur ...» Da schoß schon Cavalier, wie er immer tat, unter dem Tisch hervor und lief ihr entgegen. Ich hab es gesehen, Malte, ich hab es gesehen. Er lief ihr entgegen, obwohl sie nicht kam; für ihn kam sie. Wir begriffen, daß er ihr entgegenlief. Zweimal sah er sich nach uns um, als ob er fragte. Dann raste er auf sie zu, wie immer, Malte, genau wie immer, und erreichte sie; denn er begann rundherum zu springen, Malte, um etwas, was nicht da war, und dann hinauf an ihr, um zu lekken, gerade hinauf. Wir hörten ihn winseln vor

Freude, und wie er so in die Höhe schnellte, mehrmals rasch hintereinander, hätte man wirklich meinen können, er verdecke sie uns mit seinen Sprüngen. Aber da heulte es auf einmal, und er drehte sich von seinem eigenen Schwung in der Luft um und stürzte zurück, merkwürdig ungeschickt, und lag ganz eigentümlich flach da und rührte sich nicht. Von der andern Seite trat der Diener aus dem Hause mit den Briefen. Er zögerte eine Weile; offenbar war es nicht ganz leicht, auf unsere Gesichter zuzugehen. Und dein Vater winkte ihm auch schon zu bleiben. Dein Vater, Malte, liebte keine Tiere; aber nun ging er doch hin, langsam, wie mir schien, und bückte sich über den Hund. Er sagte etwas zu dem Diener, irgend etwas Kurzes, Einsilbiges. Ich sah, wie der Diener hinzusprang, um Cavalier aufzuheben. Aber da nahm dein Vater selbst das Tier und ging damit, als wüßte er genau, wohin, ins Haus hinein.

Einmal, als es über dieser Erzählung fast dunkel geworden war, war ich nahe daran, Maman von der «Hand» zu erzählen: in diesem Augenblick hätte ich es gekonnt. Ich atmete schon auf, um anzufangen, aber da fiel mir ein, wie gut ich den Diener begriffen hatte, daß er nicht hatte kommen können auf ihre Gesichter zu. Und ich fürchtete mich trotz der Dunkelheit vor Mamans Gesicht, wenn es sehen würde, was ich gesehen habe. Ich holte rasch noch einmal Atem, damit es den Anschein habe, als hätte ich nichts anderes gewollt. Ein paar Jahre hernach, nach der merkwürdigen Nacht in der Galerie auf Urnekloster, ging ich tagelang damit um, mich dem kleinen Erik anzuvertrauen. Aber er hatte sich nach unserem nächtlichen Gespräch wieder ganz vor mir zugeschlossen, er vermied mich; ich glaube, daß er mich verachtete. Und gerade deshalb wollte ich ihm von der «Hand» erzählen. Ich bildete mir ein, ich würde in seiner Meinung gewinnen (und das wünschte ich dringend aus irgendeinem Grunde), wenn ich ihm begreiflich machen könnte, daß ich das wirklich erlebt hatte. Erik aber war so geschickt im Ausweichen, daß es nicht dazu kam. Und dann reisten wir ja auch gleich. So ist es, wunderlich genug, das erstemal, daß ich (und schließlich auch nur mir selber) eine Begebenheit erzähle, die nun weit zurückliegt in meiner Kindheit.

Wie klein ich damals noch gewesen sein muß, sehe ich daran, daß ich auf dem Sessel kniete, um bequem auf den Tisch hinaufzureichen, auf dem ich zeichnete. Es war am Abend, im Winter, wenn ich nicht irre, in der Stadtwohnung. Der Tisch stand in meinem Zimmer, zwischen den Fenstern, und es war keine Lampe im Zimmer als die, die auf meine Blätter schien und auf Mademoiselles Buch; denn Mademoiselle saß neben mir, etwas zurückgerückt, und las. Sie war weit weg, wenn sie las, ich weiß nicht, ob sie im Buche war; sie konnte lesen, stundenlang, sie blätterte selten um, und ich hatte den Eindruck, als würden die Seiten immer voller unter ihr, als schaute sie Worte hinzu, bestimmte Worte, die sie nötig hatte und die nicht da waren. Das kam mir so vor, während ich zeichnete. Ich zeichnete langsam, ohne sehr entschiedene Absicht, und sah alles, wenn ich nicht weiter wußte, mit ein wenig nach rechts geneigtem Kopfe an; so fiel mir immer am raschesten ein, was noch fehlte. Es waren Offiziere zu Pferd, die in die Schlacht ritten, oder sie waren mittendrin, und das war viel einfacher, weil dann fast nur der Rauch zu machen war, der alles einhüllte. Maman freilich behauptet nun immer, daß es Inseln gewesen waren, was ich malte; Inseln mit großen Bäumen und einem Schloß und einer Treppe und Blumen am Rand, die sich spiegeln sollten im Wasser. Aber ich glaube, das erfindet sie, oder es muß später gewesen sein.

Es ist ausgemacht, daß ich an jenem Abend einen Ritter zeichnete, einen einzelnen, sehr deutlichen Ritter auf einem merkwürdig bekleideten Pferd. Er wurde so bunt, daß ich oft die Stifte wechseln mußte, aber vor allem kam doch der rote in Betracht, nach dem ich immer wieder griff. Nun hatte ich ihn noch einmal nötig; da rollte er (ich sehe ihn noch) quer über das beschienene Blatt an den Rand und fiel, ehe ich's verhindern konnte, an mir vorbei hinunter und war fort. Ich brauchte ihn wirklich dringend, und es war recht ärgerlich, ihm nun nachzuklettern. Ungeschickt, wie ich war, kostete es mich allerhand Veranstaltungen, hinunterzukommen; meine Beine schienen mir viel zu lang, ich konnte sie nicht unter mir hervorziehen; die zu lange eingehaltene kniende Stellung hatte meine Glieder dumpf gemacht; ich wußte nicht, was zu mir und was zum Sessel gehörte. Endlich kam ich doch, etwas konfus, unten an und befand mich auf einem Fell, das sich unter dem Tisch bis gegen die Wand hinzog. Aber da ergab sich eine neue Schwierigkeit. Eingestellt auf die Helligkeit da oben und noch ganz begeistert für die Farben auf dem weißen Papier, vermochten meine Augen nicht das geringste unter dem Tisch zu erkennen, wo mir das Schwarze so zugeschlossen schien, daß ich bange war, daran zu stoßen. Ich verließ mich also auf mein Gefühl und kämmte, kniend und auf die linke gestützt, mit der andern Hand in dem kühlen, langhaarigen Teppich herum, der sich recht vertraulich anfühlte; nur daß kein Bleistift zu spüren war. Ich bildete mir ein, eine Menge Zeit zu verlieren, und wollte eben schon Mademoiselle anrufen und sie bitten, mir die Lampe zu halten, als ich merkte, daß für meine unwillkürlich angestrengten Augen das Dunkel nach und nach durchsichtiger wurde. Ich konnte schon hinten die Wand unterscheiden, die mit einer hellen Leiste abschloß; ich orientierte mich über die Beine des Tisches; ich erkannte vor allem meine eigene, ausgespreizte Hand, die sich ganz allein, ein bißchen wie ein Wassertier, da unten bewegte und den Grund untersuchte. Ich sah ihr, weiß ich noch, fast neugierig zu; es kam mir vor, als könnte sie Dinge, die ich sie nicht gelehrt hatte, wie sie da unten so eigenmächtig herumtastete mit Bewegungen, die ich nie an ihr beobachtet hatte. Ich verfolgte sie, wie sie vordrang, es interessierte mich, ich war auf allerhand vorbereitet. Aber wie hätte ich darauf gefaßt sein sollen, daß ihr mit einem Male aus der Wand eine andere Hand entgegenkam, eine größere, ungewöhnlich magere Hand, wie ich noch nie eine gesehen hatte. Sie suchte in ähnlicher Weise von der anderen Seite her, und die beiden gespreizten Hände bewegten sich blind aufeinander zu. Meine Neugierde war noch nicht aufgebraucht, aber plötzlich war sie zu Ende, und es war nur Grauen da. Ich fühlte, daß die eine von den Händen mir gehörte und daß sie sich da in etwas einließ, was nicht wiedergutzumachen war. Mit allem Recht, das ich auf sie hatte, hielt ich sie an und zog sie flach und langsam zurück, indem ich die andere nicht aus den Augen ließ, die weitersuchte. Ich begriff, daß sie es nicht aufgeben würde, ich kann nicht sagen, wie ich wieder hinaufkam. Ich saß ganz tief im Sessel, die Zähne schlugen mir aufeinander, und ich hatte so wenig Blut im Gesicht, daß mir schien, es wäre kein Blau mehr in meinen Augen. Mademoiselle, wollte ich sagen und konnte es nicht, aber da erschrak sie von selbst, sie warf ihr Buch hin und kniete sich neben den Sessel und rief meinen Namen; ich glaube, daß sie mich rüttelte. Aber ich war ganz bei Bewußtsein. Ich schluckte ein paarmal; denn nun wollte ich es erzählen.

Aber wie? Ich nahm mich unbeschreiblich zusammen, aber es war nicht auszudrücken, so daß es einer begriff. Gab es Worte für dieses Ereignis, so war ich zu klein, welche zu finden. Und plötzlich ergriff mich die Angst, sie könnten doch, über mein Alter hinaus, auf einmal dasein, diese Worte, und es schien mir fürchterlicher als alles, sie dann sagen zu müssen. Das Wirkliche da unten noch einmal durchzumachen, anders, abgewandelt, von Anfang an; zu hören, wie ich es zugebe, dazu hatte ich keine Kraft mehr.

Es ist natürlich Einbildung, wenn ich nun behaupte, ich hätte in jener Zeit schon gefühlt, daß da etwas in mein Leben gekommen sei, geradeaus in meines, womit ich allein würde herumgehen müssen, immer und immer. Ich sehe mich in meinem kleinen Gitterbett liegen und nicht schlafen und irgendwie ungenau voraussehen, daß so das Leben sein würde: voll lauter besonderer Dinge, die nur für *einen* gemeint sind und die sich nicht sagen lassen. Sicher ist, daß sich nach und nach ein trauriger und schwerer Stolz in mir erhob. Ich stellte mir vor, wie man herumgehen würde, voll von Innerem und schweigsam. Ich empfand eine ungestüme Sympathie für die Erwachsenen; ich bewunderte sie, und ich nahm mir vor, ihnen zu sagen, daß ich sie bewunderte. Ich nahm mir vor, es Mademoiselle zu sagen bei der nächsten Gelegenheit.

Und dann kam eine von diesen Krankheiten, die darauf ausgingen, mir zu beweisen, daß dies nicht das erste eigene Erlebnis war. Das Fieber wühlte in mir und holte von ganz unten Erfahrungen, Bilder, Tatsachen heraus, von denen ich nicht gewußt hatte; ich lag da, überhäuft mit mir, und wartete auf den Augenblick, da mir befohlen würde, dies alles wieder in mich hineinzuschichten, ordentlich, der Reihe nach. Ich begann, aber es wuchs mir unter den Händen, es sträubte sich, es war viel zuviel. Dann packte mich die Wut, und ich warf alles in Haufen in mich hinein und preßte es zusammen; aber ich ging nicht wieder darüber zu. Und da schrie ich, halb offen, wie ich war, schrie ich und schrie. Und wenn ich anfing hinauszusehen aus mir, so standen sie seit lange um mein Bett und hielten mir die Hände, und eine Kerze war da, und ihre großen Schatten rührten sich hinter ihnen. Und mein Vater befahl mir zu sagen, was es gäbe. Es war ein freundlicher gedämpfter Befehl, aber ein Befehl war es immerhin. Und er wurde ungeduldig, wenn ich nicht antwortete.

Maman kam nie in der Nacht, – oder doch, einmal kam sie. Ich hatte geschrien und geschrien, und Mademoiselle war gekommen und Sieversen, die Haushälterin, und Georg, der Kutscher; aber das hatte nichts genutzt. Und da hatten sie endlich den Wagen nach den Eltern geschickt, die auf einem großen Balle waren, ich glaube beim Kronprinzen. Und auf einmal hörte ich ihn hereinfahren in den Hof, und ich wurde still, saß und sah nach der Tür. Und da rauschte es ein wenig in den anderen Zimmern, und Maman kam herein in der großen Hofrobe, die sie gar nicht in acht nahm, und lief beinah und ließ ihren weißen Pelz hinter sich fallen und nahm mich in die bloßen Arme. Und ich befühlte, erstaunt und entzückt wie nie, ihr Haar und ihr kleines, gepflegtes Gesicht und die kalten Steine an ihren Ohren und die Seide am Rand ihrer Schultern, die nach Blumen dufteten. Und wir blieben so und weinten zärtlich und küßten uns, bis wir fühlten, daß der Vater da war und daß wir uns trennen mußten. «Er hat hohes Fieber», hörte ich Maman schüchtern sagen, und der Vater griff nach meiner Hand und zählte den Puls. Er war in der Jägermeisteruniform mit dem schönen, breiten, gewässerten blauen Band des Elefanten. «Was für ein Unsinn, uns zu rufen», sagte er ins Zimmer hinein, ohne mich anzusehen. Sie hatten versprochen, zurückzukehren, wenn es nichts Ernstliches wäre. Und Ernstliches war es ja nichts. Auf meiner Decke aber fand ich Mamans Tanzkarte und weiße Kamelien, die ich noch nie gesehen hatte und die ich mir auf die Augen legte, als ich merkte, wie kühl sie waren.

Aber was lang war, das waren die Nachmittage in solchen Krankheiten. Am Morgen nach der schlechten Nacht kam man immer in Schlaf, und wenn man erwachte und meinte, nun wäre es wieder früh, so war es Nachmittag und blieb Nachmittag und hörte nicht auf, Nachmittag zu sein. Da lag man so in dem aufgeräumten Bett und wuchs vielleicht ein wenig in den Gelenken und war viel zu müde, um sich irgend etwas vorzustellen. Der Geschmack vom Apfelmus hielt lange vor, und das war schon alles mögliche, wenn man ihn irgendwie auslegte, unwillkürlich, und die reinliche Säure anstelle von Gedanken in sich herumgehen ließ. Später, wenn die Kräfte wiederkamen, wurden die Kissen hinter einem aufgebaut, und man konnte aufsitzen und mit Soldaten spielen; aber sie fielen so leicht um auf dem schiefen Bett-Tisch und dann immer gleich die ganze Reihe; und man war doch noch nicht so ganz im Leben drin, um immer wieder von vorn anzufangen. Plötzlich war es zuviel, und man bat, alles recht rasch fortzunehmen, und es tat wohl, wieder nur die zwei Hände zu sehen, ein bißchen weiter hin auf der leeren Decke.

Wenn Maman mal eine halbe Stunde kam und Märchen vorlas (zum richtigen, langen Vorlesen war Sieversen da), so war das nicht um der Märchen willen. Denn wir waren einig darüber, daß wir Märchen nicht liebten. Wir hatten einen anderen Begriff vom Wunderbaren. Wir fanden, wenn alles mit natürlichen Dingen zuginge, so wäre das immer am wunderbarsten. Wir gaben nicht viel darauf, durch die Luft zu fliegen, die Feen enttäuschten uns, und von den Verwandlungen in etwas anderes erwarteten wir uns nur eine sehr oberflächliche Abwechslung. Aber wir lasen doch ein bißchen, um beschäftigt auszusehen; es war uns nicht angenehm, wenn irgend jemand eintrat, erst erklären zu müssen, was wir gerade taten; besonders Vater gegenüber waren wir von einer übertriebenen Deutlichkeit.

Nur wenn wir ganz sicher waren, nicht gestört zu sein, und es dämmerte draußen, konnte es geschehen, daß wir uns Erinnerungen hingaben, gemeinsamen Erinnerungen, die uns beiden alt schienen und über die wir lächelten; denn wir waren beide groß geworden seither. Es fiel uns ein, daß es eine Zeit gab, wo Maman wünschte, daß ich ein kleines Mädchen wäre und nicht dieser Junge, der ich nun einmal war. Ich hatte das irgendwie erraten, und ich war auf den Gedanken gekommen, manchmal nachmittags an Mamans Türe zu klopfen. Wenn sie dann fragte, wer da wäre, so war ich glücklich, draußen «Sophie»[9] zu rufen, wobei ich meine kleine Stimme so zierlich machte, daß sie mich in der Kehle kitzelte. Und wenn ich dann eintrat (in dem kleinen, mädchenhaften Hauskleid, das ich ohnehin trug, mit ganz hinaufgerollten Ärmeln), so war ich einfach Sophie, Mamans kleine Sophie, die sich häuslich beschäftigte und der Maman einen Zopf flechten mußte, damit keine Verwechslung stattfinde mit dem bösen Malte, wenn er je wiederkäme. Erwünscht war dies durchaus nicht; es war sowohl Maman wie Sophie angenehm, daß er fort war, und ihre Unterhaltungen (die Sophie immerzu mit der gleichen, hohen Stimme fortsetzte) bestanden meistens darin, daß sie Maltes Unarten aufzählten und sich über ihn beklagten. «Ach ja, dieser Malte», seufzte Maman. Und Sophie wußte eine Menge über die Schlechtigkeit der Jungen im allgemeinen, als kennte sie einen ganzen Haufen.

«Ich möchte wohl wissen, was aus Sophie geworden ist», sagte Maman dann plötzlich bei solchen Erinnerungen. Darüber konnte nun Malte freilich keine Auskunft geben. Aber wenn Maman vorschlug, daß sie gewiß gestorben sei, dann widersprach er eigensinnig und beschwor sie, dies nicht zu glauben, sowenig sich sonst auch beweisen ließe.

Wenn ich das jetzt überdenke, kann ich mich wundern, daß ich aus der Welt dieser Fieber doch immer wieder ganz zurückkam und mich hineinfand in das überaus gemeinsame Leben, wo jeder im Gefühl unterstützt sein wollte, bei Bekanntem zu sein, und wo man sich so vorsichtig im Verständlichen vertrug. Da wurde etwas erwartet, und es kam oder es kam nicht, ein Drittes war ausgeschlossen. Da gab es Dinge, die traurig waren, ein für allemal, es gab angenehme Dinge und eine ganze Menge nebensächlicher. Wurde aber einem eine Freude bereitet, so war es eine Freude, und er hatte sich danach zu benehmen. Im Grunde war das alles sehr einfach, und wenn man es erst heraus hatte, so machte es sich wie von selbst. In diese verabredeten Grenzen ging denn auch alles hinein; die langen, gleichmäßigen Schulstunden, wenn draußen der Sommer war; die Spaziergänge, von denen man französisch erzählen mußte; die Besuche, für die man hereingerufen wurde und die einen drollig fanden, wenn man gerade traurig war, und sich an einem belustigten wie an dem betrübten Gesicht gewisser Vögel, die kein anderes haben. Und die Geburtstage natürlich, zu denen man Kinder eingeladen bekam, die man kaum kannte, verlegene Kinder, die einen verlegen machten, oder dreiste, die einem das Gesicht zerkratzten und zerbrachen, was man gerade bekommen hatte, und die dann plötzlich fortfuhren, wenn alles aus Kästen und Laden herausgerissen war und zu Haufen lag. Wenn man aber allein spielte wie immer, so konnte es doch geschehen, daß man diese vereinbarte, im ganzen harmlose Welt unversehens überschritt und unter Verhältnisse geriet, die völlig verschieden waren und gar nicht abzusehen.

Mademoiselle hatte zuzeiten ihre Migräne, die ungemein heftig auftrat, und das waren die Tage, an denen ich schwer zu finden war. Ich weiß, der Kutscher wurde dann in den Park geschickt, wenn es Vater einfiel, nach mir zu fragen, und ich war nicht da. Ich konnte oben von einem der Gastzimmer aus sehen, wie er hinauslief und am Anfang der langen Allee nach mir rief. Diese Gastzimmer befanden sich, eines neben dem anderen, im Giebel von Ulsgaard und standen, da wir in dieser Zeit sehr selten Hausbesuch hatten, fast immer leer. Anschließend an sie aber war jener große Eckraum, der eine so starke Verlockung für mich hatte. Es war nichts darin zu finden als eine alte Büste, die, ich glaube, den Admiral Juel[10] darstellte, aber die Wände waren ringsum mit tiefen, grauen Wandschränken verschalt, derart, daß sogar das Fenster erst über den Schränken angebracht war in der leeren, geweißten Wand. Den Schlüssel hatte ich an einer der Schranktüren entdeckt, und er schloß alle anderen. So hatte ich in kurzem alles untersucht: die Kammerherrenfräcke aus dem

18. Jahrhundert, die ganz kalt waren von den eingewebten Silberfäden, und die schön gestickten Westen dazu; die Trachten des Dannebrog- und des Elefantenordens,[11] die man erst für Frauenkleider hielt, so reich und umständlich waren sie und so sanft im Futter anzufühlen. Dann wirkliche Roben, die, von ihren Unterlagen auseinandergehalten, steif dahingen wie die Marionetten eines zu großen Stückes, das so endgültig aus der Mode war, daß man ihre Köpfe anders verwendet hatte. Daneben aber waren Schränke, in denen es dunkel war, wenn man sie aufmachte, dunkel von hochgeschlossenen Uniformen, die viel gebrauchter aussahen als alles das andere und die eigentlich wünschten, nicht erhalten zu sein.

Niemand wird es verwunderlich finden, daß ich das alles herauszog und ins Licht neigte; daß ich das und jenes an mich hielt oder umnahm; daß ich ein Kostüm, welches etwa passen konnte, hastig anzog und darin, neugierig und aufgeregt, in das nächste Fremdenzimmer lief, vor den schmalen Pfeilerspiegel, der aus einzelnen ungleich grünen Glasstücken zusammengesetzt war. Ach, wie man zitterte, drin zu sein, und wie hinreißend war es, wenn man es war. Wenn da etwas aus dem Trüben heraus sich näherte, langsamer als man selbst, denn der Spiegel glaubte es gleichsam nicht und wollte, schläfrig, wie er war, nicht gleich nachsprechen, was man ihm vorsagte. Aber schließlich mußte er natürlich. Und nun war es etwas sehr Überraschendes, Fremdes, ganz anders, als man es sich gedacht hatte, etwas Plötzliches, Selbständiges, das man rasch überblickte, um sich im nächsten Augenblick doch zu erkennen, nicht ohne eine gewisse Ironie, die um ein Haar das ganze Vergnügen zerstören konnte. Wenn man aber sofort zu reden begann, sich zu verbeugen, wenn man sich zuwinkte, sich, fortwährend zurückblickend, entfernte und dann entschlossen und angeregt wiederkam, so hatte man die Einbildung auf seiner Seite, solang es einem gefiel.

Ich lernte damals den Einfluß kennen, der unmittelbar von einer bestimmten Tracht ausgehen kann. Kaum hatte ich einen dieser Anzüge angelegt, mußte ich mir eingestehen, daß er mich in seine Macht bekam; daß er mir meine Bewegungen, meinen Gesichtsausdruck, ja sogar meine Einfälle vorschrieb; meine Hand, über die die Spitzenmanschette fiel und wieder fiel, war durchaus nicht meine gewöhnliche Hand; sie bewegte sich wie ein Akteur, ja, ich möchte sagen, sie sah sich selber zu, so übertrieben das auch klingt. Diese Verstellungen gingen indessen nie so weit, daß ich mich mir selber entfremdet fühlte; im Gegenteil, je vielfältiger ich mich abwandelte, desto überzeugter wurde ich von mir selbst. Ich wurde kühner und kühner; ich warf mich immer höher; denn meine Geschicklichkeit im Auffangen war über allen Zweifel. Ich merkte nicht die Versuchung in dieser rasch wachsenden Sicherheit. Zu meinem Verhängnis fehlte nur noch, daß der letzte Schrank, den ich bisher meinte nicht öffnen zu können, eines Tages nachgab, um mir, statt bestimmter Trachten, allerhand vages Maskenzeug auszuliefern, dessen phantastisches Ungefähr mir das Blut in die Wangen trieb. Es läßt sich nicht aufzählen, was da alles war. Außer einer Bautta[12], deren ich mich entsinne, gab es Dominos in verschiedenen Farben, es gab Frauenröcke, die hell läuteten von den Münzen, mit denen sie benäht waren; es gab Pierrots, die mir albern vorkamen, und faltige, türkische Hosen und persische Mützen, aus denen kleine Kampfersäckchen herausglitten, und Kronreifen mit dummen, ausdruckslosen Steinen. Dies alles verachtete ich ein wenig; es war von so dürftiger Unwirklichkeit und hing so abgebalgt und armselig da und schlappte willenlos zusammen, wenn man es herauszerrte ans Licht. Was mich aber in eine Art von Rausch versetzte, das waren die geräumigen Mäntel, die Tücher, die Schals, die Schleier, alle diese nachgiebigen, großen, unverwendeten Stoffe, die weich und schmeichelnd waren oder so gleitend, daß man sie kaum zu fassen bekam, oder so leicht, daß sie wie ein Wind an einem vorbeiflogen, oder einfach schwer mit ihrer ganzen Last. In ihnen erst sah ich wirklich freie und unendlich bewegliche Möglichkeiten: eine Sklavin zu sein, die verkauft wird, oder Jeanne d'Arc zu sein oder ein alter König oder ein Zauberer; das alles hatte man jetzt in der Hand, besonders da auch Masken da waren, große drohende oder erstaunte Gesichter mit echten Bärten und vollen oder hochgezogenen Augenbrauen. Ich hatte nie Masken gesehen vorher, aber ich sah sofort ein, daß es Masken geben müsse. Ich mußte lachen, als mir einfiel, daß wir einen Hund hatten, der sich ausnahm, als trüge er eine. Ich stellte mir seine herzlichen Augen vor, die immer wie von hinten hineinsahen in das behaarte Gesicht. Ich lachte noch, während ich mich verkleidete, und ich vergaß darüber völlig, was ich eigentlich vorstellen wollte. Nun, es war neu und spannend, das erst nachträglich vor dem Spiegel zu entscheiden. Das Gesicht, das ich vorband, roch eigentümlich hohl, es legte sich fest über meines, aber ich konnte bequem durchsehen, und ich wählte erst, als die Maske schon saß, allerhand Tücher, die ich in der Art eines Turbans um den Kopf wand, so daß der Rand der Maske, der unten in einen riesigen gelben Mantel hineinreichte, auch oben und seitlich fast ganz verdeckt war. Schließlich, als ich nicht mehr konnte, hielt ich mich für hinreichend vermummt. Ich ergriff noch einen großen Stab, den ich, soweit der Arm reichte, neben mir hergehen ließ, und schleppte mich so, nicht ohne Mühe, aber, wie mir vorkam, voller Würde, in das Fremdenzimmer hinein auf den Spiegel zu.

Das war nun wirklich großartig, über alle Erwartung. Der Spiegel gab es auch augenblicklich wieder, es war zu überzeugend. Es wäre gar nicht nötig gewesen, sich viel zu bewegen; diese Erscheinung war vollkommen, auch wenn sie nichts tat. Aber es galt zu erfahren, was ich eigentlich sei, und so drehte ich mich ein wenig und erhob schließlich die beiden Arme: große, gleichsam beschwörende Bewegungen, das war, wie ich schon merkte, das einzig Richtige. Doch gerade in diesem feierlichen Moment vernahm ich, gedämpft durch meine Vermummung, ganz in meiner Nähe einen vielfach zusammengesetzten Lärm; sehr erschreckt, verlor ich das Wesen da drüben aus den Augen und war arg verstimmt, zu gewahren, daß ich einen kleinen, runden Tisch umgeworfen hatte mit weiß der Himmel was für wahrscheinlich sehr zerbrechlichen Gegenständen. Ich bückte mich, so gut ich konnte, und fand meine schlimmsten Erwartungen bestätigt: es sah aus, als sei alles entzwei. Die beiden überflüssigen, grün-violetten Porzellanpapageien waren natürlich, jeder auf eine andere boshafte Art, zerschlagen. Eine Dose, aus der Bonbons rollten, die aussahen wie seidig eingepuppte Insekten, hatte ihren Deckel weit von sich geworfen, man sah nur seine eine Hälfte, die andere war überhaupt fort. Das

Ärgerlichste aber war ein in tausend winzige Scherben zerschellter Flacon, aus dem der Rest irgendeiner alten Essenz herausgespritzt war, der nun einen Fleck von sehr widerlicher Physiognomie auf dem klaren Parkett bildete. Ich trocknete ihn schnell mit irgendwas auf, das an mir herunterhing, aber er wurde nur schwärzer und unangenehmer. Ich war recht verzweifelt. Ich erhob mich und suchte nach irgendeinem Gegenstand, mit dem ich das alles gutmachen konnte. Aber es fand sich keiner. Auch war ich so behindert im Sehen und in jeder Bewegung, daß die Wut in mir aufstieg gegen meinen unsinnigen Zustand, den ich nicht mehr begriff. Ich zerrte an allem, aber es schloß sich nur noch enger an. Die Schnüre des Mantels würgten mich, und das Zeug auf meinem Kopfe drückte, als käme immer noch mehr hinzu. Dabei war die Luft trübe geworden und wie beschlagen mit dem ältlichen Dunst der verschütteten Flüssigkeit.

Heiß und zornig stürzte ich vor den Spiegel und sah mühsam durch die Maske durch, wie meine Hände arbeiteten. Aber darauf hatte er nur gewartet. Der Augenblick der Vergeltung war für ihn gekommen. Während ich in maßlos zunehmender Beklemmung mich anstrengte, mich irgendwie aus meiner Vermummung hinauszuzwängen, nötigte er mich, ich weiß nicht, womit, aufzusehen und diktierte mir ein Bild, nein, eine Wirklichkeit, eine fremde, unbegreifliche, monströse Wirklichkeit, mit der ich durchtränkt wurde gegen meinen Willen: denn jetzt war er der Stärkere, und ich war der Spiegel. Ich starrte diesen großen, schrecklichen Unbekannten vor mir an, und es schien mir ungeheuerlich, mit ihm allein zu sein. Aber in demselben Moment, da ich dies dachte, geschah das Äußerste: ich verlor allen Sinn, ich fiel einfach aus. Eine Sekunde lang hatte ich eine unbeschreibliche, wehe und vergebliche Sehnsucht nach mir, dann war nur noch er: es war nichts außer ihm.

Ich rannte davon, aber nun war er es, der rannte. Er stieß überall an, er kannte das Haus nicht, er wußte nicht, wohin; er geriet eine Treppe hinunter, er fiel auf dem Gange über eine Person her, die sich schreiend freimachte. Eine Tür ging auf, es traten mehrere Menschen heraus: ach, ach, was war das gut, sie zu kennen. Das war Sieversen, die gute Sieversen, und das Hausmädchen und der Silberdiener: nun mußte es sich entscheiden. Aber sie sprangen nicht herzu und retteten; ihre Grausamkeit war ohne Grenzen. Sie standen da und lachten, mein Gott, sie konnten dastehn und lachen. Ich weinte, aber die Maske ließ die Tränen nicht hinaus, sie rannen innen über mein Gesicht und trockneten gleich und rannen wieder und trockneten. Und endlich kniete ich hin vor ihnen, wie nie ein Mensch gekniet hat; ich kniete und hob meine Hände zu ihnen auf und flehte: «Herausnehmen, wenn es noch geht, und behalten», aber sie hörten es nicht; ich hatte keine Stimme mehr.

Sieversen erzählte bis an ihr Ende, wie ich umgesunken wäre und wie sie immer noch weitergelacht hätten in der Meinung, das gehöre dazu. Sie waren es so gewohnt bei mir. Aber dann wäre ich doch immerzu liegengeblieben und hätte nicht geantwortet. Und der Schrecken, als sie endlich entdeckten, daß ich ohne Besinnung sei und dalag wie ein Stück in allen den Tüchern, rein wie ein Stück.

Die Zeit ging unberechenbar schnell, und auf einmal war es schon wieder soweit, daß der Prediger Dr. Jespersen geladen werden mußte. Das war dann für alle Teile ein mühsames und langwieriges Frühstück. Gewöhnt an die sehr fromme Nachbarschaft, die sich jedesmal ganz auflöste um seinetwillen, war er bei uns durchaus nicht an seinem Platz; er lag sozusagen auf dem Land und schnappte. Die Kiemenatmung, die er an sich ausgebildet hatte, ging beschwerlich vor sich, es bildeten sich Blasen, und das Ganze war nicht ohne Gefahr. Gesprächsstoff war, wenn man genau sein will, überhaupt keiner da; es wurden Reste veräußert zu unglaublichen Preisen, es war eine Liquidation aller Bestände. Dr. Jespersen mußte sich bei uns darauf beschränken, eine Art von Privatmann zu sein; das gerade aber war er nie gewesen. Er war, soweit er denken konnte, im Seelenfach angestellt. Die Seele war eine öffentliche Institution für ihn, die er vertrat, und er brachte es zuwege, niemals außer Dienst zu sein, selbst nicht im Umgang mit seiner Frau, «seiner bescheidenen, treuen, durch Kindergebären seligwerdenden Rebekka», wie Lavater sich in einem anderen Fall ausdrückte.[13]

*(Was übrigens meinen Vater betraf, so war seine Haltung Gott gegenüber vollkommen korrekt und von tadelloser Höflichkeit. In der Kirche schien es mir manchmal, als wäre er geradezu Jägermeister bei Gott, wenn er dastand und abwartete und sich verneigte. Maman dagegen erschien es fast verletzend, daß jemand zu Gott in einem höflichen Verhältnis stehen konnte. Wäre sie in eine Religion mit deutlichen und ausführlichen Gebräuchen geraten, es wäre eine Seligkeit für sie gewesen, stundenlang zu knien und sich hinzuwerfen und sich recht mit dem großen Kreuz zu gebärden vor der Brust und um die Schultern herum. Sie lehrte mich nicht eigentlich beten, aber es war ihr eine Beruhigung, daß ich gerne kniete und die Hände bald gekrümmt und bald aufrecht faltete, wie es mir gerade ausdrucksvoller schien. Ziemlich in Ruhe gelassen, machte ich frühzeitig eine Reihe von

* Im Manuskript an den Rand geschrieben.

Entwicklungen durch, die ich erst viel später in einer Zeit der Verzweiflung auf Gott bezog, und zwar mit solcher Heftigkeit, daß er sich bildete und zersprang, fast in demselben Augenblick. Es ist klar, daß ich ganz von vorn anfangen mußte hernach. Und bei diesem Anfang meinte ich manchmal, Maman nötig zu haben, obwohl es ja natürlich richtiger war, ihn allein durchzumachen. Und da war sie ja auch schon lange tot.)

Dr. Jespersen gegenüber konnte Maman beinah ausgelassen sein. Sie ließ sich in Gespräche mit ihm ein, die er ernst nahm, und wenn er dann sich reden hörte, meinte sie, das genüge, und vergaß ihn plötzlich, als wäre er schon fort. «Wie kann er nur», sagte sie manchmal von ihm, «herumfahren und hineingehen zu den Leuten, wenn sie gerade sterben.»

Er kam auch zu ihr bei dieser Gelegenheit, aber sie hat ihn sicher nicht mehr gesehen. Ihre Sinne gingen ein, einer nach dem andern, zuerst das Gesicht. Es war im Herbst, man sollte schon in die Stadt ziehen, aber da erkrankte sie gerade, oder vielmehr, sie fing gleich an zu sterben, langsam und trostlos abzusterben an der ganzen Oberfläche. Die Ärzte kamen, und an einem bestimmten Tag waren sie alle zusammen da und beherrschten das ganze Haus. Es war ein paar Stunden lang, als gehörte es nun dem Geheimrat und seinen Assistenten und als hätten wir nichts mehr zu sagen. Aber gleich danach verloren sie alles Interesse, kamen nur noch einzeln, wie aus purer Höflichkeit, um eine Zigarre anzunehmen und ein Glas Portwein. Und Maman starb indessen.

Man wartete nur noch auf Mamans einzigen Bruder, den Grafen Christian Brahe, der, wie man sich noch erinnern wird, eine Zeitlang in türkischen Diensten gestanden hatte, wo er, wie es immer hieß, sehr ausgezeichnet worden war. Er kam eines Morgens an in Begleitung eines fremdartigen Dieners, und es überraschte mich zu sehen, daß er größer war als Vater und scheinbar auch älter. Die beiden Herren wechselten sofort einige Worte, die sich, wie ich vermutete, auf Maman bezogen. Es entstand eine Pause. Dann sagte mein Vater: «Sie ist sehr entstellt.» Ich begriff diesen Ausdruck nicht, aber es fröstelte mich, da ich ihn hörte. Ich hatte den Eindruck, als ob auch mein Vater sich hätte überwinden müssen, ehe er ihn aussprach. Aber es war wohl vor allem sein Stolz, der litt, indem er dies zugab.

Mehrere Jahre später erst hörte ich wieder von dem Grafen Christian reden. Es war auf Urnekloster, und Mathilde Brahe war es, die mit Vorliebe von ihm sprach. Ich bin indessen sicher, daß sie die einzelnen Episoden ziemlich eigenmächtig ausgestaltete, denn das Leben meines

Onkels, von dem immer nur Gerüchte in die Öffentlichkeit und selbst in die Familie drangen, Gerüchte, die er nie widerlegte, war geradezu grenzenlos auslegbar. Urnekloster ist jetzt in seinem Besitz. Aber niemand weiß, ob er es bewohnt. Vielleicht reist er immer noch, wie es seine Gewohnheit war; vielleicht ist die Nachricht seines Todes aus irgendeinem äußersten Erdteil unterwegs, von der Hand des fremden Dieners geschrieben in schlechtem Englisch oder in irgendeiner unbekannten Sprache. Vielleicht auch gibt dieser Mensch kein Zeichen von sich, wenn er eines Tages allein zurückbleibt. Vielleicht sind sie beide längst verschwunden und stehen nur noch auf der Schiffsliste eines verschollenen Schiffes unter Namen, die nicht die ihren waren.

Freilich, wenn damals auf Urnekloster ein Wagen einfuhr, so erwartete ich immer, *ihn* eintreten zu sehen, und mein Herz klopfte auf eine besondere Art. Mathilde Brahe behauptete: so käme er, das wäre so seine Eigenheit, plötzlich dazusein, wenn man es am wenigsten für möglich hielte. Er kam nie, aber meine Einbildungskraft beschäftigte sich wochenlang mit ihm, ich hatte das Gefühl, als wären wir einander eine Beziehung schuldig, und ich hätte gern etwas Wirkliches von ihm gewußt.

Als indessen bald darauf mein Interesse umschlug und infolge gewisser Begebenheiten ganz auf Christine Brahe überging, bemühte ich mich eigentümlicherweise nicht, etwas von ihren Lebensumständen zu erfahren. Dagegen beunruhigte mich der Gedanke, ob ihr Bildnis wohl in der Galerie vorhanden sei. Und der Wunsch, das festzustellen, nahm so einseitig und quälend zu, daß ich mehrere Nächte nicht schlief, bis, ganz unvermutet, diejenige da war, in der ich, weiß Gott, aufstand und hinaufging mit meinem Licht, das sich zu fürchten schien.

Was mich angeht, so dachte ich nicht an Furcht. Ich dachte überhaupt nicht; ich ging. Die hohen Türen gaben so spielend nach vor mir und über mir, die Zimmer, durch die ich kam, hielten sich ruhig. Und endlich merkte ich an der Tiefe, die mich anwehte, daß ich in die Galerie getreten sei. Ich fühlte auf der rechten Seite die Fenster mit der Nacht, und links mußten die Bilder sein. Ich hob mein Licht, so hoch ich konnte. Ja: da waren die Bilder.

Erst nahm ich mir vor, nur nach den Frauen zu sehen, aber dann erkannte ich eines und ein anderes, das ähnlich in Ulsgaard hing, und wenn ich sie so von unten beschien, so rührten sie sich und wollten ans Licht, und es schien mir herzlos, das nicht wenigstens abzuwarten. Da war immer wieder Christian der Vierte[14] mit der schön geflochtenen Cadenette neben der breiten, langsam gewölbten Wange. Da waren vermutlich seine Frauen, von denen ich nur Kirstine Munk kannte; und plötzlich sah mich Frau Ellen Marsvin an, argwöhnisch in ihrer Witwentracht und mit derselben Perlenschnur auf der Krempe des hohen Huts. Da waren König Christians Kinder: immer wieder frische aus neuen Frauen, die «unvergleichliche» Eleonore auf einem weißen Paßgänger in ihrer glänzendsten Zeit, vor der Heimsuchung. Die Gyldenlöves: Hans Ulrik, von dem die Frauen in Spanien meinten, daß er sich das Antlitz male, so voller Blut war er, und Ulrik Christian, den man nicht wieder vergaß. Und beinah alle Ulfelds. Und dieser da, mit dem einen schwarz übermalten Auge, konnte wohl Henrik Holck sein, der mit dreiunddreißig Jahren Reichsgraf war und Feldmarschall, und das kam so: ihm träumte auf dem Wege zu Jungfrau Hilleborg Krafse, es würde ihm statt der Braut ein bloßes Schwert gegeben: und er nahm sich's zu Herzen und kehrte um und begann sein kurzes, verwegenes Leben, das mit der Pest endete.[15] Die kannte ich alle. Auch die Gesandten vom Kongreß zu Nimwegen hatten wir auf Ulsgaard, die einander ein wenig glichen, weil sie alle auf einmal gemalt worden waren, jeder mit der schmalen, gestutzten Bartbraue über dem sinnlichen, fast schauenden Munde. Daß ich Herzog Ulrich erkannte, ist selbstverständlich, und Otte Brahe und Claus Daa und Sten Rosensparre, den Letzten seines Geschlechts; denn von ihnen allen hatte ich Bilder im Saal zu Ulsgaard gesehen, oder ich hatte in alten Mappen Kupferstiche gefunden, die sie darstellten.[16]

Aber dann waren viele da, die ich nie gesehen hatte; wenige Frauen, aber es waren Kinder da. Mein Arm war längst müde geworden und zitterte, aber ich hob doch immer wieder das Licht, um die Kinder zu sehen. Ich begriff sie, diese kleinen Mädchen, die einen Vogel auf der Hand trugen und ihn vergaßen. Manchmal saß ein kleiner Hund bei ihnen unten, ein Ball lag da, und auf dem Tisch nebenan gab es Früchte und Blumen; und dahinter an der Säule hing, klein und vorläufig, das Wappen der Grubbe oder der Bille oder der Rosenkrantz. So viel hatte man um sie zusammengetragen, als ob eine Menge gutzumachen wäre. Sie aber standen einfach in ihren Kleidern und warteten; man sah, daß sie warteten. Und da mußte ich wieder an die Frauen denken und an Christine Brahe und ob ich sie erkennen würde.

Ich wollte rasch bis ganz ans Ende laufen und von dort zurückgehen und suchen, aber da stieß ich an etwas. Ich drehte mich so jäh herum, daß der kleine Erik zurücksprang und flüsterte: «Gib acht mit deinem Licht.»

«Du bist da?» sagte ich atemlos, und ich war nicht im klaren, ob das gut sei oder ganz und gar schlimm. Er lachte nur, und ich wußte nicht, was weiter. Mein Licht flackerte, und ich konnte den Ausdruck seines Gesichts nicht recht erkennen.

Es war doch wohl schlimm, daß er da war. Aber da sagte er, indem er näher kam: «*Ihr* Bild ist nicht da, wir suchen es immer noch oben.» Mit seiner halben Stimme und dem einen beweglichen Auge wies er irgendwie hinauf. Und ich begriff, daß er den Boden meinte. Aber auf einmal kam mir ein merkwürdiger Gedanke.

«Wir?» fragte ich. «Ist sie denn oben?»

«Ja», nickte er und stand dicht neben mir.

«Sie sucht selber mit?»

«Ja, wir suchen.»

«Man hat es also fortgestellt, das Bild?»

«Ja, denk nur», sagte er empört. Aber ich begriff nicht recht, was sie damit wollte.

«Sie will sich sehen», flüsterte er ganz nah.

«Ja so», machte ich, als ob ich verstünde. Da blies er mir das Licht aus. Ich sah, wie er sich vorstreckte, ins Helle hinein, mit ganz hochgezogenen Augenbrauen. Dann wars dunkel. Ich trat unwillkürlich zurück.

«Was machst du denn?» rief ich unterdrückt und war ganz trocken im Halse. Er sprang mir nach und hängte sich an meinen Arm und kicherte.

«Was denn?» fuhr ich ihn an und wollte ihn abschütteln, aber er hing fest. Ich konnte es nicht hindern, daß er den Arm um meinen Hals legte.

«Soll ich es sagen?» zischte er, und ein wenig Speichel spritzte mir ans Ohr.

«Ja, ja, schnell.»

Ich wußte nicht, was ich redete. Er umarmte mich nun völlig und streckte sich dabei.

«Ich hab ihr einen Spiegel gebracht», sagte er und kicherte wieder.

«Einen Spiegel?»

«Ja, weil doch das Bild nicht da ist.»

«Nein, nein», machte ich.

Er zog mich auf einmal etwas weiter nach dem Fenster hin und kniff mich so scharf in den Oberarm, daß ich schrie.

«Sie ist nicht drin», blies er mir ins Ohr.

Ich stieß ihn unwillkürlich von mir weg, etwas knackte an ihm, mir war, als hätte ich ihn zerbrochen.

«Geh, geh», und jetzt mußte ich selber lachen, «nicht drin, wieso denn nicht drin?»

«Du bist dumm», gab er böse zurück und flüsterte nicht mehr. Seine Stimme war umgeschlagen, als begänne er nun ein neues, noch ungebrauchtes Stück. «Man ist entweder drin», diktierte er altklug und strenge, «dann ist man nicht hier; oder wenn man hier ist, kann man nicht drin sein.»

«Natürlich», antwortete ich schnell, ohne nachzudenken. Ich hatte Angst, er könnte sonst fortgehen und mich allein lassen. Ich griff sogar nach ihm.

«Wollen wir Freunde sein?» schlug ich vor. Er ließ sich bitten. «Mir ists gleich», sagte er keck.

Ich versuchte unsere Freundschaft zu beginnen, aber ich wagte nicht, ihn zu umarmen. «Lieber Erik», brachte ich nur heraus und rührte ihn irgendwo ein bißchen an. Ich war auf einmal sehr müde. Ich sah mich um; ich verstand nicht mehr, wie ich hierher gekommen war und daß ich mich nicht gefürchtet hatte. Ich wußte nicht recht, wo die Fenster waren und wo die Bilder. Und als wir gingen, mußte er mich führen.

«Sie tun dir nichts», versicherte er großmütig und kicherte wieder.

Lieber, lieber Erik; vielleicht bist du doch mein einziger Freund gewesen. Denn ich habe nie einen gehabt. Es ist schade, daß du auf Freundschaft nichts gabst. Ich hätte dir manches erzählen mögen. Vielleicht hätten wir uns vertragen. Man kann nicht wissen. Ich erinnere mich, daß damals dein Bild gemalt wurde. Der Großvater hatte jemanden kommen lassen, der dich malte. Jeden Morgen eine Stunde. Ich kann mich nicht besinnen, wie der Maler aussah, sein Name ist mir entfallen, obwohl Mathilde Brahe ihn jeden Augenblick wiederholte.

Ob er dich gesehen hat, wie ich dich seh? Du trugst einen Anzug von heliotropfarbenem Samt. Mathilde Brahe schwärmte für diesen Anzug. Aber das ist nun gleichgültig. Nur ob er dich gesehen hat, möchte ich wissen. Nehmen wir an, daß es ein wirklicher Maler war. Nehmen wir an, daß er nicht daran dachte, daß du sterben könntest, ehe er fertig würde; daß er die Sache gar nicht sentimental ansah; daß er einfach arbeitete. Daß die Ungleichheit deiner beiden braunen Augen ihn entzückte; daß er keinen Moment sich schämte für das unbewegliche; daß er den Takt hatte, nichts hinzuzulegen auf den Tisch zu deiner Hand, die sich vielleicht ein wenig stützte. Nehmen wir sonst noch alles Nötige an und lassen es gelten: so ist ein Bild da, dein Bild, in der Galerie auf Urnekloster das letzte.

(Und wenn man geht, und man hat sie alle gesehen, so ist da noch ein Knabe. Einen Augenblick: wer ist das? Ein Brahe. Siehst du den silbernen Pfahl im schwarzen Feld und die Pfauenfedern? Da steht auch der Name: Erik Brahe. War das nicht ein Erik Brahe, der hingerichtet worden ist? Natürlich, das ist bekannt genug. Aber um den kann es sich nicht handeln. Dieser Knabe ist als Knabe gestorben, gleichviel, wann. Kannst du das nicht sehen?)

Wenn Besuch da war und Erik wurde gerufen, so versicherte das Fräulein Mathilde Brahe jedesmal, es sei geradezu unglaublich, wie sehr er der alten Gräfin Brahe gliche, meiner Großmutter. Sie soll eine sehr große Dame gewesen sein. Ich habe sie nicht gekannt. Dagegen erinnere ich mich sehr gut an die Mutter meines Vaters, die eigentliche Herrin auf Ulsgaard. Das war sie wohl immer geblieben, wie sehr sie es auch Maman übelnahm, daß sie als des Jägermeisters Frau ins Haus gekommen war. Seither tat sie beständig, als zöge sie sich zurück, und schickte die Dienstleute mit jeder Kleinigkeit weiter zu Maman hinein, während sie in wichtigen Angelegenheiten ruhig entschied und verfügte, ohne irgend jemandem Rechenschaft abzulegen. Maman, glaube ich, wünschte es gar nicht anders. Sie war so wenig gemacht, ein großes Haus zu übersehen, ihr fehlte völlig die Einteilung der Dinge in nebensächliche und wichtige. Alles, wovon man ihr sprach, schien ihr immer das Ganze zu sein, und sie vergaß darüber das andere, das doch auch noch da war. Sie beklagte sich nie über ihre Schwiegermutter. Und bei wem hätte sie sich auch beklagen sollen? Vater war ein äußerst respektvoller Sohn, und Großvater hatte wenig zu sagen.

Frau Margarete Brigge war immer schon, soweit ich denken kann, eine hochgewachsene, unzugängliche Greisin. Ich kann mir nicht anders vorstellen, als daß sie viel älter gewesen sei als der Kammerherr. Sie lebte mitten unter uns ihr Leben, ohne auf jemanden Rücksicht zu nehmen. Sie war auf keinen von uns angewiesen und hatte immer eine Art Gesellschafterin, eine alternde Komtesse Oxe, um sich, die sie sich durch irgendeine Wohltat unbegrenzt verpflichtet hatte. Dies mußte eine einzelne Ausnahme gewesen sein, denn wohltun war sonst nicht ihre Art. Sie liebte keine Kinder, und Tiere durften nicht in ihre Nähe. Ich weiß nicht, ob sie sonst etwas liebte. Es wurde erzählt, daß sie als ganz junges Mädchen dem schönen Felix Lichnowski[17] verlobt gewesen sei, der dann in Frankfurt so grausam ums Leben kam. Und in der Tat war nach ihrem Tode ein Bildnis des Fürsten da, das, wenn ich nicht irre, an die Familie zurückgegeben worden ist. Vielleicht, denke ich mir jetzt, versäumte sie über diesem eingezogenen ländlichen Leben, das das Leben auf Ulsgaard von Jahr zu Jahr mehr geworden war, ein anderes, glänzendes: ihr natürliches. Es ist schwer zu sagen, ob sie es betrauerte. Vielleicht verachtete sie es dafür, daß es nicht gekommen war, daß es die Gelegenheit verfehlt hatte, mit Geschick und Talent gelebt worden zu sein. Sie hatte alles dies so weit in sich hineingenommen und hatte darüber Schalen angesetzt, viele, spröde, ein wenig metallisch glänzende Schalen, deren jeweilig oberste sich neu und kühl ausnahm. Bisweilen freilich verriet sie sich doch durch eine naive Ungeduld, nicht genügend beachtet zu sein; zu meiner Zeit konnte sie sich dann bei Tische plötzlich verschlucken auf irgendeine deutliche und komplizierte Art, die ihr die Teilnahme aller sicherte und sie, für einen Augenblick wenigstens, so sensationell und spannend erscheinen ließ, wie sie es im Großen hätte sein mögen.

Indessen vermute ich, daß mein Vater der einzige war, der diese viel zu häufigen Zufälle ernst nahm. Er sah ihr, höflich vorübergeneigt, zu, man konnte merken, wie er ihr in Gedanken seine eigene, ordentliche Luftröhre gleichsam anbot und ganz zur Verfügung stellte. Der Kammerherr hatte natürlich gleichfalls zu essen aufgehört; er nahm einen kleinen Schluck Wein und enthielt sich jeder Meinung.

Er hatte bei Tische ein einziges Mal die seinige seiner Gemahlin gegenüber aufrechterhalten. Das war lange her; aber die Geschichte wurde doch noch boshaft und heimlich weitergegeben; es gab fast überall jemanden, der sie noch nicht gehört hatte. Es hieß, daß die Kammerherrin zu einer gewissen Zeit sich sehr über Weinflecke ereifern konnte, die durch Ungeschicklichkeit ins Tischzeug gerieten; daß ein solcher Fleck, bei welchem Anlaß er auch passieren mochte, von ihr bemerkt und unter dem heftigsten Tadel sozusagen bloßgestellt wurde. Dazu wäre es auch einmal gekommen, als man mehrere und namhafte Gäste hatte. Ein paar unschuldige Flecke, die sie übertrieb, wurden der Gegenstand ihrer höhnischen Anschuldigungen, und wie sehr der Großvater sich auch bemühte, sie durch kleine Zeichen und scherzhafte Zurufe zu ermahnen, so wäre sie doch eigensinnig bei ihren Vorwürfen geblieben, die sie dann allerdings mitten im Satze stehenlassen mußte. Es geschah nämlich etwas nie Dagewesenes und völlig Unbegreifliches. Der Kammerherr hatte sich den Rotwein geben lassen, der gerade herumgereicht worden war, und war nun in aller Aufmerksamkeit dabei, sein Glas selber zu füllen. Nur daß er, wunderbarerweise, einzugießen nicht aufhörte, als es längst voll war, sondern unter zunehmender Stille langsam und vorsichtig weitergoß, bis Maman, die nie an sich halten konnte, auflachte und damit die ganze Angelegenheit nach dem Lachen hin in Ordnung brachte. Denn nun stimmten alle erleichtert ein, und der Kammerherr sah auf und reichte dem Diener die Flasche.

Später gewann eine andere Eigenheit die Oberhand bei meiner Großmutter. Sie konnte es nicht ertragen, daß jemand im Hause erkrankte. Einmal, als die Köchin sich verletzt hatte und sie sah sie zufällig mit der eingebundenen Hand, behauptete sie, das Jodoform im ganzen Hause zu riechen, und war schwer zu überzeugen, daß man die Person daraufhin nicht entlassen könne. Sie wollte nicht an das Kranksein erinnert werden. Hatte jemand die Unvorsichtigkeit, vor ihr irgendein kleines Unbehagen zu äußern, so war das nichts anderes als eine persönliche Kränkung für sie, und sie trug sie ihm lange nach.

In jenem Herbst, als Maman starb, schloß sich die Kammerherrin mit Sophie Oxe ganz in ihren Zimmern ein und brach allen Verkehr mit uns ab. Nicht einmal ihr Sohn wurde angenommen. Es ist ja wahr, dieses Sterben fiel recht unpassend. Die Zimmer waren kalt, die Öfen rauchten, und die Mäuse waren ins Haus gedrungen; man war nirgends sicher vor ihnen. Aber das allein war es nicht, Frau Margarete Brigge war empört, daß Maman starb; daß da eine Sache auf der Tagesordnung stand, von der zu sprechen sie ablehnte; daß die junge Frau sich den Vortritt anmaßte vor ihr, die einmal zu sterben gedachte zu einem durchaus noch nicht festgesetzten Termin. Denn daran, daß sie würde sterben müssen, dachte sie oft. Aber sie wollte nicht gedrängt sein. Sie würde sterben, gewiß, wann es ihr gefiel, und dann konnten sie ja alle ruhig sterben, hinterher, wenn sie es so eilig hatten.

Mamans Tod verzieh sie uns niemals ganz. Sie alterte übrigens rasch während des folgenden Winters. Im Gehen war sie immer noch hoch, aber im Sessel sank sie zusammen, und ihr Gehör wurde schwieriger. Man konnte sitzen und sie groß ansehen, stundenlang, sie fühlte es nicht. Sie war irgendwo drinnen; sie kam nur noch selten und für Augenblicke in ihre Sinne, die leer waren, die sie nicht mehr bewohnte. Dann sagte sie etwas zu der Komtesse, die ihr die Mantille richtete, und nahm mit den großen, frisch gewaschenen Händen ihr Kleid an sich, als wäre Wasser vergossen oder als wären wir nicht ganz reinlich.

Sie starb gegen den Frühling zu, in der Stadt, eines Nachts. Sophie Oxe, deren Tür offenstand, hatte nichts gehört. Da man sie am Morgen fand, war sie kalt wie Glas.

Gleich darauf begann des Kammerherrn große und schreckliche Krankheit. Es war, als hätte er ihr Ende abgewartet, um so rücksichtslos sterben zu können, wie er mußte.

Es war in dem Jahr nach Mamans Tode, daß ich Abelone zuerst bemerkte. Abelone war immer da. Das tat ihr großen Eintrag. Und dann war Abelone unsympathisch, das hatte ich ganz früher einmal bei irgendeinem Anlaß festgestellt, und es war nie zu einer ernstlichen Durchsicht dieser Meinung gekommen. Zu fragen, was es mit Abelone für eine Bewandtnis habe, das wäre mir bis dahin beinah lächerlich erschienen. Abelone war da, und man nutzte sie ab, wie man eben konnte. Aber auf einmal fragte ich mich: Warum ist Abelone da? Jeder bei uns hatte einen bestimmten Sinn, dazusein, wenn er auch keineswegs immer so augenscheinlich war wie zum Beispiel die Anwendung des Fräuleins Oxe. Aber weshalb war Abelone da? Eine Zeitlang war davon die Rede gewesen, daß sie sich zerstreuen solle. Aber das geriet in Vergessenheit. Niemand trug etwas zu Abelonens Zerstreuung bei. Es machte durchaus nicht den Eindruck, daß sie sich zerstreue.

Übrigens hatte Abelone ein Gutes: sie sang. Das heißt, es gab Zeiten, wo sie sang. Es war eine starke, unbeirrbare Musik in ihr. Wenn es wahr ist, daß die Engel männlich sind, so kann man wohl sagen, daß etwas Männliches in ihrer Stimme war: eine strahlende, himmlische Männlichkeit. Ich, der ich schon als Kind der Musik gegenüber so mißtrauisch war (nicht, weil sie mich stärker als alles forthob aus mir, sondern weil ich gemerkt hatte, daß sie mich nicht wieder dort ablegte, wo sie mich gefunden hatte, sondern tiefer, irgendwo ganz ins Unfertige hinein), ich ertrug diese Musik, auf der man aufrecht aufwärtssteigen konnte, höher und höher, bis man meinte, dies müßte ungefähr schon der Himmel sein seit einer Weile. Ich ahnte nicht, daß Abelone mir noch andere Himmel öffnen sollte.

Zunächst bestand unsere Beziehung darin, daß sie mir von Mamans Mädchenzeit erzählte. Sie hielt viel darauf, mich zu überzeugen, wie mutig und jung Maman gewesen wäre. Es gab damals niemanden nach ihrer Versicherung, der sich im Tanzen oder im Reiten mit ihr messen konnte. «Sie war die Kühnste und unermüdlich, und dann heiratete sie auf einmal», sagte Abelone, immer noch erstaunt nach so vielen Jahren. «Es kam so unerwartet, niemand konnte es recht begreifen.»

Ich interessierte mich dafür, weshalb Abelone nicht geheiratet hatte. Sie kam mir alt vor verhältnismäßig, und daß sie es noch könnte, daran dachte ich nicht.

«Es war niemand da», antwortete sie einfach und wurde richtig schön dabei. Ist Abelone schön? fragte ich mich überrascht. Dann kam ich fort von Hause, auf die Adels-Akademie, und es begann eine widerliche und arge Zeit. Aber wenn ich dort zu Sorö, abseits von den andern, im Fenster stand, und sie ließen mich ein wenig in Ruh, so sah ich hinaus in die Bäume, und in solchen Augenblicken und nachts wuchs in mir die Sicherheit, daß Abelone schön sei. Und ich fing an, ihr alle jene Briefe zu schreiben, lange und kurze, viele heimliche Briefe, darin ich von Ulsgaard zu handeln meinte und davon, daß ich unglücklich sei. Aber es werden doch wohl, so wie ich es jetzt sehe, Liebesbriefe gewesen sein. Denn schließlich kamen die Ferien, die erst gar nicht kommen wollten, und da war es wie auf Verabredung, daß wir uns nicht vor den anderen wiedersahen.

Es war durchaus nichts vereinbart zwischen uns, aber da der Wagen einbog in den Park, konnte ich es nicht lassen, auszusteigen, vielleicht nur, weil ich nicht anfahren wollte wie irgendein Fremder. Es war schon voller Sommer. Ich lief in einen der Wege hinein und auf einen Goldregen zu. Und da war Abelone. Schöne, schöne Abelone.

Ich wills nie vergessen, wie das war, wenn du

mich anschautest. Wie du dein Schauen trugst, gleichsam wie etwas nicht Befestigtes es aufhaltend auf zurückgeneigtem Gesicht.

Ach, ob das Klima sich gar nicht verändert hat? Ob es nicht milder geworden ist um Ulsgaard herum von all unserer Wärme? Ob einzelne Rosen nicht länger blühen jetzt im Park, bis in den Dezember hinein?

Ich will nichts erzählen von dir, Abelone. Nicht deshalb, weil wir einander täuschten: weil du einen liebtest, auch damals, den du nie vergessen hast, Liebende, und ich: alle Frauen; sondern weil mit dem Sagen nur Unrecht geschieht.

Es gibt Teppiche hier, Abelone, Wandteppiche. Ich bilde mir ein, du bist da, sechs Teppiche sinds, komm, laß uns langsam vorübergehen.[18] Aber erst tritt zurück, und sieh alle zugleich. Wie ruhig sie sind, nicht? Es ist wenig Abwechslung darin. Da ist immer diese ovale blaue Insel, schwebend im zurückhaltend roten Grund, der blumig ist und von kleinen, mit sich beschäftigten Tieren bewohnt. Nur dort, im letzten Teppich, steigt die Insel ein wenig auf, als ob sie leichter geworden sei. Sie trägt immer eine Gestalt, eine Frau in verschiedener Tracht, aber immer dieselbe. Zuweilen ist eine kleinere Figur neben ihr, eine Dienerin, und immer sind die wappentragenden Tiere da, groß, mit auf der Insel, mit in der Handlung. Links ein Löwe und rechts, hell, das Einhorn;

sie halten die gleichen Banner, die hoch über ihnen zeigen: drei silberne Monde, steigend, in blauer Binde auf rotem Feld. – Hast du gesehen, willst du beim ersten beginnen?

Sie füttert den Falken. Wie herrlich ihr Anzug ist. Der Vogel ist auf der gekleideten Hand und rührt sich. Sie sieht ihm zu und langt dabei in die Schale, die ihr die Dienerin bringt, um ihm etwas zu reichen. Rechts unten auf der Schleppe hält sich ein kleiner, seidenhaariger Hund, der aufsieht und hofft, man werde sich seiner erinnern. Und, hast du bemerkt, ein niederes Rosengitter schließt hinten die Insel ab. Die Wappentiere steigen heraldisch hochmütig. Das Wappen ist ihnen noch einmal als Mantel umgegeben. Eine schöne Agraffe hält es zusammen. Es weht.

Geht man nicht unwillkürlich leiser zu dem nächsten Teppich hin, sobald man gewahrt, wie versunken sie ist: sie bindet einen Kranz, eine kleine, runde Krone aus Blumen. Nachdenklich wählt sie die Farbe der nächsten Nelke in dem flachen Becken, das ihr die Dienerin hält, während sie die vorige anreiht. Hinten auf einer Bank steht unbenutzt ein Korb voller Rosen, den ein Affe entdeckt hat. Diesmal sollten es Nelken sein. Der Löwe nimmt nicht mehr teil; aber rechts das Einhorn begreift.

Mußte nicht Musik kommen in diese Stille, war sie nicht schon verhalten da? Schwer und still geschmückt, ist sie (wie langsam, nicht?) an die tragbare Orgel getreten und spielt, stehend, durch das Pfeifenwerk abgetrennt von der Dienerin, die jenseits die Bälge bewegt. So schön war sie noch nie. Wunderlich ist das Haar in zwei Flechten nach vorn genommen und über dem Kopfputz oben zusammengefaßt, so daß es mit seinen Enden aus dem Bund aufsteigt wie ein kurzer Helmbusch. Verstimmt erträgt der Löwe die Töne, ungern, Geheul verbeißend. Das Einhorn aber ist schön, wie in Wellen bewegt.

Die Insel wird breit. Ein Zelt ist errichtet. Aus blauem Damast und goldgeflammt. Die Tiere raffen es auf, und schlicht beinah in ihrem fürstlichen Kleid tritt sie vor. Denn was sind ihre Perlen gegen sie selbst. Die Dienerin hat eine kleine Truhe geöffnet, und sie hebt nun eine Kette heraus, ein schweres, herrliches Kleinod, das immer verschlossen war. Der kleine Hund sitzt bei ihr, erhöht, auf bereitetem Platz und sieht es an. Und hast du den Spruch entdeckt auf dem Zeltrand oben? Da steht: *«À mon seul désir.»*

Was ist geschehen, warum springt das kleine Kaninchen da unten, warum sieht man gleich, daß es springt? Alles ist so befangen. Der Löwe hat nichts zu tun. Sie selbst hält das Banner. Oder hält sie sich dran? Sie hat mit der anderen Hand nach dem Horn des Einhorns gefaßt. Ist das Trauer, kann Trauer so aufrecht sein und ein Trauerkleid so verschwiegen wie dieser grünschwarze Samt mit den welken Stellen?

Aber es kommt noch ein Fest, niemand ist geladen dazu. Erwartung spielt dabei keine Rolle. Es ist alles da. Alles für immer. Der Löwe sieht sich fast drohend um: es darf niemand kommen. Wir haben sie noch nie müde gesehen; ist sie müde, oder hat sie sich nur niedergelassen, weil sie etwas Schweres hält? Man könnte meinen, eine Monstranz. Aber sie neigt den andern Arm gegen das Einhorn hin, und das Tier bäumt sich geschmeichelt auf und steigt und stützt sich auf ihren Schoß. Es ist ein Spiegel, was sie hält. Siehst du: sie zeigt dem Einhorn sein Bild. –

Abelone, ich bilde mir ein, du bist da. Begreifst du, Abelone? Ich denke, du mußt begreifen.

Nun sind auch die Teppiche der Dame à la Licorne nicht mehr in dem alten Schloß von Boussac. Die Zeit ist da, wo alles aus den Häusern fortkommt, sie können nichts mehr behalten. Die Gefahr ist sicherer geworden als die Sicherheit. Niemand aus dem Geschlecht der Delle Viste geht neben einem her und hat das im Blut. Sie sind alle vorbei. Niemand spricht deinen Namen aus, Pierre d'Aubusson, großer Großmeister aus uraltem Hause, auf dessen Willen hin vielleicht diese Bilder gewebt wurden, die alles preisen und nichts preisgeben.[19] (Ach, daß die Dichter je anders von Frauen geschrieben haben, wörtlicher, wie sie meinten. Es ist sicher, wir durften nichts wissen als das.) Nun kommt man zufällig davor unter Zufälligen und erschrickt fast, nicht geladen zu sein. Aber da sind andere und gehen vorüber, wenn es auch nie viele sind. Die jungen Leute halten sich kaum auf, es sei denn, daß das irgendwie in ihr Fach gehört, diese Dinge einmal gesehen zu haben, auf die oder jene bestimmte Eigenschaft hin.

Junge Mädchen allerdings findet man zuweilen davor. Denn es gibt eine Menge junger Mädchen in den Museen, die fortgegangen sind irgendwo aus den Häusern, die nichts mehr behalten. Sie finden sich vor diesen Teppichen und vergessen sich ein wenig. Sie haben immer gefühlt, daß es dies gegeben hat, solch ein leises Leben langsamer, nie ganz aufgeklärter Gebärden, und sie erinnern sich dunkel, daß sie sogar eine Zeitlang meinten, es würde ihr Leben sein. Aber dann ziehen sie rasch ein Heft hervor und beginnen zu zeichnen, gleichviel was, eine von den Blumen oder ein kleines, vergnügtes Tier. Darauf käme es nicht an, hat man ihnen vorgesagt, was es gerade wäre. Und darauf kommt es wirklich nicht an. Nur daß gezeichnet wird, das ist die Hauptsache; denn dazu sind sie fortgegangen eines Tages, ziemlich gewaltsam. Sie sind aus guter Familie. Aber wenn sie jetzt beim Zeichnen die Arme heben, so ergibt sich, daß ihr Kleid hinten nicht zugeknöpft ist oder doch nicht ganz. Es sind da ein paar Knöpfe, die man nicht erreichen kann. Denn als dieses Kleid gemacht wurde, war noch nicht davon die Rede gewesen, daß sie plötzlich allein weggehen würden. In der Familie ist immer jemand für solche Knöpfe. Aber hier, lieber Gott, wer sollte sich damit abgeben in einer so großen Stadt. Man müßte schon eine Freundin haben; Freundinnen sind aber in derselben Lage, und da kommt es doch darauf hinaus, daß man sich gegenseitig die Kleider schließt. Das ist lächerlich und erinnert an die Familie, an die man nicht erinnert sein will.

Es läßt sich ja nicht vermeiden, daß man während des Zeichnens zuweilen überlegt, ob es nicht doch möglich gewesen wäre zu bleiben. Wenn man hätte fromm sein können, herzhaft fromm im gleichen Tempo mit den andern. Aber das nahm sich so unsinnig aus, das gemeinsam zu versuchen. Der Weg ist irgendwie enger geworden: Familien können nicht mehr zu Gott. Es blieben also nur verschiedene andere Dinge, die man zur Not teilen konnte. Da kam dann aber, wenn man ehrlich teilte, so wenig auf den einzelnen, daß es eine Schande war. Und betrog man beim Teilen, so entstanden Auseinandersetzungen. Nein, es ist wirklich besser zu zeichnen, gleichviel was. Mit der Zeit stellt sich die Ähnlichkeit schon ein. Und die Kunst, wenn man sie so allmählich hat, ist doch etwas recht Beneidenswertes.

Und über der angestrengten Beschäftigung mit dem, was sie sich vorgenommen haben, diese jungen Mädchen, kommen sie nicht mehr dazu, aufzusehen. Sie merken nicht, wie sie bei allem Zeichnen doch nichts tun als das unabänderliche Leben in sich unterdrücken, das in diesen gewebten Bildern strahlend vor ihnen aufgeschlagen ist in seiner unendlichen Unsäglichkeit. Sie wollen es nicht glauben. Jetzt, da so vieles anders wird, wollen sie sich verändern. Sie sind ganz nahe daran, sich aufzugeben und *so* von sich zu denken, wie Männer etwa von ihnen reden könnten, wenn sie nicht da sind. Das scheint ihnen ihr Fortschritt. Sie sind fast schon überzeugt, daß man einen Genuß sucht und wieder einen und einen noch stärkeren Genuß: daß darin das Leben besteht, wenn man es nicht auf eine alberne Art verlieren will. Sie haben schon angefangen, sich umzusehen, zu suchen; sie, deren Stärke immer darin bestanden hat, gefunden zu werden.

Das kommt, glaube ich, weil sie müde sind. Sie haben jahrhundertelang die ganze Liebe geleistet, sie haben immer den vollen Dialog gespielt, beide Teile. Denn der Mann hat nur nachgesprochen und schlecht. Und hat ihnen das Erlernen schwergemacht mit seiner Zerstreutheit, mit seiner Nachlässigkeit, mit seiner Eifersucht, die auch eine Art Nachlässigkeit war. Und sie haben trotzdem ausgeharrt Tag und Nacht und haben zugenommen an Liebe und Elend. Und aus ihnen sind, unter dem Druck endloser Nöte, die gewaltigen Liebenden hervorgegangen, die, während sie ihn riefen, den Mann überstanden; die über ihn hinauswuchsen, wenn er nicht wiederkam, wie Gaspara Stampa oder wie die Portugiesin, die nicht abließen, bis ihre Qual umschlug in eine herbe, eisige Herrlichkeit, die nicht mehr zu halten war.[20] Wir wissen von der und der, weil Briefe da sind, die wie durch ein Wunder sich erhielten, oder Bücher mit anklagenden oder klagenden Gedichten oder Bilder, die uns anschauen in einer Galerie durch ein Weinen durch, das dem Maler gelang, weil er nicht wußte, was es war. Aber es sind ihrer zahllos mehr gewesen; solche, die ihre Briefe verbrannt haben, und andere, die keine Kraft mehr hatten, sie zu schreiben. Greisinnen, die verhärtet waren, mit einem Kern von Köstlichkeit in sich, den sie verbargen. Formlose, stark gewordene Frauen, die, stark geworden aus Erschöpfung, sich ihren Männern ähnlich werden ließen und die doch innen ganz anders waren, dort, wo ihre Liebe gearbeitet hatte, im Dunkel. Gebärende, die nie gebären wollten, und wenn sie endlich starben an der achten Geburt, so hatten sie die Gesten und das Leichte von Mädchen, die sich auf die Liebe freuen. Und die, die blieben neben Tobenden und Trinkern, weil sie das Mittel gefunden hatten, in sich so weit von ihnen zu sein wie nirgend sonst; und kamen sie unter die Leute, so konnten sie's nicht verhalten und schimmerten, als gingen sie immer mit Seligen um. Wer kann sagen, wie viele es waren und welche. Es ist, als hätten sie im voraus die Worte vernichtet, mit denen man sie fassen könnte.

Aber nun, da so vieles anders wird, ist es nicht an uns, uns zu verändern? Könnten wir nicht versuchen, uns ein wenig zu entwickeln und unseren Anteil Arbeit in der Liebe langsam auf uns zu nehmen nach und nach? Man hat uns alle ihre Mühsal erspart, und so ist sie uns unter die Zerstreuungen geglitten, wie in eines Kindes Spiellade manchmal ein Stück echter Spitze fällt und freut und nicht mehr freut und endlich daliegt unter Zerbrochenem und Auseinandergenommenem, schlechter als alles. Wir sind verdorben vom leichten Genuß wie alle Dilettanten und stehen im Geruch der Meisterschaft. Wie aber, wenn wir unsere Erfolge verachteten, wie, wenn wir ganz von vorne begännen, die Arbeit der Liebe zu lernen, die immer für uns getan worden ist? Wie, wenn wir hingingen und Anfänger würden, nun, da sich vieles verändert?

Nun weiß ich auch, wie es war, wenn Maman die kleinen Spitzenstücke aufrollte. Sie hatte nämlich ein einziges von den Schubfächern in Ingeborgs Sekretär für sich in Gebrauch genommen.

«Wollen wir sie sehen, Malte», sagte sie und freute sich, als sollte sie eben alles geschenkt bekommen, was in der kleinen gelblackierten Lade war. Und dann konnte sie vor lauter Erwartung das Seidenpapier gar nicht auseinanderschlagen. Ich mußte es tun jedesmal. Aber ich wurde auch ganz aufgeregt, wenn die Spitzen zum Vorschein kamen. Sie waren aufgewunden um eine Holzwelle, die gar nicht zu sehen war vor lauter Spitzen. Und nun wickelten wir sie langsam ab und sahen den Mustern zu, wie sie sich abspielten, und erschraken jedesmal ein wenig, wenn eines zu Ende war. Sie hörten so plötzlich auf.

Da kamen erst Kanten italienischer Arbeit, zähe Stücke mit ausgezogenen Fäden, in denen sich alles immerzu wiederholte, deutlich wie in einem Bauerngarten. Dann war auf einmal eine ganze Reihe unserer Blicke vergittert mit venezianischer Nadelspitze, als ob wir Klöster wären oder Gefängnisse. Aber es wurde wieder frei, und man sah weit in Gärten hinein, die immer künstlicher wurden, bis es dicht und lau an den Augen war wie in einem Treibhaus: prunkvolle Pflanzen, die wir nicht kannten, schlugen riesige Blätter auf, Ranken griffen nacheinander, als ob ihnen schwindelte, und die großen offenen Blüten der Points d'Alençon trübten alles mit ihren Pollen. Plötzlich, ganz müde und wirr, trat man hinaus in die lange Bahn der Valenciennes, und es war Winter und früh am Tag und Reif. Und man drängte sich durch das verschneite Gebüsch der Binche und kam an Plätze, wo noch keiner gegangen war; die Zweige hingen so merkwürdig abwärts, es konnte wohl ein Grab darunter sein, aber das verbargen wir voreinander. Die Kälte drang immer dichter an uns heran, und schließlich sagte Maman, wenn die kleinen, ganz feinen Klöppelspitzen kamen: «Oh, jetzt bekommen wir Eisblumen an den Augen», und so war es auch, denn es war innen sehr warm in uns.

Über dem Wiederaufrollen seufzten wir beide, das war eine lange Arbeit, aber wir mochten es niemandem überlassen.

«Denk nun erst, wenn wir sie machen müßten», sagte Maman und sah förmlich erschrokken aus. Das konnte ich mir gar nicht vorstellen. Ich ertappte mich darauf, daß ich an kleine Tiere gedacht hatte, die das immerzu spinnen und die man dafür in Ruhe läßt. Nein, es waren ja natürlich Frauen.

«Die sind gewiß in den Himmel gekommen, die das gemacht haben», meinte ich bewundernd. Ich erinnere, es fiel mir auf, daß ich lange nicht nach dem Himmel gefragt hatte. Maman atmete auf, die Spitzen waren wieder beisammen.

Nach einer Weile, als ich es schon wieder vergessen hatte, sagte sie ganz langsam: «In den Himmel? Ich glaube, sie sind ganz und gar da drin. Wenn man das so sieht: das kann gut eine ewige Seligkeit sein. Man weiß ja so wenig darüber.»

Oft, wenn Besuch da war, hieß es, daß Schulins sich einschränkten. Das große, alte Schloß war abgebrannt vor ein paar Jahren, und nun wohnten sie in den beiden engen Seitenflügeln und schränkten sich ein. Aber das Gästehaben lag ihnen nun einmal im Blut. Das konnten sie nicht aufgeben. Kam jemand unerwartet zu uns, so kam er wahrscheinlich von Schulins; und sah jemand plötzlich nach der Uhr und mußte ganz erschrocken fort, so wurde er sicher auf Lystager erwartet.

Maman ging eigentlich schon nirgends mehr hin, aber so etwas konnten Schulins nicht begreifen; es blieb nichts übrig, man mußte einmal hinüberfahren. Es war im Dezember nach ein paar frühen Schneefällen; der Schlitten war auf drei Uhr befohlen, ich sollte mit. Man fuhr indessen nie pünktlich bei uns. Maman, die es nicht liebte, daß der Wagen gemeldet wurde, kam meistens viel zu früh herunter, und wenn sie niemanden fand, so fiel ihr immer etwas ein, was schon längst hätte getan sein sollen, und sie begann irgendwo oben zu suchen oder zu ordnen, so daß sie kaum wieder zu erreichen war. Schließlich standen alle und warteten. Und saß sie endlich und war eingepackt, so zeigte es sich, daß etwas vergessen sei, und Sieversen mußte geholt werden; denn nur Sieversen wußte, wo es war. Aber dann fuhr man plötzlich los, eh' Sieversen wiederkam.

An diesem Tag war es überhaupt nicht recht hell geworden. Die Bäume standen da, als wüßten sie nicht weiter im Nebel, und es hatte etwas Rechthaberisches, dahinein zu fahren. Zwischendurch fing es an, still weiterzuschneien, und nun wars, als würde auch noch das Letzte ausradiert und als führe man in ein weißes Blatt. Es gab nichts als das Geläut, und man konnte nicht sagen, wo es eigentlich war. Es kam ein Moment, da es einhielt, als wäre nun die letzte Schelle ausgegeben; aber dann sammelte es sich wieder und war beisammen und streute sich wieder aus dem vollen aus. Den Kirchturm links konnte man sich eingebildet haben. Aber der Parkkontur war plötzlich da, hoch, beinahe über einem, und man befand sich in der langen Allee. Das Geläut fiel nicht mehr ganz ab; es war, als hängte es sich in Trauben rechts und links an die Bäume. Dann schwenkte man und fuhr rund um etwas herum und rechts an etwas vorbei und hielt in der Mitte.

Georg hatte ganz vergessen, daß das Haus nicht da war, und für uns alle war es in diesem Augenblick da. Wir stiegen die Freitreppe hinauf, die auf die alte Terrasse führte, und wunderten uns nur, daß es ganz dunkel sei. Auf einmal ging eine Tür, links unten hinter uns, und jemand rief: «Hierher!» und hob und schwenkte ein dunstiges Licht. Mein Vater lachte: «Wir steigen hier herum wie die Gespenster», und er half uns wieder die Stufen zurück.

«Aber es war doch eben ein Haus da», sagte Maman und konnte sich gar nicht so rasch an Wjera Schulin gewöhnen, die warm und lachend herausgelaufen war. Nun mußte man natürlich schnell hinein, und an das Haus war nicht mehr zu denken. In einem engen Vorzimmer wurde man ausgezogen, und dann war man gleich mittendrin unter den Lampen und der Wärme gegenüber.

Diese Schulins waren ein mächtiges Geschlecht selbständiger Frauen. Ich weiß nicht, ob es Söhne gab. Ich erinnere mich nur dreier Schwestern; der ältesten, die an einen Marchese in Neapel verheiratet gewesen war, von dem sie sich nun langsam unter vielen Prozessen schied. Dann kam Zoë, von der es hieß, daß es nichts gab, was sie nicht wußte. Und vor allem war Wjera da, diese warme Wjera; Gott weiß, was aus ihr geworden ist. Die Gräfin, eine Narischkin, war eigentlich die vierte Schwester und in gewisser Beziehung die jüngste. Sie wußte von nichts und mußte in einem fort von ihren Kindern unterrichtet werden. Und der gute Graf Schulin fühlte sich, als ob er mit allen diesen Frauen verheiratet sei, und ging herum und küßte sie, wie es eben kam.

Vor der Hand lachte er laut und begrüßte uns eingehend. Ich wurde unter den Frauen weitergegeben und befühlt und befragt. Aber ich hatte mir fest vorgenommen, wenn das vorüber sei, irgendwie hinauszugleiten und mich nach dem Haus umzusehen. Ich war überzeugt, daß es heute da sei. Das Hinauskommen war nicht so schwierig; zwischen allen den Kleidern kam man unten durch wie ein Hund, und die Tür nach dem Vorraum zu war noch angelehnt. Aber draußen die äußere wollte nicht nachgeben. Da waren mehrere Vorrichtungen, Ketten und Riegel, die ich nicht richtig behandelte in der Eile. Plötzlich ging sie doch auf, aber mit lautem Geräusch, und eh ich draußen war, wurde ich festgehalten und zurückgezogen.

«Halt, hier wird nicht ausgekniffen», sagte Wjera Schulin belustigt. Sie beugte sich zu mir, und ich war entschlossen, dieser warmen Person nichts zu verraten. Sie aber, als ich nichts sagte, nahm ohneweiters an, eine Nötigung meiner Natur hätte mich an die Tür getrieben; sie ergriff meine Hand und fing schon an zu gehen und wollte mich, halb vertraulich, halb hochmütig, irgendwohin mitziehen. Dieses intime Mißverständnis kränkte mich über die Maßen. Ich riß mich los und sah sie böse an. «Das Haus will ich sehen», sagte ich stolz. Sie begriff nicht.

«Das große Haus draußen an der Treppe.»

«Schaf», machte sie und haschte nach mir,

«da ist doch gar kein Haus mehr.» Ich bestand darauf.

«Wir gehen einmal bei Tage hin», schlug sie einlenkend vor, «jetzt kann man da nicht herumkriechen. Es sind Löcher da, und gleich dahinter sind Papas Fischteiche, die nicht zufrieren dürfen. Da fällst du hinein und wirst ein Fisch.»

Damit schob sie mich vor sich her wieder in die hellen Stuben. Da saßen sie alle und sprachen, und ich sah sie mir der Reihe nach an: Die gehen natürlich nur hin, wenn es nicht da ist, dachte ich verächtlich; wenn Maman und ich hier wohnten, so wäre es immer da. Maman sah zerstreut aus, während alle zugleich redeten. Sie dachte gewiß an das Haus.

Zoë setzte sich zu mir und stellte mir Fragen. Sie hatte ein gutgeordnetes Gesicht, in dem sich das Einsehen von Zeit zu Zeit erneute, als sähe sie beständig etwas ein. Mein Vater saß etwas nach rechts geneigt und hörte der Marchesin zu, die lachte. Graf Schulin stand zwischen Maman und seiner Frau und erzählte etwas. Aber die Gräfin unterbrach ihn, sah ich, mitten im Satze.

«Nein, Kind, das bildest du dir ein», sagte der Graf gutmütig, aber er hatte auf einmal dasselbe beunruhigte Gesicht, das er vorstreckte über den beiden Damen. Die Gräfin war von ihrer sogenannten Einbildung nicht abzubringen. Sie sah ganz angestrengt aus, wie jemand, der nicht gestört sein will. Sie machte kleine, abwinkende Bewegungen mit ihren weichen Ringhänden, jemand sagte «sst», und es wurde plötzlich ganz still.

Hinter den Menschen drängten sich die großen Gegenstände aus dem alten Haus, viel zu nah. Das schwere Familiensilber glänzte und wölbte sich, als sähe man es durch Vergrößerungsgläser. Mein Vater sah sich befremdet um.

«Mama riecht», sagte Wjera Schulin hinter ihm, «da müssen wir immer alle still sein, sie riecht mit den Ohren», dabei aber stand sie selbst mit hochgezogenen Augenbrauen da, aufmerksam und ganz Nase.

Die Schulins waren in dieser Beziehung ein bißchen eigen seit dem Brande. In den engen, überheizten Stuben kam jeden Augenblick ein Geruch auf, und dann untersuchte man ihn, und jeder gab seine Meinung ab. Zoë machte sich am Ofen zu tun, sachlich und gewissenhaft, der Graf ging umher und stand ein wenig in jeder Ecke und wartete; «hier ist es nicht», sagte er dann. Die Gräfin war aufgestanden und wußte nicht, wo sie suchen sollte. Mein Vater drehte sich langsam um sich selbst, als hätte er den Geruch hinter sich. Die Marchesin, die sofort angenommen hatte, daß es ein garstiger Geruch sei, hielt ihr Taschentuch vor und sah von einem zum andern, ob es vorüber wäre. «Hier, hier», rief Wjera von Zeit zu Zeit, als hätte sie ihn. Und um jedes Wort herum war es merkwürdig still. Was mich angeht, so hatte ich fleißig mitgerochen. Aber auf einmal (war es die Hitze in den Zimmern oder das viele nahe Licht) überfiel mich zum erstenmal in meinem Leben etwas wie Gespensterfurcht. Es wurde mir klar, daß alle die deutlichen großen Menschen, die eben noch gesprochen und gelacht hatten, gebückt herumgingen und sich mit etwas Unsichtbarem beschäftigten; daß sie zugaben, daß da etwas war, was sie nicht sahen. Und es war schrecklich, daß es stärker war als sie alle.

Meine Angst steigerte sich. Mir war, als könnte das, was sie suchten, plötzlich aus mir ausbrechen wie ein Ausschlag; und dann würden sie es sehen und nach mir zeigen. Ganz verzweifelt sah ich nach Maman hinüber. Sie saß eigentümlich gerade da, mir kam vor, daß sie auf mich wartete. Kaum war ich bei ihr und fühlte, daß sie innen zitterte, so wußte ich, daß das Haus erst jetzt wieder verging.

«Malte, Feigling», lachte es irgendwo. Es war Wjeras Stimme. Aber wir ließen einander nicht los und ertrugen es zusammen; und wir blieben so, Maman und ich, bis das Haus wieder ganz vergangen war.

Am reichsten an beinah unfaßbaren Erfahrungen waren aber doch die Geburtstage. Man wußte ja schon, daß das Leben sich darin gefiel, keine Unterschiede zu machen; aber zu diesem Tage stand man mit einem Recht auf Freude auf, an dem nicht zu zweifeln war. Wahrscheinlich war das Gefühl dieses Rechts ganz früh in einem ausgebildet worden, zu der Zeit, da man nach allem greift und rein alles bekommt und da man die Dinge, die man gerade festhält, mit unbeirrbarer Einbildungskraft zu der grundfarbigen Intensität des gerade herrschenden Verlangens steigert.

Dann aber kommen auf einmal jene merkwürdigen Geburtstage, da man, im Bewußtsein dieses Rechtes völlig befestigt, die anderen unsicher werden sieht. Man möchte wohl noch wie früher angekleidet werden und dann alles Weitere entgegennehmen. Aber kaum ist man wach, so ruft jemand draußen, die Torte sei noch nicht da; oder man hört, daß etwas zerbricht, während nebenan der Geschenktisch geordnet wird; oder es kommt jemand herein und läßt die Türe offen, und man sieht alles, ehe man es hätte sehen dürfen. Das ist der Augenblick, wo etwas wie eine Operation an einem geschieht. Ein kurzer, wahnsinnig schmerzhafter Eingriff. Aber die Hand, die ihn tut, ist geübt und fest. Es ist gleich vorbei. Und kaum ist es überstanden, so denkt man nicht mehr an sich; es gilt, den Geburtstag zu retten, die anderen zu beobachten, ihren Fehlern zuvorzukommen, sie in ihrer Einbildung zu bestärken, daß sie alles trefflich bewältigen. Sie machen es einem nicht leicht. Es erweist sich, daß sie von einer beispiellosen Ungeschicklichkeit sind, beinahe stupide. Sie bringen es zuwege, mit irgendwelchen Paketen hereinzukommen, die für andere Leute bestimmt sind; man läuft ihnen entgegen und muß hernach tun, als liefe man überhaupt in der Stube herum, um sich Bewegung zu schaffen, auf nichts Bestimmtes zu. Sie wollen einen überraschen und heben mit oberflächlich nachgeahmter Erwartung die unterste Lage in den Spielzeugschachteln auf, wo weiter nichts ist als Holzwolle; da muß man ihnen ihre Verlegenheit erleichtern. Oder wenn es etwas Mechanisches war, so überdrehen sie das, was sie einem geschenkt haben, beim ersten Aufziehen. Es ist deshalb gut, wenn man sich beizeiten übt, eine überdrehte Maus oder dergleichen unauffällig mit dem Fuß weiterzustoßen: auf diese Weise kann man sie oft täuschen und ihnen über die Beschämung forthelfen.

Das alles leistete man schließlich, wie es verlangt wurde, auch ohne besondere Begabung. Talent war eigentlich nur nötig, wenn sich einer Mühe gegeben hatte und brachte, wichtig und gutmütig, eine Freude, und man sah schon von weitem, daß es eine Freude für einen ganz anderen war, eine vollkommen fremde Freude; man wußte nicht einmal jemanden, dem sie gepaßt hätte: so fremd war sie.

Daß man erzählte, wirklich erzählte, das muß vor meiner Zeit gewesen sein. Ich habe nie jemanden erzählen hören. Damals, als Abelone mir von Mamans Jugend sprach, zeigte es sich, daß sie nicht erzählen könne. Der alte Graf Brahe soll es noch gekonnt haben. Ich will aufschreiben, was sie davon wußte.

Abelone muß als ganz junges Mädchen eine Zeit gehabt haben, da sie von einer eigenen, weiten Bewegtheit war. Brahes wohnten damals in der Stadt, in der Bredgade, unter ziemlicher Geselligkeit. Wenn sie abends spät hinauf in ihr Zimmer kam, so meinte sie müde zu sein wie die anderen. Aber dann fühlte sie auf einmal das Fenster, und wenn ich recht verstanden habe, so konnte sie vor der Nacht stehn, stundenlang, und denken: Das geht mich an. «Wie ein Gefangener stand ich da», sagte sie, «und die Sterne waren die Freiheit.» Sie konnte damals einschlafen, ohne sich schwer zu machen. Der Ausdruck In-den-Schlaf-Fallen paßt nicht für dieses Mädchenjahr. Schlaf war etwas, was mit einem stieg, und von Zeit zu Zeit hatte man die Augen offen und lag auf einer neuen Oberfläche, die noch lang nicht die oberste war. Und dann war man auf vor Tag; selbst im Winter, wenn die anderen schläfrig und spät zum späten Frühstück kamen. Abends, wenn es dunkel wurde, gab es ja immer nur Lichter für alle, gemeinsame Lichter. Aber diese beiden Kerzen ganz früh in der neuen Dunkelheit, mit der alles wieder anfing, die hatte man für sich. Sie standen in ihrem niederen

Doppelleuchter und schienen ruhig durch die kleinen, ovalen, mit Rosen bemalten Tüllschirme, die von Zeit zu Zeit nachgerückt werden mußten. Das hatte nichts Störendes; denn einmal war man durchaus nicht eilig, und dann kam es doch so, daß man manchmal aufsehen mußte und nachdenken, wenn man an einem Brief schrieb oder in das Tagebuch, das früher einmal mit ganz anderer Schrift, ängstlich und schön, begonnen war.

Der Graf Brahe lebte ganz abseits von seinen Töchtern. Er hielt es für Einbildung, wenn jemand behauptete, das Leben mit andern zu teilen. («Ja, teilen», sagte er.) Aber es war ihm nicht unlieb, wenn die Leute ihm von seinen Töchtern erzählten; er hörte aufmerksam zu, als wohnten sie in einer anderen Stadt.

Es war deshalb etwas ganz Außerordentliches, daß er einmal nach dem Frühstück Abelone zu sich winkte: «Wir haben die gleichen Gewohnheiten, wie es scheint, ich schreibe auch ganz früh. Du kannst mir helfen.» Abelone wußte es noch wie gestern.

Schon am anderen Morgen wurde sie in ihres Vaters Kabinett geführt, das im Rufe der Unzugänglichkeit stand. Sie hatte nicht Zeit, es in Augenschein zu nehmen, denn man setzte sie sofort gegen dem Grafen über an den Schreibtisch, der ihr wie eine Ebene schien mit Büchern und Schriftstößen als Ortschaften.

Der Graf diktierte. Diejenigen, die behaupteten, daß Graf Brahe seine Memoiren schriebe, hatten nicht völlig unrecht. Nur daß es sich nicht um politische oder militärische Erinnerungen handelte, wie man mit Spannung erwartete. «Die vergesse ich», sagte der alte Herr kurz, wenn ihn jemand auf solche Tatsachen hin anredete. Was er aber nicht vergessen wollte, das war seine Kindheit. Auf die hielt er. Und es war ganz in der Ordnung, seiner Meinung nach, daß jene sehr entfernte Zeit nun in ihm die Oberhand gewann, daß sie, wenn er seinen Blick nach innen kehrte, dalag wie in einer hellen nordischen Sommernacht, gesteigert und schlaflos.

Manchmal sprang er auf und redete in die Kerzen hinein, daß sie flackerten. Oder ganze Sätze mußten wieder durchgestrichen werden, und dann ging er heftig hin und her und wehte mit seinem nilgrünen, seidenen Schlafrock. Während alledem war noch eine Person zugegen, Sten, des Grafen alter jütländischer Kammerdiener, dessen Aufgabe es war, wenn der Großvater aufsprang, die Hände schnell über die einzelnen losen Blätter zu legen, die, mit Notizen bedeckt, auf dem Tische herumlagen. Seine Gnaden hatten die Vorstellung, daß das heutige Papier nichts tauge, daß es viel zu leicht sei und davonfliege bei der geringsten Gelegenheit. Und Sten, von dem man nur die lange obere Hälfte sah, teilte diesen Verdacht und saß gleichsam auf seinen

Händen, lichtblind und ernst wie ein Nachtvogel.

Dieser Sten verbrachte die Sonntagnachmittage damit, Swedenborg zu lesen, und niemand von der Dienerschaft hätte je sein Zimmer betreten mögen, weil es hieß, daß er zitiere. Die Familie Stens hatte seit je Umgang mit Geistern gehabt, und Sten war für diesen Verkehr ganz besonders vorausbestimmt. Seiner Mutter war etwas erschienen in der Nacht, da sie ihn gebar. Er hatte große, runde Augen, und das andere Ende seines Blicks kam hinter jeden zu liegen, den er damit ansah. Abelonens Vater fragte ihn oft nach den Geistern, wie man sonst jemanden nach seinen Angehörigen fragt: «Kommen sie, Sten?» sagte er wohlwollend. «Es ist gut, wenn sie kommen.»

Ein paar Tage ging das Diktieren seinen Gang. Aber dann konnte Abelone «Eckernförde»[21] nicht schreiben. Es war ein Eigenname, und sie hatte ihn nie gehört. Der Graf, der im Grunde schon lange einen Vorwand suchte, das Schreiben aufzugeben, das zu langsam war für seine Erinnerungen, stellte sich unwillig.

«Sie kann es nicht schreiben», sagte er scharf, «und andere werden es nicht lesen können. Und werden sie es überhaupt *sehen,* was ich da sage?» fuhr er böse fort und ließ Abelone nicht aus den Augen.

«Werden sie ihn sehen, diesen Saint-Germain?» schrie er sie an. «Haben wir Saint-Germain gesagt? Streich es durch. Schreib: der Marquis von Belmare.»

Abelone strich durch und schrieb. Aber der Graf sprach so schnell weiter, daß man nicht mitkonnte.

«Er mochte Kinder nicht leiden, dieser vortreffliche Belmare, aber mich nahm er auf sein Knie, so klein ich war, und mir kam die Idee, in seine Diamantknöpfe zu beißen. Das freute ihn. Er lachte und hob mir den Kopf, bis wir einander in die Augen sahen: ‹Du hast ausgezeichnete Zähne›, sagte er, ‹Zähne, die etwas unternehmen...› – Ich aber merkte mir seine Augen. Ich bin später da und dort herumgekommen. Ich habe allerhand Augen gesehen, kannst du mir glauben: solche nicht wieder. Für diese Augen hätte nichts dasein müssen, die hattens in sich. Du hast von Venedig gehört? Gut. Ich sage dir, die hätten Venedig hier hereingesehen in dieses Zimmer, daß es dagewesen wäre wie der Tisch. Ich saß in der Ecke einmal und hörte, wie er meinem Vater von Persien erzählte, manchmal mein' ich noch, mir riechen die Hände davon. Mein Vater schätzte ihn, und Seine Hoheit, der Landgraf, war so etwas wie sein Schüler. Aber es gab natürlich genug, die ihm übelnahmen, daß er an die Vergangenheit nur glaubte, wenn sie *in* ihm war. Das konnten sie nicht begreifen, daß der Kram nur Sinn hat, wenn man damit geboren wird.»

«Die Bücher sind leer», schrie der Graf mit einer wütenden Gebärde nach den Wänden hin, «das Blut, darauf kommt es an, da muß man drin lesen können. Er hatte wunderliche Geschichten drin und merkwürdige Abbildungen, dieser Belmare; er konnte aufschlagen, wo er wollte, da war immer was beschrieben; keine Seite in seinem Blut war überschlagen worden. Und wenn er sich einschloß von Zeit zu Zeit und allein drin blätterte, dann kam er zu den Stellen über das Goldmachen und über die Steine und über die Farben. Warum soll das nicht darin gestanden haben? Es steht sicher irgendwo.»

«Er hätte gut mit einer Wahrheit leben können, dieser Mensch, wenn er allein gewesen wäre. Aber es war keine Kleinigkeit, allein zu sein mit einer solchen. Und er war nicht so geschmacklos, die Leute einzuladen, daß sie ihn bei seiner Wahrheit besuchten; die sollte nicht ins Gerede kommen: dazu war er viel zu sehr Orientale. ‹Adieu, Madame›, sagte er ihr wahrheitsgemäß, ‹auf ein anderes Mal. Vielleicht ist man in tausend Jahren etwas kräftiger und ungestörter. Ihre Schönheit ist ja doch erst im Werden, Madame›, sagte er, und das war keine bloße Höflichkeit. Damit ging er fort und legte draußen für die Leute seinen Tierpark an, eine Art Jardin d'Acclimatation für die größeren Arten von Lügen, die man bei uns noch nie gesehen hatte, und ein Palmenhaus von Übertreibungen und eine kleine, gepflegte Figuerie falscher Geheimnisse. Da kamen sie von allen Seiten, und er ging herum mit Diamantschnallen an den Schuhen und war ganz für seine Gäste da.»

«Eine oberflächliche Existenz: wie? Im Grunde wars doch eine Ritterlichkeit gegen seine Dame, und er hat sich ziemlich dabei konserviert.»

Seit einer Weile schon redete der Alte nicht mehr auf Abelone ein, die er vergessen hatte. Er ging wie rasend auf und ab und warf herausfordernde Blicke auf Sten, als sollte Sten in einem gewissen Augenblicke sich in den verwandeln, an den er dachte. Aber Sten verwandelte sich noch nicht.

«Man müßte ihn *sehen*», fuhr Graf Brahe versessen fort. «Es gab eine Zeit, wo er durchaus sichtbar war, obwohl in manchen Städten die Briefe, die er empfing, an niemanden gerichtet waren: es stand nur der Ort darauf, sonst nichts. Aber ich hab ihn gesehen.»

«Er war nicht schön.» Der Graf lächelte eigentümlich eilig. «Auch nicht, was die Leute bedeutend nennen oder vornehm: es waren immer Vornehmere neben ihm. Er war reich: aber das war bei ihm nur wie ein Einfall, daran konnte man sich nicht halten. Er war gut gewachsen, obzwar andere hielten sich besser. Ich konnte damals natürlich nicht beurteilen, ob er geistreich war und das und dies, worauf Wert gelegt wird: aber er *war.*»

Der Graf, bebend, stand und machte eine Bewegung, als stellte er etwas in den Raum hinein, was blieb.

In diesem Moment gewahrte er Abelone.

«Siehst du ihn?» herrschte er sie an. Und plötzlich ergriff er den einen silbernen Armleuchter und leuchtete ihr blendend ins Gesicht.

Abelone erinnerte sich, daß sie ihn gesehen habe.

In den nächsten Tagen wurde Abelone regelmäßig gerufen, und das Diktieren ging nach diesem Zwischenfall viel ruhiger weiter. Der Graf stellte nach allerhand Papieren seine frühesten Erinnerungen an den Bernstorffschen Kreis zusammen, in dem sein Vater eine gewisse Rolle spielte.[22] Abelone war jetzt so gut auf die Besonderheiten ihrer Arbeit eingestellt, daß, wer die beiden sah, ihre zweckdienliche Gemeinsamkeit leicht für ein wirkliches Vertrautsein nehmen konnte.

Einmal, als Abelone sich schon zurückziehen wollte, trat der alte Herr auf sie zu, und es war, als hielte er die Hände mit einer Überraschung hinter sich: «Morgen schreiben wir von Julie Reventlow», sagte er und kostete seine Worte: «Das war eine Heilige.»

Wahrscheinlich sah Abelone ihn ungläubig an.

«Ja, ja, das gibt es alles noch», bestand er in befehlendem Tone, «es gibt alles, Komtesse Abel.»

Er nahm Abelonens Hände und schlug sie auf wie ein Buch.

«Sie hatte die Stigmata», sagte er, «hier und hier.» Und er tippte mit seinem kalten Finger hart und kurz in ihre beiden Handflächen.

Den Ausdruck Stigmata kannte Abelone nicht. Es wird sich zeigen, dachte sie; sie war recht ungeduldig, von der Heiligen zu hören, die ihr Vater noch gesehen hatte. Aber sie wurde nicht mehr geholt, nicht am nächsten Morgen und auch später nicht. –

«Von der Gräfin Reventlow ist ja dann oft bei euch gesprochen worden», schloß Abelone kurz, als ich sie bat, mehr zu erzählen. Sie sah müde aus; auch behauptete sie, das meiste wieder vergessen zu haben. «Aber die Stellen fühl ich noch manchmal», lächelte sie und konnte es nicht lassen und schaute beinah neugierig in ihre leeren Hände.

Noch vor meines Vaters Tod war alles anders geworden. Ulsgaard war nicht mehr in unserm Besitz. Mein Vater starb in der Stadt, in einer Etagenwohnung, die mir feindselig und befremdlich schien. Ich war damals schon im Ausland und kam zu spät.

Er war aufgebahrt in einem Hofzimmer zwischen zwei Reihen hoher Kerzen. Der Geruch der Blumen war unverständlich wie viele gleichzeitige Stimmen. Sein schönes Gesicht, darin die Augen geschlossen worden waren, hatte einen Ausdruck höflichen Erinnerns. Er war eingekleidet in die Jägermeisters-Uniform, aber aus irgendeinem Grunde hatte man das weiße Band aufgelegt statt des blauen. Die Hände waren nicht gefaltet, sie lagen schräg übereinander und sahen nachgemacht und sinnlos aus. Man hatte mir rasch erzählt, daß er viel gelitten habe: es war nichts davon zu sehen. Seine Züge waren aufgeräumt wie die Möbel in einem Fremdenzimmer, aus dem jemand abgereist war. Mir war zumute, als hätte ich ihn schon öfter tot gesehen: so gut kannte ich das alles.

Neu war nur die Umgebung, auf eine unangenehme Art. Neu war dieses bedrückende Zimmer, das Fenster gegenüber hatte, wahrscheinlich die Fenster anderer Leute. Neu war es, daß Sieversen von Zeit zu Zeit hereinkam und nichts tat. Sieversen war alt geworden. Dann sollte ich frühstücken. Mehrmals wurde mir das Frühstück gemeldet. Mir lag durchaus nichts daran, zu frühstücken an diesem Tage. Ich merkte nicht, daß man mich forthaben wollte; schließlich, da ich nicht ging, brachte Sieversen es irgendwie heraus, daß die Ärzte da wären. Ich begriff nicht, wozu. Es wäre da noch etwas zu tun, sagte Sieversen und sah mich mit ihren roten Augen angestrengt an. Dann traten, etwas überstürzt, zwei Herren herein: das waren die Ärzte. Der vordere senkte seinen Kopf mit einem Ruck, als hätte er Hörner und wollte stoßen, um uns über seine Gläser fort anzusehen: erst Sieversen, dann mich.

Er verbeugte sich mit studentischer Förmlichkeit. «Der Herr Jägermeister hatte noch einen Wunsch», sagte er genauso, wie er eingetreten war; man hatte wieder das Gefühl, daß er sich überstürzte. Ich nötigte ihn irgendwie, seinen Blick durch seine Gläser zu richten. Sein Kollege war ein voller, dünnschaliger, blonder Mensch; es fiel mir ein, daß man ihn leicht zum Erröten bringen könnte. Darüber entstand eine Pause. Es war seltsam, daß der Jägermeister jetzt noch Wünsche hatte.

Ich blickte unwillkürlich wieder hin in das schöne, gleichmäßige Gesicht. Und da wußte ich, daß er Sicherheit wollte. Die hatte er im Grunde immer gewünscht. Nun sollte er sie bekommen.

«Sie sind wegen des Herzstichs da: bitte.»

Ich verneigte mich und trat zurück. Die beiden Ärzte verbeugten sich gleichzeitig und begannen sofort, sich über ihre Arbeit zu verständigen. Jemand rückte auch schon die Kerzen beiseite. Aber der Ältere machte nochmals ein paar Schritte auf mich zu. Aus einer gewissen Nähe streckte er sich vor, um das letzte Stück Weg zu ersparen, und sah mich böse an.

«Es ist nicht nötig», sagte er, «das heißt, ich meine, es ist vielleicht besser, wenn Sie...»

Er kam mir vernachlässigt und abgenutzt vor in seiner sparsamen und eiligen Haltung. Ich verneigte mich abermals; es machte sich so, daß ich mich schon wieder verneigte.

«Danke», sagte ich knapp. «Ich werde nicht stören.»

Ich wußte, daß ich dieses ertragen würde und daß kein Grund da war, sich dieser Sache zu entziehen. Das hatte so kommen müssen. Das war vielleicht der Sinn von dem Ganzen. Auch hatte ich nie gesehen, wie es ist, wenn jemand durch die Brust gestochen wird. Es schien mir in der Ordnung, eine so merkwürdige Erfahrung nicht abzulehnen, wo sie sich zwanglos und unbedingt einstellte. An Enttäuschungen glaubte ich damals eigentlich schon nicht mehr; also war nichts zu befürchten.

Nein, nein, vorstellen kann man sich nichts auf der Welt, nicht das Geringste. Es ist alles aus so viel einzigen Einzelheiten zusammengesetzt, die sich nicht absehen lassen. Im Einbilden geht man über sie weg und merkt nicht, daß sie fehlen, schnell, wie man ist. Die Wirklichkeiten aber sind langsam und unbeschreiblich ausführlich.

Wer hätte zum Beispiel an diesen Widerstand gedacht. Kaum war die breite, hohe Brust bloßgelegt, so hatte der eilige kleine Mann schon die Stelle heraus, um die es sich handelte. Aber das rasch angesetzte Instrument drang nicht ein. Ich hatte das Gefühl, als wäre plötzlich alle Zeit fort aus dem Zimmer. Wir befanden uns wie in einem Bilde. Aber dann stürzte die Zeit nach mit einem kleinen, gleitenden Geräusch, und es war mehr da, als verbraucht wurde. Auf einmal klopfte es irgendwo. Ich hatte noch nie so klopfen hören: ein warmes, verschlossenes, doppeltes Klopfen. Mein Gehör gab es weiter, und ich sah zugleich, daß der Arzt auf Grund gestoßen war. Aber es dauerte eine Weile, bevor die beiden Eindrücke in mir zusammenkamen. So, so, dachte ich, nun ist es also durch. Das Klopfen war, was das Tempo betrifft, beinah schadenfroh.

Ich sah mir den Mann an, den ich nun schon so lange kannte. Nein, er war völlig beherrscht: ein rasch und sachlich arbeitender Herr, der gleich weiter mußte. Es war keine Spur von Genuß oder Genugtuung dabei. Nur an seiner linken Schläfe hatten sich ein paar Haare aufgestellt aus irgendeinem alten Instinkt. Er zog das Instrument vorsichtig zurück, und es war etwas wie ein Mund da, aus dem zweimal hintereinander Blut austrat, als sagte er etwas Zweisilbiges. Der junge, blonde Arzt nahm es schnell mit einer eleganten Bewegung in seine Watte auf. Und nun blieb die Wunde ruhig, wie ein geschlossenes Auge.

Es ist anzunehmen, daß ich mich noch einmal verneigte, ohne diesmal recht bei der Sache zu sein. Wenigstens war ich erstaunt, mich allein zu finden. Jemand hatte die Uniform wieder in Ordnung gebracht, und das weiße Band lag darüber wie vorher. Aber nun war der Jägermeister tot, und nicht er allein. Nun war das Herz durchbohrt, unser Herz, das Herz unseres Geschlechts. Nun war es vorbei. Das war also das Helmzerbrechen: Heute Brigge und nimmermehr, sagte etwas in mir.

An mein Herz dachte ich nicht. Und als es mir später einfiel, wußte ich zum erstenmal ganz gewiß, daß es hierfür nicht in Betracht kam. Es war ein einzelnes Herz. Es war schon dabei, von Anfang anzufangen.

Ich weiß, daß ich mir einbildete, nicht sofort wieder abreisen zu können. Erst muß alles geordnet sein, wiederholte ich mir. *Was* geordnet sein wollte, war mir nicht klar. Es war so gut wie nichts zu tun. Ich ging in der Stadt umher und konstatierte, daß sie sich verändert hatte. Es war mir angenehm, aus dem Hotel hinauszutreten, in dem ich abgestiegen war, und zu sehen, daß es nun eine Stadt für Erwachsene war, die sich für einen zusammennahm, fast wie für einen Fremden. Ein bißchen klein war alles geworden, und ich promenierte die Langelinie hinaus bis an den Leuchtturm und wieder zurück. Wenn ich in die Gegend der Amaliengade kam, so konnte es freilich geschehen, daß von irgendwo etwas ausging, was man jahrelang anerkannt hatte und was seine Macht noch einmal versuchte. Es gab da gewisse Eckfenster oder Torbogen oder Laternen, die viel von einem wußten und damit drohten. Ich sah ihnen ins Gesicht und ließ sie fühlen, daß ich im Hotel «Phönix» wohnte und jeden Augenblick wieder reisen konnte. Aber mein Gewissen war nicht ruhig dabei. Der Verdacht stieg in mir auf, daß noch keiner dieser Einflüsse und Zusammenhänge wirklich bewältigt worden war. Man hatte sie eines Tages heimlich verlassen, unfertig, wie sie waren. Auch die Kindheit würde also gewissermaßen noch zu leisten sein, wenn man sie nicht für immer verloren geben wollte. Und während ich begriff, wie ich sie verlor, empfand ich zugleich, daß ich nie etwas anderes haben würde, mich darauf zu berufen.

Ein paar Stunden täglich brachte ich in Dronningens Tværgade zu, in den engen Zimmern, die beleidigt aussahen wie alle Mietswohnungen, in denen jemand gestorben ist. Ich ging zwischen dem Schreibtisch und dem großen weißen Kachelofen hin und her und verbrannte die Papiere des Jägermeisters. Ich hatte begonnen, die Briefschaften, so wie sie zusammengebunden waren, ins Feuer zu werfen, aber die kleinen Pakete waren zu fest verschnürt und verkohlten nur an den Rändern. Es kostete mich Überwindung, sie zu lockern. Die meisten hatten einen starken, überzeugenden Duft, der auf mich eindrang, als wollte er auch in mir Erinnerungen aufregen. Ich hatte keine. Dann konnte es geschehen, daß Photographien herausglitten, die schwerer waren als das andere; diese Photographien verbrannten unglaublich langsam. Ich weiß nicht, wie es kam, plötzlich bildete ich mir ein, es könnte Ingeborgs Bild darunter sein. Aber sooft ich hinsah, waren es reife, großartige, deutlich schöne Frauen, die mich auf andere Gedanken brachten. Es erwies sich nämlich, daß ich doch nicht ganz ohne Erinnerungen war. Genau solche Augen waren es, in denen ich mich manchmal fand, wenn ich, zur Zeit, da ich heranwuchs, mit meinem Vater über die Straße ging. Dann konnten sie von einem Wageninnern aus mich mit einem Blick umgeben, aus dem kaum hinauszukommen war. Nun wußte ich, daß sie mich damals mit ihm verglichen und daß der Vergleich nicht zu meinen Gunsten ausfiel. Gewiß nicht, Vergleiche hatte der Jägermeister nicht zu fürchten.

Es kann sein, daß ich nun etwas weiß, was er gefürchtet hat. Ich will sagen, wie ich zu dieser Annahme komme. Ganz innen in seiner Brieftasche befand sich ein Papier, seit lange gefaltet, mürbe, gebrochen in den Bügen. Ich habe es gelesen, bevor ich es verbrannte. Es war von seiner besten Hand, sicher und gleichmäßig geschrieben, aber ich merkte gleich, daß es nur eine Abschrift war.

«Drei Stunden vor seinem Tod», so begann es und handelte von Christian dem Vierten. Ich kann den Inhalt natürlich nicht wörtlich wiederholen. Drei Stunden vor seinem Tod begehrte er aufzustehen. Der Arzt und der Kammerdiener Wormius halfen ihm auf die Füße. Er stand ein wenig unsicher, aber er stand, und sie zogen ihm das gesteppte Nachtkleid an. Dann setzte er sich plötzlich vorn an das Bettende und sagte etwas. Es war nicht zu verstehen. Der Arzt behielt immerzu seine linke Hand, damit der König nicht auf das Bett zurücksinke. So saßen sie, und der König sagte von Zeit zu Zeit mühsam und trübe das Unverständliche. Schließlich begann der Arzt ihm zuzusprechen; er hoffte allmählich zu erraten, was der König meinte. Nach einer Weile unterbrach ihn der König und sagte auf einmal ganz klar: «O Doktor, Doktor, wie heißt Er?» Der Arzt hatte Mühe, sich zu besinnen.

«Sperling, Allergnädigster König.»

Aber darauf kam es nun wirklich nicht an. Der König, sobald er hörte, daß man ihn verstand, riß das rechte Auge, das ihm geblieben war, weit auf und sagte mit dem ganzen Gesicht das eine Wort, das seine Zunge seit Stunden formte, das einzige, das es noch gab: «Döden», sagte er, «döden*.»

Mehr stand nicht auf dem Blatt. Ich las es mehrere Male, ehe ich es verbrannte. Und es fiel mir

* Der Tod, der Tod

ein, daß mein Vater viel gelitten hatte zuletzt. So hatte man mir erzählt.

Seitdem habe ich viel über die Todesfurcht nachgedacht, nicht ohne gewisse eigene Erfahrungen dabei zu berücksichtigen. Ich glaube, ich kann wohl sagen, ich habe sie gefühlt. Sie überfiel mich in der vollen Stadt, mitten unter den Leuten, oft ganz ohne Grund. Oft allerdings häuften sich die Ursachen; wenn zum Beispiel jemand auf einer Bank verging und alle standen herum und sahen ihm zu, und er war schon über das Fürchten hinaus: dann hatte ich seine Furcht. Oder in Neapel damals: da saß diese junge Person mir gegenüber in der elektrischen Bahn und starb. Erst sah es wie eine Ohnmacht aus, wir fuhren sogar noch eine Weile. Aber dann war kein Zweifel, daß wir stehenbleiben mußten. Und hinter uns standen die Wagen und stauten sich, als ginge es in dieser Richtung nie mehr weiter. Das blasse, dicke Mädchen hätte so, angelehnt an ihre Nachbarin, ruhig sterben können. Aber ihre Mutter gab das nicht zu. Sie brachte ihre Kleider in Unordnung und goß ihr etwas in den Mund, der nichts mehr behielt. Sie verrieb auf ihrer Stirn eine Flüssigkeit, die jemand gebracht hatte, und wenn die Augen dann ein wenig verrollten, so begann sie an ihr zu rütteln, damit der Blick wieder nach vorne käme. Sie schrie in diese Augen hinein, die nicht hörten, sie zerrte und zog das Ganze wie eine Puppe hin und her, und schließlich holte sie aus und schlug mit aller Kraft in das dicke Gesicht, damit es nicht stürbe. Damals fürchtete ich mich.

Aber ich fürchtete mich auch schon früher. Zum Beispiel, als mein Hund starb. Derselbe, der mich ein für allemal beschuldigte. Er war sehr krank. Ich kniete bei ihm schon den ganzen Tag, da plötzlich bellte er auf, ruckweise und kurz, wie er zu tun pflegte, wenn ein Fremder ins Zimmer trat. Ein solches Bellen war für diesen Fall zwischen uns gleichsam verabredet worden, und ich sah unwillkürlich nach der Tür. Aber es war schon in ihm. Beunruhigt suchte ich seinen Blick, und auch er suchte den meinen; aber nicht um Abschied zu nehmen. Er sah mich hart und befremdet an. Er warf mir vor, daß ich es hereingelassen hatte. Er war überzeugt, ich hätte es hindern können. Nun zeigte es sich, daß er mich immer überschätzt hatte. Und es war keine Zeit mehr, ihn aufzuklären. Er sah mich befremdet und einsam an, bis es zu Ende war.

Oder ich fürchtete mich, wenn im Herbst nach den ersten Nachtfrösten die Fliegen in die Stuben kamen und sich noch einmal in der Wärme erholten. Sie waren merkwürdig vertrocknet und erschraken bei ihrem eigenen Summen; man konnte sehen, daß sie nicht mehr recht wußten, was sie taten. Sie saßen stundenlang da und ließen sich gehen, bis es ihnen einfiel, daß sie noch lebten; dann warfen sie sich blindlings irgendwohin und begriffen nicht, was sie dort sollten, und man hörte sie weiterhin niederfallen und drüben und anderswo. Und endlich krochen sie überall und bestarben langsam das ganze Zimmer.

Aber sogar wenn ich allein war, konnte ich mich fürchten. Warum soll ich tun, als wären jene Nächte nicht gewesen, da ich aufsaß vor Todesangst und mich daran klammerte, daß das Sitzen wenigstens noch etwas Lebendiges sei: daß Tote nicht saßen. Das war immer in einem von diesen zufälligen Zimmern, die mich sofort im Stich ließen, wenn es mir schlechtging, als fürchteten sie, verhört und in meine argen Sachen verwickelt zu werden. Da saß ich, und wahrscheinlich sah ich so schrecklich aus, daß nichts den Mut hatte, sich zu mir zu bekennen. Nicht einmal das Licht, dem ich doch eben den Dienst erwiesen hatte, es anzuzünden, wollte von mir wissen. Es brannte so vor sich hin, wie in einem leeren Zimmer. Meine letzte Hoffnung war dann immer das Fenster. Ich bildete mir ein, dort draußen könnte noch etwas sein, was zu mir gehörte, auch jetzt, auch in dieser plötzlichen Armut des Sterbens. Aber kaum hatte ich hingesehen, so wünschte ich, das Fenster wäre verrammelt gewesen, zu, wie die Wand. Denn nun wußte ich, daß es dort hinaus immer gleich teilnahmslos weiterging, daß auch draußen nichts als meine Einsamkeit war. Die Einsamkeit, die ich über mich gebracht hatte und zu deren Größe mein Herz in keinem Verhältnis mehr stand. Menschen fielen mir ein, von denen ich einmal fortgegangen war, und ich begriff nicht, wie man Menschen verlassen konnte.

Mein Gott, mein Gott, wenn mir noch solche Nächte bevorstehen, laß mir doch wenigstens einen von den Gedanken, die ich zuweilen denken konnte. Es ist nicht so unvernünftig, was ich da verlange; denn ich weiß, daß sie gerade aus der Furcht gekommen sind, weil meine Furcht so groß war. Da ich ein Knabe war, schlugen sie mich ins Gesicht und sagten mir, daß ich feige sei. Das war, weil ich mich noch schlecht fürchtete. Aber seitdem habe ich mich fürchten gelernt mit der wirklichen Furcht, die nur zunimmt, wenn die Kraft zunimmt, die sie erzeugt. Wir haben keine Vorstellung von dieser Kraft, außer in unserer Furcht. Denn so ganz unbegreiflich ist sie, so völlig gegen uns, daß unser Gehirn sich zersetzt an der Stelle, wo wir uns anstrengen, sie zu denken. Und dennoch, seit einer Weile glaube ich, daß es *unsere* Kraft ist, alle unsere Kraft, die noch zu stark ist für uns. Es ist wahr, wir kennen sie nicht, aber ist es nicht gerade unser Eigenstes, wovon wir am wenigsten wissen? Manchmal denke ich mir, wie der Himmel entstanden ist und der Tod: dadurch, daß wir unser Kostbarstes von uns fortgerückt haben, weil noch so viel anderes zu tun war vorher und weil es bei uns Beschäftigten nicht in Sicherheit war. Nun sind Zeiten darüber vergangen, und wir haben uns an Geringeres gewöhnt. Wir erkennen unser Eigentum nicht mehr und entsetzen uns vor seiner äußersten Großheit. Kann das nicht sein?

Ich begreife übrigens jetzt gut, daß man ganz innen in der Brieftasche die Beschreibung einer Sterbestunde bei sich trägt durch alle die Jahre. Es müßte nicht einmal eine besonders gesuchte sein; sie haben alle etwas fast Seltenes. Kann man sich zum Beispiel nicht jemanden vorstellen, der sich abschreibt, wie Félix Arvers[23] gestorben ist. Es war im Hospital. Er starb auf eine sanfte und gelassene Weise, und die Nonne meinte vielleicht, daß er damit schon weiter sei, als er in Wirklichkeit war. Sie rief ganz laut irgendeine Weisung hinaus, wo das und das zu finden wäre. Es war eine ziemlich ungebildete Nonne; sie hatte das Wort Korridor, das im Augenblick nicht zu vermeiden war, nie geschrieben gesehen; so konnte es geschehen, daß sie «Kollidor» sagte in der Meinung, es hieße so. Da schob Arvers das Sterben hinaus. Es schien ihm nötig, dieses erst aufzuklären. Er wurde ganz klar und setzte ihr auseinander, daß es «Korridor» hieße. Dann starb er. Er war ein Dichter und haßte das Ungefähre; oder vielleicht war es ihm nur um die Wahrheit zu tun; oder es störte ihn, als letzten Eindruck mitzunehmen, daß die Welt so nachlässig weiterginge. Das wird nicht mehr zu entscheiden sein. Nur soll man nicht glauben, daß es Pedanterie war. Sonst träfe derselbe Vorwurf den heiligen Jean de Dieu[24], der in seinem Sterben aufsprang und gerade noch zurechtkam, im Garten den eben Erhängten abzuschneiden, von dem auf wunderbare Art Kunde in die verschlossene Spannung seiner Agonie gedrungen war. Auch ihm war es nur um die Wahrheit zu tun.

Es gibt ein Wesen, das vollkommen unschädlich ist, wenn es dir in die Augen kommt, du merkst es kaum und hast es gleich wieder vergessen. Sobald es dir aber unsichtbar auf irgendeine Weise ins Gehör gerät, so entwickelt es sich dort, es kriecht gleichsam aus, und man hat Fälle gesehen, wo es bis ins Gehirn vordrang und in diesem Organ verheerend gedieh, ähnlich den Pneumokokken des Hundes, die durch die Nase eindringen.

Dieses Wesen ist der Nachbar.

Nun, ich habe, seit ich so vereinzelt herumkomme, unzählige Nachbarn gehabt; obere und untere, rechte und linke, manchmal alle vier Arten zugleich. Ich könnte einfach die Geschichte meiner Nachbarn schreiben; das wäre ein Lebenswerk. Es wäre freilich mehr die

Geschichte der Krankheitserscheinungen, die sie in mir erzeugt haben; aber das teilen sie mit allen derartigen Wesen, daß sie nur in den Störungen nachzuweisen sind, die sie in gewissen Geweben hervorrufen.

Ich habe unberechenbare Nachbarn gehabt und sehr regelmäßige. Ich habe gesessen und das Gesetz der ersten herauszufinden versucht; denn es war klar, daß auch sie eines hatten. Und wenn die pünktlichen einmal am Abend ausblieben, so hab ich mir ausgemalt, was ihnen könnte zugestoßen sein, und habe mein Licht brennen lassen und mich geängstigt wie eine junge Frau. Ich habe Nachbarn gehabt, die gerade haßten, und Nachbarn, die in eine heftige Liebe verwickelt waren; oder ich erlebte es, daß bei ihnen eines in das andere umsprang mitten in der Nacht, und dann war natürlich an Schlafen nicht zu denken. Da konnte man überhaupt beobachten, daß der Schlaf durchaus nicht so häufig ist, wie man meint. Meine beiden Petersburger Nachbarn zum Beispiel gaben nicht viel auf Schlaf. Der eine stand und spielte die Geige, und ich bin sicher, daß er dabei hinübersah in die überwachen Häuser, die nicht aufhörten hell zu sein in den unwahrscheinlichen Augustnächten. Von dem anderen zur Rechten weiß ich allerdings, daß er lag; er stand zu meiner Zeit überhaupt nicht mehr auf. Er hatte sogar die Augen geschlossen; aber man konnte nicht sagen, daß er schlief. Er lag und sagte lange Gedichte her, Gedichte von Puschkin[25] und Nekrassow[26], in dem Tonfall, in dem Kinder Gedichte hersagen, wenn man es von ihnen verlangt. Und trotz der Musik meines linken Nachbars war es dieser mit seinen Gedichten, der sich in meinem Kopfe einpuppte, und Gott weiß, was da ausgekrochen wäre, wenn nicht der Student, der ihn zuweilen besuchte, sich eines Tages in der Tür geirrt hätte. Er erzählte mir die Geschichte seines Bekannten, und es ergab sich, daß sie gewissermaßen beruhigend war. Jedenfalls war es eine wörtliche, eindeutige Geschichte, an der die vielen Würmer meiner Vermutungen zugrunde gingen.

Dieser kleine Beamte da nebenan war eines Sonntags auf die Idee gekommen, eine merkwürdige Aufgabe zu lösen. Er nahm an, daß er recht lange leben würde, sagen wir noch fünfzig Jahre. Die Großmütigkeit, die er sich damit erwies, versetzte ihn in eine glänzende Stimmung. Aber nun wollte er sich selber übertreffen. Er überlegte, daß man diese Jahre in Tage, in Stunden, in Minuten, ja, wenn man es aushielt, in Sekunden umwechseln könne, und er rechnete und rechnete, und es kam eine Summe heraus, wie er noch nie eine gesehen hatte. Ihn schwindelte. Er mußte sich ein wenig erholen. Zeit war kostbar, hatte er immer sagen hören, und es wunderte ihn, daß man einen Menschen, der eine solche Menge Zeit besaß, nicht geradezu bewachte. Wie leicht konnte er bestohlen werden. Dann aber kam seine gute, beinah ausgelassene Laune wieder, er zog seinen Pelz an, um etwas breiter und stattlicher auszusehen, und machte sich das ganze fabelhafte Kapital zum Geschenk, indem er sich ein bißchen herablassend anredete: «Nikolaj Kusmitsch», sagte er wohlwollend und stellte sich vor, daß er außerdem noch, ohne Pelz, dünn und dürftig auf dem Roßhaarsofa säße, «ich hoffe, Nikolaj Kusmitsch», sagte er, «Sie werden sich nichts auf Ihren Reichtum einbilden. Bedenken Sie immer, daß das nicht die Hauptsache ist, es gibt arme Leute, die durchaus respektabel sind; es gibt sogar verarmte Edelleute und Generalstöchter, die auf der Straße herumgehen und etwas verkaufen.» Und der Wohltäter führte noch allerlei in der ganzen Stadt bekannte Beispiele an.

Der andere Nikolaj Kusmitsch, der auf dem Roßhaarsofa, der Beschenkte, sah durchaus noch nicht übermütig aus, man durfte annehmen, daß er vernünftig sein würde. Er änderte in der Tat nichts an seiner bescheidenen, regelmäßigen Lebensführung, und die Sonntage brachte er nun damit zu, seine Rechnung in Ordnung zu bringen. Aber schon nach ein paar Wochen fiel es ihm auf, daß er unglaublich viel ausgäbe. Ich werde mich einschränken, dachte er. Er stand früher auf, er wusch sich weniger ausführlich, er trank stehend seinen Tee, er lief ins Bureau und kam viel zu früh. Er ersparte überall ein bißchen Zeit. Aber am Sonntag war nichts Erspartes da. Da begriff er, daß er betrogen sei. Ich hätte nicht wechseln dürfen, sagte er sich. Wie lange hat man an so einem Jahr. Aber da, dieses infame Kleingeld, das geht hin, man weiß nicht, wie. Und es wurde ein häßlicher Nachmittag, als er in der Sofaecke saß und auf den Herrn im Pelz wartete, von dem er seine Zeit zurückverlangen wollte. Er wollte die Tür verriegeln und ihn nicht fortlassen, bevor er nicht damit herausgerückt war. In Scheinen, wollte er sagen, meinetwegen zu zehn Jahren. Vier Scheine zu zehn und einer zu fünf, und den Rest sollte er behalten in des Teufels Namen. Ja, er war bereit, ihm den Rest zu schenken, nur damit keine Schwierigkeiten entstünden. Gereizt saß er im Roßhaarsofa und wartete, aber der Herr kam nicht. Und er, Nikolaj Kusmitsch, der sich vor ein paar Wochen mit Leichtigkeit so hatte dasitzen sehen, er konnte sich jetzt, da er wirklich saß, den anderen Nikolaj Kusmitsch, den im Pelz, den Großmütigen, nicht vorstellen. Weiß der Himmel, was aus ihm geworden war, wahrscheinlich war man seinen Betrügereien auf die Spur gekommen, und er saß nun schon irgendwo fest. Sicher hatte er nicht ihn allein ins Unglück gebracht. Solche Hochstapler arbeiten immer im großen.

Es fiel ihm ein, daß es eine staatliche Behörde geben müsse, eine Art Zeitbank, wo er wenigstens einen Teil seiner lumpigen Sekunden umwechseln könne. Echt waren sie doch schließlich. Er hatte nie von einer solchen Anstalt gehört, aber im Adreßbuch würde gewiß etwas Derartiges zu finden sein, unter Z, oder vielleicht auch hieß es «Bank für Zeit»; man konnte leicht unter B nachsehen. Eventuell war auch der Buchstabe K zu berücksichtigen, denn es war anzunehmen, daß es ein kaiserliches Institut war; das entsprach seiner Wichtigkeit.

Später versicherte Nikolaj Kusmitsch immer, daß er an jenem Sonntagabend, obwohl er sich begreiflicherweise in recht gedrückter Stimmung befand, nichts getrunken habe. Er war also völlig nüchtern, als das Folgende passierte, soweit man überhaupt sagen kann, was da geschah. Vielleicht, daß er ein bißchen in seiner Ecke eingeschlummert war, das ließe sich immerhin denken. Dieser kleine Schlaf verschaffte ihm zunächst lauter Erleichterung. Ich habe mich mit den Zahlen eingelassen, redete er sich zu. Nun, ich verstehe nichts von Zahlen. Aber es ist klar, daß man ihnen keine zu große Bedeutung einräumen darf; sie sind doch sozusagen nur eine Einrichtung von Staats wegen, um der Ordnung willen. Niemand hatte doch je anderswo als auf dem Papier eine gesehen. Es war ausgeschlossen, daß einem zum Beispiel in einer Gesellschaft eine Sieben oder eine Fünfundzwanzig begegnete. Da gab es die einfach nicht. Und dann war da diese kleine Verwechslung vorgefallen, aus purer Zerstreutheit: Zeit und Geld, als ob sich das nicht auseinanderhalten ließe. Nikolaj Kusmitsch lachte beinah. Es war doch gut, wenn man sich so auf die Schliche kam, und rechtzeitig, das war das Wichtige, rechtzeitig. Nun sollte es anders werden. Die Zeit, ja, das war eine peinliche Sache. Aber betraf es etwa ihn allein, ging sie nicht auch den andern so, wie er es herausgefunden hatte, in Sekunden, auch wenn sie es nicht wußten?

Nikolaj Kusmitsch war nicht ganz frei von Schadenfreude: Mag sie immerhin... wollte er eben denken, aber da geschah etwas Eigentümliches. Es wehte plötzlich an seinem Gesicht, es zog ihm an den Ohren vorbei, er fühlte es an den Händen. Er riß die Augen auf. Das Fenster war fest verschlossen. Und wie er da so mit weiten Augen im dunkeln Zimmer saß, da begann er zu verstehen, daß das, was er nun verspürte, die wirkliche Zeit sei, die vorüberzog. Er erkannte sie förmlich, alle diese Sekündchen, gleich lau, eine wie die andere, aber schnell, aber schnell. Weiß der Himmel, was sie noch vorhatten. Daß gerade *ihm* das widerfahren mußte, der jede Art von Wind als Beleidigung empfand. Nun würde man dasitzen, und es würde immer so weiterziehen, das ganze Leben lang. Er sah alle die Neuralgien voraus, die man sich dabei holen würde, er war außer sich vor Wut. Er sprang auf, aber die

Überraschungen waren noch nicht zu Ende. Auch unter seinen Füßen war etwas wie eine Bewegung, nicht nur eine, mehrere, merkwürdig durcheinanderschwankende Bewegungen. Er erstarrte vor Entsetzen: konnte das die Erde sein? Gewiß, das war die Erde. Sie bewegte sich ja doch. In der Schule war davon gesprochen worden, man war etwas eilig darüber weggegangen, und später wurde es gern vertuscht; es galt nicht für passend, davon zu sprechen. Aber nun, da er einmal empfindlich geworden war, bekam er auch das zu fühlen. Ob die anderen es fühlten? Vielleicht, aber sie zeigten es nicht. Wahrscheinlich machte es ihnen nichts aus, diesen Seeleuten. Nikolaj Kusmitsch aber war ausgerechnet in diesem Punkt etwas delikat, er vermied sogar die Straßenbahnen. Er taumelte im Zimmer umher wie auf Deck und mußte sich rechts und links halten. Zum Unglück fiel ihm noch etwas von der schiefen Stellung der Erdachse ein. Nein, er konnte alle diese Bewegungen nicht vertragen. Er fühlte sich elend. Liegen und ruhig halten, hatte er einmal irgendwo gelesen. Und seither lag Nikolaj Kusmitsch.

Er lag und hatte die Augen geschlossen. Und es gab Zeiten, weniger bewegte Tage sozusagen, wo es ganz erträglich war. Und dann hatte er sich das ausgedacht mit den Gedichten. Man sollte nicht glauben, wie das half. Wenn man so ein Gedicht langsam hersagte, mit gleichmäßiger Betonung der Endreime, dann war gewissermaßen etwas Stabiles da, worauf man sehen konnte, innerlich versteht sich. Ein Glück, daß er alle diese Gedichte wußte. Aber er hatte sich immer ganz besonders für Literatur interessiert. Er beklagte sich nicht über seinen Zustand, versicherte mir der Student, der ihn lange kannte. Nur hatte sich mit der Zeit eine übertriebene Bewunderung für die in ihm herausgebildet, die, wie der Student, herumgingen und die Bewegung der Erde vertrugen.

Ich erinnere mich dieser Geschichte so genau, weil sie mich ungemein beruhigte. Ich kann wohl sagen, ich habe nie wieder einen so angenehmen Nachbar gehabt wie diesen Nikolaj Kusmitsch, der sicher auch mich bewundert hätte.

Ich nahm mir nach dieser Erfahrung vor, in ähnlichen Fällen immer gleich auf die Tatsachen loszugehen. Ich merkte, wie einfach und erleichternd sie waren, den Vermutungen gegenüber. Als ob ich nicht gewußt hätte, daß alle unsere Einsichten nachträglich sind, Abschlüsse, nichts weiter. Gleich dahinter fängt eine neue Seite an mit etwas ganz anderem, ohne Übertrag. Was halfen mir jetzt im gegenwärtigen Falle die paar Tatsachen, die sich spielend feststellen ließen. Ich will sie gleich aufzählen, wenn ich gesagt haben werde, was mich augenblicklich beschäftigt: daß sie eher dazu beigetragen haben, meine Lage, die (wie ich jetzt eingestehe) recht schwierig war, noch lästiger zu gestalten.

Es sei zu meiner Ehre gesagt, daß ich viel geschrieben habe in diesen Tagen; ich habe krampfhaft geschrieben. Allerdings, wenn ich ausgegangen war, so dachte ich nicht gerne an das Nachhausekommen. Ich machte sogar kleine Umwege und verlor auf diese Art eine halbe Stunde, während welcher ich hätte schreiben können. Ich gebe zu, daß dies eine Schwäche war. War ich aber einmal in meinem Zimmer, so hatte ich mir nichts vorzuwerfen. Ich schrieb, ich hatte *mein* Leben, und das da nebenan war ein ganz anderes Leben, mit dem ich nichts teilte: das Leben eines Studenten der Medizin, der für sein Examen studierte. Ich hatte nichts Ähnliches vor mir, schon das war ein entscheidender Unterschied. Und auch sonst waren unsere Umstände so verschieden wie möglich. Das alles leuchtete mir ein. Bis zu dem Moment, da ich wußte, daß es kommen würde; da vergaß ich, daß es zwischen uns keine Gemeinsamkeit gab. Ich horchte so, daß mein Herz ganz laut wurde. Ich ließ alles und horchte. Und dann kam es: ich habe mich nie geirrt.

Beinah jeder kennt den Lärm, den irgendein blechernes, rundes Ding, nehmen wir an, der Deckel einer Blechbüchse, verursacht, wenn er einem entglitten ist. Gewöhnlich kommt er gar nicht einmal sehr laut unten an, er fällt kurz auf, rollt auf dem Rande weiter und wird eigentlich erst unangenehm, wenn der Schwung zu Ende geht und er nach allen Seiten taumelnd aufschlägt, eh er ins Liegen kommt. Nun also: das ist das Ganze; so ein blecherner Gegenstand fiel nebenan, rollte, blieb liegen, und dazwischen, in gewissen Abständen, stampfte es. Wie alle Geräusche, die sich wiederholt durchsetzen, hatte auch dieses sich innerlich organisiert; es wandelte sich ab, es war niemals genau dasselbe. Aber gerade das sprach für seine Gesetzmäßigkeit. Es konnte heftig sein oder milde oder melancholisch; es konnte gleichsam überstürzt vorübergehen oder unendlich lange hingleiten, eh es zu Ruhe kam. Und das letzte Schwanken war immer überraschend. Dagegen hatte das Aufstampfen, das hinzukam, etwas fast Mechanisches. Aber es teilte den Lärm immer anders ab, das schien seine Aufgabe zu sein. Ich kann diese Einzelheiten jetzt viel besser übersehen; das Zimmer neben mir ist leer. Er ist nach Hause gereist, in die Provinz. Er sollte sich erholen. Ich wohne im obersten Stockwerk. Rechts ist ein anderes Haus, unter mir ist noch niemand eingezogen: ich bin ohne Nachbar.

In dieser Verfassung wundert es mich beinah, daß ich die Sache nicht leichter nahm. Obwohl ich doch jedesmal im voraus gewarnt war durch mein Gefühl. Das wäre auszunutzen gewesen. Erschrick nicht, hätte ich mir sagen müssen, jetzt kommt es; ich wußte ja, daß ich mich niemals täuschte. Aber das lag vielleicht gerade an den Tatsachen, die ich mir hatte sagen lassen; seit ich sie wußte, war ich noch schreckhafter geworden. Es berührte mich fast gespenstisch, daß das, was diesen Lärm auslöste, jene kleine, langsame, lautlose Bewegung war, mit der sein Augenlid sich eigenmächtig über sein rechtes Auge senkte und schloß, während er las. Dies war das Wesentliche an seiner Geschichte, eine Kleinigkeit. Er hatte schon ein paarmal die Examen vorbeigehen lassen müssen, sein Ehrgeiz war empfindlich geworden, und die Leute daheim drängten wahrscheinlich, sooft sie schrieben. Was blieb also übrig, als sich zusammenzunehmen. Aber da hatte sich, ein paar Monate vor der Entscheidung, diese Schwäche eingestellt; diese kleine, unmögliche Ermüdung, die so lächerlich war, wie wenn ein Fenstervorhang nicht oben bleiben will. Ich bin sicher, daß er wochenlang der Meinung war, man müßte das beherrschen können. Sonst wäre ich nicht auf die Idee verfallen, ihm meinen Willen anzubieten. Eines Tages begriff ich nämlich, daß der seine zu Ende sei. Und seither, wenn ich es kommen fühlte, stand ich da auf meiner Seite der Wand und bat ihn, sich zu bedienen. Und mit der Zeit wurde mir klar, daß er darauf einging. Vielleicht hätte er das nicht tun dürfen, besonders wenn man bedenkt, daß es eigentlich nichts half. Angenommen sogar, daß wir die Sache ein wenig hinhielten, so bleibt es doch fraglich, ob er wirklich imstande war, die Augenblicke, die wir so gewannen, auszunutzen. Und was meine Ausgaben betrifft, so begann ich sie zu fühlen. Ich weiß, ich fragte mich, ob das so weitergehen dürfe, gerade an dem Nachmittag, als jemand in unserer Etage ankam. Dies ergab bei dem engen Aufgang immer viel Unruhe in dem kleinen Hotel. Eine Weile später schien es mir, als trete man bei meinem Nachbar ein. Unsere Türen waren die letzten im Gang, die seine quer und dicht neben der meinen. Ich wußte indessen, daß er zuweilen Freunde bei sich sah, und, wie gesagt, ich interessierte mich durchaus nicht für seine Verhältnisse. Es ist möglich, daß seine Tür noch mehrmals geöffnet wurde, daß man draußen kam und ging. Dafür war ich wirklich nicht verantwortlich.

Nun, an diesem selben Abend war es ärger denn je. Es war noch nicht sehr spät, aber ich war aus Müdigkeit schon zu Bett gegangen; ich hielt es für wahrscheinlich, daß ich schlafen würde. Da fuhr ich auf, als hätte man mich berührt. Gleich darauf brach es los. Es sprang und rollte und rannte irgendwo an und schwankte und klappte. Das Stampfen war fürchterlich. Dazwischen klopfte man unten, einen Stock tiefer, deutlich und böse gegen die Decke. Auch der neue Mieter war natürlich gestört. Jetzt: das mußte seine Türe sein. Ich war so wach, daß ich seine Türe zu hören meinte, obwohl er erstaunlich vorsichtig damit umging. Es kam mir vor, als nähere er sich. Sicher wollte er wissen, in welchem Zimmer es sei. Was mich befremdete, war seine wirklich übertriebene Rücksicht. Er hatte doch eben bemerken können, daß es auf Ruhe nicht ankam in diesem Hause. Warum in aller Welt unterdrückte er seinen Schritt? Eine Weile glaubte ich ihn an meiner Tür; und dann vernahm ich, darüber war kein Zweifel, daß er nebenan eintrat. Er trat ohneweiters nebenan ein.

Und nun (ja, wie soll ich das beschreiben?), nun wurde es still. Still, wie wenn ein Schmerz aufhört. Eine eigentümlich fühlbare, prickelnde Stille, als ob eine Wunde heilte. Ich hätte sofort schlafen können; ich hätte Atem holen können und einschlafen. Nur mein Erstaunen hielt mich wach. Jemand sprach nebenan, aber auch das gehörte mit in die Stille. Das muß man erlebt haben, wie diese Stille war, wiedergeben läßt es sich nicht. Auch draußen war alles wie ausgeglichen. Ich saß auf, ich horchte, es war wie auf dem Lande. Lieber Gott, dachte ich, seine Mutter ist da. Sie saß neben dem Licht, sie redete ihm zu, vielleicht hatte er den Kopf ein wenig gegen ihre Schulter gelegt. Gleich würde sie ihn zu Bett bringen. Nun begriff ich das leise Gehen draußen auf dem Gang. Ach, daß es das gab. So ein

Wesen, vor dem die Türen ganz anders nachgeben als vor uns. Ja, nun konnten wir schlafen.

Ich habe meinen Nachbar fast schon vergessen. Ich sehe wohl, daß es keine richtige Teilnahme war, was ich für ihn hatte. Unten frage ich zwar zuweilen im Vorübergehen, ob Nachrichten von ihm da sind und welche. Und ich freue mich, wenn sie gut sind. Aber ich übertreibe. Ich habe eigentlich nicht nötig, das zu wissen. Das hängt gar nicht mehr mit ihm zusammen, daß ich manchmal einen plötzlichen Reiz verspüre, nebenan einzutreten. Es ist nur ein Schritt von meiner Tür zu der anderen, und das Zimmer ist nicht verschlossen. Es würde mich interessieren, wie dieses Zimmer eigentlich beschaffen ist. Man kann sich mit Leichtigkeit ein beliebiges Zimmer vorstellen, und oft stimmt es dann ungefähr. Nur das Zimmer, das man neben sich hat, ist immer ganz anders, als man es sich denkt.

Ich sage mir, daß es dieser Umstand ist, der mich reizt. Aber ich weiß ganz gut, daß es ein gewisser blecherner Gegenstand ist, der auf mich wartet. Ich habe angenommen, daß es sich wirklich um einen Büchsendeckel handelt, obwohl ich mich natürlich irren kann. Das beunruhigt mich nicht. Es entspricht nun einmal meiner Anlage, die Sache auf einen Büchsendeckel zu schieben. Man kann denken, daß er ihn nicht mitgenommen hat. Wahrscheinlich hat man aufgeräumt, man hat den Deckel auf seine Büchse gesetzt, wie es sich gehört. Und nun bilden die beiden zusammen den Begriff Büchse, runde Büchse, genau ausgedrückt, einen einfachen, sehr bekannten Begriff. Mir ist, als entsänne ich mich, daß sie auf dem Kamin stehn, die beiden, die die Büchse ausmachen. Ja, sie stehn sogar vor dem Spiegel, so daß dahinter noch eine Büchse entsteht, eine täuschend ähnliche, imaginäre. Eine Büchse, auf die wir gar keinen Wert legen, nach der aber zum Beispiel ein Affe greifen würde. Richtig, es würden sogar zwei Affen danach greifen, denn auch der Affe wäre doppelt, sobald er auf dem Kaminrand ankäme. Nun also, es ist der Deckel dieser Büchse, der es auf mich abgesehen hat.

Einigen wir uns darüber: der Deckel einer Büchse, einer gesunden Büchse, deren Rand nicht anders gebogen ist als sein eigener, so ein Deckel müßte kein anderes Verlangen kennen, als sich auf seiner Büchse zu befinden; dies müßte das Äußerste sein, was er sich vorzustellen vermag; eine nicht zu übertreffende Befriedigung, die Erfüllung aller seiner Wünsche. Es ist ja auch etwas geradezu Ideales, geduldig und sanft eingedreht auf der kleinen Gegenwulst gleichmäßig aufzuruhen und die eingreifende Kante in sich zu fühlen, elastisch und gerade so scharf, wie man selber am Rande ist, wenn man einzeln daliegt. Ach, aber wie wenige Deckel gibt es, die das noch zu schätzen wissen. Hier zeigt es sich so recht, wie verwirrend der Umgang mit den Menschen auf die Dinge gewirkt hat. Die Menschen nämlich, wenn es angeht, sie ganz vorübergehend mit solchen Deckeln zu vergleichen, sitzen höchst ungern und schlecht auf ihren Beschäftigungen. Teils weil sie nicht auf die richtigen gekommen sind in der Eile, teils weil man sie schief und zornig aufgesetzt hat, teils weil die Ränder, die aufeinander gehören, verbogen sind, jeder auf eine andere Art. Sagen wir es nur ganz aufrichtig: sie denken im Grunde nur daran, sobald es sich irgend tun läßt, hinunterzuspringen, zu rollen und zu blechern. Wo kämen sonst alle diese sogenannten Zerstreuungen her und der Lärm, den sie verursachen?

Die Dinge sehen das nun schon seit Jahrhunderten an. Es ist kein Wunder, wenn sie verdorben sind, wenn sie den Geschmack verlieren an ihrem natürlichen, stillen Zweck und das Dasein so ausnutzen möchten, wie sie es rings um sich ausgenutzt sehen. Sie machen Versuche, sich ihren Anwendungen zu entziehen, sie werden unlustig und nachlässig, und die Leute sind gar nicht erstaunt, wenn sie sie auf einer Ausschweifung ertappen. Sie kennen das so gut von sich selbst. Sie ärgern sich, weil sie die Stärkeren sind, weil sie mehr Recht auf Abwechslung zu haben meinen, weil sie sich nachgeäfft fühlen; aber sie lassen die Sache gehen, wie sie sich selber gehen lassen. Wo aber einer ist, der sich zusammennimmt, ein Einsamer etwa, der so recht rund auf sich beruhen wollte Tag und Nacht, da fordert er geradezu den Widerspruch, den Hohn, den Haß der entarteten Geräte heraus, die, in ihrem argen Gewissen, nicht mehr vertragen können, daß etwas sich zusammenhält und nach seinem Sinne strebt. Da verbinden sie sich, um ihn zu stören, zu schrecken, zu beirren, und wissen, daß sie es können. Da fangen sie, einander zuzwinkernd, die Verführung an, die dann ins Unermessene weiter wächst und alle Wesen und Gott selber hinreißt gegen den *einen,* der vielleicht übersteht: den Heiligen.

Wie begreif ich jetzt die wunderlichen Bilder[27], darinnen Dinge von beschränkten und regelmäßigen Gebrauchen sich ausspannen und sich lüstern und neugierig aneinander versuchen, zuckend in der ungefähren Unzucht der Zerstreuung. Diese Kessel, die kochend herumgehen, diese Kolben, die auf Gedanken kommen, und die müßigen Trichter, die sich in ein Loch drängen zu ihrem Vergnügen. Und da sind auch schon, vom eifersüchtigen Nichts heraufgeworfen, Gliedmaßen und Glieder unter ihnen und Gesichter, die warm in sie hineinvomieren, und blasende Gesäße, die ihnen den Gefallen tun.

Und der Heilige krümmt sich und zieht sich zusammen; aber in seinen Augen war noch ein Blick, der dies für möglich hielt: er hat hingesehen. Und schon schlagen sich seine Sinne nieder aus der hellen Lösung seiner Seele. Schon entblättert sein Gebet und steht ihm aus dem Mund wie ein eingegangener Strauch. Sein Herz ist umgefallen und ausgeflossen ins Trübe hinein. Seine Geißel trifft ihn schwach wie ein Schwanz, der Fliegen verjagt. Sein Geschlecht ist wieder nur an einer Stelle, und wenn eine Frau aufrecht durch das Gehudel kommt, den offenen Busen voll Brüste, so zeigt es auf sie wie ein Finger.

Es gab Zeiten, da ich diese Bilder für veraltet hielt. Nicht, als ob ich an ihnen zweifelte. Ich konnte mir denken, daß dies den Heiligen geschah, damals, den eifernden Voreiligen, die gleich mit Gott anfangen wollten um jeden Preis. Wir muten uns dies nicht mehr zu. Wir ahnen, daß er zu schwer ist für uns, daß wir ihn hinausschieben müssen, um langsam die lange Arbeit zu tun, die uns von ihm trennt. Nun aber weiß ich, daß diese Arbeit genauso bestritten ist wie das Heiligsein; daß dies da um jeden entsteht, der um ihretwillen einsam ist, wie es sich bildete um die Einsamen Gottes in ihren Höhlen und leeren Herbergen, einst.

Wenn man von den Einsamen spricht, setzt man immer zuviel voraus. Man meint, die Leute wüßten, um was es sich handelt. Nein, sie wissen es nicht. Sie haben nie einen Einsamen gesehen, sie haben ihn nur gehaßt, ohne ihn zu kennen. Sie sind seine Nachbarn gewesen, die ihn aufbrauchten, und die Stimmen im Nebenzimmer, die ihn versuchten. Sie haben die Dinge aufgereizt gegen ihn, daß sie lärmten und ihn übertönten. Die Kinder verbanden sich wider ihn, da er zart und ein Kind war, und mit jedem Wachsen wuchs er gegen die Erwachsenen an. Sie spürten ihn auf in seinem Versteck wie ein jagdbares Tier, und seine lange Jugend war ohne Schonzeit. Und wenn er sich nicht erschöpfen ließ und davonkam, so schrien sie über das, was von ihm ausging, und nannten es häßlich und verdächtigten es. Und hörte er nicht darauf, so wurden sie deutlicher und aßen ihm sein Essen weg und atmeten ihm seine Luft aus und spien in seine Armut, daß sie ihm widerwärtig würde. Sie brachten Verruf über ihn wie über einen Ansteckenden und warfen ihm Steine nach, damit er sich rascher entfernte. Und sie hatten recht in ihrem alten Instinkt: denn er war wirklich ihr Feind.

Aber dann, wenn er nicht aufsah, besannen sie sich. Sie ahnten, daß sie ihm mit alledem seinen Willen taten; daß sie ihn in seinem Alleinsein bestärkten und ihm halfen, sich abzuscheiden von ihnen für immer. Und nun schlugen sie um und wandten das Letzte an, das Äußerste, den anderen Widerstand: den Ruhm. Und bei diesem Lärmen blickte fast jeder auf und wurde zerstreut.

Diese Nacht ist mir das kleine grüne Buch wieder eingefallen, das ich als Knabe einmal besessen haben muß; und ich weiß nicht, warum ich mir einbilde, daß es von Mathilde Brahe stammte. Es interessierte mich nicht, da ich es bekam, und ich las es erst mehrere Jahre später, ich glaube in der Ferienzeit auf Ulsgaard. Aber wichtig war es mir vom ersten Augenblick an. Es war durch und durch voller Bezug, auch äußerlich betrachtet. Das Grün des Einbands bedeutete etwas, und man sah sofort ein, daß es innen so sein mußte, wie es war. Als ob das verabredet worden wäre, kam zuerst dieses glatte, weiß in weiß gewässerte Vorsatzblatt und dann die Titelseite, die man für geheimnisvoll hielt. Es hätten wohl Bilder drin sein können, so sah es aus; aber es waren keine, und man mußte, fast wider Willen, zugeben, daß auch das in der Ordnung sei. Es entschädigte einen irgendwie, an einer bestimmten Stelle das schmale Leseband zu finden, das, mürbe und ein wenig schräg, rührend in seinem Vertrauen, noch rosa zu sein, seit Gott weiß wann immer zwischen den gleichen Seiten lag. Vielleicht war es nie benutzt worden, und der Buchbinder hatte es rasch und fleißig da hineingebogen, ohne recht hinzusehen. Möglicherweise aber war es kein Zufall. Es konnte sein, daß jemand dort zu lesen aufgehört hatte, der nie wieder las; daß das Schicksal in diesem Moment an seiner Türe klopfte, um ihn zu beschäftigen, daß er weit von allen Büchern weggeriet, die doch schließlich nicht das Leben sind. Das war nicht zu erkennen, ob das Buch weitergelesen worden war. Man konnte sich auch denken, daß es sich einfach darum handelte, diese Stelle aufzuschlagen wieder und wieder, und daß es dazu gekommen war, wenn auch manchmal erst spät in der Nacht. Jedenfalls hatte ich eine Scheu vor den beiden Seiten wie vor einem Spiegel, vor dem jemand steht. Ich habe sie nie gelesen. Ich weiß überhaupt nicht, ob ich das ganze Buch gelesen habe. Es war nicht sehr stark, aber es standen eine Menge Geschichten drin, besonders am Nachmittag; dann war immer eine da, die man noch nicht kannte.

Ich erinnere nur noch zwei. Ich will sagen, welche: das Ende des Grischa Otrepjow[28] und Karls des Kühnen Untergang.

Gott weiß, ob es mir damals Eindruck machte. Aber jetzt, nach so viel Jahren, entsinne ich mich der Beschreibung, wie der Leichnam des falschen Zaren unter die Menge geworfen worden war und dalag drei Tage, zerfetzt und zerstochen und eine Maske vor dem Gesicht. Es ist natürlich gar keine Aussicht, daß mir das kleine Buch je wieder in die Hände kommt. Aber diese Stelle muß merkwürdig gewesen sein. Ich hätte auch Lust nachzulesen, wie die Begegnung mit der Mutter verlief. Er mag sich sehr sicher gefühlt haben, da er sie nach Moskau kommen ließ; ich bin sogar überzeugt, daß er zu jener Zeit so stark an sich glaubte, daß er in der Tat seine Mutter zu berufen meinte. Und diese Marie Nagoi, die in schnellen Tagreisen aus ihrem dürftigen Kloster kam, gewann ja auch alles, wenn sie zustimmte. Ob aber seine Unsicherheit nicht gerade damit begann, daß sie ihn anerkannte? Ich bin nicht abgeneigt zu glauben, die Kraft seiner Verwandlung hätte darin beruht, niemandes Sohn mehr zu sein.

(Das ist schließlich die Kraft aller jungen Leute, die fortgegangen sind.)*

Das Volk, das sich ihn erwünschte, ohne sich einen vorzustellen, machte ihn nur noch freier und unbegrenzter in seinen Möglichkeiten. Aber die Erklärung der Mutter hatte, selbst als bewußter Betrug, noch die Macht, ihn zu verringern; sie hob ihn aus der Fülle seiner Erfindung; sie beschränkte ihn auf ein müdes Nachahmen; sie setzte ihn auf den einzelnen herab, der er nicht war: sie machte ihn zum Betrüger. Und nun kam, leiser auflösend, diese Marina Mniczek hinzu, die ihn auf ihre Art leugnete, indem sie,

* Im Manuskript an den Rand geschrieben.

wie sich später erwies, nicht an ihn glaubte, sondern an jeden. Ich kann natürlich nicht dafür einstehen, wie weit das alles in jener Geschichte berücksichtigt war. Dies, scheint mir, wäre zu erzählen gewesen.

Aber auch abgesehen davon, ist diese Begebenheit durchaus nicht veraltet. Es wäre jetzt ein Erzähler denkbar, der viel Sorgfalt an die letzten Augenblicke wendete; er hätte nicht unrecht. Es geht eine Menge in ihnen vor: Wie er aus dem innersten Schlaf ans Fenster springt und über das Fenster hinaus in den Hof zwischen die Wachen. Er kann allein nicht auf; sie müssen ihm helfen. Wahrscheinlich ist der Fuß gebrochen. An zwei von den Männern gelehnt, fühlt er, daß sie an ihn glauben. Er sieht sich um: auch die andern glauben an ihn. Sie dauern ihn fast, diese riesigen Strelitzen[29], es muß weit gekommen sein: sie haben Iwan Grosnij gekannt in all seiner Wirklichkeit, und glauben an *ihn*. Er hätte Lust, sie aufzuklären, aber den Mund öffnen hieße einfach schreien. Der Schmerz im Fuß ist rasend, und er hält so wenig von sich in diesem Moment, daß er nichts weiß als den Schmerz. Und dann ist keine Zeit. Sie drängen heran, er sieht den Schuiskij und hinter ihm alle. Gleich wird es vorüber sein. Aber da schließen sich seine Wachen. Sie geben ihn nicht auf. Und ein Wunder geschieht. Der Glauben dieser alten Männer pflanzt sich fort, auf einmal will niemand mehr vor. Schuiskij, dicht vor ihm, ruft verzweifelt nach einem Fenster hinauf. Er sieht sich nicht um. Er weiß, wer dort steht; er begreift, daß es still wird, ganz ohne Übergang still. Jetzt wird die Stimme kommen, die er von damals her kennt; die hohe, falsche Stimme, die sich überanstrengt. Und da hört er die Zarin-Mutter, die ihn verleugnet.

Bis hierher geht die Sache von selbst, aber nun, bitte, einen Erzähler, einen Erzähler: denn von den paar Zeilen, die noch bleiben, muß Gewalt ausgehen über jeden Widerspruch hinaus. Ob es gesagt wird oder nicht, man muß darauf schwören, daß zwischen Stimme und Pistolenschuß, unendlich zusammengedrängt, noch einmal Wille und Macht in ihm war, alles zu sein. Sonst versteht man nicht, wie glänzend konsequent es ist, daß sie sein Nachtkleid durchbohrten und in ihm herumstachen, ob sie auf das Harte einer Person stoßen würden. Und daß er im Tode doch noch die Maske trug, drei Tage lang, auf die er fast schon verzichtet hatte.

Wenn ich's nun bedenke, so scheint es mir seltsam, daß in demselben Buche der Ausgang dessen erzählt wurde, der sein ganzes Leben lang *einer* war, der gleiche, hart und nicht zu ändern wie ein Granit und immer schwerer auf allen, die ihn ertrugen. Es gibt ein Bild von ihm in Dijon.[30] Aber man weiß es auch so, daß er kurz, quer, trotzig war und verzweifelt. Nur an die Hände hätte man vielleicht nicht gedacht. Es sind arg warme Hände, die sich immerfort kühlen möchten und sich unwillkürlich auf Kaltes legen, gespreizt, mit Luft zwischen allen Fingern. In diese Hände konnte das Blut hineinschießen, wie es einem zu Kopf steigt, und geballt waren sie wirklich wie die Köpfe von Tollen, tobend von Einfällen.

Es gehört unglaubliche Vorsicht dazu, mit diesem Blute zu leben. Der Herzog war damit eingeschlossen in sich selbst, und zuzeiten fürchtete er's, wenn es um ihn herumging, geduckt und dunkel. Es konnte ihm selber grauenhaft fremd sein, dieses behende, halbportugiesische Blut, das er kaum kannte. Oft ängstigte es ihn, daß es ihn im Schlafe anfallen könnte und zerreißen. Er tat, als bändigte er's, aber er stand immer in seiner Furcht. Er wagte nie, eine Frau zu lieben, damit es nicht eifersüchtig würde, und so reißend war es, daß Wein nie über seine Lippen kam; statt zu trinken, sänftigte er's mit Rosenmus. Doch, einmal trank er, im Lager vor Lausanne, als Granson verloren war; da war er krank und abgeschieden und trank viel puren Wein. Aber damals schlief sein Blut. In seinen sinnlosen letzten Jahren verfiel es manchmal in diesen schweren, tierischen Schlaf. Dann zeigte es sich, wie sehr er in seiner Gewalt war; denn wenn es schlief, war er nichts. Dann durfte keiner von seiner Umgebung herein; er begriff nicht, was sie redeten. Den fremden Gesandten konnte er sich nicht zeigen, öd, wie er war. Dann saß er und wartete, daß es aufwachte. Und meistens fuhr es mit einem Sprunge auf und brach aus dem Herzen aus und brüllte.

Für dieses Blut schleppte er alle die Dinge mit, auf die er nichts gab. Die drei großen Diamanten und alle die Steine; die flandrischen Spitzen und die Teppiche von Arras, haufenweis. Sein seidenes Gezelt mit den aus Gold gedrehten Schnüren und vierhundert Zelte für sein Gefolg. Und Bilder, auf Holz gemalt, und die zwölf Apostel aus vollem Silber. Und den Prinzen von Tarent und den Herzog von Cleve und Philipp von Baden und den Herrn von Château-Guyon. Denn er wollte seinem Blut einreden, daß er Kaiser sei und nichts über ihm: damit es ihn fürchte. Aber sein Blut glaubte ihm nicht, trotz solcher Beweise, es war ein mißtrauisches Blut. Vielleicht erhielt er es noch eine Weile im Zweifel. Aber die Hörner von Uri verrieten ihn. Seither wußte sein Blut, daß es in einem Verlorenen war: und wollte heraus.

So seh ich es jetzt, damals aber machte es mir vor allem Eindruck, von dem Dreikönigstag zu lesen, da man ihn suchte.

Der junge lothringische Fürst[31], der tags vorher, gleich nach der merkwürdig hastigen Schlacht in seiner elenden Stadt Nancy eingeritten war, hatte ganz früh seine Umgebung geweckt und nach dem Herzog gefragt. Bote um Bote wurde ausgesandt, und er selbst erschien von Zeit zu Zeit am Fenster, unruhig und besorgt. Er erkannte nicht immer, wen sie da brachten auf ihren Wagen und Tragbahren, er sah nur, daß es nicht der Herzog war. Und auch unter den Verwundeten war er nicht, und von den Gefangenen, die man fortwährend noch einbrachte, hatte ihn keiner gesehen. Die Flüchtlinge aber trugen nach allen Seiten verschiedene Nachrichten und waren wirr und schreckhaft, als fürchteten sie, auf ihn zuzulaufen. Es dunkelte schon, und man hatte nichts von ihm gehört. Die Kunde, daß er verschwunden sei, hatte Zeit herumzukommen an dem langen Winterabend. Und wohin sie kam, da erzeugte sie in allen eine jähe, übertriebene Sicherheit, daß er lebte. Nie vielleicht war der Herzog so wirklich in jeder Einbildung wie in dieser Nacht. Es gab kein Haus, wo man nicht wachte und auf ihn wartete und sich sein Klopfen vorstellte. Und wenn er nicht kam, so wars, weil er schon vorüber war.

Es fror diese Nacht, und es war, als fröre auch die Idee, daß er sei; so hart wurde sie. Und Jahre und Jahre vergingen, eh sie sich auflöste. Alle diese Menschen, ohne es recht zu wissen, bestanden jetzt auf ihm. Das Schicksal, das er über sie gebracht hatte, war nur erträglich durch seine

Gestalt. Sie hatten so schwer erlernt, daß er war; nun aber, da sie ihn konnten, fanden sie, daß er gut zu merken sei und nicht zu vergessen.

Aber am nächsten Morgen, dem 7. Januar, einem Dienstag, fing das Suchen doch wieder an. Und diesmal war ein Führer da. Es war ein Page des Herzogs, und es hieß, er habe seinen Herrn von ferne stürzen sehen; nun sollte er die Stelle zeigen. Er selbst hatte nichts erzählt, der Graf von Campobasso[32] hatte ihn gebracht und hatte für ihn gesprochen. Nun ging es voran, und die anderen hielten sich dicht hinter ihm. Wer ihn so sah, vermummt und eigentümlich unsicher, der hatte Mühe zu glauben, daß es wirklich Gian-Battista Colonna[33] sei, der schon wie ein Mädchen war und schmal in den Gelenken. Er zitterte vor Kälte; die Luft war steif vom Nachtfrost, es klang wie Zähneknirschen unter den Schritten. Übrigens froren sie alle. Nur des Herzogs Narr, Louis-Onze zubenannt, machte sich Bewegung. Er spielte den Hund, lief voraus, kam wieder und trollte eine Weile auf allen vieren neben dem Knaben her; wo er aber von fern eine Leiche sah, da sprang er hin und verbeugte sich und redete ihr zu, sie möchte sich zusammennehmen und der sein, den man suchte. Er ließ ihr ein wenig Bedenkzeit, aber dann kam er mürrisch zu den andern zurück und drohte und fluchte und beklagte sich über den Eigensinn und die Trägheit der Toten. Und man ging immerzu, und es nahm kein Ende. Die Stadt war kaum mehr zu sehen; denn das Wetter hatte sich inzwischen geschlossen, trotz der Kälte, und war grau und undurchsichtig geworden. Das Land lag flach und gleichgültig da, und die kleine, dichte Gruppe sah immer verirrter aus, je weiter sie sich bewegte. Niemand sprach, nur ein altes Weib, das mitgelaufen war, malmte etwas und schüttelte den Kopf dabei; vielleicht betete sie.

Auf einmal blieb der Vorderste stehen und sah um sich. Dann wandte er sich kurz zu Lupi, dem portugiesischen Arzt des Herzogs, und zeigte nach vorn. Ein paar Schritte weiterhin war eine Eisfläche, eine Art Tümpel oder Teich, und da lagen, halb eingebrochen, zehn oder zwölf Leichen. Sie waren fast ganz entblößt und ausgeraubt. Lupi ging gebückt und aufmerksam von einem zum andern. Und nun erkannte man Olivier de la Marche[34] und den Geistlichen, wie sie so einzeln herumgingen. Die Alte aber kniete schon im Schnee und winselte und bückte sich über eine große Hand, deren Finger ihr gespreizt entgegenstarrten. Alle eilten herbei. Lupi mit einigen Dienern versuchte, den Leichnam zu wenden, denn er lag vornüber. Aber das Gesicht war eingefroren, und da man es aus dem Eis herauszerrte, schälte sich die eine Wange dünn und spröde ab, und es zeigte sich, daß die andere von Hunden oder Wölfen herausgerissen war; und das Ganze war von einer großen Wunde gespalten, die am Ohr begann, so daß von einem Gesicht keine Rede sein konnte.

Einer nach dem anderen blickte sich um; jeder meinte den Römer hinter sich zu finden. Aber sie sahen nur den Narren, der herbeigelaufen kam, böse und blutig. Er hielt einen Mantel von sich ab und schüttelte ihn, als sollte etwas herausfallen; aber der Mantel war leer. So ging man daran, nach Kennzeichen zu suchen, und es fanden sich einige. Man hatte ein Feuer gemacht und wusch den Körper mit warmem Wasser und Wein. Die Narbe am Halse kam zum Vorschein und die Stellen der beiden großen Abszesse. Der Arzt zweifelte nicht mehr. Aber man verglich noch anderes. Louis-Onze hatte ein paar Schritte weiter den Kadaver des großen schwarzen Pferdes Moreau gefunden, das der Herzog am Tage von Nancy geritten hatte. Er saß darauf und ließ die kurzen Beine hängen. Das Blut rann ihm noch immer aus der Nase in den Mund, und man sah ihm an, daß er es schmeckte. Einer der Diener drüben erinnerte, daß ein Nagel an des Herzogs linkem Fuß eingewachsen gewesen wäre; nun suchten alle den Nagel. Der Narr aber zappelte, als würde er gekitzelt, und schrie: «Ach, Monseigneur, verzeih ihnen, daß sie deine groben Fehler aufdecken, die Dummköpfe, und dich nicht erkennen an meinem langen Gesicht, in dem deine Tugenden stehn.»

*(Des Herzogs Narr war auch der erste, der eintrat, als die Leiche gebettet war. Es war im Hause eines gewissen Georg Marquis, niemand konnte sagen, wieso. Das Bahrtuch war noch nicht übergelegt, und so hatte er den ganzen Eindruck. Das Weiß des Kamisols und das Karmesin vom Mantel sonderten sich schroff und unfreundlich voneinander ab zwischen den beiden Schwarz von Baldachin und Lager. Vorne standen scharlachne Schaftstiefel ihm entgegen mit großen, vergoldeten Sporen. Und daß das dort oben ein Kopf war, darüber konnte kein Streit entstehen, sobald man die Krone sah. Es war eine große Herzogskrone mit irgendwelchen Steinen. Louis-Onze ging umher und besah alles genau. Er befühlte sogar den Atlas, obwohl er wenig davon verstand. Es mochte guter Atlas sein, vielleicht ein bißchen billig für das Haus Burgund. Er trat noch einmal zurück um des Überblicks willen. Die Farben waren merkwürdig unzusammenhängend im Schneelicht. Er prägte sich jede einzeln ein. «Gut angekleidet», sagte er schließlich anerkennend, «vielleicht eine Spur zu deutlich.» Der Tod kam ihm vor wie ein Puppenspieler, der rasch einen Herzog braucht.)

Man tut gut, gewisse Dinge, die sich nicht mehr ändern werden, einfach festzustellen, ohne die

* Im Manuskript an den Rand geschrieben.

Tatsachen zu bedauern oder auch nur zu beurteilen. So ist mir klargeworden, daß ich nie ein richtiger Leser war. In der Kindheit kam mir das Lesen vor wie ein Beruf, den man auf sich nehmen würde, später einmal, wenn alle die Berufe kamen, einer nach dem andern. Ich hatte, aufrichtig gesagt, keine bestimmte Vorstellung, wann das sein könnte. Ich verließ mich darauf, daß man es merken würde, wenn das Leben gewissermaßen umschlug und nur noch von außen kam, so wie früher von innen. Ich bildete mir ein, es würde dann deutlich und eindeutig sein und gar nicht mißzuverstehn. Durchaus nicht einfach, im Gegenteil recht anspruchsvoll, verwickelt und schwer meinetwegen, aber immerhin sichtbar. Das eigentümlich Unbegrenzte der Kindheit, das Unverhältnismäßige, das Nie-recht-Absehbare, das würde dann überstanden sein. Es war freilich nicht einzusehen, wieso. Im Grunde nahm es immer noch zu und schloß sich auf allen Seiten, und je mehr man hinaussah, desto mehr Inneres rührte man in sich auf: Gott weiß, wo es herkam. Aber wahrscheinlich wuchs es zu einem Äußersten an und brach dann mit einem Schlage ab. Es war leicht zu beobachten, daß die Erwachsenen sehr wenig davon beunruhigt wurden; sie gingen herum und urteilten und handelten, und wenn sie je in Schwierigkeiten waren, so lag das an äußeren Verhältnissen.

An den Anfang solcher Veränderungen verlegte ich auch das Lesen. Dann würde man mit Büchern umgehen wie mit Bekannten, es würde Zeit dafür dasein, eine bestimmte, gleichmäßig und gefällig vergehende Zeit, gerade so viel, als einem eben paßte. Natürlich würden einzelne einem näherstehen, und es ist nicht gesagt, daß man davor sicher sein würde, ab und zu eine halbe Stunde über ihnen zu versäumen: einen Spaziergang, eine Verabredung, den Anfang im Theater oder einen dringenden Brief. Daß sich einem aber das Haar verbog und verwirrte, als ob man darauf gelegen hätte, daß man glühende Ohren bekam und Hände kalt wie Metall, daß eine lange Kerze neben einem herunterbrannte und in den Leuchter hinein, das würde dann, Gott sei Dank, völlig ausgeschlossen sein.

Ich führe diese Erscheinungen an, weil ich sie ziemlich auffällig an mir erfuhr, damals in jenen Ferien auf Ulsgaard, als ich so plötzlich ins Lesen geriet. Da zeigte es sich gleich, daß ich es nicht konnte. Ich hatte es freilich vor der Zeit begonnen, die ich mir dafür in Aussicht gestellt hatte. Aber dieses Jahr in Sorö unter lauter andern ungefähr Altersgleichen hatte mich mißtrauisch gemacht gegen solche Berechnungen. Dort waren rasche, unerwartete Erfahrungen an mich herangekommen, und es war deutlich zu sehen, daß sie mich wie einen Erwachsenen behandelten. Es waren lebensgroße Erfahrungen, die sich so schwer machten, wie sie waren. In demselben Maße aber, als ich ihre Wirklichkeit begriff, gingen mir auch für die unendliche Realität meines Kindseins die Augen auf. Ich wußte, daß es nicht aufhören würde, so wenig, wie das andere erst begann. Ich sagte mir, daß es natürlich jedem freistand, Abschnitte zu machen, aber sie waren erfunden. Und es erwies sich, daß ich zu ungeschickt war, mir welche auszudenken. Sooft ich es versuchte, gab mir das Leben zu verstehen, daß es nichts von ihnen wußte. Bestand ich aber darauf, daß meine Kindheit vorüber sei, so war in demselben Augenblick auch alles Kommende fort, und mir blieb nur genausoviel, wie ein Bleisoldat unter sich hat, um stehen zu können.

Diese Entdeckung sonderte mich begreiflicherweise noch mehr ab. Sie beschäftigte mich in mir und erfüllte mich mit einer Art endgültiger Frohheit, die ich für Kümmernis nahm, weil sie weit über mein Alter hinausging. Es beunruhigte mich auch, wie ich mich entsinne, daß man nun, da nichts für eine bestimmte Frist vorgesehen war, manches überhaupt versäumen könne. Und als ich so nach Ulsgaard zurückkehrte und alle die Bücher sah, machte ich mich darüber her; recht in Eile, mit fast schlechtem Gewissen. Was ich später so oft empfunden habe, das ahnte ich damals irgendwie voraus: daß man nicht das Recht hatte, ein Buch aufzuschlagen, wenn man sich nicht verpflichtete, alle zu lesen. Mit jeder

Zeile brach man die Welt an. Vor den Büchern war sie heil und vielleicht wieder ganz dahinter. Wie aber sollte ich, der nicht lesen konnte, es mit allen aufnehmen? Da standen sie, selbst in diesem bescheidenen Bücherzimmer, in so aussichtsloser Überzahl und hielten zusammen. Ich stürzte mich trotzig und verzweifelt von Buch zu Buch und schlug mich durch die Seiten durch wie einer, der etwas Unverhältnismäßiges zu leisten hat. Damals las ich Schiller und Baggesen, Öhlenschläger und Schack-Staffeldt, was von Walter Scott da war und Calderon.[35] Manches kam mir in die Hände, was gleichsam schon hätte gelesen sein müssen, für anderes war es viel zu früh; fällig war fast nichts für meine damalige Gegenwart. Und trotzdem las ich.

In späteren Jahren geschah es mir zuweilen nachts, daß ich aufwachte, und die Sterne standen so wirklich da und gingen so bedeutend vor, und ich konnte nicht begreifen, wie man es über sich brachte, so viel Welt zu versäumen. So ähnlich war mir, glaub ich, zumut, sooft ich von den Büchern aufsah und hinaus, wo der Sommer war, wo Abelone rief. Es kam uns sehr unerwartet, daß sie rufen mußte und daß ich nicht einmal antwortete. Es fiel mitten in unsere seligste Zeit. Aber da es mich nun einmal erfaßt hatte, hielt ich mich krampfhaft ans Lesen und verbarg mich, wichtig und eigensinnig, vor unseren täglichen

Feiertagen. Ungeschickt, wie ich war, die vielen, oft unscheinbaren Gelegenheiten eines natürlichen Glücks auszunutzen, ließ ich mir nicht ungern von dem anwachsenden Zerwürfnis künftige Versöhnungen versprechen, die desto reizender wurden, je weiter man sie hinausschob.

Übrigens war mein Leseschlaf eines Tages so plötzlich zu Ende, wie er begonnen hatte; und da erzürnten wir einander gründlich. Denn Abelone ersparte mir nun keinerlei Spott und Überlegenheit, und wenn ich sie in der Laube traf, behauptete sie zu lesen. An dem einen Sonntagmorgen lag das Buch zwar geschlossen neben ihr, aber sie schien mehr als genug mit den Johannisbeeren beschäftigt, die sie vorsichtig mittels einer Gabel aus ihren kleinen Trauben streifte.

Es muß dies eine von jenen Tagesfrühen gewesen sein, wie es solche im Juli gibt, neue, ausgeruhte Stunden, in denen überall etwas frohes Unüberlegtes geschieht. Aus Millionen kleinen ununterdrückbaren Bewegungen setzt sich ein Mosaik überzeugtesten Daseins zusammen; die Dinge schwingen ineinander hinüber und hinaus in die Luft, und ihre Kühle macht den Schatten klar und die Sonne zu einem leichten, geistigen Schein. Da gibt es im Garten keine Hauptsache; alles ist überall, und man müßte in allem sein, um nichts zu versäumen.

In Abelones kleiner Handlung aber war das Ganze noch mal. Es war so glücklich erfunden, gerade dies zu tun und genau so, wie sie es tat. Ihre im Schattigen hellen Hände arbeiteten einander so leicht und einig zu, und vor der Gabel sprangen mutwillig die runden Beeren her, in die mit tauduffem Weinblatt ausgelegte Schale hinein, wo schon andere sich häuften, rote und blonde, glanzlichternd, mit gesunden Kernen im herben Innern. Ich wünschte unter diesen Umständen nichts, als zuzusehen, aber da es wahrscheinlich war, daß man mir's verwies, ergriff ich, auch um mich unbefangen zu geben, das Buch, setzte mich an die andere Seite des Tisches und ließ mich, ohne lang zu blättern, irgendwo damit ein.

«Wenn du doch wenigstens laut läsest, Leserich», sagte Abelone nach einer Weile. Das klang lange nicht mehr so streitsüchtig, und da es, meiner Meinung nach, ernstlich Zeit war, sich auszugleichen, las ich sofort laut, immerzu bis zu einem Abschnitt und weiter, die nächste Überschrift: «An Bettine[36].»

«Nein, nicht die Antworten», unterbrach mich Abelone und legte auf einmal wie erschöpft die kleine Gabel nieder. Gleich darauf lachte sie über das Gesicht, mit dem ich sie ansah.

«Mein Gott, was hast du schlecht gelesen, Malte.»

Da mußte ich nun zugeben, daß ich keinen Augenblick bei der Sache gewesen sei. «Ich las nur, damit du mich unterbrichst», gestand ich und wurde heiß und blätterte zurück nach dem Titel des Buches. Nun wußte ich erst, was es war. «Warum denn nicht die Antworten?» fragte ich neugierig.

Es war, als hätte Abelone mich nicht gehört. Sie saß da in ihrem lichten Kleid, als ob sie überall innen ganz dunkel würde, wie ihre Augen wurden.

«Gib her», sagte sie plötzlich wie im Zorn und nahm mir das Buch aus der Hand und schlug es richtig dort auf, wo sie es wollte. Und dann las sie einen von Bettinens Briefen.

Ich weiß nicht, was ich davon verstand, aber es war, als würde mir feierlich versprochen, dieses alles einmal einzusehen. Und während ihre Stimme zunahm und endlich fast jener glich, die ich vom Gesang her kannte, schämte ich mich, daß ich mir unsere Versöhnung so gering vorgestellt hatte. Denn ich begriff wohl, daß sie das war. Aber nun geschah sie irgendwo ganz im Großen, weit über mir, wo ich nicht hinreichte.

Das Versprechen erfüllt sich noch immer, irgendwann ist dasselbe Buch unter meine Bücher geraten, unter die paar Bücher, von denen ich mich nicht trenne. Nun schlägt es sich auch mir an den Stellen auf, die ich gerade meine, und wenn ich sie lese, so bleibt es unentschieden, ob ich an Bettine denke oder an Abelone. Nein, Bettine ist wirklicher in mir geworden, Abelone, die ich gekannt habe, war wie eine Vorbereitung auf sie, und nun ist sie mir in Bettine aufgegangen wie in ihrem eigenen, unwillkürlichen Wesen. Denn diese wunderliche Bettine hat mit allen ihren Briefen Raum gegeben, geräumigste Gestalt. Sie hat von Anfang an sich im Ganzen so ausgebreitet, als wär sie nach ihrem Tod. Überall hat sie sich ganz weit ins Sein hineingelegt, zugehörig dazu, und was ihr geschah, das war ewig in der Natur; dort erkannte sie sich und löste sich beinah schmerzhaft heraus; erriet sich mühsam zurück wie aus Überlieferungen, beschwor sich wie einen Geist und hielt sich aus.

Eben *warst* du noch, Bettine; ich seh dich ein. Ist nicht die Erde noch warm von dir, und die Vögel lassen noch Raum für deine Stimme. Der Tau ist ein anderer, aber die Sterne sind noch die Sterne deiner Nächte. Oder ist nicht die Welt überhaupt von dir? Denn wie oft hast du sie in Brand gesteckt mit deiner Liebe und hast sie lodern sehen und aufbrennen und hast sie heimlich durch eine andere ersetzt, wenn alle schliefen. Du fühltest dich so recht im Einklang mit Gott, wenn du jeden Morgen eine neue Erde von ihm verlangtest, damit doch alle drankämen, die er gemacht hatte. Es kam dir armselig vor, sie zu schonen und auszubessern, du verbrauchtest sie und hieltest die Hände hin um immer noch Welt. Denn deine Liebe war allem gewachsen.

Wie ist es möglich, daß nicht noch alle erzählen von deiner Liebe? Was ist denn seither geschehen, was merkwürdiger war? Was beschäftigt sie denn? Du selber wußtest um deiner Liebe Wert, du sagtest sie laut deinem größten Dichter vor, daß er sie menschlich mache; denn sie war noch Element. Er aber hat sie den Leuten ausgeredet, da er dir schrieb. Alle haben diese Antworten gelesen und glauben ihnen mehr, weil der Dichter ihnen deutlicher ist als die Natur. Aber vielleicht wird es sich einmal zeigen, daß hier die Grenze seiner Größe war. Diese Liebende ward ihm auferlegt, und er hat sie nicht bestanden. Was heißt es, daß er nicht hat erwidern können? Solche Liebe bedarf keiner Erwiderung, sie hat Lockruf und Antwort in sich; sie erhört sich selbst. Aber demütigen hätte er sich müssen vor ihr in seinem ganzen Staat und schreiben, was sie diktiert, mit beiden Händen, wie Johannes auf Patmos, kniend. Es gab keine Wahl dieser Stimme gegenüber, die «das Amt der Engel verrichtete»; die gekommen war, ihn einzuhüllen und zu entziehen ins Ewige hinein. Da war der Wagen seiner feurigen Himmelfahrt. Da war seinem Tod der dunkle Mythos bereitet, den er leer ließ.

Das Schicksal liebt es, Muster und Figuren zu erfinden. Seine Schwierigkeit beruht im Komplizierten. Das Leben selbst aber ist schwer aus Einfachheit. Es hat nur ein paar Dinge von uns nicht angemessener Größe. Der Heilige, indem er das Schicksal ablehnt, wählt diese, Gott gegenüber. Daß aber die Frau, ihrer Natur nach, in bezug auf den Mann die gleiche Wahl treffen muß, ruft das Verhängnis aller Liebesbeziehungen herauf: entschlossen und schicksalslos, wie eine Ewige, steht sie neben ihm, der sich verwandelt. Immer übertrifft die Liebende den Geliebten, weil das Leben größer ist als das Schicksal. Ihre Hingabe will unermeßlich sein: dies ist ihr Glück. Das namenlose Leid ihrer Liebe aber ist immer dieses gewesen: daß von ihr verlangt wird, diese Hingabe zu beschränken.

Es ist keine andere Klage je von Frauen geklagt worden: die beiden ersten Briefe Heloisens enthalten nur sie, und fünfhundert Jahre später erhebt sie sich aus den Briefen der Portugiesin; man erkennt sie wieder wie einen Vogelruf. Und plötzlich geht durch den hellen Raum dieser Einsicht der Sappho fernste Gestalt, die die Jahrhunderte nicht fanden, da sie sie im Schicksal suchten.[37]

Ich habe niemals gewagt, von ihm eine Zeitung zu kaufen. Ich bin nicht sicher, daß er wirklich immer einige Nummern bei sich hat, wenn er sich außen am Luxembourg-Garten langsam hin und zurück schiebt den ganzen Abend lang. Er kehrt dem Gitter den Rücken, und seine Hand streift den Steinrand, auf dem die Stäbe aufstehen. Er macht sich so flach, daß täglich viele vorübergehen, die ihn nie gesehen haben. Zwar hat er noch einen Rest von Stimme in sich und mahnt; aber das ist nicht anders als ein Geräusch in einer Lampe oder im Ofen oder wenn es in eigentümlichen Abständen in einer Grotte tropft. Und die Welt ist so eingerichtet, daß es Menschen gibt, die ihr ganzes Leben lang in der Pause vorbeikommen, wenn er, lautloser als alles, was sich bewegt, weiterrückt wie ein Zeiger, wie eines Zeigers Schatten, wie die Zeit.

Wie unrecht hatte ich, ungern hinzusehen. Ich schäme mich aufzuschreiben, daß ich oft in seiner Nähe den Schritt der andern annahm, als wüßte ich nicht um ihn. Dann hörte ich es in ihm «La Presse» sagen und gleich darauf noch einmal und ein drittes Mal in raschen Zwischenräumen. Und die Leute neben mir sahen sich um und suchten die Stimme. Nur ich tat eiliger als alle, als wäre mir nichts aufgefallen, als wäre ich innen überaus beschäftigt.

Und ich war es in der Tat. Ich war beschäftigt, ihn mir vorzustellen, ich unternahm die Arbeit, ihn einzubilden, und der Schweiß trat mir aus vor Anstrengung. Denn ich mußte ihn machen, wie man einen Toten macht, für den keine

Beweise mehr da sind, keine Bestandteile; der ganz und gar innen zu leisten ist. Ich weiß jetzt, daß es mir ein wenig half, an die vielen abgenommenen Christusse aus streifigem Elfenbein zu denken, die bei allen Althändlern herumliegen. Der Gedanke an irgendeine Pietà trat vor und ab: dies alles wahrscheinlich nur, um eine gewisse Neigung hervorzurufen, in der sein langes Gesicht sich hielt, und den trostlosen Bartnachwuchs im Wangenschatten und die endgültig schmerzvolle Blindheit seines verschlossenen Ausdrucks, der schräg aufwärts gehalten war. Aber es war außerdem so vieles, was zu ihm gehörte; denn dies begriff ich schon damals, daß nichts an ihm nebensächlich sei: nicht die Art, wie der Rock oder der Mantel, hinten abstehend, überall den Kragen sehen ließ, diesen niedrigen Kragen, der in einem großen Bogen um den gestreckten, nischigen Hals stand, ohne ihn zu berühren; nicht die grünlichschwarze Krawatte, die weit um das Ganze herumgeschnallt war; und ganz besonders nicht der Hut, ein alter, hochgewölbter, steifer Filzhut, den er trug, wie alle Blinden ihre Hüte tragen: ohne Bezug zu den Zeilen des Gesichts, ohne die Möglichkeit, aus diesem Hinzukommenden und sich selbst eine neue äußere Einheit zu bilden; nicht anders als irgendeinen verabredeten fremden Gegenstand. In meiner Feigheit, nicht hinzusehen, brachte ich es so weit, daß das Bild dieses Mannes sich schließlich oft auch ohne Anlaß stark und schmerzhaft in mir zusammenzog zu so hartem Elend, daß ich mich, davon bedrängt, entschloß, die zunehmende Fertigkeit meiner Einbildung durch die auswärtige Tatsache einzuschüchtern und aufzuheben. Es war gegen Abend. Ich nahm mir vor, sofort aufmerksam an ihm vorbeizugehen.

Nun muß man wissen: es ging auf den Frühling zu. Der Tagwind hatte sich gelegt, die Gassen waren lang und befriedigt; an ihrem Ausgang schimmerten Häuser, neu wie frische Bruchstellen eines weißen Metalls. Aber es war ein Metall, das einen überraschte durch seine Leichtigkeit. In den breiten, fortlaufenden Straßen zogen viele Leute durcheinander, fast ohne die Wagen zu fürchten, die selten waren. Es mußte ein Sonntag sein. Die Turmaufsätze von Saint-Sulpice zeigten sich heiter und unerwartet hoch in der Windstille, und durch die schmalen, beinah römischen Gassen sah man unwillkürlich hinaus in die Jahreszeit. Im Garten und davor war so viel Bewegung von Menschen, daß ich ihn nicht gleich sah. Oder erkannte ich ihn zuerst nicht zwischen der Menge durch?

Ich wußte sofort, daß meine Vorstellung wertlos war. Die durch keine Vorsicht oder Verstellung eingeschränkte Hingegebenheit seines Elends übertraf meine Mittel. Ich hatte weder den Neigungswinkel seiner Haltung begriffen gehabt noch das Entsetzen, mit dem die Innenseite seiner Lider ihn fortwährend zu erfüllen schien. Ich hatte nie an seinen Mund gedacht, der eingezogen war wie die Öffnung eines Ablaufs. Möglicherweise hatte er Erinnerungen; jetzt aber kam nie mehr etwas zu seiner Seele hinzu als täglich das amorphe Gefühl des Steinrands hinter ihm, an dem seine Hand sich abnutzte. Ich war stehngeblieben, und während ich das alles fast gleichzeitig sah, fühlte ich, daß er einen anderen Hut hatte und eine ohne Zweifel sonntägliche Halsbinde; sie war schräg in gelben und violetten Vierecken gemustert, und was den Hut angeht, so war es ein billiger neuer Strohhut mit einem grünen Band. Es liegt natürlich nichts an diesen Farben, und es ist kleinlich, daß ich sie behalten habe. Ich will nur sagen, daß sie an ihm waren wie das Weicheste auf eines Vogels Unterseite. Er selbst hatte keine Lust daran, und wer von allen (ich sah mich um) durfte meinen, dieser Staat wäre um seinetwillen?

Mein Gott, fiel es mir mit Ungestüm ein, so *bist* du also. Es gibt Beweise für deine Existenz. Ich habe sie alle vergessen und habe keinen je verlangt, denn welche ungeheuere Verpflichtung läge in deiner Gewißheit. Und doch, nun wird mir's gezeigt. Dieses ist dein Geschmack, hier hast du Wohlgefallen. Daß wir doch lernten vor allem aushalten und nicht urteilen. Welche sind die schweren Dinge? Welche die gnädigen? Du allein weißt es.

Wenn es wieder Winter wird und ich muß einen neuen Mantel haben, – gib mir, daß ich ihn *so* trage, solang er neu ist.

Es ist nicht, daß ich mich von ihnen unterscheiden will, wenn ich in besseren, von Anfang an meinigen Kleidern herumgehe und darauf halte, irgendwo zu wohnen. Ich bin nicht soweit. Ich habe nicht das Herz zu ihrem Leben. Wenn mir der Arm einginge, ich glaube, ich versteckte ihn. Sie aber (ich weiß nicht, wer sie sonst war), sie erschien jeden Tag vor den Terrassen der Caféhäuser, und obwohl es sehr schwer war für sie, den Mantel abzutun und sich aus dem unklaren Zeug und Unterzeug herauszuziehen, sie scheute der Mühe nicht und tat ab und zog aus so lange, daß man's kaum mehr erwarten konnte. Und dann stand sie vor uns, bescheiden, mit ihrem dürren, verkümmerten Stück, und man sah, daß es rar war.

Nein, es ist nicht, daß ich mich von ihnen unterscheiden will; aber ich überhübe mich, wollte ich ihnen gleich sein. Ich bin es nicht. Ich hätte weder ihre Stärke noch ihr Maß. Ich ernähre mich, und so bin ich von Mahlzeit zu Mahlzeit, völlig geheimnislos; sie aber erhalten sich fast wie Ewige. Sie stehen an ihren täglichen Ecken, auch im November, und schreien nicht vor Winter. Der Nebel kommt und macht sie undeutlich und ungewiß: sie sind gleichwohl. Ich war verreist, ich war krank, vieles ist mir vergangen: sie aber sind nicht gestorben.

*(Ich weiß ja nicht einmal, wie es möglich ist, daß die Schulkinder aufstehn in den Kammern voll grau riechender Kälte; wer sie bestärkt, die überstürzten Skelettchen, daß sie hinauslaufen in die erwachsene Stadt, in die trübe Neige der Nacht, in den ewigen Schultag, immer noch klein, immer voll Vorgefühl, immer verspätet. Ich habe keine Vorstellung von der Menge Beistand, die fortwährend verbraucht wird.)

Diese Stadt ist voll von solchen, die langsam zu ihnen hinabgleiten. Die meisten sträuben sich erst; aber dann gibt es diese verblichenen, alternden Mädchen, die sich fortwährend ohne Widerstand hinüberlassen, starke, im Innersten ungebrauchte, die nie geliebt worden sind.

Vielleicht meinst du, mein Gott, daß ich alles lassen soll und sie lieben. Oder warum wird es mir so schwer, ihnen nicht nachzugehen, wenn sie mich überholen? Warum erfind ich auf einmal die süßesten, nächtlichsten Worte, und meine Stimme steht sanft in mir zwischen Kehle und Herz. Warum stell ich mir vor, wie ich sie unsäglich vorsichtig an meinen Atem halten würde, diese Puppen, mit denen das Leben gespielt hat, ihnen Frühling um Frühling für nichts und wieder nichts die Arme auseinander-

* Im Manuskript an den Rand geschrieben.

schlagend, bis sie locker wurden in den Schultern. Sie sind nie sehr hoch von einer Hoffnung gefallen, so sind sie nicht zerbrochen; aber abgeschlagen sind sie und schon dem Leben zu schlecht. Nur verlorene Katzen kommen abends zu ihnen in die Kammer und zerkratzen sie heimlich und schlafen auf ihnen. Manchmal folge ich einer zwei Gassen weit. Sie gehen an den Häusern hin, fortwährend kommen Menschen, die sie verdecken, sie schwinden hinter ihnen weiter wie nichts.

Und doch, ich weiß, wenn einer nun versuchte, sie liebzuhaben, so wären sie schwer an ihm wie Zuweitgegangene, die aufhören zu gehn. Ich glaube, nur Jesus ertrüge sie, der noch das Auferstehen in allen Gliedern hat; aber ihm liegt nichts an ihnen. Nur die Liebenden verführen ihn, nicht die, die warten mit einem kleinen Talent zur Geliebten wie mit einer kalten Lampe.

Ich weiß, wenn ich zum Äußersten bestimmt bin, so wird es mir nichts helfen, daß ich mich verstelle in meinen besseren Kleidern. Glitt er nicht mitten im Königtum unter die Letzten? Er, der, statt aufzusteigen, hinabsank bis auf den Grund. Es ist wahr, ich habe zuzeiten an die anderen Könige geglaubt, obwohl die Parke nichts mehr beweisen. Aber es ist Nacht, es ist Winter, ich friere, ich glaube an ihn. Denn die

Herrlichkeit ist nur ein Augenblick, und wir haben nie etwas Längeres gesehen als das Elend.[38] Der König aber soll dauern.

Ist nicht dieser der einzige, der sich erhielt unter seinem Wahnsinn wie Wachsblumen unter einem Glassturz?[39] Für die anderen beteten sie in den Kirchen um langes Leben, von ihm aber verlangte der Kanzler Jean Charlier Gerson[40], daß er ewig sei, und das war damals, als er schon der Dürftigste war, schlecht und von schierer Armut trotz seiner Krone.

Das war damals, als von Zeit zu Zeit Männer fremdlings, mit geschwärztem Gesicht, ihn in seinem Bette überfielen, um ihm das in die Schwären hineingefaulte Hemde abzureißen, das er schon längst für sich selber hielt. Es war verdunkelt im Zimmer, und sie zerrten unter seinen steifen Armen die mürben Fetzen weg, wie sie sie griffen. Dann leuchtete einer vor, und da erst entdeckten sie die jäsige Wunde auf seiner Brust, in die das eiserne Amulett eingesunken war, weil er es jede Nacht an sich preßte mit aller Kraft seiner Inbrunst; nun stand es tief in ihm, fürchterlich kostbar, in einem Perlensaum von Eiter wie ein wundertuender Rest in der Mulde eines Reliquärs. Man hatte harte Handlanger ausgesucht, aber sie waren nicht ekelfest, wenn die Würmer, gestört, nach ihnen herüberstanden aus dem flandrischen Barchent und, aus den Falten abgefallen, sich irgendwo an ihren

Ärmeln aufzogen. Es war ohne Zweifel schlimmer geworden mit ihm seit den Tagen der *parva regina*[41]; denn sie hatte doch noch bei ihm liegen mögen, jung und klar, wie sie war. Dann war sie gestorben. Und nun hatte keiner mehr gewagt, eine Beschläferin an dieses Aas anzubetten. Sie hatte die Worte und Zärtlichkeiten nicht hinterlassen, mit denen der König zu mildern war. So drang niemand mehr durch dieses Geistes Verwilderung, niemand half ihm aus den Schluchten seiner Seele; niemand begriff es, wenn er selbst plötzlich heraustrat mit dem runden Blick eines Tiers, das auf die Weide geht. Wenn er dann das beschäftigte Gesicht Juvenals[42] erkannte, so fiel ihm das Reich ein, wie es zuletzt gewesen war. Und er wollte nachholen, was er versäumt hatte.

Aber es lag an den Ereignissen jener Zeitläufte, daß sie nicht schonend beizubringen waren. Wo etwas geschah, da geschah es mit seiner ganzen Schwere und war wie aus einem Stück, wenn man es sagte. Oder was war davon abzuziehen, daß sein Bruder ermordet war, daß gestern Valentina Visconti[43], die er immer seine liebe Schwester nannte, vor ihm gekniet hatte, lauter Witwenschwarz weghebend von des entstellten Antlitzes Klage und Anklage? Und heute stand stundenlang ein zäher, rediger Anwalt da und bewies das Recht des fürstlichen Mordgebers, so lange, bis das Verbrechen durchscheinend wurde und als wollte es licht in den Himmel fahren.

Und gerecht sein hieß allen recht geben; denn Valentina von Orléans starb Kummers, obwohl man ihr Rache versprach. Und was half es, dem burgundischen Herzog zu verzeihen und wieder zu verzeihen; über den war die finstere Brunst der Verzweiflung gekommen, so daß er schon seit Wochen tief im Walde von Argilly wohnte in einem Zelt und behauptete, nachts die Hirsche schreien hören zu müssen zu seiner Erleichterung.

Wenn man dann das alles bedacht hatte, immer wieder bis ans Ende, kurz, wie es war, so begehrte das Volk einen zu sehen, und es sah einen: ratlos. Aber das Volk freute sich des Anblicks; es begriff, daß dies der König sei: dieser Stille, dieser Geduldige, der nur da war, um es zuzulassen, daß Gott über ihn weg handelte in seiner späten Ungeduld. In diesen aufgeklärten Augenblicken auf dem Balkon seines Hôtels von Saint-Pol[44] ahnte der König vielleicht seinen heimlichen Fortschritt; der Tag von Roosbecke fiel ihm ein, als sein Oheim von Berry ihn an der Hand genommen hatte, um ihn hinzuführen vor seinen ersten fertigen Sieg; da überschaute er in dem merkwürdig langhellen Novembertag die Massen der Genter, so wie sie sich erwürgt hatten mit ihrer eigenen Enge, da man gegen sie angeritten war von allen Seiten. Ineinandergewunden wie ein ungeheures Gehirn, lagen sie da in den Haufen, zu denen sie sich selber zusammengebunden hatten, um dicht zu sein. Die Luft ging einem weg, wenn man da und dort ihre erstickten Gesichter sah; man konnte es nicht lassen, sich vorzustellen, daß sie weit über diesen vor Gedränge noch stehenden Leichen verdrängt worden sei durch den plötzlichen Austritt so vieler verzweifelter Seelen.

Dies hatte man ihm eingeprägt als den Anfang seines Ruhms. Und er hatte es behalten. Aber wenn das damals der Triumph des Todes war, so war dieses, daß er hier stand auf seinen schwachen Knien, aufrecht in allen diesen Augen: das Mysterium der Liebe. An den anderen hatte er gesehen, daß man jenes Schlachtfeld begreifen konnte, so ungeheuer es war. Dies hier wollte nicht begriffen sein; es war genauso wunderbar wie einst der Hirsch mit dem goldenen Halsband im Wald von Senlis. Nur daß er jetzt selber die Erscheinung war, und andere waren versunken in Anschauen. Und er zweifelte nicht, daß sie atemlos waren und von derselben weiten Erwartung, wie sie einmal ihn an jenem jünglinglichen Jagdtag überfiel, als das stille Gesicht, äugend, aus den Zweigen trat. Das Geheimnis seiner Sichtbarkeit verbreitete sich über seine sanfte Gestalt; er rührte sich nicht, aus Scheu zu vergehen, das dünne Lächeln auf seinem breiten, einfachen Gesicht nahm eine natürliche Dauer an wie bei steinernen Heiligen und bemühte ihn nicht. So hielt er sich hin, und es war einer jener Augenblicke, die die Ewigkeit sind, in Verkürzung gesehen. Die Menge ertrug es kaum. Gestärkt, von unerschöpflich vermehrter Tröstung gespeist, durchbrach sie die Stille mit dem Aufschrei der Freude. Aber oben auf dem Balkon war nur noch Juvenal des Ursins[45], und er rief in die nächste Beruhigung hinein, daß der König Rue Saint-Denis kommen würde zu der Passionsbrüderschaft, die Mysterien sehen.

Zu solchen Tagen war der König voll milden Bewußtseins. Hätte ein Maler jener Zeit einen Anhalt gesucht für das Dasein im Paradiese, er hätte kein vollkommeneres Vorbild finden können als des Königs gestillte Figur, wie sie in einem der hohen Fenster des Louvre stand unter dem Sturz ihrer Schultern. Er blätterte in dem kleinen Buch der Christine de Pisan[46], das «Der Weg des langen Lernens» heißt und das ihm gewidmet war. Er las nicht die gelehrten Streitreden jenes allegorischen Parlaments, das sich vorgesetzt hatte, den Fürsten ausfindig zu machen, der würdig sei, über die Welt zu herrschen. Das Buch schlug sich ihm immer an den einfachsten Stellen auf: wo von dem Herzen die Rede war, das dreizehn Jahre lang wie ein Kolben über dem Schmerzfeuer nur dazu gedient hatte, das Wasser der Bitternis für die Augen zu destillieren; er begriff, daß die wahre Konsolation erst begann, wenn das Glück vergangen genug und für immer vorüber war. Nichts war ihm näher als dieser Trost. Und während sein Blick scheinbar die Brücke drüben umfaßte, liebte er es, durch dieses von der starken Cumäa zu großen Wegen ergriffene Herz die Welt zu sehen, die damalige: die gewagten Meere, fremdtürmige Städte, zugehalten vom Andruck der Weiten; der gesammelten Gebirge ekstatische Einsamkeit und die in fürchtigem Zweifel erforschten Himmel, die sich erst schlossen wie eines Saugkindes Hirnschale.

Aber wenn jemand eintrat, so erschrak er, und langsam beschlug sich sein Geist. Er gab zu, daß man ihn vom Fenster fortführte und ihn beschäftigte. Sie hatten ihm die Gewohnheit beigebracht, stundenlang über Abbildungen zu verweilen, und er war es zufrieden, nur kränkte es ihn, daß man im Blättern niemals mehrere Bilder vor sich behielt und daß sie in den Folianten festsaßen, so daß man sie nicht untereinander bewegen konnte. Da hatte sich jemand eines Spiels Karten erinnert, das völlig in Vergessenheit geraten war, und der König nahm den in Gunst, der es ihm brachte; so sehr waren diese Kartons nach seinem Herzen, die bunt waren und einzeln beweglich und voller Figur. Und während das Kartenspielen unter den Hofleuten in Mode kam, saß der König in seiner Bibliothek und spielte allein. Genau wie er nun zwei Könige nebeneinander aufschlug, so hatte Gott neulich ihn und den Kaiser Wenzel[47] zusammengetan;

manchmal starb eine Königin, dann legte er ein Herz-As auf sie, das war wie ein Grabstein. Es wunderte ihn nicht, daß es in diesem Spiel mehrere Päpste gab; er richtete Rom ein drüben am Rande des Tisches, und hier, unter seiner Rechten, war Avignon. Rom war ihm gleichgültig, er stellte es sich aus irgendeinem Grunde rund vor und bestand nicht weiter darauf. Aber Avignon kannte er. Und kaum dachte er es, so wiederholte seine Erinnerung den hohen hermetischen Palast und überanstrengte sich. Er schloß die Augen und mußte tief Atem holen. Er fürchtete bös zu träumen nächste Nacht.

Im ganzen aber war es wirklich eine beruhigende Beschäftigung, und sie hatten recht, ihn immer wieder darauf zu bringen. Solche Stunden befestigten ihn in der Ansicht, daß er der König sei, König Karl der Sechste. Das will nicht sagen, daß er sich übertrieb; weit von ihm war die Meinung, mehr zu sein als so ein Blatt, aber die Gewißheit bestärkte sich in ihm, daß auch er eine bestimmte Karte sei, vielleicht eine schlechte, eine zornig ausgespielte, die immer verlor: aber immer die gleiche, aber nie eine andere. Und doch, wenn eine Woche so hingegangen war in gleichmäßiger Selbstbestätigung, so wurde ihm enge in ihm. Die Haut spannte ihn um die Stirn und im Nacken, als empfände er auf einmal seinen zu deutlichen Kontur. Niemand wußte, welcher Versuchung er nachgab, wenn er dann nach den Mysterien fragte und nicht erwarten konnte, daß sie begännen. Und war es einmal soweit, so wohnte er mehr Rue Saint-Denis als in seinem Hôtel von Saint-Pol.

Es war das Verhängnisvolle dieser dargestellten Gedichte, daß sie sich immerfort ergänzten und erweiterten und zu Zehntausenden von Versen anwuchsen, so daß die Zeit in ihnen schließlich die wirkliche war; etwa so, als machte man einen Globus im Maßstab der Erde. Die hohle Estrade, unter der die Hölle war und über der, an einen Pfeiler angebaut, das geländerlose Gerüst eines Balkons das Niveau des Paradieses bedeutete, trug nur noch dazu bei, die Täuschung zu verringern. Denn dieses Jahrhundert hatte in der Tat Himmel und Hölle irdisch gemacht: es lebte aus den Kräften beider, um sich zu überstehen.

Es waren die Tage jener avignonesischen Christenheit[48], die sich vor einem Menschenalter um Johann den Zweiundzwanzigsten zusammengezogen hatte, mit so viel unwillkürlicher Zuflucht, daß an dem Platze seines Pontifikats, gleich nach ihm, die Masse dieses Palastes entstanden war, verschlossen und schwer wie ein äußerster Notleib für die wohnlose Seele aller. Er selbst aber, der kleine, lichte, geistige Greis, wohnte noch im Offenen. Während er, kaum angekommen, ohne Aufschub nach allen Seiten hin rasch und knapp zu handeln begann, standen die Schüsseln mit Gift gewürzt auf seiner Tafel; der erste Becher mußte immer weggeschüttet werden, denn das Stück Einhorn war mißfarbig, wenn es der Mundkämmerer daraus zurückzog. Ratlos, nicht wissend, wo er sie verbergen sollte, trug der Siebzigjährige die Wachsbildnisse herum, die man von ihm gemacht hatte, um ihn darin zu verderben; und er ritzte sich an den langen Nadeln, mit denen sie durchstochen waren. Man konnte sie einschmelzen. Doch so hatte er sich schon an diesen heimlichen Simulakern entsetzt, daß er, gegen seinen starken Willen, mehrmals den Gedanken formte, er könnte sich selbst damit tödlich sein und hinschwinden wie das Wachs am Feuer. Sein verminderter Körper wurde nur noch trockener vom Grausen und dauerhafter. Aber nun wagte man sich an den Körper seines Reichs; von Granada aus waren die Juden angestiftet worden, alle Christlichen zu vertilgen, und diesmal hatten sie sich furchtbarere Vollzieher erkauft. Niemand zweifelte, gleich auf die ersten Gerüchte hin, an dem Anschlag der Leprosen; schon hatten einzelne gesehen, wie sie Bündel ihrer schrecklichen Zersetzung in die Brunnen warfen. Es war nicht Leichtgläubigkeit, daß man dies sofort für möglich hielt; der Glaube, im Gegenteil, war so schwer geworden, daß er den Zitternden entsank und bis auf den Grund der Brunnen fiel. Und wieder hatte der eifrige Greis Gift abzuhalten vom Blute. Zur Zeit seiner abergläubischen Anwandlungen hatte er sich und seiner Umgebung das Angelus verschrieben gegen die Dämonen der Dämmerung; und nun läutete man auf der ganzen erregten Welt jeden Abend dieses kalmierende Gebet. Sonst aber glichen alle Bullen und Briefe, die von ihm ausgingen, mehr einem Gewürzwein als einer Tisane. Das Kaisertum hatte sich nicht in seine Behandlung gestellt, aber er ermüdete nicht, es mit Beweisen seines Krankseins zu überhäufen; und schon wandte man sich aus dem fernsten Osten an diesen herrischen Arzt.

Aber da geschah das Unglaubliche. Am Allerheiligentag hatte er gepredigt, länger, wärmer als sonst; in einem plötzlichen Bedürfnis, wie um ihn selbst wiederzusehen, hatte er seinen Glauben gezeigt; aus dem fünfundachtzigjährigen Tabernakel hatte er ihn mit aller Kraft langsam herausgehoben und auf der Kanzel ausgestellt: und da schrien sie ihn an. Ganz Europa schrie: dieser Glaube war schlecht.

Damals verschwand der Papst. Tagelang ging keine Aktion von ihm aus, er lag in seinem Betzimmer auf den Knien und erforschte das Geheimnis der Handelnden, die Schaden nehmen an ihrer Seele. Endlich erschien er, erschöpft von der schweren Einkehr, und widerrief. Er widerrief einmal über das andere. Es wurde die senile Leidenschaft seines Geistes, zu widerrufen. Es konnte geschehen, daß er nachts die Kardinäle wecken ließ, um mit ihnen von seiner Reue zu reden. Und vielleicht war das, was sein Leben über die Maßen hinhielt, schließlich nur die Hoffnung, sich auch noch vor Napoleon Orsini[49] zu demütigen, der ihn haßte und der nicht kommen wollte.

Jakob von Cahors hatte widerrufen. Und man könnte meinen, Gott selber hätte seine Irrung erweisen wollen, da er so bald hernach jenen Sohn des Grafen von Ligny[50] aufkommen ließ, der seine Mündigkeit auf Erden nur abzuwarten schien, um des Himmels seelische Sinnlichkeiten mannbar anzutreten. Es lebten viele, die sich dieses klaren Knaben in seinem Kardinalat erinnerten und wie er am Eingang seiner Jünglingschaft Bischof geworden und mit kaum achtzehn Jahren in einer Ekstase seiner Vollendung gestorben war. Man begegnete Totgewesenen: denn die Luft an seinem Grabe, in der, frei geworden, pures Leben lag, wirkte lange noch auf die Leichname. Aber war nicht etwas Verzweifeltes selbst in dieser frühreifen Heiligkeit? War es nicht ein Unrecht an allen, daß das reine Gewebe dieser Seele nur eben durchgezogen worden war, als handelte es sich nur darum, es in der garen Scharlachküpe der Zeit leuchtend zu färben? Empfand man nicht etwas wie einen Gegenstoß, da dieser junge Prinz von der Erde absprang in seine leidenschaftliche Himmelfahrt? Warum verweilten die Leuchtenden nicht unter den mühsamen Lichtziehern? War es nicht diese Finsternis, die Johann den Zweiundzwanzigsten dahin gebracht hatte, zu behaupten, daß es *vor* dem Jüngsten Gericht keine ganze Seligkeit gäbe, nirgends, auch unter den Seligen nicht? Und in der Tat, wieviel rechthaberische Verbissenheit gehörte dazu, sich vorzustellen, daß, während hier so dichte Wirrsal geschah, irgendwo Gesichter schon im Scheine Gottes lagen, an Engel zurückgelehnt und gestillt durch die unausschöpfliche Aussicht auf ihn.

Da sitze ich in der kalten Nacht und schreibe und weiß das alles. Ich weiß es vielleicht, weil mir jener Mann begegnet ist, damals, als ich klein war. Er war sehr groß, ich glaube sogar, daß er auffallen mußte durch seine Größe.

So unwahrscheinlich es ist, es war mir irgendwie gelungen, gegen Abend allein aus dem Haus zu kommen; ich lief, ich bog um eine Ecke, und in demselben Augenblick stieß ich gegen ihn. Ich begreife nicht, wie das, was jetzt geschah, sich in etwa fünf Sekunden abspielen konnte. So dicht man es auch erzählt, es dauert viel länger. Ich hatte mir weh getan im Anlauf an ihn; ich war klein, es schien mir schon viel, daß ich nicht weinte, auch erwartete ich unwillkürlich, getröstet zu sein. Da er das nicht tat, hielt ich ihn für verlegen; es fiel ihm, vermutete ich, der richtige

Scherz nicht ein, in dem diese Sache aufzulösen war. Ich war schon vergnügt genug, ihm dabei zu helfen, aber dazu war es nötig, ihm ins Gesicht zu sehen. Ich habe gesagt, daß er groß war. Nun hatte er sich nicht, wie es doch natürlich gewesen wäre, über mich gebeugt, so daß er sich in einer Höhe befand, auf die ich nicht vorbereitet war. Immer noch war vor mir nichts als der Geruch und die eigentümliche Härte seines Anzugs, die ich gefühlt hatte. Plötzlich kam sein Gesicht. Wie es war? Ich weiß es nicht, ich will es nicht wissen. Es war das Gesicht eines Feindes. Und neben diesem Gesicht, dicht nebenan, in der Höhe der schrecklichen Augen, stand, wie ein zweiter Kopf, seine Faust. Ehe ich noch Zeit hatte, mein Gesicht wegzusenken, lief ich schon; ich wich links an ihm vorbei und lief geradeaus eine leere, furchtbare Gasse hinunter, die Gasse einer fremden Stadt, einer Stadt, in der nichts vergeben wird.

Damals erlebte ich, was ich jetzt begreife: jene schwere, massive, verzweifelte Zeit. Die Zeit, in der der Kuß zweier, die sich versöhnten, nur das Zeichen für die Mörder war, die herumstanden. Sie tranken aus demselben Becher, sie bestiegen vor aller Augen das gleiche Reitpferd, und es wurde verbreitet, daß sie die Nacht in einem Bette schlafen würden: und über allen diesen Berührungen wurde ihr Widerwillen aneinander so dringend, daß, sooft einer die schlagenden Adern des andern sah, ein krankhafter Ekel ihn bäumte wie beim Anblick einer Kröte. Die Zeit, in der ein Bruder den Bruder um dessen größeren Erbteils willen überfiel und gefangenhielt;[51] zwar trat der König für den Mißhandelten ein und erreichte ihm Freiheit und Eigentum; in anderen fernen Schicksalen beschäftigt, gestand ihm der Ältere Ruhe zu und bereute in Briefen sein Unrecht. Aber über alledem kam der Befreite nicht mehr zur Fassung. Das Jahrhundert zeigt ihn im Pilgerkleid von Kirche zu Kirche ziehen, immer wunderlichere Gelübde erfindend. Mit Amuletten behangen, flüstert er den Mönchen von Saint-Denis seine Befürchtungen zu, und in ihren Registern stand lange die hundertpfündige Wachskerze verzeichnet, die er für gut hielt, dem heiligen Ludwig zu weihen. Zu seinem eigenen Leben kam es nicht; bis an sein Ende fühlte er seines Bruders Neid und Zorn in verzerrter Konstellation über seinem Herzen. Und jener Graf von Foix, Gaston Phöbus[52], der in aller Bewunderung war, hatte er nicht seinen Vetter Ernault, des englischen Königs Hauptmann zu Lourdes, offen getötet? Und was war dieser deutliche Mord gegen den grauenvollen Zufall, daß er das kleine scharfe Nagelmesser nicht fortgelegt hatte, als er mit seiner berühmt schönen Hand in zuckendem Vorwurf den bloßen Hals seines liegenden Sohnes streifte? Die Stube war dunkel, man mußte leuchten, um das Blut zu sehen, das so weit herkam und nun für immer ein köstliches Geschlecht verließ, da es heimlich aus der winzigen Wunde dieses erschöpften Knaben austrat.

Wer konnte stark sein und sich des Mordes enthalten? Wer in dieser Zeit wußte nicht, daß das Äußerste unvermeidlich war? Da und dort über einen, dessen Blick untertags dem kostenden Blick seines Mörders begegnet war, kam ein seltsames Vorgefühl. Er zog sich zurück, er schloß sich ein, er schrieb das Ende seines Willens und verordnete zum Schluß die Trage aus Weidengeflecht, die Cölestinerkutte und Aschenstreu. Fremde Minstrel erschienen vor seinem Schloß, und er beschenkte sie fürstlich für ihre Stimme, die mit seinen vagen Ahnungen einig war. Im Aufblick der Hunde war Zweifel, und sie wurden weniger sicher in ihrer Aufwartung. Aus der Devise, die das ganze Leben lang gegolten hatte, trat leise ein neuer, offener Nebensinn. Manche lange Gewohnheit kam einem veraltet vor, aber es war, als bildete sich kein Ersatz mehr für sie. Stellten sich Pläne ein, so ging man im großen mit ihnen um, ohne wirklich an sie zu glauben; dagegen griffen gewisse Erinnerungen zu einer unerwarteten Endgültigkeit. Abends, am Feuerplatz, meinte man sich ihnen zu überlassen. Aber die Nacht draußen, die man nicht mehr kannte, wurde auf einmal ganz stark im Gehör. Das an so vielen freien oder gefährlichen Nächten erfahrene Ohr unterschied einzelne Stücke der Stille. Und doch war es anders diesmal. Nicht die Nacht zwischen gestern und heute: eine Nacht. Nacht. Beau Sire Dieu und dann die Auferstehung. Kaum daß in solche Stunden die Berühmung um eine Geliebte hineinreichte: sie waren alle verstellt in Tagliedern und in Diengedichten; unbegreiflich geworden unter langen nachschleppenden Prunknamen. Höchstens, im Dunkel, wie das volle, frauige Aufschaun eines Bastardsohns.

Und dann, vor dem späten Nachtessen diese Nachdenklichkeit über die Hände in dem silbernen Waschbecken. Die eigenen Hände. Ob ein Zusammenhang in das Ihre zu bringen war? Eine Folge, eine Fortsetzung im Greifen und Lassen? Nein. Alle versuchten das Teil und das Gegenteil. Alle hoben sich auf, Handlung war keine.

Es gab keine Handlung, außer bei den Missionsbrüdern. Der König, so wie er sie hatte sich gebärden sehn, erfand selbst den Freibrief für sie. Er redete sie seine lieben Brüder an; nie war ihm jemand so nahegegangen. Es wurde ihnen wörtlich bewilligt, in ihrer Bedeutung unter den Zeitlichen herumzugehen; denn der König wünschte nichts mehr, als daß sie viele anstecken sollten und hineinreißen in ihre starke Aktion, in der Ordnung war. Was ihn selbst betrifft, so sehnte er sich, von ihnen zu lernen. Trug er nicht, ganz wie sie, die Zeichen und Kleider eines Sinnes an sich? Wenn er ihnen zusah, so konnte er glauben, dies müßte sich erlernen lassen: zu kommen und zu gehen, auszusagen und sich abzubiegen, so daß kein Zweifel war. Ungeheuere Hoffnungen überzogen sein Herz. In diesem unruhig beleuchteten, merkwürdig unbestimmten Saal des Dreifaltigkeitshospitals saß er täglich an seinem besten Platz und stand auf vor Erregung und nahm sich zusamm wie ein Schüler. Andere weinten; er aber war innen voll glänzender Tränen und preßte nur die kalten Hände ineinander, um es zu ertragen. Manchmal im Äußersten, wenn ein abgesprochener Spieler plötzlich wegtrat aus seinem großen Blick, hob er das Gesicht und erschrak: seit wie lange schon war *er* da: Monseigneur Sankt Michael, oben, vorgetreten an den Rand des Gerüsts in seiner spiegelnden silbernen Rüstung.

In solchen Momenten richtete er sich auf. Er sah um sich wie vor einer Entscheidung. Er war ganz nahe daran, das Gegenstück zu dieser Handlung hier einzusehen: die große, bange, profane Passion, in der er spielte. Aber auf einmal war es vorbei. Alle bewegten sich ohne Sinn. Offene Fackeln kamen auf ihn zu, und in die Wölbung hinauf warfen sich formlose Schatten. Menschen, die er nicht kannte, zerrten an ihm. Er wollte spielen: aber aus seinem Mund kam nichts, seine Bewegungen ergaben keine Gebärde. Sie drängten sich so eigentümlich um ihn, es kam ihm die Idee, daß er das Kreuz tragen sollte. Und er wollte warten, daß sie es brächten. Aber sie waren stärker, und sie schoben ihn langsam hinaus.

Außen ist vieles anders geworden. Ich weiß nicht, wie. Aber innen und vor dir, mein Gott, innen vor dir, Zuschauer: sind wir nicht ohne Handlung? Wir entdecken wohl, daß wir die Rolle nicht wissen, wir suchen einen Spiegel, wir möchten abschminken und das Falsche abnehmen und wirklich sein. Aber irgendwo haftet uns noch ein Stück Verkleidung an, das wir vergessen. Eine Spur Übertreibung bleibt in unseren Augenbrauen, wir merken nicht, daß unsere Mundwinkel verbogen sind. Und so gehen wir herum, ein Gespött und eine Hälfte: weder Seiende noch Schauspieler.

Das war im Theater zu Orange. Ohne recht aufzusehen, nur im Bewußtsein des rustiken Bruchs, der jetzt seine Fassade ausmacht, war ich durch die kleine Glastür des Wächters eingetreten. Ich befand mich zwischen liegenden Säulenkörpern und kleinen Althaeabäumen, aber sie verdeckten mir nur einen Augenblick die offene Muschel des Zuschauerhangs, die dalag, geteilt von den Schatten des Nachmittags, wie eine riesige konkave Sonnenuhr. Ich ging rasch auf sie zu. Ich fühlte, zwischen den Sitzreihen aufsteigend, wie ich abnahm in dieser Umgebung. Oben, etwas höher, standen, schlecht verteilt, ein paar Fremde herum in müßiger Neugier; ihre Anzüge waren unangenehm deutlich, aber ihr Maßstab war nicht der Rede wert. Eine Weile faßten sie mich ins Auge und wunderten sich über meine Kleinheit. Das machte, daß ich mich umdrehte.

Oh, ich war völlig unvorbereitet. Es wurde gespielt. Ein immenses, ein übermenschliches Drama war im Gange, das Drama dieser gewaltigen Szenenwand, deren senkrechte Gliederung dreifach auftrat, dröhnend vor Größe, fast vernichtend und plötzlich maßvoll im Übermaß.

Ich ließ mich hin vor glücklicher Bestürzung. Dieses Ragende da mit der antlitzhaften Ordnung seiner Schatten, mit dem gesammelten Dunkel im Mund seiner Mitte, begrenzt, oben, von des Kranzgesimses gleichlockiger Haartracht: dies war die starke, alles verstellende antikische Maske, hinter der die Welt zum Gesicht zusammenschoß. Hier, in diesem großen, eingebogenen Sitzkreis herrschte ein wartendes, leeres, saugendes Dasein; alles Geschehen war drüben: Götter und Schicksal. Und von drüben kam (wenn man hoch aufsah) leicht, über den Wandgrat: der ewige Einzug der Himmel.

Diese Stunde, das begreife ich jetzt, schloß mich für immer aus von unseren Theatern. Was soll ich dort? Was soll ich vor einer Szene, in der diese Wand (die Ikonwand der russischen Kirchen) abgetragen wurde, weil man nicht mehr die Kraft hat, durch ihre Härte die Handlung durchzupressen, die gasförmige, die in vollen schweren Öltropfen austritt. Nun fallen die Stücke in Brocken durch das lochige Grobsieb der Bühnen und häufen sich an und werden weggeräumt, wenn es genug ist. Es ist dieselbe ungare Wirklichkeit, die auf den Straßen liegt und in den Häusern, nur daß mehr davon dort zusammenkommt, als sonst in einen Abend geht.

*(Laßt uns doch aufrichtig sein, wir haben kein Theater, sowenig wir einen Gott haben: dazu gehört Gemeinsamkeit. Jeder hat seine besonderen Einfälle und Befürchtungen, und er läßt den andern so viel davon sehen, als ihm nützt und paßt. Wir verdünnen fortwährend unser Verstehen, damit es reichen soll, statt zu schreien nach der Wand einer gemeinsamen Not, hinter der das Unbegreifliche Zeit hat, sich zu sammeln und anzuspannen.)

Hätten wir ein Theater, stündest du dann, du Tragische[53], immer wieder so schmal, so bar, so ohne Gestaltvorwand vor denen, die an deinem ausgestellten Schmerz ihre eilige Neugier vergnügen? Du sahst, unsäglich Rührende, das

* Im Manuskript an den Rand geschrieben.

Wirklichsein deines Leidens voraus, in Verona damals, als du, fast noch ein Kind, theaterspielend, lauter Rosen vor dich hieltst wie eine maskige Vorderansicht, die dich gesteigert verbergen sollte.

Es ist wahr, du warst ein Schauspielerkind, und wenn die Deinen spielten, so wollten sie gesehen sein; aber du schlugst aus der Art. Dir sollte dieser Beruf werden, was für Marianna Alcoforado[54], ohne daß sie es ahnte, die Nonnenschaft war, eine Verkleidung, dicht und dauernd genug, um hinter ihr rückhaltlos elend zu sein, mit der Inständigkeit, mit der unsichtbare Selige selig sind. In allen Städten, wohin du kamst, beschrieben sie deine Gebärde; aber sie begriffen nicht, wie du, aussichtsloser von Tag zu Tag, immer wieder eine Dichtung vor dich hobst, ob sie dich berge. Du hieltest dein Haar, deine Hände, irgendein dichtes Ding vor die durchscheinenden Stellen. Du hauchtest die an, die durchsichtig waren; du machtest dich klein; du verstecktest dich, wie Kinder sich verstecken, und dann hattest du jenen kurzen, glücklichen Auflaut, und höchstens ein Engel hätte dich suchen dürfen. Aber, schautest du dann vorsichtig auf, so war kein Zweifel, daß sie dich die ganze Zeit gesehen hatten, alle in dem häßlichen, hohlen, äugigen Raum: dich, dich, dich und nichts anderes.

Und es kam dich an, ihnen den Arm verkürzt entgegenzustrecken mit dem Fingerzeichen gegen den bösen Blick. Es kam dich an, ihnen dein Gesicht zu entreißen, an dem sie zehrten. Es kam dich an, du selber zu sein. Deinen Mitspielern fiel der Mut; als hätte man sie mit einem Pantherweibchen zusammengesperrt, krochen sie an den Kulissen entlang und sprachen, was fällig war, nur um dich nicht zu reizen. Du aber zogst sie hervor und stelltest sie hin und gingst mit ihnen um wie mit Wirklichen. Die schlappen Türen, die hingetäuschten Vorhänge, die Gegenstände ohne Hinterseite drängten dich zum Widerspruch. Du fühltest, wie dein Herz sich unaufhaltsam steigerte zu einer immensen Wirklichkeit, und erschrocken versuchtest du noch einmal die Blicke von dir abzunehmen wie lange Fäden Altweibersommers: aber da brachen sie schon in Beifall aus in ihrer Angst vor dem Äußersten: wie um im letzten Moment etwas von sich abzuwenden, was sie zwingen würde, ihr Leben zu ändern.

Schlecht leben die Geliebten und in Gefahr. Ach, daß sie sich überstünden und Liebende würden. Um die Liebenden ist lauter Sicherheit. Niemand verdächtigt sie mehr, und sie selbst sind nicht imstande, sich zu verraten. In ihnen ist das Geheimnis heil geworden, sie schreien es im Ganzen aus wie Nachtigallen, es hat keine Teile. Sie klagen um einen; aber die ganze Natur stimmt in sie ein: es ist die Klage um einen Ewigen. Sie stürzen sich dem Verlorenen nach, aber schon mit den ersten Schritten überholen sie ihn, und *vor* ihnen ist nur noch Gott. Ihre Legende ist die der Byblis, die den Kaunos verfolgt bis nach Lykien[55] hin. Ihres Herzens Andrang jagte sie durch die Länder auf seiner Spur, und schließlich war sie am Ende der Kraft; aber so stark war ihres Wesens Bewegtheit, daß sie, hinsinkend, jenseits vom Tod als Quelle wiedererschien, eilend, als eilende Quelle.

Was ist anderes der Portugiesin geschehen: als daß sie innen zur Quelle ward? Was dir, Heloise? Was euch, Liebenden, deren Klagen auf uns gekommen sind: Gaspara Stampa; Gräfin von Die und Clara d'Anduze; Louise Labbé, Marceline Desbordes, Elisa Mercœur?[56] Aber du, arme flüchtige Aïssé, du zögertest schon und gabst nach. Müde Julie Lespinasse. Trostlose Sage des glücklichen Parks: Marie-Anne de Clermont.

Ich weiß noch genau, einmal, vorzeiten, zu Haus, fand ich ein Schmucketui; es war zwei Hände groß, fächerförmig mit einem eingepreßten Blumenrand im dunkelgrünen Saffian. Ich schlug es auf: es war leer. Das kann ich nun sagen nach so langer Zeit. Aber damals, da ich es geöffnet hatte, sah ich nur, woraus diese Leere bestand: aus Samt, aus einem kleinen Hügel lichten, nicht mehr frischen Samtes; aus der Schmuckrille, die, um eine Spur Wehmut heller, leer, darin verlief. Einen Augenblick war das auszuhalten. Aber vor denen, die als Geliebte zurückbleiben, ist es vielleicht immer so.

Blättert zurück in euren Tagebüchern. War da nicht immer um die Frühlinge eine Zeit, da das ausbrechende Jahr euch wie ein Vorwurf betraf? Es war Lust zum Frohsein in euch, und doch, wenn ihr hinaustratet in das geräumige Freie, so entstand draußen eine Befremdung in der Luft, und ihr wurdet unsicher im Weitergehen wie auf einem Schiffe. Der Garten fing an; ihr aber (das war es), ihr schlepptet Winter herein und voriges Jahr; für euch war es bestenfalls eine Fortsetzung. Während ihr wartetet, daß eure Seele teilnähme, empfandet ihr plötzlich eurer Glieder Gewicht, und etwas wie die Möglichkeit, krank zu werden, drang in euer offenes Vorgefühl. Ihr schobt es auf euer zu leichtes Kleid, ihr spanntet den Schal um die Schultern, ihr lieft die Allee bis zum Schluß: und dann standet ihr, herzklopfend, in dem weiten Rondell, entschlossen, mit alledem einig zu sein. Aber ein Vogel klang und war allein und verleugnete euch. Ach, hättet ihr müssen gestorben sein?

Vielleicht. Vielleicht ist das neu, daß wir das überstehen: das Jahr und die Liebe. Blüten und Früchte sind reif, wenn sie fallen; die Tiere fühlen sich und finden sich zueinander und sind es zufrieden. Wir aber, die wir uns Gott vorgenommen haben, wir können nicht fertig werden. Wir rücken unsere Natur hinaus, wir brauchen noch Zeit. Was ist uns ein Jahr? Was sind alle? Noch eh wir Gott angefangen haben, beten wir schon zu ihm: laß uns die Nacht überstehen. Und dann das Kranksein. Und dann die Liebe.

Daß Clémence de Bourges hat sterben müssen in ihrem Aufgang. Sie, die ohnegleichen war; unter den Instrumenten, die sie wie keine zu spielen verstand, das schönste, selber im mindesten Klang ihrer Stimme unvergeßlich gespielt. Ihr Mädchentum war von so hoher Entschlossenheit, daß eine flutende Liebende diesem aufkommenden Herzen das Buch Sonette zueignen konnte, darin jeder Vers ungestillt war. Louise Labbé fürchtete nicht, dieses Kind zu erschrekken mit der Leidenslänge der Liebe. Sie zeigte ihr das nächtliche Steigen der Sehnsucht; sie versprach ihr den Schmerz wie einen größeren Weltraum; und sie ahnte, daß sie mit ihrem erfahrenen Weh hinter dem dunkel erwarteten zurückblieb, von dem diese Jünglingin schön war.

Mädchen in meiner Heimat. Daß die schönste von euch im Sommer an einem Nachmittag in der verdunkelten Bibliothek sich das kleine Buch fände, das Jan des Tournes[57] 1556 gedruckt hat. Daß sie den kühlenden, glatten Band mitnähme hinaus in den summenden Obstgarten oder hinüber zum Phlox, in dessen übersüßtem

Duft ein Bodensatz schierer Süßigkeit steht. Daß sie es früh fände. In den Tagen, da ihre Augen anfangen, auf sich zu halten, während der jüngere Mund noch imstande ist, viel zu große Stücke von einem Apfel abzubeißen und voll zu sein.

Und wenn dann die Zeit der bewegteren Freundschaften kommt, Mädchen, daß es euer Geheimnis wäre, einander Dika zu rufen und Anaktoria, Gyrinno und Atthis[58]. Daß einer, ein Nachbar vielleicht, ein älterer Mann, der in seiner Jugend gereist ist und längst als Sonderling gilt, euch diese Namen verriete. Daß er euch manchmal zu sich einlüde, um seiner berühmten Pfirsiche willen oder wegen der Ridingerstiche[59] zur Equitation oben im weißen Gang, von denen so viel gesprochen wird, daß man sie müßte gesehen haben.

Vielleicht überredet ihr ihn zu erzählen. Vielleicht ist die unter euch, die ihn erbitten kann, die alten Reisetagebücher hervorzuholen, wer kann es wissen? Dieselbe, die es ihm eines Tages zu entlocken versteht, daß einzelne Gedichtstellen der Sappho auf uns gekommen sind, und die nicht ruht, bis sie weiß, was fast ein Geheimnis ist: daß dieser zurückgezogene Mann es liebte, zuzeiten seine Muße an die Übertragung dieser Versstücke zu wenden. Er muß zugeben, daß er lange nicht mehr daran gedacht hat, und was da ist, versichert er, sei nicht der Rede wert. Aber nun freut es ihn doch, vor diesen arglosen Freundinnen, wenn sie sehr drängen, eine Strophe zu sagen. Er entdeckt sogar den griechischen Wortlaut in seinem Gedächtnis, er spricht ihn vor, weil die Übersetzung nichts gibt, seiner Meinung nach, und um dieser Jugend den schönen, echten Bruch der massiven Schmucksprache zu zeigen, die in so starken Flammen gebogen ward.

Über dem allen erwärmt er sich wieder für seine Arbeit. Es kommen schöne, fast jugendliche Abende für ihn, Herbstabende zum Beispiel, die sehr viel stille Nacht vor sich haben. In seinem Kabinett ist dann lange Licht. Er bleibt nicht immer über die Blätter gebeugt, er lehnt sich oft zurück, er schließt die Augen über einer wiedergelesenen Zeile, und ihr Sinn verteilt sich in seinem Blut. Nie war er der Antike so gewiß. Fast möchte er der Generationen lächeln, die sie beweint haben wie ein verlorenes Schauspiel, in dem sie gerne aufgetreten wären. Nun begreift er momentan die dynamische Bedeutung jener früheren Welteinheit, die etwas wie ein neues, gleichzeitiges Aufnehmen aller menschlichen Arbeit war. Es beirrt ihn nicht, daß jene konsequente Kultur mit ihren gewissermaßen vollzähligen Versichtbarungen für viele spätere Blicke ein Ganzes zu bilden schien und ein im Ganzen Vergangenes. Zwar ward dort wirklich des Lebens himmlische Hälfte an die halbrunde

Schale des Daseins gepaßt, wie zwei volle Hemisphären zu einer heilen, goldenen Kugel zusammengehen. Doch dies war kaum geschehen, so empfanden die in ihr eingeschlossenen Geister diese restlose Verwirklichung nur noch als Gleichnis; das massive Gestirn verlor an Gewicht und stieg auf in den Raum, und in seiner goldenen Rundung spiegelte sich zurückhaltend die Traurigkeit dessen, was noch nicht zu bewältigen war.

Wie er dies denkt, der Einsame in seiner Nacht, denkt und einsieht, bemerkt er einen Teller mit Früchten auf der Fensterbank. Unwillkürlich greift er einen Apfel heraus und legt ihn vor sich auf den Tisch. Wie steht mein Leben herum um diese Frucht, denkt er. Um alles Fertige steigt das Ungetane und steigert sich.

Und da, über dem Ungetanen, ersteht ihm, fast zu schnell, die kleine, ins Unendliche hinaus gespannte Gestalt, die (nach Galiens Zeugnis) alle meinten, wenn sie sagten: «Die Dichterin.» Denn wie hinter den Werken des Herakles Abbruch und Umbau der Welt verlangend aufstand, so drängten sich, gelebt zu werden, aus den Vorräten des Seins an die Taten ihres Herzens die Seligkeiten und Verzweiflungen heran, mit denen die Zeiten auskommen müssen.

Er kennt auf einmal dieses entschlossene Herz, das bereit war, die ganze Liebe zu leisten bis ans Ende. Es wundert ihn nicht, daß man es verkannte; daß man in dieser überaus künftigen Liebenden nur das Übermaß sah, nicht die neue Maßeinheit von Liebe und Herzleid. Daß man die Inschrift ihres Daseins auslegte, wie sie damals gerade glaubhaft war, daß man ihr endlich den Tod derjenigen zuschrieb, die der Gott einzeln anreizt, aus sich hinauszulieben ohne Erwiderung. Vielleicht waren selbst unter den von ihr gebildeten Freundinnen solche, die es nicht begriffen: daß sie auf der Höhe ihres Handelns nicht um einen klagte, der ihre Umarmung offenließ, sondern um den nicht mehr Möglichen, der ihrer Liebe gewachsen war.

Hier steht der Sinnende auf und tritt an sein Fenster, sein hohes Zimmer ist ihm zu nah, er möchte Sterne sehen, wenn es möglich ist. Er täuscht sich nicht über sich selbst. Er weiß, daß diese Bewegung ihn erfüllt, weil unter den jungen Mädchen aus der Nachbarschaft die eine ist, die ihn angeht. Er hat Wünsche (nicht für sich, nein, aber für sie); für sie versteht er in einer nächtlichen Stunde, die vorübergeht, den Anspruch der Liebe. Er verspricht sich, ihr nichts davon zu sagen. Es scheint ihm das Äußerste, allein zu sein und wach und um ihretwillen zu denken, wie sehr im Recht jene Liebende war: wenn sie wußte, daß mit der Vereinigung nichts gemeint sein kann als ein Zuwachs an Einsamkeit; wenn sie den zeitlichen Zweck des Geschlechtes durchbrach mit seiner unendlichen

Absicht. Wenn sie im Dunkel der Umarmungen nicht nach Stillung grub, sondern nach Sehnsucht. Wenn sie es verachtete, daß von zweien einer der Liebende sei und einer Geliebter, und die schwachen Geliebten, die sie sich zum Lager trug, an sich zu Liebenden glühte, die sie verließen. An solchen hohen Abschieden wurde ihr Herz zur Natur. Über dem Schicksal sang sie den firnen Lieblinginnen ihr Brautlied; erhöhte ihnen die Hochzeit; übertrieb ihnen den nahen Gemahl, damit sie sich zusammennähmen für ihn wie für einen Gott und auch noch *seine* Herrlichkeit überstünden.

Einmal noch, Abelone, in den letzten Jahren fühlte ich dich und sah dich ein, unerwartet, nachdem ich lange nicht an dich gedacht hatte.

Das war in Venedig, im Herbst, in einem jener Salons, in denen Fremde sich vorübergehend um die Dame des Hauses versammeln, die fremd ist wie sie. Diese Leute stehen herum mit ihrer Tasse Tee und sind entzückt, sooft ein kundiger Nachbar sie kurz und verkappt nach der Tür dreht, um ihnen einen Namen zuzuflüstern, der venezianisch klingt. Sie sind auf die äußersten Namen gefaßt, nichts kann sie überraschen; denn so sparsam sie sonst auch im Erleben sein mögen, in dieser Stadt geben sie sich nonchalant den übertriebensten Möglichkeiten hin. In ihrem gewöhnlichen Dasein verwechseln sie beständig das Außerordentliche mit dem Verbotenen, so daß die Erwartung des Wunderbaren, die sie sich nun gestatten, als ein grober, ausschweifender Ausdruck in ihre Gesichter tritt. Was ihnen zu Hause nur momentan in Konzerten passiert oder wenn sie mit einem Roman allein sind, das tragen sie unter diesen schmeichelnden Verhältnissen als berechtigten Zustand zur Schau. Wie sie, ganz unvorbereitet, keine Gefahr begreifend, von den fast tödlichen Geständnissen der Musik sich anreizen lassen wie von körperlichen Indiskretionen, so überliefern sie sich, ohne die Existenz Venedigs im geringsten zu bewältigen, der lohnenden Ohnmacht der Gondeln. Nicht mehr neue Eheleute, die während der ganzen Reise nur gehässige Repliken füreinander hatten, versinken in schweigsame Verträglichkeit; über den Mann kommt die angenehme Müdigkeit seiner Ideale, während sie sich jung fühlt und den trägen Einheimischen aufmunternd zunickt mit einem Lächeln, als hätte sie Zähne aus Zucker, die sich beständig auflösen. Und hört man hin, so ergibt es sich, daß sie morgen reisen oder übermorgen oder Ende der Woche.

Da stand ich nun zwischen ihnen und freute mich, daß ich nicht reiste. In kurzem würde es kalt sein. Das weiche, opiatische Venedig ihrer Vorurteile und Bedürfnisse verschwindet mit diesen somnolenten Ausländern, und eines Morgens ist das andere da, das wirkliche, wache, bis zum Zerspringen spröde, durchaus nicht erträumte: das mitten im Nichts auf versenkten Wäldern gewollte, erzwungene und endlich so durch und durch vorhandene Venedig. Der abgehärtete, auf das Nötigste beschränkte Körper, durch den das nachtwache Arsenal das Blut seiner Arbeit trieb, und dieses Körpers penetranter, sich fortwährend erweiternder Geist, der stärker war als der Duft aromatischer Länder. Der suggestive Staat, der das Salz und Glas seiner Armut austauschte gegen die Schätze der Völker. Das schöne Gegengewicht der Welt, das bis in seine Zierate hinein voll latenter Energien steht, die sich immer feiner vernervten: dieses Venedig.

Das Bewußtsein, daß ich es kannte, überkam mich unter allen diesen sich täuschenden Leuten mit soviel Widerspruch, daß ich aufsah, um mich irgendwie mitzuteilen. War es denkbar, daß in diesen Sälen nicht einer war, der unwillkürlich darauf wartete, über das Wesen dieser Umgebung aufgeklärt zu sein? Ein junger Mensch, der es sofort begriff, daß hier nicht ein Genuß aufgeschlagen war, sondern ein Beispiel des Willens, wie es nirgends anfordernder und strenger sich finden ließ? Ich ging umher, meine Wahrheit beunruhigte mich. Da sie mich hier unter so vielen ergriffen hatte, brachte sie den Wunsch mit, ausgesprochen, verteidigt, bewiesen zu sein. Die groteske Vorstellung entstand in mir, wie ich im nächsten Augenblick in die Hände klatschen würde aus Haß gegen das von allen zerredete Mißverständnis.

In dieser lächerlichen Stimmung bemerkte ich sie. Sie stand allein vor einem strahlenden Fenster und betrachtete mich; nicht eigentlich mit den Augen, die ernst und nachdenklich waren, sondern geradezu mit dem Mund, der den offenbar bösen Ausdruck meines Gesichtes ironisch nachahmte. Ich fühlte sofort die ungeduldige Spannung in meinen Zügen und nahm ein gelassenes Gesicht an, worauf ihr Mund natürlich wurde und hochmütig. Dann, nach kurzem Bedenken, lächelten wir einander gleichzeitig zu.

Sie erinnerte, wenn man will, an ein gewisses Jugendbildnis der schönen Benedicte von Qualen[60], die in Baggesens Leben eine Rolle spielt. Man konnte die dunkle Stille ihrer Augen nicht sehen, ohne die klare Dunkelheit ihrer Stimme zu vermuten. Übrigens war die Flechtung ihres Haars und der Halsausschnitt ihres hellen Kleides so kopenhagisch, daß ich entschlossen war, sie dänisch anzureden.

Ich war aber noch nicht nahe genug, da schob sich von der andern Seite eine Strömung zu ihr hin; unsere gästeglückliche Gräfin selbst, in ihrer warmen, begeisterten Zerstreutheit, stürzte sich mit einer Menge Beistand über sie, um sie auf der Stelle zum Singen abzuführen. Ich war sicher, daß das junge Mädchen sich damit entschuldigen würde, daß niemand in der Gesellschaft Interesse haben könne, dänisch singen zu hören. Dies tat sie auch, sowie sie zu Worte kam. Das Gedränge um die lichte Gestalt herum wurde eifriger; jemand wußte, daß sie auch deutsch singe. «Und italienisch», ergänzte eine lachende Stimme mit boshafter Überzeugung. Ich wußte keine Ausrede, die ich ihr hätte wünschen können, aber ich zweifelte nicht, daß sie widerstehen würde. Schon breitete sich eine trockene Gekränktheit über die vom langen Lächeln abgespannten Gesichter der Überredenden aus, schon trat die gute Gräfin, um sich nichts zu vergeben, mitleidig und würdig einen Schritt ab, da, als es durchaus nicht mehr nötig war, gab sie nach. Ich fühlte, wie ich blaß wurde vor Enttäuschung; mein Blick füllte sich mit Vorwurf, aber ich wandte mich weg, es lohnte nicht, sie das sehn zu lassen. Sie aber machte sich von den andern los und war auf einmal neben mir. Ihr Kleid schien mich an, der blumige Geruch ihrer Wärme stand um mich.

«Ich will wirklich singen», sagte sie auf dänisch meine Wange entlang, «nicht weil sie's verlangen, nicht zum Schein: weil ich jetzt singen muß.»

Aus ihren Worten brach dieselbe böse Unduldsamkeit, von welcher sie mich eben befreit hatte.

Ich folgte langsam der Gruppe, mit der sie sich

entfernte. Aber an einer hohen Tür blieb ich zurück und ließ die Menschen sich verschieben und ordnen. Ich lehnte mich an das schwarzspiegelnde Türinnere und wartete. Jemand fragte mich, was sich vorbereite, ob man singen werde. Ich gab vor, es nicht zu wissen. Während ich log, sang sie schon.

Ich konnte sie nicht sehen. Es wurde allmählich Raum um eines jener italienischen Lieder, die die Fremden für sehr echt halten, weil sie von so deutlicher Übereinkunft sind. Sie, die es sang, glaubte nicht daran. Sie hob es mit Mühe hinauf, sie nahm es viel zu schwer. An dem Beifall vorne konnte man merken, wann es zu Ende war. Ich war traurig und beschämt. Es entstand einige Bewegung, und ich nahm mir vor, sowie jemand gehen würde, mich anzuschließen.

Aber da wurde es mit einem Mal still. Eine Stille ergab sich, die eben noch niemand für möglich gehalten hätte; sie dauerte an, sie spannte sich, und jetzt erhob sich in ihr die Stimme. (Abelone, dachte ich. Abelone.) Diesmal war sie stark, voll und doch nicht schwer; aus einem Stück, ohne Bruch, ohne Naht. Es war ein unbekanntes deutsches Lied. Sie sang es merkwürdig einfach, wie etwas Notwendiges. Sie sang:

> «Du, der ich's nicht sage, daß ich bei Nacht
> weinend liege,

deren Wesen mich müde macht
wie eine Wiege.
Du, die mir nicht sagt, wenn sie wacht
meinetwillen:
wie, wenn wir diese Pracht
ohne zu stillen
in uns ertrügen?
(kurze Pause und zögernd):
Sieh dir die Liebenden an,
wenn erst das Bekennen begann,
wie bald sie lügen.»

Wieder die Stille. Gott weiß, wer sie machte. Dann rührten sich die Leute, stießen aneinander, entschuldigten sich, hüstelten. Schon wollten sie in ein allgemeines verwischendes Geräusch übergehen, da brach plötzlich die Stimme aus, entschlossen, breit und gedrängt:

«Du machst mich allein. Dich einzig kann ich vertauschen.
Eine Weile bist du's, dann wieder ist es das Rauschen,
oder es ist ein Duft ohne Rest.
Ach, in den Armen hab ich sie alle verloren,
du nur, du wirst immer wieder geboren:
weil ich niemals dich anhielt, halt ich dich fest.»

Niemand hatte es erwartet. Alle standen gleichsam geduckt unter dieser Stimme. Und zum Schluß war eine solche Sicherheit in ihr, als ob sie seit Jahren gewußt hätte, daß sie in diesem Augenblick würde einzusetzen haben.

Manchmal früher fragte ich mich, warum Abelone die Kalorien ihres großartigen Gefühls nicht an Gott wandte. Ich weiß, sie sehnte sich, ihrer Liebe alles Transitive zu nehmen, aber konnte ihr wahrhaftiges Herz sich darüber täuschen, daß Gott nur eine Richtung der Liebe ist, kein Liebesgegenstand? Wußte sie nicht, daß keine Gegenliebe von ihm zu fürchten war? Kannte sie nicht die Zurückhaltung dieses überlegenen Geliebten, der die Lust ruhig hinausschiebt, um uns, Langsame, unser ganzes Herz leisten zu lassen? Oder wollte sie Christus vermeiden? Fürchtete sie, halben Wegs von ihm aufgehalten, an ihm zur Geliebten zu werden? Dachte sie deshalb ungern an Julie Reventlow?

Fast glaube ich es, wenn ich bedenke, wie an dieser Erleichterung Gottes eine so einfältige Liebende wie Mechthild, eine so hinreißende wie Therese von Avila, eine so wunde wie die Selige Rose von Lima hinsinken konnte, nachgiebig, doch geliebt.[61] Ach, der für die Schwachen ein Helfer war, ist diesen Starken ein Unrecht; wo sie schon nichts mehr erwarteten als den unendlichen Weg, da tritt sie noch einmal im spannenden Vorhimmel ein Gestalteter an und verwöhnt sie mit Unterkunft und verwirrt sie mit Mannheit. Seines stark brechenden Herzens Linse nimmt noch einmal ihre schon parallelen Herzstrahlen zusamm, und sie, die die Engel schon ganz für Gott zu erhalten hofften, flammen auf in der Dürre ihrer Sehnsucht.

*(Geliebtsein heißt aufbrennen. Lieben ist: Leuchten mit unerschöpflichem Öle. Geliebtwerden ist vergehen, Lieben ist dauern.)

Es ist gleichwohl möglich, daß Abelone in späteren Jahren versucht hat, mit dem Herzen zu denken, um unauffällig und unmittelbar mit Gott in Beziehung zu kommen. Ich könnte mir vorstellen, daß es Briefe von ihr gibt, die an die aufmerksame innere Beschauung der Fürstin Amalie Galitzin[62] erinnern; aber wenn diese Briefe an jemanden gerichtet waren, dem sie seit Jahren nahestand, wie mag der gelitten haben unter ihrer Veränderung. Und sie selbst: ich vermute, sie fürchtete nichts als jenes gespenstische Anderswerden, das man nicht merkt, weil man beständig alle Beweise dafür, wie das Fremdeste, aus den Händen läßt.

Man wird mich schwer davon überzeugen, daß die Geschichte des verlorenen Sohnes nicht die Legende dessen ist, der nicht geliebt werden

---

* Im Manuskript an den Rand geschrieben.

wollte. Da er ein Kind war, liebten ihn alle im Hause. Er wuchs heran, er wußte es nicht anders und gewöhnte sich in ihre Herzweiche, da er ein Kind war.

Aber als Knabe wollte er seine Gewohnheiten ablegen. Er hätte es nicht sagen können, aber wenn er draußen herumstrich den ganzen Tag und nicht einmal mehr die Hunde mithaben wollte, so wars, weil auch sie ihn liebten; weil in ihren Blicken Beobachtung war und Teilnahme, Erwartung und Besorgtheit; weil man auch vor ihnen nichts tun konnte, ohne zu freuen oder zu kränken. Was er aber damals meinte, das war die innige Indifferenz seines Herzens, die ihn manchmal früh in den Feldern mit solcher Reinheit ergriff, daß er zu laufen begann, um nicht Zeit und Atem zu haben, mehr zu sein als ein leichter Moment, in dem der Morgen zum Bewußtsein kommt.

Das Geheimnis seines noch nie gewesenen Lebens breitete sich vor ihm aus. Unwillkürlich verließ er den Fußpfad und lief weiter feldein, die Arme ausgestreckt, als könnte er in dieser Breite mehrere Richtungen auf einmal bewältigen. Und dann warf er sich irgendwo hinter eine Hecke, und niemand legte Wert auf ihn. Er schälte sich eine Flöte, er schleuderte einen Stein nach einem kleinen Raubtier, er neigte sich vor und zwang einen Käfer umzukehren: dies alles wurde kein Schicksal, und die Himmel gingen wie über Natur. Schließlich kam der Nachmittag mit lauter Einfällen; man war ein Bucanier auf der Insel Tortuga, und es lag keine Verpflichtung darin, es zu sein; man belagerte Campêche, man eroberte Vera-Cruz; es war möglich, das ganze Heer zu sein oder ein Anführer zu Pferd oder ein Schiff auf dem Meer: je nachdem man sich fühlte. Fiel es einem aber ein, hinzuknien, so war man rasch Deodat von Gozon[63] und hatte den Drachen erlegt und vernahm, ganz heiß, daß dieses Heldentum hoffärtig war, ohne Gehorsam. Denn man ersparte sich nichts, was zur Sache gehörte. Soviel Einbildungen sich aber auch einstellten, zwischendurch war immer noch Zeit, nichts als ein Vogel zu sein, ungewiß, welcher. Nur daß der Heimweg dann kam.

Mein Gott, was war da alles abzulegen und zu vergessen; denn richtig vergessen, das war nötig; sonst verriet man sich, wenn sie drängten. Wie sehr man auch zögerte und sich umsah, schließlich kam doch der Giebel herauf. Das erste Fenster oben faßte einen ins Auge, es mochte wohl jemand dort stehen. Die Hunde, in denen die Erwartung den ganzen Tag angewachsen war, preschten durch die Büsche und trieben einen zusammen zu dem, den sie meinten. Und den Rest tat das Haus. Man mußte nur eintreten in seinen vollen Geruch, schon war das meiste entschieden. Kleinigkeiten konnten sich noch ändern; im ganzen war man schon der, für den sie einen hier hielten; der, dem sie aus seiner kleinen Vergangenheit und ihren eigenen Wünschen längst ein Leben gemacht hatten; das gemeinsame Wesen, das Tag und Nacht unter der Suggestion ihrer Liebe stand, zwischen ihrer Hoffnung und ihrem Argwohn, vor ihrem Tadel oder Beifall.

So einem nützt es nichts, mit unsäglicher Vorsicht die Treppen zu steigen. Alle werden im Wohnzimmer sein, und die Türe muß nur gehn, so sehen sie hin. Er bleibt im Dunkel, er will ihre Fragen abwarten. Aber dann kommt das Ärgste. Sie nehmen ihn bei den Händen, sie ziehen ihn an den Tisch, und alle, soviel ihrer da sind, strecken sich neugierig vor die Lampe. Sie haben es gut, sie halten sich dunkel, und auf ihn allein fällt, mit dem Licht, alle Schande, ein Gesicht zu haben.

Wird er bleiben und das ungefähre Leben nachlügen, das sie ihm zuschreiben, und ihnen allen mit dem ganzen Gesicht ähnlich werden? Wird er sich teilen zwischen der zarten Wahrhaftigkeit seines Willens und dem plumpen Betrug, der sie ihm selber verdirbt? Wird er es aufgeben, *das* zu werden, was denen aus seiner Familie, die nur noch ein schwaches Herz haben, schaden könnte?

Nein, er wird fortgehen. Zum Beispiel während sie alle beschäftigt sind, ihm den Geburtstagstisch zu bestellen mit den schlecht erratenen Gegenständen, die wieder einmal alles ausgleichen sollen. Fortgehen für immer. Viel später erst wird ihm klarwerden, wie sehr er sich damals vornahm, niemals zu lieben, um keinen in die entsetzliche Lage zu bringen, geliebt zu sein. Jahre hernach fällt es ihm ein, und wie andere Vorsätze, so ist auch dieser unmöglich gewesen. Denn er hat geliebt und wieder geliebt in seiner Einsamkeit; jedesmal mit Verschwendung seiner ganzen Natur und unter unsäglicher Angst um die Freiheit des andern. Langsam hat er gelernt, den geliebten Gegenstand mit den Strahlen seines Gefühls zu durchscheinen, statt ihn darin zu verzehren. Und er war verwöhnt von dem Entzücken, durch die immer transparentere Gestalt der Geliebten die Weiten zu erkennen, die sie seinem unendlichen Besitzenwollen auftat.

Wie konnte er dann nächtelang weinen vor Sehnsucht, selbst so durchleuchtet zu sein. Aber eine Geliebte, die nachgibt, ist noch lang keine Liebende. Oh, trostlose Nächte, da er seine flutenden Gaben in Stücken wiederempfing, schwer von Vergänglichkeit. Wie gedachte er dann der Troubadours, die nichts mehr fürchteten, als erhört zu sein. Alles erworbene und vermehrte Geld gab er dafür hin, dies nicht noch zu erfahren. Er kränkte sie mit seiner groben Bezahlung, von Tag zu Tag bang, sie könnten versuchen, auf seine Liebe einzugehen. Denn er hatte die Hoffnung nicht mehr, die Liebende zu erleben, die ihn durchbrach.

Selbst in der Zeit, da die Armut ihn täglich mit neuen Härten erschreckte, da sein Kopf das Lieblingsding des Elends war und ganz abgegriffen, da sich überall an seinem Leibe Geschwüre aufschlugen wie Notaugen gegen die Schwärze der Heimsuchung, da ihm graute vor dem Unrat, auf dem man ihn verlassen hatte, weil er seinesgleichen war: selbst da noch, wenn er sich besann, war es sein größestes Entsetzen, erwidert worden zu sein. Was waren alle Finsternisse seither gegen die dichte Traurigkeit jener Umarmungen, in denen sich alles verlor. Wachte man nicht auf mit dem Gefühl, ohne Zukunft zu sein? Ging man nicht sinnlos umher ohne Anrecht auf alle Gefahr? Hatte man nicht hundertmal versprechen müssen, nicht zu sterben? Vielleicht war es der Eigensinn dieser argen Erinnerung, die sich von Wiederkunft zu Wiederkunft eine Stelle erhalten wollte, was sein Leben unter den Abfällen währen ließ. Schließlich fand man ihn wieder. Und erst dann, erst in den Hirtenjahren, beruhigte sich seine viele Vergangenheit.

Wer beschreibt, was ihm damals geschah? Welcher Dichter hat die Überredung, seiner damaligen Tage Länge zu vertragen mit der Kürze des Lebens? Welche Kunst ist weit genug, zugleich seine schmale, vermantelte Gestalt hervorzurufen und den ganzen Überraum seiner riesigen Nächte.

Das war die Zeit, die damit begann, daß er sich

allgemein und anonym fühlte wie ein zögernd Genesener. Er liebte nicht, es sei denn, daß er es liebte, zu sein. Die niedrige Liebe seiner Schafe lag ihm nicht an; wie Licht, das durch Wolken fällt, zerstreute sie sich um ihn her und schimmerte sanft über den Wiesen. Auf der schuldlosen Spur ihres Hungers schritt er schweigend über die Weiden der Welt. Fremde sahen ihn auf der Akropolis, und vielleicht war er lange einer der Hirten in den Baux und sah die versteinerte Zeit das hohe Geschlecht überstehen, das mit allem Erringen von Sieben und Drei die sechzehn Strahlen seines Sterns nicht zu bezwingen vermochte. Oder soll ich ihn denken zu Orange, an das ländliche Trimphtor geruht? Soll ich ihn sehen im seelengewohnten Schatten der Allyscamps, wie sein Blick zwischen den Gräbern, die offen sind wie die Gräber Auferstandener, eine Libelle verfolgt?

Gleichviel. Ich seh mehr als ihn, ich sehe sein Dasein, das damals die lange Liebe zu Gott begann, die stille, ziellose Arbeit. Denn über ihn, der sich für immer hatte verhalten wollen, kam noch einmal das anwachsende Nichtanderskönnen seines Herzens. Und diesmal hoffte er auf Erhörung. Sein ganzes, im langen Alleinsein ahnend und unbeirrbar gewordenes Wesen versprach ihm, daß jener, den er jetzt meinte, zu lieben verstünde mit durchdringender, strahlender Liebe. Aber während er sich sehnte, endlich so meisterhaft geliebt zu sein, begriff sein an

Fernen gewohntes Gefühl Gottes äußersten Abstand. Nächte kamen, da er meinte, sich auf ihn zuzuwerfen in den Raum; Stunden voller Entdeckung, in denen er sich stark genug fühlte, nach der Erde zu tauchen, um sie hinaufzureißen auf der Sturmflut seines Herzens. Er war wie einer, der eine herrliche Sprache hört und fiebernd sich vornimmt, in ihr zu dichten. Noch stand ihm die Bestürzung bevor, zu erfahren, wie schwer diese Sprache sei; er wollte es nicht glauben zuerst, daß ein langes Leben darüber hingehen könne, die ersten, kurzen Scheinsätze zu bilden, die ohne Sinn sind. Er stürzte sich ins Erlernen wie ein Läufer in die Wette; aber die Dichte dessen, was zu überwinden war, verlangsamte ihn. Es war nichts auszudenken, was demütigender sein konnte als diese Anfängerschaft. Er hatte den Stein der Weisen gefunden, und nun zwang man ihn, das rasch gemachte Gold seines Glücks unaufhörlich zu verwandeln in das klumpige Blei der Geduld. Er, der sich dem Raum angepaßt hatte, zog wie ein Wurm krumme Gänge ohne Ausgang und Richtung. Nun, da er so mühsam und kummervoll lieben lernte, wurde ihm gezeigt, wie nachlässig und gering bisher alle Liebe gewesen war, die er zu leisten vermeinte. Wie aus keiner etwas hatte werden können, weil er nicht begonnen hatte, an ihr Arbeit zu tun und sie zu verwirklichen.

In diesen Jahren gingen in ihm die großen Veränderungen vor. Er vergaß Gott beinah über der harten Arbeit, sich ihm zu nähern, und alles, was er mit der Zeit vielleicht bei ihm zu erreichen hoffte, war *«sa patience de supporter une âme»*. Die Zufälle des Schicksals, auf die die Menschen halten, waren schon längst von ihm abgefallen, aber nun verlor, selbst was an Lust und Schmerz notwendig war, den gewürzhaften Beigeschmack und wurde rein und nahrhaft für ihn. Aus den Wurzeln seines Seins entwickelte sich die feste, überwinternde Pflanze einer fruchtbaren Freudigkeit. Er ging ganz darin auf, zu bewältigen, was sein Binnenleben ausmachte, er wollte nichts überspringen, denn er zweifelte nicht, daß in alledem seine Liebe war und zunahm. Ja, seine innere Fassung ging so weit, daß er beschloß, das Wichtigste von dem, was er früher nicht hatte leisten können, was einfach nur durchwartet worden war, nachzuholen. Er dachte vor allem an die Kindheit, sie kam ihm, je ruhiger er sich besann, desto ungetaner vor; alle ihre Erinnerungen hatten das Vage von Ahnungen an sich, und daß sie als vergangen galten, machte sie nahezu zukünftig. Dies alles noch einmal und nun wirklich auf sich zu nehmen war der Grund, weshalb der Entfremdete heimkehrte. Wir wissen nicht, ob er blieb; wir wissen nur, daß er wiederkam.

Die die Geschichte erzählt haben, versuchen es an dieser Stelle, uns an das Haus zu erinnern, wie es war; denn dort ist nur wenig Zeit vergangen, ein wenig gezählter Zeit, alle im Haus können sagen, wieviel. Die Hunde sind alt geworden, aber sie leben noch. Es wird berichtet, daß einer aufheulte. Eine Unterbrechung geht durch das ganze Tagwerk. Gesichter erscheinen an den Fenstern, gealterte und erwachsene Gesichter von rührender Ähnlichkeit. Und in einem ganz alten schlägt plötzlich blaß das Erkennen durch. Das Erkennen? Wirklich nur das Erkennen? – Das Verzeihen. Das Verzeihen wovon? – Die Liebe. Mein Gott: die Liebe.

Er, der Erkannte, er hatte daran nicht mehr gedacht, beschäftigt, wie er war: daß sie noch sein könne. Es ist begreiflich, daß von allem, was nun geschah, nur noch dies überliefert ward: seine Gebärde, die unerhörte Gebärde, die man nie vorher gesehen hatte; die Gebärde des Flehens, mit der er sich an ihre Füße warf, sie beschwörend, daß sie nicht liebten. Erschrocken und schwankend hoben sie ihn zu sich herauf. Sie legten sein Ungestüm nach ihrer Weise aus, indem sie verziehen. Es muß für ihn unbeschreiblich befreiend gewesen sein, daß ihn alle mißverstanden, trotz der verzweifelten Eindeutigkeit seiner Haltung. Wahrscheinlich konnte er bleiben. Denn er erkannte von Tag zu Tag mehr, daß die Liebe ihn nicht betraf, auf die sie so eitel waren und zu der sie einander heimlich ermunterten. Fast mußte er lächeln, wenn sie sich anstrengten, und es wurde klar, wie wenig sie ihn meinen konnten.

Was wußten sie, wer er war. Er war jetzt furchtbar schwer zu lieben, und er fühlte, daß nur *einer* dazu imstande sei. Der aber wollte noch nicht.

1910

ERLEBNIS

I

Es mochte wenig mehr als ein Jahr her sein, als ihm im Garten des Schlosses, der sich den Hang ziemlich steil zum Meer hinunterzog, etwas Wunderliches widerfuhr. Seiner Gewohnheit nach mit einem Buch auf und ab gehend, war er darauf gekommen, sich in die etwa schulterhohe Gabelung eines strauchartigen Baumes zu lehnen, und sofort fühlte er sich in dieser Haltung so angenehm unterstützt und so reichlich eingeruht, daß er so, ohne zu lesen, völlig eingelassen in die Natur, in einem beinah unbewußten Anschaun verweilte. Nach und nach erwachte seine Aufmerksamkeit über einem nie gekannten Gefühl: es war, als ob aus dem Innern des Baumes fast unmerkliche Schwingungen in ihn übergingen; er legte sich das ohne Mühe dahin aus, daß ein weiter nicht sichtlicher, vielleicht den Hang flach herabstreichender Wind im Holz zur Geltung kam, obwohl er zugeben mußte, daß der Stamm zu stark schien, um von einem so geringen Wehen so nachdrücklich erregt zu sein. Was ihn überaus beschäftigte, war indessen nicht diese Erwägung oder eine ähnliche dieser Art, sondern mehr und mehr war er überrascht, ja ergriffen von der Wirkung, die jenes in ihn unaufhörlich Herüberdringende in ihm hervorbrachte: er meinte nie von leiseren Bewegungen erfüllt worden zu sein, sein Körper wurde gewissermaßen wie eine Seele behandelt und in den Stand gesetzt, einen Grad von Einfluß aufzunehmen, der bei der sonstigen Deutlichkeit leiblicher Verhältnisse eigentlich gar nicht hätte empfunden werden können. Dazu kam, daß er in den ersten Augenblicken den Sinn nicht recht feststellen konnte, durch den er eine derartig feine und ausgebreitete Mitteilung empfing; auch war der Zustand, den sie in ihm herausbildete, so vollkommen und anhaltend, anders als alles andere, aber so wenig durch Steigerung über bisher Erfahrenes hinaus vorstellbar, daß er bei aller Köstlichkeit nicht daran denken konnte, ihn einen Genuß zu nennen. Gleichwohl, bestrebt, sich gerade im Leisesten immer Rechenschaft zu geben, fragte er sich dringend, was ihm da geschehe, und fand fast gleich einen Ausdruck, der ihn befriedigte, vor sich hin sagend: er sei auf die andere Seite der Natur geraten. Wie im Traume manchmal, so machte ihm jetzt dieses Wort Freude, und er hielt es für beinah restlos zutreffend. Überall und immer gleichmäßiger erfüllt mit dem in seltsam innigen Abständen wiederkehrenden Andrang, wurde ihm sein Körper unbeschreiblich rührend und nur noch dazu brauchbar, rein und vorsichtig in ihm dazustehen, genau wie ein Revenant, der, schon anderswo wohnend, in dieses zärtlich Fortgelegtgewesene wehmütig eintritt, um noch einmal, wenn auch zerstreut, zu der einst so unentbehrlich genommenen Welt zu gehören. Langsam um sich sehend, ohne sich sonst in der Haltung zu verschieben, erkannte er alles, erinnerte es, lächelte es gleichsam mit entfernter Zuneigung an, ließ es gewähren wie ein viel Früheres, das einmal, in abgetanen Umständen, an ihm beteiligt war. Einem Vogel schaute er nach, ein Schatten beschäftigte ihn, ja der bloße Weg, wie er da so hinging und sich verlor, erfüllte ihn mit einem nachdenklichen Einsehn, das ihm um so reiner vorkam, als er sich davon unabhängig wußte. *Wo* sonst sein Aufenthalt war, hätte er nicht zu denken vermocht, aber daß er zu diesem allen hier nur *zurückkehrte,* in diesem Körper stand wie in der Tiefe eines verlassenen Fensters, hinübersehend: davon war er ein paar Sekunden lang so überzeugt, daß die plötzliche Erscheinung eines Hausgenossen ihn auf das qualvollste erschüttert hätte, während er wirklich, in seiner Natur, darauf vorbereitet war, Polyxène oder Raimondine oder sonst einen Verstorbenen des Hauses aus der Wendung des Weges heraustreten zu sehn. Er begriff die stille Überzähligkeit ihrer Gestaltung, es war ihm vertraut, irdisch Gebildetes so flüchtig unbedingt verwendet zu sehn, der Zusammenhang ihrer Gebräuche verdrängte aus ihm jede andere Erziehung; er war sicher, unter sie bewegt, ihnen nicht aufzufallen. Eine Vinca, die in seiner Nähe stand und deren blauem Blick er wohl auch sonst zuweilen begegnet war, berührte ihn jetzt aus geistigerem Abstand, aber mit so unerschöpflicher Bedeutung, als ob nun nichts mehr zu verbergen sei. Überhaupt konnte er merken, wie sich alle Gegenstände ihm entfernter und zugleich irgendwie wahrer gaben, es mochte dies an seinem Blick liegen, der nicht mehr vorwärts gerichtet war und sich dort, im Offenen, verdünnte; er sah, wie über die Schulter, zu den Dingen zurück, und ihrem für ihn abgeschlossenen Dasein kam ein kühner süßer Beigeschmack hinzu, als wäre alles mit einer Spur von der Blüte des Abschieds würzig gemacht. – Sich sagend von Zeit zu Zeit, daß dies nicht bleiben könne, fürchtete er gleichwohl nicht das Aufhören des außerordentlichen Zustands, als ob von ihm, ähnlich wie von Musik, nur ein unendlich gesetzmäßiger Ausgang zu erwarten sei.

Auf einmal fing seine Stellung an, ihm beschwerlich zu sein, er fühlte den Stamm, die Müdigkeit des Buches in seiner Hand, und trat heraus. Ein deutlicher Wind blätterte jetzt in

dem Baum, er kam vom Meer, die Büsche den Hang herauf wühlten ineinander.

II

Späterhin meinte er, sich gewisser Momente zu erinnern, in denen die Kraft dieses einen schon, wie im Samen, enthalten war. Er gedachte der Stunde in jenem anderen südlichen Garten (Capri), da ein Vogelruf draußen und in seinem Innern übereinstimmend da war, indem er sich gewissermaßen an der Grenze des Körpers nicht brach, beides zu einem ununterbrochenen Raum zusammennahm, in welchem, geheimnisvoll geschützt, nur eine einzige Stelle reinsten, tiefsten Bewußtseins blieb. Damals schloß er die Augen, um in einer so großmütigen Erfahrung durch den Kontur seines Leibes nicht beirrt zu sein, und es ging das Unendliche von allen Seiten so vertraulich in ihn über, daß er glauben durfte, das leichte Aufruhn der inzwischen eingetretenen Sterne in seiner Brust zu fühlen.

Auch fiel ihm wieder ein, wie viel er darauf gab, in ähnlicher Haltung an einen Zaun gelehnt, des gestirnten Himmels durch das milde Gezweig eines Ölbaums hindurch gewahr zu werden, wie gesichthaft in dieser Maske der Weltraum ihm gegenüber war oder wie, wenn er solches lange genug ertrug, alles in der klaren Lösung seines Herzens so vollkommen aufging, daß der Geschmack der Schöpfung in seinem Wesen war. Er hielt es für möglich, daß, bis in seine dumpfe Kindheit zurück, solche Hingegebenheiten sich würden bedenken lassen; mußte er doch nur an die Leidenschaft erinnert werden, die ihn immer schon ergriff, wo es galt, sich dem Sturm auszusetzen, wie er, auf großen Ebenen schreitend, im Innersten erregt, die fortwährend vor ihm erneute Windwand durchbrach oder vorn auf einem Schiffe stehend, blindlings, sich durch dichte Fernen hinreißen ließ, die sich fester hinter ihm schlossen. Aber wenn, von Anfang an, das elementarische Hinstürzen der Luft, des Wassers reines und vielfältiges Benehmen und was Heroisches im Vorgang der Wolken war, ihn über die Maßen ergriff, ja ihm, der es im Menschlichen nie zu fassen vermochte, recht eigentlich als Schicksal an die Seele trat, so konnte ihm nicht entgehen, daß er nun, seit den letzten Einflüssen, solchen Beziehungen gleichsam endgültig übergeben sei. Etwas sanft Trennendes unterhielt zwischen ihm und den Menschen einen reinen, fast scheinenden Zwischenraum, durch den sich wohl einzelnes hinüberreichen ließ, der aber jedes Verhältnis in sich aufsaugte und, überfüllt davon, wie ein trüber Rauch Gestalt von Gestalt betrog. Noch wußte er nicht, wie weit den anderen seine Abgeschiedenheit zum Eindruck kam. Was ihn selbst anging, so verlieh erst sie ihm eine gewisse Frei-

heit gegen die Menschen, – der kleine Anfang
von Armut, um den er leichter war, gab ihm
unter diesen aneinander Hoffenden und Besorg-
ten, in Tod und Leben Gebundenen, eine eigene
Beweglichkeit. Noch war die Versuchung in
ihm, ihrem Beschwerten sein Leichtes entgegen
zuhalten, obwohl er schon einsah, wie er sic
darin täuschte, da sie ja nicht wissen konnten
daß er nicht (wie der Held) in allen ihren Bin
dungen, nicht in der schweren Luft ihrer Her
zen, zu seiner Art Überwindung gekommen
war, sondern draußen, in einer menschlich s
wenig eingerichteten Geräumigkeit, daß sie si
nicht anders als «das Leere» nennen würden
Alles, womit er sich an sie wenden durfte, wa
vielleicht seine Einfalt; es blieb ihm aufbewahr
ihnen von der Freude zu reden, wo er sie zu seh
in den Gegenteilen des Glücks befangen fan
auch wohl ihnen einzelnes aus seinem Umgan
mit der Natur mitzuteilen, Dinge, die sie v
säumten oder nur nebenbei in Betracht nahm

Man hat uns in einer Versammlung vorigen Donnerstag aus Ihren Gedichten vorgelesen, Herr V., es geht mir nach, ich weiß mir keinen anderen Rat, als für Sie hinzuschreiben, was mich beschäftigt, so gut es mir eben möglich ist.

Den Tag nach jener Vorlesung geriet ich zufällig in eine christliche Vereinigung, und vielleicht ist das recht eigentlich der Anstoß gewesen, der die Zündung verursacht hat, die solche Bewegung und Treibung auslöst, daß ich mit allen meinen Kräften auf Sie zufahre. Es ist eine ungeheure Gewaltsamkeit, etwas anzufangen. Ich kann nicht *anfangen.* Ich springe einfach über das, was Anfang sein müßte, weg. Nichts ist so stark wie das Schweigen. Würden wir nicht schon jeder mitten ins Reden hineingeboren, es wäre nie gebrochen worden.

Herr V. Ich spreche nicht von dem Abend, da wir Ihre Dichtungen aufnahmen. Ich spreche von dem anderen. Es treibt mich zu sagen: Wer, ja, – anders kann ich es jetzt nicht ausdrücken, *wer* ist denn dieser Christus, der sich in alles hineinmischt. – Der nichts von uns gewußt hat, nicht von unserer Arbeit, nicht von unserer Not, nichts von unserer Freude, so wie wir sie heute leisten, durchmachen und aufbringen, und der doch, so scheint es, immer wieder verlangt, in unserem Leben der *erste* zu sein. Oder legt man ihm das nur in den Mund? Was will er von uns? Er will uns helfen, heißt es. Ja, aber er stellt sich eigentümlich ratlos an in unserer Nähe. Seine Verhältnisse waren so weitaus andere. Oder kommt es wirklich auf die Umstände nicht an, wenn er hier einträte, bei mir, in meinem Zimmer, oder dort in der Fabrik – wäre sofort alles anders, gut? Würde mein Herz in mir aufschlagen und sozusagen in einer anderen Schicht weitergehen und immer auf ihn zu? Mein Gefühl sagt mir, daß er nicht kommen *kann.* Daß es keinen Sinn hätte. Unsere Welt ist nicht nur äußerlich eine andere, – sie hat keinen Zugang für ihn. Er *schiene* nicht durch einen fertig gekauften Rock, es ist nicht wahr, er schiene nicht durch. Es ist kein Zufall, daß er in einem Kleid ohne Naht herumging, und ich glaube, der Lichtkern in ihm, das, was ihn so stark scheinen machte, Tag und Nacht, ist jetzt längst aufgelöst und anders verteilt. Aber das wäre ja auch, mein' ich, wenn er so groß war, das mindeste, was wir von ihm fordern können, daß er irgendwie ohne Rest aufgegangen sei, ja ganz ohne Rest – spurlos...

Ich kann mir nicht vorstellen, daß das *Kreuz bleiben* sollte, das doch nur ein Kreuzweg war. Es sollte uns gewiß nicht überall aufgeprägt werden wie ein Brandmal. In ihm selber sollte es aufgelöst sein. Denn – ist es nicht *so:* er wollte einfach den höheren Baum schaffen, an dem wir besser reifen könnten. Er, am Kreuz, ist dieser neue Baum in Gott, und wir sollten warme glückliche Früchte sein, oben daran.

Nun soll man nicht immer von *dem* reden, was *vorher* war, sondern – es sollte eben das *Nachher* begonnen haben. Dieser Baum, scheint mir, sollte mit uns so eines geworden sein, oder wir mit ihm, *an* ihm, daß wir nicht immerfort uns mit ihm beschäftigen müßten, sondern einfach ruhig mit Gott, in den uns reiner hinaufzuhalten doch seine Absicht war.

Wenn ich sage: Gott, so ist das eine große, nie erlernte Überzeugung in mir. Die ganze Kreatur, kommt mir vor, sagt dieses Wort, ohne Überlegung, wenn auch oft aus tiefer Nachdenklichkeit. Wenn dieser Christus uns dazu geholfen hat, es mit hellerer Stimme, voller, gültiger zu sagen, um so besser, aber laßt ihn doch endlich aus dem Spiel. Zwingt uns nicht immer zu dem Rückfall in die Mühe und Trübsal, die es ihn gekostet hat, uns, wie ihr sagt, zu «erlösen». Laßt uns endlich dieses Erlöstsein antreten. – Da wäre ja sonst das Alte Testament noch besser dran, das voller Zeigefinger ist auf Gott zu, wo man es aufschlägt, und immer fällt einer dort, wenn er schwer wird, so grade hinein in Gottes Mitte. Und einmal habe ich den Koran zu lesen versucht, ich bin nicht weit gekommen, aber so viel verstand ich, da ist wieder so ein mächtiger Zeigefinger, und Gott steht am Ende seiner Richtung, in seinem ewigen Aufgang begriffen, in einem Osten, der nie alle wird. Christus hat sicher dasselbe gewollt. Zeigen. Aber die Menschen hier sind wie die Hunde gewesen, die keinen Zeigefinger verstehen und meinen, sie sollten nach der Hand schnappen. Statt vom Kreuzweg aus, wo nun der Wegweiser hoch aufgerichtet war in die Nacht der Opferung hinein, statt von diesem Kreuzweg weiterzugehen, hat sich die Christlichkeit dort angesiedelt und behauptet, dort in Christus zu wohnen, obwohl doch in ihm kein Raum war, nicht einmal für seine Mutter und nicht für Maria Magdalena, wie in jedem Weisenden, der eine Gebärde ist und kein Aufenthalt. – Und darum wohnen sie auch nicht in Christus, die Eigensinnigen des Herzens, die ihn immer wieder herstellen und leben von der Aufrichtung der schiefen oder völlig umgewehten Kreuze. Sie haben dieses Gedräng auf dem Gewissen, dieses Anstehen auf der überfüllten Stelle, sie tragen Schuld, daß die Wanderung nicht weitergeht in der Richtung der

Kreuzarme. Sie haben aus dem Christlichen ein *métier* gemacht, eine bürgerliche Beschäftigung, *sur place,* einen abwechselnd abgelassenen und wieder angefüllten Teich. Alles, was sie selber tun, ihrer ununterdrückbaren Natur nach (soweit sie noch Lebendige sind), steht im Widerspruch mit dieser merkwürdigen Anlage, und so trüben sie ihr eigenes Gewässer und müssen es immer wieder erneun. Sie lassen sich nicht vor Eifer, das Hiesige, zu dem wir doch Lust und Vertrauen haben sollten, schlecht und wertlos zu machen, – und so liefern sie die Erde immer mehr denjenigen aus, die sich bereit finden, aus ihr, der verfehlten und verdächtigten, die doch zu Besserm nicht tauge, wenigstens einen zeitlichen, rasch ersprießlichen Vorteil zu ziehn. Diese zunehmende Ausbeutung des Lebens, ist sie nicht eine Folge der durch die Jahrhunderte fortgesetzten Entwertung des Hiesigen? Welcher Wahnsinn, uns nach einem Jenseits abzulenken, wo wir hier von Aufgaben und Erwartungen und Zukünften umstellt sind. Welcher Betrug, Bilder hiesigen Entzückens zu entwenden, um sie hinter unserm Rücken an den Himmel zu verkaufen! Oh, es wäre längst Zeit, daß die verarmte Erde alle jene Anleihen wieder einzöge, die man bei ihrer Seligkeit gemacht hat, um Überkünftiges damit auszustatten. Wird der Tod wirklich durchsichtiger durch diese hinter ihn verschleppten Lichtquellen? Und wird nicht alles hier Fortgenommene, da nun doch kein Leeres sich halten kann, durch einen Betrug ersetzt, – sind die Städte deshalb von so viel häßlichem Kunstlicht und Lärm erfüllt, weil man den echten Glanz und den Gesang an ein später zu beziehendes Jerusalem ausgeliefert hat? Christus mochte recht haben, wenn er, in einer von abgestandenen und entlaubten Göttern erfüllten Zeit, schlecht vom Irdischen sprach, obwohl es (ich kann es nicht anders denken) auf eine Kränkung Gottes hinauskommt, in dem uns hier Gewährten und Zugestandenen nicht ein, wenn wir es nur genau gebrauchen, vollkommen, bis an den Rand unserer Sinne uns Beglückendes zu sehen! *Der rechte Gebrauch, das ists.* Das Hiesige recht in die Hand nehmen, herzlich liebevoll, erstaunend, als unser, vorläufig, Einziges: das ist zugleich, es gewöhnlich zu sagen, die große Gebrauchsanweisung Gottes, *die* meinte der heilige Franz von Assisi aufzuschreiben in seinem «Lied an die Sonne», die ihm im Sterben herrlicher war als das Kreuz, das ja nur dazu dastand, in die Sonne zu *weisen.* Aber das, was man die Kirche nennt, war inzwischen schon zu einem solchen Gewirr von Stimmen angeschwollen, daß der Gesang des Sterbenden, überall übertönt, nur von ein paar einfachen Mönchen aufgefangen war und unendlich bejaht von der Landschaft seines anmutigen Tals. Wie oft mögen wohl solche Versuche gemacht worden sein, die Versöhnung herzustellen zwischen jener christlichen Absage und der augenfälligen Freundschaft und Heiterkeit der Erde. Aber auch sonst, auch innerhalb der Kirche, ja in ihrer eigenen Krone, erzwang sich das Hiesige seine Fülle und seinen angeborenen Überfluß. Warum rühmt man es nicht, daß die Kirche stämmig genug war, nicht zusammenzubrechen unter dem Lebensgewicht gewisser Päpste, deren Thron beschwert war mit Bastardkindern, Kurtisanen und Ermordeten. War nicht in ihnen mehr Christentum als in den dürren Wiederherstellern der Evangelien, – nämlich lebendiges, unaufhaltsames, verwandeltes. Wir wissen ja nicht, will ich sagen, *was* aus den großen Lehren werden will, man muß sie nur strömen und gewähren lassen und nicht erschrecken, wenn sie plötzlich in die zerklüftete Natur des Lebens fortstürzen und unter der Erde sich in unkenntlichen Betten wälzen.

Ich habe einmal ein paar Monate in Marseille gearbeitet. Es war eine besondere Zeit für mich, ich verdanke ihr viel. Der Zufall brachte mich mit einem jungen Maler zusammen, der bis zu seinem Tode mein Freund geblieben ist. Er litt an der Lunge und war eben damals von Tunis zurückgekommen. Wir waren viel beisammen, und da der Abschluß meiner Anstellung mit seiner Rückkehr nach Paris zusammenfiel, konnten wir es einrichten, einige Tage in Avignon uns aufzuhalten. Sie sind mir unvergeßlich geblieben. Zum Teil durch die Stadt selbst, ihre Gebäude und ihre Umgebungen, als auch weil mein Freund in diesen Tagen ununterbrochenen und irgendwie gesteigerten Umgangs sich mir über viele Umstände besonders seines *inneren* Lebens mit jener Beredsamkeit mitteilte, die, scheint es, solchen Kranken in gewissen Momenten eigentümlich ist. Alles, was er sagte, hatte eine seltsame wahrsagende Gewalt; durch alles, was in oft fast atemlosen Gesprächen dahinstürzte, sah man gewissermaßen den Grund, die Steine auf dem Grunde... ich will damit sagen, mehr als ein nur Unsriges, die Natur selber, ihr Ältestes und Härtestes, das wir doch an so vielen Stellen berühren und von dem wir wahrscheinlich in den getriebensten Momenten abhängen, indem sein Gefäll unsere Neigung bestimmt. Ein Liebeserlebnis, unvermutet und glücklich, kam dazu, sein Herz wurde ungewöhnlich hoch gehalten, tagelang, und so schoß denn auf der anderen Seite der spielende Strahl seines Lebens zu beträchtlicher Höhe auf. Mit jemandem, der sich in solcher Verfassung befindet, eine außerordentliche Stadt und eine mehr als gefällige Landschaft wahrzunehmen ist eine seltene Vergünstigung; und so erscheinen mir denn auch, wenn ich zurückdenke, jene zarten und zugleich leidenschaftlichen Frühlingstage als die einzigen Ferien, die ich in meinem Leben gekannt habe. Die Zeit war so lächerlich kurz, einem anderen hätte sie nur für wenige Eindrücke hingereicht, – mir, der ich nicht gewohnt bin, freie Tage zu verbringen, erschien sie weit. Ja, es kommt mir fast unrecht vor, noch *Zeit* zu nennen, was eher ein neuer Zustand des Freiseins war, recht fühlbar ein *Raum,* ein Umgebensein von Offenem, kein Vergehn. Ich holte damals, wenn man so sagen kann, Kindheit nach und ein Stück frühes Jungsein, was, alles in mir auszuführen, nie Zeit gewesen war; ich schaute, ich lernte, ich begriff, und aus diesen Tagen stammt auch die Erfahrung, daß mir «Gott» zu sagen so leicht, so wahrhaftig, so – wie mein Freund sich würde ausgedrückt haben – so problemlos einfach sei. Wie sollte mir dieses Haus, das die Päpste sich dort aufgerichtet haben, nicht gewaltig vorkommen? Ich hatte den Eindruck, es könne überhaupt keinen Innenraum enthalten, sondern müsse aus lauter dichten Blöcken geschichtet sein, so als wäre den Verbannten nur darum zu tun gewesen, das Gewicht des Papsttums, sein Übergewicht, auf die Waage der Geschichte zu häufen. Und dieser kirchliche Palast türmt sich wahrhaftig über dem antiken Torso einer Heraklesfigur, die man in die felsigen Grundfesten eingemauert hat. – «Ist er nicht», sagte Pierre, «wie aus diesem Samenkorn ungeheuerlich aufgewachsen?» – Daß *dieses* das Christentum sei, in einer seiner Verwandlungen, wäre mir viel verständlicher, als seine Kraft und seinen Geschmack in dem immer schwächeren Aufguß jener Tisane zu erkennen, von der man behauptet, daß sie aus seinen ersten zartesten Blättern bereitet sei.

Sind doch auch die Kathedralen nicht der Körper jenes Geistes, den man uns nun als den eigentlich christlichen einreden will. Ich könnte denken, daß unter einigen von ihnen das erschütterte Standbild einer griechischen Göttin ruhe; soviel Erblühung, soviel Dasein ist in ihnen emporgeschossen, wenn sie auch, wie in einer zu ihrer Zeit entstandenen Angst, von jenem verborgenen Leib fort in die Himmel strebten, die fortwährend offenzuhalten der Ton ihrer großen Glocken bestimmt war.

Nach meiner Rückkehr damals von Avignon bin ich viel in Kirchen gegangen, abends und am Sonntag, – erst allein... später..

Ich habe eine Geliebte, fast noch ein Kind, die als Heimarbeiterin beschäftigt ist, wodurch sie oft, wenn es wenig Arbeit gibt, in eine arge Lage gerät. Sie ist geschickt, sie würde leicht in einer Fabrik unterkommen, aber sie fürchtet den Patron. Ihre Vorstellung von Freiheit ist grenzenlos. Es wird Sie nicht wundern, daß sie auch Gott so wie eine Art Patron empfindet, ja als den «Erzpatron», wie sie mir sagte, lachend, aber mit solchem Schreck in den Augen. Es hat lange gebraucht, bis sie sich entschloß, einmal abends mit mir nach Sankt Eustache zu gehen, wo ich gerne eintrat wegen der Musik der Maiandachten. Einmal sind wir zusammen nach Maux geraten und haben in der Kirche dort Grabsteine angesehen. Allmählich merkte sie, daß Gott einen in den Kirchen in Ruhe läßt, daß er nichts verlangt; man könnte meinen, er wäre überhaupt nicht da, nicht wahr, – aber doch im Augenblick, wo man das etwa sagen wollte, meinte Marthe, daß er auch in der Kirche nicht ist, da hält einen etwas zurück. Vielleicht nur das, was die Menschen selbst durch soviel Jahrhunderte hereingetragen haben in diese hohe, eigentümlich bestärkte Luft. Vielleicht ist es auch nur, daß das Schwingen der mächtigen und süßen Musik nie ganz hinauskann, ja, es muß ja längst in die Steine eingedrungen sein, und es müssen merkwürdig erregte Steine sein, dieser Pfeiler und Wölbungen, und wenn ein Stein auch hart ist und schwer zugänglich, schließlich erschütterts ihn doch, immer wieder Gesang und diese Angriffe von der Orgel her, diese Überfälle, diese Stürme des Lieds, jeden Sonntag, diese Orkane der großen Feiertage. Windstille. Das ists, was recht eigentlich in den alten Kirchen herrscht. Ich sagte es Marthe. Windstille. Wir horchten, sie begriff es sofort, sie hat eine wunderbar vorbereitete Natur. Seither traten wir manchmal da und dort ein, wenn wir singen hörten, und standen dann da, dicht aneinander. Am schönsten wars, wenn ein Glasfenster vor uns war, eines von diesen alten Bilderfenstern, mit vielen Abteilungen, jede ganz angefüllt mit Figuren, großen Menschen und kleinen Türmen und allen möglichen Ereignissen. Nichts ist dafür zu fremd gewesen, da sieht man Burgen und Schlachten und eine Jagd, und der schöne weiße Hirsch kommt immer wieder vor im heißen Rot und im brennenden Blau. Ich habe einmal ganz alten Wein zu trinken bekommen. So ist das für die Augen, diese Fenster, nur daß der Wein nur dunkelrot war im Mund, – dieses hier aber ist dasselbe auch noch in Blau und Violett und in Grün. Es ist ja überhaupt *alles* in den alten Kirchen, gar keine Scheu vor etwas, wie in den neuen, wo nur gewissermaßen die guten Beispiele vorkommen. Hier ist auch das Arge und Böse und das Fürchterliche; das Verkrüppelte, das, was in Not, das, was häßlich ist, und das Unrecht, – und man möchte sagen, daß es irgendwie geliebt sei um Gottes willen. Hier ist der Engel, den es nicht gibt, und der Teufel, den es nicht gibt; und der Mensch, den es gibt, ist zwischen ihnen, und ich kann mir nicht helfen, ihre Unwirklichkeit macht ihn mir wirklicher. Ich kann das, was ich fühle, wenn es heißt: ein Mensch, dort drin besser zusammennehmen als auf der Straße unter den Leuten, die rein nichts

Erkennbares an sich haben. Aber das ist schwer zu sagen. Und das, was ich nun sagen will, ist noch schwerer auszudrücken. Was nämlich den «Patron», die Macht, angeht (das ist mir auch so langsam dort drin, wenn wir ganz in der Musik standen, klargeworden), so gibt es nur *ein* Mittel wider sie: weiter zu gehen als sie selbst. Ich meine das so: man sollte sich anstrengen, in jeder Macht, die ein Recht über uns beansprucht, gleich alle Macht zu sehen, die ganze Macht, Macht überhaupt, die Macht Gottes. Man sollte sich sagen, es gibt nur *eine*, und die geringe, die falsche, die fehlerhafte *so* verstehen, als wär sie das, was uns mit Recht ergreift. Würde sie nicht unschädlich auf diese Weise? Wenn man in jeder Macht, auch in arger und boshafter, immer die Macht selbst sähe, ich meine *das*, was zuletzt recht behält, mächtig zu sein, überstünde man da nicht, heil sozusagen, auch das Unberechtigte und Willkürliche? Stellen wir uns nicht zu allen den unbekannten großen Kräften genauso? Keine erfahren wir in ihrer Reinheit. Wir nehmen jede zunächst hin mit ihren Mängeln, die vielleicht unseren Mängeln angemessen sind. – Aber hat nicht bei allen Gelehrten, Entdeckern und Erfindern die Voraussetzung, daß sie es mit großen Kräften zu tun hätten, plötzlich zu den größten geführt? Ich bin jung, und es ist viel Aufbegehrung in mir; ich kann nicht versichern, daß ich nach meiner Einsicht handle in jedem Falle, wo Ungeduld und Unlust mich hinreißen, – im Innersten aber weiß ich, daß die Unterwerfung weiterführt als die Auflehnung; sie beschämt, was Bemächtigung ist, und sie trägt unbeschreiblich bei zur Verherrlichung der richtigen Macht. Der Aufgelehnte drängt aus der Anziehung eines Machtmittelpunktes hinaus, und es gelingt ihm vielleicht, dieses Kraftfeld zu verlassen; aber darüber hinaus steht er im Leeren und muß sich umsehen nach einer anderen Gravitation, die ihn einbeziehe. Und diese ist meist von noch minderer Gesetzmäßigkeit als die erste. Warum also nicht gleich in jener, in der wir uns vorfinden, die größte Gewalt sehen, unbeirrt durch ihre Schwächen und Schwankungen? Irgendwo stößt die Willkür von selber ans Gesetz, und wir ersparen Kraft, wenn wir ihr überlassen, sich selber zu bekehren. Freilich, das gehört zu den langen und langsamen Vorgängen, die so völlig in Widerspruch stehen mit den merkwürdigen Überstürzungen unserer Zeit. Aber es wird neben den schnellsten Bewegungen immer langsame geben, ja solche von so äußerster Langsamkeit, daß wir ihren Verlauf gar nicht erleben können. Aber dazu, nicht wahr, ist ja die Menschheit da, daß sie abwarte, was über den einzelnen hinausreicht. – Von ihr aus gesehen ist das Langsame oft das Schnellste, das heißt, es erweist sich, daß wir es nur langsam nannten, weil es ein Unmeßbares war.

Nun gibt es, scheint mir, ein völlig Unermeßliches, an dem mit Maßstäben, Messungen und Einrichtungen sich zu vergreifen die Menschen nicht müde werden. Und hier in jener Liebe, die sie mit einem unerträglichen Ineinander von Verachtung, Begierlichkeit und Neugier die «sinnliche» nennen, hier sind wohl die schlimmsten Wirkungen jener Herabsetzung zu suchen, die das Christentum dem Irdischen meinte bereiten zu müssen. Hier ist alles Entstellung und Verdrängung, obwohl wir doch aus diesem tiefsten Ereignis hervorgehen und selber wieder in ihm die Mitte unserer Entzückungen besitzen. Es ist mir, wenn ich es sagen darf, immer unbegreiflicher, wie eine Lehre, die uns *dort* ins Unrecht setzt, wo die ganze Kreatur ihr seligstes Recht genießt, in solcher Beständigkeit sich, wenn auch nirgends bewähren, so doch weithin behaupten darf.

Ich denke auch hier wieder an die bewegten Gespräche, die ich mit meinem verstorbenen Freunde führen durfte, damals, in den Auen der Barthelasse-Insel im Frühling und später. Ja in der Nacht, die seinem Tode zuvorging (er starb am folgenden Nachmittag kurz nach fünf Uhr), hat er mir in einen Bereich blindesten Erleidens so reine Ausblicke eröffnet, daß mir mein Leben an tausend Stellen neu zu beginnen schien und mir, da ich antworten wollte, die Stimme nicht zur Verfügung stand. Ich wußte nicht, daß es Tränen der Freude gab. Ich weinte meine ersten, anfängerhaft, in die Hände dieses morgen Toten und fühlte, wie in Pierre die Flut des Lebens noch einmal stieg und überging, da diese heißen Tropfen hinzukamen. Bin ich überschwenglich? Ich rede ja von einem *Zuviel.*

Warum, ich frage Sie, Herr V., wenn man uns helfen will, uns so oft Hilflosen, warum läßt man uns im Stich, dort an den Wurzeln alles Erlebens? Wer uns *dort* beistände, der könnte getrost sein, daß wir nichts weiter von ihm verlangten. Denn der Beistand, den er uns dort einflößte, wüchse von selbst mit unserem Leben und würde größer und stärker mit ihm zugleich. Und ginge nie aus. Was setzt man uns nicht ein in unser Heimlichstes? Was müssen wir's umschleichen und geraten schließlich hinein, wie Einbrecher und Diebe, in unser eigenes schönes Geschlecht, in dem wir irren und uns stoßen und straucheln, um schließlich wie Ertappte wieder hinauszustürzen in das Zwielicht der Christlichkeit. Warum, wenn schon Schuld oder Sünde, wegen der inneren Spannung des Gemüts, mußte erfunden werden, warum heftete man sie nicht an einen anderen Teil unseres Leibes, warum ließ man sie fallen dorthin und wartete, daß sie sich auflöse in unserem reinen Brunnen und ihn vergifte und trübe? Warum hat man uns das Geschlecht heimatlos gemacht, statt das

Fest unserer Zuständigkeit dorthin zu verlegen?

Gut, ich will zugeben, es soll nicht uns gehören, die wir nicht imstande sind, so unerschöpfliche Seligkeit zu verantworten und zu verwalten. Aber warum gehören wir nicht zu Gott von *dieser* Stelle aus?

Ein Kirchlicher würde mich darauf verweisen, daß es die Ehe gäbe, obwohl ihm nicht unbekannt wäre, wie es mit dieser Einrichtung bestellt ist. Es nützt auch nichts, den Willen zur Fortpflanzung in den Gnadenstrahl zu rücken – mein Geschlecht ist nicht nur den Nachkommen zugekehrt, es ist das Geheimnis meines eigenen Lebens –, und nur weil es dort, wie es scheint, den mittleren Platz nicht einnehmen soll, haben so viele es an ihren Rand verschoben und darüber das Gleichgewicht verloren. Was hilft alles! Die entsetzliche Unwahrheit und Unsicherheit unserer Zeit hat ihren Grund in dem nicht eingestandenen Glück des Geschlechts, in dieser eigentümlich schiefen Verschuldung, die immerfort zunimmt und uns von der ganzen übrigen Natur trennt, ja sogar von dem Kind, obwohl, wie ich in jener unvergeßlichen Nacht erfuhr, seine, des Kindes, Unschuld durchaus nicht darin besteht, daß es, sozusagen, kein Geschlecht kenne, – «sondern», so sagte Pierre fast tonlos, «jenes unbegreifliche Glück, das uns an *einer* Stelle erwacht mitten im Fruchtfleisch der geschlossenen Umarmung, ist noch in seinem ganzen Körper überall namenlos verteilt». Um die eigentümliche Lage unserer Sinnlichkeit zu bezeichnen, müßte man also sagen dürfen: Einmal waren wir *überall* Kind, jetzt sind wir's nur noch an einer Stelle. – Wenn aber nur ein einziger unter uns ist, dem das gewiß wäre und der die Beweise dafür aufzuzeigen die Fähigkeit besäße, warum lassen wir's geschehen, daß eine Generation nach der anderen unter dem Schutt christlicher Vorurteile zu sich kommt und sich rührt wie der Scheintote im Finstern, in einem engsten Zwischenraum zwischen lauter Absagen!?

Herr V. Ich schreibe und schreibe. Eine ganze Nacht ist fast darüber hingegangen. Ich muß mich zusammenfassen. – Habe ich gesagt, daß ich in einer Fabrik angestellt bin? Ich arbeite im Schreibzimmer, manchmal habe ich auch an einer Maschine zu tun. Früher konnte ich einmal eine kurze Zeit studieren. Nun, ich will nur sagen, wie mir zumute ist. Ich will, sehen Sie, anwendbar sein an Gott, so wie ich da bin; was ich hier tue, Arbeit, das will ich weiter tun auf ihn zu, ohne daß mir mein Strahl gebrochen wird, wenn ich das so ausdrücken darf, auch nicht in Christus, der einst für viele das Wasser war. Die Maschine, zum Beispiel, ich kann sie ihm nicht erklären, er behält nicht. Ich weiß, Sie lachen nicht, wenn ich das so einfältig sage, es ist am besten so. Gott dagegen, ich habe dieses Gefühl, *ihm* kann ich sie bringen, meine Maschine und ihren Erstling oder sonst meine ganze Arbeit, es geht ohneweiters in ihn hinein. So wie es für die Hirten einmal leicht war, den Göttern ihres Lebens ein Lamm zu bringen oder die Feldfrucht oder die schönste Traube.

Sie sehen, Herr V., ich konnte diesen langen Brief schreiben, ohne das Wort Glauben ein einziges Mal nötig zu haben. Denn das scheint mir eine umständliche und schwierige Angelegenheit zu sein und nicht die meine. Ich will mich nicht schlechtmachen lassen um Christi willen, sondern gut sein für Gott. Ich will nicht von vornherein als ein Sündiger angeredet sein, vielleicht bin ich es nicht. Ich habe so reine Morgen! Ich könnte mit Gott reden, ich brauche niemanden, der mir Briefe an ihn aufsetzen hilft.

Ihre Gedichte kenne ich nur aus jener Vorlesung neulich abend, ich besitze nur wenige Bücher, die meistens mit meinem Beruf zu tun haben. Ein paar allerdings, die von Kunst handeln, und Historisches, was ich mir eben verschaffen konnte. – Die Gedichte aber, das müssen Sie sich nun gefallen lassen, haben diese Bewegung in mir hervorgerufen. Mein Freund sagte einmal: «Gebt uns Lehrer, die uns das Hiesige rühmen.» Sie *sind* ein solcher.

1922

[illegible] chen nicht, wenn ich das so einfältig sagen darf [illegible] so [illegible] ich [illegible] Wie kann ich sie [illegible] Maschine und ihren Ursprung [illegible] Arbeit [illegible] wie es für die [illegible] war [illegible] ihre [illegible] oder [illegible]

[illegible] Demn [illegible] Aug [illegible] und nicht [illegible] Christ [illegible] Ich will nicht [illegible] angestellt [illegible] Gott [illegible] hilft.

[illegible] Vorlesungen [illegible] wenig [illegible] und Historisches was [illegible] schaffen konnte. – Die Gedichte [illegible] sich [illegible] gefallen [illegible]

[illegible]

NACHWORT

Als etwas «abgelegen», in sich zurückgezogen oder versponnen *(«un peu reculée»)*, hat Rilke seine Prosa André Gide gegenüber bezeichnet, als er sich brieflich im Juli 1911 für dessen in der «Nouvelle Revue Française» erschienene Übertragungen einiger Stücke aus den «Aufzeichnungen des Malte Laurids Brigge» bedankte. Und doch war er von der «festen und dauerhaften Wirklichkeit» seiner «Prosafragmente» überzeugt gewesen.

Rilkes Verhältnis zur Prosa, seiner eigenen und der seiner Zeit, war im wesentlichen von einer Frage bestimmt: Wie ließ sich in Zeiten zunehmender Profanisierung noch wirkliche Kunstprosa schaffen? Im Sinne des sozialen Realismus wollte er diese Frage nicht beantworten; auch nicht durch Abschweifungen in symbolistische Konzeptionen. Vielmehr suchte Rilke eine Verbindung von dingorientiertem und traumgespeistem Erzählen. Dies zeigt sich in seinen Thomas

Manns «Buddenbrooks» und Herman Bangs Roman «Das Weiße Haus» gewidmeten Rezensionen aus dem Jahre 1902, verfaßt zu einem Zeitpunkt, als ihm mit seiner novellistischen Monographie über Rodin – nach eigenem Zeugnis – der Übergang zu einer neuen Art des Prosaschaffens gelungen war. An den «Buddenbrooks» rühmte er das epische «Stofflichwerden aller Dinge» und Thomas Manns «vornehme Objektivität» im Erzählen. Im Falle von Herman Bangs Roman pries er, daß er geschrieben sei, «wie lebhafte Kinder erzählen». Zwei durchaus unterschiedliche Vorstellungen von Prosa bezeichnete Rilke demnach als Idealformen des Erzählens, wobei er Thomas Mann als Chronisten *und* Dichter, Herman Bang als einen an die Kindheit erinnernden und aus ihrem Dunkeln schöpfenden Romancier verstand.

Als Rilke dies schrieb, hatte er selbst keinen unbeträchtlichen Weg als Erzähler zurückgelegt. Seine frühe Prosa war in der ihn gleichermaßen inspirierenden wie belastenden Aura Prags entstanden. Er gebrauchte sie als Mittel der Selbstvergewisserung *und* Distanzierung. Die Arbeit an den «Prager Geschichten» habe ihm «Halbvergessenes lieb gemacht» und ermöglicht, das «von der Vergangenheit zu besitzen», was er liebte, wie Rilke in seinem knappen Vorwort schrieb. Doch das war nur die halbe Wahrheit gewesen, zudem in Berlin-Schmargendorf formuliert, in weitem Abstand von Prag, der ein gewisses verklärendes Nostalgieren ermöglichte. Die andere Hälfte drückte sich in Sprachbildern des Grauens aus, der Angst, der Schreckensvisionen, die sich für ihn mit Prag verbanden. Ein bestürzendes Zeugnis dieser dunklen Seite der Prager Welt ist «Frau Blaha's Magd», die in ihrer Unschuld und geistigen Beschränktheit zur Kindsmörderin wird und mit ihrem erstickten Säugling wie mit einer besonderen Puppe spielt.

Die Kunstprosa als Medium der Gegensätze: Im Schmargendorfer Tagebuch stehen unmittelbar neben solchen Texten abgrundtiefer Verstörung impressionistisch geschilderte südliche Stimmungen («Ein Morgen») und eine kaum drei Druckseiten umfassende Skizze, die den ironischen Anspruch erhebt, eine «Biographie» zu sein («Der Kardinal»). Mit diesen wenigen Zeilen parodierte Rilke den um die Jahrhundertwende allerorten um sich greifenden Biographismus, der sich zunehmend dickleibiger gebärdete.

Überhaupt die Ironie. Man verbindet sie nicht mit dem Dichter der «Duineser Elegien» und der Ding-Gedichte. Seine Lyrik kennt kaum ironisch gemeinte Pointen, allenfalls die unfreiwillige Komik, die allzu forcierte oder schlicht mißglückte Reime erzeugen. Nein, er war als Lyriker der unbedingte Antipode Heines. Bemerkenswert ist jedoch, wie er als Prosadichter die Ironie handhabte. Seine frühe Prosa beweist nämlich, daß er sich durchaus auf sie verstand. Seine Künstlernovelle «Ewald Tragy» sprüht geradezu vor Witz und Ironie. Im «König Bohusch» dominiert phasenweise eine überlegen inszenierte Situationskomik, man denke an Bohuschs Begegnung mit dem «mondänen Novellisten» Pátek, eine Komik freilich, die alsbald ins Melancholische umschlägt, die das Traurige des Lebens eines von der Natur Benachteiligten akzentuiert. Von der Ironisierung des Biographischen war bereits die Rede, nicht jedoch davon, daß Rilke nach 1900 mehr oder weniger bewußt die Entironisierung seiner Prosa betrieb zugunsten einer sprachkünstlerischen Verdichtung seines Erzählens. Auch hierfür ist seine Rezension der «Buddenbrooks» bezeichnend; innerlich mußte er sich zu diesem Zeitpunkt bereits so weit von der Ironie als Stilmittel entfernt haben, daß sie ihm bei Thomas Mann gar nicht mehr auffiel. Statt dessen betonte er «die gründliche und gleichwertige Behandlung jeder Stelle, die Durcharbeitung des Materials, welche alles wichtig und wesentlich erscheinen läßt», übersah dabei jedoch die ironische Note dieser Art der «Behandlung» von Dingen, Rezepten, Redensarten und schopenhauerischem Pessimismus und damit auch die ironische Wirkung der von Thomas Mann betriebenen «Objektivierung» durch distanzierendes und gleichzeitig eng bei der Sache bleibendes Erzählen.

Zweieinhalb Jahrzehnte später sollte Rilke vor der Pseudo-Prosa gewisser Lyriker warnen, der er das Ideal der kristallklaren Prosa Valérys gegenüberstellte, insbesondere jene der «Soirée avec Monsieur Teste». Die Art, wie Rilke über «Monsieur Teste» schrieb, verrät, daß er in seinem «Malte» die stilistische Entsprechung zu Valérys frühem Meisterwerk gesehen hatte. Auch Monsieur Teste hatte die einfachen Dinge des Lebens aus ihrem prosaisch-profanen Zusammenhang gelöst und ihnen durch seine Kunst des Beschreibens der Dinglichkeit einen eigentümlichen ästhetischen Reiz verliehen. Dieses neue Sehen der Dinge, zu dessen selbsterklärtem Apostel Malte werden sollte, hatte sich nicht nur in der Lyrik Rilkes, sondern auch in seiner Prosa vorbereitet. «Das Fragment von den Einsamen» bezieht sich beispielsweise auf die «Zellen entlegener Dinge», die uns zu einem andersartigen Sehen bringen, einem Betrachten der «Phänomene», um jenes Wort zu gebrauchen, das Edmund Husserl um diese Zeit zum Inhalt einer ganzen philosophischen Anschauung machte.

Durchaus in Parallele zu Husserls Einsichten kann man behaupten, daß auch Rilkes sich nach 1900 wandelndes Ding-Verständnis an der Frage orientiert hat, wie sich das «So-Sein» eines Dinges mit seinem von der jeweiligen Sichtweise abhängenden «Anders-Scheinen» vereinbaren läßt.

Die erzählte Monographie «Auguste Rodin» stellte sich dieser Frage. Rilke zeigt Rodin als einen Künstler, der die «Gnade der großen Dinge» gesucht habe. Dabei sei es ihm gelungen, die «schlichte Dingwerdung» der «Sehnsüchte und Ängste» der menschlichen Seele zu schaffen, Dinge mithin, in deren, wieder mit Husserl gesagt, ihr «Anders-Sein» in ihrem «So-Sein» aufgehoben ist.

Rilkes «Rodin»-Prosa des Jahres 1902 ist beides zugleich gewesen: Künstlernovelle und essayistischer Versuch über einen Kunst-Arbeiter, zu dem «Steine sprachen» und der wußte, daß alle Körperteile «weinen», leiden konnten, und dies auch sichtbar zu machen verstand.

Zu Anfang fragt Rilke: «Wer ist dieser Mann? Es ist ein Greis. Und sein Leben ist eines von denen, die sich nicht erzählen lassen.» Und als er dies schreibt, befindet er sich unversehens mitten im Erzählen – nicht im biographischen Sinne zwar; vielmehr «erzählt» Rilke vom Material der Rodinschen Kunst, von seinen Perspektiven, einem *Sehen,* seiner Geduld, seinem «Vertieftsein in sich selbst», seinem Arbeiten und seinem Gestalten. Der «Denker», die «Bürger von Calais» und «Balzac» werden zu Figuren in Rilkes Künstlernovelle.

Wenn Rilke im Rückblick seine «Rodin-Prosa» als einen «Übergang» von seiner «Vor-Prosa» zum «Malte» bezeichnet hat, dann hatte dies nicht nur stilistische Gründe. Denn diese Kunstprosa stellte Rodin auch als den Schöpfer des «leise abgestuften Übergangs» dar, dies vor allem bei der Betrachtung der Gruppe der «Bürger von Calais». Die «einzelnen Gestalten berührten» einander nicht, sie «standen nebeneinander wie die letzten Bäume eines gefällten Waldes, und was sie vereinte, war nur die Luft, die an ihnen teilnahm», so der erzählende Monograph. Von einem «Übereinander-Hinziehen der Formen» in dieser Skulpturengruppe ist bei Rilke die Rede, von einer «Teilnahme der Luft» im Werk. Rodin, ein Künstler der Übergänge, inspirierte Rilke seinerseits zu einer Prosa, die ihm ein Werk der Schwelle wurde auf dem Weg zu einer Sprache «reinen» Sehens.

Die «Rodin»-Prosa wies jedoch kein Motiv auf, das Rilke nicht schon zuvor erzählend vorbereitet gehabt hätte, wenn auch in anderer Form und in anderem Zusammenhang. Das Ethos der «Arbeit», das Rodin – laut Rilke – verkörperte, fand sich in Ewald Tragys emphatischem Bekenntnis vorweggenommen, des künstlerischen «Arbeitens» willen von Prag nach München zu ziehen. Und schließlich das Pathos des Einsamen, das alle frühen Erzählungen bestimmt, es prägt auch den Rodin-Text, und zwar von Anbeginn: «Rodin war einsam vor seinem Ruhme. Und der Ruhm, der kam, hat ihn vielleicht noch einsamer gemacht. Denn Ruhm ist schließlich nur der Inbegriff aller Mißverständnisse, die sich um einen neuen Namen sammeln.»

Im Echo dieses Bekenntnisses zur schöpferisch werdenden Einsamkeit entstand Rilkes «Fragment von den Einsamen», das in der These gipfelte, daß die «Erlebnisse von Einsamen in fortwährenden Verwandlungen unter uns leben». Sein Malte Laurids Brigge sollte schließlich von ebendiesen «Verwandlungen» des Einsamen zehren. Im Rückblick auf seine Arbeit an dieser Prosa betonte Rilke gegenüber Lou Andreas-Salomé, daß diese «Aufzeichnungen» «in der langen, komplizierten, oft bis ans Äußerste getriebenen Einsamkeit» entstanden seien; sie sind also selbst als ein «Erlebnis eines Einsamen» zu deuten.

Die «Malte»-Prosa durchwirkte diese Einsamkeit mit Erinnerungen und Träumen, mit dem sprachlichen Erfassen von Wirklichkeiten, jener der Straßen und Hospitäler, der Gedanken-Bilder und geschichtlichen Evokationen.

In der frühen Prosa, im «Ewald Tragy» und «König Bohusch» vor allem, ging es – nicht ohne ironische Brechung – unter anderem um die Frage des gedanklich Weltanschaulichen. Schließlich gehörte es Ende des 19. Jahrhunderts zum guten Intellektuellenton, sich ein ideologisches Denkgebäude zu errichten, worüber sich der Erzähler des «Tragy» sichtlich lustig gemacht hat. («Eines Morgens, im November noch, erwacht Tragy und hat eine Weltanschauung. Wirklich. Sie läßt sich gar nicht leugnen, sie ist da, alle Anzeichen sprechen dafür.») Wer so über Weltanschauung spricht, behandelt sie wie Krankheitssymptome.

«Rodin» und vor allem Maltes «Aufzeichnungen» zeugen demgegenüber von einem Schauen der Welt ohne ideologische Verfestigung. Maltes Diktum «Ich lerne sehen» versteht sich mithin als antiideologisches Projekt, das sich im «Rodin» vorbereitet hat, und zwar in erster Linie sprachlich. Es ist durchaus angemessen, in beiden Fällen von einer spezifischen Sprachoptik Rilkes zu reden. Sie orientierte sich an der knappen Parataxe, die wahrgenommene Einzelheiten prinzipiell gleich gewichtet und dabei für verallgemeinerungsfähig erklärt. Nebensatzgeflechte bleiben jederzeit übersichtlich; oft sind sie parallel angeordnet: «Rodin erfaßte das Leben, das überall war, wohin er sah. Er erfaßte es an kleinsten Stellen, er beobachtete es, er ging ihm nach. Er erwartete es an den Übergängen, wo es zögerte, er holte es ein, wo es lief, und er fand es an allen Orten gleich groß, gleich mächtig und hinreißend.» Auf diese Weise gelang es Rilke, selbst einen bestimmungsbedürftigen Begriff wie «Leben» zu einem faßlichen «Sprachobjekt» zu machen. Nicht anders im «Malte»: «Ich weiß nicht, woran es liegt, es geht alles tiefer in mich ein und bleibt nicht an der Stelle stehen, wo es sonst immer zu Ende war. Ich habe ein Inneres, von dem ich nicht wußte. Alles geht jetzt dorthin. Ich weiß nicht, was dort geschieht.» Was Rodin, Skulpturen schaffend, als Leben faßte, muß Malte, sehen lernend, vor dem Verschwinden bewahren. Indes gilt für Rilkes Rodin wie für seinen Malte, daß das Abstrakte sich konkretisieren kann. Bei Rodin wurden «Sehnsüchte und Ängste» zu Dingen, und in Malte beginnt das «Nichts» zu denken; und aus diesem Denken des Nichts werden eine ganze Reihe von «Möglichkeiten». Dieses ostinate Bekenntnis «Ja, es ist möglich» scheint dem Ich-Erzähler des «Malte» gewissermaßen Weltanschauungsersatz zu sein. Diese «Möglichkeiten» sind Ausdruck konkreter Utopien, ohne die Malte seine Erinnerungsarbeit nicht leisten könnte.

Diese Erinnerungsarbeit unterscheidet Malte jedoch von Rodin, dessen Arbeiten kein Erinnern zu kennen scheint. Wessen er bedarf, ist einzig «stille und gewissenhafte Wiederholung des Lebens». Entsprechend verzichtet die «Rodin»-Prosa weitgehend auf Imperfekt und Konjunktiv. Sie bietet eine Prosa dessen, was durch Arbeit als Kunst *wirklich* geworden ist. Malte dagegen versucht, das Sehen in Arbeit aufgehen zu lassen. («Ich glaube, ich müßte anfangen, etwas zu arbeiten, jetzt, da ich sehen lerne.»)

Rilkes Weg zur «Malte»-Prosa ist das *eine;* nicht minder bemerkenswert das andere: seine Ablösung von ihr. Sie vollzog sich schrittweise durch eine Fülle von Prosatexten, die vor allem dadurch auffallen, daß sie sich einer eindeutigen gattungsmäßigen Einordnung entziehen.

Von zentraler – sprachkünstlerischer wie gedanklicher – Bedeutung ist hier Rilkes Prosadichtung «Erlebnis I–II», die nur selten wirklich gewürdigt wird. Erst fünf Jahre nach ihrer Entstehung konnte sich Rilke dazu bereit finden, sie Katharina Kippenberg vorzulegen, so nahe war ihm dieser Text gegangen. Nicht oft werde sich ein «Unbeschreiblicheres» bieten als dieser Stoff, meinte er im Juli 1918. Das also war für ihn *die* entscheidende Herausforderung nach dem «Malte» gewesen: etwas beschreiben zu können, was sich gemeinhin nicht beschreiben läßt.

Was war dieses Etwas? Die Übertragung einer in der Natur wahrgenommenen Schwingung auf die menschliche Seele, die Einheit von Natur und menschlichem Sensorium. Einem «Ich» wollte Rilke dieses «Erlebnis» nicht zumuten; die dritte Person wurde zum halb distanzierten, halb vertrauten *alter ego,* dem eine wesentliche Erfahrung zuteil wird: Er glaubt, «auf die andere Seite der Natur geraten» zu sein. Der absolute Einklang mit der Natur, das *unisono* von Meereswind, innerer Regung des Baumes und seelischer Gestimmtheit, schlägt schließlich – harmonisch – in sein Gegenteil um: «Einem Vogel schaute er nach, ein Schatten beschäftigte ihn, ja der bloße Weg, wie er da so hinging und sich verlor, erfüllte ihn mit einem nachdenklichen Einsehen, das ihm um so reiner vorkam, als er sich davon unabhängig wußte.» Dies ist ein Zustand, den Malte nicht erreicht hatte, ja gar nicht hätte erreichen wollen. Malte konnte genau angeben, welche Sinne auf welche äußeren Einwirkungen reagierten.

Um ein Erfassen, um das «Erspüren» des Metaphysischen zwischen den Wirklichkeiten des Weltlichen geht es dann in Rilkes «Brief des jungen Arbeiters».

Diese letzte bedeutende Prosaarbeit Rilkes, im Umkreis der «Duineser Elegien» und der «Sonette an Orpheus» entstanden, versammelt nicht nur bekannte Motive seines Schaffens, sondern spitzt sie auf religiöse und ästhetische Existenzfragen zu. Der Meister der Briefprosa, des Herstellens von Bezügen zu anderen vermittels brieflicher Sprachkunst, gestattete sich eine eigentümliche Pointe: «Der Brief des jungen Arbeiters» ist im Grunde ein Brief Rilkes an sich selbst. Was wir über die Gedichte des Herrn V. erfahren, die im Ich dieser Prosa den Wunsch ausgelöst haben, besagtem Dichter zu schreiben, ist aufs engste mit Rilkes eigenen Gedichten verwandt; beide haben sich nämlich dem «Rühmen des Hiesigen» verschrieben. Und das, was den jungen Arbeiter bedrängt, sind Rilkes Fragen aus jener Zeit, die ihn seit den «Geschichten vom Lieben Gott» beschäftigt hatten. Rilke stellt uns sein Brief-Ich als einen Büroangestellten in einer Fabrik vor mit einer Geliebten, «fast noch ein Kind, die als Heimarbeiterin beschäftigt ist», eine in seinem Werk seltene Berührung mit dem quasi proletarischen Milieu. Nun mag man einwenden, daß dieser Milieuhintergrund wenig glaubwürdig sei. Man hört schon die einfältige Frage: Schreibt so ein Fabrikangestellter, auch wenn er «früher einmal eine kurze Zeit studiert» hat?

Anders gefragt: Gibt es etwa eine Normsprache für Büroangestellte? Haben sie kein Recht darauf, ganz auf ihre Weise die Frage nach Gott zu stellen, nach ihrem Verhältnis zur Freiheit und Macht? Warum sollen sie nicht die päpstliche Zwingburg in Avignon im Sommer aufsuchen und zu der Auffassung gelangen, daß hier das «Übergewicht des Papsttums auf die Waage der Geschichte» gehäuft sei? Gab es zu jener Zeit nicht auch einen Büroangestellten in Rilkes Prag namens Franz Kafka? Anders gesagt: Dieser Brief eines jungen Arbeiters ist ein Einspruch gegen die Zuordnung bestimmter sozialer Gruppen zu bestimmten Stilebenen. Rilkes Brief-Ich spricht vom «Schutt christlicher Vorurteile».

Man könnte auch von sozialer Stigmatisierung sprechen, unter der dieser «Arbeiter» mittelbar zu leiden hat. Von seiner Geliebten sagt er, daß ihre Vorstellung von Freiheit grenzenlos sei. Für den jungen Arbeiter gilt, daß sich seine «Freiheit» in der Art seines Denkens und Sprechens, seines Fragens und Schreibens artikuliert. Er hat den Mut, sich als ein einzelner in der amorphen Menge der Arbeiter zu begreifen; er ist offen und sensibel genug, sich auf jene «Bewegung» einzulassen, die von den Gedichten des Herrn V. ausging, die er womöglich in einem Arbeiterbildungsverein gehört hat. Er kann sich «bewegen» lassen; vielleicht befindet er sich auf dem Weg dahin, sein «Leben zu ändern»; vielleicht aber braucht er Änderungen der Lebensbedingungen gar nicht. Für ihn zählt, was sich *in* ihm ereignet, unabhängig von Beruf und Milieu. Ihm bleibt wichtig, was sein verstorbener Freund, Pierre, in ihm angeregt hat: das Querdenken, das gegen die Norm Empfinden und Ansprechen.

«Der Brief des jungen Arbeiters» ist, so gesehen, die Beschreibung einer geistigen Emanzipation – von jeglichem Dogma christlich-orthodoxer oder politisch-ideologischer Art. Bedeutsam bleibt einzig der Verweis, der Fingerzeig, die Gebärde, das Symbol und dessen konkrete Ausdeutung: Das Kreuz versteht dieser Arbeiter als einen «höheren Baum», an dem neue Früchte reifen können. Das Kreuz deutet er aber auch als

Aufforderung, «in der Richtung der Kreuzarme» weiterzugehen und nicht an diesem Kreuz stehenzubleiben. Nach innen, der Vertikalen entlang, zu wirken und horizontal ins «Offene» zu greifen, dies scheint Rilkes Brief-Ich die Botschaft des Kreuzes zu sein.

Diesem emanzipativen Ansatz des «Briefes» steht das Plädoyer des jungen Arbeiters für die Bejahung von Abhängigkeiten gegenüber: «...im Innersten aber weiß ich, daß die Unterwerfung weiter führt als die Auflehnung»; dem entspricht seine Suche nach einem «Lehrer», den er in jenem Dichter gefunden zu haben glaubt, an den er seinen Brief richtet. Er räumt ein, daß dieses Denken «in Widerspruch mit den merkwürdigen Überstürzungen unserer Zeit» stehe (gemeint sind die unmittelbaren Nachwirkungen der Revolutionen in Europa 1917–19). Mit einer fast an den Römerbrief des Paulus gemahnenden Eindringlichkeit fordert der junge Arbeiter, in «jeder Macht... die ganze Macht, Macht überhaupt, die Macht Gottes» zu erkennen. Gemeint ist damit sowohl die ästhetische Macht des Dichter-Lehrers als auch die innere Macht des Gewissens, sie ist religiös gemeint und ethisch, jedoch nur in bedingtem Maße politisch.

Überblickt man den Weg, den Rilke als Erzähler genommen hat, von der Prager zur Schmargendorfer und Pariser Prosa bis hin zu diesem erzählten Brief-Essay aus Muzot, dann könnte man von einer Entwicklung zur Sprache des Gewissens reden, von einer langsam sich vollziehenden Ablösung von geschichtlichen Ballaststoffen. Niemand weiß, wie jene Prosa ausgesehen hätte, die er sich für die Zeit einer Wiederbegegnung mit der Provence vorgenommen hatte. Wäre sie eine Prosa geworden zwischen religiös verstandener Ethik und Kunst, zwischen Natur und Stadt?

Gewiß ist, was wir haben: die Prosa eines Dichters, die sich mit keiner erreichten Form zufriedengab, die nicht Erzählung auf Erzählung, Roman auf Roman folgen ließ, die sich nicht mit einer einmal erprobten, bewährten Form begnügte, sondern die Möglichkeiten des prosahaften Ausdrucks erkundete. Wie oft man die wertvollsten der Prosaarbeiten Rilkes auch liest, sie bleiben Fundstücke, neu und überraschend bei jeder Lektüre.

Rüdiger Görner

BEMERKUNGEN ZUR AUSWAHL

Sinn dieser Ausgabe ist es, die Kunstprosa Rilkes in ihrer Entwicklung exemplarisch vorzustellen. Daraus ergibt sich zwingend eine chronologische Anordnung der Texte. Wer aus Rilkes reicher Kunstprosa auswählt, sieht sich, sofern er dessen strukturierende Vorgaben berücksichtigen möchte, mit einer wesentlichen Frage konfrontiert: Soll seine «Rodin»-Monographie als Teil der erzählenden Prosa gewertet werden, oder gehört sie zu Rilkes Essayistik? In einem Brief an Kippenberg vom 26. Mai 1925 hat der Dichter diese Frage eindeutig beantwortet. In seinem «Rodin» sah er den «Übergang zwischen jenen beiden anderen größeren Prosaarbeiten», den «Geschichten vom Lieben Gott» und den «Aufzeichnungen des Malte Laurids Brigge». Gleichzeitig verwahrte er sich gegen das «unmittelbare Nebeneinander meiner jugendlichen Vor-Prosa (die noch keine war)» und des «Malte». Das aber bedeutet unmißverständlich, daß er «Rodin» zu seiner erzählenden Kunstprosa gerechnet hat, ein nur selten beachteter Umstand, den diese Auswahl in den Mittelpunkt rückt. Sie stellt den «Rodin»-Text des Jahres 1902 als monographische Künstlernovelle vor, als erzählte Abhandlung, in der sich der Prosastil des «Malte» vorbereitete.

Das erzählerische Frühwerk findet sich durch Texte vertreten, die der Problematik Kunst und Leben, Selbstsuche, der Frage nach Gott, aber auch der elementaren Angst gewidmet waren, Motive, die auch für die spätere Prosa konstitutiv geblieben sind.

Besonders herausgehoben ist in dieser Auswahl die Prosadichtung «Erlebnis», die Rilke so «vollkommen» schien, daß er sich nur schwer von ihr trennen und einer Publikation zustimmen konnte. In einem Brief an Katharina Kippenberg spricht er sogar von der «intimsten Aufzeichnung», die er je aufgeschrieben habe.

Diese Auswahl versucht, dem Leser die Möglichkeit zu geben, die in Rede stehenden Texte als sich wechselseitig erhellende Dichtungen aufzunehmen und thematische wie stilistische Bezüge zwischen ihnen herzustellen. Sie sieht in Rilke nicht nur den Verfasser des «Malte», sondern einen vielschichtigen Prosaschriftsteller der Moderne, dessen Leistungen auf diesem Gebiet durchaus seinem lyrischen Werk ebenbürtig gewesen sind.

ZU DEN TEXTEN

(Der Auswahl wurde die Ausgabe: *Rainer Maria Rilke, Sämtliche Werke* zugrunde gelegt. Hrsg. vom Rilke-Archiv in Verbindung mit Ruth Sieber-Rilke, besorgt durch Ernst Zinn. Sechs Bände. Frankfurt am Main 1961)

Ewald Tragy. Vermutlich 1898 in Berlin-Schmargendorf entstanden. Zu Rilkes Lebzeiten nicht veröffentlicht. Erstdruck: München 1929. Der Text darf als erste eigentliche Künstlernovelle Rilkes gelten, der das Verhältnis von Kunst und Leben thematisiert.

König Bohusch. Aus: «Zwei Prager Geschichten». Erstdruck: Stuttgart 1899. In Rilkes «Selbstanzeige» des Bandes heißt es: «Prag, diese Stadt voll finsterer Gassen und geheimnisvoller Höfe, ist der Schauplatz. Träumerisch und traurig sind die selten handelnden Menschen. Slavische Sehnsucht ist in ihren Stimmen, und sie leben von der früheren Frömmigkeit ihrer unverbrauchten Gefühle. Und so kam durch den Vorwand ein Neues dazu: die Geschichte einer Völkerkindheit. Ein paar Worte erzählen im Vorübergehen von dem Schicksal eines Volkes, das seine Kindheit nicht ausbreiten kann neben dem älteren, ernsten, erwachsenen Brudervolk. Und in diesen fast zufällig laut gewordenen Worten scheint mir jetzt meines Buches bester Wert zu liegen.»

Ein Morgen. Erstdruck: Weihnachtsbeilage des «Prager Tagblatts» Nr. 356 vom 24. Dezember 1899 (Schmargendorfer Tagebuch, 5. November 1899).

Der Kardinal. Eine Biographie. Erstdruck 1931 (Schmargendorfer Tagebuch, 8. November 1899).

Frau Blaha's Magd. Erstdruck 1931 (Schmargendorfer Tagebuch, 9. November 1899).

Auguste Rodin. Erstdruck 1902. Der 1907 in der zweiten Auflage der Monographie mit aufgenommene Vortrag über Rodin wurde hier nicht wiedergegeben, da er sich an anderen Vorgaben orientierte und weniger an denen für diese Auswahl maßgeblichen der Kunstprosa.

Fragment von den Einsamen. Anfang 1903 (Paris). Erstdruck 1955.

Die Aufzeichnungen des Malte Laurids Brigge. Erstdruck: Leipzig 1910. Entstehungszeitraum Februar 1904 (Rom) bis Januar 1910 (Leipzig). Die Entwürfe (erste und zweite Fassung des

«Eingangs» aus dem Jahre 1904) werden hier nicht wiedergegeben. Gleiches gilt für den 1909 entworfenen «Tolstoi»-Schluß. Was die Entwürfe zum Anfang des «Malte» angeht, so unterscheiden sie sich hauptsächlich darin von der eigentlichen Fassung, daß sie die Erinnerung als Motiv von Anbeginn in den Mittelpunkt rückten, während die Schlußfassung des Romans mit dem Gegenwartsmoment des «Sehen-Lernens» beginnt.

Erlebnis I–II. Erstdruck (I) 1918; (II) 1935 («Briefe aus Muzot»).

Brief des jungen Arbeiters. Erstdruck: Leipzig 1933 (verfaßt im Februar 1922 in Muzot).

ANMERKUNGEN

KÖNIG BOHUSCH

1 Anfangszeile von Heinrich Heines Gedicht «Lyrisches Intermezzo»: Im wunderschönen Monat Mai, / als alle Knospen sprangen, / da ist in meinem Herzen / die Liebe aufgegangen. – Im wunderschönen Monat Mai, / als alle Vögel sangen, / da hab ich ihr gestanden / mein Sehnen und Verlangen.

2 Die Erzählung spielt 1893/94 zur Zeit der «Omaldina»-Bewegung; das Lied «Wo ist meine Heimat» aus dem Singspiel *Fidlovačka* von Kajetán Tyl (1808–1856) war damals von einiger Bedeutung.

AUGUSTE RODIN

1 Augustinus, *Confessiones* I, 8, 13.

2 Michel Colombe war der bedeutendste französische Bildhauer der 2. Hälfte des 15. Jahrhunderts.

3 Es wird auf die Schrift *L'Élite* (1899) des belgischen Lyrikers Georges Rodenbach (1855–1898) verwiesen.

4 In der *Göttlichen Komödie* (Inferno 19, 45) spricht Dante von dem für seinen Nepotismus berüchtigten Papst Nikolaus III. «von jenem, der mit den Fersen weinte».

5 François Rude (1784–1855) gilt als der Hauptmeister der französischen Plastik des 19. Jahrhunderts.

6 Antoine-Louis Barye (1795–1875), Bildhauer, hervorra-

gender Tierbildner; er brach wie Rude mit der akademischen Tradition.

7 Jean-Baptiste Carpeaux (1827–1875), Bildhauer. Seine Kunst ist eine Weiterführung der von Barye und Rude, dessen Schüler er war. Die Plastik «Gruppe des Tanzes» befindet sich an der Fassade der Grand Opéra in Paris.

8 Vasari sagt in den *Vite:* «Diejenigen, die das von Leonardo geschaffene Tonmodell noch sahen, versichern, daß sie nie etwas Großartigeres und Schöneres erblickten. Es erhielt sich, bis die Franzosen unter ihrem König Ludwig in Mailand einzogen und es vollständig zertrümmerten.»

9 D'Annunzio hat seine Tragödie *La Gioconda* «Eleonora Duse mit den schönen Händen» gewidmet.

10 Der in Paris tätige Maler und Lithograph Eugène Carrières (1849–1906), ein Freund Rodins, hat von ihm ein bedeutendes lithographisches Porträt geschaffen.

11 Dante schildert den furchtbaren Tod des Ghibellinen Ugolino della Gherardesca (gest. 1289) in der *Göttlichen Komödie* (Inferno 33).

12 Entwurf zu «Le Génie de la Guerre», auch «L'Appel de la Guerre» genannt.

13 Das Sonnett CXXII in Baudelaires *Les Fleurs du Mal.*

14 Die Büste «Mme Vicuña».

15 Das Denkmal «Claude Lorrain».

16 Dieses Reiterstandbild wurde nie ausgeführt.

17 Jean de Froissart (1337–1410), Dichter und Chronist, war lange Jahre am englischen Hof Sekretär der Gemahlin Eduards III. Er ist Verfasser der umfangreichen *Chroniques de France, d'Angleterre, d'Ecosse, d'Espagne, de Bretagne.*

18 In *La vie Artistique,* einer Sammlung kunsthistorischer Beiträge des Schriftstellers und Kritikers Gustave Geffroy (1855–1926). Er war ein brillanter Verteidiger von Rodins Werk.

19 Claus (Claes) Sluter (gest. 1406), der Hauptmeister der

burgundischen Spätgotik, war in seinem Realismus und seiner künstlerischen Größe seiner Zeit weit voraus; desgleichen Donatello, dessen Formenstrenge bis auf Michelangelo gewirkt hat.

20 Théophile Gautiers Essay von 1858; Edmond de Goncourt im «Journal» (Mémoires de la Vie Littéraire); Alphonse de Lamartine geht in seinen *Cours Familier de Littérature* zweimal eingehend auf Balzac und sein Werk ein.

DIE AUFZEICHNUNGEN DES MALTE LAURIDS BRIGGE

1 Rilke hat selber vom August bis September 1902 in einem Studentenhotel in der Rue Toullier gewohnt.

2 Iwan der Schreckliche.

3 Roskilde war bis 1445 Hauptstadt Dänemarks. In der Kathedrale liegen König Friedrich IV. und seine Gemahlin, geborene Reventlow, begraben.

4 Gemeint ist Francis Jammes (1868–1938), der seine heimatlichen Pyrenäen nie verließ.

5 Schluß von Baudelaires Prosagedicht «À une heure du matin» in *Le Spleen de Paris* (1869).

6 Hiob 30.

7 Gemeint ist das Hauptwerk «Fresken aus dem Leben der heiligen Genoveva» des Monumentalmalers Puvis de Chavannes (1824–1898).

8 Anspielung auf die Unbekannte der Seine und Beethoven.

9 Rilkes Mutter hieß Sophie.

10 Niels Juel (1629–1697) verteidigte 1658 Kopenhagen in den Nordischen Kriegen von 1655–60 gegen Karl X., Gustav von Schweden.

11 Den Daneborg-Orden stiftete Waldemar II., der Sieger in der Schlacht von Reval, 1219. Der Elefantenorden (seit 1492) geht auf Christian I. zurück.

12 Die *bauta,* eine schwarze seidene Pelerine mit Kapuze und Maske, war im Venedig des 18. Jahrhunderts Mode.

13 Äußerung von Johann Kaspar Lavater (1741–1801) über Matthias Claudius' Frau Rebekka.

14 Christian IV., König von Dänemark und Norwegen (1577–1648); Kirstine Munk war seine Geliebte und Gemahlin, Ellen Marsvin deren Mutter. Leonora Christina, Tochter von Christian IV. und Kirstine Munk, heiratete einen Ulfeld; die Königssöhne vermählten sich mit den Schwestern Grubbe, die dank Jens Peter Jacobsen Eingang in die Literatur gefunden haben.

15 Anekdote aus dem Dreißigjährigen Krieg. Holk verteidigte Stralsund.

16 Berühmte dänische Offiziere im 17. Jahrhundert.

17 Felix Lichnowski (1814–1848), anfangs preußischer Offizier, war in der Frankfurter Nationalversammlung ein einflußreicher Führer des rechten Flügels. Beim Frankfurter Septemberaufstand wurde er ermordet.

18 Die sechs Wandteppiche aus Schloß Boussac schildern das Leben einer vornehmen Dame mit Verwertung des mittelalterlichen Romans vom wilden Einhorn, das nur von einer reinen Jungfrau zu zähmen ist. Die Teppiche der «Dame mit dem Einhorn» in dem Museum von Cluny gehören zu den vollkommensten Beispielen der Teppich- und Gobelinweberei von Aubusson und Paris.

19 Rilke bringt fälschlicherweise den Namen des Großmeisters des Johanniterordens, Pierre d'Aubusson, mit den Aubusson-Teppichen in Verbindung.

20 Gaspara Stampa (1523–1554) reifte in ihrer enttäuschten Liebe zur Künstlerin und machte ihre Liebe zum zentralen Thema ihrer Gedichte; desgleichen die portugiesische Nonne Mariana Alcoforado (1640–1723), Autorin der Vorlage zu den «Lettres Portugaises».

21 In Eckernförde in Schleswig starb 1784 Saint-Germain, ein Abenteurer dunkler Herkunft, der in ganz Europa

Furore machte und in der Gunst Ludwigs XV. und Madame Pompadours stand. Er behauptete, ein Elixier für ein langes Leben zu besitzen, und behauptete von sich, mehrere hundert Jahre alt zu sein.

22 Das deutsche Uradelsgeschlecht Bernstorff war mit dem dänischen Geschlecht der Reventlows verwandt, deren Archiv Rilke einsehen konnte. Julie Reventlow lebte von 1763–1816.

23 Félix Arvers (1806–1850) war vor allem Dramaturg.

24 Der Portugiese Juan de Dios (1495–1550) gründete den Hospitalorden der Barmherzigen Brüder.

25 Puschkins *Eugen Onegin* und *Boris Gudonow* (siehe auch Anm. 28).

26 Nikolas Alexandrejewitsch Nekrassow (1821–1887), der große naturalistische Lyriker und Dichter zahlreicher Verserzählungen, mit denen er für soziale Ziele kämpft.

27 Anspielung auf das Gemälde «Die Versuchungen des heiligen Antonius» von Hieronymus Bosch (1450–1516).

28 Boris Gudonow ließ wahrscheinlich den Sohn Iwan des Schrecklichen ermorden. Infolge der Ungewißheit seines Todes traten mehrere falsche Demetrius auf. Der erste – 1603 – soll der Mönch Grigori (Grischa) Otrepiew gewesen sein; er wurde 1606 erschlagen.

29 Mit Feuerwaffen ausgerüstete, von Iwan dem Schrecklichen gegründete Fußtruppe der russischen Armee.

30 Karl der Kühne schlug 1465 Ludwig XI., eroberte 1475 Lothringen, wandte sich 1476 gegen die Eidgenossen, von denen er bei Grandson und Murten besiegt wurde; er starb 1477 in Nancy. In Dijon hängt ein anonymes Gemälde von ihm.

31 René II. von Lothringen.

32 Cola di Monforte, Graf von Campobasso, erhob sich gegen Ferdinand I. von Aragón und Sizilien. Er schloß sich Karl dem Kühnen an.

33 Gianbattista Colonna, aus römischem Adel, war wie die meisten seines Geschlechts Ghibelline; die Familie

spielte bis ins 16. Jahrhundert neben den Orsinis die bedeutendste Rolle in Rom.

34 Olivier de la Marche (1425–1502), Dichter und Chronist. Höfling Philipps des Guten, Sekretär Karls des Kühnen.

35 Der Däne Jens Baggesen (1764–1826) war Wortführer des Klassizismus; er hatte eine literarische Fehde mit dem dänischen Romantiker Adam Gottlob Öhlenschläger (1779–1850); Adolf Wilhelm Schack von Staffeldt (1769–1826), ebenfalls dänischer Dichter.

36 Bettina von Arnim.

37 Die großen Liebenden, nochmals «die Portugiesen» (siehe Anm. 20); Héloïse in ihren Briefen an ihren Lehrer und Geliebten Pierre Abélard.

38 1. Pet. 1, 24.

39 Karl VI., König von Frankreich (1368–1422).

40 Johannes Gerson (1363–1429), Kanzler der Universität von Paris, richtete an Karl VI. die Schrift *Vivat rex et Veniat pax.* Er war der Hauptredner am Konzil von Paris und versuchte das große Schisma zu verhindern.

41 Mittel der *parva regina,* der «kleinen Königin», Odette de Champdivers, Mätresse von Karl VI.

42 Zeitgenosse Karls VI., aus dem römischen Fürstengeschlecht Orsini (frz.: Ursins).

43 Aus lombardischer Adelsfamilie, war sie die Gattin Ludwigs von Orléans, der von Johann dem Unerschrockenen ermordet wurde.

44 Palast mit riesigen Parkanlagen, den Karl V. Mitte des 14. Jahrhunderts bauen ließ.

45 Episode aus der Geschichte der «Dame mit dem Einhorn». Siehe Anm. 18.

46 Christine von Pisan (1364–1431), Tochter des Astrologen Karls V., widmete ihre Werke ihren Gönnern Ludwig von Orléans und Philipp dem Kühnen von Burgund.

47 Karl VI. ließ drei Kartenspiele von einem Künstler malen. – Wenzel IV., König von Böhmen, Sohn

Karls IV., versuchte vergeblich, das Schisma beizulegen, und richtete sich gegen den in Avignon schismatisch gewählten Benedikt XIII.

48 Avemaria-Gebete, zu denen das Angelusläuten aufruft. Sie gehen auf den Angelusablaß von 1326 durch Papst Johannes XXII. zurück.

49 Rivale der Colonna. Der Kardinal Napoleon Orsini (1236–1342) wurde Papst; er blieb Avignon feindlich. – Mit Jakob von Cahors ist Johannes XXII. gemeint, der aus Cahors stammte.

50 Peter von Luxemburg wurde mit elf Jahren Kardinal. Das Luxemburger Herrscherhaus trug den Titel «Herzöge von Saint-Pol und Ligny».

51 Ludwig von Orléans, Bruder König Karls VI., siehe Anm. 43.

52 Gaston III., aus dem französischen Grafengeschlecht Foix, wurde wegen seiner Schönheit «Phöbus» genannt. Philipp IV. machte ihn zum Gouverneur von Languedoc und Gascogne. Als ihm Karl VI. das Gouvernement von Languedoc nehmen wollte, zog er gegen ihn in die Schlacht. Seinen Sohn, den er des Verrats verdächtigte, warf er ins Gefängnis und ließ ihn schwer mißhandeln.

53 Gemeint ist wiederum Eleonora Duse, die bereits im Alter von vier Jahren auf der Bühne stand.

54 Siehe Anm. 20.

55 Byblis war in ihren Zwillingsbruder Cannos verliebt, der vor ihr floh. Als sich Byblis von einem Felsen in den Tod stürzen wollte, erbarmten sich ihrer die Nymphen.

56 Es werden Dichterinnen des 12. bis 19. Jahrhunderts aufgezählt, die für ihre Liebeslyrik berühmt geworden sind.

57 Jean de Tournes (1504–1564), Drucker in Lyon, verlegte die Werke der französischen Renaissancedichterin Louise Labé.

58 Namen, die in Sapphos Gedichten verewigt sind.

59 Johann Elias Ridinger (1698–1767), Radierer und Zeichner aus Ulm.

60 Baggesen siehe Anm. 35. Benedikte von Qualen (1774–1803), verwandt mit den Reventlows.

61 Die heilige Mechthilde von Hackeborn, eine deutsche Zisterzienserin, ebenso Theresa von Avila und Rose von Lima waren bedeutende Mystikerinnen.

62 Aus russischem Adel; sie führte im 18. Jahrhundert in Münster einen katholischen Zirkel.

63 Im 14. Jahrhundert Großmeister des Johanniterordens, der späteren Malteser.

INHALT

Diese Buchausgabe der *Manesse Bibliothek der Weltliteratur* wurde mit der Berthold Bembo BQ gesetzt, im Bogenoffset gedruckt und in Fadenheftung gebunden. Alle verwendeten Materialien entsprechen alterungsbeständiger Qualität, und die Papiere sind chlor- und säurefrei.

Die Deutsche Bibliothek – CIP-Einheitsaufnahme

Rilke, Rainer Maria:
Erzählungen : Die Aufzeichnungen des Malte Laurids Brigge / Rainer Maria Rilke
Hrsg. und mit einem Nachw. vers. von Rüdiger Görner
Zürich : Manesse Verlag, 1997
(Manesse Bibliothek der Weltliteratur)
ISBN 3-7175-1900-X Gewebe
ISBN 3-7175-1901-8 Ldr.

NE: Görner, Rüdiger [Hrsg.];
Rilke, Rainer Maria: [Sammlung]